사적인 것의 거룩함

권오룡 비평집

사적인 것의 거룩함

펴 낸 날 2013년 9월 6일
지 은 이 권오룡
펴 낸 이 주일우
펴 낸 곳 ㈜문학과지성사
등록번호 제1993-000098호
주　　소 121-840 서울 마포구 서교동 395-2
전　　화 02)338-7224
팩　　스 02)323-4180(편집) 02)338-7221(영업)
전자우편 moonji@moonji.com
홈페이지 www.moonji.com

ISBN 978-89-320-2447-9

:: 권오룡 비평집

사적인 것의 거룩함

문학과지성사
2013

일러두기

작품 인용은 쪽수만 표기하였습니다.

책머리에

피아노 소리를 좋아한다.

현악기나 관악기의 장식적인 떨림 소리보다 한 번의 타건으로 결정되는 피아노 소리가 간결하게 느껴지기 때문이다.

오래전에 보았던 영화의 장면에서처럼, 적적한 방에서 혼자만의 피아노 치기를 즐기는 연주자의 모습을 그려본다.

그러다 우연히 새어 나온 소리들……

2013년 9월

권오룡

차례

I

우울과 황홀

—1990년대 이후 한국문학의 현대성 체험

밤 1시의 적막한 어둠 속에서 보들레르는 신을 향해 간절한 기도를 올린다.

> 마침내! 혼자다! 밤늦게까지 기진맥진한 채 돌아다니는 몇몇 마차 바퀴 소리밖에는 아무것도 들리지 않는다. 이제 몇 시간 동안 우리는 휴식은 아니더라도 정적은 가질 수 있으리라. 마침내! 사람들의 포악스런 표정도 사라지고 이제 내게 고통스러운 것은 나 자신밖에는 아무것도 없다.
>
> 마침내! 나는 어둠의 욕조 안에서 쉴 수 있게 된 것이다. 우선 문고리를 두 번 돌려 잠근다. 이렇게 문고리를 두 번 돌리는 것은 내 외로움을 크게 해주고 세상과 나를 갈라놓는 바리케이드를 더 튼튼하게 해주리라. 〔……〕
>
> 모든 것에 불만이고 나 자신에게 불만인 채 나는 밤의 정적과 외로움 속에서 조금이나마 내 명예를 회복하고 나를 뽐내고 싶다. 내가 사

랑했던 사람들의 영혼이여, 내가 칭송했던 사람들의 영혼이여, 나를 강하게 만들어주오, 나를 지탱해주오, 이 세상을 타락시키는 거짓과 온갖 짜증스러운 일들로부터 나를 벗어나게 해주오; 그리고, 당신, 위대하신 신이시여! 내가 이 세상에서 가장 못난 놈이 아니라는 걸, 내가 경멸하는 자들보다 더 못난 놈이 아니라는 걸 나 자신이 확신할 수 있게끔 아름다운 시 몇 구절을 쓸 수 있는 은총을 내게 베풀어주소서.

—보들레르, 「밤 1시」 부분[1)]

괴물같이 흉측하기만 한 도시의 모습이 어둠에 묻히고 포도(鋪道) 위를 구르는 마차 바퀴의 굉음도 잦아들어 비로소 평화로운 정적을 되찾을 수 있게 된 그 시간은, 비속하고 잡다한 현실의 온갖 짜증스러운 일에 짓눌려 자신이 '세상에서 가장 못난 놈'이 아닐까라는 자학에 시달리던 시적 자아가 마침내 힘겹게 되살아나는 시간이다. 그러므로 그 시간은 시적 자아와 구별되는 현실 속의 대중들이 휩쓸려 있는 역사적 시간에서 어느 정도 유리된, 일탈적이고 저항적인 시간일 것이다. 한밤에도 깨어 있는 소수의 사람들, 예컨대 시인들에게만 유보되어 있는 그 시간은 시적 자아를 통과하면서 시라는 텍스트로 공간화된다. 한편 역사적 시간은 도시라는 공간의 모습으로 현상하여 시적 자아를 포위한다. 잘 알려져 있는 것처럼 보들레르의 시대는 나폴레옹 3세 치하의 프랑스 제2제정 시기였던 바, 당시 파리 시장이었던 오스만 남작에 의해 질풍노도처럼 추진되었던 파리의 근대화 작업은 파리의 표정과 함께 사람들의 의식까지 바꿔놓는 근대화의 신화를

1) C. Baudelaire, *Le spleen de Paris*, Paris: Librairie Générale Française, 1964.

성취한 대역사(大役事)였다. 낡고 누추한 건물들이 붕괴된 터전에는 거의 비슷비슷하게 규격화되었으면서도 각기 특색을 뽐내는 제2제정 건축 양식 건물들이 변화와 다양성과 부르주아 계급의 번영의 표상처럼 속속 세워졌고, 미로처럼 구불구불하게 얽혀 있던 골목길들을 넓고 곧게 펴낸 대로(大路)들 위로는 마차와 기마 헌병 들이 질주하며 이 변화와 진보의 신앙에 속도감과 안정감을 더해주었다. 그러나 이러한 변화의 음지에서 이제까지의 삶의 터전을 박탈당한 도시 빈민 노동자들은 파리 시외로 소개(疏開)되어 도시의 정화와 미학화에 이바지했고, 콩나물시루 같은 싸구려 합승 마차를 타고 도심과 변두리를 오가는 것으로 속도의 신화를 완성하는 엑스트라의 역할을 수행해냈다.

현대성에 대한 보들레르의 체험은 이러한 크로노토프〔chronotope, 時空間〕를 배경으로 삼는다. 변화는 당위였고, 또 모든 변화는 진보로 귀결될 것이었다. 그렇다면 속도 또한 마찬가지리라. 이렇게 속도감과 밀착된 변화와 진보의 신앙은 모든 것을 일시적인 것, 덧없는 것, 우연한 것으로 돌려놓게 된다. 이 신앙이 미망이며 환상에 지나지 않는다는 것, 부르주아 계급이 꾸며놓은 인공 낙원의 이면에는 여전히 추하고 악하고 비천한 것들이 변하지 않는 영원한 실체로 남아 있음을 간파할 수 있는 능력, 간파해내야 하는 책무는 오직 '시적 자아'에게만 속하는 것이었다. 그러므로 시인은 '저주받은 존재'일 수밖에 없었고 그가 경험하는 현대성이란 '일시적인 것과 영원한 것, 덧없는 것과 변하지 않는 것의 결합'일 수밖에 없었다.

이렇게 파리의 한 누추한 다락방 창가에서 미와 추, 인공적인 것과 자연적인 것, 덧없는 것과 영원한 것 등의 모순적 대립항들이 뒤범벅된 괴물로 떠올라 있는 도시를 바라보며 써 내려간 내면적 저항의 기록에 『파리의 우울*Le Spleen de Paris*』이라는 제목이 붙을 때, 이때의 우울이라는 것이 한 개인의 일시적인 심리 상태를 가리키는 것일 수는 없는 일이다. 보들레르의 우울, 그것은 그 자체가 현대성의 단면이었다. 그것은 활력과 근면의 명분으로 대중의 에너지를 전유하려 했던 부르주아 계급의 착취적 이데올로기에 의해 억압되고 은폐되었던 타자였고, 이런 의미에서 그것은 프랑스 제2제정 당시 부르주아 사회의 피상성과 허위성에 대한 강력한 항체이기도 했다.

'우울'이라는 이름으로 환유되는 보들레르의 현대성이 파리라는 도시를 배경으로 이루어진 체험이라는 것은 이미 잘 알려져 있지만,[2] 보다 본질적인 차원에서 그것은 공간적 체험 이상으로 시간적(역사적) 체험의 산물이었다.[3] 그것은 1848년의 프롤레타리아 혁명과 이를 전복한 루이 나폴레옹 보나파르트(나폴레옹 3세)의 반동적 쿠데타, 그리고 이에 이어진 제2제정의 20여 년간의 통치 등과 같은 역사적 단계들을 거치며 경험한 모든 것—정신과 물질의 전복, 이념과 현실의 괴리, 고상한 것과 비천한 것의 혼합 등—이 침전된 거대한 퇴적물의 표상으로 떠오른 것이었다. 그러므로 이러한 현대성의 체험은 보들레르의 시뿐만 아니라 보들레르 이후의 문학과 예술에까지 계승된다. 악의 수렁에서 꽃을 피워내려는 보들레르의 시도와 비슷하게

---

2) 보들레르의 현대성과 파리라는 도시의 체험 사이 연관성에 대해서는 Walter Benjamin, "Le Paris du Second Empire chez Baudelaire," *Charles Baudelaire*(Paris: Payot, 1974)와 마샬 버만, 『현대성의 경험』(윤호병·이만식 옮김, 현대미학사, 2004)의 제3장을 참조할 것.

3) Jürgen Habermas, *Le discours philosophiques de la modernité*, Paris: Gallimard, 1988, p. 10.

후대의 문학과 예술 역시 추하고 악하고 비천한 것들을 창조적 영감의 원천, 미학화의 대상으로 삼아왔다. 우울 또한 이러한 계보에 속한다.

그렇다면 1990년대의 한국문학에 유령처럼 출몰하는 우울의 그림자는 무엇인가? 나는 지금 1990년대 한국문학 전체가 우울했다고 말하는 것은 아니다. 오히려 인상적인 수준에서 파악한다면 1990년대의 한국문학은 그 어느 때보다 다양했고 대담했고 발랄했고 경쾌했다고 말할 수 있을 것이다. 이는 무엇보다도 1990년대 문학의 가장 큰 특성인, '문화적 접합'이라 부름 직한 과정의 부산물로 얻어진 효과들이겠지만, 그러나 이러한 거침없는 '일탈'과 '질주'의 과정에도 내성의 계기는 간헐적으로나마 어김없이 찾아들었고, 그때마다 우울의 기미는 감출 수 없는 본색으로 문학의 표정에 떠오르곤 했다. 그러므로 1990년대 한국문학의 우울에 대해 언급한다는 것은 일차적으로는 우리가 하나의 역사적 과정으로 체험한 1990년대의 현대성의 일면을 조명하는 작업이다. 동시에, 역사적 체험으로서 현대성이 내포하는 과도적 성격에 비추어 말하면 그것은 또한 1990년대 이후, 조금 더 거창하게는 새로운 세기의 문학의 가능성을 탐색하는 작업이라는 의미까지를 아울러 지닐 수 있을 것이다.

1990년대 한국문학의 우울은 어디에서 온 것이었는가? 무엇보다 먼저 그것은 지나가버린 시대에 대한 반추에서 분비되는 상실감으로부터 왔다. 한 시인의 우울한 심사의 내면 풍경을 보자.

初經을 막 시작한 딸아이, 이젠 내가 껴안아줄 수도 없고

생이 끔찍해졌다
딸의 일기를 이젠 훔쳐볼 수도 없게 되었다
눈빛만 형형한 아프리카 기민들 사진;
"사랑의 빵을 나눕시다"라는 포스터 밑에 전가족의 성금란을
표시해 놓은 아이의 방을 나와 나는
바깥을 거닌다. 바깥;
누군가 늘 나를 보고 있다는 생각 때문에
사람들을 피해 다니는 버릇이 언제부터 생겼는지 모르겠다
옷걸이에서 떨어지는 옷처럼
그 자리에서 그만 허물어져버리고 싶은 생;
뚱뚱한 가죽부대에 담긴 내가, 어색해서, 견딜 수 없다
글쎄, 슬픔처럼 상스러운 것이 또 있을까

그러므로, 어느 날 나는 흐린 酒店에 혼자 앉아 있을 것이다
완전히 늙어서 편안해진 가죽부대를 걸치고
등뒤로 시끄러운 잡담을 담담하게 들어주면서
먼 눈으로 술잔의 水位만을 아깝게 바라볼 것이다

문제는 그런 아름다운 廢人을 내 자신이
견딜 수 있는가, 이리라

—황지우, 「어느 날 나는 흐린 酒店에 앉아 있을 거다」 전문[4]

---

4) 황지우, 『어느 날 나는 흐린 酒店에 앉아 있을 거다』, 문학과지성사, 1998.

편의상 시적 자아를 시인이라 부르도록 하자. 시인은 지금 우울한 표정으로 '흐린 주점(酒店)'에 앉아 얼마 남지 않은 '술잔의 수위(水位)만을 아깝게' 바라보고 있다. 나이를 먹은 것이리라. 딸아이가 '초경(初經)을 막 시작한 나이'라면 갓 십대 초·중반 정도의 나이일 것이다. 그러니까 불과 10년—이때의 10년은 시대 단위로서의 10년이기도 하다— 전만 하더라도 시인은 주위 사람들과 온몸과 마음으로 통할 수 있었다. 딸의 방에 붙어 있는 '아프리카 기민들 사진'은, 10년 전이었다면 아마도 그의 방에 붙어 있었을지도 모른다. 그때라면 인류애적인 이념과 휴머니즘적 이상은 시인의 몸에 맞춤하게 잘 어울리는 옷이었을 것이다. 10년 전, 그때는 시인이 비록 "숫개미 날개만한 재치문답"으로라도 "화엄 창천(華嚴 蒼天)에 오른 적"(「우울한 거울 3」)까지 있었던 시절이었다. 10년이 경과하는 동안 무슨 일이 벌어졌는가.

> 소비에트가 무너지던 날, 난
> 光州空港에서 일간스포츠를 고르고 있었지
> 내가 이 삶을 통째로 배신할 수 있는 기회가
> 없어져버렸다고 할까? 처음엔 내가 마흔 살이
> 되었다는 것을 도저히 받아들일 수가 없드라고
> "개좆 같은 세기"가 되어버린 거 있지
> 물론 나더러 평양 가서 살라 하면 못살지이
> 그런데 내가 왜 그들보다 더 아프지?
>
> — 황지우, 「우울한 거울 2」 부분

그 10년 동안 현실사회주의는 붕괴되었고, 이념의 가치는 상실되었다. 그리하여 시인이 처하게 된 세상은 "망막을 속이는 빛이 있음을 모르고/흰 빛 따라가다/철퍼덕 나가떨어진 이 궁창"(「우울한 거울 3」)으로 비유되는 세상이다. 이렇게 암전된 세상에서 시인은 공항에서 『일간스포츠』를 고르는 사십대 남자의 이미지가 환기하는 속물적인 삶을 살아간다. 한마디로 세상은 '개좆 같은 세기'가 되어버렸고 시인은 '개좆 같은 새끼'로 전락해버린 것이다. 이념은 왜 필요했던 것일까? 사회의 전복과 변혁을 위해서? 그것에 입력된 프로그램에 따라 지상의 낙원을 수립하기 위해서? 그렇지는 않다. 이념을 존중했음에도 시인은 정작 "평양 가서 살라 하면 못살지이"라고 실토한다. 그렇다면 시인에게 이념의 가치는 무엇이었던가? 다른 시에서 시인은 그것이 "삶을 견딜 수 있게 하는 격(格)"(「살찐 소파에 대한 日記」)이라고 말한다. 그러나 그 '격'이 실종된 시대에서 시인은 인간으로서의 지위까지도 속화된 세상에 저당 잡히게 된다. 이제 시대의 '바깥'으로 밀려난 시인은 더 이상 소통의 주체도, 사랑의 주체도 아닌, "누군가는 나를 보고 있다는 생각"에 시달리는 객체의 지위로 내몰려버린다. 10년 전, 이념과 소통의 주체였던 실체적 자아에서 '떨어지는 옷'으로 탈각된 변태의 과정은 성장으로 이어지지 못하고 자아의 상실로 귀결된 것이다. 탈피한 자아는 실종되고 껍데기만 남은 자신의 초상을 시인은 '뚱뚱한 가죽부대'로 희화화하면서 내면의 공허함의 부피까지도 시각화하여 드러낸다. 이러한 비유는 「살찐 소파에 대한 日記」에서 시인 자신을 풍자하는 '살찐 소파'의 이미지로 연결된다. 이 폭신폭신한 살찐 소파는 '아름다운 폐인(廢人)'이 되어버린 시인이 타성적으로 추구하게 된 일상적 안락의 이미지임과 동시에 시인 자신의 의물화된 은유이기도 하다. 시인은 이제 더 이상 시인도 아니고 인간도 아닌, 한낱 물건에 지나지 않는다. 그러므로 시인 자신에 대한 내면적인 성찰도 "물로 채워진 어떤 덩어리에 대한 생각"(「우울한 거울 1」)으로 귀착되는 악순환의 폐쇄 회로에 갇혀버리게 된다. 주체에서 객체로, 다시 사물로의 끝없는 추락과 유폐. 시인이 지난 10년의 세월 동안 경험한 현대성의 내용은 이러한 주체성의 박탈과 물화(物化)였던 것이고, 이 경험에서 드리워진 마음의 어두운 그림자는 시인의 우울한 포즈로 응고된다.

황지우 시의 시적 자아는 급격한 시대와 현실의 변화에 매몰되어버린 개인의 초상이다. 이런 의미에서 그의 시의 우울은 한 시대의 징후적 가치로 또렷이 부각되지만 그것의 사회적 배경과 의미를 좀더 깊이 따져보는 데 있어서는 시보다 시대라는 '거리에 내걸린 거울'인 소설이 제격일 것이다. 시야를 소설로 돌려볼 때 대번에 육박해오는 것은 1990년대의 과거와 현재와 미래를 명쾌하게 압축해놓은 김영하의 「전태일과 쇼걸」이다. 한때 함께 운동권에 몸담고 있었던 남자와 여자가 '우연'히 극장 앞에서 만난다. 그들은 그동안의 신변잡사에 대한 이야기를 나눈 후 덤덤하게 헤어진다. "두 사람은 일주일만에 만난 연인처럼 만났다가 내일 만날 사람처럼 헤어졌고 그 남자는 버스 정류장으로 가서 버스를 기다렸다"(220). 이것이 전부다. 그렇다면 그는 우울한가? 그렇지는 않아 보인다. 버스를 기다리던 남자는 몸을 돌려 근처 레코드 가게로 들어가 한영애의 4집 앨범을 산다. 그리고 이것과 연관하여 조금 전에 헤어진 여자와의 지난 일을 추억하기도 하지만, 이런 연관을 그저 '우연'에 지나지 않는 것으로 치부해버린 그는 아무런 마음의 동요도 없이 버스에서 잠이 들고, 또 다시" "아주 우연하게도 자신이 내려야 할 정류장 바로 직전에 잠이 깨어" 아무 일 없이 집으로 돌아갔다. "사실이 그랬다"(221). 그랬을 것이다.

우울의 감정 대신 그 인물을 지배하고 있는 것은 우연의 논리다. 그에게는 모든 것이 우연이다. 「아름다운 청년 전태일」이라는 영화와 「쇼걸」이라는 영화가 한 극장에서 동시에 상영되고 있는 것도 우연이고, 그 "극장 앞에서 6년 전에 헤어진 옛 애인을 만나게 된다는 상황"도 우연이고, "면회실과 사형장, 쾌락과 죽음, 진보와 퇴행"이 함께 있는 것도 우연이다.

> 일부러 이렇게 만들어놨을까? 처음 구치소를 설계하던 놈이 면회실과 사형장을 그렇게 운명의 갈림길로 만들어놨을까? 아니면 우연이었을까.[5)]

이 인물에게 있어 우연은, 대상의 가치를 지우고 차이를 없애는 '무차이성indifférence'의 논리적 핵심이다.[6)] 광주와 비엔날레의 차이, 비엔날레와 안티비엔날레의 차이, 황동규의 시와 한영애의 노래 사이의 차이 등, 이 모든 차이는 지워지고 우연의 이름으로 공존한다. 그러므로 그에게 우울의 감정이 표정으로 떠오르는 일은 절대 없을 것이다. 우울이라는 것을 대상에 투사되었던 주관적 가치가 배반된 형태로 되돌아올 때 생기는 감정이라고 말할 수 있다면 그에게는

---

5) 김영하, 『호출』, 문학동네, 1997, p. 205.

6) '무차이성'에 대해서는 Pierre V. Zima, *L'indifférence romanesque*(Paris: Le Sycomore, 1982)를 참조할 것.

주관적 가치도, 대상의 고유한 가치도 존재하지 않기 때문이다. 운동권에 몸담았던 과거의 그와 학원 강사로 일하고 있는 지금의 그 사이에도 차이는 없다. 서로 타자일 수밖에 없는 두 면모는 다시 우연의 이름으로 한몸에 공존하고, 이렇게 하여 인격적 통일성을 전제로 성립하는 정체성, 혹은 주체성도 사라져버리고 만다. 어쩌면 모든 차이가 지워지고 자아의 정체성도 상실된 상태야말로 가장 우울한 것이라고 말할 수도 있겠지만, 그렇다 하더라도 이때의 우울 또한 불감증의 벽 안에 감금되어 있기는 마찬가지다.

사회경제적 관점에서 볼 때 '무차이성'은 대상의 질적 가치를 양의 차원으로 전환시켜 동류화·서열화하는 시장경제 중심의 자본주의적 생리의 분비물이다. 이런 관점에서 볼 때 「전태일과 쇼걸」은 1990년대로 진입하면서 한층 진전된 한국 사회의 자본주의적 시장 경제 구조의 시대적 대응물이라고 말할 수 있다. 「전태일과 쇼걸」에서 자본주의는 TV나 휴대폰 광고, 관광과 국제결혼 광고 문안들의 형태로 소설에 잠입하여 우연한 만남과 헤어짐, 그 밖의 모든 우연한 공존들이 이루어지는 사태의 시대적 배경으로 자리 잡는다. 그 가운데 하나; "아무도 이 사람을 구멍가게 둘째 딸로 기억하지 않습니다. 우리는 이 사람을 철의 여인 대처로 기억합니다. 여성 차별이 없는 사회"(p. 217)라는 광고 문구는 '차이 없애기'가 시대적 구호로까지 등장하게 된 사태와 자본주의의 함수관계를 명확히 부각시킨다. 이에 더하여 광주 비엔날레의 슬로건이 '경계를 넘어서'라는 것은 무차이성이라는 자본주의적 무의식이 문화의 영역에까지 침투하여 예술 장르들 사이의 경계와 차이를 지우고 없애는 작업의 추동력으로까지 작용하고 있음을 암시한다. 흔히 1990년대를 '잡종hybrid'의 시대로 규정할 때, 이러한 문화적 현상의 출현 배경 또한 무차이성이었던 것이고, 이종 교배에 의한 다양한 신품종의 문화 장르들이 개발될 수 있었던 것도 이러한 무차이성에 힘입은 바 클 것이다. 그것은 문화자본주의의 도전에 대응하는 문학과 예술 앞에 제시된 선택지들 가운데 가장 뿌리치기 어려운 것이 아니었을까?

김영하적인 1990년대가 결정적으로 지우고 허물어버리는 것은 혁명 혹은 이념과 욕망 사이의 가치적 차이와 경계다. 오늘 우연히 극장 앞에서 만난 남녀는 7년 전 함께 광주를 여행했었다. 그때 그들은 여관에서 함께 밤을 보냈지만 "아무 일도 없었다." 그때 욕망은 혁명의 대의와 열정에 복종해야만 하는 것이었다. 지금은 어떤가? 그 당시 명확했던 혁명과 금욕의 연관성은 이제 애매해졌다. "혁명과 금욕이 어떻게 접붙을 수 있었는지 지금으로서는 애매하지만 그 당시에는 명확했었던 것 같다고 그 남자는 생각했다"(212). 혁명과 욕망 사이의 무차이성은 여자에 의해서도 토로된다. "그때 형이랑 잤으면 어땠을까? 후. 오해하지 마. 그냥 궁금했을 따름이야. 그때는 왜 그렇게 안 된다고 발버둥을 쳤을까. 별일도 아닌 것을"(218). 혁명과 이념의 가치는 욕망과 마찬가지로 '별일도 아닌 것'으로 평가 절하되고 가치 개념들의 전반적인 하향 평준화의 추세 속에서 욕망 또한 적극적으로 추구되고 해부된다. 1990년대의 여성 문학은 이렇게 열리게 된다. 그것은 이제껏 당연시되어왔고 여성들 스스로가 내면화시키고 있었던 사회적 금기와 억압의 정당성을 따져 묻는다. 그러므로 여성 문학은 한편으로는 억압의 구조 위에 세워진 남성 중심주의 이데올로기를 폭로하고, 다른 한편으로는 이것에 억눌려 있던 자신들의 내면을 발견하여 점검하고 권리 회복을 주장하는 이중의 작업을 떠맡게 된다. 즐겨 전경화되었던 성과 불륜의 소재는 진부한 것이었지만 1990년대에 그것은 억압되었던 것의 귀환이라는 시대적 의미를 갖는다. 성은 욕망의 환유적 대명사였고 불륜은 그것의 관계대명사였다.

욕망에 대한 그녀들의 탐색과 해방의 시도는 이제껏 그녀들을 가두고 있었던 집에서 바깥으로 나오는 것으로부터 이루어진다. 그녀들의 이러한 사회로의 귀환의 의미는 무엇일까? 그것은 1990년대에 들어와 한국 사회의 새로운 조직 메커니즘으로 등장한 네트워크 시스템으로의 편입이라는 의미가 아닐까? 그녀들의 외출이 통신망에 의해 촘촘하게 조직된 정보화 사회로 호출되는 것에서부터 이루어진다는 것은 욕망의 해방이라는 주제와 1990년대의 사회 변화, 삶의 방식의 변화와의 함수 관계를 암시해준다는 점에서 주목할 필요가 있다. 그 호출의 장면은 차현숙에 의해 이렇게 묘사된다.

> 그의 전화는 내 가슴을 울렁이게 하기에 충분했다. 남자한테 전화가 왔다. 결혼 육 년 만에 남편과 상관없는 남자가, 오직 나에게만 관심을 가지고 전화를 걸어주었다. ……전화! K에게 전화가 왔다.[7]

가라앉은 듯 들뜬 문체는 무명의 존재에서 호명된 존재로 전환된 여인의 설렘을 정확히 포착한다. K라는 남자가 그녀의 전화번호를 알아낸 것은 경주라는 친구를 통해서였다. 이렇게 짜인 네트워크의 그물망을 타고 집 밖으로 나온 그녀의 삶은 새롭게 빛난다. 집 안에서

7) 차현숙, 「삼십삼 세」, 『나비, 봄을 만나다』, 문학동네, 1997, p. 154.

그녀는 어떤 존재였던가. 그녀의 "자의식이 불안, 초조로 드러나게 되면 언제나" 남편이 '최고의 처방전'으로 베풀어주는 섹스를 통해 자신이 "여자이며, 또 한 남자의 아내, 엄마라는 것"(151)을 상기해야 하는 존재, 극단적으로 말하면 보모와 식모와 창녀에 지나지 않는다. 조금 과장되었다 하더라도 이것이 남성중심주의적 사회에서의 여성의 초상이라는 것을 전적으로 부정하기는 어렵다. 이런 그녀에게 K는 '세팅되지 않은 보석'의 휘황한 이미지를 선사한다. 그리하여 K와 갖게 되는 세 번의 잠자리. 그래서 그녀는 새로운 삶을 찾았는가? 잠깐은 그랬다. "K 앞에서 나의 말들은 생기와 활력을 찾았다. 오랫동안 잊고 있었던 말들이 약간 감상적인 시어처럼 혀끝을 감미롭게 했다"(155). 그러나 새로운 삶의 충만감과 감미로움도 잠시일 뿐, "더 이상 걸려오지 않는 전화"(158) 앞에서 그녀는 다시 남성중심주의적 종속의 덫에서 허우적거리는 자신을 발견한다. 집 밖에서의 삶도 집 안에서의 삶과 다를 바 없는, 그것의 복사품, 모조품이었던 것이다. 그리하여 다시 그녀를 포위하는 우울.

> 우울증에 시달려온 삼십대 주부가 십오 층의 아파트에서 투신해 충격을 주고 있다. [……] 그런 내용의 기사를 읽다 조금 눈물을 흘린다. 누구를 위해서인지 알 수 없다. 죽은 여자를 위해, 남아 있는 어린 생명을 위해 [……] 아니다. 매일 밤 베란다를 내려보고 서성이며 살아 있는 나를 위해 눈물을 조금 흘린 것뿐이다. [……] 인생은 결국 자신의 몫이다.[8)]

---

8) 차현숙, 앞의 책, p. 160.

'인생은 결국 자신의 몫'이라는 탈낭만적 각성의 내용은 진부하지만, 그러나 이 진부함에는 그녀가 살아가기 위해 견뎌야 하는 것이 삶과 세상의 진부함 그 자체라는 사실에 대한 깨달음이 담겨 있다. 화려했던 외출 끝의 이 같은 우울한 귀가에 대해서 페미니즘적 의식의 불철저함과 실천의 부적절함을 지적할 수도 있을 것이지만, 그러나 이는 다른 성질의 문제다. 우리의 관심은 그녀가 철저하지 못했다면 그 구조적 이유는 무엇일까에 대해 생각해보는 것이거니와, 이는 그녀의 우울함의 이유를 따져보는 것과 맞물려 있다. 「삼십삼 세」의 서사 구조는 바깥의 삶, 다른 삶의 환상을 좇아 잠시 외도했던 여인이 그것의 후유증으로 시달리게 된 우울증을 치료하기 위해 신경정신과 의사에게 사태의 전말을 털어놓는 고백의 양식을 취하고 있다. 이러한 서사 구조는 여성적 주체성에 입각한 욕망의 해방이라는 주제의 한계를 짐작할 수 있게 해준다. 그녀는 욕망의 중력을 따라 기꺼이 추락 방향에 몸을 맡겼으나 깊은 바닥에는 이르지 못하고 발이 닿지 않는 허방에서 허우적거리다가 고통스러운 고백, 즉 초자아의 검열과 심판이라는 부력에 의지하여 다시 자아의 수면 위로 끌어올려지고 있는 것이다. 이때 감당하지 않을 수 없는 존재의 무거움을 그녀는 우울증의 형태로 앓고 있는 것이리라.

그러나 정말 삶은 '나비'처럼 가벼운가? 삶이 가벼운 것일 수 있다는 생각은 혹시 그녀를 밖으로 불러낸 네트워크가 심어준 환상이 아니었을까? TV, 인터넷, 이동통신 등의 각종 네트워크를 타고 풍문으로 떠도는 가상과 시뮬라크르의 삶, 이것이 그녀뿐만 아니라 우리까지 현실의 진부하고 답답한 삶의 바깥으로 유혹하는 것이리라. 그러나 삶에도 바깥은 없다. 바깥에서의 다른 삶이라는 것도 환상의 거품

이 걷히고 나면 안에서의 진부한 삶의 복제품에 지나지 않는다. 그러므로 삶이란 진부함과 답답함과 존재의 무거움을 견디는 일에 다름 아니라는 것이 그녀의 우울한 탈낭만적 각성에 담긴 내용이라 한다면 이는 오늘날의 현실 속에서 우리가 유지해야 하는 삶의 긴장 정도를 가리켜 보여주는 계기판이기도 할 것이다.

낭만적 허위로 장식된 환상적 삶의 유혹을 뿌리칠 수 있는 방법이 있을까? 있다면 어떤 것일까? 그 유혹을 뿌리쳤다고 해서 삶의 진실성은 보호되고 유지되는 것일까? 이러한 문제들에 대한 성찰의 기록으로 우리에게 제시되어 있는 소설은 서하진의 「라벤더 향기」[9]이다. 그러나 이에 앞서 잠시 1990년대의 문학과 사회의 연관성에 대한 간략한 언급으로 우회할 필요가 있다. 다소의 편차는 있으나 불륜을 소재로 한 1990년대 여성 문학의 주된 탐색의 테마는 욕망과 자아의 관계에 대한 조명이었다고 말할 수 있다. 그것은 상실된 주체성에 대한 회복과 억압된 정체성에 대한 해방의 의지를 반영하는 것이었다. 그러나 1990년대 여성 문학의 이러한 문제의식이 1980년대의 이념의 시대에 단절적으로 이어진 1990년대 중반까지의—국민소득 1만 불 달성이라는 실적에 압축적으로 표현되는—고도성장과 소비의 시대를 배경으로 하는 것이라는 사실이 간과되어서는 안 된다. 이러한 배경과의 대비에서 볼 때 욕망을 주제로 한 1990년대 여성 문학은 금욕의 모럴이 당연시되었던 이념의 시대에 이십대 학생의 나이와 신분으로 직·간접적으로 참여했던 운동과 실천의 주체들이 이 과정에서 각

9) 서하진, 『라벤더 향기』, 문학동네, 2000.

성되고 고양된 자아의식과 사회의식을 무기 삼아 새로이 맞게 된 시대 상황에서 주체로서의 지위를 유지하고자 하는 의지와 욕구의 산물로서의 측면을 지니는 것이기도 하다. 이때의 주체성이 사회 구성의 주체이기도 하면서 동시에 소비와 향유의 주체이기도 하다는 점에 약간의 복잡성이 있기는 하지만, 적어도 IMF 사태 이전까지 한국 사회는 '샴페인을 너무 일찍 터뜨렸다'는 외국 언론들의 비아냥거림이 역설적으로 입증하는 대로 전대미문의 호황과 번영을 구가했던 것이 사실이다. 그러나 시대의 경과는 이들 1980년대 주체들의 삶의 현장을 대학과 거리로부터 기업(직장)과 가정으로 이동시켰고, 이러한 세대적·사회적 재편성의 과정에서 여성적 주체들의 삶의 영역은 크게 위축되지 않을 수 없었다. 이리하여 새로운 시대의 활력에서 문득 소외되어버린 자신의 모습을 발견했을 때의 위기의식에 대한 대응으로 현상된 것이 1990년대 여성 문학의 한 단면이기도 하다. 이제 서하진의 「라벤더 향기」를 보도록 하자.

이 소설에 등장하는 여주인공의 남편은 매우 유능하고 활동적이다. 그는 대부분 집에 없다. "그는 출장 중일 때가 더 많은, 거의 언제나 출장 중인 사람"(18)이다. 이에 비해 여자는 남편의 눈에 비친 자신의 모습이 "날지도 못하면서 갉아먹기만 하는 벌레"(12)에 지나지 않을 것이라고 생각하는 인물이다. 이러한 극명한 대비는 여자가 "근육무력증이라는 조금 나른하게 들리는 병"(24)을 앓고 있다는 사실에 의해 한층 강화된다. 직장과 가정, 유능과 무능, 활력과 무력 등의 여러 가지 깊고 굵은 분할선에 따라 남성과 여성이라는 젠더와 섹스의 사회학까지 수립된다. 이렇게 낙차 큰 수직 관계의 구도 속에서 여자의 불륜이 획책된다. 그녀의 불륜의 대상이 아래층 남자라는 사실은 그녀의 전복의 욕망을 암시한다. 뿐만 아니라 그녀는 모함을 통해 남편의 사업을 방해하기까지 한다. 그녀의 이러한 불륜과 모함은 쉽게 생각하면 자신의 열등감에 대한 보상임과 동시에 남편에 대한 복수의 방식일 것이다. 그러나 이렇게 간단하지만은 않다. 그녀는 차현숙 소설의 여주인공이 그런 것과 마찬가지로 욕망의 바닥까지 떨어지지는 않는다. 불륜에 대한 그녀의 의식과 태도는 조금 복잡하다. 그녀는 불륜 관계인 것으로 보이는 남녀가 타고 있던 차를 교통사고—이것이 실제로 일어난 것인지 아닌지는 분명하지 않다—를 핑계로 경찰에 신고한다. 뿐만 아니라 자신과 아래층 남자가 함께 차를 타고 가다 저지른 사고를 신고한 것도 그녀였다. 불륜을 저지르고 있음에도 그녀가 드러내는 거부감을 어떻게 이해할 수 있을까? 이는 그녀의 욕망과 초자아의 교묘한 공존을 시사하는 것이 아닐까? 전자의 경우로 미루어 우리는 그녀가 매우 엄격한 도덕적 검열 의지를 지니고 있다고 판단할 수 있을 것이다. 그렇다면 후자의 경우는 자신의 일탈이 파국으로 치닫는 것을 막기 위한 방편으로 아래층 남자가 떠나도록 하기 위해 획책된 초자아의 정교한 시나리오가 아니었을까? 그녀의 불륜은 욕망으로의 탐닉이 아니라, 남편에 대한 복수를 통한 자기 보상이라는 분명한 목표에 따라 의식과 초자아에 의해 잘 통제된 상태에서 이루어진 연기에 지나지 않았던 것이리라. 연기의 조작적이고 인위적인 냄새는 그녀가 뿌리는 인공 라벤더 향기와 섞여 더욱 진하게 풍겨온다. 그녀는 조화로 베란다를 꾸미고 인공의 향기를 뿌리는 것으로 욕망의 우중충한 그림자를 감추고 불륜의 악취를 지운다. 욕망이 자연적인 충동이라면 인공의 향기와 조화는 내면화된 억압의 은유일 것이다. 그녀에게 라벤더라는 이름의 향기롭고 부드러운 억압은 이미 자아의 수준으로 수렴되어 있다. 이처럼 그녀는 의식뿐만 아니라 도덕적 초자아까지도 물화된 형태로 소유하고 있다. 욕망 또한 마찬가지다. 한때 그녀의 불륜 상대였던 아래층 남자는 복수의 프로그램에 포함된 일탈의 욕망을 일시적으로 성취하는 데 필요한 일회용품에 지나지 않았던 것이다. 그녀에게 있어 욕망과 초자아는 사물화된 방식으로 아무런 마찰 없이 공존하는 것이었다. 그렇다면 그녀는 어떤 존재인가? "나이가 드러나지 않"는, "변하지 않는 여자"(25)로서의 삶을 살아가는 그녀 또한 조화와 인공의 향기가 가득한 인공 낙원의 마네킹 같은 존재일 뿐이다. 그녀가 꾸미고자 하는 모종의 분위기를 환기시키는 이미지로 존재하는 사물들에 대한 소유격의 주체로만 성립되는 사물로서의 삶. 이것이 소비 사회의 활력에서 소외된, 아니 그것에 물화된 의식으로 참여하고자 했던 한 여인으로 대변된 1990년대적 욕망의 삶의 진면목이다. 그녀는 욕망의 유혹에 욕망을 물화시키는 방식으로 대응했지만, 그 결과는 삶의 진정성과 리얼리티의 돌이킬 수 없는 파괴와 상실이었다. 이것은 IMF 사태 이후 많은 한국 사람들이 충격적으로 맞닥뜨려야 했던 우울한 삶, 바로 그것이 아닌가?[10)]

차현숙과 서하진의 '그녀'들은 사회적 자아와 욕망 사이에서 분열되어 있는 존재들이다. 그 분열은 욕망의 방향으로 뻗어가려는 삶의 지향을 초자아의 역방향으로 수렴하려는 모순적 태도에서 비롯되는 분열이다. 욕망에 대한 이러한 관리 방식이 여성적 욕망에 대해 사회

---

10) IMF 사태 이후 한국 사회에 팽만하게 된 우울의 정서가 만들어내는 비천한 삶의 풍속도는 배수아의 『일요일 스키야키 식당』(문학과지성사, 2003)에 탁월하게 묘사되어 있다.

적 승인을 획득하기 위한 페미니즘의 전략인가에 대해서는 달리 생각해보아야 할 것이지만, 그것이 자아의 단일성과 주체의 통일성 속에 욕망을 단속하기 위한 방편이라는 것은 분명해 보인다. 그러나 그녀들의 욕망 추구의 배경이기도 하고 결과이기도 한 시대상, 즉 촘촘하게 조직된 네트워크를 타고 시뮬라크르들이 어지럽게 교차하는 기호의 제국에서 과연 자아와 주체성은 통합된 하나일 수 있는 것일까? '그녀'들의 불철저함은 억압과 욕망이 교차되었던 1990년대 한국 사회의 변화 추세를 그 접점의 단면으로만 포착함으로써 동적인 측면을 놓쳤다는 점에서 비롯되는 것으로 보인다. 이른바 리좀적 접속의 그물망을 통해 주체성은 분산되고 욕망은 증식된다. 1990년대 이후 한국 사회에 강화된 이러한 분산과 증식의 사회적 메커니즘에 적합한 자아와 주체성의 조건은 더 이상 단일성과 통일성일 수만은 없게 된 것으로 보인다. 그렇다면 새로운 자아와 주체성의 조건은 무엇인가? 이러한 물음과 관련하여 우리가 떠올려볼 수 있는 것은 제레미 리프킨이 '다중인격자'[11]라고 표현한 인간형에 구비된 어떤 것, 즉 다면성이다.[12] 그렇다면 이 다면적 자아에 대응하는 소설적 인물형은 어떤 것일까? 다름 아닌 '연기(演技)하는 자아'일 것이고, 이제 이 새로운 자아의 면모를 살펴보기 위해 은희경의 소설을 읽어볼 차례가 되었다.[13] 그러나 이에 앞서 접속의 시대[14]가 산출한 다면적 자아와 이것

---

11) 제레미 리프킨, 『소유의 종말』, 이희재 옮김, 민음사, 2000, p. 23.

12) 이러한 조건이 새로운 시대의 필연적 요청에 따른 당위적 산물인지 아니면 변화의 과정에서 자연스럽게 생성된 가치중립적 결과물인지는 따져볼 필요가 있지만, 이 글의 범위에서는 벗어나는 일이다.

13) 은희경 소설 인물의 연기술에 대해서는 소설집 『상속』(문학과지성사, 2002)에 수록된 김동식의 해설 「연기(演技/延己)하는 유전자의 무의식에 대하여」를 참조할 것.

의 문학적 치환물인 연기하는 자아에 대한 상관성을 시사해놓은 제레미 리프킨의 설명을 참고해두는 것이 많은 도움이 될 것이다.

> 접속의 시대는 새로운 유형의 인간을 몰고 온다. 바다의 신이자 변화무쌍한 모습을 가졌던 그리스 신화의 프로테우스처럼 새로운 '프로테우스' 시대의 젊은이들은 전자 상거래와 사이버스페이스 세계에서 이루어지는 사업에 아무런 거부감이 없으며 그 속에서 펼쳐지는 사교 활동에도 적극적으로 참여한다. 그들은 문화경제를 구성하는 수많은 시뮬레이션 세계에 척척 적응한다. 그들에게 익숙한 세계는 이념적 세계가 아니라 연극적 세계이다.[15]

이념적 세계에서 연극적 세계로! 황지우에서 은희경에 이르기까지, 우리가 조감해본 1990년대적 현대성의 전개 궤적은 이와 크게 다르지 않다. 또한 그것은 혁명과 이념과 운동과 실천의 주체이고자 했던 실체적 자아가 다른 모습의 자아로 탈태하는 과정이기도 하다. 은희경의 '연기하는 자아'는 이 다른 자아의 한 가지 실현태다. 사실 이 연기하는 자아의 선구적 형태는 이미 김영하의 「전태일과 쇼걸」이나 서하진의 「라벤더 향기」에도 등장한 바 있었다. 극장 앞에서 남자 주인공이 만난 6년 전의 애인은 학창 시절 전혜린의 모습을 연기하던 인물이었던 것이고, 「라벤더 향기」에서 여주인공의 불륜은 그 자체가 연기였던 것이다. 그러나 이들 인물에게서 연기하는 자아가 이념적

---

14) 접속 시대의 서사 양식으로서 정이현 소설의 다면성에 대한 논의로는 우찬제, 「소비사회의 접속과 천의 목소리」(『문학과사회』 2003년 겨울호)를 참조할 것.

15) 제레미 리프킨, 앞의 책, p. 22.

자아나 도덕적 초자아와 완전히 분리되지 않아 분열증적 모습을 탈각하지 못한 상태에 있었다면 이 분열증의 흔적은 은희경에 이르러 말끔히 지워진다. 소설집 『상속』에 수록된 「누가 꽃피는 봄날 리기다소나무 숲에 덫을 놓았을까」라는 소설을 보자.

한 소녀가 있다. 진짜 이름은 소연이지만 소라라는 "더 쉽고 예"쁜(52) 이름으로 불린다. 접속의 시대의 용어로 말하면 아마 소라는 소연의 ID일 것이다. 소연과 접촉하기 위해서는 소라라는 ID에 접속해야 한다. 그 아이는 "자신에게 주어진 역할을 주위의 기대만큼 해내야 한다는 생각"(49)에 사로잡혀 '타인의 시선'이라는 끈에 의해 조종되는 마리오네트 인형 같은 아이이다. 소라에게 맡겨진 배역은 공주, 수재, 모범생의 배역이고, 결혼해서는 남편을 극진히 사랑하고 또 남편에게서 그만큼 사랑받기를 원하는, 더할 나위 없이 이상적인 아내의 배역이고, 직장에서는 유능하면서도 겸손한 '커리어 우먼'으로서의 배역이다. 그녀에게는 자아, 생활, 가정, 직장 여성으로서의 이미지 등 이 모든 배역을 완벽하게 해낼 수 있게 해주는 많은 이미지들이 한 치의 흐트러짐도 없이 가지런히 정돈되어 있다. 그러나 과연 그녀는 처음부터 이러한 이미지와 배역들에 완전히 동화되어 있었던 것일까? 그렇지는 않다. 초등학교 시절 서울에서 전학 온 남학생 이현우에게 소라는 자신의 비밀을 털어놓는다.

내 비밀 하나 얘기하면 지켜줄래? 말해봐. 사실은 말야, 일기를 쓸 때도 나는 많이 지어내. 내가 한 나쁜 짓들은 절대로 일기에 안 쓰거든. 난 언젠가 유명한 사람이 되면 그런 말을 남길 거야. 이 세상에 진실은 없다, 이렇게 말야.[16)]

같은 또래의 아이들에 비해 영리했던 소라는 자신의 모든 행위가 진실이 아니라 지어내기, 즉 연기라는 것을 알고 있다. 그러나 그녀의 분열증적인 흔적은 이게 전부다. 이후 그녀의 삶은 진실을 회복하기 위한 추구의 방향으로가 아니라 진실은 없다는 것, 모든 것은 가짜고 꾸밈이고 연기라는 것을 철저하게 내면화하는 방향으로만 펼쳐진다. 장래희망을 묻는 질문에 "이 세상에 있는 책을 모두 읽은 사람"(45)이라고 답했던 그녀가 그토록 많이 읽은 책들도 그녀에게는 진실의 매개물이 아니라 글 쓰는 데 인용할 구절들을 '퍼 오기' 위한 접속의 대상에 지나지 않는 것이었다. 이러한 그녀가 직장 여성이 되어서는 자신의 유능함을 '연기'해 보이기 위해 회사 측으로서는 별 흥미도 없고 중요하지도 않은 일을 성사시키려고 김영재라는 젊은 화가를 만나 전심전력으로 일에 투신하던 끝에 결국 김영재와 잠자리까지 같이하게 된다. 김영재는 그녀의 초등학교 동창이었다. 그 시절 소라가 공주였다면 김영재는 어떤 신분이었던가.

> 사실 나는 촌놈이에요. 땅 한 뙈기 없는 빈농에서 9남매 중 둘째 아들로 자랐죠. 누나들은 열 살만 넘으면 읍내로 식모살이를 갔는데, 셋째 누나가 들어간 집은 나하고 같은 반 여자아이네 집이었어요. 내가 열세 살 되던 해에 집으로 도로 돌아왔죠. 온 식구가 들일을 나간 사이에 네 살배기 막내가 두엄 더미 옆에서 마른 오징어를 주워 씹고 다녔는데, 그것이 알고 보니 죽은 쥐였던 거예요. 탈이 난 막내를 돌보기 위해서 누나가 돌아와야 했어요. 나는 그게 싫었죠. 명절마다 다니러

---

16) 은희경, 『상속』, 문학과지성사, 2002, p. 57.

온 누나한테서 그 여자애 얘기를 자세히 듣지 못하게 되었으니까요.[17]

셋째 누나가 식모살이를 했던 집의 같은 반 여자아이는 누구였을까? 바로 소라가 아니었을까? 김영재는 소라가 "어두워진 교실에 혼자 남아 있는 모습을 혼자서만 훔쳐보기 위해서"(82~83) 소라의 분홍색 메리제인 슈즈를 몰래 논두렁에 갖다 버린 장본인인 것이다. 어릴 적의 소라가 공주였다면 김영재는 그녀의 발밑에도 미치지 못할 정도로 비천한 존재였다. 정사의 순간 김영재가 되뇌는 "어떻게 이런 일이! 내가 너를 안다니!"라는 탄사는 두 사람 사이에 존재했던 낙차의 폭을 짐작할 수 있게 해준다. 그러나 이제 두 사람 사이의 그 엄청났던 격차는 사라졌다. "남편이 아닌 남자의 몸은 말할 수 없이 거북하고 혐오스러웠지만 갑자기 밀치고 일어난다거나 욕을 퍼붓는다거나 하여 두 사람 다 무안하고 어색해지는 것 같은 또는 책임을 묻고 비난을 퍼붓는 따위의 상투적 광경을 겪는 것은 원하는 바가 아니었다"는 우아하고 세련된 핑계로 "그가 너무 자책하거나 미안해하지 말라는 의미에서 몸을 조금 움직여"(89) 주기까지 했던 그녀는, 이제 김영재를 상대로 '공손한 창녀'의 배역까지 완벽하게 소화해낸 것이다. 그 순간은 이제까지 그녀가 변형된 형태로나마 지켜왔던 공주로서의 배역과 이미지가 산산조각으로 깨지는 순간이지만, 그러나 그 순간에도 소라에게는 여전히 해야 할 연기가 남아 있다. 바로 명랑함의 연기이다.

---

17) 은희경, 앞의 책, pp. 85~86.

갑자기 전화벨이 요란하게 울렸으므로 소라는 전화가 놓인 탁자 쪽을 힐긋 돌아보았고 자기가 놀랐다는 게 어이없는 일이라는 듯 방긋 웃었다.[18)]

김영재와의 접촉의 순간에도 소연(소라)은 접속의 윤리, 즉 연기를 수행하고 있었던 것이다. 아니, 사실은 김영재가 소라라는 ID와 접속했던 것에 지나지 않는 것인지도 모른다. 신분적 격차는 사라졌을망정 어릴 적 교실에 혼자 남아 있던 소라와 그녀를 지켜보던 영재 사이의 거리, 즉 배우와 관객 사이의 거리는 그 순간에도 조금도 좁혀지지 않았다. 그리하여 자칫 우울할 수도 있었을 그 순간은 이렇게 명랑함의 연기(演技)에 의해 연기(延期)된다. 연기하는 동안 자아 정체성의 알리바이는 완벽하게 성립되고, 연기하는 동안 그것은 끝없이 연기된다. 이어지는 것은 연기에 의해 연기(緣起)되는 다양한 배역들, 즉 다면성이다. 이제 주체성의 상실 따위는 더 이상 우울의 아이템이 아니라는 것, 우울은 연기에 의해 얼마든지 연기할 수 있다는 접속 시대의 윤리학이 은희경의 경쾌한 화법을 지켜주는 버팀목일 것이다.

은희경 소설의 인물이 보여주는 연기술은 다면성이 새로운 주체성의 조건으로 대두된 접속의 시대가 요구하는 삶의 방식, 혹은 처세술이다. 이러한 인물형의 제시는 그것만으로 충분히 의미 있고, 또 주체성의 상실과 분열을 우울이라는 현대성의 병증으로 앓아온 우리의

18) 은희경, 앞의 책, p. 91.

1990년대적 체험의 치유술이기도 하다는 점에서 각별한 주목에 값할 만한 것이다. 그러나 은희경에게 연기술이라는 다면성의 윤리는 소설화되어 있기는 하지만 소설의 내재적 시학으로까지 침전되어 있지는 않다. 그 연기술이 인물을 통해서가 아니라 소설 자체로 현상되는 광경을 지켜보기 위해서는 성석제를 살펴보아야 한다.

「홀림」은 성석제의 자전소설로 읽을 수 있는 작품이다. 아이를 보고 그 아이에게 사로잡히는 또 하나의 아이에 대한 묘사로 시작하는 서두에서부터 작가는 주체의 분열과 결합의 기묘한 변증법을 펼쳐놓는다. 아이가 되어버린 아이, 즉 작가는 아이에 대한 '홀림'이 시간의 흐름을 거슬러 펼쳐내는 만화경의 세상 속에서 자신이 아이였던 시절의 모습을 본다. 그 만화경 속에서는 어떤 일들이 벌어졌는가. 우선 도취의 사건이 있다. 어릴 적 막걸리 심부름을 하던 아이는 공복에 너무 많은 양의 막걸리를 마시고 취해 논바닥에 누워 잠이 들어버린다. 누군가 걸쳐놓은 몇 개의 짚단 위에 거듭 짚단들이 세워지고, 그 짚단 속에 갇혔던 아이는 죽음의 느낌과 함께 깨어난다. 깨어난 아이가 경험했던 것은 무엇이었는가.

> 짚단이 양쪽으로 쓰러지면서 은가루를 뿌려놓은 듯한 밤하늘이 아이의 머리 위에 펼쳐졌다. 아이는 그때 처음으로 아름다움과 공포가 혈연관계를 맺고 있다는 것을 알게 됐다. 한동안 별에 홀려 멍하니 앉아 있던 아이는 별똥이 떨어지는 것을 보고 정신을 차렸다.[19]

19) 성석제, 『홀림』, 문학과지성사, 1999, p. 124.

일찍이 파스칼과 칸트를 전율하게 했고 고흐를 미치게 만들었던 이 별이 빛나는 밤하늘의 공포의 체험은 무엇인가? 그것은 다름 아닌 낭만주의적 세계관의 수용이라는 의미가 아닐까? 아이의 눈은 왜 멍하면서도 깊은가. 그것은 "습관적으로 멀고 아스라한 누군가를 보거나, 스러져간 무엇을 반추하느라 그렇게 된 것"(120)이고 "나타났다 사라져버린 것에 사로잡혀"(121) 있기 때문이다. 그것이 이념의 빛이든 종교의 빛이든 세상과 삶을 항구적으로 비춰주고 인도하는 초월적 빛은 없다는 것, 있다 하더라도 그것은 어쩌다 '번쩍하는 황홀한 순간'[20]에 간헐적이고 찰나적으로 명멸하거나 아스라한 별빛 정도에 지나지 않는다는 것, 있는 것은 순간순간의 도취, 홀림, 황홀뿐이라는 것. 이런 것들이 낭만주의적 세계관의 수용이라는 명제 속에 담기는 내용일 것이다. 이런 의미에서의 도취와 홀림과 황홀이란 감춰진 삶의 이데아의 찰나적 에피파니다. 삶이란 이 순간적인 홀림을 지속하고 이것에 이끌려가는 것일 뿐이다. 이미 아이일 때 자신의 내부에서 "최소한 서른 살 먹은 사내"(131)라는 '다른 존재'를 키우기 시작했던 아이를 "삼십 년 이상 아이로 붙잡고 있는 힘"(130), 이것이 홀림이고 황홀이다. 그것은 주체의 동일성을 최대한 지속시키기 위해 정지시킨 시간의 결정체가 뿜어내는 휘황한 빛이다.

별이 빛나는 밤의 황홀의 체험에 이어지는 또 하나의 체험은 책 읽기다. 그것은 책에 대한 체험의 내용이 대개 그러하듯 갈 수 없는 다른 세계로의 상상적 여행의 수단이었다. 책 읽기를 통해 "아이는 환호하며 무협지의 세계"(128)로 뛰어들게 된다. 그것은 홀림과 더불어

20) 이는 성석제의 다른 소설집의 제목이기도 하다. 성석제, 『번쩍하는 황홀한 순간』, 문학동네, 2003.

아이를 이 세상이 아닌 다른 세상과 연결시켜주는 통로였다. 이에 이어지는 사건은 아이가 학교 가기를 거부한 것이다. 이 거부의 의미는 무엇인가. 아마도 그것은 학교에서 습득하는 지식의 고리로 자아와 세계를 연결시키는 것에 대한 무시일 것이다. 이미 홀림과 책 읽기를 통해 다른 세계와 통한 아이에게 지식의 고리나 세상과의 소통이 무슨 대단한 의미를 지닐 수 있을 것인가.

도취, 지식에 대한 거부, 다시 그를 도취시키는 책, 이런 주제들이 낯설게 느껴지지 않는다면 이는 어떤 연유에서일까? 필시 그것은 라블레와 세르반테스의 소설 때문일 것이다. "대금나수(大擒拏手)로 목덜미를 집어 올려 격산타우(隔山打牛)의 수법으로 나무 위로 날려 보낸 뒤, 검화(劍花)와 검기(劍氣)와 어검술(御劍術)의 신기로 넋을 빼"(129)는 무협소설에 홀려 있는 아이가 기사도 소설에 홀린 나머지 엉터리 기사가 되어 풍차와 싸우는 돈키호테의 동류항이라는 것은 명백하다. 그렇다면 라블레 소설과의 근친성은 어떤 것인가? 라블레의 기상천외한 소설 '가르강튀아' 연작의 주인공 가르강튀아와 팡타그뤼엘은 모두 거인이다. 아이일 때 벌써 '서른 살 먹은 사내'였던 그 아이도 거인이었던 게 아닌가? 그러나 주인공인 거인들보다 그 아이에 더 가까운 것은 교활한 재치로 가득 찬 파뉘르주라는 인물이다. 팡타그뤼엘의 선생으로 처음 등장하는 이 인물이 이 연작소설의 3권에서 매달리는 문제는 결혼을 하는 것이 좋은지 안 하는 것이 좋은지에 대한 것이다. 이 문제의 답을 얻기 위해 파뉘르주는 고금의 문헌들을 섭렵하고 사해의 현인들을 배알한다. 이리하고도 답을 얻지 못하자 파뉘르주는 신탁(神託)을 듣기 위해 여행을 떠나 천신만고의 항해 끝에 술병의 신 앞에 도착하지만, 파뉘르주 일행에게 신이 내리는 신탁은 '마셔라Trinch'라는 한 마디가 전부다. 여기서 결혼은 세속적 행복의 은유다. 파뉘르주가 고금 문헌을 섭렵하고 사해의 현인들을 찾아다니는 것은 그가 지식을 통해 결혼이라는 세속의 행복을 성취하려 한다는 것을 뜻한다. 지식을 수단으로 한 행복의 달성, 이것이 다름 아닌 근대성의 프로젝트였고 계몽의 기획 목표였다는 것은 긴 설명을 필요로 하지 않는다. 그러므로 파뉘르주가 그런 다양한 시도와 노력에도 불구하고 답을 얻지 못했다는 것은 근대성의 치명적 한계를 폭로하는 것이 아닐 수 없다. 라블레에게도 삶의 최고의 경지는 오직 도취에 의해서만 이를 수 있는 오아시스, 혹은 신기루였던 것이다.

쿤데라라면 근대 유럽 최초 소설 양식의 격세유전적이고 리좀적인 귀환이라고 불렀음직한 라블레, 세르반테스 소설과 성석제 소설의 근친성이 의미하는 바는 무엇인가?[21] 쿤데라가 서구 소설을 역사적 관점에서 읽어나가는 작업의 주된 목표는 19세기에 완성된 '부르주아의 서사시'로서의 소설 양식을 상대화하려는 것이다. 흔히 발자크나 스콧 유의 소설로 대표되는 이러한 소설의 흐름과는 별도로 서구에는 라블레, 세르반테스에서 시작되어 스턴, 디드로 등의 작가를 거쳐 카프카, 무질, 곰브로비치 등의 현대 작가로 이어지는 반(反)-근대 소설 양식의 계보가 따로 존재한다는 것이다. 이것은 합리주의의 팽창이라는 단일한 경로를 통과해온 것으로 간주되는 편협한 근대성에 대한 거부로서의 의미를 갖는다. 이러한 주장을 통해 알 수 있듯 쿤데라의 독특한 소설론이 놓이는 위상은 서구 근대소설의 계보에 대한

---

21) 쿤데라의 소설론에 대해서는 그의 작품, *L'art du roman*(Paris: Gallimard, 1986) 및 *Les testaments trahis*(Paris: Gallimard, 1993)을 참조할 것.

비판적 점검의 자리다. 이와 견주어 라블레, 세르반테스의 소설과 성석제 소설의 근친성을 겹쳐놓고 보면 성석제의 도취와 홀림과 황홀의 미학이 자리하는 위상 또한 선명하게 드러난다. 1990년대 한국 사회의 점검을 위한 이론적 이슈 가운데 하나가 모던/포스트모던에 대한 논의였던 것과 마찬가지로, 문학에 있어서도 1990년대 한국문학의 주된 관심사 중의 하나는 근대성에 대한 것이었다. 과연 서구 근대문학에 상응하여 우리의 근대성 체험을 담아내고 근대를 견인한(할) 문학 양식은 있는가? 있다면 어떤 것인가? 리얼리즘인가, 모더니즘인가? 이것과의 대비적 관점에서 볼 때 1990년대 문학의 새로운 경향들은 근대 이후에 놓이는 계승이고 모험인가, 아니면 근대성의 훼손인가 등의 문제를 따지는 작업들이 바로 그것이었다. 이러한 논란의 소용돌이 속에서 성석제는 소설 발생의 개체적 과정을 거슬러 올라가는 탐색의 작업을 통해 그것의 계통적 과정까지를 추적한다. 「홀림」은 이 이중 추적 작업의 보고서다. 그리하여 성석제가 도달하게 되는 지점이 '이야기'라고 하는 소설의 뿌리라고 할 때, 그 성과나 업적에 대한 평가는 다를 수 있다 하더라도 성석제의 소설이 문제성의 차원에서 한국의 근대성과 근대문학에 대한 비판적 점검과 대안적 실천으로서의 모티프를 내포하고 있는 것이라는 점은 반드시 인정되어야 할 것이다. 서른 살의 '아이'가 쓴 글이 소설이었다고 할 때 그 소설이 놓이는 자리는 루카치가 규정한 '성숙한 남성' 장르라는 소설의 대척점 이외의 그 어느 다른 곳일 수 없다. 이러한 반(反)-근대소설의 양식을 통해 성석제는 "제 쌍둥이 가운데 하나, 둘, 셋, 넷, 다섯, 여섯, 일곱까지 출격시켰다"(146). 이 쌍둥이들은 누구일까? 혹시 그들은 춤꾼(「소설 쓰는 인간」)이거나 도박사(「꽃 피우는 시간」), 알코올 중

독자(「해방」), 내기 바둑꾼(「고수」), 조동관(「조동관 略傳」), 채동구(『인간의 힘』) 같은 인물들이 아닐까? 그 독특한 개성에도 이들 모두는 그들이 미칠〔至〕 수 있는 데까지 미쳐〔狂〕 있는 인물들, 즉 홀려〔憑〕 있는 인물들이라는 공통점을 나누어 갖는다. 이들은 홀림에 의해 자기 동일성과 정체성을 유지하면서 홀림에 의해 쌍둥이로서의 다면성을 공유한다. 이렇게 볼 때 성석제의 글쓰기는 주체의 동일성 안에 최대한의 다면성을 수용하기 위한, 혹은 거꾸로 다면적 주체들로 하여금 동일성을 공유하도록 하기 위한 전략의 실천이라고 말할 수 있을 것이다.

다면성을 공유하는 이들 쌍둥이들의 직업이 제비거나 도박사거나 깡패, 내기 바둑꾼 같은 '풍속사범'에 가까운 인물들이라는 점에 대해 괘념할 필요는 없다. 다시 쿤데라의 견해에 의지하여 말하면 이들이 하는 일이 어떤 것이든 이는 쿤데라가 '유머humour'라고 지칭하는 탈가치평가지대에 속하는 것으로서 그들의 직업이 그들의 실체인 것은 결코 아니다. 어떤 것도 그들의 실체가 아니다. 그들은 실체적 존재가 아니라 다만 '홀림'이라는 동일성과 다면성의 변증법을 실천하는 배우들일 뿐이다. 은희경의 연기하는 주체와 더불어 다면성의 버라이어티쇼를 펼치는 성석제의 이 홀림의 주체들을 실체적 자아에 대비되는 방법적 자아라고 부르기로 한다면, 1990년대 한국문학의 우울은 이들 방법적 자아에 의해 비로소 벗어남의 실마리를 찾을 수 있게 되었다고 말할 수 있을까? 이들을 앞으로 한국 사회와 문학이 겪게 될 새로운 현대성 수립의 주체로 삼을 수 있을까? 은희경과 성석제에 의해 제시된 이 방법적 자아가 실체적 자아의 무거움, 그리고 이 무거움으로 인해 감당해야 하는 우울을 걷어내고 있는 것처럼 보인다는 것을 부인할 수는 없다. 그러나 여기에도 더 생각해보아야 할 문제는 아직 많아 보인다. 이들 두 작가의 방법적 자아들이 각기 지니고 있는 명랑함과 황홀함은 과연 우울함을 말끔히 몰아내는 마음과 세계의 새로운 빛인가? 혹시 그것은 그나마 남아 있는 문학의 우울의 그림자마저 밝혀 없애려는 또 다른 현대성의 억압과 은폐의 표상은 아닌가? 이러한 혐의에서 자유로울 수 있기 위해 은희경과 성석제의 문학이, 아니 오늘의 한국문학이 점검하고 실천해야 할 문제들은 어떤 것인가? 이러한 물음들에 이어지는 더 근본적인 물음; 과연 이러한 물음들은 유효한 것인가? 자문에 자답할 수는 없는 일이다. 그러나 만일 유효한 것이라면, 이는 문학과 사회 사이의 보들레르적 대립성이 1990년대 한국의 문학과 사회의 예각적 길항 구도에 개입되어 있었던 핵심적 문제였을 뿐만 아니라 '지금, 여기'의 상황과 현실에서도 절대 소홀히 할 수 없는 문제이기도 하다는 것을 시사하는 것이리라. 지금 한국문학의 시간은 몇 시인가? 혹시 한국문학의 시간도 보들레르의 '밤 1시'는 아닐까? 우리의 현대는 아직 우울하다. 명랑과 황홀은 그래서 필요한 것일까?

〔2004〕

한심한 영혼의 힘

—한국문학과 폭력

1. 폭력의 세기에서 폭력들의 세기로

문학을 통해 폭력에 대해 말한다는 것의 의미는 무엇인가? 폭력이란 무엇인가. 간단히 말해 그것은 악이고 야만이고, 따라서 문명의 가장 큰 적이 아니겠는가. 그러나 폭력에 대한 이러한 도덕적이거나 이데올로기적인 단죄가 폭력에 대한 문학적 접근을 막을 수는 없는 일이다. 사회에 저항하고 제도로부터 일탈하는 힘인 폭력은 이러한 불온성을 통해 문학적 성찰을 요구한다. 문학에서 폭력이란 단지 소재로서의 기능에만 머무는 것이 아니라 중심으로부터의 자발적 일탈에서 창조적 동력을 길어내는 문학이 스스로의 역량을 가늠해볼 수 있는 척도이기도 할 것이다. 오늘날의 문학에서 폭력이라는 주제는 삶의 양태의 변화와 병행하여 현대문학이 새로운 의미의 광맥으로 발굴한 온갖 추악하고 비루한 것들의 범주 속 한 항목으로 자리 잡는다. 그러나 현대문학의 이러한 모험과 개척이 아무런 대가도 치르지 않고 순조롭게만 이루어진 것은 아니다. 사회 통념상 금기시되거나 배척되어온 모든 주제들을 둘러싸고 일어났던 문학과 사회의, 혹은 문학과 규범 사이의 마찰 가능성은, 가장 대표적인 주제인 성(性)을 둘러싸고 조성되었던 격렬함과 예민함까지는 아니라 하더라도, 폭력에도 내포되어 있다고 말할 수 있다. 이런 의미에서 문학에 있어 폭력이라는 주제는 문학의 자기 정체성을 확인할 수 있게 해주는 시금석이면서 동시에 민감한 정치성과 함께 윤리성을 띠는 문제이기도 하다.

그러나 지금 우리는 어떤 폭력에 대해 이야기하고 있는 것인가. 과연 폭력이란 처음부터 폭력으로 존재했던 것인가? 태초에 있었던 것, 그것은 단지 힘이었을 뿐이다. 그러나 힘들은 서로 충돌할 수밖에 없었고, 이 충돌의 결과로 이루어진 힘들 사이의 가치적 구분과 위계적 배열에 따라 권력과 폭력, 정당한 힘과 정당하지 않은 힘, 창조적 힘과 파괴적 힘의 구분 또한 생겨나게 되었을 것이다. 권력과 폭력은 태초의 힘에서 분만된 쌍둥이다. 그렇다면 '권력의 이름이 다수'인 것과 마찬가지로 폭력 또한 그러할 것이다. 과연 우리는 어떤 폭력에 대해 논의하고 있는 것인가. 가령 한나 아렌트가 20세기를 '폭력의 세기'로 규정했을 때,[1] 이때의 폭력은 주로 열강 국가들 간의 전쟁, 식민 국가 대 피식민 국가 간의 투쟁 등과 같은 집단적·제도적 폭력을 가리키는 것이었다. 이런 의미에서라면 20세기가 폭력의 세기라는 아렌트의 지적은 특히 우리나라의 경우에 잘 부합되는 것으로 보인다. 길게 말할 필요도 없이 20세기의 한국 사회는 식민지와 전쟁과 군사 독재라는 세 마리 광포한 말에 이끌려온 삼두마차였던 것이다.

---

1) 한나 아렌트, 『폭력의 세기』, 김정한 옮김, 이후, 1999.

이럴 때 폭력은 개인의 실존 위에 군림하며 압도하는 상황의 힘이었다. 폭력의 주체는 역사고 상황이고 이데올로기였다. 그러므로 그 폭력은 익명적이고 보편적이었다. 이러한 익명성과 보편성은 폭력을 폭력성이라는 형이상학의 수준으로 기화시켰다. 개인은 이 모든 폭력성에 사로잡힌 포로였을 뿐 그 어떤 것의 주인일 수도 없었고, 또한 폭력의 주체일 수도 없었다. 이범선의 「오발탄」을 상기해보자. 전쟁으로 인한 가난이라는 시대의 폭력성에서 벗어나고자 하는 몸부림으로 강도짓까지 자행하는 인물도 결국은 사람을 죽일 수가 없어 실패하고 만다. 이처럼 폭력의 주체조차 될 수 없었던 노예적 상황 속에서 개인은 속수무책으로 비극의 드라마에 이끌려 간다. 이럴 때 폭력성은 비극성의 모순적 동의어이다.

이것이 20세기의 세계사적 체험과 공유되는 맥락 속에서 우리의 폭력이었다면 오늘날의 폭력은 어떤 것인가. 전 시대의 폭력이 현재적으로건 잠재적으로건 상존하는 것과 별도로 우리는 전혀 다른 종류의 폭력에 직면하고 있다. 광포한 삼두마차의 질주가 끝나면서 출현하게 된, 전혀 새롭지 않으면서 새로운 폭력. 그것은 더 이상 익명 속에 자신을 감추지도 않고 보편성의 가면으로 위장하지도 않는다. 그것은, 무척 당돌하게도, 개인적이면서 실존적인 표정으로 우리 앞에 등장한다. 또한 그것의 맥락 역시 역사나 이데올로기 등과 같은 굵은 가닥이 아니라 사회·경제적이거나 문화적인, 그리고 이념적 수준에서라 하더라도 개인적 실존과의 연관이 선명하게 드러나는 갈래들로 복잡하게 얽힌다. 간단히 언급해보자. 최근 들어 우리의 일상적 삶을 위협하는 폭력이 증가하게 된 사회·경제적 배경에는 필시 IMF 사태 이후 삶의 뿌리까지 흔들릴 정도로 취약해진 삶의 환경, 그리고 발등의 불처럼 떨어진 이 사태를 서둘러 수습하기 위해 펼쳤던 근시안적이고 기만적인 경제 정책과 이에 편승한 거대 자본의 무자비한 맹목성이 자리 잡고 있을 것이다. 이러한 위기감과 무력감을 달래주는 대리 충족의 도구로서의 역할을 자임하여 유행하게 된 일련의 조폭 영화들은 폭력을 우리 사회의 문화적 코드의 하나로 만들었다. 1990년대 후반의 문화적 키워드가 엽기였다면 그 뒤를 이어 21세기 초의 문화적 화두로 대두된 것은 단연 폭력이었다. 우리 시대의 폭력은 문화적이기까지 한 것이다. 이러한 제반 변화의 흐름들은 1990년대 이후 우리나라에도 몰아닥친 세계사적 현상인 거대 담론의 후퇴에 따른 이념적 좌표의 상실과 이로 인한 정신적 공황, 그리고 이런 공황 상태를 서둘러 메우기라도 하려는 것처럼 우후죽순 격으로 등장한 갖가지 해방 담론들의 난무와도 일정 부분의 맥락을 공유한다. 예컨대 성을 필두로 하는 모든 억압되어 있던 것, 기괴하고 비천하고 추악하고 난폭한 것들의 거침없는 분출 속에 폭력 또한 자리 잡고 있다. 우리 시대의 폭력은 개인의 은밀한 욕망의 한 얼굴이다. 이것이 20세기적 폭력에 덧보태진 우리 시대의 폭력이라면, 이제 우리는 '폭력의 세기'를 지나 '폭력들의 세기'를 향해 나아가고 있는 것이리라.

2. 비폭력의 아이러니와 문학 — 임철우, 『봄날』

그러므로 폭력에 대해 성찰한다는 것은 사회와 역사를 그 어두운 그림자를 통해 재구성해보는 일이고, 내 안의 컴컴한 동굴을 비춰보는 일이기도 하다. 또한 폭력과 폭력성이 난무하는 우리 시대의 모습이 결국 세상 전체를 재앙으로 들끓게 만든 '계몽의 변증법'의 우울한 대차대조표라고 한다면, 폭력에 대한 성찰은 계몽 담론 너머의 새로운 패러다임을 모색하는 작업이기도 할 것이다. 폭력은 어디에서 생겨나 어떤 모습을 띠고 있으며 또 어디를 가리키고 있는가. 문학이 이 모든 것을 밝혀내고, 그리하여 폭력을 종식시키고 폭력 너머의 평화로운 세상의 지평을 열 수 있을까? 아마도 성급한 기대는 금물일 것이다. 우울하게 예언한다면 폭력을 없애려는 그 모든 거룩한 노력에도 아마 폭력은 영원히 사라지지 않을 것이다. 폭력이 영원히 사라진 절대적인 평화의 세계가 있다면 그것은 죽음의 세계일 것이다. 폭력은 결코 사라지지 않는다. 그것은 삶을 지탱해주는 힘의 단면이기 때문이다. 그러나 또한 그렇다고 해서 폭력을 삶과 문명의 필요악 정도로 인정하면서 그것에서 비롯된 시달림을 체념적으로 받아들이기만 하고 있을 수도 없는 일이다. 그렇다면 우리가 선택할 수 있는 길은 어떤 것일까? 어쩌면 그것은 모순과 아이러니를 기꺼이 나의 것으로 삼아 실천하는 일이 아닐까. 결국 없어지지 않을 것임을 알면서도, 끝내 이겨내지 못하리라는 것을 예감하면서도 그것을 없애기 위해, 혹은 그것 너머의 세상을 열기 위해 싸우는 것. 그렇다면 이런 모순과 아이러니를 짊어지는 일이야말로 문학이 스스로 떠맡아야 할 임무일 것이다. 『폭력으로부터의 자유』[2]에서 크리슈나무르티는 폭력을 인류가 이룩한 문명의 쓰레기와 같은 부산물로 간주하면서 "이 같은 가공할 폭력을 그치게 할 수 있는 길이 우리 안에 있을까"라고 절박하게 묻고 있다. 이러한 물음에 담긴 진정한 뜻은 폭력을 종식시키자

2) 지두 크리슈나무르티, 『폭력으로부터의 자유』, 김쾌상 옮김, 현대사상사, 1981.

는 구호적 의미가 아니라, 설혹 그것이 가능하지 않더라도 그 불가능성을 기꺼이 짊어지자는 역설적 결단으로의 초대인 것으로 생각된다. 이런 점에서 폭력의 주제와 마주하는 문학의 자세는, 형용모순의 혐의를 무릅쓰고 말하면 폭력에 대한 가장 정당한 대항 폭력인 비폭력의 태도와 그 정신을 공유한다고 말할 수 있다.

여기서 우리는 비폭력에 대해 잠시 생각해보고자 한다. 그러나 이에 앞서 힘의 정당성에 대해 먼저 생각해볼 필요가 있다. 『문명 속의 불만』[3)]에서 프로이트는 문명의 시작을 개인이 공동체로 이행하는 과정에서 찾으면서 문명의 본질을 공동체가 개인의 자유에 대해 가하는 제한으로 보았고, 이러한 제한을 가능하게 하는 문명의 필수 조건으로 정의를 제시한 바 있다. 그러나 프로이트가 말하는 정의가 과연 선험적인 만고불변의 원리일 것인가? 역사적으로 볼 때 오히려 그것은 승리자의 전리품에 불과한 것이 아니었던가? 그러나 승리와 패배는 교대한다. 그렇다면 정의 또한 마찬가지일 것이다. 이러한 이해에 담긴 일단의 진실성을 송두리째 부정할 수는 없을 것이다. 그러나 이것이 전부는 아니다. 힘들이 충돌하는 역사 속에서 정의는 숱하게 유린되고 왜곡되었지만, 그 과정에서 정의는 단순한 승리자의 전리품 이상의 초월적 가치로 담금질되어왔다는 사실을 간과해서는 안 된다. 가령 자유, 평등, 박애 등의 가치 개념들이 근대 자본주의의 구조적 필요에 따라 성립된 것들이라고 해서, 그리고 자본주의의 전개 과정 속에서 그것들이 본래의 진정성을 찾아보기 어려울 정도로 훼손되었다고 해서 근대 너머의 새로운 사회를 기획하는 데 그것들을 간단히

3) 지그문트 프로이트, 『문명 속의 불만』, 김석희 옮김, 열린책들, 1997.

폐기해버릴 수 있는 것일까? 아마 그렇지는 않을 것이다. 훼손된 면모에도 불구하고 그것들은 훼손된 것 이상의 초월적 가치를 여전히 간직하고 있다. 정의 또한 마찬가지일 것이다. 이러한 초월적 정의에 대한 지극한 신뢰에서 비롯될 수 있는 것이 비폭력의 정신이고 아이러니의 정신일 것이다. 그것은 폭력에 의해 당장 정의가 유린되고 상처받는 참상을 목격하면서도 패배주의에 함몰되는 것이 아니라, 바로 그 현장에서 짓밟힌 것 이상의 새로운 정의가 솟아나 파괴의 순간 너머의 지속적인 미래를 밝혀줄 빛이 되리라는 처절한 확신에 뒷받침되어 있는 정신이라고 말할 수 있다.

우리는 이미 이렇게 폭력을 승화의 의지로 감싸 안는 비폭력의 정신, 그리고 이것과 연대하는 문학의 아이러니의 정신에 입각하여 세워진 기념비적인 문학적 성과물을 지니고 있다. 임철우의 장편소설 『봄날』[4]이 바로 그것이다. 1980년 5월의 이른바 '광주 사태'에서 거리낌 없이 자행된 광란적인 폭력에 대해서는 새삼 언급할 필요도 없다. 그 야만적인 폭력에 광주 시민들은 무장 투쟁으로 대항했다. 그것은 정당한 것이었다. 그러나 임철우의 대응 방법은 달랐다. 그는 글쓰기로 폭력에 맞섰다. 그가 작가가 되기로 마음먹게 된 데에는 그 사건을 글로 쓰리라는 비장한 결의가 결정적인 계기로 자리 잡고 있다. 그러나 이것이 그 현장에 없었던 자, 거기서 같이 죽지 못하고 살아남은 자의 죄의식을 씻기 위한 방편이었던 것은 결코 아니다. 임철우는 무엇을 위해 순교자적 자세로 그 끔찍한 폭력을 글로 기록하여 남긴 것일까? 『봄날』과 그 작가에 대해 양진오는 이렇게 말한다. "사

4) 임철우, 『봄날』, 문학과지성사, 1997.

회적 재난에 내재된 인간 억압의 양상과 조건을 폭로하고 비판하며 이를 통해 희망의 미래를 발견하려는 작가의 치열한 정신력이 승화한 소설"인 『봄날』을 통해 임철우는 "그날의 비극과 상처와 외로움, 희망을 오늘에 되살려낸다는 것이며 이를 통해 전도된 과거에서 아름다운 인간의 연대와 유토피아의 시간을 발견"[5]하고자 했다는 것이다. 양진오가 정확히 지적하고 있듯 임철우가 살육의 현장에서 찾아내어 자신의 글쓰기에 담고자 했던 것, 글쓰기를 통해 전하고자 했던 것은 다름 아닌 미래에의 확신이었다. 미래를 밝혀주는 빛, 그러나 그것은 단지 글이었을 뿐이다. 이런 점에서 『봄날』을 쓰고 있는 임철우의 자세는 실제의 빵이 아니라 종이에 빵이라고 써서 그 종이를 먹는 것으로 배고픔을 달래는 '한심한 영혼'의 어리석음을 그대로 닮아 있다. 그러나 이 어리석음이 어찌 임철우만의 것이겠는가. 폭력에 대한 문학적 성찰과 형상화의 작업은 그 모두가 이런 한심함의 소산이 아니겠는가. 그럼에도 이것이 비폭력의 자세와 정신을 함께하는 문학의 자세라 한다면, 폭력에 대한 문학적 형상화 작업의 요체는 폭력이 자행되는 현장에서 그것을 증언하되 이에 그치지 않고 그 너머의 세상에 대한 꿈까지를 함께 그려 보여주는 일이 될 것이고, 결국 그것은 미메시스에서 아이러니로 이르는 길을 따라 펼쳐지는 한심한 영혼들의 여정이 될 것이다. 이제 이 길을 따라가보도록 하자.

5) 양진오, 『임철우의 『봄날』을 읽는다』, 열림원, 2003.

3. 힘의 고고학—천운영, 「바늘」

천운영에게 폭력은 처음부터 폭력의 형태를 띠지는 않는다. 이는 다시 말해 그가 폭력 자체와 더불어 폭력을 산출하는 사회적·심리적 동기를 폭력 이전의 힘의 상태로 환원시켜 성찰해보려고 한다는 것을 뜻한다. 물론 시작부터 느닷없이 남편에게 무지막지한 폭력을 행사하는 「행복고물상」[6]의 아내의 경우도 있기는 하지만, 이것 역시 생식의 본능적 욕구에 대한 갈망이라는 여성의 근원적인 힘과 특권에 대한 동경의 전도된 표현이라는 것이 소설의 마무리 부분에서 밝혀진다. 이럴 때 힘은 잔혹한 느낌을 주기는 하면서도 문명적으로 복잡하게 일그러진 것이 아니라 그 근원성의 상태를 환기하는 이미지들을 통해 표현된다. "아내는 야생의 초원을 가졌다. 아내의 몸속에는 날카로운 이빨을 가진 맹수와 성난 발길질을 하는 암말과 살진 들소가 산다. 맹수의 시체를 향해 덤벼드는 검은머리독수리와 독수리에게 쫓기는 연약한 새도 있다. 나는 수많은 동물들의 발굽소리를 들으며 초원 위를 서성일 수밖에 없다"(164). 이러한 묘사는 오직 동물적 힘과 잔혹성으로만 넘쳐나는 원시적 상태에 대한 환기이면서 동시에 오늘날 삶의 현장에 대한 알레고리로 겹친다. 아내의 폭력은 그녀가 동경하는 힘의 원시성과, 문명의 쓰레기장에 다름 아닌 고물상이라는 야만적 삶의 환경에 대한 이중 인식의 산물인 것이다. 원시적 자연 상태에 대한 환원 의지와 함께 천운영의 상상력에 자리 잡고 있는 또 하나의

---

6) 천운영, 『바늘』, 창작과비평사, 2001.

현실 인식은 오늘날 세계가 '폭력적인 삶과의 싸움'만이 나날이 이어지는 전쟁터라는 것이다. 힘과 폭력은 소급의 방향에서 결합되고 진화의 방향에서 분화된다. 그것은 다르면서 같은 일란성 쌍둥이인 것이다. 앞서의 인용에서 압도적으로 드러나는 동물성 또한 힘과 폭력 사이에서 선명히 분화되지 않은 양가적 의미를 지닌다. 이러한 양가적 현실 인식은 천운영의 데뷔작인 「바늘」에서 현대인의 삶의 무대인 도시의 모습을 "공중에서 도시를 내려다본다면 껍질을 벗긴 사람의 몸체 같을 것이다. 몸의 구석구석 뻗어 있는 힘줄과 핏줄의 왕성한 전력질주"(19)라고 묘사하는 데에도 내포되어 있다. 이러한 힘의 고고학을 통해 「바늘」이 정교하게 탐색하는 것은 문명과 원시, 혹은 문명과 야만 사이의 대조를 가로지르며 끈질기게 지속될 뿐만 아니라 오히려 오늘날에 이르러 더욱 강화되는 힘 숭배 사상의 이면이다. 이 소설의 여주인공이 하는 일은 남자들의 몸에 문신을 새겨주는 일이다. 남자들은 강자의 환상을 성취하려는, 무한히 증식되는 욕망에 이끌려 문신을 새기러 온다. 그 욕망을 자극하는 힘의 신화의 내용은 "강함은 힘에서 나"오고 "세상에서 가장 아름다운 건, 힘"(29)이라는 것이다. 그러나 이러한 남근중심주의적 힘 숭배가 남성들만의 전유물인 것은 아니다. 남자들의 힘 숭배가 살아가기 위해서 힘이 필요하다는 사회적 강박관념을 능동적으로 내면화함으로써 생기는 것이라면, 그녀가 하는 일이 문신 새기기를 통해 남자들의 욕망을 대리 충족시켜주는 일이라는 것은 그녀 역시 힘 숭배 사상에 종속되어 그것의 고착에 봉사하고 있다는 것을 의미한다. 그러므로 그녀에게도 힘은 아름다운 것이다. "김사장의 쇳덩어리 같은 팔뚝에 새겨진 푸르스름한 자국을 보았을 때 나는 한번도 느껴보지 못한 야릇한 기분이 들었다.

그에게서는 철공소에서 용접하는 사람에게 맡을 수 있는 냄새가 풍겼다. 쇠의 비릿한 땀내가 섞인 그런 냄새. 김사장의 팔뚝에 그려진 칼은 아름다웠다"(26~27). 이 문장은 동화(同化)만이 유효한 삶의 무기로 간주되는 세상에서 여성으로서의 정체성을 지키며 살아간다는 것의 어려움을 반영한다. 여주인공 자신은 문신을 새겨주는 일의 의미, 즉 남성주의적 이데올로기에 대한 복종의 태도와 성적 매력이라고는 조금도 지니지 못한 추한 용모로 말미암아 이른바 여성다움의 범주에서는 벗어나 있다. '못이 박이고 투박한' 손을 지닌 여주인공과 달리 '고운 손'을 지니고 있었던 그녀의 엄마가 은밀하고도 정교한 방법으로 사람을 살해하고 그 자신도 자살하게 되는 배경에는 힘의 포로로 포획될 때 덧없이 부서져버리고 마는 약자의 삶의 허약함에 대한 암시가 자리 잡고 있다. 「행복고물상」에서와 마찬가지로 「바늘」에서도 힘은 동물성의 이미지를 통해 표현되는데, 육식을 탐하는 여주인공의 식성에 대한 묘사를 통해 천운영은 문명의 패러다임과의 연관 위에서 힘에 대해 성찰한다. "나는 양념하지 않은 고기를 먹는다. [……] 구운 고기에 가장 잘 어울리는 것은 채소류가 아니라 하얀 쌀밥이다. 쌀눈이 살짝 비치도록 말간 밥알에 약간 검어진 육류의 핏물이 스며들 때, 고기의 맛은 정점에 이른다"(17). 두말할 나위도 없이 힘이란 인류의 가장 원시적인 생존의 무기였다. 수렵 단계에서 힘은 사람보다 힘센 동물들로부터 자신을 보호하고 그 힘센 동물들을 정복하여 생존의 수단으로 삼을 수 있게 해주는 유일한 무기였다. 농경 사회의 문명화 단계로 접어들면서 힘은 물리적 힘의 단계를 벗어나 기술력 등과 같은 세련된 형태로 발전하게 되었을 것이지만, 쌀밥에 가장 잘 어울리는 것으로 핏물이 비치는 고기를 즐겨 먹는 여주인공의 식성은 문명과 원시 사이의 단순한 위계적 구분을 뛰어넘는 작가의 그로테스크하고 전복적인 현실 인식을 반영한다. 이러한 현실 인식에 사로잡힌 여주인공이 문신 새기는 일 말고도 달리 실천하여 보여주는 것은 힘이라는 종교의 전도사로서의 역할이다. 외출하여 그녀가 들르는 곳은 "원색의 고통과 절규로 점철된 사실화"(21)에 대한 갈증을 유발하는 전쟁기념관이고, 그곳에 있는 전쟁체험실에서 그녀는 온갖 종류의 폭력적 분위기를 즐긴다. 그리고 그녀는 바로 그 전쟁기념관에서 일하는 이웃 남자, '하얀 피부'를 지닌 '아름답게 생긴' 남자에게 문신, 즉 물신화된 힘의 환상이라는 강력한 삶의 무기를 선사한다. 다만 이때 새겨주는 문신이 전갈이나 거미, 호랑이 같은 것이 아니라 '작은 틈새' 같아 보이는 "새끼손가락만 한 바늘"(33)이라는 것은, 원시 단계에서와 마찬가지로 오늘날의 삶에서도 힘은 필요하되 다만 과시적으로가 아니라 치명적인 형태의 것으로 최소화하여 지니고 있으라는 힘의 일반경제학적 윤리를 전달하고 있는 것일까?

4. 자기실현의 도구로서의 폭력——정이현, 「소녀시대」

우리 시대의 폭력은 친근하다. 그만큼 일상적이라는 의미이기도 하다. 티브이 뉴스와 신문에서 폭력은 하루도 빠지지 않는 고정 레퍼토리가 되었고, 이런 것과는 종류가 다르지만 영화, 티브이 드라마, 만화, 게임 등과 같은 문화·오락물에서도 폭력은 빠뜨릴 수 없는 인기 품목이다. 특히 일련의 조폭 영화들은 과거의 향수를 불러일으키는 복고적 정서나 코믹한 효과를 통해, 우리의 일상적 삶이 법과 사회적 질서에 의해 폭력으로부터 어느 정도는 격리되어 있을 것이라는 안이한 통념을 비틀어 폭력이 사람들의 일상적 감각에 가깝고 친근한 것으로 자리 잡을 수 있도록 만들어주었다. 이리하여 이제 우리는 "폭력의 감각 속에 실존"[7]하게 된 것이다. 그러나 우리 시대의 폭력이 친근한 또 다른 이유는 그것이 내 안에 있는 것이기 때문이다. 폭력은 더 이상 바깥에만 있지 않다. 그것 자체의 형태로든 욕망의 형태로든 폭력은 내 안에 자리 잡고 있다. 또 그것은 내 안의 타자로 억눌려 있게 할 것이 아니라 해방시켜 나의 존재의 일부, 삶의 일부로 만들어야 할 어떤 것이 되었다. 현대 사회에서 폭력, 혹은 힘은 누구나 어떤 형태로든 지니고 있어야 할 실존의 무기이다. 이런 시각에서 볼 때 폭력에 대한 성찰은 사회적 문제 틀은 유지하면서도 그 속에서 나와 나의 욕망을 대상으로 삼아 행하는 존재론적 탐구로서의 의미를 갖는 것이기도 하다. 폭력을 행한다는 것, 그것은 나를, 나의 욕망과 의지를 적극적으로 실현하는 일인 것이다. 이러한 전도에서 폭력의 새로운 효과가 생긴다. 즉 폭력은 즐겁고 통쾌한 것이 된다. 그도 그럴 것이 폭력은 축제의 일부이기 때문이다. 축제의 뿌리를 이루는 원시 사회의 모든 희생 제의가 폭력을 다스리거나 순화하려는 목적과 긴밀하게 연결되어 있었다는 사실은 폭력과 축제의 근친성을 확인시켜 준다. 폭력의 즐거움과 통쾌함, 그 카타르시스적 효과 또한 축제와 마찬가지로 카니발적 전복에서 비롯된다. 폭력을 통해 나를 실현하는 것은 이러한 뒤집음을 통해서이다. 가령 정이현의 「소녀시대」[8]를 보자. 이 소설에서 열일곱 살 먹은 어린 주인공은 남자친구와 납

7) 우찬제, 「폭력의 카타르시스」, 『문학과 사회』 2002년 봄호.
8) 정이현, 『낭만적 사랑과 사회』, 문학과지성사, 2003.

치와 협박이라는 모의 범죄를 꾸며 부모를 속이고 돈을 받아내 하고 싶었던 일, 해야 할 일들을 처리한다. 남자친구에게는 오토바이를 사주고, 아버지와의 이른바 부적절한 관계에서 임신하여 버림받은 여자의 중절수술비를 충당하고, 나머지는 언젠가 집을 나가게 될 때를 대비하여 저축해놓는다. 발랄하면서도 앙큼한 이 소설이 한 편의 소설로 성립되기 위해 전제되어야 하는 것은 사실성의 수준에서의 '그럴듯함vraisemblance'이다. '어떻게 이럴 수가 있나'라는 부성의 싹이 희미하게라도 돋아나기만 하면 그것으로 이 소설은 무너져버린다. 이 '그럴듯함'의 요구를 지탱해주는 것은 우리 독자들 또한 이 소설과 더불어 공유하고 있는 폭력의 친근성일 것이다. 이러한 폭력의 친근성을 기반으로 삼아 이 소설은 유쾌한 전복을 이루어낸다. 깜찍한 열일곱 살 소녀의 수준에 걸맞게 이 소설은 사소한 가정폭력, 유치하고 파렴치한 성폭력, 허위와 위선 들로 채워져 있다. 어린 주인공이 품는 "엄마 아빠가 죽었을 때 내가 스무 살이면 좋겠다"(65)는 발칙한 소망이나 막연한 외국행의 동경, 언제 실현될지 모르는 출분(出奔)의 다짐 등은 엄마와 아빠가 꾸며내는 가정의 풍경으로 압축된 성인들의 위선적 사회에 대한 거부의 의지와 함께 이를 나름대로 바로잡아 조금이라도 더 평화롭고 정당한 환경 속에서 살고 싶다는 희망을 반영한다. 이러한 상상적 소망을 주인공의 신분에 걸맞은 소녀적 수준에서 실현할 수 있게 만들어주는 '해결사deus ex machina' 역할을 하는 것이 모의 폭력과 범죄이다. 남자친구와 짜고 벌인 거짓 납치 사건 이후 서로 반목하던 "엄마와 아빠는 예전처럼 서로를 완전히 쌩까지는 않는 눈치"이고 "일주일에 한 번은 아빠가 안방으로 건너가 같이 자기도 하는 것 같다"(94). 또 남자친구의 욕심도 충족되었고,

아빠와의 교제에서 아이를 갖게 되었던 깜찍이의 문제도 해결된다. 그러나 이런 것 외에 이 모의 폭력을 통해 주인공이 이루어내는 것은 어른들의 세상보다 '소녀시대'가 더 낫다는 가치론적 전복이다. 소설의 시작과 더불어 "엄마 아빠가 죽었을 때 내가 스무 살이면 좋겠다"(65)던 주인공은 마지막에 이르러서는 "이제 스무 살을 기대하지는 않는다"면서 "소녀 시절도 살아보면 그다지 나쁘지만도 않다"고, "아저씨 시대보다, 할머니 시대보다 솔직히 짱 멋지지 않은가?"라고 의기양양하게 자신의 처지를 뽐낸다. 그 시대는 어른들 세상의 위선에 아직 물들지 않은 순수한 세계이기도 하지만, 이보다도 "원하면 돈벌 껀수도 얼마든지 널렸고 급할 땐 좀 치사하지만 울어버리면"(95) 되는, 무엇이든 자기 마음먹은 대로 실현할 수 있는 시대인 것이다. 이러한 자기실현의 도구에는 물론 폭력도 포함된다. 이렇게 하여 어른과 아이, 성숙과 미성숙, 성장과 반성장 사이의 가치론적 위계질서는 전복되고 해체된다. 이 모든 전복을 실현해내는 발랄하고 경쾌한 카니발적 화법을 통해 「소녀시대」는 엄숙하고 무거운 모든 것을 조롱하면서 계몽 담론과 성장 담론의 진정성에 중대한 의문을 제기한다. 일견 가볍고 경쾌해 보이는 이 소설이 내장하고 있는 도발성과 폭발력은 가히 엄청나다.

5. 폭력, 혹은 타자성 없는 힘──김영하, 「비상구」

김영하에게 있어 폭력이라는 주제는 그의 작품 세계 전체의 맥락 속에서 중요한 의미의 결절점을 이루는 것으로 보인다. 이미 초기의 대표작에서 '나는 나를 파괴할 권리가 있다'[9]고 선언했던 김영하에게 폭력은 그의 파괴의 미학의 시금석과도 같아 보인다. 김영하의 파괴의 미학의 중요한 방법론 중 하나는 서사의 공간에 정서적 개입을 피하고 최대한 냉정하고 객관적인 시선과 서술을 유지해나간다는 것인데, 이는 김영하가 그 자신이 속한 세대의 체험의 용광로였던 1980년대의 후퇴에 따라 생겨난 후일담적 정서와의 거리 두기를 글쓰기에 대한 자의식의 요충으로 자각하고 있음을 시사하는 것으로 보인다. "건조하고 냉정할 것. 이것은 예술가의 지상 덕목"(8)이라거나 "공포를 창출하는 자는 초연해야 한다"(9)는 발언, 또는 이와 비슷하게 「사르다나팔의 죽음」이라는 들라크루아의 그림에서 "몸을 뒤틀며 죽어가는 여인들"에게가 아니라 "냉정하게 자신의 패배를 지켜보는"(137) 사르다나팔에게 감정적 친화력을 느낀다고 말하는 것 등은 모두 글쓰기에 대한 김영하의 자의식을 객관화하고 있는 진술들일 것이다. 폭력에 대한 극사실주의적 접근을 가능하게 하는 것은 이러한 서사의 자세와 방법론이다. 「비상구」[10]에서 김영하는 우리 사회의 음지의 단면을 건조함과 냉정함이 지나쳐 거칠다는 느낌이 들기까지 할 정도로 사실적으로 묘사해낸다. 무분별한 성과 폭력만이 난무하는 그 세계는 보통 정도의 삶이라도 유지하기 위해 반드시 필요한 현실적 조건들의 혜택에서 완전히 소외되어 사회의 변두리 최외곽으로 밀려나 이제 더 이상 밀려날 곳조차 막혀버린 벼랑 끝에 처한 존재들의 절망적이고 자포자기적인 삶의 세계이다. "죽어라고 학교 다녀봐야 대학 갈 팔자도 아니고, 국으로 있는 놈만 병신이다. 선생들은 패지,

---

9) 김영하, 『나는 나를 파괴할 권리가 있다』, 문학동네, 2001.
10) 김영하, 「비상구」, 『문학과사회』 1998년 여름호.

아이들은 쪼지, 주먹으로 못 잡을 바에야 뜨는 게 장땡이다. 집에 있어 봐야 대학 못 갔다고 어이구 불쌍한 내새끼 하면서 카페 하나 차려줄 재산이 있기를 하나, 그저 밖에서 구르는 게 집도 좋고 지도 좋은 거지. 부모들만 애들이 돌빡인 줄 안다. 우리도 눈치로 다 때려잡는다. 다 지 갈 곳을 알고 그쪽으로 흘러가면서 구겨지는 거다"(529). 난폭하고 충동적인 인물에 의해 해부되는 사회적 부조리함은 이 정도에 그치고 있지만, 이러한 사회적 · 경제적 · 문화적 그물망이 사람들을 의지의 주인 아닌 운명의 노예로 몰아넣는 구조적 원인을 이룬다는 것은 부인할 수 없는 사실이다. 그들을 '돌빡'으로 아는 것이 어디 부모뿐일 것인가. 사회 전체가 그들을 '돌빡'으로 취급하지만, 그러나 그들은 자신들이 처한 세상에 대해 나름대로 정확한 독해력을 지니고 있다. 이 독해력이 지시해주는 방향 감각에 따라 선택된 세계가 폭력의 세계라고 한다면, 이들에게 폭력이란 자신의 개인적 의지와 능력만으로는 어찌해볼 수 없는 환경의 굴레에서 벗어나기 위한 '비상구'와도 같은 것이리라. 정이현에게 있어 폭력이 자기 실현의 수단이었다면, 김영하에게 있어 폭력은 자기를 규정하는 외부의 힘에 대한 개인적 반항의 무기이다. 그러나 그 반항이 상투적인 고발이나 비판을 의미하는 것은 아니다. 「비상구」에서 폭력을 낳는 사회적 부조리함은 현대 사회의 이단적 개인, 즉 양지의 세계에도 속하지 못하고 음지의 세계에도 정착하지 못하는 뿌리 뽑힌 개인의 탄생 배경으로 작동한다. 사회에서건 가정에서건 정상적인 사회적 존재로 성장해나갈 수 있는 어떤 조건도 갖추지 못하는 인물은 철저히 헐벗은 개인의 운명적인 모습으로 사회의 음지로 찾아든다. 그러나 「비상구」의 주인공은 폭력의 세계에도 완전히 동화되지 못하고 밝은 세계의 생활에 대한 일말의 미련을 지니고 있다. 이로 인해 지금 속해 있는 폭력의 세계에서조차도 경계적 존재의 처지에서 벗어나지 못할 때 그에게 남는 것은 단자(單子)화된 개인으로서의 자신의 모습에 대한 자각이다. "내 나이도 올겨울만 지나면 스물하나가 된다. 오토바이 타고 장난칠 때도 지났고 삐끼질할 짬밥도 아니다. 조직에 들어가서 허리 굽히고 살기도 싫다. 집구석으로 들어가는 건 더 좆같다. 집에 가봐야 눈칫밥밖에 더 먹나. 괜찮은 년 하나 있으면 살림 차리고 씨팔, 이삿짐이라도 날라볼까. 하루 일당 십만 원이면 뺑이야 치지만 삐끼보다는 낫다"(532~33). 조직도 집안도 모두 거부하는 그에게 남는 것이라곤 나는 나다, 나는 내 식으로 산다는 식의 왜곡된 주관성, 그리고 이것의 윤리적 우월성에 대한 자각이다. "좆같은 놈들이 너무 많다. 나도 별 볼일 없는 놈이지만 그렇게는 안 산다"(536). 양지의 세계건 음지의 세계건 사람들이 함께 어우러져 이루는 세계 모두를 거부하는 그에게는 오직 '나'만이 있을 뿐 타자가 들어설 자리는 없다. 그는 폭력 속에서 '나'를 확인하고 그것을 '우리'로 확대시키며 폭력을 통해 타자를 포착한다. 그에게 인간관계는 동일자와 타자의 구분에 따라 단순하면서도 매우 예각적인 대립성을 지니는 상태로 배열된다. 그가 자기 식대로 살기 위해 필요로 하는 '괜찮은 년'이란 그와 '필'이 서로 통하는, 다시 말해 그와 완벽하게 일치하는 동일성을 나눠 가질 수 있는 존재, 그의 연장이나 분신으로 있는 존재를 의미한다. 지금 그 인물이 같이 살고 있는 여자애는 바로 이런 동일성으로 결속된 인물이다. 서울 외곽 신도시의 한 대형 할인 매장에서 바나나를 훔쳐 먹은 후 벌어진 싸움에서 의기투합하게 된 그들이 '필'이 꽂힌다는 이유만으로 짧은 정사를 벌인 후 그녀의 음모를 깎아내는 것은 성장과 더불어 폭력에 물들어왔던 암수 두 개체가 성숙 이전의 순결한 자웅동체로 결합하는 의식으로서의 의미를 갖는다. 위악적인 거칢으로 내면의 노출을 단속하는 그 인물이 몰래 눈물을 흘림으로써 내면 정서의 편린을 짧게나마 내비치는 것도 그 여자애와의 사이에서일 뿐이다. 이렇게 자기와 하나인 그 여자애에게 폭행을 한다는 것이 바로 '나'에 대한 용서할 수 없는 침해로 간주되고, 폭행을 가한 자가 반드시 응징해야 할 적, 타자가 된다는 것은 당연한 일이다. 그리하여 충동적이고 우발적으로 저지르게 되는 살인. 김영하가 해부하여 보여주는 폭력의 정체는 다름 아닌 타자성 없는, 타자에 대한 윤리의식이 결여된 '나'만의 맹목적인 힘이다.

6. 폭력의 세상에 눈 띄워주기——조경란, 「불란서 안경원」

그러나 사실은 폭력만이 아니라 힘 자체가 원래 타자성을 결여하고 있는 것인지도 모른다. 힘은 언제나 다른 힘을 누르고 자신의 하위에 복속시키려는 의지를 근본 속성으로 갖는 것으로 보인다. 힘들 사이의 공존이란 강약의 서열이 판정되기 이전의 일시적이고 불안정한 상태에 지나지 않는다. 힘에 의한 평화란 대등한 수평적 관계에서가 아니라 종속적인 수직적 관계에서만 보장된다. 이렇게 타자성을 지니지 않은 힘에 타자의 윤리를 부여한다는 것은 과연 가능한 일일까? 가능하다면 어떻게 가능할 수 있는가? 조경란의 「불란서 안경원」[11]을 통해 생각해보도록 하자. 이 소설에서도 기본적인 바탕을 이루는 것은 여성으로 살아가는 어려움이라는 테마이다. 많은 여성 작가들이 거의 공통적으로 취급하는 이 테마는 한편으로는 상투적이라는 느낌을 주면서도 다른 한편으로는 여성을 남성과 동등한 인격과 위엄을 지닌 타자로 인정하여 양성 사이의 윤리를 모색하려 하는 것이 아니라 여전히 여성을 남성에 대한 종속적 관점에서 바라보고 인식하는 일반화된 태도에 내포된 폭력성에 대해 주목하지 않을 수 없도록 만든다. 가령 이 소설의 여주인공에 대한 궁인덕 안과원장의 태도를 보자. 처음 환자들의 처방전을 자기네 안경점으로 보내주었으면 좋겠다는 청탁을 거부했던 그가 여주인공과 같이 살던 남자가 떠난 후 얼마 되지 않아 그녀를 불러내서는 처방전을 미끼로 유혹한다. 그녀는 단호히 거부했지만 궁인덕 원장의 집요한 욕망은 밤중에 가게 뒤편의 문으로 몰래 들어와 겁탈하려는 시도로까지 이어진다. 원시적인 욕망만이 지배하는 정글 세계에서 약자는 단지 먹잇감일 뿐이다. 스무 살의 재수 시절부터 지금에 이르기까지 그녀는 호시탐탐 그녀를 노리는 숱한 맹수들의 먹잇감으로 노출되어 있었던 것이다. 성인의 세계로의 초입부터 그녀는 줄곧 약자였지만, 그녀를 다시 지금과 같은 약자의 처지에 놓이게 만든 남자가 떠나는 이유도 이와 관련이 있는 것인지도 모른다. 그녀가 항상 입는 "목 윗부분까지 단추를 채우게 되어 있는" 긴 흰색 블라우스가 그녀의 순결 콤플렉스의 표상인 것은 두말할 나위도 없지만, "그는 나의 그런 고집스런 옷차림을 마음에 들어 하지 않았다. 내가 옷차림을 바꾸었다면 그는 떠나지 않았을까"(308)라는 물음에는 함께 사는 남자까지가 포함되는 타자와의 완벽한 단절을 소망하는 그녀의 병적 주체성, 그리고 이로 인해 차단되는 인간관계에 대

11) 조경란, 『불란서 안경원』, 문학동네, 1997.

한 암시가 내포되어 있다. 이렇게까지 완벽한 차폐막은 아니더라도 그녀를 간신히 보호해주는 벽인 '12자, 8자 통유리'는 한 마리 암컷으로 노출되어 있는 그녀의 취약성을 투명하게 드러낸다. 그녀 자신은 자기가 "세상을 12자, 8자 통유리로 들여다"(303) 본다고 생각하지만, 사실은 그녀가 보임을 당하고 있는 것이다. 그녀가 그 통유리를 통해 보는 것이라고는 자신의 삶과 무관한, 단지 시간을 가리키는 시곗바늘 정도의 의미로 추상화된 사람들의 움직임일 뿐이고, 정작 그 유리를 통해 그녀의 눈을 찌르는 것은 그녀를 향해 자위를 해대는 남자의 모습 같은 것이다. 이렇듯 그녀는 온통 폭력성의 위협에 포위되어 있다. 이러한 위협 앞에서 "내가 우습게 보이는가 당신들……"(316) 이라는 자존심이나 "당신들, 다 죽여버리고 말겠어"(319) 라는 앙칼진 다짐은 공허하기만 하다. 이미 먹잇감으로 노출되어 있는 그녀에게 자존심이란 웃음거리일 뿐이고 "삶과의 전의를 포기"(304) 한 그녀에게 앙칼짐이란 일시적인 자기 위안의 수단일 뿐이다. 폭력의 세계에 감금되어 있는 그녀가 현실적으로 취할 수 있는 대응 자세는 "검은 썬글라스를 쓴 그대로"(322) 잠이 드는 것이 고작이다.

그러나 이것이 전부인가? 한 할머니가 있다. 소나무를 키우지만 "잘 자라지 못한 쓸모없는 소나무"(307) 인 악송(惡松) 처럼 "무릎이 기형적으로 툭 불거"진 병약한 할머니, 그러면서도 "새로운 디자인의 안경테"(306) 로 '멋내기'를 즐기는 할머니. 그 할머니가 죽었다. 현실과의 싸움에서 지치고 피곤한 여주인공이 마지막으로 보여주는 행위는 이 할머니에게 새로 만들어주려 했던 안경을 가져다주는 일이다. 그녀는 할머니가 말하던 그 악송 앞에서 안경을 땅에 묻는다. 일종의 진혼 의식의 분위기를 풍기는 이 행위의 의미는 무엇인가? 그것은 이 세계, 비틀린 악송의 형태로 폭력성을 밀어내고 있는 이 세계의 눈을 뜨게 해주는 점안 의식의 의미가 아닐까? 그리하여 세계로 하여금 그것의 폭력에 시달리는 그녀의 모습을 보도록 만드는 것이 아닐까? 레비나스식으로 말하면[12] 그것은 세계의 눈을 뜨게 하여 그 앞에 그녀 자신이 고통 받는 타자의 얼굴로 현현하는 것이다. 그리하여 세계와 그녀 사이를 윤리적인 나와 타자의 관계로 정립하려는 것이리라. 고통 받는 자의 얼굴을 보며 느끼는 연민과 수치심이 폭력을 극복하는 힘의 윤리를 세울 수 있는 가능성의 출발점이라고 한다면, 이제 그녀는 바로 그 출발점, 폭력에 시달린 피곤하고 고통스러운 모습으로, 그러면서도 이제 새로운 빛이 삶을 밝혀주리라는 믿음으로 충만한 아이러니의 지점에 서 있는 것이다. 악송을 껴안는 것으로 폭력의 세계와 화해하는 그곳에 갑자기 넘쳐나는 빛과 생명력, 그리고 눈물처럼 떨어져 세계를 적시는 굵은 빗방울! “갑자기 수천 마리 물고기 떼의 비늘이 햇빛을 받아 반짝이는 듯 눈앞이 새하얘졌다. 나는 허청거리며 늙은 소나무 몸통을 꽉 부여잡았다. 은빛 자전거를 탄 아이들이 물고기 떼 사이를 가로지르며 쌩쌩 달려가는 것이 보였다. 참고 있었다는 듯 굵은 빗방울이 후득후득 떨어지기 시작했다”(324). 아름답다. 더 이상 할 말이 없다.

〔2003〕

12) 서동욱, 『차이와 타자』(문학과지성사, 2000)의 제2장, 제3장을 참조할 것.

II

감성의 세계로의 귀환

김주영의 『홍어』* 는 회상소설이다. 회상의 내용이 자전적인 것인가 아닌가는 그리 중요한 사항이 아니다. 자전적인 것이라 하더라도 작가는 서술 형식을 통해 그것을 그리 두드러지게 부각시키고 있지는 않다. 어린 주인공을 화자로 내세워 이 주인공을 통해 관찰하고, 느끼고, 생각하고, 이야기하고 있는 것이다. 회상소설이라고 할 때 『홍어』에서 현재와 회상되고 있는 시점 사이의 세월의 터울이 어느 만큼인가는 분명하지 않다. 다만 이제 성인이 되어 옛날을 추억하는 화자는 삶의 의미에 대한 꽤 심오한 통찰의 안목까지도 지니고 있는 것으로 보인다. 그래서 화자의 어린 시절, 즉 회상의 대상이 되고 있는 시점에서 있었던 일들의 의미가 어른이 된 화자의 해석을 통해 부여된다. 가령 이런 구절을 보자.

---

* 김주영, 『홍어』, 문이당, 1998.

연을 만들고 있을 동안 어머니의 표정은 너무나 진지해서 완전히 몰입되어 있는 것처럼 보였다. 그것이 떠돌이 생활을 하고 있는 아버지에게 던지는 어머니 나름대로의 화두(話頭)였다는 것은 훨씬 뒷날에서야 깨달았다. 아버지는 어머니를 잊은 지 오래였겠지만, 어머니가 두고 있는 미련은 끈질긴 것이었다. 그래서 날아가버린 연은 오히려 아버지와의 오랜 단절에 대한 두려움과 공허함을 희석시키고, 피를 졸여가는 기다림의 세월에 조난의 땟국이 진하게 묻어날수록 희미해지는 아버지에 대한 미련의 끄나풀과 연결되는 것이었다. (22)

사물은 사물 자체로 드러날 때 가장 순수하면서도 팽팽한 의미적 긴장을 지닌다. 사물과 의미는 결코 자동적으로, 자연 상태의 질서처럼 결합되어 있는 것이 아니다. 기호로서의 사물이 끊임없이 의미를 찾고, 찾은 의미를 버리고는 또 새로운 의미를 찾고…… 하는 연속적인 과정을 통해 사물은 그때그때마다의 불안정하고도 잠정적인 의미를 창출해낸다. 어머니의 연 만드는 행위, 그것은 하나의 사물로 응고된 행위이다. 연 만드는 행위 자체, 오직 그것만이 있었을 따름이다. 연 만드는 행위에 몰입되어 있는 어머니 표정의 단단함은 그 행위의 사물성을 확연히 드러내준다. 그러나 이 사물은 순수하지 않다. 그것에 이내 깨달음의 의미가 붙고, 미련, 두려움, 공허감 등의 관념적 의미가 들러붙고 있다. 사물로서의 행위에 의미의 땟국이 덕지덕지 묻고 있는 것이다.

그러므로 이 어린 주인공도 순수하지 않다. 열세 살의 나이를 먹은 이 어린 주인공에게는 실제로는 성년이 된 그의 모습이 어른어른 겹쳐 있기 때문이다. 그러니 자연히 서술 또한 순수한 것이 되지 못한다. 『홍어』에서 서술은 서술되는 대상의 사물로서의, 행위로서의 차원만을 포착하는 것으로 그치지 못하고 있다. 그것은 대상의 감각적 차원을 지나 자꾸 의미의 차원으로, 관념의 차원으로 넘쳐나려 한다. 『홍어』의 앞부분에서 몇 가지 예를 들어보자.

> 가난했으므로 겸손과 오만이 함께 가득했던 우리집은 항상 고요가 가라앉아 있었다. (9)

> 그렇게 많은 눈이 쌓였는데도 오히려 가슴속은 텅 빈 것 같은 공허감 때문에 (12)

> 이상하게도 눈은 발작하거나 포효하고 싶은 아이들의 운명이나 시련을 떠올리게 만들었다. (12)

위의 예문들에서 볼 때 화자의 '가난'에는 '겸손'과 '오만'이 결부됨으로써 일반적인 가난과는 구별되는 다른 어떤 것이 되어 있고, '눈' 또한 '공허감'이나 '아이들의 운명과 시련' 등의 의미와 연결되어 있는 까닭에 사물로서의 눈의 상태에서 벗어나 있다. 아마도 이런 묘사의 예를 다 들자면 『홍어』의 상당 부분을 그대로 베껴놓아야 할 것이다. 이렇게 『홍어』에 있어 대부분의 경우 사물이나 사실은 의미와 결부되어 있기 때문에 『홍어』에 대한 읽기는 자칫 사물이나 기호 자체에 대한 탐색이 아니라 의미 작용의 필연성, 사물과 의미의 접합에 대한 확인의 작업으로 변질될 가능성마저 농후하다. 그러나 회상의 모티프에 기대고 있는 까닭에 사물에 대한 묘사와 사실에 대한 서술에 의미의 그림자가 어른거리는 것은 『홍어』의 서술 방식으로서는 불가피한 것이 아닐 수 없다. 과거의 대상들은 의미적 퍼스펙티브를 통해서만 회상 작용에 포착된다. 혹은, 회상을 통해 현재에 되살려지는 과거의 사실들은 필경 의미의 분무(噴霧)에 휩싸이게 되는 것이라고 말할 수도 있을 것이다.

그러므로 그 사실과 사물들은 선명하거나 뚜렷하지 않다. 달리 말하면 『홍어』에 있어 사물과 사실들은 의미적 탄력성을 제약당하고 있는 것이다. 그 까닭은 의미라는 것이 시간의 흐름을 거슬러 올라가는 회상의 역진성(逆進性)에 입각하여 만들어지는 게 아니기 때문이다. 의미란 시간의 역진성에 의해 대상에 확고부동하게 부여되는 것이 아니라 시간의 전진성의 축 위에서 끊임없이 이루어지는 생성과 파괴의 동시적 연쇄를 그 생성의 기반으로 삼는다. 이 끊임없는 이어짐 속에서 의미란 고정되는 것이 아니라 지연되는 것일 따름이다. 그러므로 이 지연이 잠정적으로 정지된 상태에서의 의미라는 것도 일시적이고 불안정한 것일 수밖에 없지만, 이렇게 일시적이고 불안정한 의미가 일상적인 차원에서는 자연스럽고도 확고부동한 의미로 사람들 사이에 서로 교환되고 소비되는 것이라는 사실은 부인할 수 없다. 그러나 그 결과는? 아마도 그 결과는 꿈의 상실, 희망의 포기 같은 것이리라. 물리적 현실의 고정은 상징체계의 고정으로까지 연결될 때 더욱 완고한 것이 된다. 보다 나은 다른 세상에 대한 꿈, 우리의 삶 자체와 사회를 보다 살 만한 것으로 가꾸어나가고자 하는 희망과 의지의 포기! 끊임없는 의미 창조의 노력을 포기할 때, 그리하여 상징 세계에 대한 변혁의 시도가 포기될 때 우리에게 돌아오는 결과는 바로 이런 것일 터이다. 의미의 창조란 의미화의 구조를 창조해낸다는 것이며, 그 구조란 바로 우리의 삶의 세계의 구조에 다름 아닌 것이기 때문이다.

그렇다면 『홍어』에 있어 회상에 입각한 서술 방식은 잘못 선택된 것이 아닌가? 회상하고 있는 현재의 시점에서, 어차피 잠정적인 것일 수밖에 없는 어떤 의미를 과거의 사실에 고정된 것처럼 유착시킴으로써 『홍어』의 서술 방식은 의미의 창조적 지평으로의 나아감이라는 요구를 근본적으로 저버리고 있는 것이 아닌가? 어떤 점에서는 아마 그렇다고 말할 수 있을 것이다. 이야기만을 좇아 읽을 때 『홍어』가 지극히 좁고 사적인 추억담 정도에 지나지 않는 것처럼 보이는 것은 이 때문일 것이다. 『홍어』에는 다만 개인과 가족의 이야기만이 있을 뿐 그 흔한 사회나 역사가 거기에는 없다. 어린 주인공과 어머니, 단 두 사람뿐인 단출한 가족을 자꾸만 바깥 세계로부터 떼어놓는 '눈'의 이미지는 『홍어』의 이야기 구조의 협착성을 여실히 확인시켜준다. 그리하여 회고되는 사실들은 화자가 부여하는 의미와의 연관성을 의미화의 구조로 지닐 뿐, 그 밖에 어떤 것도 이 구조에 참여하고 있지 못하다. 이렇게 볼 때 객관적으로 제시된 사실이나 행위가 독자의 해석 작용과 만남으로써 비로소 만들어나가게 되는 의미의 무한한 자유로움을 제한하고 있다는 점에서 『홍어』의 서술이 입각해 있는 시간의 전개 축은 잘못 설정된 것이라고 말할 수 있을지도 모른다. 회상의 시간 축을 통로로 삼아 이루어지는 관념적 의미의 개입과 간섭으로 인해 무엇보다도 구체성과 즉물성이 크게 손상받고 있는 것이다.

그러나 『홍어』는 좀더 깊이 읽어야 한다. 위에서 언급한 내용들이 지니는 부인할 수 없는 타당성은 그러나 피상적인 것에 지나지 않는다. 『홍어』는 깊이 읽히기를 요구하는 소설이다. 그것은 회상하는 행위와 회상되는 사실의 각기 다른 시간의 전개 축이 이루는 충돌과 엇갈림의 구조를 통해 얼핏 드러나지 않는, 성찰적 관점에 입각한 형이상학의 수준으로 그 의미를 상승시켜간다. 그것은 주인공의 어린 시절에 있었던 구체적 사실들을 바탕으로 하여 곧바로 성찰적 의미의 세계로 비약해버리고 있는 것이다. 앞서 말한 것처럼 『홍어』에 역사와 사회가 담겨 있지 않은 것은 『홍어』의 의미 구조가 이들의 매개를 필요로 하지 않고 구체에서 관념으로, 사실에서 의미로 바로 건너뛰어 연결되는 형국으로 이루어져 있기 때문일 것이다. 그러므로 『홍어』를 읽는다는 것은 이러한 성찰성을 통해 가다듬어지는 의미의 맥락을 추적해보는 작업으로서의 의미와 직결된다.

거듭하거니와 『홍어』는 회상소설이다. 그래서 『홍어』의 의미 구조를 이루는 기본적 시간 축은 역진(逆進)의 시간이라고 말할 수 있다. 그러나 이렇게 회상의 모티프에 기초하고 있기는 하지만 또한 『홍어』는 회상을 통해 재생되는 과거의 어떤 시기를 시간의 흐름에 충실하게 재현해놓은 소설이기도 하다. 즉 전진의 시간이 역진의 시간 속에 감싸여 있으면서 서로 충돌하고 있는 것이다. 그렇다면 과연 이 각각의 시간 축 위에서 만들어지는 의미들은 어떤 것이며, 또 이 의미들의 충돌이 궁극적으로 만들어내는 의미는 어떤 것인가?

『홍어』에서 전진의 시간을 견인하고 있는 일차적 이야기는 기다림의 이야기이다. 어린 주인공과 어머니는 주인공이 열 살 되던 해부터 집을 나가 떠돌이 생활을 하는 아버지를 기다린다. 그러나 아버지로 하여금 집을 떠나지 않을 수 없도록 만든 파렴치한 이유 때문에 아버지는 쉽사리 돌아올 수 없는 처지이고, 따라서 아버지의 부재가 만들어놓은 공허감이라는 것도 좀처럼 채워지기 어려운 성격의 것이다.

현실로 이루기 어려운 소망이나 바람을 대신할 수 있는 방법은 무엇이 있을까? 아마 상징에 호소하는 방법도 그 가운데 하나일 것이다. 도대체 『홍어』에서 '홍어'는 무엇인가? 바로 아버지의 상징이 아닌가. 아버지의 별명이 바로 홍어였던 것이다.

> "너네 아버지 별명이 홍어지?"
>
> "나는 그런 거 모른다."
>
> "그럴 테지. 너네 아버지 별명이 왜 홍언지 알아? 홍어는 한 몸에 자지가 두 개 달렸거든. 그래서 바람둥이였던 거구." (102)

이렇게 그 운명적 성격에서부터 홍어는 곧 아버지였던 것이다. 그래서 어머니는 집을 떠난 아버지를 대신하여 '아버지로 상징될 만한 건어물'인 홍어를 문설주에 걸어놓는 것으로 기다림의 의미를 사물화한다.

그렇다면 기다림이란 무엇인가? 집을 떠난 아버지가 돌아오기를 기다린다는 것, 과연 그것은 어머니의 지킴의 자세로서의 의미로만 한정되는 것인가? 과연 그것은 운동성 혹은 능동성을 몽땅 상대에게 내준 상태에서의 완전한 정지라는 수동성으로만 이루어지는 것인가? 일반적인 의미에서의 기다림이란 이런 것일 수 있으리라. 그러나 『홍어』에서 어머니의 기다림은 이와는 조금 다르다. 그 기다림은, 아버지가 돌아오는 것이 아주 불가능하지는 않더라도 좀처럼 기대하기 어려운 일이라는 것을 알고 있는 상태에서, 오히려 그렇기 때문에 한층 더 도도하게 이어지는 기다림이다. 이런 심리적 역전을 통해 어머니의 기다림은 일반적인 의미의 틀을 벗어나 적극적이고 능동적인 행위로서의 의미를 지니게 된다. 그러므로 이런 형태의 기다림은 추구의 다른 모습인 것이다. 추구에 의하여 시간은 전진성을 지니게 된다. 다시 말해 전진의 시간은 추구에 의해 지속되는 것이다. 그리하여 시간이 빠르게 흐를 때 기다림의 완성의 시간도 앞당겨지게 될 것이다.

『홍어』에서 이와 같은 기다림의 성질 전환은 이미지의 환유로까지 이어진다. 홍어는 무엇인가? 그것은 또한 가오리연이기도 하다. "방안 시렁 위에 걸어둔 가오리연과 부엌 문설주에 걸린 홍어와는 그 모양새가 너무나 비슷"(21) 한 것이다. 그런데 이 가오리연이란 어머니가 '잠시 바느질감을 밀쳐두고' 항상 만들어내는 물건이다. 어머니의 기다림이 수동적인 행위가 아니라는 것은 이로써 입증된다. 어머니에게 있어 기다림은 마치 가오리연처럼 만들어내는 것, 즉 제작의 대상이었던 것이다. 그 제작의 수단은 두말할 나위도 없이 바느질이다. 어머니의 바느질에 대해 화자는 "한 땀 한 땀 촘촘하게 기워나가는 그 반추의 바느질은, 시간과의 약속을 다툴 수 없는 지루하고 고독한 작업이었다"(134) 고 회상하면서 또한 이것이 "아버지에 대한 그리움이 가슴속으로 더욱 파고들어 곪아가고 있다는 징후이기도 하였다"는 사실까지를 덧붙여 설명하고 있다. 이렇듯 남편이 저지른 잘못에 대한 벌처럼 주어진 기다림이라는 인고의 시간을 고문하는 공허감을 '한 땀 한 땀 촘촘하게' 이어지는 바느질로 메워나가는 어머니의 모습에 굳이 저 페넬로페의 모습을 빗대어놓을 필요가 있을까?

비유적으로 『홍어』는 화자 어머니의 이러한 바느질에 의해 짜여나가는 소설이라고 말할 수 있다. 공허함을 덮기 위한 조각보 짜기, 바로 이것이 어머니의 기다림이라는 행위의 구체적 내용이다. 그 행위의 의미는 화자의 글쓰기라는 행위의 의미와도 맞먹는 것이다. 그러나 공허함이 실체가 아닐진대 아무리 한 땀 한 땀 꼼꼼하게 꿰맞춘 조각보라 한들 어찌 그것을 덮을 수 있을 것인가. 좀처럼 돌아올 수 없는 기다림의 대상이기에 그 기다림이 필경 처음에는 상징이나 이미지로, 그다음에는 이러저러한 인물들로 분산되어 이어질 수밖에 없었던 것처럼, 어머니의 바느질도 자투리 천들을 이리저리 붙이고 덧대어 만드는 조각보 만들기로 이어져나갔던 것이지만, 정작 그 기다림이 끝나자 훌쩍 집을 떠남으로써 어머니는 그 기다림이 단순한 기다림이 아니라 기다림의 만들기였다는 것, 구체적 대상에 대한 기다림이 아니라 공허함을 만드는 행위 자체였다는 것을 냉정하게 확인시키면서 새로운 공허함의 지평을 『홍어』의 결말처럼 펼쳐놓는다. 이로써 기다림이라는 추구의 행위에 의해 진행되었던 시간의 흐름의 끝에서 우리는 오히려 처음보다 더 막막한 공허함과 대면하게 된다. 공허함, 바로 이것이 어머니의 기다림으로 형상화되어 있는 추구의 끝이 닿는 지점, 다시 말해 전진의 시간의 의미적 귀결이다.

전진의 시간의 또 하나의 의미는 발견의 시간으로서의 의미이다. 혹은 성장의 시간이라고 말할 수도 있을 것이다. 어린 화자의 나이 열셋에서 열여섯이나 일곱에 이르기까지에 해당하는 이야기의 시간은 아버지가 집을 떠난 이후 세상으로부터 단절되어 깊은 고요 속에 가라앉아 있었던 주인공이 삼례라는 여인의 흡인력, "온 삭신이 옥죄어드는 듯한 섬뜩한 흡인력"(53)에 이끌려 밖으로 나와 거기서 자신과 세계를 발견하게 되는 시간과 일치한다. "삼례에 대한 추억은 어딘가 인생의 깊이를 넓혀주는 것처럼 생각되어 그녀에 대한 추억을 정색하고 되돌아보게"(109) 만드는 것이다. 그러나 삼례에 이끌려 이루어지는 이러한 발견의 의미는 삶과 세계만을 대상으로 하는 것에 한정되지 않는다. 어린 주인공이 세계 속에서 자신을 발견하는 이런 장면을 보자.

나는 서쪽 하늘을 온전하게 덮고 있는 풍만한 노을을 온몸으로 마주 받으며, 음습하고 침침한 껍질에서 금방 벗어난 매미의 애벌레처럼 투명한 살갗으로 변신한 나를 바라보곤 하였다. 나는, 내 가슴 속으로 스며들어 내 뼈대와 살점을 싸잡아 용해시킬 수 있을 만큼 충만했던 해거름 녘의 고요와 황홀한 노을 속으로 해면처럼 투명한 몸이 되어 빨려들곤 하였다. 그렇지만 마을의 어느 누구도 발가벗은 채로 노출된 나를 알아차리진 못했다. 나는 혼자만이 갖는 전율적인 발성의 욕구를 이빨로 사리물고 삼키며 은밀하게 그것들을 사랑하기 시작했다. 실제로는 존재하면서도 존재하지 않는 것같이 누구도 흉내내거나 범접할 수 없는 무한한 가능성이 거기엔 있었다. (127)

자아와 세상에 대한 감각적 눈뜸의 장면에 대한 이 묘사는 또한 짙은 성적 암시로 충만해 있기도 하다. 그도 그럴 것이 삼례라는 인물의 출현과 더불어 어린 주인공이 가장 먼저 발견했던 것은 바로 자신의 '남자의 징표'가 아니었던가.

나 혼자만의 그 공간은, 열세 살이라는 미흡한 성장도에도 불구하고 남자라는 징표를 얻어냈다는 우쭐한 기분이 들게 만들었다. (52)

이 같은 성장의 확인이 곧바로 대상에 대한 성적 욕구로 치달아가게 된다는 것은 무척 자연스럽다. 그러나 자연스럽다 하더라도 그것은 어쩔 수 없이 은밀한 것이 아닐 수 없는데, 이 은밀한 욕망은 "너……, 내 꺼 딱 한 번만 봤으면 좋겠지? 그치?"라는 삼례의 다그침에 의해 여지없이 폭로된다. 이러한 느닷없는 폭로는 느닷없다는 느낌만큼이나 충격적인 것이기도 한데, 이러한 충격 효과는 그것이 어린 주인공의 죄의식을 자극하여 욕망을 실체화한다는 사실에서 오는 것일 터이다.

그러나 이 죄의식의 정체는 무엇인가? 과연 그것은 어린 주인공이 삼례라는 인물을 대상으로 삼아 은밀하게 품었던 사랑의 욕망에서 비롯되는 것인가? 도대체 삼례는 누구인가? 기껏해야 눈을 피해 집에 숨어들었다가 같이 살게 된 뜨내기에 지나지 않는 인물이다. 이런 인물에 대해 품는 사랑의 감정이 어째서 몰래 키울 수밖에 없는 죄의식을 동반하게 되는 것인가? 그것은 그 사랑이, 어린 주인공을 세상에 대한 성적 향수로 내몬 삼례에 대한 사랑이, 금지된 사랑이기 때문이다. 근본 없이 떠돌다 화자의 집에 들어와 마치 일가친척인 것처럼 행세하게 된 사연이야 어찌된 것이든 삼례는 누나고 어린 주인공은 동생인 것이다. "남매끼리 하고 싶어지면 벌받는"(158) 것이기 때문이다. 이처럼 화자가 품는 사랑의 은밀한 성격을 밝혀주고 그리하여 이 금지된 사랑의 대상의 전이(轉移)를 가능하게 해주는 인물들 사이의 얽힘의 양상은 가히 절묘하다. 이렇게 근친상간적 욕망에서 비롯되는 금지된 사랑이라는 점에서 주인공이 삼례에 대하여 품는 욕망은 기실 어머니에 대한 근원적 사랑의 욕망과 동격의 것이다. 삼례는 어린 화자가 어머니에 대해 품는 은밀한 사랑의 대리 표상이다. 어린 주인공이 "난생 처음 갖게 된 어머니에 대한 반감의 싹"(131)은 어머니의 사랑의 대상에 대한 어린 주인공의 의구심에서 비롯되지 않았던가.

이렇듯 불가능한 것이기에 대상을 달리하여 전이되는 사랑의 욕망은 이보다 훨씬 더 불온한 배반을 예비하고 있는 것이기까지 하다. 어린 주인공이 어머니에 대해 갖게 된 '반감의 싹'으로부터 발단된 그 은밀한 배반의 음모는 급기야 어머니에 대한 불순하기 그지없는 상상으로 폭발해버리고 만다.

> 어머니는 지금, 방금 목간을 하고 외출한 옆집 남자와 밀회를 즐기고 있을 게 틀림없었다. 나는 두 눈을 부릅뜨고 바람에 떠밀리듯 구름 아래로 흘러가는 하계(下界)의 짙푸른 들녘을 내려다보았다. 두 사람은 어디에 숨어 있을까. 아마도 하늘에선 가려서 보이지 않는 큰 느티나무 아래나, 눈으로 덮인 움집이거나 가파른 길 아래의 눈 속일 수도 있었다. (248)

어머니의 부정에 대한 이러한 상상은 그것이 실제인지 상상인지를 언뜻 구분할 수 없도록 혼란스럽게 서술되어 있는데, 이러한 서술의 혼란은 화자가 상상하는 현실의 혼란스러움을 서술의 차원에만 국한시키지 않고 아마도 독자들까지도 도덕적·심리적 혼란으로 이끌어들이기 위한 의도에서 고안된 것일 터이다. 아무튼 이처럼 고약하고 망측하기 짝이 없는 상상과 거짓 이야기 꾸며대기가, 이루어질 수 없는 사랑, 금지된 사랑의 원통함과 치유하기 힘든 좌절감에 대한 앙갚음이라는 것은 그리 긴 설명을 필요로 하지 않는다. 또는 이것 말고도 어머니에게 있어 "물리적인 금어치 이상의 무엇"(235)의 의미와 가치를 갖는 수탉을 물어 죽인 옆집 개에 대해 느끼는 "깊은 동료애와 쾌감"(255)도 그것이 이룰 수 없는 사랑의 좌절에 대한 보복으로서의 의미를 지니는 것이라는 사실은 어렵지 않게 이해될 수 있다. 그러므로 조그마한 '반감의 싹'으로부터 발단되어 '증오심'과 '어머니의 실패' — 이 실패는 도덕적 실패를 뜻한다 — 에 대한 은밀한 기대로까지 발전하는 이러한 배반의 음모는 실제 그것의 정체가 다름 아닌 어머니에 대한 사랑이기에 이를 가로막는 일체의 것에 대한 '적개심과 미움'으로까지 이어지고, 급기야 그것은 이 소설 전체의 이야기를 지탱하는 모티프인 기다림의 대상인 아버지에 대한 환멸(幻滅), 문자 그대로 환상의 소멸에 대한 고백으로까지 치달아가게 된다.

> 아버지를 몹시 그리워했었기 때문에 어머니를 증오할 수 있는 배반의 증거를 찾아 헤매었고 아버지의 환영을 좇아 방천둑 위를 배회하기도 했었지만, 실상 아버지가 집으로 돌아오면 언제 어디서 무엇을 어떻게 하겠다는 화사한 꿈이 나에겐 없었다. (269)

이러한 고백의 의미는 중의적이다. 우선 이것은, 『홍어』라는 작품에 직접 등장하지는 않지만 이 소설을 쓰고 있는 장성한 화자의 글쓰기 행위의 심리적 근원을 가리켜 보여준다. 그 시초에 있어 이 화자의 글쓰기, 아니 이야기 지어내기는 사랑의 좌절과, 그리고 자신의 사랑의 실현을 가로막는 세상에 대한 환멸의 상처를 스스로 치유하기 위한 방편이었던 것이다. 그러나 이에 앞서 이러한 고백은 무엇보다도, 성장한 관점에서만 비로소 가능한 것인, 성적 향수의 가능성에 입각한 세상에의 최초의 눈뜸이 결국 좌절이고 환멸이고 상처일 수밖에 없었다는 깨달음을 뼈저리게 증언한다. 어린 주인공 앞에 놓여 있었던 발견의 대상으로서의 세상은 무엇보다 먼저 성적 표상의 세계였던 것이지만, 이것의 발견은 좌절과 환멸이라는 아물지 않는 상처를 어린 주인공의 깊숙한 내면에 남겨놓았던 것이다. 좌절과 환멸, 이것이 전진의 시간이 경과한 결말의 지점에서 우리가 맞닥뜨리게 되는 또 하나의 의미이다.

전진의 시간과 역진의 시간이 엇갈려 충돌하는 양상으로 구조를 이루고 있는 『홍어』에서 전진의 시간 축 위에서 만들어진 의미는 결국 공허와 무위, 좌절과 환멸로 귀결되고 있다. 즉 과거에서 현재를 거쳐 미래로 이어지는 선적인 지속이라는 시간의 흐름은 성장과 추구와 발견으로서의 의미를 표방하면서 동시에 무위와 좌절과 환멸로서의 의미를 아울러 내포하는 것이다. 『홍어』가 어린 주인공의 몇 년 동안의 기간에 걸친 이야기를 통해 만들어내고 있는 의미는 이러한 것이다. 그러나 시간의 양가적 의미의 확인이 어찌 개인의 인생론적 범위 내에서의 작업에 그치는 것일 수 있겠는가. 그 의미의 장을 한껏 확대시킬 때 이것은 선적인 지속으로서의 시간을 역사라는 이름으로 포괄하며 그것의 선조성(線條性)에 대한 편집증적 집착을 발전과 진보와 합리라는 미명으로 호도해왔던 근대라는 역사적 단위 전체에 대한 중대한 문제 제기로서의 의미에까지 가닿는 것이기도 하다. 앞서 밝힌 바와 같이 전진의 시간은 의미의 세계로의 지향성을 내포하는 것이다. 그러나 의미의 세계란 필경 새로운 의미로 발돋움하려는 것과 만들어진 의미의 상태로 고정되려는 것 사이의 충돌을 야기한다. 의미의 세계란 필연적으로 의미와 무의미의 이분법적 구분과 대립에 입각한 억압과 분열의 세계일 수밖에 없다. 『홍어』에서 공허감과 좌절과 환멸의 의미로 표상되어 있는 것의 정체는 바로 이와 같은 해소할 수 없는 모순과 이중성에 대한 인식이라고 말할 수 있다.

이렇게 볼 때 『홍어』가 실제 인물로 등장하지 않는 장성한 화자를 작중 화자의 이면에 잠복시킨 상태로 설정하여 구성해내는 역진의 시간, 즉 회상은 전진의 시간이 갖는 모든 모순적이고 부정적인 의미에 대한 역전의 시도라는 점에서 중요한 의미를 획득한다. 그리하여 전진의 시간과 역진의 시간의 충돌에 의해 『홍어』를 지탱하는 시간의 구조는 직선적인 것에서 나선적인 것으로 변형된다.

> 어머니와 나에게 봄은, 그처럼 졸음과 기다림의 정한을 품고 있는 나선형의 시간과 함께 다가왔다. 관성으로만 연장되고 있던 일직선의 기다림에서 벗어나 있는 어머니와 나를 발견한 것이었다. (108)

> 산비탈을 타고 다닥다닥 올려붙은 다락논을 연상하게 만드는 그 조각보들은, 아버지를 향해 달려가고 있는 어머니의 직선적인 시간들을 나선형의 시간들로 구부려주고 있었다. (134)

나선형의 시간이란 어떤 시간인가? 필경 그것은 전진의 시간과 역진의 시간이 충돌하여 만들어내는, 대립과 모순의 종합으로서의 시간을 일컬음일 것이다. 앞으로 나아가면서 계속 제자리로 역류되는 시간, 이것이 나선형의 시간의 문자 그대로의 의미일 것이다. 과연 『홍어』에서 시간의 진행은 거듭거듭 내려 쌓이는 눈의 이미지로 반복되고 있지 않은가. 『홍어』의 세계를 시종일관 덮고 있는 눈의 이미지는 "차가움과 따뜻함이, 공허함과 팽만함이, 그리고 소멸과 풍요함이 부담없이 서로 오묘하게 어우러져"(154) 이룬 '조화의 절정'을 표상한다. 그 이미지는 그것이 진행과 반복의 의미를 동시에 아우르는 것과 마찬가지로 대립, 모순, 상극 등 의미의 세계가 필연적으로 만들어내는 이분법이 극복된 세계의 표상이다. 혹은, 이것이 지나친 단정이라면, 적어도 그러한 세계로의 지향의 표지이다.

그러고 보면 화자와 그 어머니에게 있어서의 기다림이라는 것도 애당초 직선적인 추구의 의미로만 한정되는 것은 아니었음이 확인된다. 설령 그 기다림이 추구였다 하더라도 그것은 모순의 극복을 통해 이루어지는 다른 세계에 대한 소망의 형태였던 것이다. 어머니의 기다림의 의미에 대한 화자의 해석을 보라.

> 그래서 어머니의 오랜 기다림은 슬퍼서 아름다운 것이었고, 좌절과 희생, 권태와 기대, 그리고 때로는 설레는 희열과 어둡고 답답한 환멸과 울적함까지도 모두 버리지 않고 껴안은 섬뜩한 애정이었다. 어쩌면 나보다 더 애타게 눈 내리기를 기다리고 있는 것도 어머니가 가진 그 환멸과 모순 덩어리의 사랑을 속속들이 표백당하는 단련을 통해 어디엔가 도달하고 싶은 소망 때문인지도 몰랐다. (154)

이렇듯 어머니의 기다림과 사랑과 소망은 모든 대립을 포괄하면서도 그것의 의미를 무화시킨 곳에서 단련을 통해 투명하게 응고되는 결정체이다.

그렇다면 이러한 모순과 대립을 있는 그대로 끌어안은 채로 어머니가 도달하고자 소망하는 세계는 어떤 세계일까? 분명히 말할 수 있는 것은 그것이 의미의 세계는 아니라는 것이다. 이런 의미에서 『홍어』는 어떤 의미를 전달하고자 하는 소설이 아니라고 말할 수도 있다. 이 소설이 의미를 부정하는 것은 아니지만 의미에 집착하는 것은 더더욱 아니다. 『홍어』가 전진의 시간을 내포하면서도 그것을 회상이라는 역진의 시간 속에 용해시킨 것은 필시 이런 사정을 반영하는 것이리라. 회상의 모티프, 혹은 역진의 시간이라는 방향성에 입각함으로써 『홍어』는 의미의 세계가 아닌 감성(感性)의 세계로의 귀환을 주장하고 실천해낸다. 이 감성의 세계란 의미의 세계가 내포하는 분열을 체험하기 이전의 세계일 수도 있고, 혹은 의미의 세계가 필연적으로 끌어들이는 모순과 대립을 종합한 세계일 수도 있다. 그러므로 그것은 귀환의 표지 속에 초월을 함축하는 것이거나 그 역일 수도 있다. 달리 말하면 그것은 근원으로의 돌아감에 대한 초대 속에 미래의 실천을 향한 선동을 같이 예비해놓고 있는 것이다. 『홍어』가 서술 방식상의 특징인 회상의 모티프를 통해 구현해내는 의미는 대략 이렇게 정리될 수 있다. 그것은 근대라는 시대 단위의 진행에 따라 강제로 설정된 이분법적 구조의 한계를 넘어 조화로운 근원적 세계로의 초월·도약을 새롭게 준비하고자 하는 문학적 시도의 표현 형태라는 중요한 의미를 갖는다. 감성의 세계로의 귀환이라는 것! 『홍어』가 합리성의 한계를 극복할 수 있는 실천적 방안으로 제시하는 프로그램의 구체적 내용은 이러한 명제로 집약된다. 천 년 단위 시대의 마감을 눈앞에 둔 시점에서 『홍어』가 단순한 자전소설 아닌 회상소설로서의 양식적 특징을 통해 독자들에게 던지는 화두 또한 바로 이 귀환에의 초대로 집약될 수 있는 것일 터이다.

〔1998〕

'사이'의 시학, 혹은 타자에의 지향

바꿔? 뭘 바꾸고 싶은데?
뭐든지, 전부를.
이 세상을 온통 네 선글라스 색같이 캄캄한 밤으로라도 바꾸고 싶다는 건가?
그럴 수 있다면……
—「순수한 불륜의 실험」 중에서

유신 체제의 말기적 징후들은 감지되고 있었지만 그 종말의 방식에 대해서는 상상조차 할 수 없었던 1979년 가을, 우리는 그제껏 우리 문학에서 찾아보기 쉽지 않았던 특이한 소설 한 편을 접할 수 있었다. 「낯선 시간 속으로」라는 제목의 그 소설은 형식이나 서사 방식에서, 그리고 '돌이킬 수 없는 것은 돌이킬 필요가 없는 것이 되어야 한다'는 잠언성 전언에 함축된 메시지에서 한국문학에 충격을 가할 수 있는 심상찮은 폭발력을 내장한 것으로 받아들이기에 충분한 것이었다. 그리고 그 이후 그 '낯선' 소설의 작가 이인성의 소설 탐구 작업은 언제나 새로운 글쓰기 방식과 의미에 대한 탐색이라는 관심을 축으로 삼아 이루어져왔다. 이런 맥락에서 볼 때 작가 생활 20년에 즈음하여 우리에게 선보인 그의 또 한 권의 소설집인 『강 어귀에 섬 하나』*는 '낯선 시간 속으로'라는, 그의 첫 소설집에 실린 소설 제목처럼 글쓰

* 이인성, 『강 어귀에 섬 하나』, 문학과지성사, 1999.

기에 대한 사유와 실천으로 이어져온 '길 한 이십 년'의 짧지 않은 여정에 하나의 매듭을 지어보고자 하는 작가의 의도를 담고 있는 것이리라.

그러므로 이인성의 소설집 『강 어귀에 섬 하나』는 그냥 단순한 소설집이 아니라 20년에 이르는 자신의 글쓰기의 이력을 뒷받침하고 또 변화시켜왔던 근원적 관심 자체와 그 전개 양상의 추이를 살펴볼 수 있도록 해주는 이정표로서의 위치에 놓이는 것이라 말할 수 있다. 20년이라고 말했지만, 사실은 이번 소설집에 수록된 「문 밖의 바람」이 『대학신문』에서 주관하는 대학문학상을 수상하며 「나만의, 나만의, 나만의」라는 제목으로 발표되었던 것이 1974년의 일이고 보면 『강 어귀에 섬 하나』에 함축된 시간의 두께는 그만큼 더 두터워진다. 아마도 공식적인 처녀작으로 인정되어 마땅한 이 소설까지가 함께 수록되어 있다는 점에서 작가의 의도는 좀더 선명하게 드러나 보인다고 말할 수 있지 않을까? 이것뿐만 아니라 '메마른 강줄기'에서 '강 어귀에 섬 하나'를 거쳐 '강 어귀 바다 물결'에 이르도록 배열한 소설집의 구성을 통해서도 이러한 의도는 분명히 감지되어온다. 이러한 구성이 『강 어귀에 섬 하나』라는 소설집 전체로 하여금 성장소설적 구도를 지니도록 하려는 작가의 의도를 담고 있다면, 이 성장의 드라마는 있는 그대로의 현실에 대한 수용과 적응이라는 과정으로 펼쳐지는 것이 아니라 현실 세계에 대한 타자로 존재하는 언어의 세계로 나아가고자 하는 글쓰기의 실존적 투기(投企)의 양상으로 전개되는 것이라는 점을 미리 언급해두어야 하겠다. 이 글은 그러므로 가급적 이러한 투기의 궤적, 작가 스스로가 자신을 넘어서고 소설로 소설을 넘어서는 과정을 순순히 따라가보는 방식으로 씌어질 것이다. 그러나 이것만으로도 우리는 우리 문학의 귀중한 광맥을 찾을 수 있게 될 것이다. 그렇게 될 수 있기를 희망한다는 것이 이 글을 시작하려는 자리에서의 소망 사항이다.

글의 시작을 위하여 화두 하나를 설정해보도록 하자. 그의 첫 소설로부터 『강 어귀에 섬 하나』에 이르기까지 이인성이 글쓰기를 통해 추구한 목표를 무엇이라고 요약할 수 있을까? 일단 그것을 나는 '글쓰기를 통한 세상 바꾸기의 꿈과 실천'이라는 것으로 제시하고자 한다. 잠정적으로나마 이렇게 이해할 때, 글쓰기를 통하여 세상을 바꾸겠다는 그의 야심만만한 목표는 글쓰기의 실천성이라는 문제에 대한 심층적인 탐구의 필요성을 날카롭게 제기하는 것이었다고 말할 수 있다. 그러나 「낯선 시간 속으로」의 발표 이후 이인성의 글쓰기가 이루어진 1980년대라는 시대의 분위기 속에서 이 문제의 초점은 다른 것으로 분산될 수밖에 없었다. 문학까지도 행동으로 표출될 수 있는 실천적 내용이나 프로그램의 제시라는 과제에 매달려 있었던 1980년대의 분위기 속에서 이인성의 소설이 제기한 문제의 중요성은 이차적인 것으로 밀려나거나, 혹은 아예 몰이해되기 쉬운 것이었다. 돌이켜보건대 1980년대 한국문학의 한 사건으로 능히 기록될 만한 이인성—김정환의 대담이 드러내 보이는 것도 일차적으로 문학적 실천에서 글쓰기의 전략과 목표는 어떤 것일 수 있는가, 어떤 것이어야 하는가라는 문제를 둘러싼 두 대담자 사이의 쉽게 좁혀지지 않는 견해차였다. 그러나 이것이 어찌 이 두 사람의 견해차라는 의미로만 한정될 수 있는 것이었겠는가.

정치·사회적 투쟁의 의미로서의 실천의 개념이 문학의 관심 대상의 일선에서 물러나게 된 1990년대와 오늘의 시점에서도 이인성의 소설이 제기하는 문학적 실천의 문제성은 여전히 날카롭기만 하다. 아니, 흔히 '문학의 죽음'을 말하는 시대이기에 오히려 소설을 벗어나는 소설로 소설의 영역을 끊임없이 확장시켜온 이인성의 소설이 이른바 '문학의 죽음'이라는 진단을 딛고 일어서서 문학이 나아갈 수 있는 바를 가리켜 보여주는 나침반으로서의 가능성으로 받아들여지게 되는 것인지도 모른다. 아마도 이런 사정이 이인성의 소설이 오늘에 이르기까지 예민한 비평의 대상으로 끊임없이 떠오르는 이유일 것이지만, 이것은 또한 그의 문학적 실천이라는 문제가 단순히 시대적 배경과의 대조에서 부각된 정치·사회적 관심의 소산만이 아니라 사실은 '글쓰기란 무엇이냐, 어떤 것이어야 하느냐'라는 문학의 본질적 문제와도 맞닿아 있는 것이라는 사실을 명확히 드러내 보여주는 것이기도 하다. 그의 소설은 그러므로 사회에 대한, 세상에 대한 문제 제기이면서 문학에 대한 문제 제기이기도 한 것이다. 이인성은 글쓰기를 통하여 세상과 문학을 동시에 뚫고 나가고자 한다. 이인성은 소설이 세상에 대한 또 하나의 다른 세상이기를 꿈꾼다. 그러면서 그는 이 다른 세상으로서의 소설이 또한 소설에 대한 또 하나의 다른 소설이기를 기획하는 것이다. 이런 의미에서 그의 소설은 세상에 대한 타자이면서 소설에 대한 타자인 것이라고 말할 수 있다. 그의 문학적 편력의 과정을 변함없이 이끌어온 것은 바로 이 '다른 것'이 되고자 하는 지향성이었다. 이제 살펴보고자 하는 것은 『강 어귀에 섬 하나』라는 한 권의 소설집 속에 압축되어 있는 이러한 지향성의 궤적에 대해서이다.

세상과 문학은 어떻게 연결되는가? 이 물음을 외부 세계에 구체적이고 현실적으로 실재하는 사물과 문학 속에서 서술되는 사물들이 어떻게 연관되는가라는 물음으로 바꿔 이해해보도록 하자. 두말할 나위도 없이 그것은 언어의 매개를 통해서다. 그렇다. 태초에 말씀이 있었다고 한다면 모든 것은 바로 그 말씀, 즉 '언어'에 의해 명명됨으로써 존재하게 된 것이다. 가령 이인성의 많은 소설에서 인물은 어떻게 존재하는가? 처음에 화자라는 추상적 지위만을 점하고 있던 인물이 그 잠재성에서 벗어나 하나의 인물로, 그러나 그것도 대개의 경우 다른 소설들과 비교하면 형편없이 미미한 사실성밖에는 지니지 않는 인물로 등장하게 되는 것은 '나'든 '너'든, 어떤 인칭대명사에 의해 호명됨으로써이다. 대개의 경우 고유명사를 지니지 않는다는 이인성 소설의 인물들의 특징은 인물들의 성격과 지위, 기능 등의 기준에서 다른 소설들과 변별되는 차이를 드러내는 일차적 표지가 된다.

사물이든 인물이든 이렇게 그들의 존재의 기반이 바로 언어라고 한다면 결국은 세상 자체가 언어일 뿐이다. 언어 바깥에, 혹은 텍스트 바깥에는 아무것도 없는 것이다. 이렇게 본다면 세상 자체가 거대한 소설이 아닌가? 세상 자체가 문학이었던 것은 아닌가? 말과 사물이 명명과 존재의 관계로, 형식과 내용의 관계로 합치할 수 있는 것이라 한다면 문학과 세상은 기실 하나였던 것이다. 그러나 이러한 주장이 통용되기 어렵게 되었다는 것이야말로 오늘날 세상의 진실이다. 언어가 정신을 드러내고 그 정신이 곧 세상의 표상일 수 있었던 세계에서의 언어와 세계 사이의 직접성은, 세계의 물화와 함께 간접화되어버린다. 언어는 이제 정신이 아니라 한낱 사물들에 일시적으로 대응하는 기호의 지위로 전락되어버린 것이다. 이런 세상에서 어찌 문학과 세상의 일치를, 언어와 사물의 일치를 꿈꿀 수 있으랴. 가령 "행운이란 게 전부 돈"(「편지 쓰기」, 89)으로 환원되는 물화된 세계 속에서 행운의 편지라는 게 과연 어떤 주술적인 마력을 발휘할 수 있을까. 그것에 담긴 내용이 축복이든 저주든, 그것은 이미 행운이나 불행과는 아무런 상관도 없는, 다만 그것을 쓰는 사람의 자의식을 무대로 펼쳐지는 언어놀이, 말놀이에 지나지 않는다. 언어와 사물 사이의 이런 무연성을 이유로 하여 문학과 세계는 서로 다른 것, 즉 서로가 서로에 대한 '타자'가 된다.

그렇다면 이인성의 언어가 정교하게 꾸며내는 저 환상의 세계는 무엇인가? 그 자체로 그것은 실재하는 세계의 타자가 아닐 것인가. 칸트가 말한 것처럼 상상력이란 또 하나의 다른 자연, 다른 세상을 만들어내는 능력이기에 말이다. 그러나 이인성이 꾸며내는 환상의 세계는 그냥 환상이라고 하기에는 너무도 정교하다. 가령 「강 어귀에 섬 하나」를 보자. '처용 환상'이라는 부제가 말하듯 이 소설이 어떤 환상의 세계를 그려 보여주는 것임은 분명하다. 이 소설에서는 공간이나 시간, 인물, 그 어느 것도 사실성을 갖지 않는다. 뭔가의 이유를 밝혀주는 듯한 "아마도, 언제나 해질 무렵이었기 때문"이었으리라는 첫 문장의 진술이 밝혀주는 것은 아무것도 없다. 그 모호함 속에서 공간은 그저 강줄기와 백사장과 바다가 내려다보이는 그 집의 동쪽 끝방"(107) 정도의 막연함에 잠겨 있고, 시간은 "계절이 따로 없이, 늘 가을"(108)로 박제되어 있거나 "전설의 시간"(149)으로 신비화되어 있다. 또한 인물 역시 기껏해야 '너' 아니면 '나'라는 인칭대명사로 풀려 있거나 '처용' '만희'라는 설화적 인물의 이름으로 가려져 있다. 이 모든 모호함의 결합과 분산에 의해 이 소설의 환상성은 수립된다.

이렇듯 전체적으로 환상적이라 할 수밖에 없는 이 소설을 이루는 하나하나의 어휘들은 그러나 더할 나위 없이 또렷하고 명료하다. 가령 빛을 받아 수많은 파편으로 반짝이는 잔물결 위의 나뭇잎을 묘사하는 이런 구절을 보자.

> 서서히 온몸을 끌어당겨 가라앉힐 듯, 잠잠하게 꿈틀꿈틀, 두터운 몸짓으로 유영하는 거대한 강줄기 위에는, 부드럽게 일렁일렁, 그 물의 살의 움직임에 따라 흔들리는 진노랑빛 은행나무 잎들과 선홍빛 단풍잎들이 가득 떠 흐르며, 산란하게 반짝반짝, 수억만 개의 물비늘처럼 시야를 어지럽히고 있었던 것이다. (107)

단순히 환상적이라고 하기에 이 묘사는 너무나도 감각적이고 사실적이다. 그 정교함으로 말하자면 어쩌면 거의 기하학적이라고까지 말할 수 있을지도 모르겠다. 이 언어들에 환상의 표지라고는 없다. 그렇다면 환상은 어떻게 만들어지는가? 환상에 대하여 이인성은 "만들어지는 건 환상이더라도 그걸 만드는 행위는 현실"(223~24)이라고 말한다. 그렇다. 환상적인 언어, 환상을 만드는 언어가 따로 있는 것이 아니다. 그것은 똑같은 현실의 언어일 뿐이다. 그렇다면 문제는 환상의 표지를 갖는 유별난 언어들을 찾아 그것으로 환상을 꾸미는 일이 아니라 현실의 언어가 환상의 효과를 지니도록 만드는 일일 것이다. 그렇다면 어떻게?

문제는 언어의 구조화, 혹은 언어의 질서로 귀결된다. 그 자체로는 결코 환상적이지 않은 언어로 환상의 효과를 만들어낼 수 있는 방식이란 구조화 이외에 달리 무엇이 있을 수 있겠는가. 무의식이 언어처럼 구조화되어 있는 것이라면, 마찬가지로 상상력 또한 언어처럼 구조화되게 마련인 것이리라. 여기서 「강 어귀에 섬 하나」의 도입부가 여러 사물들에 대한 묘사로 이루어져 있음에 대해 주목해보자. 특이하게 이루어진 행갈이를 경계로 한 하나하나의 단락들은 강물이나 바위산, 백사장, 수평선, 어둠 등과 같은 대상의 묘사에 바쳐져 있다. 이런 사물들, 대상들은 어쩌면 실제의 세계에서는 하나의 전체로 어우러질 수 있는 것일 터이다. 하나로 어우러져 이루어낸 전체적 풍경 속에서 이 모든 것들은 서로 자연스럽게 인접해 있다. 그러나 이 풍경을 언어로 치환하면서 여기에 작위적인 행갈이를 덧붙일 때, 이 돌올한 행갈이의 단층면을 따라 그 자연스러운 인접 관계는 일거에 깨져버린다. 이 소설의 특이한 행갈이의 의미는 여기에 있는 것이 아닐까? 불쑥불쑥 느닷없이 이루어지는 행갈이가 모종의 불가사의함으로 환상적 효과를 높여주는 것이라 한다면, 이때의 환상이란 기실 언어의 질서와 세계의 질서 사이에 생겨난 균열을 비집고 나오는 효과가 아닐 것인가.

또 하나의 다른 경우를 살펴보자. 「편지 쓰기」에서 이인성은 뚜렷이 구분되는 두 가지 문장의 유형을 드러내 보여준다. 하나는 소설의 지문이고 다른 하나는 편지다. 그 첫 문장 하나씩을 인용해보자.

> 도대체 그 언제 어떻게 편지를 썼었던가. 참을 수 없이 쓰고 싶던 편지가 갑자기 곤혹스럽게 느껴짐을 의식한다. 부엌 식탁 위의 낡은 영어 사전 앞에 놓인 백지와 만년필이 어색하기 이를 데 없다, 고 뒤이어 의식한다. (83)

당신의 〔……〕 불행을 기원하며 이 편지를 보냅니다. 이 편지를 받는 당신은 불행해질 것입니다. 불행해져야 합니다. 불행해지십시오. 제발. (85)

편지란, 길게 말할 필요도 없이 발신자와 수신자, '나'와 '그'가 확고부동하게 고정되어 있다는 것을 전제로 하여 씌어지는 글이다. 비단 편지만이 아니라 모범적인 문장, 글의 규범과 문법은 이러한 고정성 위에서 성립된다. 그것은 세계를 명확하게 규정된 '나'와 '너'와 '그'의 관계 위에 고정시킨다. 그러나 '나'란 누구인가? 기껏해야 그것은 한 문장의 주어, 말의 주체에 지나지 않는 것이 아닌가. 또 말의 주체라고 했을 때 그것은 발화의 주체인가, 발화 행위의 주체인가? '나는 말했다'와 '나는 말한다'에서 '나'는 동일한 인물인가? 어제의 강물과 오늘의 강물이 결코 같은 것일 수 없다면, 시간의 강물 위로 흘러가버린 과거의 '나'와 지금의 '나'가 어떻게 같은 인물, 동일자일 수 있을 것인가. 그렇다면 과거의 '나'는 '나'가 아니라 현재에 존재하지 않는 '다른 나', 즉 '그'가 되어야 하지 않는가? 그렇다면 언제 편지를 썼던가를 자문해보고 편지 쓰기를 곤혹스럽게 느끼는 자는 '나'인가, '그'인가? 의식의 차원에서 분리되는 화자에 의해 진술되는 소설의 지문이 제기하는 문제는 이렇게 요약될 수 있다. 이러한 분열이 시간의 구속에서 벗어날 수 없는 인간의 존재론적 진실이라고 한다면, 고정된 '나'와 고정된 '그' 사이에서 교환되는 글인 편지는, 그리고 편지뿐만 아니라 이런 고정성을 전제로 하여 이루어지는 모든 글은 오히려 그것이야말로 허구일 것이다. 그리고 더 나아가서는 세계의 고정성, 확정성이라는 것이 허구인 것이리라. 이렇듯 의식의 균열을 통해 '나'라는 존재의 고정성이 깨질 때, 이와 더불어 '나'에 의해 관찰되고 서술되는 세계의 고정성까지도 깨지게 된다.

환상은 바로 이 균열에서 생겨난다. 강요된 편지 쓰기로 말미암아 금 간 의식이 끝내 맞닥뜨리게 되는 환각, 혹은 환상의 세계의 근원도 바로 이 균열이다.

> 시야의 어디선가, 한 순간, 굳어 있던 고체성 물질이 작은 경련을 일으키다 멈춘다. 거의 동시에, 의자가 주춤 뒤로 빠지면서 몸을 튕겨낸다. 둘레의 공기가 움직임의 변화에 즉각 밀도를 바꾸어 대응하여 몸의 부피를 억압한다. 당당하게 버티고 선 냉장고가 저 보란 듯 문을 연다. 〔……〕 의자가 딴지를 건다. 바닥이 빰을 후려치고, 쓰레기통이 등을 밟는다. 이 친구야, 뭘 그렇게 엄살을 부려? 공기가 능글맞은 감촉으로 몸을 부축해 일으킨다. (98)

고체성에서 기체성으로의 풀어짐은 고정성의 해체라는 명제를 물질적 상상력을 통해 증명해낸다. 이 고체성과 기체성의 대비는 현실과 환상의 대비와도 통한다. 장장 다섯 면에 걸쳐 이어지는 이러한 환상에 대해 작가는 이것이 "잠깐 동안 뜬눈으로 꾼 꿈"(103)이었다고 말한다. 그렇다. 그것은 의식이 깨어 있는 상태에서, '나'라는 존재의 고정성이 파괴됨으로써 생겨난 틈을 비집고 나와 의식의 전면을 가로막은 꿈이었던 것이다. 그렇다면 환상이란 무엇인가? 그것은 다름 아닌 의식의 틈, 기존 현실의 파열 그 자체가 아니겠는가. 환상이란 현실과 동떨어진 채로 존재하는 어떤 유별난 것이 아니라 현실의 균열, 틈, "사이"의 모습인 것이다. 그 틈을 비집고 나온 어떤 것이 언어의 거울에 비쳐 이루는 현란한 언어의 무늬, 이것이 환상일 것이다. 바로 이 환상이 세상 바꾸기를 목표로 하는 이인성의 글쓰기의 실천적 단서를 이루는 것이라면, 작가가 말하듯 "문제는 모든 것을 그 '사이'에 놓고 바라보는 데"(165) 있게 된다. 과연 「편지 쓰기」에서 환상의 체험을 바탕으로 화자는 "막연하지만 뭔가 달라진 것 같다는, 이라기보다는 뭔가 달라져야 한다"(103)는 것을 깨닫게 된다.

이인성의 소설은 바로 이 사이에 대한 탐색이다. 이 사이에 대한 탐색에서 그는 이것을 뚫고 나오는 모든 것들과 대면하게 된다. 꿈, 무의식, 욕망, 환상 등…… 그리고 그는 이 모든 것을 현실의 언어로 번역해낸다. 그러므로 이인성에게 문제가 되는 것은 사이를 비집고 나오는 것들 그 자체에 대한 관찰과 파악과 묘사가 아니라, 그것이 어떻게 새로운 언어 질서로 형태화될 수 있는가라는 것이다. 그 '사이'는 그러므로 기존의 현실과 세상이 깨지는 곳이면서 새로운 현실이 언어와 결합하는 지점이기도 하다. 이인성의 소설이 소설을 벗어나고자 하는 '소설', 소설에 대한 '타자'로서의 '소설'이 되는 것도 이러한 이유에서다. 그러므로, 세상 바꾸기라는 것이 이인성의 글쓰기의 목표이면서 또한 이를 육화하고 있는 인물들의 추구 대상으로 함께 묶일 때, 이러한 욕망의 근원을 드러내는 이인성의 소설적 형상화의 작업도 그 욕망 자체의 정체를 밝히는 데에만 그치지 않고 그 욕망이 언어와 만나게 되는 과정과 결과까지를 추적하는 데까지 나아간다. 바로 이 추적의 과정 전체가 『강 어귀에 섬 하나』의 기본 구도를 이룬다.

우선 근원부터 살펴보도록 하자. 과연 그 변화의 욕망의 근원은 무엇인가? 이인성은 이것을 정당성의 파괴에 대한 인식에서 찾는다. 그리고 이 인식을 형상화하기 위한 도구로 동원되어 있는 것은 가족소설적 동기다. 가령 「유리창을 떠도는 별 한 마리」를 보라. "혼자 내던져진 밤에, 아들은 그녀가 내던져버린 그녀의 팬티로 자지를 감싸고 수음"(22)을 하고, "그녀에게서 어머니를 느끼는 나를 억누르며, 아무것도 못 들은 척 뻔한 거짓을 꾸미며, 책을 펴놓았던 밥상 밑으로 손을 뻗쳐 주머니칼을 칼집에 꽂는"(24) 주인공을 지배하고 있는 것은 두말할 필요도 없이 근친상간과 살해의 욕망을 내용으로 하는 저 고전적인 오이디푸스 콤플렉스이다. 이것뿐만이 아니다. 지아비의 무덤을 찾는다는 핑계로 산속을 돌아다니며 광주리 장사를 하다 "닥치는 대로 제 남편 짐승을"(49) 찾는 엄마를 몰래 쫓아다니다가 "밀폐된 그만의 공간"(48)에 들어가서는 "배낭 속의 군용 담요를 펼치고, 그걸로 머리끝부터 발끝까지를 휘감으며 꿈틀대던"(49) 엄마의 몸부림을 흉내내는 「무덤가 열일곱 살」의 주인공을 지배하고 있는 것도 똑같은 오이디푸스 콤플렉스이다.

어머니란 존재의 의미는 무엇인가? 그것이야말로 존재의 정당성의 마지막 보루가 아닌가. 우리의 많은 소설들을 빛내고 있는 굳건한 어머니들의 모습을 떠올려보라. 솟구치는 욕정을 바늘로 허벅지를 찌르는 것으로 이겨내며 자식들에게는 오직 강인함만을 가르치고자 했던 한국문학의 저 의지의 어머니들…… 이들의 자식들은 어머니로부터 용감하게 세상에 나가 세상을 이길 수 있는 강인함만을 배워야 했다. 이들에게 세상이란 거부하거나 부정해야 하는 대상이 아니라 그곳으로 나아가 싸워 이기고 지배해야 할 대상이었다. 이러한 의지를 든든하게 뒷받침해주는 것이 바로 이들의 어머니였고, 따라서 이들에게 어머니는 자신과 세상의 정당성의 근거였던 것이다. 그러므로 이 정당성이 파괴될 때, 이와 더불어 존재도 파괴된다. 또한 이렇게 하여 자신의 존재가 파괴되었다고 느낄 때, 이것이 자신을 둘러싸고 있는 세상을 파괴해버리려는 보상적 욕망으로 치달아갈 수 있다는 것은 상식적으로도 충분히 이해될 수 있는 일이다. 이러한 도식은 이인성의 소설에서도 크게 다르지 않다. 그러나 이인성의 소설에서 중요한 것은 이러한 가족소설적 동기를 통해 표출되는 무의식적 차원의 욕망이 세상을 바꾸고자 하는 추구의 근원임을 확인하는 것이 아니다. 이인성의 소설은 세상을 바꿔야 한다고 주장하는 것이 아니라 소설을 통해 변화를 실천해간다. 그렇다면 중요한 것은 이 실천의 방식을 살펴보는 일일 것이다.

사실 이러한 주장의 근거로서의 가족소설적 동기라고 하는 것은 이제는 차라리 진부한 것에 속한다. 그러나 진부한 것이라고 해서 그것의 표출이 쉽다고 말하는 것은 아니다. 무의식의 차원에 각인된 욕망이 의식의 표면 위로 떠오르기란 그리 쉬운 일이 아니다. 그 까닭은, 길게 설명할 필요도 없이, 그것이 억압되어 있기 때문이다. 소설에서라고 해서 이러한 리얼리티가 무시될 수 있는 것을 절대로 아니다. 만약 이것이 무시될 경우 소설은 생경해지거나 진부해질 것이다. 욕망은 좀처럼 뚫고 나오기 어려운 무거운 억압의 벽 속에 갇혀 있다. 마치 유리벽 속에 갇혀 출구를 찾지 못하는 한 마리 벌처럼……

이와 관련지어 이런 질문을 던져보자. 「유리창을 떠도는 벌 한 마리」나 「무덤가 열일곱 살」에서 화자가 아니라 '나'라는 인물이 출현하는 것은 왜 그리 더디고 어려운가? 간단히 답하면 그것은 '나'가 곧 욕망이기 때문이다. 이 소설들에서 '나'는 근친상간과 살해의 욕망을 육화하고 있는 존재다. 이 소설들에서 화자와 '나'라는 인물은 결국 동일한 존재이기는 하지만, 이들이 놓여 있는 위상은 각기 다르다. 화자와 인물, '그'와 '나'는 각기 의식과 무의식, 글과 욕망의 차원에 대응하여 존재한다. '나'는 '그'의 욕망이며 무의식인 것이다. 그러므로 '나'는 깊숙이 잠재되어 있을 뿐 좀처럼 나타나지 못한다. 그것이 나타날 수 있기 위해서는 뭔가 좀 특별한 조건이 필요하다. '화자―그'의 역할은 바로 이 특별한 조건을 마련하는 일이다. 현실에 있어 무의식이나 욕망을 억압하는 힘을 뭉뚱그려 도덕이라는 이름으로 지칭한다면, '화자―그'의 역할은 글을 통해 이 도덕을 괄호 침으로써 '인물―나'가 출현할 수 있도록 해주는 일이다.

그렇다면 '화자―그'에 의해 마련되는 특별한 조건, 도덕에 대한 괄호 치기란 어떤 것인가? 그것은 다름 아니라 절대 정적의 공간을 마련하는 일이다. 그리하여 깊숙한 곳에서 은밀하게 꿈틀거리는 욕망과 무의식의 미세한 움직임의 소리가 들리도록 만드는 것이다. 「유리창을 떠도는 벌 한 마리」의 서두를 보라.

> 도마질 소리가 뚝 그친다. 초여름 일요일 오후의 지겨움을 낮게 다져대던 소리의 사라짐이, 어둑한 실내에, 갑자기 믿을 수 없는 고요함을 풀어놓는다. 골목 어귀에서 들려오는, 카세트 테이프를 파는 리어카 행상이 늘상 틀어놓는 싸구려 노랫소리가, 꺼지지도 않았는데 귀 밖으로 멀리 밀려나 이 고요함에 단단한 껍질을 둘러친다. 고요함의 껍질은 소리가 딱딱하게 굳어 이루어낸 어떤 것인 모양이다. (9)

소설의 시작과 더불어 이미 그친, 그러나 잔음으로 배경에 잦아든

도마질 소리는, 오히려 그것의 그침으로 인하여 엄습하게 된 정적을 더욱 견고한 것으로 만든다. 소리가 굳어 이루어낸 이 고요함 속에서는 이제 소리를 멈춘 "커다란 식칼이 도마 옆에 예리한 날빛"(10)을 머금고 번뜩이고 있을 뿐이다. 이 식칼의 날빛에 더하여 그 정적은 유리창과, 이 주인공이 품고 있는 주머니칼의 번뜩거림으로 그 긴장을 더한다. 이 모든 금속성의 날카로운 긴장으로 날이 선 고요함…… 그녀의 은밀한 욕정의 소리가 비로소 들리게 되는 것은 이러한 절대 정적을 배경으로 하여서이다.

> 들린다. 그녀의 숨소리가. 지극히 여리고 가늘게, 그러나 끊이지 않으면서, 조금씩 불규칙하게 거칠어지다가 또 잦아들면서, 그녀의 살 푸는 소리는 소리의 잔 실줄기를 만들며 이 고요함 속에 사르르사르르 흘러내린다. (21)

또 이로 인하여 촉발되는 '나'의 근친 살해 욕망의 소리까지가 들리게 되는 것도 이러한 절대 정적 속에서이다.

> 나는 그녀를 '그녀'라 부르지만, 그녀가 저 병든 고요함을 두 손에 파묻는 눈물에서만은 어머니를 느낀다. 그러나 그녀에게서 어머니를 느껴서는 안 된다. 나는 칼집을 만지작거리며 마음을 다문다. (24)

과문한 탓에 나는 우리 소설 중에 이만큼 순도 높고 밀도 높은 절대 정적의 공간을 수립해놓은 다른 소설을 알지 못한다. 이것 하나만으로도 이인성 소설의 성과는 뚜렷한 것일 수 있지 않을까?

이러한 정적은 「유리창을 떠도는 벌 한 마리」와 거의 흡사한 플롯 구조를 지닌 「무덤가 열일곱 살」에도 그대로 이어진다. "살아 있는 이 세상에 완벽하게 귀 멀어"(28~29) 있는 죽음의 세계는 금속성의 칼날로 번뜩이는 정적의 세계와 거의 그대로 일치한다. '거의 그대로'라고 말했는데, 그 까닭은 그러나 「무덤가 열일곱 살」의 경우에는 배경으로 깔린 정적 속에 이것을 깨뜨리는 다른 소리가 섞여 있기 때문이다. 어떤 소리인가? 그것은 "언젠가 청계천 뒷골목 시장까지 원정 가서 잽싸게 뒷주머니로 '꼬불친' 이후 〔……〕 누구도 손대지 못하는 그만의 보물"(35)이 된 트랜지스터라디오가 뱉어내는 음악 소리와 "그의 마음속에서 꼴랑꼴랑한 소리"(37)를 내는 헌 시집들에 담긴 글의 소리이다. 이 소리들에 의해 정적의 순도는 떨어진다. 그것은 음악 소리, 글 소리들로 웅성거린다. 그러므로 욕망의 소리, 무의식의 소리도 그만큼 잘 들리지 않게 된다. 이런 의미에서 그 소리들은 정적의 타자이며, 그 소리를 만들어내는 음악과 문학은 욕망과 무의식의 타자인 것이라고 말할 수 있다. 이 타자들과의 부딪힘에서 욕망은 완화되거나 변형된다. 「유리창을 떠도는 벌 한 마리」에 비해 「무덤가 열일곱 살」이 조금 더 거칠면서도 그 긴장도에 있어서는 풀어져 있는 것처럼 보이는 것은 이런 이유 때문이다.

이렇게 「무덤가 열일곱 살」에는 욕망의 타자가 나타난다. 그러나 「유리창을 떠도는 벌 한 마리」에서와 마찬가지로 이 소설에서도 '나'는 아직 욕망을 드러내줄 도구를 지니고 있지 못하다. 욕망을 드러낸다는 것은 무슨 말인가? 그것은 욕망의 내용 그대로를 행위로 옮긴다는 것을 의미하지 않는다. 욕망의 내용에는 이미 금기의 표지가 붙어 있다. 그러므로 욕망의 드러냄이란 심층에 있어서는 욕망의 원형을 그대로 간직하면서도 표층에 있어서는 현실의 도덕적 검열을 통과할 수 있는 변형된 형태를 지녀야 한다는 것을 필요로 한다. 욕망이 드러날 때, 이미 그것은 욕망과 다른 것이 될 수밖에 없다. 이것이 욕망의 타자화의 필요이자 숙명일 것이다. 이렇게 볼 때 욕망을 드러내는 도구란 언어 이외의 다른 것일 수 없다. 언어는 그 표면적인 사회성의 심층에 무의식의 차원까지를 포함하는 개인적인 것을 동시에 지니는 것이니 말이다. 앞서 우리는 '사이'에 대해 간단히 언급한 바 있거니와, 언어야말로 이 '사이'의 실체라고 말할 수 있다. 의식과 무의식의 사이, 욕망과 현실의 사이, 꿈과 생시의 사이, 이 모든 사이에 존재하는 것이 바로 언어인 것이다. 그러나 「유리창을 떠도는 벌 한 마리」는 물론이고 시의 '꼴랑꼴랑한 소리'가 들려오는 「무덤가 열일곱 살」에서도 인물들은 아직 그들의 욕망을 드러내줄 수 있는 언어를 만나지 못하고 있다. 그래서 그들의 욕망의 표현은 체계적인 통사적 질서를 얻지 못하고 실어증 환자의 말 더듬기와 같은 불구의 언어를 통해서만 간신히 그 편린을 드러낼 뿐이다.

그렇다면 음악은 어떠한가? 사실 욕망의 타자로 제시된 음악과 문학에서 이인성이 먼저 도구화의 실험 대상으로 삼고 있는 것은 음악이다. 그러나 간단히 말해 음악은 단순히 바깥의 소리일 뿐이며, 또한 그 소리는 너무 크지 않은가? 그것을 통해서는, 그리고 그것 속에서는 욕망의 소리가 들리지 않는다. 이럴 때 욕망은 어떻게 되는가? 음악 소리에 묻혀 욕망의 소리는 들리지 않지만, 그렇다고 사라진 것은 아니다. 이 사라지지 않은 욕망은, 예컨대 「문밖의 바람」의 경우를 놓고 말하면, LSD에 의한 인조 환각으로 간신히 가려질 뿐이다. 음악은 욕망의 타자화의 도구가 되지 못하는 것이다. 타자란 바깥에 있는 것이 아니다. 앞서도 말했듯 그것은 동일자의 내부에서, 동일자의 균열의 틈을 비집고 빠져나오는, 동일자의 다른 모습이다. 다시 '사이'라는 용어와 결부시켜 말하면 타자는 바깥에 있는 것이 아니라 '사이'에 있는 것이다. 세상 바꾸기라는 목표의 대상이 되는 다른 세상, 세상의 타자라는 것을 꿈꾸고 또 만들 수 있는 것은 바로 이 세상 속에서가 아닐까. 다르게 말하면 "극단적 환상을 꿈꾸게 하는 사랑도 지극히 구체적인 현실에서 싹트는 것"(225)이다. 이런 의미에서 이인성의 세상 바꾸기라는 목표가 설정되어 있는 위상은 사회적인 것이기에 앞서 존재론적인 것이다.

그러므로 욕망의 타자로서의 음악의 가능성을 타진해보고 있는 「문밖의 바람」이 한 여인을 향해 열리고 또 "다른 삶"의 가능성을 향하여 열리는 것처럼 보이더라도, 그 열림이 일말의 공허함을 수반하는 것처럼 보이는 것은 이런 이유에서일 것이다. 젊음의 방황, 혹은 시행착오의 기록이라 할 수 있는 「문밖의 바람」은 욕망까지 포함한 나의 전 존재를 타자화하기 위한 실존적 투기의 궤적이 타자의 가능성으로 제시된 어떤 것에 걸지 않을 수 없었던 "젊음의 도박"(82)의 기록이며 그것의 실패에 대한 기록으로서의 의미를 갖는다. 성장소설적 구도를 지니고 있는 『강 어귀에 섬 하나』에 이 소설이 빠질 수 없는 이유는 실패에 대한 기록이라는 이 작품의 가치 때문일 것이다.

욕망의 타자화의 도구로서의 언어, 혹은 글쓰기에 대한 발견은 「편지 쓰기」를 통해 이루어진다. 그리고 이 발견에 이어지는 글쓰기의 의미에 대한 확인은 다른 소설들에서도 인물이 계속 시인으로서의 신분을 유지하고 있다는 사실을 통해 이루어진다. 앞서도 말했듯 「편지 쓰기」에는 두 개의 글쓰기의 층위와 이에 대항하는 두 주체가 존재한다. 편지를 쓰는 행위의 주체를 '나'라고 한다면 이 행위를 의식의 차원으로 수렴시켜가며 소설의 서사로 연결시키는 주체를 '그'라고 구분할 수 있을 것이다. 이 구분을 「유리창을 떠도는 벌 한 마리」와 「무덤가 열일곱 살」에서의 '인물－나'와 '화자－그'의 구분에 대응시켜 보면 이 두 소설에서 '인물－나'가 품고 있었던 파괴의 욕망은 「편지 쓰기」의 '나'에게까지 그대로 계승되어 있음을 알 수 있다. 이른바 행운의 편지라는 것을 저주와 욕설로 채우려 하는 것이 그 증거다. 그러나 이러한 '그'와 '나'의 구분은 소설 지문과 편지라는 두 개의 다른 글의 주체로 평행적으로 대응하는 것이 아니라 소설이라는 글을 쓰는 주체 속으로 침투하여 화자의 층위를 두 개의 겹으로 이루어지도록 만든다. 가령 "부엌 식탁 위의 낡은 영어 사전 앞에 놓인 백지와 만년필이 어색하기 이를 데 없다, 고 뒤이어 의식한다"(83)와 같은 문장에서 이러한 점은 선명하게 드러난다. 글쓰기를 통하여 '나'의 타자화가 이루어지는 것이다. 이렇게 하여 '나'와 '그'라는 두 겹의 층위를 갖게 되는 화자에 의하여 이루어지는 글쓰기는 '나'의 욕망을 편지 쓰기라는 행위의 차원으로 불러내면서 이것을 의식의 검열과 통제의 범위 안으로 단속한다. 이리하여 글쓰기는 욕망과 그것을 통제하는 의식의 '사이'가 되고, 또 이 '사이'는 '나'와 '그', 욕망과 현실, 무의식과 의식 사이의 대화가 이루어지는 공간이 된다. 보라, 사물들이 갑자기 살아 움직이는 저 어수선함을 만들어내는 '나'와 '그' 사이의 수런수런한 대화에서는 욕망의 소리, 무의식의 소리까지가 함께 들려오지 않는가.

「편지 쓰기」를 통해 발견된 욕망의 타자화를 위한 글쓰기 방식이 극단적으로 추구될 때, 이러한 추구의 결과로 얻어지는 언어의 구성물은 「강 어귀에 섬 하나」의 환상의 세계에 이르게 된다. 이 소설의 환상성에 대해서는 이미 앞서 언급했으므로 더 이상의 부연은 그리 필요하지 않으리라. 다만 가면들의 축제로 그려져 있는 이 소설에서 가면이란, 대화의 공간에서는 '나'와 '너'로, 타자화의 시간에서는 '나'에서 '그'로 끊임없이 변신해갈 수밖에 없는 인간 존재의 진실을 가장 잘 드러내는 이미지로 선택된 것이라는 점만은 덧붙여 말해두도록 하자.

「강 어귀에 섬 하나」는 분명 언어가 실현해낼 수 있는 세계의 타자화의 한 극단을 이룬다. 그러나 바로 이런 이유에서 그것은 그 자체로는 '사이'를 갖지 못한다. 다시는 되돌아갈 수 없는 그 세계는 분명 하나의 유토피아일 것이지만, 현실과 대비될 때 그것은 발밑에 떨어진 "새알 하나"(156) 정도의 무게밖에는 지니지 못한다. 극단으로서의 그것의 무게는 이 정도의 미미한 것에 지나지 않지만, 그러나 극단의 가치는 그 안에 '사이'를 마련한다는 데 있다. 과연 이러한 극단에의 실험 없이, 현실과 상상, 과거와 현재와 미래를 종횡무진 자유자재로 누비는 「마지막 연애의 상상」 같은 소설이 가능할 수 있었을까? 「강 어귀에 섬 하나」를 통하여 언어에 의한 타자화의 극단에 대한 실험을 거치고도 이인성은 그것이 가능하게 만든 다른 세계로 이탈하지 않고 돌아와 그 극단에 의해 넓혀진 '사이'를 계속 탐색한다. 그리고 이 '사이'에서 그의 경계 허물기의 작업을 본격적으로 펼쳐나간다. 과연 「순수한 불륜의 실험」에서 '나'와 '너' 사이의 구분은 없어지고 "낮과 밤의 저 더러운 구별"(180)도 사라지고, "현실과 환상의 그런 경계"(209)도 지워져버린다. 아니, 이런 지워짐의 가능성이 실험된다. 그리고 이런 실험 위에서 순수한 사랑과 불륜의 사랑 사이의 경계 허물기까지가 시도된다. 이 모든 경계 허물기가 궁극적으로 목표로 삼는 것은 "중심이 없는 사회"(205)로 가고자 하는 것이라고 요약해서 말할 수 있다. 작가는 모든 구별과 차별이 궁극적으로는 중심과 주변의 구분에 있는 것으로 파악하여 모든 중심주의를 허물고자 하는 것이다.

「순수한 불륜의 실험」의 특이한 형식적 구성은 바로 이러한 시도를 글쓰기를 통해 실천하려는 동기에 뒷받침되어 있다. 처음부터 끝까지 '나'와 '너'를 구분할 수 없는 대화로 이루어진, 짧거나 긴 53개의 '장면'들로 이루어진 이 소설의 형식의 의미는 복합적이다. 가령 서사의 차원에서 영화적 기법을 도입하고 있는 것은 글과 영상 혹은 개념적 사고와 형상적 사고의 구분을 지워버리려는, 이른바 언어중심주의에 대한 해체의 시도로서의 의미를 지닌다. '나'와 '너'의 구분의 완전한 지워짐은 자아중심주의를 전복하고, 또 이 구분을 의식과 무의식의 구분에 대응시킨다면 이 구분을 지우는 것은 의식중심주의에 대한 도발이기도 하다. 또한 소설의 구성이라는 측면에 있어서는 소설이라는 장르가 오늘날까지 끈질기게 고수하고 있는 서사중심주의에 대한 거부로서의 의미를 아울러 지닌다. 이 모든 중심주의에 대한 거부와 해체와 전복의 연장선상에서 순수한 사랑과 불륜의 사랑이라는 구분을 지탱하는 사회중심주의에 대한 해체까지가 시도된다.

그러나 사랑이 사랑다우려면 지켜야 할 선이 있는 것 아닌가?

누가 그 윤리의 선을 긋고 넘어가지 말라고 강요했지? 혹시 사랑마저도 소유라고 생각하는 사람들 아닐까?

그건 사회 전체가, 사회라는 것 자체가 원하는 거겠지.

사회가 곧 진리야? 사람과 사람이 얽혀 있는 형태가 사회라면, 그 얽히는 방식에 따라 사회도 얼마든지 바뀌는 것 아냐? (204~5)

사랑이란 무엇인가? 이른바 불륜의 사랑까지를 포함하여 모든 사랑은 결국 모성에 대한 근원적 사랑의 타자화된 형태가 아닐 것인가. 그러므로 사랑이란 사회화된 욕망인 것이다. 사회의 층위에 표출될 수 있도록 전이된 형태의 욕망, 이것이 사랑이다. 그러므로 모든 사랑의 심리적 동기는 불륜, 아니 패륜이다. 이렇듯 불온하기 그지없는 욕망의 이름으로 사회를 지탱하는 중심주의 이데올로기의 해체를 주장하고 나서는 것은 참으로 대담한 발상이 아닐 수 없다.

이런 대담함에 의해 욕망과 현실 사이의 경계는 지워진다. 상상과 실제 사이의 경계도 지워진다. 과연 「마지막 연애의 상상」에서는 "내 악몽과 그의 현실의 경계가 또한 허물어"(232)지고 "환상과 실제가 제멋대로 맞물려"(238) 있다. 이렇게 경계가 지워짐으로써 이 대립항들의 사이는 문자 그대로의 '사이'가 된다. 이 사이에서 또다시 소리가 들려온다. 어떤 소리인가? 종소리다. 서른 살 적의 화자가 수용소 생활로 받아들였던 '새마을(어쩌면 이것은 조지 오웰의 '새말'을 암시하는 것이 아닐까?) 연수' 때의 악몽을 되살리게 만드는 그 종소리는 그러나 또한 아직 "이 세상에 행복의 감각이라는 것이, 존재함을, 느끼게"(229) 해주는 것이기도 하다. 이렇듯 그 종소리는 악몽의 흔적이자 행복의 기약이기도 하다. '사이'의 소리이기 때문이다.

그러나 "과거의 기억의 영상이 미래의 상상의 얼룩"(236)이라면, 과거가 악몽이라는 것은 상상으로 펼쳐지는 미래까지를 악몽으로 만드는 이유이기도 하다. 「마지막 연애의 상상」의 화자에게 있어 과거는 왜 악몽인가? 일차적으로 그것은 제도적 억압의 실체를 몸으로 느끼게 했던 '육체적 공포'의 경험 때문일 것이지만, "그 배면에는 언어적인 공포가 짙게 드리워져"(247) 있었기 때문이다. 그래서 "미래의 상상 속에서, 그 나의 공포의 거죽은 육체적이라기보다 언어적"(244)이다.

이인성이 말하는 언어적 공포란 어떤 것인가? 언어는 왜 공포인가? 우선 그것은 제도적 억압이 언어에 의한 재단과 분류의 방식으로 구체화된다는 것을 그 이유의 발단으로 삼는다.

> 분명, 그때 옆방에서도, 옆의 옆방, 옆의 옆의 옆방에서도 똑같은 말이 복제되고 있었다, 이다. 그때 갓, 서른 살 나이에 이른 그가 사회지도자라는 명칭으로 분류되어 있다는 것부터가, 그 무슨 위압적 말장난인가. 그런 말의 체계부터가, 껄끄러워, 혼잣속으로 안절부절못하고 있던, 나는 그의 심장이 찔린 듯 찔끔했는데, (248)

이렇듯 언어적 구성 방식을 통해 실체화되는 제도적 억압이 미래에도 사라지지 않으리라는 상상이 과거에서 미래까지를 관통함으로써 「마지막 연애의 상상」은 짙은 우수의 색채로 물들게 된다. 그러나 보다 근본적으로 '언어적 공포'의 근원은 언어 자체가 억압적이라는 사실에 있다. 언어는 한편으로는 무의식과 욕망을 타자화하는 해방의 도구이면서 다른 한편으로는 사회적 규범의 의지가 관철되는 억압의 현장이기도 한 것이다.

> 말이 나왔으니 말에 대해 말하자면, 말은 언제나 내기일 듯도 하다.

> 말로 소리를 내거나 쓰는 것은, 먼저는 주어진 말에 의해서이므로, 말로 말을 뚫고 나갈 때라도, 말은 말 자체를 벗어나지는 못해, 문법적이면서 문법적이 아니고자. (273)

그러므로 현실의 억압을 해체하기 위한 작업의 출발점이자 귀결점은 바로 "말을 통한 상상"(274)으로 언어의 억압을 풀어내는 일이 아닐 수 없다. 구체적으로 그것은 "말이 말이 되는 그 말몸이 피부 바로 밑에서, 안에서 밖으로, 말의 살의 벽을 온통 긁어, 실핏줄을 터뜨려, 밖을 헐어내고, 상처로 일그러진 조직에 새 살이 돋아 새 말의 체형으로 바뀌도록"(273) 만드는 일이다. 아니, 어쩌면 그 상처 위에 피딱지가 굳어지기 전에 다시 뜯어내 상처를 덧나게 만드는 일일 것이다. 그리하여 상처의 회복을 한없이 지연시키는 일일 것이다. 그렇다면 「마지막 연애의 상상」의 특징적인 문체, 즉 말의 몸을 허물면서 중언부언 덧붙고 질질 늘어지는, 단정하지 못하고 흐물거리는 문체는 바로 이러한 말의 전략을 실천하고 있는 것이 아니겠는가. 이러한 흐물거리는 문체는 예컨대 「유리창을 떠도는 벌 한 마리」의 날카롭고 견고한 문체와 얼마나 선명히 대비되는가. 문체의 차이를 통해 선명히 드러나는 이 거리는, 비교적 전통적인 틀에 충실하다고 말할 수 있는 소설에서 출발하여 끊임없이 '다른' 소설이 되고자 변신해온 이인성의 '타자'로서의 소설이 만들어낸 거리임과 동시에, 욕망의 존재론적 성찰에서 사회 변화의 동기로서의 욕망에 대한 사회적인 사유 사이에 걸쳐 있는 거리이기도 하다. 또한 그것은 패륜적 욕망을 꿈꾸던 문제적 소년과, 이 욕망을 세상 바꾸기의 동기로 승화시켜 실천하는 '순수한 불륜'을 꿈꾸는 인물로서는 뜻밖에도 책임감 있는 성인 사이의 거리이기도 할 것이다.

이리하여 그것은 말과 말 '사이'에 있는 말이 되고, 언어적 공포로 다가오는 과거와 미래 '사이'의 말이 된다. 또한 바로 이 '사이'로서 그것은 과거와 미래의 악몽의 타자인 지금의 현실이 된다. 그렇다면, 과거의 악몽과 미래의 악몽 '사이'가 지금의 현실이라면, 그 악몽의 타자로서의 현실은 길몽이어야 하지 않겠는가? 그것은 악몽 속에서 행복의 감각을 매개하는 청아한 종소리가 울려 퍼지는 곳이어야 하지 않겠는가? 말로써 그렇게 만들어야 하지 않겠는가? 이인성에게 소설 그 자체로 형태화되어 있는 이런 생각은 공허한 구호나 생경한 설교의 방식으로 주장되는 현실 변화의 요구보다 얼마나 더 감동적으로 다가오는가!

〔1999〕

비하(飛下/卑下)의 상상력이 우리에게 묻는 것

『일요일 스키야키 식당』*의 '작가의 말'에서 배수아는 이 연작소설이 씌어지게 된 경위를 소상히 밝혀주고 있다. 그것은 배수아의 유니크한 목소리와 화법에 실려 낯설고 거칠게 다가오는 이 연작소설집을 읽는 방법에 대한 흥미로운 단서를 제공한다. 조금 길지만 전부 인용해보자.

> 이 책, 『일요일 스키야키 식당』의 시작은 몇 년 전 거절당한 한 원고에서부터 출발하게 된다. 어느 기업의 사외보에서 청탁받고 쓴 단편소설이 그 잡지에는 적절하지 못하다는 의견이 내부에 지배적이어서, 실리지 못한 것이다. 그것이 『일요일 스키야키 식당』의 1회분이었다. 원고를 청탁하고 그리고 거절하는 역할까지 맡은 사람은 나에게 아주 미안해하고 자세한 상황을 여러 번 설명하면서 작가의 기분을 상하게

* 배수아, 『일요일 스키야키 식당』, 문학과지성사, 2003.

하지 않으려는 태도가 역력했으나 그 일로 인해서 나는 전혀 기분이 상하지 않았다. 물론 아무리 그렇다고 말해도 상대편은 믿지 않았지만 말이다. 내가 기분이 상하지 않은 이유는 그런 일이 처음도 아니었고 그리고 마지막도 아닐 것이고 어느 정도는 예상하기도 한 일이었기 때문이다. 그때 나는 그 원고를 시작으로 하는 비연속적인 이야기의 소설을 생각하고 있었다. 그 이후 『일요일 스키야키 식당』은 한 인터넷 사이트에서 몇 년 동안이나 연재하게 된다. 그리고 원고를 거절당한 가장 최근의 경우는, 대학의 신입생들을 위해서 선배로서 짧은 (말하자면 인사의) 글을 써달라는 부탁을 받아서 아주 열심히 써서 마감으로 정해진 날보다 한참이나 먼저 보냈는데 유감스럽게도 역시 거절당한 것이다. 물론 언제나 담당자들은 예절 바르고 친절하려고 매우 애쓴다. 이러다가는 거절당한 원고만을 모아도 어느 날인가는 책 한 권 분량이 되지 않을까 하는 생각이 들 정도이다. (295~96)

마치 거절당하는 데 이골이 나 있고, 오히려 이것을 즐기는 것처럼 보이기까지 하는 배수아의 태도는 당당하면서도 오만하다. 당당하다는 것은 그것이 글쓰기에 대한 배수아의 강렬한 자의식으로 뒷받침되어 있기 때문이지만, 오만하다는 것은 그 자의식이 독자의 기대지평을 깡그리 무시하는 것으로부터 가다듬어지는 것이기 때문이다. 배수아는 어떤 글이 받아들여지리라는 것과 거절당하리라는 것을 스스로 미리 (어느 정도는) 알고 있다. 그는 거절되리라는 것을 예상하면서도 거절당하게끔 쓰고, 거절된 것을 시작으로 삼아 쓴다. 말하자면 거절을 유도하면서 동시에 거부하는 방식으로 씌어지는 것인데, 이런 이유로 배수아의 소설은 작가의 거부와 독자의 거부라는 이중의 거부의 소용돌이에 휩쓸리게 된다. 지금까지의 배수아의 소설들이 독자들에게 그다지 친절한 것은 아니었지만, 이러한 거부의 태도는 『일요일 스키야키 식당』의 경우 특히 두드러져 보인다. 이 소설집이 독자들을 향해 요구하는 일차적 선택은 읽을 것이냐 말 것이냐의 근원적인 양자택일의 문제이지만, 일단 읽기를 선택한 후에도 그 요구는 수용의 자세로 읽을 것이냐 거부의 자세로 읽을 것이냐의 문제로 변형된 상태로 지속된다. 『일요일 스키야키 식당』의 독특한 의미와 가치는 이러한 이중의 거부를 소설의 내적 구성 요소로 용해시켰다는 데 있다. 그렇다면 배수아의 이러한 거부의 글쓰기의 인식론적 배경은 어떤 것이며 과연 독자의 입장에서는 배수아의 소설을 어떻게 읽어야 하는가?

여기 한 권의 책이 있다. 제목 하여 '인간의 조건'. 그것은 "숭고한 이상에 대한 헌신"의 열정으로 '인간의 존엄'을 증명하고자 "모든 것을 버린 채 고통 속으로 육신을 날려버리는"(269) 혁명가들의 정열에 바쳐진 헌사이다. 그러나 배수아가 밑줄까지 그어가며 책을 읽는 인물을 통해 강조하여 전달하는 이 책에 대한 최종적 판단은 "생명을 바치는 모든 대상이 결국 모호함에 지나지 않는다는 것은 인간이 영원히 지상에 속할 수밖에 없음을 증명해주는 것"(270)이라는 지극히 냉소적인 것이다. 대상이 어떤 것이든 과연 그것이 목숨을 걸고 지켜내야 할 만한 그런 숭고함이나 거룩함을 지니고 있는가, 라는 의문이 제기되는 것과 더불어 모든 가치는 회색의 지대로 사라진다. 그렇다면 초월도 불필요하거나 불가능하다. 인간의 삶이란 지상에서 한 치도 날아오를 수 없는 것이다. 이것이 배수아의 생각이라면, 무엇이 배수아로 하여금 이토록 『인간의 조건』과 '인간의 조건'에 대해 회의적인 시선을 던지도록 만든 것일까?

『인간의 조건』에 이토록 싸늘하게 등을 돌려버린 그 인물은 어떤 인물인가? 정실의 자손도 되지 못하는 아버지라는 존재가 "한국전쟁 때 병사로 참전했다가 죽은" 이후 "사생아로 등록되어 외삼촌의 아이"(271)로 자라나게 된, "비천하고 가난하게 버려진 고아"(274)나 다름없는 인물이고 "사촌들이 모두 하기 싫어하던 전당포의 점원 노릇"(272)을 하다가 외삼촌이 죽자 전당포를 물려받게 된 이후로는 "평생 동안 뒷골목 전당포 카운터를 벗어나지 못한 악취 이상은 아무것"(285)도 아닌, "오직 무참히 짓밟힌 인간"(290)이다. 한마디로 말해 잉여 인간인 것이다.

어느 누구도 원해서 태어나는 것은 아니다. 그러나 일단 삶을 부여받은 이상 살아야 한다는 것, 살아가지 않을 수 없다는 것은 언제라도 변함없는 삶의 원초적 아이러니일 것이다. 그러나 사람들은 이 아이러니를 아이러니로만 받아들이지는 않았다. 재빨리 이 아이러니를 거역할 수 없는 정언명령으로 바꿔냈고, 이 명령의 화법을 정당화하기 위해 삶에 숭고한 목표와 의미를 부여했다. 그것이 모든 사람에게 꼭 맞는 옷이 아니더라도, 아니 사실은 어느 누구에게도 맞지 않는 옷이면서도 삶의 도덕적 목표와 방식이 마치 진열장의 견본품처럼 삶에 내걸려 있는 것은 이런 때문이리라. 삶은 엄숙한 것이고, 언제라도 아름답고 거룩하고 가치 있는 것으로 만들어가야 하는 것이라는 신성한 규약이 삶에 대한 도덕적 명령의 기본 내용일 것이다.

이 명령을 좇아 사람들은 참으로 치열하게 살았다. 그 치열함의 불꽃으로 인류의 역사와 문화는 찬란하게 장식되어 있지 않은가. 유럽의 경우를 보자. 두 차례의 세계대전의 쓰라린 체험과 함께 인간과 세계와 역사에 대한 오래고도 굳건한 믿음이 일거에 박살 난 폐허 위에서도 사람들은 행동의 이름으로, 혁명의 이름으로, 반항과 실존의 이름으로 삶을 새롭게 재건하려 했고, 이 의지의 실천을 위해 다시 전장으로, 혁명의 현장으로, 유폐된 도시로 달려가 몸을 내던지는 사람들의 초상을 그려냈다. 앙드레 말로가 그랬고, 카뮈가 그랬고, 사르트르가 그랬고, 생텍쥐페리가 그랬다. 삶이 이렇듯 거룩한 것이고, 그래야 한다는 믿음이 살아 있는 한, 그 믿음을 전파하는 문학이 도덕적이고 계몽적인 성격을 지닐 수밖에 없었다는 것은 지극히 당연해 보인다. 이러한 믿음을 기반으로 삼는 것일 때 문학은 그것이 도덕적 설교를 목적으로 삼지 않는다 하더라도 어느 정도의 도덕적 외장(外裝)이나 함의는 불가피했던 것이라고 말할 수 있을 것이다. 문학은 다분히 인생론적이거나, 이 수준에 미치지 못하는 경우에도 최소한 처세술적인 교훈을 내포할 수 있었다. 그것은 인간의 조건과 한계를 뛰어넘으려는 초월의 몸짓에 대해 그것이 시시포스적인 무모함에 지나지 않는다는 것을 주지시키면서도 삶은 그런 것이라고, 그런 것이어야 한다고 가르쳤다. 과연 바슐라르의 말처럼 '인간은 그가 초인인 정도만큼 인간'이었던 것이다.

그러나 40년 전, 열여섯의 어린 나이에 벌써 저 『인간의 조건』을 냉담하게 외면했던 그 인물은 그때 이미 자신의 삶이 "평생 동안 뒷골목 전당포 카운터를 벗어나지 못한 악취 이상은 아무것"(285)도 아닌, "오직 무참히 짓밟힌 인간"(90)이 되리라는 것을 예감하고 있었던 것일까? 과연 이것이 그 인물이 40년 전에 그 책을 통해 자기 자신에게 부과했던 자기규정의 내용인가? 이러한 자기규정을 통해 그 인물은, 아니 배수아는 『인간의 조건』으로 대표되고 있는, 휴머니즘의 전통에 입각한 소설들에 정면으로 맞선다. 삶과 인간의 고귀함을 증명하고자 하는 영혼의 초월적 여행을 인도하는 글들에 뒷받침되어 있는 것이 비상(飛上)의 상상력이라면, 이를 부정하고 거부하는 배수아의 글쓰기 속에서 움직이는 것은 비하(飛下)와 비하(卑下)의 상상력이다. 비상의 상상력의 산물이 최악의 경우 위선적일 수 있는 것이라면 처음부터 이것에 도발적으로 다가가는 배수아의 비하의 상상력의 산물은 최선의 경우에 있어서조차 위악적이다. 이러한 분위기는 다시금 배수아의 소설에 대한 선택이 읽을 것인가 말 것인가의 영점(零點)에서 망설여지도록 만든다. 그러나 이러한 위악적 글쓰기가 초월적 지평으로의 통로가 막혀버린 세상에서 가능한, 혹은 의미 있는 글쓰기란 어떤 것인가라는 문제에 대한 배수아 나름의 응답이라는 사실이 간과되어서는 안 된다. 초월은 불가능하다. 왜 그런가? 여기서 초월적 통로가 차단된 인간에 대한 존재론적 성찰의 내용을 다시 상기해보는 것은 조금 진부하더라도 필요한 일이다. 모든 사고의 근원과 중심에서 신을 몰아낸 후 인간은 세계의 주인이 되었지만 그러나 그 주인의 모습은 장사꾼의 그것에 지나지 않았다는 것, 이것이 근대 세계와 근대인에 대한 비판적 낭만주의의 성찰이었다. 이 문제에 대한 배수아의 생각도 이와 동일한 맥락 속에 있다. "사고의 중심이 사물이나 세계로부터 개인에게 옮겨오기 시작하면, 개인은 우주가 되려는 욕구에 불타게 된다. 개인이란 객관적으로는 대부분 빈약하므로 자기애를 유지하기 위해서는 (나는 특별하다는) 망상이 반드시 필요하다! 그리하여 르네상스 이후 세상은 침묵의 수도원에서 갑자기 약장수들로 넘쳐나는 시장터로 바뀌었다"(219). 수도원에서 시장터로, 신 숭배에서 물신 숭배로 바뀌어버린 세상, 이것이 배수아가 파악하고 있는 근대 이후의 세상의 모습이자 초월을 가로막는 세상의 구도이다.

그러나 이렇게 물신 숭배만이 판치는 시장판에서도 사람들은 끈질기게 초월의 가능성을 탐색해왔다. 익히 알고 있는 것처럼 골드망의 소설 이론 또한 이 초월의 가능성에 대한 방법적 모색의 연장선 위에 수립된 것이다. 시장 경제의 진전과 더불어 재화의 가치는 사용가치에서 교환가치로 타락해버렸다는 것, 따라서 진정성의 회복은 타락한 가치를 가로질러가는 문제적 추구의 방식에 의해서만 기대할 수 있다는 것, 이러한 문제적 추구를 통해 인간은 끊임없이 인간을 초월할 수 있다는 것 등이 골드망의 생각의 골자였다. 그러나 길게 말할 필요도 없이 골드망의 소박함은 재화에서 교환가치의 껍질만 벗겨내면 바로 사용가치라는 탐스러운 속살이 드러날 것이라고 생각한 데 있다. 과연 교환가치와 사용가치는 은박지에 싸인 박하사탕 같은 그런 것일까? 이 문제에 대한 배수아의 생각은 어떤 것인가? 「그런데, 먹을 것 좀 가지고 있어?」라는 소설을 보자.

노용은 지금 배가 고프다. 그에게는 먹을 것이 필요하다. 그러나 돈이라고는 한 푼도 없는 그가 식당에 가서 밥을 사 먹을 수는 없다. 즉 그에게는 교환가치의 매개를 통해 먹을 것에 접근할 수 있는 방도라고는 전혀 없는 것이다. 어쩔 수 없이 그는 이 매개 단계를 건너 뛰어 사용가치에 직접 가닿으려 한다. 구걸이 바로 그 방법이다. 그러나 버리는 음식물을 얻기 위해 음식점을 찾은 노용에게 지배인과 주방 책임자는 각기 다른 사실을 말해준다. 우선 주방 책임자가 하는 말, "우리는 남은 음식물을 구호단체에 보냅니다"(208). 그리고 지배인이 하는 말, "저희는 음식을 버리지 않습니다. 보시다시피 요리해서 팔 뿐이죠. 저희가 만일 뭔가 버리는 것이 있다면 그것은 음식물이 아니라 쓰레기라고 불리는 것들이죠, 손님." 노용이 얻기를 바랐던 것은 별 대단한 것도 아니고 단지 "한때는 음식물이었으나 신선도가 떨어지고 기간이 지난" 음식물들, 예컨대 "기간이 지난 햄이나 굳어진 빵이나 지나치게 삶아진 국수"(207) 같은 것, 다시 말해 더 이상 교환가치를 지닐 수 없게 된(되었다고 생각되는) 음식물일 뿐이다. 그러나 주방 책임자의 말은 상품으로서의 교환가치가 소멸되었다고 해서 바로 사용가치가 회복되는 것은 아니라는 것, 교환가치의 껍데기를 벗겨내도 드러나는 것은 "구청에 내는 잔여 음식물 비사용 증명과 기부금 증명서"(208) 등과 같은 '세금 관련 서류'와 맞바꿀 수 있는 새로운 교환가치라는 사실을 일깨워준다. 재화는 교환가치의 연속으로만 존재한다. 교환가치가 소멸될 때 그것은 무엇이 되는가? 지배인의 말이 설파하는 것은 사용가치가 회복되는 것이 아니라 쓰레기가 되어버린다는 사실이다. 이렇게 시장에서의 물건(재화)은 사용가치와 교환가치의 측면이 동전의 양면처럼 붙어 있는 것이 아니라 상품과 쓰레기라는, 차원을 달리하는 별개의 두 모습을 지니고 있을 뿐이라는 것, 이것이 배수아에 의해 파악된 사물의 존재론이다. 배수아는 노용의 생각을 빌려 사람들이 "버리기 위해서 미친 듯이 돈을 벌고 있다"(209)고 말한다. 이러한 사회적 생산 양식의 회로에는 가치(돈=교환가치)의 생산과 폐기만이 있을 뿐 (사용가치의) 소비의 단계에 대한 고려의 흔적은 전혀 보이지 않는다. 교환가치를 벗겨내면 바로 사용가치라는 진정성으로의 초월과 도약이 가능하다고 생각했던 것이 골드망의 소박함이었다면, 교환가치가 지워질 때 남는 것은 쓰레기뿐이라는 관찰은 배수아의 과격함이라 하겠지만, 그러나 이것이 초월의 불가능함에 대한 배수아의 존재론적 인식이라는 것은 그의 소설을 이해하는 데 있어 염두에 두어야 할 사항이다.

그렇다면 사용가치는 존재하지 않는가? 그렇지는 않을 것이다. 그렇다면 어디에, 어떻게 존재하는가? 다시 노용의 이야기로 돌아가보자. 결국 노용이 먹게 되는 것은 그의 집 앞에 놓인 상자에 남들이 버리다시피 놓고 가는 음식물 찌꺼기들, 반쯤 먹고 버린 참치 샌드위치, 유효기간이 지난 햄이나 우유, 이런 것들이다. 노용의 굶주린 배를 채워주는 음식물은 이렇게 쓰레기에서 찾을 수 있다. 그렇다면 사용가치는 쓰레기 속에 있는 것인가? 아니, 사용가치라는 것 자체가 쓰레기라는 의미일까? 쓰레기란 무엇인가. 한때는 상품의 현란한 모습으로 사람들을 유혹하고 사람들에게 다가갈 수 있었던 것이 용도폐기되어 사람에 대한 유용성의 범주 바깥으로 밀려나고 이와 동시에 인간적인 것의 범주에서도 밀려나게 된 잔해일 것이다. 이렇게 하여 상품과 쓰레기, 교환가치와 사용가치의 구분은 인간적인 것과 비인간적(혹은 탈인간적)인 것, 인간과 인간 아닌 것의 범주 구분으로까지 이어지게 된다. 노용은 쓰레기나 다름없는 음식물로 배고픔을 면하지만, 이것은 그 스스로가 쓰레기임을 인정하는 것과 맞물려 있다. "난 보육원 출신입니다. 말하자면 쓰레기 계층이죠"(250). 교환가치의 유효 기간이 지속되는 한에서만 상품일 수 있고 인간일 수 있다. "돈을 벌지 못한다면 살아 있다고 할 수 없는 것이 요즘의 삶"(148)인 것이다. 오직 돈이라는 교환가치만이 사람다움을 측정할 수 있는 유일한 척도가 되어버린 마당에 그것이 진정한 가치인가 아닌가를 따지는 일은 무의미할 뿐만 아니라 치명적으로 해로운 일이기까지 할 것이다. 유일한 가치 척도인 교환가치의 의미를 부정하거나 거부하고 '자발적 가난'(238)을 선택한다는 것은 인간이기를 포기하고 인간적인 것의 범주 바깥으로 스스로를 추방해버리는 것이니 말이다. 사용가치가 정녕 진정한 가치라면 시장판이 되어버린 세상에서 진정성이란 쓰레기나 다름없는 것이라는 사실, 이것이 배수아의 비하의 상상력이 포착해내는 시장판의 전도된 진실이다.

이렇듯 비상의 꿈을 뒤집는 배수아의 비하의 상상력은 전복적이고 도발적이다. 뒤집어야 보인다는 진실을 충격적으로 새삼 확인시켜주는 그 뒤집기는 알레고리의 방식으로 형상화되어 초월이 불가능한 세계의 구도를 우의적으로 묘사해내기도 한다. 비하의 상상력을 공간적 형상으로 구조화시키고 있는 「성(聖) 모녀」와 「일요일 스키야키 식당」 같은 소설들을 대조시켜 살펴보자.

서로 앙숙인 돈경숙과 표현정은 같은 아파트에 산다. 그 아파트는 「두 마리 통통한 비둘기」에서 결혼 후에 살 집을 구하기 위해 그곳을 찾은 진주로 하여금 눈물짓게 만들 정도로 모든 것이 추악한 아파트이거니와, 돈경숙은 그 아파트의 4층에, 표현정은 1층에 산다. 우선 표현정의 집부터 구경해보자.

표현정과 부혜린, 두 모녀가 사는 집은 "마치 시립병원의 입원실이나 수녀의 방과 같다"(52). 「성(聖) 모녀」라는 제목과 더불어 이런 묘사에서 이들이 사는 집이 모종의 신성함을 감추고 있는 곳이라는 사실이 암시된다. 세상의 모든 악과 절연되어 있는 수녀의 방은 멸균된 병원의 입원실과 통한다. 이것만이 아니라 이 성스러운 공간의 주인인 표현정이 지닌 청결 벽, 순결 콤플렉스, 다른 사람들에 대한 우월감, 그녀가 실천하며 살아가고 딸에게도 강요하는 금욕주의 등의 요소들은 공간과 인물에 탈속(脫俗)적인 분위기를 더해준다. 이 거룩한 공간에서 순결한 인물이 밤마다 남몰래 하는 일은 돈을 세고 묶는 일이다. 돈에 대한 예배 의식을 거행하는 것이다. 그러나 어느 날 외출했던 부혜린이 생각보다 일찍 들어오는 바람에 서둘러 냄비에 돈을 쓸어 넣어 선반 위에 올려놓았다가 부혜린이 그 냄비를 내리려 하는 바람에 "냄비에 가득 찬 지폐가 부혜린의 얼굴로 비 오듯"(62) 쏟아져 내린다. 그야말로 돈벼락을 맞은 셈이지만, 이 벼락은 순결을 잃고 부정 탄 몸으로 돌아와 신성한 곳을 더럽힌 부혜린에게 돈의 신이 내리는 천벌일 것이다. 돈의 신을 모셔놓은 표현정의 집은 시장판의 수녀원, 시장판의 성당이다.

이에 비해 돈경숙이 마와 함께 사는 집은 온통 짐승의 이미지로 그득한 곳이다. 아니, 이들에게 있어서만이 아니라 동물과의 비유적 연관은 배수아의 비하적 상상력의 중요한 구성 요소라고 말할 수 있을 정도로 동물 이미지는 『일요일 스키야키 식당』 전체에 걸쳐 넘쳐난다. 이미 『동물원 킨트』를 통해 세상과 동물원과의 알레고리적 연관을 탐색했던 배수아에게 이것은 그리 새로울 바 없다. 『일요일 스키야키 식당』에서도 고양이, 개구리, 하이에나, 비둘기, 개, 새, 쿨차카, 벌레, 구더기, 병아리, 공룡, 말, 닭, 쥐, 바퀴벌레 등으로 끊임없이 이동하며 환유적으로 연쇄되어 있는 동물과 관련된 시니피앙들은 이 세상이 하나의 거대한 동물원에 지나지 않는다는 작가의 비하적 세계관을 반영한다. 돈경숙과 마가 사는 집은 이러한 세계관이 구체화된 표상물이다. 그들은 고양이와 함께 산다. 그 고양이는 그들의 침대보를 오줌 자국으로 얼룩덜룩하게 더럽힌다. 그러나 침대보에 오줌을 싸는 것은 고양이만이 아니고 마 또한 마찬가지이다. 이리하여 마는 고양이와 조금도 다를 바 없는 존재로 추락한다. "기르는 짐승이라고는 하나같이 더럽고"(38)라는 세원의 투정은 짐승으로서의 마의 정체를 여지없이 폭로한다. 고양이와 같이 산다는 근접성이 고양이와 같은 존재라는 동일성으로 변환되는 것인데, 이러한 변환은 기르던 쿨차카라는 새가 "어느 날 밤에 나가보니 똥을 싸는 남자"(100)가 되어 있더라는 음명애의 이야기에서도 거듭 이루어진다. 마나 우균이라는 인물들이 돈경숙이나 음명애에게 짐승 취급을 당하는 이유는 길게 말할 필요도 없이 그들이 돈 한 푼 벌어오지 못하는 무능력자들이기 때문이다. 시장판이 된 세상에서 인간은 그가 벌어오는 돈만큼 인간인 것이다. 동물성의 의미는 이것 또한 인간적인 것의 범주 바깥으로 추방된 것이라는 점에서 쓰레기의 의미와 일치한다. 마와 돈경숙이 살고 있는 아파트는 온갖 쓰레기가 버려진 "구덩이 언저리로 파리가 날아다니고 날벌레들이 거미줄에 매달려 말라가고"(115) 있는 쓰레기장과 얼마나 가까이 있는가. 마라는 인물이 국립대학 교수의 지위에서 짐승과 쓰레기로 전락하게 된 것은 소양만두를 먹고 체했던 데다가 교통사고까지 당했기 때문이지만, 이러한 급격하고 충격적인 전락은 "단 한순간의 위기에도 처절하게 무너지는 아슬아슬한 소시민 계층의 삶"(266)의 허약함을 입증한다. 한국 사회에서 돈과 가난의 문제, '한순간의 위기로 무너져 내리는 아슬아슬한 삶'의 문제가 사회적 문제의 전경(前景)으로 부각된 가장 최근의 계기는 IMF 사태의 체험이다. 이런 관점에서 본다면 『일요일 스키야키 식당』은 IMF 이후 한국 사회의 그로테스크한 풍속화이자 풍자적 보고서로서의 의미를 갖는 것이기도 하다. 아무튼 마와 돈경숙이 사는 집은 좋게 표현해서 동물원 이외의 다른 아무것도 아니다. 그렇다면 마와 같이 사는 돈경숙도 짐승일 수밖에 없다. 돈경숙과 표현정은 왜 사이가 나쁜가. 그것은 그들이 각기 짐승이고 천사이기 때문이다. 짐승과 천사가 어찌 같이 어울릴 수 있겠는가. 그런데 동물원은 위에 있고 천사가 사는 곳은 아래에 있다. 전복적 상상력의 형상화를 통해 배수아는 이렇게 묻고 있는 것이리라: '그대 아직도 초월을 꿈꾸는가?'

물건이 상품과 쓰레기의 두 모습을 갖는 것과 마찬가지로 세상은 시장과 동물원으로 이루어져 있다. 사람들은 이 두 지점 사이의 어디에선가 교환가치적인 삶, 즉 가식적인 껍데기의 삶, 가면의 삶을 살아간다. 『일요일 스키야키 식당』에 등장하는 많은 인물들이 보임에 대해 거의 강박적인 예민함을 드러내는 것은 필경 그들의 가식적인 삶에 대한 자의식 때문일 것이다. 우선 「만두, 소양 치즈」를 보자. 소양만두를 먹고 체한 탓에 병원에 입원했던 마가 퇴원한 뒤 이발소에 가겠다고 하자 박혜전은 같이 가자고 했다가 '아차' 한다. "자신의 맨발과 매니큐어도 하지 않은 손톱과 이발은커녕 며칠째 감지도 못한 머리 하며 병원에 다녀온 이후 화장을 깨끗하게 지우지 못해 얼룩져 보이는 얼굴에 생각이 미쳤던 것이다"(26). 또 박혜전은 보모에게 맡겨두었던 아이를 찾으러 가면서도 "그이가 저녁을 재촉하는 바람에 밥을 만들고 오느라고 늦었다는 말을 하지 않는 것이 좋겠지. 그렇다면 내가 남편의 시중이나 드는 여자로 보여질 테니 말이야"(21)라고 혼자 속으로 중얼거리기도 한다. 박혜전이 마와 함께 이발소에 갔었다면 마는 교통사고를 당하지 않았을 것이다. 그들의 불행은 보고 보이는 시선의 함정에 빠진 것에서 시작된 것이다. 박혜전만이 아니라 그녀가 "지성적으로 보이는 것이 마음에 들어"(27) 좋아하는 백두연 또한 나르시시즘에 빠져 자신과 남에게 지적이고 진보적으로 보이려고 애쓰는 인물이다. 또 「두 마리 통통한 비둘기」에서 진주는 "결혼이란 동거와는 달리 남에게 보여주어야 하는 것"(113)이라고 생각하고 「강시」에서 세탁소 주인은 "딸년의 버릇을 어떻게 가르치는지"(186) 보여주기 위하여 무지막지한 폭력을 휘두르며, 「검은 하루」에 등장하는 남녀의 혼외정사는 '과시적인 자기애'(191)를 잃지 않기 위한 방편일 뿐이다. 시선에 저항하는 장식성과 피상성의 얇은 위장막은 이들의 삶에 필수적 요소이다. 성도라는 인물의 경우를 보자. "빈곤의 문제, 불평등한 부의 분배의 문제"(254)에 대한 르포르타주를 쓰기 위해 다양한 사람들과 인터뷰를 하러 다니는 성도는 마침내 "자발적 가난"(238)을 실천하며 살아가는 노용과도 만나게 된다. 인터뷰는 성사되지 못했지만 이런저런 이야기를 주고받던 끝에 성도는 노용에게 심한 부끄러움을 느낀다.

오랫동안 성도에게 가난은 열등감이었다. 성도의 생각으로는 그것은 성도가 일반적으로 가난한 집단, 즉 하층 계급에 속한다는 점이다. 그것은 단지 돈이 없다는, 궁핍의 의미를 넘어선다. 그것은 성장기의 문화적인 정체성을 규정지어버리는 것이다. 지금 성도 앞에 형체가 보이지 않게 몸을 숨기고 고치처럼 웅크린 이 남자는 그런 성도의 열등감을 자극하는 것이다. 성도는 지금 열등감 때문에 그 자신이 한때 공격하기도 했던 공리주의자가 되려는 것인가. 성도는 노용이 지금 이불 속에 들어가 자신을 보지 못하는 것을 다행으로 여겼다. 일순 그의 얼

굴이 붉어짐을 느꼈기 때문이다. 수치심 다음에 성도가 느낀 것은 고통이었다. (252)

여기서도 보여지는 것에 대한 강박적 예민함이 엿보이지만, 성도는 자신의 열등감의 근원인 가난이 드러나 보이지 않도록 하기 위해 공리주의자의 가면을 쓰고 있는 것이다. 그러나 성도 자신은 그것이 가면에 지나지 않는다는 것을 알고 있다. 이것은 여러 겹의 부끄러움을 낳는다. 우선 가난을 열등감으로 내면화시켰다는 사실 자체와, 그 열등감을 가난을 단죄하는 상투적 논리로 감추고 있다는 것, 이 위장이 자기정체성의 부정임을 자신은 알고 있다는 것, 이 위장이 간파될까 두려워하고 있다는 것, 들키지 않았음에 대해 안도하는 자신의 모습이 더욱 가관이라는 것 등등, 대략 이런 것들이 수치심의 내용일 것이다. 내면의 의식과 외면의 표정 사이를 왕래하며 겹겹이 쌓이는 이러한 부끄러움은 시선의 변증법의 집요함을 확인시켜준다. 시선에 대한 불안은 시선의 변증법에서 생겨난다. 그렇다면 수치심 다음으로 오는 고통은 또 무엇인가. 시선의 변증법에 입각해볼 때 남이 자신을 어떻게 볼까 하는 문제에 시달리는 사람의 시선은 이미 타자의 시선을 자기의 것으로 지니고 있는 것이다. 내가 뭔가를 감추려 하는 것은 그것이 부끄럽기 때문이다. 그런데 그 부끄러운 대상을 나는 타자의 시선으로 본다. 내가 부끄러워하고, 그래서 내가 감추려 할 때 이미 그것은 타인에게 폭로되어 있다. 둘 다 가난한 진주와 성도가 굳이 결혼을 강행하려 하는 것은 가난을 뚫고 나가는 방식으로 가난을 부정하고 감추기 위해서일 것이지만 그러나 이들의 친구인 김요환과 배유은은 이들이 바로 이런 이유에서 결혼하려는 것임을 꿰뚫어보고 있다. 결국 감추려는 대상도 부끄럽고 감추려는 행위도 부끄럽기는 마찬가지다. 이렇게 뭔가를 감추려고 해도 감춰지지 않는다는 것을 다시 나의 시선으로 볼 때 그것은 고통이 된다. 나의 가난을 남의 눈으로 보면 부끄러움이고 나의 눈으로 보면 고통인 것이다. 가난한 자의 눈에는 가난만 보인다. 가난은 가난을 비추는 거울이다. 가난한 자는 거울에 비친 자신의 추한 모습을 애써 외면하려 하지만 그것에서 벗어나지 못하고 허우적거리는 흉한 얼굴의 나르시스다. 가난은 실체이자 상상적 그물이다. 그리고 상상적 그물로서의 가난은 실체로서의 가난보다 의식을 옥죄는 더 큰 힘으로 작용한다. 좀처럼 가난을 벗어날 수 없는 것은 이 때문이다. 결혼 후에 살 집을 구하기 위해 낡고 누추한 아파트에 갔다가 마와 맞닥뜨리고 온 후 진주가 터뜨렸던 "뭔가, 굉장히 두려워하고 있다는 인상을 주는 울음"(132)에서 그 두려움, 불안의 정체는 무엇인가. 진주 역시 약혼자인 성도와 마찬가지로 가난하게 자라난 인물이다. 지금은 특수학교 교사로 일하고 아르바이트로 돈을 벌기도 해서 짐승 수준의 가난에서는 간신히 벗어나 있지만 짐승처럼 변해버린 마—그는 진주가 대학에 재학할 때 교수였다—와의 만남에서 그녀가 보았던 것은 필시 자신에게도 이렇게 다가올 수 있는 미래의 가난, 벗어날 수 없는 가난에 대한 불안이 아니었을까? 더구나 가난이 문화적 유전과 세습에 의해 영속될 수 있는 것이라는 사실은 이 불안을 더욱 증폭시킨다. 가난하지 않은 쪽에서도 이러한 사정은 크게 다르지 않다. 그들은 지금 당장은 아니더라도 자신도 '한순간의 위기'로 말미암아 가난해질 수 있을 것이라는 불안에 시달린다. 이런 의미에서의 가난이란 개인이나 특정 계층의 문제가 아니라 시장판이 되어버린 현대 사회의 상상적 질서이자, 이에 대하여 사람들이 갖는 불안의 표상일 것이다. 가난해서 불안한 것이 아니라 가난이 곧 불안이고 불안이 곧 가난인 것이다. 가난이라는 상상적 현실의 에토스, 이것이 불안이다. 가난은 벗어날 수 없다. 그것은 마치 쓰레기가 다시 상품이 될 수 없는 것과 같은 이치일 것이지만, 그 궁극적 이유는 그것이 상상적 현실로서 사람들을, 전도된 것이기는 하지만, 나르시스적 단계에서 벗어나지 못하게 만들기 때문이다. 그러나 자아의식, 즉 주체성은 이 상상적 단계를 벗어남으로써 생겨난다. 상상적 그물에 포박되어 있는 한 주체성은 결핍의 상태를 벗어날 수 없다. 가난의 문제는 현실적인 것이면서 동시에 주체성 결핍이라는 철학적 문제이기도 하다는 것, 이것이 배수아가 밝혀내는 가난의 진실이다.

상상적 현실로서의 가난으로부터의 벗어남은 어떻게 가능할 수 있는가. 실제의 가난을 벗어날 수 있게 해주는 물질적 부가 과연 그러한 구원의 힘을 지니고 있을까? 그러나 여기서도 중요한 것은 물질적 부 그 자체이기보다 그것에 대한 실감, 부의 리얼리티에 대한 체험일 것이다. 당장 가난하지 않기에 부유한 사람들에게는 감춰야 할 것은 없을 것이다. 그들은 타자의 시선을 자기 것으로 삼아야 할 필요도 없고, 감춰진 것이 없으므로 자신의 눈으로 자신을 단속해야 할 필요도 없다. 이들에게는 자신을 응시해야 하는 내향성의 나르시스적 시선은 필요하지 않다. 오직 바깥과 타자를 향해서만 열려 있는 그들의 시선에는 바로 이러한 시선의 일방성 때문에 가난만이 보일 뿐이다. 『일요일 스키야키 식당』의 또 하나의 분할선인 가난함/가난하지 않음을 나누는 경계는 한쪽은 거울이고 다른 한쪽은 유리와 같은 것이어서, 이 반투명의 경계를 타고 묘하게 반사되고 통과되는 시선의 불균형한 분배에 따라 그 경계면의 어느 쪽에 있건 유일하게 보이는 대상은 가난뿐이다. 그러나 현실적으로 가난하지 않기에 부유한 자들에게 가난의 현실성은 부정된다. 가난을 시선의 대상에서 제거해버리는 타자성의 부정이 이들에게 남겨놓는 것은 공허함이다. 가난한 자에게 가난이 벗어날 수 없는 현실이라면 가난하지 않은 자에게 그것은 부정되는 현실, 부재의 방식으로in abstentia 존재하는 현실이다. 양쪽은 모두 불안이라는 심리에 지배당하고 있지만, 가난하지 않은 쪽에 있어 불안은 심층적이거나 잠재적이지 표층적 · 현재적(顯在的/現在的)이지는 않다. 그러므로 이들의 표층은 다른 심리에 의해 지배된다. 권태가 바로 그것이다. 가난하지 않음, 부유함이란 가난함과는 비교할 수조차 없는 혜택이지만, 시선의 내향성이 제거된 가난하지 않은 자들에게는 이 혜택의 가치와 의미에 대한 어떠한 의식이나 확신도 존재하지 않는다. 김요환이라는 인물을 보자.

김요환이 배유은의 말대로 고급 브랜드 취향이 강하기는 했으나 그것은 그 자신이 적극적인 의지를 가지고 한 것이 아니라 굳어버린 나른한 습관 같은 것이었다. 김요환은 부유한 집의 외아들이었으나 사치스러운 생활을 진심으로 즐겨본 적이 없고—그런 점에서 그들 부부는 쌍둥이처럼 일치했다—먹는 것이나 입는 것이나 주거환경을 쾌적하게 만들어서 삶을 유쾌한 것으로 하려는 행동에 지나치게 많은 마음과 돈과 시간을 쓰는 것을 좋아하지 않았다. 예를 들자면 그들은 고급 음식점에서 와인을 마시고 캐비어와 간 요리를 먹으면서도 이런 사치가 정말 지겨우며, 탐식가들과 미식가들을 찔러 죽여야 할 돼지의 무리라고 마음껏 비난해대는 식이었다. 즉 '좋아하지' 않는 것이다. 극단적으로 검소하고 청교도적인 식단을 제공해주는 식당이 있다면 아무리 값이 비싸더라도 단골이 될 자신이 있다는 식이다. 값비싼 옷을 입고는 다니지만 그것은 그가 좀더 싼 옷을 적절하게 쇼핑한 적이 없기 때문이며 그가 만나는 사람들이 그것을 좋아하기 때문이었다. 또한 그 자신의 생각에 그는 언제나 힘들게 일하고 있었다고 자신할 수 있었다. 그가 생각하기에, 그의 삶은 탄생부터 결혼까지 모두 수동적으로 주어진 것을 받아들이는 방식이었다. (168)

여기서 김요환이 문제 삼는 것은 부유함 자체가 아니라 그것을 드러내는 방식에 대해서이다. 그 자신 '굳어버린 나른한 습관' 때문에 어쩔 수 없이 그러기는 하나 부유함을 부유함으로 드러내는 것은 뭔가 마음에 들지 않는다는 것, 좀더 '심플'하게 드러내는 방식이 있다면 아무리 돈이 많이 들더라도 그 방식을 택하겠다는 것이다. '심플'이란 가장 고가의 브랜드이다. 또 백두연에게 있어서도 "중요한 것은 이데올로기가 아니고 그 자신의 웅변", 즉 "상대편을 설득시키고 탄복시키는 그 자신의 지성과 카리스마였지 논쟁의 대상이나 내용, 결과조차도 무의미"(69) 한 것에 지나지 않는다. 요컨대 중요한 것은 내용이 아니라 스타일인 것이다. 청교도적인 검소함이라는 것도 김요환에게는 단지 스타일의 한 레퍼토리일 뿐이다. "사소한 집안일이나 차를 고치거나 가구를 고를 때"(157) 도 집중해야 하는, "단지 취향이나 기호가 아닌 적극적으로 표현되는 스타일"(158). 이러한 스타일에의 집착은 삶에 진짜 알맹이는 없다는 무의식적 직관의 산물일 것이다. 알맹이는 없고 화려한 포장지만이 전부인 삶, 이것이 스타일만으로서의 삶이다. 김요환은 "중앙아메리카의 고산지대로 가서 거친 흙에 눕고 돌로 만든 의자에서 쉬며 그 희박한 산소 속에서 숨쉬고 싶다고 생각하는 적이 많다". 그러나 그 이유는 "그가 자연을 좋아해서가 아니라 지나치게 매끈한 도시의 삶에 염증 났기 때문"(168)일 뿐이다. 어떤 삶이라도 그때그때의 기분이나 취향에 따라 달리 선택될 수 있다는 것, 삶은 변덕에 따라 얼마든지 대체 가능한 어떤 것일 뿐 그 이상도 이하도 아니라는 것, 이것이 스타일에 집착하는 태도의 배후에 놓인 인생관이다. 따라서 그들의 삶에는 감출 것도 없지만 지켜야 할 어떤 것도 없다. 매달릴 수 있는 유일한 대상은 스타일일 뿐이다. 김요환이 살고 싶은 삶은 에릭 사티를 모방한 "독창적이고 금욕적이고 고독"(167)한 삶이지만, 그것의 구체적 내용으로 그가 생각해내는 것은 "아내도 아이도 남기지 않"(169)는 '심플'한 삶이 고작이다. 여기서 보듯 '심플'은 모방 대상의 진정성에 대한 오해나 왜곡을 통해 발견된다. 모방에서도 내용물은 빠져버리는 것이다. 모방이 모방하려는 것은 모방할 수 없는 것이다. 이른바 '명품'과 '짝퉁' 사이의 거리는 토끼와 거북이의 경주에 대한 제논의 역설에서처럼 결코 사라지지 않는다. 그러므로 이런 의미의 '심플'이라는 것은 내용 없음으로 말미암아 형식도 아무 의미를 지니지 못하는, 무의미함의 미학적 에피파니일 것이다. '심플'하다는 것은 아마도 최고의 스타일일 것이지만, 그러나 이것을 경계로 스타일의 의미는 '심플'의 뜻 그대로인 단순·소박함을 넘어 무의미함, 공허함으로 수렴되어간다.

결국 가난함/가난하지 않음은 피상성을 경계로 서로 접하고 갈라진다. 가난한 자들의 피상성이 불안을 감추기 위한 저항선이라면 가난하지 않은 자들의 피상성은 공허함 그 자체이다. 가난밖에는 아무것도 없다. 스타일은 이 공허함의 포장의 기술이자 표현의 기교이다. 표현의 기교로서 그것은 포장지의 현란함을 뽐낼 수 있게 해주는 표현 양식들을 갖는다. 판타지·패러디·패스티슈·키치 등과 같은 후기 산업 사회의 대표적인 표현 양식들이 그것이다. 가령 「황견(黃犬)」에서 아이가 태어날 때 아이에게 해줄 일이 어떤 것이 있을까를 생각하면서 배유은은 아이에게 "보여주고 들려주고 느끼게 해"주기 위해 보여줄 영화로 "텔레파시나 복제 인간 등이 나오는 SF영화"나 "엑소시스트와 오멘"(164) 같은 영화를 떠올리고, 김요환은 패러디된 의미를 교훈으로 새기도록 하기 위해 동화책을 읽어주는 것을 생각해낸다. 예컨대 잔 다르크 이야기는 "무분별한 애국심과 호전적인 성향의 말로는 언제나 저렇게 뜨겁다"는 교훈을, 하멜른의 『피리 부는 사나이』는 "쓸데없이 가무를 즐기는 사람이란 그렇듯 파렴치한 유괴범"(165)이라는 교훈을 깨달을 수 있게 해준다는 것이다. 스타일에의 욕구를 충족시켜주고 정당화시켜주는 것은 아마도 이런 종류의 기발함일 것이다. 기발함은 포장지의 현란함과 등가물이다. 이것들은 자신의 관심과 타인의 시선을 피상성의 차원에 감금함으로써 그 너머의 공허함을 효과적으로 가려준다. 털 모델의 키치적인 삶과 예술을 보라. 털 모델이라는 희한한 직업 자체가 기발하기 그지없지만, 몸(의 일부)을 시각적 페티시즘의 대상으로 전락시키는 모델이라는 직업 자체가 갖는 상품성과 피상성의 전형으로서의 성격과, '신체의 일부분'만을 피사체로 삼을 뿐 얼굴 사진을 같이 찍지는 않는다는 직업적 수행 원칙이 내포하는 인격적 통일성에 대한 거부, 그리고 이 통일성을 대신하는 부분성과 파편성은 이 시대의 삶의 방식과 문화적 표현 양식이 주체의 사라짐이라는 명제 위에 세워진 가건물에 지나지 않는다는 것을 입증해낸다. 이러한 표현 양식들에 대한 배수아의 비판적인 태도는 이것이 그 자신의 소설과 어떻게 접맥되어 어떤 새로운 표현 가능성의 돌파구를 개척해낼 것인가, 라는 문제에 대해 주목하게 만든다.

내용물 없는 포장술이기에 스타일로서의 삶이란 그냥 "수동적으로"(168) 살아지는〔사라지는(?)〕 삶 이외의 다른 아무것도 아니다. 그러므로 "그런 인생은 때로 아주 심하게 권태를 동반"(154) 한다. 공허함의 심리적 치환, 이것이 권태인 것이다. 그러나 그냥 공허하게 '살아지는' 것이기에 권태는 그 권태로운 삶을 살아가는 주체에게는 느껴지지도, 인식되지도 않는다. 김요환이 진주와 성도의 결혼 문제에 필요 이상으로 간섭하는 것은 그의 권태를 달래기 위한, "반쯤은 장난"(152) 에 지나지 않는 짓거리였다. '이타적'(164) 이라는 것이 권태라는 공허함의 또 다른 포장에 지나지 않는다는 것을 폭로하는 대목이거니와, 이렇게 김요환의 삶을 스타일리시하게 감싸주던 권태의 얇은 껍질은 "흥. 권태로운 주제에"(155) 라는 배유은의 비수 같은 말 한마디에 갈가리 찢김으로써 비로소 그 모습을 드러낸다. 권태가 권태를 감싸고 있었던 것이다. 「검은 하루」에 등장하는 남녀는 얼마나 무겁고 어두운 권태의 먹구름에 짓눌려 있는가. 이들이 권태로부터의 비상구로 선택한 혼외정사는 비밀, "모두 다 공유하고 공개되는 것 이외의 삶의 내용"(190), 즉 삶의 알맹이에 대한 굶주림을 채우기 위한 방식이었지만 그 결과는 또 다른 권태와의 조우였을 뿐이다. 이들에게도 혼외정사는 또 다른 공허함을 만들어내는 방식, 즉 스타일에 지나지 않았던 것이다. 결국 스타일은 가난과 같으면서도 다르게 또 하나의 상상적 현실을 만들어내면서 은폐하는 방식일 뿐이다. 그러므로 스타일 또한 가난과 마찬가지로 사람들을 상상적 단계에 묶어놓아 주체의 형성을 가로막는다. 가난함/가난하지 않음의 경계를 넘어 사람들은 주체성의 결핍의 지점으로 모여든다. 마치 이 사람 저 사람이 모두 '일요일 스키야키 식당'에 모여들듯. 이리하여 세상은 상상적 단계를 벗어나지 못한, 그래서 아직 주체가 되지 못한, 유치하고 미성숙한 나르시시스트적 '아이들'로 가득 차게 된다. "한 떼의 낯선 '아이들'을 이끌고 문단에 모습을 드러"(김동식)냈던 배수아에게 『일요일 스키야키 식당』은 그 아이들에 대한 반(反)성장의 보고서이기도 하다. 배수아의 인물들은 초월은 말할 것도 없고 성장조차도 거부한 인물들이었던 것이다. 세상의 모든 것을 상품과 쓰레기로 갈라놓는 시장판의 논리가 초월을 불가능하게 만드는 외적 조건이라면 미성숙으로 인한 주체성의 결핍은 그것의 내적 조건을 이룬다. 이것이 『인간의 조건』을 거부한 배수아가 새로이 찾아낸 '인간의 조건'일 것이다.

그리하여 정녕 초월은 불가능한가? 과연 시장판이 되어버린 세상에 남은 것이라고는 가면의 삶과 짐승의 삶뿐인 것인가? 이런 세상에서도 아직, 혹은 새로이 인간으로서의 주체적 삶은 가능한 것인가? 가능하다면 어떤 방법과 모습으로 가능한가? 여기서 우리는 다시 처음으로 돌아가보아야 한다. 이미 40년 전에 『인간의 조건』을 거부했던 저 '무참히 짓밟힌 인간'은 과연 어떤 존재인가? 이러한 물음과 함께 우리는 『일요일 스키야키 식당』에서 조금 이질적인 것으로 보이는 두 개의 글, 즉 「예비적 서문—슬픈 빈곤의 사회」와 「오직 무참히 짓밟힌 인간」이 놓여 있는 자리에 주목하여 그 의미를 헤아려볼 필요가 있다. 『일요일 스키야키 식당』은 외적 형식으로는 연작소설들의 모음이지만 내적으로는 성도라는 인물이 다양한 사람들과의 인터뷰를 통해 꾸미고자 하는, 빈곤을 주제 삼아 이루어지는 "다양하고 비정형적인 라이프 스타일"(125)에 대한 보고서를 위한 밑글들이라고도 말할 수 있다. 후자의 맥락 속에서 이 두 편의 글들이 점하는 위상은 어떤 것인가. 예비적 서문을 쓰기 전에 성도가 만난 마지막 인물은 '자발적 가난'을 선택한 노용이다. 성도에게 가난은 그의 열등감의 근원이었다. 그러나 노용과의 만남은 그에게 '수치심'과 '고통'에 수반된 어떤 자각의 계기를 가져다준다. 보다 직접적으로 그것은 노용의 방에 놓여 있는 콘트라베이스에 의해 매개된 충격이었다.

> 콘트라베이스 곁을 지날 때 성도는 가벼운 현기증을 느꼈다. 그가 노용이라면 이미 때려부숴버렸거나 아니면 팔아치우고 달아나버렸을 그 어떤 상징을. (253)

무엇의 상징인가? 그리고 누구의 상징인가? 성도가 노용의 가난에서 자신의 은폐되고 왜곡된 가난을 보듯 노용에게도 그 콘트라베이스는 자신의 가난을 응시하게 만드는 거울과도 같은 것이리라. 그러나 성도가 노용이라는 인물—거울에서 '수치심'과 '고통'을 느끼는 데 비해 노용은 그 콘트라베이스에 대해 아무런 심리적 동요도 느끼지 않으며 살아가고 있다. 이 차이는 무엇인가? 성숙성의 차이가 아닐까. 성도가 아직 거울 단계, 상상적 단계에 머물러 있다면 노용은 그 단계에서는 벗어나 있는 것이다. 아니, 성도에겐 노용이 벗어나 있다고 여겨지는 것이다. 이렇게 하여 성도에게 거울을 통한 도약이 이루어진다. 가난만을 비추던 거울에 문득 가난 아닌 다른 모습이 비치게 된 것이다. 상상적 자아에서 상징적 자아로의 도약이 이루어지는 대목이 아닐 수 없으리라. 그러므로 콘트라베이스의 상징은, 노용의 것이기도 하지만, 단연 성도의 것이 아닐 수 없다. 가난을 열등감의 형태로 개인화, 내면화시켰던 성도에게 「예비적 서문—슬픈 빈곤의 사회」의 폭넓고 균형 잡힌 사회·문화적 시각은 어떻게 가능해지는 것인가. 바로 상징적 단계로의 도약을 통해서, 글쓰기라는 상징화 작업을 통해서라고 답할 수 있지 않을까. 「예비적 서문—슬픈 빈곤의 사회」의 앞에 놓이는 이야기들이 상상적 단계에 머물러 있는 미성숙한 인물들의 가난이라는 상상적 현실에 대한 관찰 기록이라면 「예비적 서문—슬픈 빈곤의 사회」는 성도의 관점이 놓인 위상이 상상적 현실에의 구속 단계에서 가난에 대한 글쓰기라는 상징적 구성 단계로 이행하고 있음을 알려주는 증표일 것이다. 이것에 바로 이어지는 「오직 무참히 짓밟힌 인간」은 상징적 단계로 도약한 성도가 처음으로 찾아낸 인간의 모습에 대한 글이고, 따라서 이것의 서두에 『인간의 조건』에 대한 거부의 내용을 담은 글이 놓여 있다는 것은 지극히 당연해 보인다. 이 '무참히 짓밟힌 인간'에게도 그 글은 그를 상상계에서 상징계로 넘어갈 수 있게 해주는 구름다리였던 것이다. 출생도 비천하고 몰골도 추악해서 자신은 다른 사람들과 다르다는 사실을 뼈저리게 인정하지 않을 수 없었던 그는 오히려 이 차이에 대한 투철한 자각을 통해 자신의 역할과 자신의 존재 의미를 규정하고 실천해왔던 것이고, 또 이를 통해 "무엇이 그를 살아남게 하는지 재빨리 알아차리는 교활함"(275)을 터득한 그는 이러한 시장판에서의 삶의 기술에 따라 "돈에 관련된 힘으로 (자신의) 존재(를) 확인"하는 것에만 일생을 바쳐왔던 것이다. 그는 타인의 시선의 덫에 사로잡혀 있지도 않고 가난의 쓰레기통에 버려져 있지도 않다. 스타일과는 아예 무관한 그의 삶은 공허하지도 않고 불안하지도 않다. 다만 비참할 뿐. 그의 삶은 시장판과 쓰레기통 사이의 아슬아슬한 경계 지점에서의 삶이다. 그의 삶이 "평생 동안 뒷골목 전당포 카운터를 벗어나지 못한 악취 이상은 아무 것도 아니었"(285)다 하더라도 이 '악취'는 그의 삶을 쓰레기로서의 삶과 인접시키기만 하는 것이 아니라 동시에 분리시킨다. 이러한 모순의 결절점으로서의 삶, 오직 '무참히 짓밟힘'으로써만 지켜낼 수 있었던 '인간'으로서의 아이로니컬한 삶, 로티R. Rorty가 말하는 '고통받고 모욕받을 수 있는 가능성'으로서의 삶, 이것이 시장판이 되어버린 현대 사회에서 가능한 유일한 인간의 모습이고 삶의 방식이라고 배수아는 말하고 있는 것인가?

과연 그런가? 이 무참히 짓밟힌 인간이 '필연성의 노예'(아렌트)나 다름없는 모습에도 불구하고 『일요일 스키야키 식당』을 통해 배수아가 찾아낸 유일한 주체적 인간이라고 한다면, 그나마 이는 시장터와 쓰레기통과 동물원을 낮게 저공비행하는 배수아의 비하의 상상력이 도달할 수 있는 한계 상승 고도의 경계적 인물일 것이지만, 그렇다 하더라도 우리는 과연 그를 둘러싸고 있는 것이 새로운 '인간의 조건'의 전부인가를 반문해보지 않을 수 없다. 초월이 불가능해진 시대, 합리성에 입각한 인간성의 진보의 전망이 의문시되어버린 시대, 사용가치라는 진정한 가치가 쓰레기나 다름없게 되어버린 시대, 그런 시대라고 해서 과연 인간의 모습은 이제까지 인간적인 것으로 테두리 지어져 있었던 범주 바깥으로의 자발적 이탈을 통해서만 찾아지는 것인가? 이제 정녕 인간의 주체성의 조건은 바타유가 말하는 광기와 같은 비인간적, 비합리적, 비정상적인 범주에 속하는 어떤 것일 수밖에 없는가? 이런 물음에 대한 답을 찾을 수 있는 지점은 어디인가? 배수아의 텍스트 안인가, 밖인가? 안이라면 우리는 파스칼이 설교한 신 없는 인간의 비참과 똑같은 비참을 우리 시대의 인간의 조건으로 인정하지 않을 수 없을 것이다. 정말 이렇게 살 수밖에 없는 것인가? 이를 거부하려면 배수아 텍스트 바깥으로 나가야 할 것이지만 이는 다른 차원에서의 인식과 실천을 요구하는 일이다. 어찌할 것인가. 안에 머무를 것인가, 밖으로 나갈 것인가. 이렇게 마지막까지 배수아의 소설은 읽을 것인가 말 것인가의 근원적인 선택의 기로 앞에서 망설이게 만든다. 그러나 이 중에서 오히려 거부를 충동질하는 것처럼 보이는 배수아의 글쓰기는 우리를 밖으로 떠밀면서 이제 그의 텍스트를 떠나려는 우리에게 마지막으로 한 번 더 묻는다. 과연 오늘날의 사회에서 새로운 '인간의 조건'은 어떤 것이냐고. 그리고 그 인간성의 획득은 어떻게 가능한 것인가라고.

〔2003〕

악몽담론의 탄생

박성원의 소설들*에서 사태들은 잠과 생시의 접경지대에서 발생한다. 그것들을 사건이라 하지 않고 사태라 하는 것은 그것들이 주인공, 혹은 주체의 의지와 무관하게 일어나는 일들이기 때문이다.

> 누군가 거칠게 내 몸을 흔드는 통에 겨우 눈을 뜰 수 있었다.
>
> —「세상에 존재하지 않는 모든 것」(95)

> 내가 눈을 떴을 때 처음 눈에 들어온 것은 화려한 샹들리에와 피가 묻은 수건의 끝자락이었다.
>
> —「긴급피난—우리는 달려간다 이상한 나라로 2」(7)

내가 눈을 떴을 때 처음 눈에 들어온 것은 어떤 빛에 희미하게 반사

---

* 박성원, 『우리는 달려간다』, 문학과지성사, 2005.

되어 어른거리는 그림자였다.

―「인타라망―우리는 달려간다 이상한 나라로 5」(169)

친구의 아내로부터 전화를 받은 것은 새벽 세 시경이었다.

―「실종」(113)

각 작품의 서두를 이루는 이러한 지문들은 시작의 몽롱함을 통해 소설 전체의 모호한 분위기를 암시한다. 그 접경지대라는 것이 딱히 어떤 시각이나 상태를 가리키는 것이 아니라 몽롱함이나 모호함 같은 분위기를 환기시키는 것이라는 점을 떠올리면 "며칠째 해는 먹구름 속에 갇혀 있었다"(「세상에 존재하는 모든 것」, 29)라든가 "소년은 떨어지고 있는 해를 등지고 앉아 있었다"(「데자뷔」, 161)와 같은 서두의 묘사들 역시 독자들을 어떤 접경으로 이끌어가는 유도적 기능을 수행하기는 마찬가지다. 또한 우리가 잠이라 명명한 것의 범주에는 잠만이 아니라 꿈, 망상, 혼수상태, 어둠 등도 포함되면서 계열체를 이룬다. 이 계열 관계를 확대시켜가다 보면 통상적으로 잠과 반대되는 것으로 여겨지는 생시 또한 이 계열체의 다른 극에 놓이게 된다. 이는 밤과 낮이 상반되면서도 하루의 경과 속에서 계열 관계를 이루는 것과 마찬가지의 이치일 것이다. 잠이라는 의미항의 축 위에서 형성되는 이 계열체를 몽롱함의 계열체라 부르도록 하자. 박성원의 소설이 전개되는 것은 이 몽롱함의 계열체 속에서이다. 이 계열체는, 명징한 의식 앞의 현전성을 확실성의 근거로 삼는 사실들의 연쇄로 탄탄하게 연결되는 수평적 서사 구조를 의도적으로 배격한다. 그래서 박성원의 소설에서 사태들은 인과 관계에 따른 필연의 방향으로가 아니라 간헐적으로 개입하는 모종의 실수들, 가령 사고라든가 판단 착오라든가 망상 등과 같은 우연성을 계기로 하여 결과를 예측할 수 없는 방향으로 펼쳐진다. 이는 박성원 소설의 서사 구조는 인접성이 아니라 선택성을 기반으로 하고 있다는 것을 뜻한다. 또는, 이러한 이해의 틀이 의존하고 있는 야콥슨의 이론을 직접 인용하여 말하면 박성원 소설의 서사 구조가 계열체적 사태들을 통합체적 질서에 투사시키는 방식으로 짜인다. 이를 좀더 구체적으로 살펴보기 위해 「실종」이라는 소설을 보자. 이 소설에서 '나'는 자신이 원하는 '평균적 삶'을 이렇게 묘사한다.

> 나는 평균적인 삶을 살고 싶었다. 대학을 나와 스물일곱에 첫 직장을 잡고, 스물아홉이나 서른에 결혼을 해서, 서른둘에 첫 아이를 낳고, 1천5백 시시 자동차를 구입하고, 서른여덟에 내 집을 장만하는 통계대로 살고 싶었다. 술자리에선 부동산과 주식 동향에 대해 이야기를 나누고, 아내와는 적당하게 연예인들의 뒷이야기를 함께 너스레떨고, 명절 가족 모임에선 정치와 교육에 대해 함께 이야기를 나누고 싶었다. 그래야만 내가 이 사회에서 살고 있음을 확인할 수 있는 것이고, 또 내가 이 사회와 동떨어져 존재하는 것이 아니라는 확신을 가질 수 있는 것이다. (123)

박성원의 생각에 따르면 평균적인 삶이란 시간적 선후 관계에 따라 연쇄되는 환유적인 삶이다. 대학 졸업과 취직, 결혼과 출산, 자동차 구입과 집 장만 등, 삶을 구성하는 세목들은 연령별로 순서와 단계가 설정되어 있고 그 방식이나 내용까지가 결정되어 있다. 이처럼 박성원 식의 '평균적인 삶'을 이루는 환유적이고 선조(線條)적인 구성 방식은 그것이 택하는 서사 방식까지를 결정짓는다. 그 서사 방식이란 사건들이 순차적으로 꼬리를 물고 일어나고, 그 선후 관계는 인과 관계로 전환되어 긴밀하게 얽히면서 누구나 다 고개를 끄덕일 수 있는 필연적인 결말에 이르게 되는 방식일 것이다. 이렇게 보면 이 '평균적인 삶'에 대한 서사 구조야말로 근대소설의 기본 골격을 이뤄왔던 것이 아닌가? 박성원 소설의 문제성은 우선 이러한 물음에서 비롯하는 것으로 보인다. 그 환유적인 추동이 의지에 의한 것이든 욕망에 의한 것이든, 일어난 일이나 일어날 수 있는 일, 다시 말해 사실성과 개연성을 바탕으로 씌어지는 소설이란 결국 '평균적인 삶'에 대한 밋밋한 이야기의 한계에서 벗어날 수 없다는 것이 박성원 소설의 출발점에 놓이는 반성적 인식일 것이다. 이런 이야기는 개인과 사회가 수평적으로 연결되어 있는 일차원적 지평 위에서 개인이 점하는 좌표를 제시해 보여줄 뿐, 그 좌표 아래 잠재되어 있는 존재의 깊이를 드러내 보여주지는 못한다.

그렇다면 박성원 소설의 서사 구조는 어떻게 짜이는가? 다시 「실종」을 보자. '나'는 새벽 3시경에 친구의 아내가 건 전화를 받고 잠을 깬다. 그러나 여전히 그는 "끈적거리는 꿈 속에서 채 벗어나지 못하고"(113) 있다. 이런 그에게 친구의 아내는 남편이 실종되었다는 사실을 알린다. 그러나 '나'는 여전히 정확한 사태 파악에 이르지 못한다. 이는 그가 아직 잠에서 덜 깬 상태이기 때문이기도 하지만, 실종이라는 단어 자체의 모호함 때문이기도 하다.

> 그리 어려운 단어가 아님에도 불구하고 그 상황에서 실종이라는 단

어는 황당함을 넘어 무척 생게망게하게 들렸다. (114)

몽롱함과 모호함이 뒤섞인 상태에서 그는 친구 아내의 간청에 따라 그녀의 집을 찾아가지만, "그녀가 문을 여는 순간 나는 후회했다. 잠을 제대로 자지 못한 데서 오는 판단착오 때문이었을까? 그녀가 문을 열고 나를 집안으로 끌어들이는 순간 대체 내가 무엇을 할 수 있을지 알 수 없었다"(118). 이처럼 점점 깊이를 더해가는 불확실성은 친구의 아내라는 인물의 수수께끼 같은 성격에 의해 더욱 심화된다. 손님이 놓고 간 '가죽으로 된 진한 분홍색 지갑'을 선물 받은 것이라 둘러대며, 정작 지갑을 찾으러 온 원래 임자에게는 "지갑을 본 적이 없다"(130)고 거짓말을 하는 그녀의 됨됨이로 미루어 과연 그녀의 남편이 실종되었다는 것은 사실인가, 거짓인가?라는 의문에 싸이며, 이처럼 첩첩이 쌓이는 의혹의 안개를 헤치고 도달하게 되는 결말의 시간은 다시 처음과 같은 '3시'다. "내가 눈을 떴을 때 시곗바늘은 3시를 가리키고 있었다". 그러나 '나'가 두번째로 눈을 떴을 때 상황은 전혀 달라져 있다. 술기운 탓에 "움직일 수 있는 것은 겨우 눈동자뿐"인 그의 눈에 들어오는 것은 " '축 결혼'이라는 흰색 글씨가 멋없게 씌어"있는, "아무 표정 없이 응시하고 있는 내 얼굴과 역시 무표정한 그녀 얼굴의 사진"(136)이 들어 있는 액자다. 친구의 아내가 자기 아내로 되어 있는 것이다. 그들은 언제 결혼을 한 것일까? 결혼을 하기는 한 것인가? 이게 아니라면 '나'와 친구는 같은 인물인가, 아닌가? 독자로서 당연히 품어봄 직한 이런 궁금증에 대해 소설은 아무런 명쾌한 답을 제시하지 않는다. 오히려 엉뚱하게도 그녀는 어디론가 전화를 하며 '나'가 실종되었다고 말함으로써 의문을 더욱 키우기만 할 뿐이다.

실종이라니, 이렇게, 여기 있는데, 바로 여기에 있는데, 대체 실종이라니. 〔……〕 나는 다시 터져나오는 웃음을 애써 참으며, 곰곰이 생각해 보았다. 내가 왜 여기에 있는지를. 그러나 알 수 없었다. 내 생각들이 어디론가 가서 실종되었는지 나는 아무 생각도 할 수 없었다. 내가 원하는 삶을 찾은 것 같았지만 그녀가 왜 실종되었다고 말하는지 알 수 없었다. (137)

곰곰이 생각할수록, 다시 말해 의식의 명증성을 되찾으려 하면 할수록, 모든 것은 점점 더 불가사의한 것이 되어버린다. 아무 생각도 할 수 없어 결국 눈을 감아버린 '나'에게 '어쩐 일인지' 이유를 알 수 없게 나타나는 '근사한 바다'란 허우적거릴수록 더욱 깊이 빠져드는 몽롱함의 바다, 모호함의 바다가 아닐까?

「실종」에서 똑같이 3시에 시작되는 두 개의 이야기는 동일한 서사 지평에서 같은 통합체로 묶일 수 없는 배제적 관계에 놓이는 것들로, 하나의 이야기가 현실이라면 다른 이야기는 꿈이거나, 딱히 꿈은 아니라 하더라도 어쨌든 현실은 아닌 다른 차원에 속하는 이야기일 수밖에 없다. 이처럼 상호배제적이고, 그래서 선택적일 수밖에 없는 이야기를 동일한 서사축에 결합시키는 박성원의 특징적인 서사 구성 방식은 「세상에 존재하지 않는 모든 것」에서도 찾아볼 수 있다. "누군가가 거칠게 내 몸을 흔드는 통에 겨우 눈을 뜰 수 있었다"(195)는 몽롱함의 제시로부터 시작되는 이 소설에서 '나'는 P시로의 여행을 마치고 이제 막 집에 돌아온 참이다. 돌아와 보니 P시로의 여행을 숨기기 위해 지어냈던, R이라는 친구가 죽었다는 거짓말은 R이 진짜 죽음으로써 참말이 되어 있다. '나'의 생각에서 P시로의 여행은 한 여인과 동행한 것이었다. 그러나 정작 그녀는 혼자 여행을 다녀왔노라고 강변하면서 같이 여행했다고 고집하는 '나'를 거칠게 몰아붙인다. 과연 누구의 말이 진실이고 누구의 말이 거짓인가? '나'의 생각처럼 "진실과 거짓은 서로 별개일 뿐 아니라 절대 섞일 수 없는 물과 기름 같은 것이며, 그리고 홀로 있는 것"이라면 '나'와 그녀의 상반되는 주장이 진실이나 사실의 기준에 입각한 동일 공간 속에 나란히 놓일 수 없는 노릇인 것은 분명하다. 이렇게 섞일 수 없는 것을 섞는 방법이 있을까? 있다면 그것은 거짓을 최대한 진실에 가깝도록 만드는 방법일 것이다. "거짓은 최대한 진실이 되어야 한다. 진실이 되지 못한다면 진짜에 가까워야 한다. 거짓은 진짜에 가깝지 못할 때 거짓이 된다. 진짜에 가까우면 거짓도 진짜가 된다"(204). 과연 '나'는 있지도 않은 R의 형이 있다고 믿는, 자신이 지어낸 거짓말에 십수 년 동안 속아옴으로써 진짜와 거짓의 경계가 모호해지는 경지를 스스로 개척해낸다.

요컨대 「실종」이나 「세상에 존재하지 않는 모든 것」이 독특한 글쓰기의 모험을 통해 표상해내고자 하는 것은 모호함이다. 「실종」이 내용상 모든 모호함을 통해 말하고자 하는 것은 '평균적인 삶'의 거울에 비치는 '나'의 정체성의 모호함이다. "우리는 거울과 같아서 서로가 비쳐야만 자신의 모습을 볼 수" 있는 것이지만, 그 '평균적인 삶'의 거울에 비치는 내가 과연 '나'일 것인가? 아니, 도대체 그 거울에 내가 비치기는 하는 것일까? 설혹 비쳐진다 하더라도 '나'의 정체성의 모호함까지가 비쳐지지는 않을 것이다. 다른 거울의 비유를 통해 말하면 '길거리에 내걸린 거울'(스탕달)에는 '평균적인 삶'의 모습은 비쳐도 그 삶으로부터 '실종'된 '나'의 존재 자체, 그리고 그 정체성이나 존재의 의미 등은 결코 포착되지 않는다는 것이 박성원의 생각일 것이다. 이 거울들에 비치지 않는 나를 찾기 위해 박성원의 글쓰기의 모험은 필연적인 것이 된다. 그 모험의 대상인 모호함은 이런 이유로 존재론적인 것임과 동시에 진실과 거짓을 구분할 수 없다는 한계에서 비롯되는 인식론적인 것이기도 하다. 그리고 그것은 인간으로서 숙명적인 것이기까지 하다. "오직 인간만이 서툰 이성으로 판단하여 〔……〕 세상을 그르"(「하늘의 무게」, 61)치기 때문이다.

박성원의 소설에서 인간의 존재와 인식과 운명에 검은 그림자처럼 깊고 길게 드리워진 이 모호함은 또한 무엇의 기표인가? 이야기의 수평적 전개와 수직적 전개의 차이가 한 인간의 운명적 귀결을 달리 만드는 또 한 편의 소설을 보자. 「긴급피난—우리는 달려간다 이상한 나라로 2」가 바로 그것이다. 이 소설에서 '나'는 "아내가 출산하기 위해 병원으로 간다는 연락을 받고"(8) 폭설이 퍼붓는 궂은 날씨에도 불구하고 차를 몰고 길을 나선다. 그러므로 수평적 서사축 위에서 소설이 순조롭게 진행되었더라면 그는 병원에 도착하여 해산한 아내를 위로하고 갓난아이를 품에 안아보는 기쁨을 누릴 수 있었으리라. 그러나 장애물로 등장하는 폭설은 이야기의 진행 방향을 바꿔놓는다. 눈길에서의 '미끄러짐'을 계기로 이 소설은 수평적 전개를 멈추고 수직의 나락으로 빠져들기 시작하는 것이다.

자동차는 무언가에 걸렸는지 심하게 한 번 퉁기더니 도로를 벗어나 산길을 내려가기 시작했다. 앞으로 미끄러졌으면 나는 전방을 보며 핸들이라도 움직일 수 있었겠지만 자동차는 뒤로 나자빠지는 것처럼 트렁크를 선두로 하여 무서운 속도로 산길을 내려가기 시작했다. 나뭇가지와 뭉친 눈덩이들이 트렁크와 뒷유리로 날아와서 부딪쳤다. 내 몸은 거의 직각에 가깝게 젖혀진 채 무서운 속도로 내려가는 자동차에 완전히 구속당하고 있었다. 자동차가 뒤로 내려감에 따라 하늘은 더욱더 깊어지고 있었고, 진한 눈발도 더욱 길게 떨어지고 있었다. 내가 볼 수 있는 것은 그것밖에 없었고, 미끄러지는 자동차 안에서 내가 마음대로 할 수 있는 일은 아무것도 없었다. (10)

이러한 긴박한 상황에서 그는 요행히도 한 사내에 의해 구출되지만 이것이 구원은 아니었다. 그 사내가 '나'를 구출한 것은 자신이 저지른 범죄를 '나'에게 뒤집어씌우기 위해서였던 것이다. 이른바 '긴급피난'이라는 이름의, "내가 살기 위해서는 다른 사람의 희생은 절대적"이라는 무자비한 정글의 법칙에 따라서. 사태를 파악한 '나'는 자신이 속수무책으로 자동차에 갇혀 있을 때보다 더 깊은 함정, 더 절박한 삶과 죽음의 기로에 처해 있다는 것을 깨닫게 된다. "모든 것을 뒤집어쓰는 날에는 나는 분명 사형 선고를 받을 것이다"(25). 어떤 해결책이 있는가? 그것은 '나' 또한 '긴급피난'의 수단에 호소하는 방법뿐이다. 그 상황에서 가장 "합리적인 선택과 건전한 판단"으로 호도된 긴급피난의 방식에 따라 '나'는 살려달라는 한 여인의 호소에도 아랑곳하지 않고 자신의 '지문과 혈흔'으로 뒤범벅이 된 집에 불을 지른다. 그러나 이것으로 끝난 것이 아니다. '나'의 추락은 이 소설의 속편인 「인타라망— 우리는 달려간다 이상한 나라로 5」를 거쳐 「꿈 조정사」에 이르기까지 계속 이어진다. 집에 불을 지르고 도망가다 눈에 미끄러져 바위에 부딪혀 기절했던 '나'는 69일 만에 깨어난다. 그러나 의식을 잃고 있었던 그 69일 동안 '나'를 보살펴준 것은 '나'가 불을 질러 죽이려 했던 여인의 아들이거니와, 그가 '나'를 그토록 오랫동안 보살펴주었던 것은 '나'가 범인이면 자신의 손으로 죽여버리기 위해서였던 것이다. '나'는 과연 범인인가? 다른 사람들은 이미 죽어 있었고, '나'가 불을 질러 죽이려 했던 여인은 결과적으로 죽지는 않고 식물인간의 상태에 빠져 있다. 살인이라는 죄목만으로 놓고 보면 '나'가 죽인 사람은 하나도 없는 셈이다. 그러나 만일 그 여인이 깨어나면 그는 죽음을 면하기 어려운 처지가 된다. 그에게 이러한 현실이란 맹목적 운명의 수렁에 지나지 않는 것이리라.

이것을 다른 방식으로 이해해보자. 오디세우스는 천신만고의 모험적인 항해 끝에 이타카로 돌아옴으로써 신화적 영웅 서사의 원형으로 여행 서사를 완성했다. 그러나 이러한 영웅 서사의 패러디인 근대 이후의 소설에서 여행 서사는 불구의 서사, 즉 루카치의 표현대로 길이 열리면서 끝나는 여행으로서의 이야기에 지나지 않는다. 오디세우스는 집으로 돌아와 아내인 페넬로페를 품에 안을 수 있었지만, 오디세우스의 타락한 후손인 현대인들은 집으로 돌아갈 수도 없고 아내와 아이를 안아줄 수도 없다. 여행은 끝났다. 그러나 그 끝난 여행 앞에 열린 길이라는 것도 사실은 탄탄대로가 아니라 미로인지도 모른다. 이럴 때 돌아갈 곳 없는 현대인은 아리아드네의 실을 놓친 테세우스가 된다. 실이 끊어졌으므로 테세우스가 미노타우로스의 미궁에서 빠져나갈 방법은 없다. 그렇다면 테세우스는 어떻게 되는가? 미노타우로스와 조우한 테세우스는 미노타우로스를 죽이는 게 아니라 미노타우로스가 되어 미궁에 갇혀버리고 미노타우로스는 테세우스가 되어 미궁에서 빠져 나온다. 이것이 '긴급피난'이라는 교활한 지혜에 담긴 음험한 술책이 아니겠는가. 이러한 미궁과 괴물의 테마는 「세상에 존재하는 모든 것」에서도 찾아볼 수 있다. 여름 계절학기 시간 강사로 나가게 된 주인공이 방을 얻어 들어간 "들판에 홀로 서 있는 4층짜리 건물"(30)은 그 자체로도 괴이쩍지만, 그곳에 사는 관리인과 여자의 그로테스크한 면모는 그 건물을 기이한 공포의 공간으로 변화시킨다. 밤을 새워 "사형 집행을 기다리는 사형수 같은 널빤지"(36)를 톱으로 자르고, 식육성 열대어인 피라니아를 키우며 피라니아가 다른 고기들을 잡아먹는 광경을 보는 것을 즐기는 관리인이나, 쥐 소리를 찾는 데 열중하다 마침내 "쥐의 허벅지 깊숙하게 박힌 덫의 날"(50)로 쥐를 잡는 데 성공하고 마는 여자는 인간으로 변신한 미노타우로스의 분신들이 아닐까? 이들이 미노타우로스의 변장한 모습이라면 그 건물은 괴물들이 우글거리는 미궁의 변용일 것이다. 그렇다면 주인공은 거기서 어떻게 빠져나올 수 있는가? 당연히 괴물을 처치함으로써일 것이다. 어떻게? 그 방법은 '망상'이라는 몽롱함의 계열체에 빠짐으로써이다. 주인공은 "실제로는 존재하지도 않는 망상"(54) 속에서 관리인을 톱으로 쳐 죽이고 여인을 겁탈하는 방식으로 처치하고서야 비로소 그 건물, 즉 미궁에서 빠져나올 수 있게 되는 것이다. 신화의 현대적 변용이라는 관점에서 볼 때 「세상에 존재하는 모든 것」은 '우리는 달려간다 이상한 나라로' 연작에 비해 조금 덜 자유스러운 것처럼 보이지만, 이렇게 신화와의 대비를 통해 이해할 때 박성원 소설의 모호함의 이면에 웅크리고 있는 것은 깜깜한 미궁에 갇혀버린 인간 존재의 비극성과, 인간이 되어 바깥으로 나온 괴물들에 의해 저질러지는 야만성에 대한 인식인 것으로 보인다.

이러한 비극성과 야만성을 모호성의 경계면 아래 은폐하고 있는

'평균적인 삶'이란 기만적이고 이데올로기적인 것이 아닐 수 없다. 다시 말해 그것은 삶에 내재하는 근원적 비극성과 야만성을 은폐함으로써만, 모호성의 수면 아래 감추고 사회적 인정의 테두리 바깥으로 밀어냄으로써만 유지되는 폭력적인 삶이다. 그러므로 몽롱함의 계열을 타고 내려가는 것으로 이루어지는 박성원의 계열체적 글쓰기는, 이렇게 삶의 기만적 위장술에 의해 가려진 삶의 비극성과 세계의 야만성을 탐색하고 조명하기 위해 고안된 서사 장치로서의 중요한 의미를 갖는다. 그것은 '평균적인 삶'이 주는 달콤한 최면 상태 속에 실종되어버린 삶을 일깨워 되찾고자 하는 시도다. 따라서 그 몽롱함은 의식의 표면에만 거주하는 피상적 명증성 너머의 높은 곳에서 빛을 발하는 초월적 명증성의 전도된 양상이다. 몽롱함의 계열체의 다른 극에는 따라서 바로 이 초월적 명증성이 자리 잡고 있는 것인데, 우리가 박성원의 소설에서 체험하게 되는 놀라움도 작가가 인도하는 몽롱함을 따라가다 어느 순간 예리한 각성의 섬광에 찔리게 되는 역설의 충격에서 기인하는 것일 터이다. 박성원의 이러한 역설적 서사 구도는 모순되거나 상반되는 이미지들의 결합으로 형상화되기도 하는데, 한 예로 「하늘의 무게」에서 주인공이 그리려 하는 계단이 "하늘로 입수될 것 같은 계단"(62)이라는 것은 이러한 역설의 상상력에 현상한 이미지일 것이고, 또 「긴급피난—우리는 달려간다 이상한 나라로 2」에서 앞서 인용했던, "자동차가 뒤로 내려감에 따라 하늘은 더욱 더 깊어지"(10)는 장면에 대한 묘사를 이끌어가고 있는 것도 동일한 종류의 상상력일 것이다.

날아오르려 할수록 오히려 더 깊이 빠져버리게 된다는, 인간의 의지를 비웃으며 정면으로 배반하는 이 역설과 모순이 박성원이 계열체적 글쓰기를 통해 소설의 몸을 부여하려 애쓰는 존재론적 한계의 테마이고 비극성의 테마이다. 인간의 존재론적 한계가 비극으로 귀결될 수밖에 없는 것은 거꾸로 떨어지는 자동차 안에 갇혀 있는 인물처럼, 살기 위해서는 버둥거려야 하지만, 그래서 살인이나 방화 같은 범죄까지도 무릅써야 하지만, 그럴수록 인간은 더욱 깊은 나락으로 빠져버리게 되기 때문이다. '우리는 달려간다 이상한 나라로' 연작에서 주인공의 처지는 이렇게 '덫이 되어버린 세계'(쿤데라)에 빠져버린 인간의 허약한 실존성을 여실히 입증한다. 졸업과 취직, 결혼과 출산, 자동차 구입과 집 장만 등으로 이어지는 '평균적인 삶'을 밀고 나갈 수 있게 해주는 것은 다름 아닌 삶의 의지일 것이지만, 박성원은 삶이란 결코 의지적 선택의 결과물이 아니라는 부정 명제를 통해 그 허구성과 기만성을 폭로한다. 「데자뷔」를 보라. 어쩌면 이 골목길 또한 미로의 변용으로 얻어진 이미지일 것이지만, 세 명의 똑같은 소년이 똑같은 자세로 앉아 있는 세 개의 골목길은 어느 길을 택했건 간에 현재의 나의 모습, 내가 있는 곳으로 이끌어오기는 마찬가지다. 이렇게 「데자뷔」가 삶의 의지적 선택의 무의미함을 말하고 있는 것이라면, 「하늘의 무게」는 여기서 한 걸음 더 나아가 선택의 치명적 위험성까지를 말한다. 「하늘의 무게」에서 옆집 여자의 선택이란 어떤 것인가.

실수라면 여자에게 잠깐 집에 들어오라고 한 말이었다. 그러나 그는 그런 말을 한 것에 대해 자신의 잘못이 아니라고 생각했다. 잠깐 집에 들어오라는 말은 잘못 배달된 식사를 가져다준 데 대한 인사말이었고, 잠시 후에 다시 오겠다고 여자가 한 말은 자신의 강요가 아닌 여자의 선택이라고 생각했다. (74)

실수에 의해 발단된 여인의 선택은 마침내 그녀가 그에게 몸을 맡기는 선택으로까지 이어진다. 그러나 이 최초의 선택부터가 잘못된 것은 그녀가 그를 다른 사람, 즉 그녀에게 1년 동안 '하늘의 무게'를 들려주었던 젊은 남자로 잘못 알았던 것이기 때문이다. 그녀의 이러한 실수와 착각, 그리고 이로부터 비롯된 선택의 결과는 죽음이다. 인간 의지의 차원에서 이루어지는 모든 선택이 결국 치명적인 실수에 지나지 않는 것이라고 박성원은 말하고자 하는 것일까? 성급하게 일반화시킬 것은 아니겠지만, 이것이 박성원의 비극적 인간관을 구성하는 내용 가운데 하나인 것은 분명하다.

비극성의 또 하나의 내용은 시간의 무의미함이다. 박성원의 소설에서 우리가 눈여겨보아야 할 한 가지 사항은 그것들의 플롯에서 시간의 경과가 갖는 중요한 의미가 거의 없다는 사실이다. 단속적으로 전개되는 사태들은 여전히 최초의 사건을 중심으로 맴돌고 있을 뿐, 시간의 진행과 더불어 해결의 실마리는 발견되지 않는다. 이는 박성원의 소설들의 계열체적 글쓰기를 서사의 전략으로 택하는 이유이기도 하고 결과이기도 하다. 가령 '우리는 달려간다 이상한 나라로' 연작에서 '나'는 69일 동안이나 의식을 잃었고/잃었지만, 이러한 시간의 경과 뒤에도 그는 최초의 '미끄러짐'에 의해 봉착하게 된 사태의 굴레에서 벗어나지 못하고 있는 것이다. 「하늘의 무게」에서도 여인의 선택은 1년 넘는 시간을 들인 신중한 것이었음에도 불구하고 그녀를 죽음으로 몰아넣는다. 시간의 무의미함에 대한 박성원의 인식은 「문명의 하루」에서 저 까마득한 유인원의 시대와 현재 사이의 엄청난 인류학적 거리를 간단한 알레고리의 거리로 단축시켜놓기에까지 이른다. 오늘날 인간들 사이의 지배와 피지배, 억압과 수탈은 유인원들 사이에 존재했던 야만성의 단순한 반복일 뿐이며, 그 오랜 시간의 경과 동안 인류가 이룩한 진보나 발전이란 아무것도 없다는 것이 이 알레고리 소설에서 박성원이 전하고자 하는 메시지일 것이다. 이렇듯 박성원의 소설에서 시간의 의미는 시계의 생김새와 메커니즘이 갖는 형태적 의미에 감금되어 있다. 시곗바늘은 "이기죽거리며 전진하고 있지만 결국 놓은 원을 돌고 있을 뿐이다"(212). 시간의 경과가 갖는 의미는 최초의 지점으로 되돌아온다는 것에 지나지 않는다. 사람들 사이로 흐르는 유구한 역사적 시간은 인간을 다시 유인원의 야만적 상태로 되돌려놓을 뿐이라는 것, 이것이 「문명의 하루」를 통해 드러나는 박성원의 시간관이자 역사관이다. 다시 「실종」에 빗대어 말하면 3시에서 시작되어 다시 3시에서 끝나게 되는 순환 구조는 이러한 시간 의식을 정확하게 반영한다. 결국 이렇게 인간의 이성과 의식, 의지에 입각한 삶의 선택, 시간의 목적론적 흐름, 역사의 진보 등과 같은 개념들의 의미와 가치를 깡그리 부정하는 박성원의 소설은 '계몽 담론'과 가장 멀리 떨어진 '악몽 담론'의 대척점에 스스로 자리 잡는다. 현실은 다만 악몽일 뿐이라는 것, 현실이 진보된 것이고 문명화된 것이라는 생각이 오히려 허황된 꿈에 지나지 않는다는 것, 대략 이런 것이 박성원의 소설들에 담겨 있는 부정의식일 것이다.

현실에 대한 박성원의 부정의식은 전면적이고 급진적이다. 이것이 글쓰기에 대한 작가의 투철한 의식을 뒷받침한다는 점에서 마땅히 높이 평가되어야 할 것이지만, 현실 전체를 악몽과 등치시키는 박성원의 전면적 부정의식이 어쩌면 그의 글쓰기를 제약하는 요인이 될 수도 있지 않을까, 라는 생각이 들기도 한다. 이런 생각은 「꿈 조정사」를 통해 품어보게 되는데, 이 소설이 간접적으로 제기하고 있는 문제는 현실과 악몽이 구분되지 않는 세계에서 글쓰기의 의미와 역할은 무엇인가, 라는 것이다. 과연 그것은 '꿈 조정사'의 역할이 그런 것처럼 현실이라는 악몽을 "자신이 원하는 대로 조정"할 수 있는 능력을 사람들에게 키워주는 것인가? 그리하여 악몽을 단꿈으로 바꿔줌으로써 사람들로 하여금 자신들이 "꿈속에 있다는 것을 알지 못"하게 만드는 것인가? 그러나 악몽이든 단꿈이든, 꿈이란 무엇인가? 프로이트는 사람들이 꿈을 꾸는 것은 잠을 더 자려는 욕망의 표현이라는 요지의 내용을 말한 바 있다. 「꿈 조정사」에서도 악몽을 스스로 조정할 수 있게 된 환자들은 더욱 깊고 긴 단잠에 빠져든다. 그렇다면 악몽인 현실에서 소설의 역할은 어떤 것인가? 현실의 악몽에서 깨어나게 하여 다시 악몽의 현실에 맞닥뜨리도록 하는 것인가? 그러나 의식의 명증성과 이에 근거한 행위의 실존적 유효성을 부정하는 박성원의 관점에서 본다면 이러한 각성 작용에 걸 수 있는 기대도 그리 클 것 같아 보이지는 않는다. 그렇다고 해서 소설이 단꿈의 최면 효과를 연장시키는 것으로 그친다면 소설에 돌아오게 될 기만적이고 허위적이라는 혐의를 피해가기도 어려울 것이다. 현실에 대한 부정 의식의 문학적 형상화의 방법론과 정당성에 닿아 있는 이 문제에 대해 뭐라 단정적으로 말하기도 어렵고 또 작가에게 즉각적이고 명확한 답을 요구할 수도 없는 일이지만, 이러한 딜레마가 무엇보다도 현실에 대한 박성원의 급진적이고 전면적인 부정의식과 이에 대응하는 서사 전략으로 고안된 계열체적 글쓰기 방식에서 비롯되는 것이라 한다면 이 문제가 향후 박성원의 소설이 우선적으로 해결해야 할 과제일 것이라는 점은 말해두어도 무방하리라.

〔2005〕

사적인 것의 거룩함

이제 사람들은 별을 보고 길을 찾지 않는다. 문명의 발전은 사람들에게서 밤을 앗아가버렸고, 그래서 별도 보이지 않게 되었다. 낮의 식민지로 전락한 밤하늘에는 별을 대신한 휘황찬란한 문명의 불빛들이 사람들을 매혹하고, 끝내는 눈멀게 만든다. 사람들은 형형색색의 네온사인이나 영롱한 샹들리에의 빛에 이끌려 소비와 향락과 욕망의 충족에 기꺼이 몸을 내던진다. 전기라는 인공 태양이 아니더라도 그 전부터 인류는 이미 낮의 태양이나 밤하늘의 별 같은 초월적 빛을 대신할 지상의 빛을 만들어냈다. 이제 그 빛은 하늘에서 오는 것이 아니라 인간에 내재된 불꽃에서 오게 될 것이었다. 그 불꽃을 점화시키는 것을 인류는 계몽이라 불렀고 계몽에 의해 환하게 밝혀진 모든 것을 지식이라고 불렀다. 그러나 계몽과 지식의 빛이 세상을 충분히 밝히기도 전에 국가는 권력의 형태로 지식을 독점하면서 가장 높은 곳에서 세상을 비추는 빛으로 군림하게 되었다. 이제 개인들의 존재 자체와 정체성, 삶의 의미와 지향 같은 모든 것들이 국가가 규정하는 바에 따라 결정되기에 이른 것이다. 이러한 사태의 부산물로 인류가 겪어야 했던 고초에 대해서는 길게 말할 필요가 없으리라. 아도르노가 암울하게 진단한 것처럼 '재앙'만이 들끓게 된 인류의 현 상황이 수세기에 걸쳐 진척된 계몽 프로젝트의 결산 보고서라고 할 때, 이러한 결과는 물론 계몽적 이성 자체의 폭력적 서열성의 과오 때문이기도 하지만, 다른 한편으로는 이 프로젝트의 수행이 전적으로 국가에 위임되어 있었다는 사실에서 연유하는 것이기도 하다. 근대 세계에서 개인은 다만 국가의 노예에 지나지 않았다. 국가의 부름에 순응하여 언제라도 초개같이 목숨을 버리는 것을 당연하고 자랑스럽게 여기는 것, 이것이 국가가 개인에게 하달하는 정언명령이었다. 군국주의 시대의 일본이나 히틀러의 나치 정권 같은, 국가라는 이름의 폭력 집단은 이러한 기반 위에 세워질 수 있었다. 김연수의 『네가 누구든 얼마나 외롭든』(문학동네, 2007)에 소개된, 죽음의 두려움에 떠는 전투기 조종사들에게 필로폰을 투약하여 출정시키는 가미카제 특공대의 이야기는 국가가 목숨까지를 포함한 개인의 전부를 착취하는 방식의 가장 악랄한 사례일 것이다. 그러나 이들이 아니더라도, 이들에 대항했던 세력들에게도 그 힘의 구심점이 동일한 이데올로기에 놓여 있었다는 것은 엄연한 사실이다.

우리라고 해서 예외는 아니다. 외형적으로 조금 달라 보이더라도 우리의 근대사를 관통하는 문제 역시 국가와 개인 사이의 길항 관계라는 근본적 명제의 범주에서 벗어나지 않는다. 국가의 부재 때문이었건 위기 때문이었건 횡포 때문이었건, 근대사 속에서 한국인들 역시 국가와의 관계에서 어떤 자세의 선택을 요구받아왔다. 이렇듯 개인이 국가의 부속품이고 노예였다면, 국가에 저항하고 그것에서 이탈함으로써 주인의 지위를 회복할 수 있는 것인가? 국가를 갖지 않는 개인이 있을 수 있는가? 과연 국가의 바깥은 있는가? 역설적으로 국가라는 상상체가 전유하는 빛의 가치와 진정성은 이 같은 방법적 부정의 질문을 통해 가려지게 될 것이지만, 그렇다고 해서 국가의 실체성이 이러한 관념적 부정으로 간단히 증발해버리는 것도 아니다. 자칫 섣부른 부정은 그것 자체가 궁극적 긍정의 전도된 방식에 불과한 것일 수도 있다. 예컨대 『밤은 노래한다』*에 등장하는 두 명의 일본인인 나카지마 타츠키 중위와 니시무라 히데하치의 경우가 그렇다.

> 한 사람은 존황(尊皇)주의자가 득실거리는 에도(江戶) 토박이 명문가의 아들로 태어나 육군사관학교를 졸업한 뒤, 조선군 제19사단 회령(會嶺) 국경수비대에 임관했으며 다른 한 사람은 동경의 서민 동네인 시타마치(下町)의 뒷골목에서 사생아로 태어나 방황 속에서 성장기를 보낸 뒤, 천황을 부정하는 공산당에 가입했다. 그렇다면 이 둘의 운명은 완전히 달라야 하겠지만, 그렇지 않다는 게 흥미로웠다. 두 사람은 모두 자신의 혼을 증명하기 위해 변경으로 나섰다. 국가와 민족보다는 인간의 조건에 더 매료된 자들이었다. 하지만 그럼에도 내가 보기에 그 혼을 증명하면 증명할수록 국가의 이익에 부합했다. (22)

개인들의 원심적 충동에 자유 의지의 환상을 선사하면서도 국가라는 테두리 밖으로의 이탈을 끝내 허용하지 않는 강제성이야말로 근대국가의 기반이었다. 그렇다면 정녕 국가의 바깥에 마련된 개인의 자

---

* 김연수, 『밤은 노래한다』, 문학과지성사, 2009.

리는 없는 것인가? 있다면, 그 자리는 무엇에 의해 지탱되는가? 1989년부터 시작된 김연수의 오랜 노고의 결실로 우리가 이제야 들을 수 있게 된 밤의 노래는 이런 화두를 우리에게 던진다.

*

『밤은 노래한다』의 소설적 이야기는 김해연이라는 인물의 소개에 할애된 도입부를 거친 후 이정희가 보낸 편지 이야기로부터 본격적으로 전개된다. 그 편지의 충격파는 엄청나다.

> 그 한 장의 편지로 인해서 그때까지 아무런 문제도 없이 움직이던 내 삶은 큰 소리를 내면서 부서졌다. 그때까지 내가 살고 있었고, 그게 진실이라고 믿어 의심치 않았던 세계가 그처럼 간단하게 무너져 내릴 줄은 전혀 예상하지 못했다. 그건 이 세계가 낮과 밤, 빛과 어둠, 진실과 거짓, 고귀함과 하찮음 등으로 나뉘어져 있다는 사실을 그때까지 나는 몰랐기 때문이었다. 그게 부끄러워서 나는 견딜 수가 없었다. (42)

그러나 명확하지 않지만, 회고적 시점에 의존하고 있는 소설임에도 불구하고 편지는 첫 구절만을 제외하고는 공개되지 않는다. 오히려 이 소설을 처음 읽는 독자들은 그 간단한 구절이 편지 내용 전부인 것으로 오해할 수 있을 정도다. 결국 그 편지 전문을 읽을 수 있게 되는 것은 소설의 끝에 이르러서이거니와, 그렇다면 『밤은 노래한다』라는 소설 전체가 사실은 한 통의 편지를 끝까지 읽을 수 있기 위한 긴 우회로인 셈이다. 이 긴 우회로는 왜 필요했던 것일까? 아마도 김해연의 입장에서 그것은 편지를 끝까지 읽을 수 있기 위한 자리를 만들기 위함이었고, 편지 내용에 입각할 때의 또 다른 이유는 내용의 진정성을 확보하기 위해서였을 것이다. 그렇다면 자리는 무엇이고 진정성은 또 무엇인가?

*

"지금 어디에 있나요? 제 말은 들리나요?"로 시작하는 편지의 서두는 수신자인 김해연의 소재(所在)와 소통 여부를 묻고 있다.

소재에 대한 생각으로부터 실마리를 풀어보자. 지금 김해연이 있는 곳은 어디인가? 한 사람의 소재는 그 사람의 신분과 정체성을 드러내는 공간적 지표다. 그렇다면 '어디'에 대한 물음이 함축하는 진짜 물음은 '누구'에 대한 것이리라. 김해연은 누구인가? 작가가 여러 곳에서 공들여 행하고 있는 인물 묘사를 따라가보자면, "나라가 넘어가던 경술년"(1910년)에 태어나 고등공업학교를 졸업하고 만철에 측량기사로 입사하여 용정에 파견된 인물, "조선인으로 만철에 들어갔다는 사실에 한동안은 꽤나 우쭐"해하며 "독립이니 해방이니 하는 말들은 좀 시큰둥"하게 여겼던 인물, 이것이 김해연의 첫 모습이다. 이런 그에게 "국가나, 민족이 구체적으로 느껴질 리"(19) 없었고, "한 줄 책에 실린 글귀에 위안을 받고, 퇴근하는 저녁 길에 머리 위로 떠오른 초승달에 행복을 느끼는 사람에 불과"(72)한 그에게 "행복하기만 하다면 삶은 거짓이라고 해도 아무 상관이 없는"(60) 것이었다. 그래서 일본군 장교와 사귀며 함께 하이네의 시를 읊조리는 낭만주의자 김해연의 자리는 어떤 현실이나 상황의 때도 묻지 않은 절대적 바깥의 자리다. 이런 자리가 과연 가능할까? 이 물음에 답하기 위해서는 현실의 의미에 대해 생각해보아야 하리라. 도대체 현실이란 어떤 것인가? 이 물음에 대해 김연수는 현실이란 "내 몸의 여러 감각들이 만들어내는 환각에 불과한 것"(217)이라고 답한다. 그렇다면 또 하나의 물음: 환각에 경계가 있는가? 현실이 환각이라면 절대적 바깥이라는 것도 환각에 불과한 것이 아닐까. 그것이 환각이라면 현실과 현실 바깥에 대한 우리의 정의도 달라질 수밖에 없다. 현실이란 환각이 깨진 환멸의 체험 이후에도 사라지지 않고 남아 있는 잉여일 뿐이다. 상상이 깨어진 곳에 돌연 나타나는 거대한 혼돈, 이것이 현실이라면 이 실재를 외면하기 위해 사람들이 다시 새로이 매달리는 상상의 자리, 이것이 현실의 바깥일 것이다. 그러나 소설은 실재도 아니고 상상도 아니다. 소설에 영광이 있다면 아마 그것은 상징으로 수렴한 상상을 실재처럼 재현할 수 있다는 자재로움에 있을 것이다. 그렇다면 우리는 상징의 차원에서 상상과 실재를 다시 물어야 한다. 이정희의 편지는 왜 김해연의 위치부터 물었던 것일까? 처음 이정희의 편지를 받았을 때 그 자리에는 서무계원인 영남이 있었다. 그래서 김해연은 선뜻 편지를 읽지 못한다. 이정희의 편지만이 아니라 누구의 편지든 마찬가지다. 여옥에게서 받은 편지를 군중대회에서 읽으려는 김해연의 무모함은 박도만에 의해 만류된다. 편지를 보내는 데에 있어서도 사정은 다르지 않다. 여옥에게 편지를 보내려 하는 김해연에게 강정숙은 "각각 소비에트 정권이 수립된 어랑촌과 약수동 사이에 지하 통신망은 설치돼 있으나 개인적인 용도로 그걸 사용할 수는 없다고 못"(187) 박는다. 사적(私的)인 것과 공적(公的)인 것 사이의 엄격한 분리선 위에서 사적인 것에는 금지의 표지가 붙어 있다. 현실적으로 사적인 것은 공적인 것의 팽창에 따라 좁게 위축되어 있고 그 중요성도 크게 인정되지 않는다. 그러나 이럼에도 불구하고 오늘날 사생활이 신성불가침의 영역으로 존중되는 역설과 모순은 어떻게 가능한 것일까? 어쩌면 그것은 사생활, 즉 사적인 것이 어떤 방식으로든 공적인 자리에 출현하는 것이 금지되어 있기 때문이 아닐까? 사적인 것은 보호받고 있는 것이 아니라 감시받고 있는 것이다. 김해연이 편지를 읽을 수 있기 위해서는 감시에서 벗어난 은밀한 자리를 찾아낼 수 있어야 한다. 이정희의 편지가 김해연의 소재부터 묻는 것은 이런 이유 때문이다. 프랑스 68혁명 당시 등장했던 구호처럼 '금지하는 것을 금지C'est interdit d'interdire'하는 것이 소설의 근본정신일 것이다. 그러나 금지에 대한 위반은 상징화되어야 한다. 상징화된 금지 위반, 이것이 소설이라면 김해연이 이정희와 여옥에게서 받은 두 통의 편지, 이 편지는 이를 읽을 수 있는 사적인 자리를 찾기 위한, 사적인 것을 금지하는 대상에 대한 김해연의 실존적 투쟁의 뿌리임과 동시에 20년 가까이 걸린 김연수의 글쓰기라는 투쟁의 뿌리이기도 하리라.

*

그러나 사적인 것은 그 자체만으로 존립하지 못한다. 사적인 것의 본질이 '박탈'이라는 한나 아렌트의 지적은 사적인 것이 공적인 것의 결핍에 지나지 않는 것이라는 사실을 명확히 알 수 있게 해준다. 한낱 만주의 조선인에 불과한 김해연에게 결핍된 것들 목록의 첫번째 항목은 두말할 것도 없이 국가다. 그러나 앞서 보았듯 국가니 독립이니 하는 것에 무관심했던 그에게 이 결핍은 박탈로 인식되는 것이 아니라 단순히 '헌신할 대상'(24)이 없는 것이라는 부재의 의미 정도로 자조적으로 수용된다. 내가 빼앗긴 것이 아니라 그것은 본래 없었던 것이다. 김해연의 출생년도가 1910년인 것은 이런 이유에서이다. 그러므로 김해연에게는 이정희와의 사랑 또한 '친밀감'의 연장이라는 사적인 것의 확대에 지나지 않았다. 안나 리라는 다른 이름을 가진 공산당원으로서 일본 경찰의 수사 선상에 올라 있는 위험인물인 이정희의 정체도 모르는 상태에서 김해연이 그녀와의 결혼을 꿈꾸는 것은 그에게 사랑의 의미가 어떤 것이었는가를 충분히 짐작게 한다. 그러나 오히려 그렇기에 이정희의 돌연한 죽음은 김해연에게 박탈의 상처를 입히게 된다. 사랑이라는 사적인 것의 박탈로 인해 그는 비로소 사적인 것의 실체에 눈뜨게 된다고 말할 수 있으리라.

그러나 그 상처는 얼마나 깊었고 이로 인한 각성은 얼마나 진정한 것이었을까? "그 한 장의 편지로 인해서 그때까지 아무런 문제도 없이 움직이던 내 삶은 큰 소리를 내면서 부서졌다. 그때까지 내가 살고 있었고, 그게 진실이라고 믿어 의심치 않았던 세계가 그처럼 간단하게 무너져 내릴 줄은 전혀 예상하지 못했다"(42)는 고백대로라면 그 충격은 매우 큰 것이었다. 실제로 그는 이정희가 죽은 후 아편에 탐닉하고, 은밀한 자부심의 근원이었던 만철 직원의 자리에서 쫓겨나고는 그것도 모자라 자살까지 시도했다가 사진관 송 영감에게 구출되지만, 이 후유증으로 실어증에 걸리게 된다. 그러나 아무리 큰 것이라도 충격은 일시적이고 상처는 아물게 마련이다. 사진관에서 더부살이로 겨울 한 철을 보낸 그가 "꽃나무처럼 입을 연 그 다음 날"(125), 다시 말해 "지난 가을의 고통을 완전히 치유 받았다"고 생각하는 순간, 그 각성은 "빛의 세계 속에 어둠의 세계가 존재한다는 사실을 어렴풋이 눈치 채게"(126)되었다는 정도로 희석된다. 그가 아무리 이정희의 복수를 하겠다고 외쳤다 해도, 그 복수심의 알맹이는 사적 원한에 지나지 않는 것이었다. 그 복수의 다짐이 명증한 의식 없는 상태에서 이루어진 것이라는 사실은 그것이 의지의 산물이 아니라 욕망의 산물이었다는 것을 말해줌과 동시에 이정희에 대한 그의 사랑의 수준까지를 밝혀준다. 이제 그에게는 다시 절대적 바깥에의 열망이 꿈틀거린다. 이정희의 죽음이 그에게 세계의 이원성에 대한 자각을 가져다주었다 해도 이는 사적인 세계의 본질에 대한 '어렴풋한' 눈뜸이었을 뿐, 공적 세계로의 적극적 투신을 의미하는 것은 아니었다. 그리하여 다시 여옥을 사랑하게 되고, 고등공업학교 은사인 나카무라 선생이 제시한 총독부 영선과로의 취직 권유를 받아들이며 김해연이 꿈꾸는 경성에서의 삶의 모습은 이렇다.

나는 경성을 떠올렸다. 경성으로 돌아가면 나는 어스름 내릴 무렵의 종소리를 들으며 하이네의 시를 떠올릴 것이다. 여름의 푸른 밤 속에서 많은 사람들을 만나고 또 새로운 사랑에 마음이 밝아질지도 모른다. 경성우체국 앞 은행나무 그늘을 걸어가다가는 문득 용정에 남은 사람들에게 은행잎만큼의 사연을 엽서에 담아 보낼 것이며, 장곡천정(長谷川町)의 끽다점에 앉아 각설탕을 매만지며 영국더기 언덕에 앉아 그 무슨 얘기든 한없이 내게 중얼거리던 정희의 목소리가 얼마나 달콤했었는지 생각할 것이다. 바람이 달라지면, 그때마다. 설사 계절이 바뀌지 않더라도. (141)

이러한 낭만주의자 김해연의 모습은 우리가 처음 접했을 때의 그의 모습에서 한 치도 벗어나 있지 않다. 그러나 사적인 것의 열망과 추구에 공적인 것이 망령처럼 붙어 다녔던 것이 김해연의 운명이자 1930년대 만주의 조선인들의 공통된 운명이었다. 일본인들과 달리 이들에게는 혼을 증명하려 하면 할수록 부재하는 국가로 인한 희생의 위협은 커졌고, 바깥으로 이탈하려 하면 할수록 부재하는 중심의 장력은 팽팽해졌다. 절대적 바깥의 자리에 대한 김해연의 갈망을 비웃기라도 하듯 "1933년 4월의 어느 화창한 일요일"(154) 유정촌에서 일어난 돌발 사건은 김해연의 운명의 방향을 또다시 부재하는 중심 쪽으로 끌어당긴다. 유격대에 물품을 조달해주기 위해 꾸민 거짓 결혼식에 참석한다는 핑계로 온 유정촌에 일본군의 기습 공격이 자행되어 김해연과 여옥만 남기고는 송 영감네 식구들은 물론 여옥의 엄마와 언니를 포함한 유정촌 주민들 모두가 몰살되어버린 것이다. 그나마 살아남은 여옥조차도 목숨의 대가로 다리 하나를 잘라내야만 했다. 온전히 살아남은 것은 오직 김해연뿐.

이 두번째 좌절이 김해연의 운명을 180도 바꿔놓은 것은 분명하다. 경성의 낭만주의자가 되고자 했던 그를 어랑촌 유격구의 유격대원으로 만들어놓았고, 마침내는 중국공산당원으로 만들어놓았으니 말이다. 그러나 그의 지향이나 의식은 외형만큼 크게 달라지지는 않았다. 오직 그만이 온전히 살아남았다는 점을 혐의점으로 삼은 유격대의 심문에서 김해연이 민생단원으로 몰려 처형되지 않고 살아남을 수 있었던 것은 역설적이게도 그의 일본어 구사 능력과 만철의 일본인 동료 직원이었던 니시무라 히데하치 덕분이었다. 그를 심문하던 중국인 심문관인 동세영은 그가 동경에 머물 때 니시무라 히데하치와 이념을 같이한 동지였던 것이다. 김해연이 일본어와 일본인 덕분에 살아남을 수 있게 되었다는 사실은 그의 운명적 지향이 달라지지 않았다는 것을 뜻한다. 절대적 바깥의 자리에 대한 김해연의 갈망은 오직 일본의 지배와 보호하에서만 성취될 수 있는 것이었으니 말이다. 일본은 여전히 보이지 않는 힘으로 그를 보호해주고 있었다. 이렇게 조금도 변하지 않은 김해연의 본성은 여러 방식으로 노출된다. 유격구에서 강정숙의 감독하에 공산주의 학습을 받으면서도 공산주의에 대한 그의 이해는 감성적인 차원에서 벗어나지 않는다. 그는 "이성적으로는 프롤레타리아 독재라는 것에 대해 여전히 이해하지 못했지만, 감성적으로는 그 개념을 이해할 수 있었다"(181). 그러나 감성에 의해 구성되는 세계는 느낌의 세계이지 확신의 세계는 아니다. 그러므로 그가 유격구에서 하는 행위들이 여옥과의 편지 주고받기라든가 밤길을 더듬어 여옥을 찾아가려는 것 같은 금지된 사랑의 행위라는 것은 불가피하고도 당연한 일일 것이다. 이런 그에게 마지막 위기가 찾아온다. 어랑촌 유격대에 대한 일본군의 토벌 작전이 개시된 것이다. 일본군에 완전히 포위되어 전멸을 눈앞에 둔 절체절명의 순간 김해연은 나카지마 타츠키 중위를 인질로 삼아, 달리 말하면 이번에도 일본인의 보호를 받으며 포위망에서 벗어난다. 가까스로 포위망을 벗어난 그의 마지막 행위는 박길룡을 사살한 것이다. 마침내 사적인 것이 공적인 것을 제거해버린 것이다.

*

이제 우리는 오래 미뤄왔던 문제로 눈을 돌려야 할 때가 되었다. 1930년대 만주의 조선인들에게 공적인 것이란 어떤 것이었을까? 두

말할 나위도 없이 그것은 국가와 민족과 이념이었다. 이것들은 어쩌면 목표와 이데올로기와 방법으로서의 삼위일체를 이룰 수 있는 것이었으리라. 민족이 단결하여 혁명적 투쟁 정신으로 무장하여 빼앗긴 조국을 되찾는다는 것이 이 삼위일체의 시나리오가 될 수 있었을 것이다. 그것은 일본의 식민지라는 엄연한 현실에서 벗어난 다른 세상에 대한 꿈이다. 그런데 누군가가 다른 세상을 꿈꾼다는 것은 그 누군가가 현재 처해 있는 현실의 주인이 아니라는 것을 뜻한다. "주인만이, 자기 삶의 주인만이 지금 여기가 아닌 다른 어딘가를 꿈꾸지 않는다"(248). 문제는 국가와 민족과 이념의 삼위일체의 조건 또한 그것들을 필요로 하는 상황의 주인됨이라는 것이다. 여기에는 약간의 모순이 내포되어 있다. 이미 우리가 현실의 주인이라면, 다시 말해 나라 잃은 백성이 아니었다면, 이러한 삼위일체를 필요로 하는 상황 자체가 만들어질 리 없는 것이다. 이 삼위일체는 꿈을 현실로 만들기 위해 필요한 것이므로. 여기서 우리는 식민지적 현실의 의미의 이중성을 인정하지 않을 수 없다. 나라가 식민지가 되었다는 것도 현실이었고 빼앗긴 조국을 되찾기 위해 싸워야 한다는 당위성도 현실이었다. 전자가 외적 현실이라면 후자는 내적 현실이라고 할 수 있을 것이다. 우리를 꿈꾸도록 만드는 현실이 외적 현실이라면, 국가와 민족과 이념의 삼위일체를 필요로 하는 현실은 내적 현실이었다. 이 내적 현실 속에서의 주인됨의 의미는 투쟁의 주체성과 자발성을 확보한다는 것이다. 일찍이 프란츠 파농이 피식민자들의 운명 전환의 투쟁을 당위성의 차원으로 승격시키기 위해 동원한 바 있는 헤겔의 주인과 노예의 변증법은, 1930년대 만주의 조선인들에게도 한 치의 어긋남 없이 적용된다. 그러나 1930년대 만주의 조선인들은 투쟁에 필요한 여러 조건들 중 그 어느 것의 주인도 될 수 없었다. 나라 없는 민족의 처지란 노예의 신세나 다름없는 것이었고 광활한 만주 벌판도 조선인의 것은 아니었고 공산주의라는 이념도 조선인에 의한 조선인만을 위한 것은 아니었다. 그리하여 국가와 민족과 이념은 삼위일체를 이루지 못했을 뿐만 아니라 그 어느 것도 최고의 공적 담론으로서의 지위를 차지하지 못했다. 극단적으로 말하면 그 어느 것도 공적인 것의 반열에 오르지 못했다고도 말할 수 있으리라. "1933년 간도의 유격구에서 죽어간 조선인들에게 객관주의란 없었다. 있는 것이라고는 오직 주관으로 결정되는 가혹한 세계뿐이었다"(213). 그럼에도 불구하고 그것들이 공적 담론, 그것도 최고 공적 담론의 지위를 차지하려고 경쟁하는 아수라장에서 조선인들은 공적인 것의 결핍을 목숨의 박탈로 받아들여야만 했다. 1930년대 만주 벌판에 휘몰아쳤던 민생단 사건이라는 광풍의 본질을 이렇게 요약한다면 지나친 단순화일까? 안세훈, 박도만, 이정희, 박길룡 등의 이름은 이렇게 죽어간 조선인들 전부를 호명하는 대명사들이다. 그들의 치열한 투쟁이 공적 담론에 의거한 것이었다 하더라도 그들의 죽음은 지극히 사사로운 것에 지나지 않았다. 그들 자신의 생각이 어떤 것이었든, 그들 역시 "죽지 않는 한, 자신이 누구인지 말할 수 없는"(248) 조선인이었기 때문에. 마치 인화지에 사진의 영상이 서서히 드러나듯 죽음 이후에야 비로소 선명해진 그들의 참모습은 박탈된 사적 개인으로서의 모습일 뿐이다. 그러므로 1930년대 만주의 조선인들에게 옹호되고 보호되어야 하는 것은 사적인 것 이외의 다른 것일 수 없다. 사적인 것의 진정성을 위한 조사(弔詞)인 『밤은 노래한다』에서 김연수가 실증과 상상을 아우르는 방식으로 꿰뚫어낸 실존적, 시대적 진실은 이것이다.

*

광기로 얼룩진 1930년대가 지나간 1941년 8월 김해연은 다시 용정에 모습을 드러낸다. 이제 그는 어떤 존재가 되어 있는가? "맵시 있게 양복을 차려 입고 중절모까지 갖춰 쓴"(313) 김해연의 모습은 모호하다. 중국공산당원으로서의 신분과 "지난 몇 년간 지하활동"(317)을 했다는 이력이 뜻하는 것처럼, 자신을 거듭거듭 좌절시킨 파란과 시련을 겪은 후 그는 마침내 공적 인간으로 거듭난 것일까? 그렇지는 않아 보인다. 그가 다시 용정에 나타난 것은 최도식을 만나기 위해서였다. 최도식은 어떤 인물인가. 그 내력이야 어떻든 결과적으로는 용정 주재 일본 총영사관에서 일하다 지금은 만주 중앙은행 용정 사무처에서 일하고 있는 일제의 앞잡이가 되어버린 인물이다. 김해연이 만일 투철한 공산당원이었다면 최도식은 실제 그가 이정희를 죽이지 않았다 하더라도 일제의 앞잡이, "혁명의 배신자"라는 이유만으로도 죽음을 면하기 어려웠을 것이다. 그러나 김해연이 "외투주머니에 손을 넣"(317)은 순간 최도식은 이정희의 편지 이야기를 꺼낸다. 편지를 전해달라는 것이 이정희가 최도식에게 남긴 마지막 부탁이었다는 것이다. 그리고 그때 집에서 최도식의 아이들이 나오고, 최도식과 아이들의 실랑이를 지켜보던 김해연은 편지를 전해줘서 고마웠다는 인사를 남기고 발길을 돌린다. 자비라는 이름의 사랑의 실천일 것이고 김해연이 사적 인간으로 완성되는 대목일 것이다. 그리고 다음 날, 영국더기에 서서 해란강의 잔물결을 바라보고 있는 김해연에게 비로소 한 장의 편지가 온전히 펼쳐진다. 그때껏 간직하고 있었던 이정희의 편지. 과연 김해연이 절대적 바깥의 자리를 찾았는지는 알 수 없으나, 사적인 것에서 금지의 표지를 떼어내어 최소한 편지를 읽을 수 있는 자리만은 마침내 찾아낸 것이리라.

그리고 사랑으로의 개종을 알리고 있는 이정희의 편지. "열한 살 시절, 차가운 바다 속으로 들어가며 인생에서 더 많은 일들이 일어나기"(323)를 바랐던 소망에 따라 치열한 삶을 살았던 그녀가 "지금까지 내게는 그 어떤 일도 일어나지 않았"고 "한때 나를 사로잡았던 그 소망이 이제 완전히 사라졌"(324)음을 실토하며 다소 느닷없이 사랑으로의 개종을 선언할 때, 여기에는 얼마만 한 진정성이 담보되어 있는 것일까. 이제까지의 그녀의 삶 전부를 일거에 무화(無化)하고 있는 태도의 배경에는 분명 지금까지 그녀가 헌신해왔던 이념이라는 공적 담론의 공허함에 대한 깨달음이 담겨 있을 터이지만, 이미 그녀에게 사적인 것으로의 퇴로는 차단된 상태였다. "삼나무 높은 우듬지까지 올라가본 까마귀, 다시는 뜰로 내려앉지 않는 법"(244)이다. 혁명을 위해 모두를 사랑했던, 심지어는 적인 일본군 장교까지도 품에 안았던 그녀에게 김해연만에 대한 사랑이 과연 가능하고 진정한 것이었을까? 그러므로 이념 아닌 사랑, 공적인 것 아닌 사적인 것에 대한 그녀의 최종적 선택의 진정성은 이 또한 오직 그녀의 죽음으로만 증명될 수 있었다. 죽음으로써만 정체성과 진정성을 부여받을 수 있었던 그 시대 조선인들의 운명은 이정희도 비껴갈 수 없었던 것이다.

*

폴란드 태생의 천재적 영화 감독인 키에슬롭스키 감독의 영화 「사랑에 관한 짧은 필름」에는 이런 장면이 나온다. 어느 날 밤, 집 앞까지 데려다준 남자와 다투고 나서 집에 돌아와 혼자 흐느꼈던 여자가 다음 날 아침에는 씩씩하게 우체국에 나와 잘못 배달된 통지문을 놓고 우체국장과 싸움을 벌인다. 현대인들에게 개인적 고통은 이렇게 관리된다. 혼자서는 울어도 남들 앞에서는 씩씩해야 하는 것이다. 이런 그녀의 모습은 관음증적인 젊은 남자 주인공에 의해 관찰된다. 이 순진한 사내가 품었던 사랑, 이 사랑의 실망(박탈)에서 이어지는 자살 시도. 간신히 다시 살아난 남자를 찾아간 그녀는 그 남자가 자기를 훔쳐봤던 망원경을 통해 혼자 울고 있는 자신의 모습을 보고 그런 자신의 머리를 쓰다듬어주는 남자의 태도에 담긴 마음을 본다. 이 상상의 모습을 보면서 그녀는 눈을 감는다. 그렇다, 눈을 감아야 더 잘 보이는 세상이 있는 것이다. 오이디푸스 이야기가 우리에게 말해주는 바가 그렇다. 눈을 감은 그녀에게 비로소 자기를 훔쳐보았던 남자의 관음증적 행위의 동기가 성(性)이 아니라 성(聖)이었다는 것이 보인다. 사적인 것이 공적인 것을 훌쩍 뛰어넘어 거룩함의 신성성에 가닿는 대목일 것이다.

김연수는 한 시대의 밤에 대해 이야기했다. 눈을 뜨건 감건, 낮이건 밤이건 그 세상은 깜깜했다. 그러나 겹겹이 쌓인 칠흑 같은 암흑 속이였기에 김연수가 더욱 또렷이 볼 수 있었던 것은 사적인 것의 거룩함이었다.

〔2008〕

마음의 구름다리 놓기

이제까지 이신조 소설들의 많은 인물들은 대단히 가벼웠다. 그들은 삶에 필요한 무게를 충분히 지니고 있지 못했다. 그래서 그들의 운명은 흔히 바람에 실려 날아가곤 했다.

> 아, 알 수 있다. 바람의 난간에 올라선 나의 그녀. 지금 그녀가 생각하고 있는 것은 누군가의 가슴을 뚫고 날아가버린 흰 새다. 바람을 닮은 흰 새. 그녀와 나. 언제나 서로를 온전한 영혼으로 만들었던 그녀와 나. 서로의 영혼을 항상 바람에게 이끌었던 그녀와 나.
>
> —「나의 검정 그물 스타킹」[1]

> 나는 전화벨 소리가 나는 공중을 향해 팔을 뻗는다. 막무가내로 떠밀리듯, 그러나 사뿐히 발을 내딛는다. 발밑으로 거센 바람이 솟구쳐

1) 이신조, 『나의 검정 그물 스타킹』, 문학동네, 2001, p. 42.

불어온다.

—「새로운 천사」[2]

이신조의 두 소설집 표제작에서 인용한 이 두 구절만으로도 바람의 문제성은 충분히 드러난다. 바람의 이미지를 통해 이신조는 주관적으로 체험한 한 시대의 의미, 자신의 글쓰기의 시대 인식을 드러내고자 한다.

바람, 그것은 공기이고 분위기이다. 세상의 무거운 공기와 시대의 암울한 분위기가 흉흉한 바람으로 휘몰아쳐, 끝내는 그녀들을 날려 보낸다. 그러나 바람에 실려 다른 세상으로 날아가기 전부터 그녀들의 세상과 삶은 이미 끝난 것이었다. 이제 더 이상 아무도 자기를 인기 배우로 알아주지 않는「나의 검정 그물 스타킹」의 '그녀', 부모의 이혼으로 일찌감치 가족이라는 목가적 집단에서 추방되어 삭막한 네트워크의 그물에 포박된 가여운 신세의 '천사'. 이들이 공유하고 있는 것은 두말할 나위도 없이 디스토피아의 쓰라린 체험이다. 인물들의 가슴에 절망감으로 각인되는 한 세상의 종말에 대한 서사를 통해 이신조는 IMF 사태 이후 한국 사회의 사회적 상상력을 자기화한다.

그녀들의 운명을 그토록 가볍게 만든 바람의 정체는 무엇일까? 그녀들의 됨됨이로만 놓고 말한다면 그것은 거의 조급성에 가까운 조숙성이다. 열한 살 어린 나이에 '예쁜 어린이 선발 대회'에서 라이벌을 제치고 1등의 자리에 올랐지만 스무 살에 이미 '기습적'인 결혼과 이

---

2) 이신조,『새로운 천사』, 현대문학, 2005, p. 135.

혼을 겪고 연이은 스캔들과 사고 이후 이제 서른두 살에 거의 창녀나 다름없는 볼품없는 처지로 전락해버린 「나의 검정 그물 스타킹」의 '그녀', 갓 초등학교를 졸업한 나이에 부모의 허울 좋은 이혼의 아픔을 생리의 고통으로 혼자 견뎌야 하는 「새로운 천사」의 재인, 이들 외에도 이십대 초반에 가족과의 결별과 그 이후라는 단층면에서의 입사 의례를 치러야 했던 다른 여러 주인공들, 삶의 쓰라림을 너무 일찍 맛본 이들 앞에 놓여 있는 세상은 그녀들이 따 먹을 수 없는 금지된 열매였다. 이들은 유토피아의 출구와 디스토피아의 입구 사이의 경계면에서 실종되어버린 것이다.

그러나 그녀들의 실종은 이신조 소설의 아이러니의 실종이기도 했다. 소설이 신 없는 시대의 서사시라는 헤겔의 명제가 의미하는 바는 아이러니를 골간으로 하는 서사 양식이라는 뜻이고, 이 아이러니란 다름 아닌 디스토피아에서 살아가기를 뜻하는 것이었다. 볼테르가 『캉디드*Candide*』에서 "우리의 정원을 가꾸어야 한다"고 했을 때 그 정원이란 기실 금지된 열매들을 재배하는 과수원을 가리키는 것이었고, 이러한 역설의 자세에 칸트는 '성숙함'이라는 이름을 부여했다. "길은 열리고 여행은 끝났다"는 유명한 명제로 소설의 아이러니를 요약했던 루카치에게도 소설은 '성숙한 남성'의 문학이었다. 그러나 이신조 소설들에서 바람에 실려간 그녀들의 때 이른 죽음은 이들의 조숙성을 미숙성으로 완결지어버리는 것이었다. 사람들은 죽음의 의미를 묻지 않는다. 죽음은 그저 죽음일 뿐이다. 죽음은 그 전까지의 모든 삶을 허무로 환원시킨다. 그래서 그녀들의 죽음은 안타까운 것이었지만 그 충격의 파장은 그리 크지 않았다. 이런 맥락에서 볼 때 『감각의 시절』[3)]에 수록된 작품들 중에서 가장 먼저 주목되는 것은 성숙성의 차이를 확연히 드러내 보여주는 소설인 「흩어지는 아이들의 도시」다. 16세의 미혼모인 이 소설의 주인공을 특징짓는 것도 조숙성, 혹은 조급성이다. 아울러 이 어린 주인공을 사로잡고 있는 것도 종말의식이다. 더구나 이 종말 의식은 아마겟돈을 연상시키는 암울한 장면과 분위기의 묘사를 통해 보다 일반화된 존재론적 조건으로 전경화되어 있다. 이 음산한 종말의 풍경은 '출혈성 호흡기 면역 증후군'이라는 괴질로 인한 것이고, 이 괴질은 비둘기, 즉 새에서 온 것이다. 앞에서의 인용에서 보았듯 이신조에게 새가 바람의 등가물임을 상기할 때, 이 소설에서도 어린 주인공을 세상의 경계로 내몰고 있는 것은 바람이다. 바람에 떠밀린 주인공이 지금 있는 곳은 어디인가? 그녀가 걸터앉아 있는, "발밑은 까마득할 것도 없는 37층"(70) 건물 옥상의 난간은 예의 그 '바람의 난간'이다. 이제 미하라는 또 하나의 인물이 바람의 제물이 될 차례인가? 아니, 그렇지 않다. 위태위태한 바람의 난간에서 미하가 신고 있던 신발을 떨어뜨리는 실험을 통해 확인하는 것은 바람의 가벼움이 아니라 중력의 무거움이다.

> 앗, 미하는 깜짝 놀란다, 풍선인 줄 알았다, 떠오른 줄 알았다, 아아, 달. (76)

떠오른 것은 풍선이라는 바람의 배에 실린 그녀가 아니라 달이라는 육중한 대지다. 이제 바람은 그녀를 폐허가 된 세상의 구석이나 변두리로 밀어낼 수는 있어도 떠오르게 할 수는 없다. 바람에 밀려 '도시

---

3) 이신조, 『감각의 시절』, 문학과지성사, 2010.

의 어두운 거리'를 방황하던 미하가 마침내 찾아 들어가게 되는 곳이 지하실이라는 사실은 이제 그녀의 운명을 지배하고 인도하는 것이 더 이상 바람의 양력(揚力)이 아니라 대지의 중력(重力)임을 분명하게 말해준다.

> 미하는 철제 계단을 내려간다. 어둠 속 깊이, 땅속 깊이, 아래로. 주린 짐승의 배 속처럼 텅텅 소리를 울리는 아래로 아래로 (90)

이렇듯 놀라운 상상력의 반전에 의미의 반전이 뒤따르는 것은 당연하다. 폐허가 된 도시를 방황하며 미하가 한 행위들이란 건물 옥상의 쓰레기 더미에서 찾아낸 풍선 불기, 아기에게 먹이지 못해 불어난 젖 짜내기, 오줌 누기 따위의, 행위랄 것도 없는 짓들이었지만, 그녀가 대지의 중력권 안으로 편입되는 순간 이 짓들의 의미는 빈사의 세상에 젖 주기, 황폐한 대지에 거름 주기라는 것으로 돌변한다. 아기를 잃은 미혼모의 처지로 종말의 세상에 버려졌던 어린 소녀가 세상의 어머니, 대지의 경작자로 새로 태어나는 것이다. 미하가 분 풍선에 새겨져 있던 글자는 무엇이었는가. Happy Birthday! 이 새로운 탄생에 더욱 따뜻한 축하를 보내야 하는 까닭은 그것이 미하만의 실존적인 것이 아니라 세상과 함께 태어나기라는 공존적 전환이기 때문이다. 그리고 이런 의미에서 그 전환은 존재에서 윤리로의 전환이기도 하다. 이제 미하와 더불어 이신조의 '그녀'들은 험난한 세상에 홀로 '버려진 존재Geworfenheit'에서 '세상 속에 있는 존재être-dans-le-monde', '남들과 함께 있는 존재être-parmi-les-autres'로 승격한다. 이런 점에서 "조각조각 자투리 천을 기워"(96) 만든 옷을 입고 잠든

미하에게 한 여인이 나타나는 것은 당연하다. 미하의 옷은 아직 미완성이고, 홀연 나타난 "얼굴이 얽은 늙은 여자"(94)는 추하지만, 이제 그녀들은 함께 세상을 아름답게 완성해나가게 될 것이다. 그녀들은 그녀들의 정원을 가꾸게 되리라.

나와 세계, 나와 타자를 윤리적 차원에서 결속시켜주는 것은 무엇인가? 한나 아렌트에 의하면 그것은 말과 행위다. 우리는 나중에 이 신조가 한나 아렌트를 어떻게 전복하는가를 보게 될 것이지만, 일단 한나 아렌트의 견해를 참고하면 "말과 행위로서 우리는 인간 세계에 참여"하는 것이며 "말과 행위가 없는 삶은 문자 그대로 세계에 대해서 죽은 삶이다."[4] 그렇다면 「나의 검정 그물 스타킹」의 주인공이나 「새로운 천사」의 재인은 이런 의미에서 이미 죽은 존재들이었다. 「나의 검정 그물 스타킹」은 주인공인 그녀의 회고적 고백에 가까운 것이지만 정작 화자는 결코 화자로 적합하지 않은 사물, 즉 그녀가 신고 있는 스타킹이다. 이러한 형식의 파격은 인기 스타에서 창녀나 다름없는 존재로 가파르게 추락한 그녀의 인생 역정이 그녀로서는 차마 자기 입으로 말하기 어려운 것이었다는 이유에서 불가피한 것이었다. 이 소설이 서사성을 최소화하여 하나의 이미지로 압축 가능한 장면들의 연쇄 형식을 택하고 있는 것은 이런 이유에서다. 사람에게 가장 큰 고통이 말할 수 없는 고통이라는 것은 이 언표의 약간의 유희적 외양에도 불구하고 내용과 방식의 이중적 의미에서 진실이다. 「새로운 천사」의 재인은 어떠한가. 조금 달라 보이기는 해도 재인 또한 말

4) 한나 아렌트, 『인간의 조건』, 이진우·태정호 옮김, 한길사, 2002, p. 237.

이 박탈된 존재임에는 다를 바 없다. 그녀는 엄마, 아빠, 과외 선생 등을 상대로 끊임없이 대화하지만, 그날 그녀는 "아무도 만나지 못했다"(135). 생리라는 통과의례의 문턱을 넘어 그녀가 첫발을 내디딘 세계는 인간이 추상화되어버린 세계, 말이 소리로만 남아 있는 세계였다. 진정한 말의 세계에서 추방된 재인은 자신을 "전화선 위에 앉아 있는 새"(113)에 비유한다. 이제 그 새는 곧 바람에 실려 날아가게 될 것이었다.

작품 활동의 초기에서부터 이신조의 글쓰기를 견인했던 주제 가운데 하나는 말할 수 없는 자들에게 말할 수 있게 해주기, 말이 박탈된 존재들에게 말을 되돌려주기라는 것이었다고 할 수 있다. 이러한 주제적 맥락은『감각의 시절』에도 이어져 있다. 그 대표적인 작품으로 꼽을 수 있는 것은「조금밖에 남아 있지 않은」이다. 이 소설에 등장하는 누이는 기실 2년여 전에 열 살의 어린 나이로 죽은 누이의 영혼이다. 유령이 되어 '3월의 둘째 주' 상계동에 처음 나타난 누이는 다음 해 소한(小寒)이 될 때까지 오랜 기간 동안 서울의 곳곳을 돌아다닌다. 이러한 배회의 이유는 동생을 찾기 위해서다. 마침내 누이는 애당초 함께 맡겨졌던 보육원에서 입양 후 파양되어 다시 그곳에 돌아와 있는 동생을 찾아내지만, 이로써 끝일 뿐이다. 그토록 애타게 찾아 헤맸던 동생에게 누이는 한마디 말도 해줄 수 없고 쓰다듬어줄 수도 없다. 말과 행위가 박탈된 유령이기 때문이다. 작가가 말하고 있는 것은 바로 누이의 말할 수 없음 자체다. 이신조가 생각하는 유령은 말과 행위는 할 수 없는 채 마음만 남아 있는 비존재인 것일까?

그러나 이러한 연속성에도 차이는 있다. 이 차이는 이신조 소설의 진화를 짚어보는 데 있어 매우 중요하다. 어떤 차이인가? 「나의 검정 그물 스타킹」이나 「새로운 천사」 같은 예전의 소설들에서 그녀들의 말을 박탈한 것은 스캔들, 이혼 등 경험적이거나 사실적인 현실들이다. 이에 비해 「조금밖에 남아 있지 않은」에서 말할 수 있음/없음을 가르고 있는 것은 삶과 죽음 사이의 불가역적 경계다. 이는 이신조가 말할 수 없음이라는 고통을 우연성contingency의 차원에서가 아니라 존재론적 사태로 사유하고 있음을 뜻한다. 조금 관점을 달리해서 말하면, 세상이 불모의 황무지고 타인이 타자인 것은 이러저러한 사회적, 인간적 환경 속에서 결핍된 삶을 살아가는 사람들 개개인의 문제가 아니라/이기도 하지만, 이에 앞서 말의 박탈에서 말미암은 존재론적 단절 때문이라는 것이 작가의 진단이다. 세계로부터의 소외, 인간으로부터의 격리, 이런 사태들의 중심에 놓여 있는 것으로 이신조가 파악하고 있는 것은 말, 즉 언어다. 이러한 인식과 더불어 이신조의 시선의 지평은 개인의 존재에서 개인들 사이의 관계로 전환되고 확대된다. 이제 이신조는 절대적 타자로 삶의 세계로부터 추방되는 개인에 대한 동정적 기록에서 벗어나 말을 공유하는, 혹은 하지 못하는 사람들 사이에서 벌어지는 이접(離接)의 양상에 주목하고자 한다. 「음악을 듣거나 책을 읽거나 너를 기억하기 위해 필요한 고독」과 「베로니크의 이중생활」, 이 두 소설의 문제성은 이런 맥락에서 포착된다. 우선 「음악을 듣거나 책을 읽거나 너를 기억하기 위해 필요한 고독」을 보자. 이 소설은 두 개의 행위의 층위를 갖는다. 하나는 사랑이라는 행위고 다른 하나는 기억이라는 행위다. 우선 사랑의 층위부터 살펴보자. 사랑하는 한 쌍의 남녀가 있다. 그러나 이들의 사랑은 결국 이루어지지 못한 채 헤어짐으로 끝난다. 이들은 왜 결합할 수 없었을까? 그것이, 소설 속에 얼핏 암시되어 있는 것처럼, 불륜의 사랑이기 때문인가? 이 소설은 이런 문제와는 아무런 관련도 없다. 이들이 결합할 수 없었던 이유, 그것은 서로의 말이 다르기 때문이다.

> 네가 내게 준 첫 책은 사전이다. 아주 크고 아주 이물스러운 사전이다. 내게 주겠다며 네가 국경 너머에서 사 온 사전이다. 그 사전의 '사랑'은 내가 사용해왔던 사전과 마찬가지로 네 가지 뜻으로 풀이되어 있다. 두음법칙이 적용되지 않아 '연인'은 '련인(戀人)'으로 표기되어 '이성으로서 마음속으로 그리며 사랑하는 대상을 이르는 말'이라 적혀 있다. '열정(熱情)'이란 단어는 뜻밖에도 사전 어디에도 없다. 대신 '정열(情熱)'과 '(남녀 관계에서) 정욕만 추구하는 저렬한 마음'이라 풀이된 '렬정(劣情)'이 존재한다. (14)

언어 상대주의적 관점에서라면 아마도 사람과 사람 사이의 만남도 상이한 두 개의 언어 체계의 교류로 정의될 것이다. "네가 내게 준 첫 책"이 사전이라는 진술의 의미는 이렇게 해석된다. 그러나 그가 준 사전, 다시 말해 그의 어휘 체계에는 사랑과 동의어로서의 열정은 존재하지 않는다. 그 열정의 빈자리를 채우고 있는 것은 '저렬한 마음', 즉 사랑을 저열한 감정, 아니 꼭 저열한 것은 아니더라도 그의 사전에서 중요하게 취급되어 있는 '혁명' '투쟁' '계급' 등과 같은 단어들이 환기하는 어떤 활동에 비해 덜 중요한 것으로 생각하는 '편견'이거나 이게 아니라면 "달콤함과의 불화"(16)로 인해 가져야만 하는 '죄의식' 같은 것이다. 그러므로 이들에게 말은 언제나 정곡에서 벗어난다. "내가 네게서 보는 것은, 그러나 정작 네가 내게 말해주지 않은 것"(22)이고 어떤 말을 하면서도 "실은 다른 말을 하고 싶었던 것"(26)이라고 자백한다. 결국 언어의 다름이 타자를 만든다. 그래서 이들은 동일자로 결속되지 못하고 영원한 타자로 분리된 채로 남을 수밖에 없다. 이것은 그들의 숙명이자 말의 숙명이다.

그렇다면 기억의 층위는 무엇인가? 그들의 사랑을 가로막은 근원적 장벽이 언어였다면 이 또한 언어 행위인 기억은 과연 가능할까? 소설의 시작과 더불어 화자는 대뜸 "모든 것을 낱낱이, 생생히, 온전히 기억한다는 거짓말"(9)이라고 기억의 재현 가능성을 일축한다. 그러고서도 이내 "너에 대한 나의 기억을 완성해야 한다"고 다짐하면서 "내가 세계를 만들어낼 수 있는 방법은 이것뿐이"라는 의미심장한 단언을 덧붙인다. 이러한 모순에는 언어의 숙명적 한계를 마주 보고 있는 작가의 글쓰기에 대한 미학적 선택이 내포되어 있다. 기억이 거짓말이라는 단언은 언어의 재현적 기능에 대한 부정에 근거한다. 기억은, 즉 언어는 언제나 '침략'하고 '위반'하는 '횡포'를 부린다. 기억의 이러한 횡포는 화자가 기억하고자 하는 사랑을 왜곡, 변형시켜 마침내 '실종'시켜버릴 것이다. 이것의 대안으로 화자가 찾아내는 방법이 "세계를 만들어낼 수 있는 방법"으로서의 글쓰기다. 이제 그들의 사랑은 글쓰기와 더불어 현존하게 될 것이다. 그러나 이렇게 하기 위해 "기억은 모험을 떠"(10)나야 할 필요가 있다. 언어의 한계를 걸고 넘어가는 그런 모험 말이다. 「음악을 듣거나 책을 읽거나 너를 기억하기 위해 필요한 고독」이라는 소설 자체를 이 모험담으로 이해한다면 이 모험이란 글 쓰는 행위 자체, 그리고 이에 의한 존재의 생성이라는 이중적 행위의 프로세스의 가능성에 대한 탐색이라고 말할 수 있다.

그러므로 기억의 층위에서 이들의 이야기는 연애담이 아니라 모험담으로 읽혀야 한다. 그렇다면 그들의 사랑의 실패는 모험의 실패일 것이다. 그들이 이루고자 했으나 이루지 못한 모험, 그것은 어떤 것인가? 서로를 자신의 어둠으로 데려가는 것이었다. 그들의 격렬한 육체적 결합이 이루어졌던 "너의 가장 어두운 곳"(18)에서 화자는 "너의 어둠과 충동이 정확히 나를 향하고 있는 것"은 아니며 "너의 것이지만 네가 장악하지 못하는"(19) 것임을 간파한다. 더구나 화자 자신의 어둠으로는 '너'를 데려가지도 못한다. 이들의 욕망을 따라 읽는다면 이 어둠이란 언어와 존재 모두를 빨아들여 폭발시켜버림으로써 새로운 탄생과 창조를 기약할 수 있게 해주는 블랙홀과 같은 것이리라. 그 신생과 더불어 모든 차이와 타자성은 소멸될 것이지만, 그러나 그 모험은 불가능할 뿐만 아니라 무의미하다. 그 절대적 망각과 더불어 기억이나 기억의 욕망 또한 사라질 것이기 때문에. 그래서 이들이 모든 것을 완전히 파괴, 혹은 해체해버리지 못하고 응고된 기억으로 지니게 되는 것은 화자에게 있어서는 "네가 말해주지 않은 것들"(22), 예컨대 "허기가 지도록 헤엄을 치고 나와 서늘하게 물기를 말리던 소년"(22~23)의 모습이거나 '너'에게 있어서는 "그 작고 아릿한 씨앗 깊숙한 곳에 한 세계를 만들어내고 싶다는, 자신도 알지 못하는 뜨겁고 당돌한 열망이"(34) 포착되어 있는 열두 살 소녀의 사진이다. 생성의 기원을 찾아 거슬러 올라가는 모험의 방향성은 이들이 기억처럼 각기 간직하는 그들의 모습을 어린 시절, 즉 과거의 어떤 지점에 고정시켜 놓는다. 그러나 이것은 잠정적인 지점에 지나지 않는다. 그렇다면 도달 가능한 궁극적인 지점은 어디인가? 이 지점의 좌표는 「베로니크의 이중생활」에서 선명히 나타난다.

> 베로니크 파센. 나는 1980년 5월 31일 한국에서 태어났고, 1982년 11월 9일 벨기에로 입양되었다. 입양 서류에 적혀 있는 한국 이름은 최선경. (41)

이 간략한 인물 소개는 이 소설의 거의 전부를 말해주고 있다. 뻔하지 않은가. 정체성의 혼란과 이를 극복하기 위한 뿌리 찾기 등. 그러나 조금 찬찬히 보자. 버려진 존재라는 점에서 베로니크는 우리가 앞서 보았던 이신조의 다른 인물들과 크게 다르지 않다. 그러나 베로니크의 경우에 그를 감싸는 것은 바람이 아니라 대지의 중력이다. "늘 온전히 존재하는 지구의 어떤 힘들로 인해 나는 공중에 거꾸로 매달려도 아래로 떨어지지 않는다"(63). 그렇다면 필요한 것은 이 '어떤 힘'의 발원 지점까지 그녀를 따라가보는 일일 것이다. 그곳은 어디인가? '칠드런스 그랜드 파크', 즉 어린이대공원이다. 최선경은 거기 버려져 있었던 것이다. 그러나 이 대목에서의 한 가지 의문; 최선경과 베로니크는 동일인인가 아닌가? 언어의 차이가 나와 타자의 넘어설 수 없는 경계선이라면 어린이대공원을 칠드런스 그랜드 파크라고 불러야 하는 차이는 엄청나게 크다. 비록 이때의 언어가 존재의 집으로서의 언어가 아닌 문화적 도구로서의 언어라 하더라도…… 그러나 언어와 달리 이때 존재의 차이가 '나'와 '타자' 사이의 차이가 아니라 '나'와 '다른 나'의 차이라면 여기에는 언어의 차이에도 불구하고 시간을 거슬러 올라감으로써 찾을 수 있는 어떤 지양의 계기가 있다. '나'와 '다른 나'의 구분이 무의미해지는 그런 지점. 이런 의미에서 어린이대공원은 어떤 지점인가? 최선경에서 베로니크의 이화(異化) 과정이 시작된 기원의 지점이 아니겠는가. 그전까지라면 최선경이 최선경이어야 할 필연적 이유는 없다. 그것은 최경선이어도 좋고 김선경이어도 좋다. 그 전까지는 다만 1980년 5월 31일에 태어난 아기가 있었을 뿐이다. 베로니크의 뿌리로서의 최선경은 버려짐으로써 만들어진 것이다. 라캉 식으로 말하면 주체는 소외에 의해 만들어진다. 그러므로 그 지점은 이화만이 아니라 한 아기가 최선경이 되는 동화(同化)의 지점이기도 하다. 그러나 이 이접(離接)의 지점을 지배하는 힘은 아직 동화와 이화의 짝힘이다. 그 순간 베로니크를 사로잡는 의문은 "왜 굳이 나여야만 할까. 정말 꼭 나일 필요가 있을까"(64)라는 것이다. 이런 의문의 필요 없이 나를 나일 수 있게 하는, 아니 이런 동일성의 자각조차 불필요하게 만들 수 있는 하나의 힘, 중력의 발원 지점은 어디인가? 그 지점을 찾기 위해서는 최선경이라는, 혹은 베로니크라는 언어적 명명법에 의해 정체성이 만들어지기 이전의 지점까지 소급해 올라가야 한다. 이제 이신조의 글쓰기의 모험은 이름으로 존재를 포박하는 언어의 기원까지를 넘어서는 고고학적 탐색 작업으로까지 이어진다. 그렇다면 언어 이전에 무엇이 있었는가?

여기서 한 가지 짚고 넘어가야 할 사항은 우리의 논의가 적잖이 추상적·관념적으로 이끌려 왔던 것과는 달리, 이신조의 소설들은 보다 더 구체적이고 사실적인 방식으로의 진화 과정을 밟아나간다는 점이다. 앞서 우리는 이신조의 소설들이 역사적·사회적 우연성의 차원에서 벗어나 존재론적 문제 제기의 차원으로 이행한다고 말했지만, 이는 주제적 차원에서 그렇다는 것이지 형상화의 방식에서 그렇다는 뜻은 아니었다. 루카치가 지적했던 것처럼 "우연적 요소 없이는 모든 게 죽은 것이고 추상적이다. 어떤 작가도 우연적 요소를 벗어나서는 아무것도 생생하게 그릴 수 없다."[5] 오히려 형상화의 방식에 있어 이신조의 최근 소설들은, 특히 언어 이전의 지대에 대한 사유의 단계에서부터 우연적 요소들, 즉 현실적 구체성이 더 증대되는 면모를 보여주거니와, 이를 통해 우연적 요소들과 필연성의 연관성은 감춰지면서 오히려 더욱 강화된다. 그러므로 언뜻 보아 일상의 한 단면을 그대로 옮겨놓은 것처럼 보이는 「하우스 메이트」나 「엄마와 빅토리아」 같은 작품들에서 두드러지게 부각되는 특징인 일상으로의 접근이 내포하는 의미가 간과되어서는 안 된다. 지금까지 우리가 이신조의 소설들에서 보아온 소외나 타자화 등의 문제가 궁극적으로 언어의 문제라고 한다면, 이것의 진단과 이에 대한 처방은 말의 거래로 직조되는 삶의 현장인 일상성의 차원에서 찾아야 하지 않겠는가. 우리의 일상이야말로 말, 그리고 말을 넘어서는 어떤 것들에 의해 구성되는, 진부하면서도 언제나 새로운 세상인 것이므로. 그렇다면 다시 한 번 묻자. 언어 이전에, 말 이전에 무엇이 있는가?

「하우스메이트」의 설정은 매우 친근하고 익숙하다. 이혼 후 혼자 살고 있는 희수의 집에 친구 동생의 친구인 상은이 하우스메이트라는 신식 명칭으로 방 한 칸을 세 들어 살게 되면서 벌어지는 이야기다. 그러나 이처럼 친근하고 익숙한 이야기에도 불편함은 있다. 상은과 같이 살게 되면서 희수가 맨 처음 느끼는 불편함.

샤워를 마치고 상은이 욕실 밖으로 나왔을 때, '전화벨이 울리던데'

5) Georg Lukács, *Problème du réalisme*, Paris: L'Arche Editeur, 1975, p. 132.

라고 말을 해주는 편이 좋을까, 듣지 못한 척 입을 다물고 있는 편이 좋을까. 아니 그보다 그렇게 말하는 자신이 어디에 어떻게 놓여 있는 게 좋을까, 하는 고민이 먼저였다. (159~60)

과연 사르트르의 말처럼 '타인은 지옥'이다. 혼자라면 할 필요가 없는 이런 쓸데없는 고민의 해결책으로 희수가 짜내는 궁여지책은 등 돌리기다.

딸깍, 잠겼던 욕실 문이 열리는 소리가 들렸다. 희수는 샤워를 마치고 밖으로 나온 상은에게 싱크대 앞에서 유리 접시를 달그락거리는 뒷모습을 보여주었다. (161)

그녀들은 서로 등 돌리고 있다. 그녀들이 같이 알고 있는—같이 본 것이 아니라—영화라는 것도 서로 등을 돌리고 있는 남녀가 등장하는 영화이다. 상대방의 뒤에서 훔쳐보기, 이것이 그녀들이 제각각 택한 위치이고 자세이다. 희수와 상은이 각기 상대방을 나름대로 파악하는 방식은 제삼자를 통한 뒷조사이다. 더구나 상은은 몰래 희수의 일기를 훔쳐보기까지 한다. 이 끔찍한 타자성에 대한 극복 가능성의 계기는 매우 엉뚱하게 찾아온다. 어느 날 새벽 2시가 넘은 시간, 상은은 희수의 전화를 받는다. '말짱한 정신'으로 깨어 있었음에도 "단잠을 깨고 잠긴 목소리로 받았어야 했을"(181) 거라고 생각하는 상은에게 있어 타자성의 벽은 여전히 난공불락이다. 그러나 이렇게 호출되어 나간 상은이 희수를 만나 함께하게 되는 일은 공원에 있는 벤치를 들어 아파트로 나르는 일이다. 새벽 3시가 넘은 야심한 시간에 여자 둘이서 공원의 벤치를 비닐로 포장해 아파트로 옮긴다는, 그야말로 황당하고 얼토당토 않고 말도 안 되는 짓! 그러나, 보라! 이런 '짓'을 통해 그녀들은 마침내 이심전심으로 소통하고 있지 않은가.

벤치를 불태워버리고 싶기도 하고 아무렇게나 길바닥에 내버리고 싶기도 하다는 생각을 둘은 동시에 하고 있었다. 잠시 걸음을 멈추고 벤치 위에 앉은 두 여자는 말없이 가쁜 숨을 골랐다. 말짱히 술이 깬 여자도, 졸음을 견디기 힘든 여자도 그대로 벤치에 누워 죽은 듯이 잠이 들고 싶다는 생각을 했다.

〔……〕

두 여자는 동시에 일어섰다. 그리고 다시 벤치의 양쪽 끝을 들어 올렸다. 하우스메이트와 함께 하우스로 돌아가는 것은 당연한 일처럼 느껴졌다. 서늘하게 땀이 식어 있었다. (187~88)

그녀들을 갈라놓고 등 돌리게 만들던 모든 장벽을 일시에 허물어버리는 것은 이 말도 안 되는 '짓'이다. 지금 '벤치의 양쪽 끝'을 맞잡고 서로 마주 보는 자세로 끙끙거리며 옮기고 있는 벤치에서 그녀들은 마침내 같은 방향을 바라보게 되리라. 혹시 「하우스메이트」는 "사랑은 마주 보는 것이 아니라 함께 같은 방향을 바라보는 것"이라는 생텍쥐페리의 사랑의 정의에 대한 이신조식 패러프레이즈였을까?

이신조식 고고학이 탐색해 들어가는 어떤 지점 너머에 있는 것, 그것은 '짓'이다. '짓'은 '질'과 더불어 행위로 승격되지 못한 모든 동작을 표현한다. 몸짓, 손짓, 발짓, 눈짓 혹은 주먹질, 발길질, 도둑질,

계집질 등…… 그것은 가장 원초적이고 따라서 탈규범적인 동작이다. 합목적적이고 의미 및 가치 적합적인 '행위'가 만들어지기 이전에 있었던 것은 '짓'이고 이러한 가치 서열 구조에서 비하적 지위로 밀려난 '짓' 이전에 있었던 것도 '짓'이다. 파롤과 랑그의 대립쌍에서 랑그에 대응하는 것이 행위라면 '짓'은 개인적이고 탈문법적인 파롤에 대응한다. '짓'에 기표(記標)의 지위를 부여한다면 그것은 언어적 수준의 기표/기의(記意)의 대응 관계를 생략하고 기표/기심(記心)의 일치 관계로 훌쩍 도약한다. 행위와 언어 이전에 있었던 것, 그것은 '짓'과 '맘'(마음)이다. 천문학적 블랙홀은 아니더라도 고고학적 블랙홀을 통과하여 이신조가 찾아내는 것은 '짓'과 '맘'이다. 현대인들에게는 마음이라는 것도 현실 논리에 의해 가장 흔하게 배반되는 것이 아닌가. 그러므로 이신조가 찾아낸 '짓'과 '맘'은 오늘날의 문학이 공적 영역의 수호의 도구이기보다는 사적 영역의 해방의 수단이라는 점에서 매우 소중한 발견이다. '짓'과 '맘'은 행위와 언어를 대체하거나 압도하지는 않지만 동격의 지위를 당당히 요구한다. 원초적인 것으로서 '짓'과 '맘'은 신생의 윤리를 정초하는 초석이다. 그렇다면 '짓'과 '맘'에 의해 꾸려지는 사람살이는 어떤 모양으로 나타나는가? 「엄마와 빅토리아」가 그 소박한 단면을 보여준다. 이야기만의 수준에서 볼 때 「엄마와 빅토리아」는 「하우스메이트」보다 더 평범하다. 서울 외곽의 한 작은 도시에 사는 한 아줌마의 가족 이야기와 일상 이야기가 전부이니 말이다. 그러나 이 평범한 일상은 '짓'과 '맘'의 윤리가 가장 먼저 싹틀 수 있는 지점을 정확히 가리키고 있다. 가족과 일상은 합목적성과 의미 적합성의 구속에서 완전히는 아니더라도 상당 정도 분리되어 있는 전근대적, 혹은 탈근대적 공간이다. 이러한 일상의 공간에서 우리에게 가장 먼저 소개되는 것은 그녀가 매일 타고 다니는 좌석 버스를 같이 타고 다니게 된 흑인 부부와의 만남이다.

> 남자는 40대 초반쯤, 여자는 30대 후반쯤, 그러나 정확한 나이를 가늠하기가 어려웠다. 그들이 흑인이기 때문일까. 남자의 피부가 여자보다 확실히 더 검었다. 검은빛이 도는 아주 짙은 갈색 얼굴. 그러나 우락부락 험상궂은 얼굴은 결코 아니었다. 생각이 많은 듯 진지한 표정이 다소 까다롭다는 인상을 풍겼다. 순간 남자와 눈이 마주쳤다. 박 여사는 싱긋 미소를 지어 보였다. 바로 그 점이 다른 여느 예순두 살들과 자신이 구별되는 부분이라는 것을 그녀는 그다지 분명하게 인식하고 있지 못했다. (100)

이 장면은 원초적 '짓'이 문화적 '짓'으로 이화되면서 억압되는 정황을 예리하게 포착하고 있다. 눈짓이 있었고 그다음에 미소 짓는 표정이 있었다. 그러나 그것은 '다른 여느 예순두 살' 먹은 사람이라면 하지 않았을 짓이기에 엉뚱한 짓이 되고 만다. 엉뚱한 짓이 아니라면 아줌마(예순두 살의 나이에 적합한 호칭인지는 모르겠으나)의 조금 주책없는 짓이라 할 수도 있겠다. 이 아줌마의 오지랖 넓고 그래서 대담한 짓에 자기중심적 목적이라고는 손톱 끝만큼도 없다. 하다못해 이렇게 사귀게 된 외국인 친구들의 이야기를 들려주었을 때 딸이 농담처럼 대꾸하는 "빅토리아에게 개인 과외라도 받았으면 좋겠다"(113)는 정도의 목적도 없다. 그저 "진심으로 궁금"(102)한 것, 이것이 박 여사의 엉뚱한 짓의 동기 전부다. 지극히 사소한 이 궁금한 '맘'에서 박 여사의 엉뚱한 '짓'이 비롯되었다고 할 때, 이 '맘'과 '짓' 사이에는 언어가 거의 개입하지 않는다. 박 여사가 빅토리아의 가족과 주고받는 대화란 지극히 단순하고도 일상적인, 아주 초보적 단계의 친교적 phatique 기능만을 수행하는 말일 뿐이다. 그것은 굳이 말이랄 것도 없이 '짓'과 섞여 구별되지 않는, '짓'으로 수렴되는 그런 말이다.

> 오케이, 오케이. 셋이서 다시 예닐곱 번쯤 반복하는 오케이와 미소와 예스와 끄덕끄덕. (105)

이신조의 앞선 소설들에서 보았듯 언어의 차이가 타자를 만드는 것이었다면 언어가 배제된 채 '짓'과 '맘'으로 소통하는 박 여사와 빅토리아 가족 사이에 타자성이 가로놓일 여지는 전혀 없다. 그들은 '짓'과 '맘'으로 그들만의 독특하고도 완벽한, 훌륭한 소통 체계를 만들어,

> 알아들을 수 있는 단어와 그에 대한 되물음과 되풀이 설명, 말의 억양과 속도, 손짓과 표정과 눈치를 총동원하는 박 여사와 빅토리아의 의사소통은 그 자체로 둘만의 언어 체계를 만들어가고 있었다. (131)

마침내는 박 여사의 입에서 '우리 빅토리아'라는 표현이 자연스럽게 나올 수 있을 정도로 친근한, 가족이나 다름없는 관계로 결속된다. 소통이라고 할 때 중요한 것은 의사소통이라는 의미 차원의 목적이 아니라 마음이라는 기표들 사이의 구름다리라는 것을 이신조는 「엄마와 빅토리아」라는 소박한 이야기를 통해 우리에게 일깨워준다. 과연 이러한 마음의 소통 체계가 얼마나 일반적인 사회적 유효성을 지닐 수 있을까라는 물음은 매우 중요한 것이기는 하지만 문학이 반

드시 답해야 할 성질의 문제는 아니다.

「엄마와 빅토리아」에서 타자 지향적 방향성 위에서 이루어졌던 '짓'과 '맘'의 윤리에 대한 이신조의 탐색은 「클라라라라라」에서 개인의 삶의 기술art de vivre로 집약되면서 이 주제가 포괄할 수 있는 영역의 외연을 넓히는 모색의 모습을 보여준다. 실제 인물에 대한 전기를 방불케 하는 이 소설에서는 클라라 코헨이라는 한 영국 여가수의 삶이 적나라하게 묘사된다. 술과 마약, 섹스와 폭행 등으로 범벅된 클라라 코헨의 삶은 전기 형식의 서사 대상으로 조금도 손색이 없다. 그녀의 삶의 방식을 간단히 정리하면 '짓'과 '맘'을 조합하여 만들 수 있는 극단적 시나리오, 즉 할 짓 못 할 짓 가릴 것 없이 제 맘 내키는 대로 하고 싶은 짓 다 하며 산다는, 현실적으로 불가능에 가까운 절대적 자유의 이상과 욕망을 완벽하게 실현해내고 있는 것이라고 요약해 말할 수 있다. 이신조가 그려내고 있는 클라라 코헨의 삶의 모습은 격렬하고 그 의미는 복잡하다. 이럴 수밖에 없는 것은 그것이 바로 '짓'이 행위와 부딪치며 그 원본성을 쟁취하려는 해방적 투쟁의 현장이기 때문이다. 물론 클라라 코헨이 이런 급진적인 삶의 기술을 체현할 수 있는 것을 그녀의 탁월한 음악적 재능 덕분이라 할 수도 있다. 그러나 단순히 뛰어난 재능의 소유자라고 해서 모두가 이렇게 살 수 있는 것은 아니다. 재능은 평균적 기준에서 벗어남으로써, 벗어나는 만큼 탁월한 것이 된다. 그러나 현대 사회에서 재능이란 천부적 자질이기도 하지만 사회적 인정의 산물이기도 하다. 오히려 천부적 자산으로서의 재능은 사회적 인정 여하에 따라 증대되기도 하고 고갈되기도 한다. 앞서 보았던 「나의 검정 그물 스타킹」의 주인공의 경우는 뛰어난 미모라는 천부적 자산을 사회적 인정으로 연결시키지 못해 삶마저 고갈된 경우일 것이다. 현대 사회에서 재능이란 관리의 결과물에 훨씬 가깝다. 특히 상업주의적 문화 산업의 자장 속에 놓인 대중문화, 대중 예술에 있어 관리의 필요성은 대단히 크고 그 기술은 더할 나위 없이 교묘해진다. 재능에 대한 현대적 관리술은 사회적 인정이라는 보상을 미끼로 삼아 재능을 평범함의 향락과 소비 대상으로 전락시킨다. 현대 사회에서 진정한 재능, 특히 예술에 있어서의 진정한 재능은 일찍이 마르쿠제가 '보다 높은 수준으로의 의식적 초월'[6]이라 표현했던 자발적 소외에 의해서만 발휘된다고 말할 수 있다. 이 자발적 소외를 만들어주는 것이 '짓'의 탈규범성과 '맘'의 비매개성, 무목적성이 아닐까? 그러므로 "적어도 유명해지기 위해서 말썽을 피우진 않"(220)는다는 클라라 코헨의 예술과 삶의 진정성을 더도 덜도 아닌 이런 이유만으로 인정한다면, 그녀의 재능에 대해서도 도덕으로 위장된 사회적 억압과 예속의 요구에 조금도 굴하지 않고 절대적 자유를 추구하는 그녀의 고갈되지 않는 해방적 정열의 땔감이라고 말할 수 있을 것이다. 기행, 추행, 악행, 폭행 등, 행위 아닌 '짓'들로 점철된 그녀의 삶을 결코 모범적이라고는 말할 수 없지만, 그것이 행위의 규범에 포획되어 있는 노예적 삶의 모습을 비추는 거울의 구실을 한다는 사실을 인정하는 데에 인색할 필요는 없다. 이 클라라 코헨이라는 거울에 이신조가 비춰 보여주는 라라라는 '잉카 얼음 소녀'의 삶, 그것은 살아서건 죽어서건 오직 침묵하도록 처단된 미라로서의 삶이다. 이러한 투영 관계를 통해 이신조는 이 라라라는 또 하나의 말을

6) Herbert Marcuse, *One Dimensional Man*, Boston: Beacon Press, 1968, p. 60.

박탈당한 존재에게 직접 말을 돌려주는 대신 독자의 입장에서 라라의 삶을 재서술redescription할 수 있는 비어 있는 서사의 공간을 마련해준다. 클라라 코헨은 자신의 온몸을 투신하여 쟁취한 절대적 자유의 공간을 자신과 라라만의 은밀한 대화의 장으로 독점하지 않고 모든 사람들이 자유의 의미와 실현 방식을 되새김하도록 만드는 공론의 장으로 개방한다. 「클라라라라라라」를 페미니즘의 관점에 입각하여 읽을 수도 있겠지만, 이 소설에 내장된 해방의 프로그램은 이런 관점의 제한적 설정을 불필요한 것으로 만든다는 점에서 가히 발본적이라 말할 수 있다. 모두에게 열려 있는 이 빈 서사 공간이야말로 절대적 자유를 실현하고 만끽할 수 있는 해방된 공간으로 이신조가 마련해놓은 것이리라.

클라라 코헨을 앞장세워 벌였던 모험과 투쟁이 너무 격렬해서였을까? 이신조는 앨리스가 되어 토끼와 함께 이상한 섬으로 휴가를 떠난다. 그 휴가는 즐거웠을까? 그러나 「앨리스, 이상한 섬에 가다」는 많이 모호하다. 동화의 모티프를 이용하고 있음에도 불구하고, 그리고 동화에서 불려 나온 토끼가 연방 까불어댐에도 이 소설의 분위기는 그리 발랄하거나 경쾌하지 못하고 어딘가 모르게 답답함과 울적함의 그림자가 깔려 있다는 느낌을 풍긴다. 이 소설에 일화처럼 삽입된 두 개의 이야기에서 오는 느낌일까? 이 두 개의 이야기, 즉 앨리스가 열두 살 때 '창작'처럼 지어낸 일기로 '일기왕'이 되었던 이야기와 할머니와 외할머니의 죽음에 관한 이야기가 이 소설에서 지니는 구성적 연관성은 어떤 것인가? 하나씩 풀어나가보자. 앨리스가 J섬에 간 이유나 목적은 무엇인가? 앨리스에게 그것은 몇 년째 "초여름의 생일이

지나면 혼자 여행을 떠났"(267)던 연례행사 같은 것이다. 그러나 몇 년째 되풀이되는 일임에도 불구하고 여행은 처음부터 삐걱거린다. 트렁크는 너무 무겁고, "계단은 언제나처럼 낡고 좁고 가"파르고 "G공항으로 가는 좌석 버스는 없"(259)다. 요컨대 되풀이되는 일에서 충분히 기대함 직한, 익숙함에서 오는 안정감이 전혀 없다. 실제로 "앨리스는 불안정했다. 지극히 불안정했다." 앨리스를 불안정하게 만드는 세 가지 일인 '글쓰기, 운전, 연애' 중에서 '지금' 앨리스를 불안정하게 만드는 것은 무엇인가? 우선 연애는 아니다. 왜냐하면 앨리스는 "불안정한 일에 몰두하고 있을 때 비로소 불안정하지 않"(277)기 때문이다. 혼자, 아니 '없는 토끼'만 달랑 데리고 온 여행에 몰두할 수 있는 연애 상대자는 없다. 그렇다면 글쓰기와 운전만 남는다. J섬에서 앨리스는 차를 렌트하여 이곳저곳을 돌아다닌다. 차를 운전하여 다니는 곳은 아니더라도 앨리스는 J섬의 도시를 돌아다니며 영화를 보기도 하고 "방파제 끝에서 끝까지"(270) 걸어 다니기도 하고 마트에 들러 장을 보기도 한다. 이외에도 앨리스가 돌아다니는 곳은 많지만 이런 산책 아닌 산책은 물론이고 그녀를 불안정하게 만드는 운전에도 그녀는 몰두하지 못한다. 운전 도중 앨리스는 "길을 잘못 들"(284)기도 한다. 그렇다면 운전도 아니다. 남은 것은 글쓰기뿐. 앨리스는 소설가이다. 그러나 앨리스는 자신을 소설가라고 밝히지 않고 "학위 논문을 준비 중인 대학원생이라고 소개"(266)한다. 이런 앨리스에게 "없는 토끼가 이죽거리듯"(268) 말한다. '자의식 과잉'이라고. 과잉은 은폐를 부른다. 앨리스가 소설가임을 감추려 하는 것이나 소설을 쓰는 일과 관련된 이야기가 하나도 없는 것은 이 은폐의 소산이다. 그러니까 이 감춰진 부분을 까발려 이야기하면 이렇다. 앨리스는 소설을 쓰기 위해 J섬에 온 것이다. 글쓰기라는 불안정한 일에 몰두하여 불안정을 지우기 위해. 그러나 글은 좀처럼 씌어지지 않는다. 그래서 앨리스는 운전이라는 또 하나의 불안정의 요인에 매달리는 것이지만, 지금 당장은 글쓰기나 운전 그 어떤 것도 앨리스로 하여금 불안정을 지울 수 있게 해주는 몰두의 대상이 되지 못한다. 앨리스가 운전에도 몰두할 수 없는 이유는 글쓰기에 대한 조바심—몰두가 아니라—이 가로막고 있기 때문이다. 앨리스에게 글쓰기는 왜 이렇게 어려운가? 이 물음에 대한 단서가 아마 일기 이야기와 할머니 이야기에 들어 있을 것이다. 우선 그것은 어릴 적의 일기 사건이 앨리스에게 상처처럼 남겨준 자의식 때문이다. 꾸며서 지어낸 이야기가 아니라 진실된, 아니 엄격하게 말하면 진실다운 이야기를 써야 한다는 것. 진실과 진실다움은 다르다. 편의상 라캉의 용어를 빌려 간단히 그 영역을 가르면 진실vrai이 실재계le réel에 속하는 것이라면 진실다움vraisemblance은 상징계le symbolique에 속한다. 그러므로 진실답게 쓴다는 것은 실제 있는 사실을 쓴다는 것이나 사실적으로 써야 한다는 것과는 전혀 의미가 다르다. 이 진실다운 이야기들이 어떤 것인가를 밝힐 방도는 없지만 이것의 메타포로 앨리스가 간직하고 있는 것은 '폭폭함'이다.

> 노트엔 어지러운 글자들이 가득했다. 아홉 살인 앨리스가 보아도 엉망인 맞춤법이었다. 사부인, 내 알지, 알아. 나는 사부인 마음 다 알지. 앨리스의 외할머니 역시 맞춤법을 제대로 알 리 없었지만, 할머니의 글씨를 읽고는 그렇게 맞장구를 쳤다. 병들어 검게 변한 얼굴을 힘겹게 일그러뜨리며 앨리스의 할머니는 뭔가를 말하려 필사적으로 애를

쓰고 있었다. 또 연필에 침을 묻혀 뭔가를 힘겹게 적어나갔다. 앨리스는 무섭고 덥고 어지러웠다. 폭폭하다. (294)

여기서 우리는 이신조의 기표/기심의 테마와 다시 합류하게 된다. 말할 수 없는 존재에게 말 돌려주기, 그리하여 마음으로 소통하기. 앨리스의 글쓰기를 힘들게 만들었던 것은 마음으로 통할 수 있는 이야기를 진실답게 해야 한다는 자기 다짐이었다. 글쓰기의 초심이라 할 이 소박하면서도 소중한 화두 때문에 앨리스는 그렇게 안절부절못했던 것이다. 클라라 코헨이 과격한 몸짓으로 실천했던 것을 앨리스는 글쓰기에 임하는 소심한 마음으로 꼭꼭 간직하려 한다. 글쓰기에 임하는 이신조의 여리면서도 강인한 심지가 돋보이지 않는가? 윤리에 대한 사유가 글쓰기의 자세에 대한 다짐으로 매듭지어지는 이 대목은 우리에게 귀중한 감동과 든든한 믿음을 동시에 안겨준다.

이제 정리하자. 앨리스는, 아니 이신조는 불안정하다. 그럴 수밖에 없다. 고고학적 탐색으로 이어진 앞길은 험하지만, 아니 어쩌면 보이지도 않지만, 그렇다고 해서 뒤로 돌아서면 거기에는 '바람의 난간'이 도사리고 있으니…… 이신조의 소설이 성숙함의 증표로 보여주는 아이러니란 말할 수 있음/없음의 경계를 나누고 이어주는 마음의 구름다리 같은 것이다. 구름과 구름 사이에 놓여 있는 것이기에 그것은 필경 불안정할 수밖에 없지만, 그러나 어쩌랴, 불안정에 몰두하라고 할 수밖에……

〔2010〕

III

이카루스의 꿈

—이청준 초기 소설들에 대한 정신분석학적 해석

1960년대 한국소설의 맥락을 파악하는 잘 알려진 한 가지 이해 방식이 있다. 즉 1960년대 소설은 최인훈의 『광장』에서 시작되어 김승옥을 거쳐 이청준으로, 그리고 다른 작가들로 이어진다는 선조적 이해의 틀이 그것이다. 단적인 예로 김현은 1960년을 정치적으로는 4·19의 해였지만 문학적으로는 『광장』의 해라고 단정지었다. 또 김승옥의 소설들이 보여주는 현란한 '감수성의 혁명'(유종호)은 1960년대 문학의 차별적 특질로 내세우기에 조금도 손색이 없는 것이었다. 그리고 이들의 뒤를 이은 1960년대 작가들의 작업은 '개인의식'(김주연)이라는 근대적 이념형의 수립으로 수렴되었다. 그러나 이제 그로부터 어언 반세기가 지난 시점에서 사후적으로 되돌아보면 1960년대 소설의 전개 양상에 대한 이해의 틀은 이러한 단선적 맥락으로부터 조금 더 세분된 갈래들로 분화되어야 할 필요가 있는 것으로 보인다. 이러한 필요는 1960년대 문학을 그 시대만의 것으로 한정하지 않고 오늘날에까지 이르는 한국 현대문학 전체를 계보적 관점에서 이해하려 할 때 더욱 커진다. 정작 1960년대 문학의 특질들이 보다 체계화된 비평적 논의들에 의해 정리되던 무렵부터 최인훈과 김승옥이 1960년대 문학의 현장에서 현저히 후퇴하는 양상을 보이기 시작했다는 사실은 1960년 문학만을 대상으로 한 단선적 논리가 금세 봉착하게 되는 한계다. 이러한 논의의 협착함을 극복하고 1960년대 이후의 한국문학과의 연관성까지를 염두에 두고 보다 정밀하고 입체적인 1960년대 문학의 지형도를 그리기 위해서는 부분과 전체의 상관성까지를 고려해야 할 것이다. 시대정신으로 집약되는 전체의 차원에서 결정(結晶)되는 한 시대 문학의 이월적 가치는 또한 부분의 차원에서 개별 작가들이 스스로의 글쓰기를 추동해온 지속적인 탐색과 실천에 의해 보증되어야 한다. 이런 시각에서 볼 때 1965년에 등단하여 2008년에 작고할 때까지 40년 넘는 오랜 기간 동안 글쓰기의 긴장을 늦추지 않고 최일선의 현장에서 항상 '도달한 것의 마지막'을 써온 이청준의 경우는 1960년대 문학을 1960년대 이후의 한국 현대문학 전체로 적분하여 그 두께와 부피를 가늠하는 데 가장 중요한 상수라고 평가하지 않을 수 없다. 조금 과감히 말한다면 이청준 없는 한국 현대문학이란 성립조차 되지 않는다. 그러므로 이청준 문학의 뿌리를 더듬어본다는 것은 1960년대 이후 한국 현대문학의 어떤 상상력의 원형, 혹은 정신기제를 규명해본다는 의미와도 연결된다. 1960년대 이후 한국 사회에서 문학은 무엇이었는가? 과거를 통해 현재의 문학의 위상과 의미를 묻는 이 물음에 대한 단서를 이청준의 초기 소설에서 찾아보도록 하자.

잘 알다시피 「퇴원」[1]은 이청준의 등단작이지만, 이 작품은 우선 그 인물과 행위의 모호함이라는 주제, 그리고 형식 면에 있어서는 서사 구조의 중층성이라는 이청준적 특질을 단번에 고스란히 보여준다는 점에서 단순히 등단작이라는 의미 이상의 중요한 의의를 지닌다. 이 소설이 대뜸 제기하는 문제는 지금 '나'가 있는 곳에서 '나'의 존재의 의미와 확실성이 의심받는다는 명제다. 주인공이 지금 있는 곳은 병원이지만 정작 그가 환자인지 아닌지는 그 자신도 모르고 의사나 간호사도 모른다. 아니, 이렇다는 것은 그가 위궤양 환자인지 아닌지를 판정하려 할 때에만 그렇다는 것이고, 간호사인 미스 윤은 그에게 '자아망실증 환자'(30)라는 병명을 부여하지만 과연 이것이라고 해서 정확한 병명인지는 여전히 알 수 없다. 아무튼 위궤양 환자든 자아망실증 환자든 어느 경우에나 그의 정체성이 확인되지 않는 대상으로만 머무를 뿐이라는 사실에는 변함이 없다. 이에 더하여 보조 인물인 의사 준과 간호사 미스 윤의 행위도 이 인물의 모호성을 부각시키는 데 일조를 더한다. 위궤양 환자임을 자처하는 '나'에게 의사인 준은 오히려 술을 권하고, 퇴원하는 '나'에게 미스 윤은 "다시 돌아오시겠죠"(35)라는 알쏭달쏭한 말을 던진다. 요컨대 주인공이 처해 있는 '지금 여기'의 상황은 모든 것이 흐릿한 안개 속에 잠겨 있는, 다분히 카프카적인 부조리한 상황이다. 이런 이유로 정작 이 인물에 대해 보다 큰 시사적 가치를 지니는 것은 과거의 체험이다. "소학교 3학년 때 가을"(17), 광의 은밀한 공간에 "어머니와 누이들의 속옷"(18)을 깔아놓고 잠들었다가 아버지에게 발각되어 이틀이나 광에 갇힌 채 굶어야 했던 일, 군대에서 상관들에게 뱀 가죽을 입힌 지휘봉을 만들어

1) 이청준, 『병신과 머저리』, 이청준 전집 1, 문학과지성사, 2010.

주면서 '뱀잡이'라는 별명으로 불렸던 일 등. 이 사건들의 의미에 대해서는 차차 논의하도록 하고, 일단 여기서는 이렇게 모호한 현재에 과거를 불러내고, 의식의 지평에 기억의 단층들을 만들어낸다는 점에서 「퇴원」의 서사 구조는 단선적이고 평면적인 것일 수 없게 된다는 사실을 지적해두도록 하자.

「퇴원」이 형상화하고 있는 것과 거의 동질적인 모호함을 우리는 이청준 초기의 대표작이라 할 수 있는 「병신과 머저리」에서 다시 만나게 된다. 그러나 「퇴원」에서의 현재와 과거가 주인공 개인의 것에 국한된 사실들로 구성되어 있음에 비해, 「병신과 머저리」는 형과 동생이 세대 차로 인하여 각기 다르게 체험한 현실의 의미와 그 충격 내용을 묻는 것으로 문제성의 범위가 확대되어 있다. 이 소설의 대부분은 형의 이야기로 채워져 있지만, 궁극적인 문제는 동생에 의해 제기된다. 동생에게는 지금 사랑하던 여자가 자기를 떠나 다른 사람과 결혼하려고 하는 실연의 아픔이 던져져 있다. 형은 형대로 자기가 수술한 소녀를 죽게 만든 실패의 상처를 갖고 있다. 이 사건을 계기로 형은 평소의 성실했던 생활 태도에서 벗어나 연일 술을 마시며 자신의 전쟁 체험을 소재로 한 소설 쓰기에 매달린다. 형의 이러한 행위들에 연관성을 맺어주면 수술의 실패—사실 이것을 꼭 형의 잘못이라고 단정할 수는 없지만—로 인한 현재의 상처가 노루 사냥이나 6·25 이전의 군대 체험, 패잔병으로 낙오되었을 때의 사건들과 연관된 상처의 기억을 유도하는 것이라 이해할 수 있다. 말하자면 형은 과거의 추억에 의지하여 현재의 고통의 의미를 반추하는 것이다. 수술의 실패 이후 형의 고통스러운 심리 상태는 거지 소녀가 구걸하기 위해 내민 손을 형이 밟고 지나가는 삽화적인 이야기를 통해 우회적으로 드러난다. 그 학대적인 행위는 자신의 자학적 심리 상태가 타인에 대한 공격성으로 전화되어 표출된 것일 터이다. 그렇다면 형이 소설처럼 써나가는 과거 이야기에 동생이 그토록 관심을 갖는 이유는 무엇일까? 어쩌면 동생 또한 형처럼 형의 이야기를 통해 자신의 실연의 상처를 지우려 하는 것일 수 있다. 형이 미완의 상태로 남겨놓은 소설의 마지막 부분을 동생이 대신 쓰는 것은 그의 조급한 마음을 여실히 드러낸다. 동생의 이러한 의도가 성공하려면 형의 상처와 동생의 상처가 동질적인 것이어야 한다는 전제가 필요하지만, 이 지점에서 형과 동생은 결정적으로 갈라진다. 즉 형의 아픔은 명확한 환부가 있지만 동생에게는 "아픔만이 있고 그 아픔이 오는 곳"(212)은 없다. 이리하여 혜인의 입을 빌려 동생이 스스로에게 묻는 것은 "이유를 알 수 없는 환부를 지닌, 어쩌면 처음부터 환부다운 환부가 없는 선생님(=동생)은 도대체 무슨 환자일까"(200)라는 것이다.

여기서 우리는 한두 가지 의문을 갖게 된다. 동생의 아픔에는 과연 환부가 없는 것인가, 라는 것과 형/동생의 구분이 내포하는 다른 두 세대 간의 체험 내용은 어떻게 차별화되는가, 라는 것이다. 형의 체험을 특질화하는 사건은 두말할 나위도 없이 6·25다. 이런 점에서 형을 1950년대적 인물로 규정한다면 형과 세대를 달리하는 동생은 1960년대 세대에 속할 것이다. 1960년대 세대의 의식이란 4·19와 5·16을 각기 주체와 객체의 입장에서 상반된 방식으로 연속적으로 통과하는 과정에서 형성된 의식을 가리킨다. 그렇다면 형과 달리 동생에게 환부가 없다는 것은 어떤 의미에서인가? 필경 6·25와는 달리 4·19와 5·16이라는 사건은 그것이 단지 객관적이고 역사적인 현실이라는 이유만으로 1960년대적 아픔의 근원이 되는 것은 아니라는 의미를 함축하는 것이리라. 다시 말해 4·19가 좌절된 희망이었고 5·16은 4·19를 좌절시킨 폭력적 사건이었다 하더라도, 이러한 사실 자체가 1960년대의 한국 사회를 고통스럽게 만드는 아픔의 이유 자체나 이유의 전부는 아니라는 것이다. 1960년대적 고통의 진단에는 심층적인 통찰이 필요하다는 것, 일단 이것을 우리는 「병신과 머저리」에서 아픔의 근원을 알지 못해 고통스러워하는 동생의 인식 내용이라고 말할 수 있다. 이러한 인식의 전환은 관점의 전환을 함께 요구한다. 이제 그 아픔의 환부는 역사적 사건이라는 바깥이 아니라 그 사건의 체험을 통해 독특하게 형성된 의식의 내면에서 찾아져야 하는 것이다. 그렇다면 "나의 아픔 가운데에는 형에게서처럼 명료한 얼굴이 없었다"(212)는 동생의 탄식이 의미하는 바도 환부의 부재가 아니라 그것의 위치 이동일 것이다. 이제 형과 동생의 아픔의 차이는 얼굴을 지닌 아픔, 즉 외부적이고 객관적인 근거를 갖는 아픔과 얼굴 없는 아픔, 내면에 은폐되어 얼굴로 표출되지 않는 아픔으로 구분된다. 그리고 이러한 인식과 더불어 1960년대 이후 한국문학의 내면성의 탐색이 시작된다.

영혼의 내시경이라 부름 직한 이러한 내면 탐색적 관점에 의해 이 청준의 인물들은 욕망의 주체로 자신들의 정체를 드러낸다. 다시 「퇴원」의 주인공의 경우를 살펴보자. 앞서 우리가 잠깐 언급했던 주인공의 과거 이야기, 즉 광에서 엄마와 누나의 속옷을 깔아놓고 잠들었던 사건에 대한 이야기에서 명확하게 드러나는 것은 성적 욕망에 대한 눈뜸이다. 또 '뱀잡이'라는 별명으로 불렸던 군대 체험담은 주인공이 금지된 욕망을 자신만의 것으로 단속하지 않고 욕망의 전도사 역할까지를 수행했음을 밝혀준다. 이제 성인이 되어 현실 사회에 놓이게 된 주인공에게 이 욕망은 억압되어 있을 수밖에 없고, 어쩌면 이로 말미암아 모호한 환자의 처지에 놓이게 되는 것일 터이지만, 욕망이기에 그것은 충족되지도 않지만 사라지지도 않고 언젠가 돌아오게 되리라는 것이 미스 윤의 "다시 돌아오시겠죠?"(35)라는 의미심장한 물음을 통해 암시된다. 「병신과 머저리」의 형의 경우는 어떠한가. 형에 대해서도 그의 환부를 6·25라는 현실적 사건으로 단정하지 않고 내면 탐색적 관점에서 관찰한다면 형을 고통스럽게 하는 것은 어떤 욕망의 존재 여부, 그리고 이것과 현실의 연관성에 대한 끈질긴 추궁이다. 수술과 한 소녀의 죽음. 여기에는 어쩌면 아무런 인과 관계가 없을지도 모른다. "소녀는 수술을 받지 않았어도 잠시 후에는 비슷한 길을 갔을 것이고, 수술은 처음부터 성공의 가능성이 절반도 못 됐던 경우였다"(170). 그러나 여기에 형의 과거 이야기가 겹쳐지면 사정은 조금 복잡해진다. 우선 형이 쓰는 소설의 서장(序章)을 이루는 노루 사냥에 따라갔던 이야기. 여기서 형은 "상처를 입은 노루(가) 설원에 피를 뿌리며 도망쳤"(179)던 '섬뜩'했던 체험을 이야기한다. 그러나 이 섬뜩한 장면에서의 형의 태도는 모호하다. "〈나〉는 차라리 노루가 쓰러져 있는 것을 보기 전에 산을 내려가버리고 싶었다. 그러나 〈나〉는 망설이기만 할 뿐 가슴을 두근거리며 해가 저물 때까지도 일행에서 벗어나지 못하고 있었다"(179). 이와 흡사한 모호함은 형의 전쟁 체험담에서도 나타난다. 형이 쓰는 소설의 주된 줄거리인 이 이야기의 결말은 두 개의 버전을 갖는다. 하나는 형이 미완으로 남겨놓은 결말부를 완결 지으려는 조급함 때문에 동생이 대신 쓴 것과, 이를 지우고 형 자신이 다시 쓴 것이 그것이다. 동생의 버전에서는 형이 직접 김 일병을 죽인 것으로 되어 있지만, 형의 버전에서는 관모가 김 일병을 죽이고, 이어서 형이 관모를 죽인 것으로 되어 있다. 이 두 개의 버전에서 동생의 이야기는 지극히 합리적인 선택의 결과물이다. 적진 후방 깊은 곳에 낙오된 처지에서 살아 돌아가기 위해서는 움직이기 어려운 부상병을 처치하는 것 외에는 다른 방도가 없었을 것이다. 그러나 이런 이유로 김 일병을 사살한 관모까지 죽였다는 형의 이야기는 결혼식장에 다녀온 형이 관모를 만났다는 다른 사실에 의해 그 진위성을 심각하게 의심받게 된다. 관모라는 인물이 살아 있다면 관모를 죽였다는 형의 이야기는 무엇인가? 결국 이런 모호함을 공유하는 노루 사냥 이야기와 패잔병 체험담에서 우리가 확인하게 되는 것은 실현되지 않은 채로 형의 심층 의식 속에 감춰진 상태로 남아 있었던 어떤 욕망의 존재다. 어떤 욕망인가? 살해 욕망이 아니겠는가. 노루 사냥에서 어린 소년이었던 형은 노루가 흰 눈밭 위로 피를 흘리며 도망 다니는 장면에서 '섬뜩'함을 느끼면서도 끝내 그 노루가 죽는 최후의 장면까지를 보고 싶다는 욕망을 품고 있었고, 패잔병 체험담에서도 형은 줄곧 김 일병을 괴롭히다 끝내 죽이기까지 하는 관모를 죽여버리고 싶다는 욕망을 지니고 있었던 것이다. 어쩌면 잊혀져 있었을 형의 살해 욕망은 관모에게 구타당하는 김 일병의 '파란 불꽃' 같은 눈빛을 통해 되살아나 더욱 강렬한 것이 되었으리라. 그러나 욕망이기에 그것은 실현되지 않는다. 노루가 죽는 최후의 장면을 직접 보는 대신 형은 "다음 날 그들이 산을 세 개나 더 넘어가서 결국 그 노루를 찾아냈다는 이야기"에 "끔찍스러운 몸서리"(179)를 치는 것으로 자신의 욕망을 부정하며, 죽이고 싶어 했던 형의 욕망에도 불구하고 관모는 살아남았다. 형을 만난 자리에서 관모는 왜 "두려워서 비실비실 물러"(211)났을까? 그것은 형이 그때까지도 욕망으로 품고 있었던 관모에 대한 강렬한 살의를 느꼈기 때문이 아닐까? 형이 지닌 이 타자에 대한 살해 욕망이 수술 후 죽은 소녀에게 겹칠 때 형을 괴롭혔던 물음은, 혹시 그 소녀의 죽음이 자신의 살해 욕망에 의해 초래된 결과가 아닐까, 라는 것이었으리라. 욕망의 존재를 인정한다면 이러한 무의식적 동기까지 인정하지 않을 수 없다. 과연 형은 그 소녀를 죽이고 싶어 했던 것일까? 그러나 이 고통스러운 자문에서 벗어나는 길은 역설적이게도 욕망 자체에 이미 내장되어 있다. 욕망은 실현되지 않기에 계속 욕망으로 존재하는 것이 승인된다. 만일 형이 소녀에 대해 살해 욕망을 품고 있었다고 하더라도 욕망인 한 그것은 실현되지 않은 것이기 때문에 형은 그 소녀에 대한 고의적 살해 혐의에서 벗어날 수 있게 된다. 이러한 알리바이를 위해 형은 자신이 한번도 실현한 적 없는, 다만 그 존재만이 확인될 뿐인 욕망을 과거의 체험에서 불러내는 것이다. 소녀에 대한 수술과 죽음의 사건 이후 형을 사로잡았던 고뇌의 정체를, 현실이라는 게 욕망과 무의식의 결과물일지도 모른다는 확인할 수도, 부정할 수도 없는 가능성으로 규정한다면, 동생의 고민 역시 환부가 없기 때문이 아니라 자신의 욕망의 정체가 무엇인지, 자신의 무의식이 어떻게 구조화되어 있는지를 명확히 파악할 수 없다는 절망적 인식에서 비롯되는 것임이 어느 정도 분명해진다.

「병신과 머저리」에서 형을 사로잡고 있었던 살해 욕망과 소녀의 죽음이라는 현실과의 일치 가능성 여부 문제의 기원적 형태는 「퇴원」

이후 이청준의 두번째 소설인 「아이 밴 남자」에서 이미 드러나 있는 것이었다. 이러한 사실을 통해 우리는 등단 초기의 이청준이 집중적으로 천착한 핵심적 주제가 욕망의 주체 세우기였다는 사실과 더불어 이청준의 독보적인 자리가 이 지점에 마련된다는 사실을 확인할 수 있다. 「아이 밴 남자」는 어떤 소설인가. 이 소설 주인공의 직업은 장의사 운전기사다. 그에게는 말 그대로 죽여버리고 싶은 사팔뜨기 누이동생이 있다. 주인공에게 이 동생은 자신의 불우함을 적나라하게 비춰 보여주는 거울이고, 그런 처지에서 벗어나려는 소망의 장애물이다. 이런 누이동생에게 이 인물이 품고 있는 살해 욕망은 실제적인 것인가, 아니면 지긋지긋한 가난에서 벗어나고 싶다는 절실한 소망의 뒤틀린 비유일 뿐인가? 이 두 개의 가능성은 이 인물로 하여금 종국에 이르러 기묘하게 합치하는 두 개의 동선(動線)에 따라 움직이도록 만든다. 일거리를 찾기 위해 연락소를 돌아다니는 일의 차원에서 이 인물은 회사에서 가까운 곳으로부터 먼 데로 뻗어나가는 원심적 궤적 위에서 움직인다. 그러나 이 움직임의 방향성은 누이를 죽이고 싶다는 욕망의 차원에서는 누이의 죽음이라는 현실로 점점 다가가 마침내 누이가 죽어 있는 자기 집에 이르게 되는 방향성과 일치한다. 의식의 차원에서 그는 가장 멀리 가고 있었지만 욕망의 차원에서는 가장 가까이 가고 있었던 것이다. 멀리 감으로써 가장 가까이 간다는 이 오이디푸스적 궤적을 실현할 수 있는 것이 있을까? 있다면 무엇일까? 그것은 단 하나, 무의식뿐이다. 무의식 속에서 현실과 욕망은 이접(離接)한다. 이와 더불어 여기서 주목해야 할 한 가지 사항은 이 무의식의 존재와 그것의 비의지적 작동에 대한 확인과 더불어 '인간'의 의미에 돌이킬 수 없는 균열이 생긴다는 점이다. 과연 누이동생의 주검 앞에서 주인공이 취할 수 있는 표정이나 태도는 어떤 것일까? 내심 바랐던 바가 현실화된 데 대해 기뻐하는 모습일까, 아니면 이를 감추고 짐짓 슬퍼하는 듯한 제스처일까? 그 어떤 것일 수도 없다. 그 어떤 표정이나 태도도 이미 분열된 존재인 그의 인간적 진실 전부를 드러내주지는 못한다. "그냥 멍하니 서 있는 것"(61) 외에 그가 달리 취할 수 있는 자세는 없다. 이런 그에게 안이라는 인물이 내뱉는 "이 새끼야! 너도 한 번쯤은 사람이 죽는 걸 슬퍼해보란 말야"(62)라는 사나운 꾸짖음은 그에게 모종의 인간다움을 요구하는 것일 터이지만, 이미 욕망에 의해 파편화된 주체인 그에게는 어떤 의미의 인간의 개념도 전체적 진실로서의 가치를 지니지 못한다. 이제 인간의 진실에 다가가기 위해서는 겹의 시선, 겹의 서사 구조가 필수적 요건으로 떠오르게 된다.

「퇴원」에서 「아이 밴 남자」를 거쳐 「병신과 머저리」에 이르는 맥락 속에서 선명히 그 모습을 드러내는, 의식과 욕망 사이에서 분열되고 파편화된 존재로서의 인간상, 이것이 이청준이 그의 초기 소설들을 통해 부각시키고 있는 1960년대적 인간형이다. 욕망의 주체로 등장한 이 새로운 인간은 탄생의 순간에 이미 '1960년대적'이라는 범주를 벗어난다. 이청준적 인간형은 1960년대가 필요로 했고 또 이 필요에 따라 수립하고자 했던 인간형과 탄생의 배경을 같이하면서도 무엇보다도 그 냉혹하리만큼 철저한 내면 성찰적 관점에 힘입어 1960년대적 의식의 지향성을 뛰어넘는다. 잘 알려져 있듯 문학과 사회의 영역에서 1960년대적 인간형이란 근대적 의미의 개인을 지칭한다. 당연히 4·19를 탄생 배경으로 갖는 이 근대적 개인이라는 인간형은 민주적 시민 사회의 주체로 요청된 당위적 인간형이었다. 그러나 당위적인 것이었기에 1960년대적 개인은 필경 현실과의 갈등을 내포하고 있었고, 이 갈등의 폭은 1960년대를 이루는 또 하나의 사건인 5·16 군사 쿠데타의 부당성에 의해 더욱 증폭되었다. 이러한 당위성과 현실 사이의 딜레마는 컸다. 가령 「굴레」 같은 소설에서 주인공이나 다른 인물들이 취직을 위한 시험장에서 느껴야 하는 불편함, 상대방을 통해 우회적으로 지각되는 낭패감이나 굴욕감, 그리고 끝내는 이것을 극복하지 못한 나머지 충동적으로 폭발시키지 않을 수 없는 무모한 저항감 등은 이러한 갈등에서 비롯되는 것이 아니겠는가. 이 소설의 등장인물들이 지니고 있는 이러한 심리적 응어리들은 어느 특별한 개인만의 것이 아니라 이청준이 4·19와 5·16을 거의 동시적으로 체험한 1960년대 세대의 심리적 공통분모로 드러내고 있는 것이라는 점에 주목해야 한다. 이러한 세대적 집단 심리의 발생 기제는 어떤 것이며 또한 이를 바탕으로 형성되는 독특한 의식의 지향성은 어떤 것인가? 이에 대한 논의의 실마리를 찾기 위해서는 이청준이 회고적으로 파악하고 있는 4·19와 5·16의 의미를 다시 짚어보아야 한다. 이청준은 4·19와 5·16을 이렇게 회상하고 있다.

> 대학에 입학하면서 4·19를, 그다음 해에 바로 5·16을 겪었는데, 한참 의식이 활발할 때 겪었던 이 두 사건의 의미를 지금 소박하게 정리해보면 삶에서 어떤 정신세계가 열렸다가 갑자기 닫혀버린 것으로 이해되었던 것 같아요. 이십대의 분출을 사회적인 엄청난 힘이 방종으로 단죄하고 억압했을 때 여기서 갈등이 생겨나게 되었던 것이죠. 이런 갈등 의식을 우리 세대와 따로 떼어놓고 생각할 수는 없는 일이겠지요.[2)]

이청준에게 4·19와 5·16의 의미는 정치적인 것이기에 앞서 정신적인 차원으로 다가온 것이었다. 어떤 정신의 개진과 은폐, 이것이 이청준에게 각인된 두 사건의 의미였다. 그것은 일면 대립하면서도 '방종'과 '단죄' '억압'과 '갈등'의 인과적 연결 양상을 띠고 있는 것이기도 하다. 4·19가 '방종'이고 5·16이 '단죄'라면, 그리고 5·16 이후의 현실이 '억압'과 '갈등'의 대립 공간이었다면 이는 어떤 의미에서 그러할까? 여기서 우리는 프로이트가 『토템과 터부』에서 개진했던 인류학적 가설을 원용해볼 수 있다. 이 가설에 입각하여 말하면 4·19가 행한 '방종'이란 다름 아닌 아버지를 살해한 것이었다. 4·19가 '단죄'되어야 했던 이유는 이것이었다. 그러나 엄밀히 말하면 4·19는 아버지를 살해한 것이 아니라 추방한 것에 지나지 않았다. 그러므로 죄의식은 크지 않았고, 따라서 폭력적이고 권위적인 아버지의 재출현을 막기 위한 형제들 사이의 결속도 느슨했다. 이 느슨함을 틈타 5·16은 발생할 수 있었다. 이리하여 추방된 아버지의 빈자리에는 훨씬 강력한 권력이 들어서게 되지만, 그러나 문제는 원초적 아버지가 둘일 수는 없다는 엄연한 사실에 있었다. 그러므로 아버지의 빈자리를 강제로 차지하고 들어선 권력이 제아무리 강하더라도 그것이 진짜 아버지, 진정한 '아버지의 이름'이 될 수는 없었다. 따라서 그것의 정당성과 진정성은 끊임없는 항의와 부정의 대상이 될 수밖에 없었고, 이런 이유로 말미암아 그것이 표면적으로 장악하고 있었던 막강한 권력에도 불구하고 그 권위의 상징성은 취약할 수밖에 없었다. 현실에의 복종은 개인의 수준에서조차 정당성의 훼손, 포기, 상실을 의미하는 것

2) 권오룡 엮음, 『이청준 깊이 읽기』, 문학과지성사, 1999, p. 25.

이었다. 이것은 심각한 딜레마가 아닐 수 없었다. 이청준이 말하는 1960년대 세대의 갈등은 이 딜레마를 모태로 하는 것이었다. 다시 「굴레」를 떠올려보자. 이 소설에서 현실과 명분 사이의 엇박자는 결국 등장인물들을 충실한 현실주의자도, 철저한 이념주의자도 될 수 없게 만든다. 또 「별을 보여드립니다」에서 일체의 세속적인 것을 거부하고 별로 표상되는 어떤 초월적 가치에의 지향을 고집했으나 결국 그 지향성을 포기하게 되는 탈현실 지향적 인물의 배경에 놓여 있는 것도 이러한 딜레마가 아니겠는가.

4·19와 5·16의 동시적 체험에서 생성된 1960년대 세대의 정신적 특질을 정신분석의 용어로 말하면 불완전한 거세다. 이청준의 초기 소설들 가운데 다수가 이 주제와 연관되어 있는 것은 그러므로 결코 우연이 아니다. 이 연관성은 압도적으로 사회적, 시대적 인식에 기초한 것이므로 이것은 이청준 개인의 유년 시절의 체험과 관련지을 필요도 없는 사항이다. 이청준의 감수성의 발생적 뿌리가 어떤 것이든, 중요한 것은 이청준이 그만의 독특한 감수성과 날카로운 통찰력으로 1960년대의 '시대의 핵'(김현)을 꿰뚫었다는 사실을 인정하는 일일 뿐이다. 알다시피 거세란 물리적 위협을 권위의 승인으로 전환시켜 욕망을 철회하는 것을 말한다. 그러나 5·16 이후의 1960년대 사회에서 물리적 위협은 날이 갈수록 커졌으나 권위는 승인되지 않았다. 그러므로 욕망 또한 철회되지 않았다. 이럴 때 제거되지 않은 욕망의 주체는 어떻게 되는가? 그것은 위협을 향유의 대상으로 전환시켜 욕망을 보존하면서 스스로가 현실적 권위 너머의 메타적 지점에 초월적 권위를 수립하는 입법자가 되고자 한다. 1960년대 이후 한국문학과

지식의 저항성, 그리고 이것을 통해 자기 것으로 만들 수 있었던 영광의 뿌리는 이 같은 아이러니의 정신에 있었다. 그러나 진정한 의미의 아이러니란 안과 밖을 같이 부정하는 것이다. 그리고 안팎을 아우르는 부정의 변증법에 의해 아이러니는 어떤 실체적, 현실적 결과가 아니라 오직 가능성만을 만들어낸다. 이런 의미에서의 아이러니를 실천할 수 있는 몇 안 되는 것 가운데 하나가 소설이거니와, 이청준이 택한 것은 이 같은 아이러니의 도구로서의 소설이었다. 이러한 아이러니를 지탱해주는 것을 초월 의지라 부른다면 이청준에게 있어 이 초월 의지는 등단작인 「퇴원」에서부터 이미 선명히 드러난다. 앞서 보았던, 주인공의 어린 시절에 있었던 '속옷 사건'에서 아버지는 어린 주인공을 이틀이나 광에 가두고 굶기지만 그는 조금도 배고픈 내색을 하지 않는다. "이틀을 굶겨놔도 배고픈 줄을 모르는 놈입니다. 저놈은"(17). 1960~70년대 이청준 소설의 중요한 의미소인 허기와 단식의 테마는 거세의 물리적 위협이 향유의 대상으로 전환되었음을 분명하게 보여준다. 물리적 거세의 극단은 죽음이다. 굶기기라는 처벌에는 이 극단적 단계의 가능성까지가 내포되어 있다. 그러나 어린 주인공은 죽음에 대한 암시적 위협을 향유의 대상으로 전환시켜 죽음 충동을 즐긴다. 같은 맥락에서 볼 때 「바닷가 사람들」의 경우는 어떠한가? 이 소설에서 바다는 죽음의 장소다. 형이 바다에서 죽었고, 종내에는 아버지도 바다에서 죽게 된다. 그래서 아버지는 '나'에게 바다에 나가지 못하게 한다. 바다는 아버지의 명령에 의해 금지된 곳이다. 그러나 그 아버지마저 바다에서 죽은 후 주인공은 아버지의 명령을 어기고 처음 탄 "배를 따라 몸을 일렁이면서"(141) 수평선을 향한다.

「줄광대」에 이르러 거세의 테마는 대타자의 권위에 대한 거부에 그치지 않고 초월적 권위의 수립을 위한 입법적 지위를 욕망하는 데까지 나아간다. 이 대목은 이청준의 글쓰기의 의미가 형성되는 과정에 하나의 명시적 출발점을 이루는 것이라는 점에서 무척 중요하다. 미리 앞서 말하면 「공범」과 「행복원의 예수」에서 이 글쓰기의 의미에 섬세한 수정이 가해지지만, 일단 불완전한 거세라는 1960년대의 의식 구조 속에서 글쓰기의 의미를 사유한 최초의 시도를 담고 있다는 점에서 「줄광대」는 각별한 중요성을 갖는다. 이 소설은 세 개의 서사 층위를 갖는다. 첫째, 줄광대 부자(父子)의 줄타기와 죽음에 관련된 사실의 층위. 둘째, 이 사실들이 화자에 의해 직접 목격된 것이 아니라 줄광대 부자와 함께 서커스단에서 한솥밥을 먹으며 트럼펫을 불던 사내의 회상적 이야기를 통해 전달되는 구조에 의해 형성되는 증언의 층위. 마지막으로 이 모든 것을 기록하여 소설화하는 화자의 글쓰기의 층위. 우선 사실의 층위에서 이야기되는 것은 삶과 죽음 사이의 경계선 위에서 이루어지는 줄광대 부자의 장인적(匠人的) 삶의 방식이다. 여기서도 아들에게 부과되는 것은 아버지의 명령이다. 아버지는 아들에게 줄을 타기 위해서는 "눈이 없어야 하고 귀가 열리지 않아야 하고 생각이 땅에 머무르지 않아야 한다"(84)고 가르친다. 이 같은 무념, 무상, 무욕의 경지에 이르기 위해서는 사랑하는 여자라도 죽일 수 있어야 한다. 실제로 "아버지는 어머니를 죽이고 다시 줄을 탈 수 있었지만"(91) 아들 운은 아버지가 실천으로 보여준 이 명령을 따르지 않고 여자를 죽이는 대신 자신이 죽는 길을 택한다. 아들은 결국 아버지의 명령을 거역함으로써 아버지의 경지에 이르지 못한 것인가? 이 두 사람의 줄타기 방식에 있어 모든 욕망의 제거를 필수 요건으로 삼는 아버지의 방식은 단연 초자아적인 것이다. 그것은 세이렌의 노래를 듣지 않도록 하기 위해 부하들의 귀를 밀랍으로 막고 자신만은 귀를 열어두는 대신 마스트에 몸을 묶는 저 오디세우스의 방식을 그대로 닮아 있다.[3] 그렇다면 아들은 이 초자아적 규범에 미달한 것인가? 이 물음에 대한 단서가 운에 대한 소문, 즉 그가 승천한 것이라는 사람들의 허무맹랑한 믿음에 들어 있다. 이 소문에 내포되어 있는 것은 아버지의 줄타기가 요구했던 지상의 규율보다 더 높은, 즉 욕망을 배제하거나 억압하지 않고 그것까지를 끌어안는 천상의 규율, 초월적이면서도 해방적인 규율을 아들이 만들고 실천하려 했었던 것이라는 사실에의 믿음이다. 물론 이러한 이카루스적 욕망의 결과는 죽음이었지만, 아들은 이 죽음의 가능성을 향유하면서 아버지의 법칙을 거부하고 그것을 극복하려 했던 것이다. 그것은 초자아에의 미달이 아니라 초과였고, '아버지의 이름' 너머의 초월적 권위에 대한 실천적 지향이었다.

여기까지가 「줄광대」에 담겨 있는 불완전한 거세의 테마이다. 이제 우리는 '트럼펫 사내'에 의해 수행되는 증언의 층위로 옮겨가야 한다. 이 줄광대 부자의 이야기는 어떻게 살아남아 우리에게까지 들려지는가? 이 모든 전말을 소상히 알고 있는 트럼펫 사내가 자기 목숨처럼, 아니 어쩌면 목숨보다 소중하게 기억에 간직하고 있었기 때문이다. 그가 아니었다면 줄광대 부자의 죽음은 서커스단에서 간혹 있을 수 있는 사고 정도의 의미로 묻혀버리기 십상이었을 것이다. 똑같은 사고에 의한 죽음의 대물림이 그 비극성을 조금 더해주기는 하겠으나

---

3) 오디세우스의 초자아적 자세에 대한 논의로는 Renata Salecl의 *(Per)Versions of Love and Hate*(N. Y. :Verso, 2000), p. 59 이하를 참조할 것.

그 이상의 의미는 아니었을 것이다. 그렇다면 이 트럼펫 사내에게 줄광대 부자의 이야기를 간직해야만 했던 특별한 이유가 있었던 것일까? 줄광대 아들을 죽음으로 내몬 여인과 함께 살았다는 것이 그 이유일까? 그럴 수도 있겠지만 이것만으로는 미흡하다. 결국 그가 이 이야기를 간직해야 했던 동기는 모호함 속에 묻혀 있을 수밖에 없지만, 그러나 그가 이 이야기를 주인공에게 들려주는 동기만은 분명하다. 그것은 이제 죽음이 임박했음을 예감한 그가 평생 "유일한 재산처럼 소중하고 엄숙"(78)하게 간직해왔던 이야기가 그의 죽음과 함께 멸실되지 않도록 하기 위함이었고 그래서 기록으로 남을 수 있었다. 그러므로 이 트럼펫 사내가 들려주는 이야기의 사실성에서 진정성에 이르기까지의 모든 것을 보증하는 최종적 권위는 '나'에 의해 씌어지는 글이라는 상징적 질서에 귀속된다. 이 경우 글이란 운의 욕망, 즉 스스로 초월적 권위가 되고자 했던 욕망의 존재를 확인시켜주는 대타자적 질서가 아니겠는가. 이청준에게 글이란 초월적 권위에 대한 욕망을 욕망의 형태로 보존하기 위한 수단이자 그 실천이었다. 운이 자신만의 방식에 따른 줄타기로 실현하고자 했던 초월적 권위에의 욕망은 실현되지 못한 채 트럼펫 사내의 '말하기'로, 그리고 '나'의 '글쓰기'로 그 존재 방식을 변화시키면서 보존된다. 이 존재 방식의 변화가 암시하는 것은 초월적 권위라는 것이 내용으로 고정되어 타인들에게 강요되거나 타인들을 교화하고자 하는 권위가 아니라 오직 말하기나 글쓰기의 행위, 달리 말하면 발화 행위énonciation의 순간에만 수립되고 존재하는 것이라는 사실이다. 운에 대한 절름발이 여인의 흠모는 오직 운이 줄을 타고 있을 때만의 것이었다. 그러나 운은 줄에서 내려와야 한다. 마찬가지로 발화 행위의 순간은 금방 사라진다. 행위의 순간에서 벗어날 때 발화 행위는 발화(된 것)énoncé로 남는다. 트럼펫 사내의 말은 결국 나에 의해 고정된 내용과 무수한 의미적 가능성을 갖는 글로 남게 된다. 행위로서의 줄타기, 말하기, 글쓰기가 이야기가 되어버리는 것이다. 이렇게 행위가 내용으로 침전되어버릴 때 행위만을 버팀목으로 삼았던 글의 초월적 권위 또한 화석화되지 않겠는가. 그리고 이것은 아이러니의 심각한 훼손을 초래하지 않겠는가. 이러한 환원적 회로에 빠지지 않을 수 있게 해주는 소설적 계책을 마련해야 한다는 것, 그의 오랜 소설 쓰기의 과정에서 이청준의 염두에서 한시도 떠나지 않았던 문제는 이것이었다고 말할 수 있다. 순환—확대—분산—수렴—심화 등의 연쇄에 의해 형성되는 이청준의 소설 세계는 이런 복잡한 고뇌의 무늬들로 직조된 거대한 태피스트리다. 「줄광대」만을 놓고 볼 때 이러한 환원적 회로에서 벗어나기 위해 이청준이 고안해내는 가장 이청준다운 계책은 바로 글쓰기의 주체(나)와 말하기의 주체(트럼펫 사내)와 줄타기라는 행위의 주체(운)를 분리시키는 것이다. 이렇게 분리시켜 중첩적으로 감싸이게 만드는 구성 방식에는 필자가 다른 자리에서 '침묵으로 말하기'[4]라고 이름지었던 이청준 특유의 방식과 더불어 그의 또 다른 특징적 방식인 '미장아빔mise-en-abyme' 방식의 뿌리까지가 내장되어 있다.[5] 「줄광대」는 이러한 이청준식 글쓰기의 효시를 이루는 작품이라는 점에서 각별히 중요한 의미를 갖는다.

---

4) 권오룡, 「허기를 이겨내기 위한 단식」, 이청준 전집 완간 기념 심포지엄 발제문(2003. 5. 20).

5) 이청준 소설의 '미장아빔' 방식에 대해서는, 장경렬의 『응시와 성찰』(문학과지성사, 2008)에 수록된 「'아찔한 소용돌이', 그 안으로」를 참조할 것.

이제 거세의 위협에 굴하지 않는 반항인l'homme révolté 이청준은 글쓰기라는 초월적이고 상징적인 권위를 무기로 삼아 현실에 이미 존재하는 대타자적 권위들의 정당성에 차례차례 도전한다. 이런 맥락에서 가장 먼저 눈여겨보아야 할 작품은 「무서운 토요일」이다. 「무서운 토요일」은 「줄광대」에 바로 뒤이어 발표된 작품이거니와, 이 소설에서도 우리가 가장 먼저 맞닥뜨리게 되는 것은 거세의 테마이다. 토요일마다 아내와의 부부관계를 의무적으로 치러야 하는 주인공에게 "아내와의 토요일 밤은 바로 그 아내를 향한 공포"(99)의 시간이다. 이미 그에게는 정상적인 방식으로 이 의무를 치러낼 힘이 없다. 그럼에도 불구하고 그는 약의 힘을 빌려서라도 이 의무를 수행해야 한다. 주인공이 '임포텐츠'라는 이름의 거세 콤플렉스에 사로잡히게 된 데에는 사연이 있다. 아내와 신혼여행을 갔을 때 신부가 들려준, 개구리를 춤추게 하는 방법에 대한 이야기가 그것이다. 아니, 보다 정확히는 그 이야기를 들려주던 아내의 "키득거리는 웃음소리"(104) 때문이다. 이후로 이 웃음소리는 줄곧 환청으로 엄습하면서 그를 거세의 늪으로 빠뜨린다. 이것 외에 또 한 가지 주인공을 괴롭히는 것은 군에 입대한 후 "훈련소 시절의 그 잊을 수 없는 사격장의 꿈"이다. "10여 리의 행군 끝에 사격장에 이르렀을 때는 구토가 일어날 것같이 온몸이 열로 불덩이가 되어 있었"(108)던 주인공이 그야말로 필사적으로 안간힘을 다해가며 사격을 했으나 연속되는 사격에도 불구하고 그의 타겟은 움직이지 않는다.

분주히 돌아가는 타겟들 사이에서 그것은 언제까지나 돌아가지 않을

것처럼 우뚝 서 있기만 했다. (110)

그 타겟은 '우뚝 서 있기만' 하는 것이 아니라 "마치 살아 있는 괴물처럼 천천히, 그리고 커다랗게 나에게 다가"(111) 오기까지 한다. 이 사격장의 꿈 이야기에서 거세된 주인공에게 돌아오는 팔루스적 욕망을 읽어내는 것은 그리 어려운 일이 아니다. 그는 지금 거세되어 있다. 그러나 그에게는 여전히 욕망이 존재한다. 그 거세는 아직 불완전한 것이다. 그렇다면 그의 아내는 어떠한가? 아내는 아내대로 '불감증'이라는 여성적 거세의 증상을 지니고 있다. 그러나 아내의 이러한 거세의 원인은 다른 데 있다. "동물학과에서 석사 과정"(101)을 밟고 있는 과학도인 아내에게는 매우 잘 정돈된 생활 방식이 있다.

커피에 대해서 말이지만, 아내는 참으로 한결같은 데가 있었다. 내가 밖에서 들어오거나 손님이 왔을 때 아내는 반드시 커피를 내왔다. 사람을 싫어하는 성미 때문인지 아내는 가정부를 두려고 하지 않았다. 그리고 그때마다 자기도 한자리에서 커피를 마셨다. 손님이 여러 번 드나드는 날도(그런 날은 한 달에 한 번 있을까 말까 했지만) 아내는 그게 몇 잔째가 되든 그때마다 똑같이 커피를 마셨다. 그 대신 아내가 손님이나 나에게 베푸는 모든 응대는 그뿐이었다. 커피가 끝나면 상대가 나이거나 손님이거나 상관하지 않고, 아내는 다시 서재로 사라졌다. 그리고 논문에 몰두해버렸다.

그날도 아내는 커피를 마시고 나자 곧 자리를 일어섰다. 나는 갑자기 역정이 치올라서,

"그냥 거기 좀 앉아 있구려."

하고는 아내를 쏘아보았다. 그러나 아내는 무엇을 오해했는지 그냥 선 채로,

"예외를 두게 되면 우리는 피차 피해를 입게 돼요." (101~2)

사람을 대하는 일상적 예의까지를 포함하는 모든 것이 예외를 인정하지 않는 엄격한 과학적 법칙에 따라 잘 조직되고 제도화되어 있는 아내의 생활 방식을 지탱하고 있는 것은 과학적 정신을 자연과 인간을 지배하는 최고의 질서이자 원리로 삼고자 했던 근대의 계몽주의적 합리성에 대한 신념이다. 이 초자아적 신념에 의해 욕망은 억압되고 지워진다. 아내는 왜 거듭 임신 중절을 되풀이하는가? 주인공의 거세가 팔루스로 존재하기에 대한 좌절이라면 아내의 불감증과 임신 중절은 팔루스를 소유하고자 하는 욕망에 대한 거부의 의미로 읽힌다. 이 욕망의 거부, 욕망의 제거가 아내를 "영혼이 없는", 다시 말해 욕망이 거세된 '기계'로 만든다. 문제는 이 기계적으로 정확한 초자아적 태도의 이면에 덧대어져 있는 잔혹함이다. 개구리를 춤추게 만드는 방법의 과학성에 내포된 잔혹함, 잉태된 아이를 지워버리는 잔혹함, 그리고도 토요일마다 기계적으로 반복되는 이들 부부 사이의 행위를 "또 한 번의 살인을 예비하는 잔인한 유희"(124)로 만들어버리는 잔혹함. 이청준이 근대의 과학적 합리성, 그리고 이것이 요구하고 표방하는 초자아적 권위의 이면에서 간파해낸 이 잔혹함은 수세기에 걸친 계몽의 수행에도 불구하고 인류를 덮치고 있는 아도르노적 의미의 '재앙'과 동궤의 것이다. 이런 의미에서 잔혹함에 대한 이청준의 통찰은 합리성, 과학성 등과 같은, 근대 세계가 최고의 상징적 권위로 수립하고 존중해왔던 대타자적 질서에 대한 발본적 추궁이 아닐 수

없다. 우리에게 근대의 의미에 대한 성찰이 본격적으로 시작되기도 전에, 한국 사회에서 근대가 갓 작동하려던 시점에 이미 근대의 어두운 이면과 그 너머를 사유했던 이청준의 혜안은 놀라움 그 자체가 아닐 수 없다. 바로 이 지점에서 이청준의 문제의식은 1960년대의 한국 사회라는 시공간을 다시 한 번 뛰어넘는다.

그러나 그렇다고 해서 이청준이 문학을 현실의 모든 대타자적 질서를 넘어서는 최고의 상징적 권위로 내세우고 있는 것이라고 생각해서는 안 된다. 문학이 이를 요구하고 주장한다면 이는 문학의 영광이 아니라 자만일 것이다. 이청준의 끊임없고 가차 없는 자기 성찰은 문학이 자칫 빠질 수 있는 자만의 늪을 경계하는 데 있어서도 빈틈이 없다. 문학은 과연 그것이 인간의 진실에 대한 이야기라는 이유만으로 최고의 상징적 권위임을 자처할 수 있는가? 그렇기는커녕 문학의 이러한 나르시시즘은 오히려 문학이 거부하거나 초월하고자 하는 현실의 대타자들의 권위를 강화시키는 데 이바지하는 '공범'이 되는 것은 아닌가? 이것이 「공범」에서 이청준이 문학의 위상과 관련하여 묻고 있는 것이다. 이 소설은 1962년에 실제 있었던 사건을 소재로 한 것이지만 이 사실을 알고 모름이 이 소설을 이해하는 데 관건이 되지는 않는다. 군대 내무반에서 여자친구에게서 온 편지를 갖고 장난치는 두 명의 병사를 사살한 한 학보병이 1심 재판만 받고 항소를 포기한 채 형장의 이슬로 사라져버렸다는 것, 이것이 이 사건의 외형을 이루는 사실의 전부다. 이 사건을 소설화하면서 이청준이 제기하는 첫번째 물음은 과연 법은 진실 전부를 파악하고 있는가, 라는 것이다. 허구적 상상력을 통해 이청준은 이 사건의 배후에 중대 부관 강 중위의 "가장 견딜 수 없는 모욕감"(268)을 건드리는 기합과 이를 흉내 내어 "더욱 지독한 모욕"(270)을 느끼게 한, "육군 형무소를 체신 없는 시아버지 부엌 드나들듯 했다는 사고병"(273)이었던 분대장, 그리고 "그저 상습처럼 남의 편지를 가로채 보고 헤헤거리며 좋아하던 다른 일병 한 녀석"(270)이라는 사건과 인물을 설정해놓는다. 이들의 존재와 행위는 그 자체만으로 법의 완전하지 못함을 증명한다. 그들에게는 그들만의 규율, 즉 지젝이 로브 라이너 감독의 영화 「어 퓨 굿 맨」에서 법의 파편화 사례로 예시했던 이른바 '코드 레드Code Red'라는 것[6]이 있었고, 그날도 그들은 아무 생각 없이 이에 따라 행동했을 뿐이다. 법의 빛 앞에서는 자취를 감추지만 법의 그늘에서는 여전히 다시 활개치는 이 '코드 레드'의 존재, 이에 대한 저항의 태도에 담길 수 있는 정의에 입각한 인간적 진실을 충분히 고려할 수 없다는 것 등은 법이 결코 채울 수 없는 영원한 결락이다. 현실적 질서 체계로서의 법의 지위와 정당성이 문제되는 것은 이 지점에서이다. 또한 법 너머의 초월적 권위에 대한 호소가 힘과 명분을 획득하게 되는 것도 이 대목에서이다. 그래서 「공범」에서 사람들은 여러 이유를 근거로 여러 가지 방식으로 김효 청년에 대한 구명 운동에 나선다. 여기에는 고준의 어머니인 K여사도 끼어 있다. 그러나 "인간의 생명이란 보편성"(277)에 대한 절대적 신념, 그리고 "인간의 진실을 건져내고 그 불가침의 존엄성의 영토를 사수해나가는 일을 소명으로 삼고 있는 문필가"(278)인 "자신이 지금 조용히 보고만 있는 것은 자기 문학의 진실을 배반하는 행위"(279)라는 확고한 사명감을 동기로 삼고 있음

6) Slavoj Žižek, *The Metastases of Enjoyment*, New York: Verso, 2005, p. 54.

에도 불구하고 K여사의 속내는 그리 단호하고 확고하지 못하다.

> 그러나 K여사의 찌뿌듯한 머리는 여전히 활짝 트이질 않았다. 한사코 김효 청년이 구해져야 한다는 소신과는 반대로 자기의 방법이 그 작업에 어느 만큼의 힘이 될 수 있을까 하는 의문이 머리에서 떠나지를 않았다. 사실을 말하자면 K여사 자신은 그와 같은 방법이 지금으로서는 오히려 김효 청년의 입장을 궁지로 몰아넣을지도 모른다는 의구심을 지니고 있었다. (278)

K여사의 이런 회의에 이어 고준은 김효 일병의 사형 집행 후 어머니인 K여사에게 보내는 편지에서 이런 질문을 던진다.

> 이제 어머니께서는 아셨을 줄 압니다. 김효를 변호한 것이 오히려 그를 더 빨리 그렇게 만들어버렸다는 기묘한 아이러니를 말입니다. 어쩌면 어머니께서는 훨씬 전부터 그런 점을 이미 짐작하고 계셨을지도 모릅니다. 그런데도 어머니께서는 김효의 생명에 앞서 어머니 자신의 어떤 진실이나 신념을 좇아 거리를 나섰을 경우를 상상해봅니다. 그렇다고 지금 저는 어머니의 그런 신념이나 진실을 부정하려고 하진 않습니다. 하지만 누구나 자기 나름으로는 진실을 주장하고 있었는데, 결국은 그 진실이라는 것이 오로지 김효를 보다 빨리 죽게 하는 데에만 보탬하고 있었거나, 적어도 결과에 있어서 아무것도 진실은 이야기되지 못한 것과 마찬가지라면, 우리는 그것을 어떻게 생각해야 할까요. (286)

어떻게 생각해야 하는가? 과연 인간적인 진실이나 문학적 진실이란 어떤 것이고, 그것은 예컨대 법 같은, 현실의 다른 대타자적 질서와 어떤 관계에 놓이는 것인가? 이런 문제에 대한 일반적이고도 확고부동한 답을 구하기는 쉽지 않은 일이지만, 그러나 이청준 나름의 답에 대한 암시는 이 소설의 소재로 삼은 사건 자체에 내포되어 있다. 정신분석의 관점에서만 말한다면 김효 일병의 살해 행위 또한 불완전한 거세의 결과물이다. 여자에게서 온 편지를 돌려보는 일 따위는 사건이 있던 날 전에도 다반사로 있어왔던 일이고, 김효 역시 이제까지는 이런 일을 견디고 다른 사병들과 함께 내무반 생활을 해왔던 것이다. "인간관계가 유지될 수 있는 것은 주체가 거세되어 있기 때문"[7]이라고 한다면, 김효는 그날따라 제거(=거세)하거나 억압할 수 없었던 어떤 욕망을 현실화함으로써 살인을 저지르게 된 것이다. 어떤 욕망인가? '코드 레드' 너머에 수립되어야 하는, 존엄성에 대한 존중이라는 이른바 인간적 정의에 보다 가깝게 접근해 있는 대타자적 질서를 자신의 힘으로 수립하겠다는 욕망이 아니었을까? 그러나 욕망인 한 그것은 잠재되어 있어야 했다. 불행히도 그날 김효는 이 욕망을 충동화하여 실현함으로써 금기를 깨뜨렸고, 이 위반의 대가는 죽음일 수밖에 없었다. 거듭 말하거니와 욕망은 실현되지 않음으로 해서 욕망으로 존재한다. 욕망의 주체란 결국 대타자와의 타협의 산물이 아닐 수 없다. 이것을 문학과 연관 지으면 어떻게 되는가? 글쓰기란 욕망의 실현 수단이 아니라 보존의 방식이라는 것, 이것이 욕망과 연결되어 있는 문학의 진실임을 이청준은 설파하고 있는 것이다. 마

7) Renata Salecl, 앞의 책, p. 69.

치 K여사의 구명 운동이 그러하듯 문학이 스스로 초월적인 대타자적 질서의 지위를 요구하고 나설 때 그 결과는 현실에 존재하는 대타자적 권위만을 강화시켜주는 '공범'의 지위로 전락하고, 이것은 또한 문학의 죽음에 다름 아니라는 것, 이것이 「공범」에서 이청준이 김효라는 인물의 운명에 빗대어 사유하고 있는 문학의 진실일 것이다.

삶과 문학의 진실이 서로 다르지 않다는 것은 이를 통해 입증된다. 그러므로 이청준의 문학적 진실은 삶의 윤리적 진실이기도 하다. 이러한 명제는 「공범」에 이어 「등산기」에서도 거듭 소설적 형상화의 대상으로 다루어진다. 7년 동안이나 아버지의 산행을 따라다닌 딸의 담담한 관찰자적 시선에서 서술되고 있는 이 소설은 그러나 그 담담함 속에 쉽사리 가라앉지 않는 아버지의 욕망의 일렁임을 담고 있다. 아버지의 등산, 거기에는 어떤 배경이 있는가?

> 아버지는 퍽 늦게야 집안 어른들의 주선에 따라 어떤 여자를 사랑했고, 그리고 결혼을 하게 되셨댔다. 그런데 그 여자가 나를 낳고 얼마 안 있다 어떤 다른 남자와 만주로 압록강을 건너고 말았다고. 알고 보니 어머니는 처녀 적부터 그 남자와 마음을 주고받아온 처지였다고. 아버지는 아무것도 모르고 그 여자를 사랑했을 뿐이었고, 또 나를 낳으신 것이었다. 그리고 그 여자가 떠나간 것은 당신의 사랑이 몹시 서툴렀기 때문이었을 거라며, 아버지는 그 여자를 너무 일찍 용서해버리셨다고. 그리고 그런 당신의 서투른 방법으론 다시 다른 여자를 사랑할 수 없다며 아버지는 대신 산을 다니기 시작하셨다는 것이다. (293)

욕망이 타자의 욕망에 대한 욕망이라면 사랑하는 여자의 떠남은 아버지로부터 욕망을 박탈해버린 것일까? 그래서 아버지는 재혼도 거부한 채 딸만을 데리고 탈속의 삶을 살아가는 것일까? 이런 아버지에게 등산은 어떤 의미를 갖는가? 아버지의 등산에는 한 가지 기이한 버릇이 있다. "아버지는 배낭이 가벼우면 늘 돌멩이를 넣어서 무겁게 하여 지고 산을 오르는 버릇이 있었다." 이에 대해 아버지는 "적당히 무거운 짐을 져야 산을 오르기가 더 편"하기 때문이라고 둘러대지만, 이것이 사실이 아님은 딸에게 들려주는 "나는 짐을 지고서 산을 잘 오를 수 있게 되어버렸지만…… 짐을 지지 않고도 편하다면 나는 그렇게 하겠다. 넌 짐을 지지 않고 산을 오르기가 편하게 습관이 되었으면 좋겠다"(296~97)는 말을 통해 밝혀진다. 일부러 무거운 배낭을 메고 다니는 아버지의 등산은 고통스러운 즐김, 즉 향유의 대상이었던 것이다. 사랑하는 여자가 떠난 후에도 사라지지 않는 욕망을 아버지는 향유의 대상으로 전환시켜 욕망 그 자체로 보존해왔던 것이다. 이런 아버지에게 세속에서 벗어난 초연함과 고고함의 모습이 비쳐지는 것에서 욕망과 초자아의 기묘한 공존 관계를 다시 한 번 확인하게 된다.

「공범」에서 욕망에 대한 처벌은 죽음이었다. 그러나 현실적으로 모든 욕망에 대한 처벌이 죽음인 것은 아니다. 죽음이란 오직 법이라는 상징적 권위가 욕망에 대해 내릴 수 있는 극단적 형벌이다. 그렇다면 법 이외의 다른 상징적 권위가 욕망에 내리는 처벌은 어떤 것인가? 가령 종교는 욕망과 이로 말미암은 일탈을 어떻게 다스리는가? 「행복원의 예수」를 보자. 이 소설의 주인공은 다른 사람들을 속이기를 예사로 하며 이를 즐기기까지 하는 삐뚤어진 심성의 소유자다. 「공범」이 법이라는 대타자적 질서의 작동 메커니즘을 파헤치기 위한 시금석으로 삼았던 것이 살인이라는 죄였다면 「행복원의 예수」는 신성모독의 불경(不敬)함을 통해 같은 주제에 접근한다. 주인공에게 종교란 그가 일상적으로 저지르는 크고 작은 죄로부터 죄의식을 면제해주는, 그리하여 다시 죄를 저지를 수 있도록 만들어주는 편리한 도구다.

> 나의 작업에 첫 밑천이 되어준 것은 나의 하느님이었다. 도대체 나는 그때까지도 나의 하느님께 기도를 하는 것 외에는 가진 것도 아는 것도 아무것도 없었으니까. 하느님이 밑천이 되어주신 나의 작업은 그 속임수 손놀음과 같은 '작죄'와 무관할 수 없었고 거기엔 또 그만한 '속죄'의 기도가 필요한 것이었다. 하느님은 내게 관대히 그 두 가지 은혜를 내려주셨다. 나는 거기서부터 하나씩 요령을 배워갔다. 작업이 행해지면서 저질러진 '죄'에 대해 용서를 얻어내려 열심히 기도를 한다든가, 그 기도가 성실하게 행해진다는 사실은 나에게 희한한 효험을 가져왔다. 대부분의 나의 허물은 그 기도로 하여 늘 하느님의 사함을 얻을 수 있었고, 사람들로부터도 그 하느님의 이름으로 쉽게 용서가 이루어지곤 하였다. (323)

불경한 욕망을 타인에 대한 기만 수단으로 삼고 이것을 즐기기까지 하는 이 위험한 인물이 '행복원'이라는 종교 기관, 즉 초자아적 집단에서 무사할 리는 없다. 그러므로 이 인물이 두 번의 사건을 저지르고 그곳에서 쫓겨나는 것은 당연히 예정된 수순이었다. 첫번째 사건은 "달빛에 뽀얗게 알몸을 드러"내고 목욕하고 있는, '엄마'라고 불리는, 아니 불러야 하는 원장에게 다가가 "누나, 등 밀어줘?"라고 내뱉고는 도망쳤던 사건이다. 이 인물이 '엄마'라는 원장에 대해 품고 있었던 마음의 정체가 모종의 결핍감과 엉킴으로써 더욱 커질 수밖에 없었던 성적 욕망이라는 것은 굳이 밝힐 필요조차 없다. 이에 이어진 두번째 사건은 '엄마'가 일요일마다 데리고 나가던 한 사내아이의 뒤통수를 돌멩이로 까부순 사건이다. 첫번째 사건에서 이 인물에게 돌아온 것은 "저 새끼가!"(319)라는 정도의 욕설이었지만 두번째 사건에서 그는 '마귀'가 된다. 마귀가 하느님의 집에 있을 수는 없다. 그리하여 당연히 그는 그곳에서 쫓겨난다. "네놈은 하느님도 용서 못 한다. 하느님이 용서해도 내가 못 한다"(321)는 최 노인의 저주와 함께. 그러나 이렇게 쫓겨나 몇 차례의 사기 행각을 저지른 후 군에 입대해서도 군의관을 속여먹는 사기극을 펼친 다음 마침내 제대하여 별 뜻 없이 '행복원'을 찾아온 그를 기다리고 있는 것은 그에 대한 용서였다.

그러나 나는 그들의 얼굴을 보는 순간, 그렇게 단단하기만 하던 내 한쪽 벽이 풀썩 허망하게 주저앉는 소리를 듣고 있었다. 두 다리에서 한꺼번에 힘이 죽 빠져나갔다. 그러나 그것보다 더욱 나를 견딜 수 없게 한 것은 최 노인까지 이미 나를 용서해버린 사실이었다. 최 노인은 오래전에 이미 하느님의 부르심을 받아 갔는데, 노인은 그러나 부르심을 받기 훨씬 전부터 나를 용서하고 있었노라고, 오랫동안 명념해온 지기(知己)의 유언을 전하는 사람처럼 그들은 몹시도 다행스러워하였다. 최 노인은 실상 본인은 생각지도 않았던 용서를 그들 스스로 나에게 대신해줬을 수도 있었다. 그렇다고 해도 그들은 그 하느님의 이름으로 그렇게 했노라 스스로의 아량에 감격해할 것이었다. 하지만 나로 말하면 그것은 뜻밖의 낭패였다.

최 노인까지 나를 용서해서는 안 되었다. 그러나 최 노인은 이미 나를 용서해버리고 있었다. 그들의 말이 최 노인 자신의 것이 아니라는 것을 증명할 방법이 없었다. 이제 최 노인의 그 노한 목소리조차 나에게는 이미 남아 있어주질 않았다.

—네놈은 하느님도 용서 못 한다. 하느님이 용서해도 내가 못 한다. (315~16)

최 노인을 포함한 행복원 사람들의 그에 대한 용서는 무엇을 의미하는가. 그 용서는 최 노인이나 원장 같은 사람들에게는 종교적 관용의 실천이라는 당연한 처사이겠으나 그 인물에게 있어서는 자신이 욕망의 주체임을 부정당하는 것에 다름 아니다. 그것은 죄의 부정이 아니라 존재의 부정이다. 그것은 어쩌면 '행복원'에서 쫓겨난 것보다 더 가혹하고도 더욱 철저한 처벌일 것이다. 「행복원의 예수」에서 용서란, 욕망에 대한 거세의 종교적 방법임과 동시에 거세되지 않은 욕망에 대한 종교적 처벌이기도 하다. 그래서 이 인물은 옛날 최 노인이 쓰던 방에 걸려 있던 예수의 화상을 내려놓는 것을 통해 종교와의 마지막 대결을 벌인다. 이 대결은 자신의 존재를 부정하는 용서라는 초자아적 행위에 맞서 자신을 욕망의 주체로 지켜내기 위한 싸움이다.

그러나 이 싸움에서 이 인물이 수단으로 택한 것이 소설적 글쓰기였다면 이때 글쓰기라는 행위의 의미와 목적은 무엇인가? 이렇듯 이 청준에게 있어 소설 쓰기는 항상 글쓰기란 무엇인가를 새롭게 묻는 것과 나란히 간다. 이청준에게 소설이란 항상 이 물음을 통해, 이 물음과 더불어 열리는 미답의 영역이었다. 「행복원의 예수」만을 놓고 말한다면 이 인물의 소설적 글쓰기는 그의 삐뚤어진 심성과는 어울리지 않게 종교를 위선이나 기만으로 폄훼하려는 것도 아니고 용서라는 행위를 통해 구현되는 종교의 정신적 권위를 부정하려는 것도 아니다. 다만 자신의 욕망을 욕망으로 지켜내고자 하는 것일 뿐. 이 욕망의 보존이라는 명제는 「병신과 머저리」의 형을 통해 이미 주장되고 실천되었던 것임을 다시 한 번 상기하자. "형은 그 아픔 속에서 이를 물고 살아왔다. 그는 그 아픔이 오는 곳을 알고 있는 것이다. 그리하여 그것을 견딜 수 있었고, 그것을 견디는 힘은 오히려 형을 살아 있게 했고 자기를 주장할 수 있게 했다"(211). 욕망을 통해 주체는 살아 있을 수 있고 주체성을 주장할 수 있다는 것, 이것이 이청준이 글쓰기의 초기에 이미 밝혀내고 있는 욕망의 존재론이다. 이 잘 알려진 라캉적 테마는 그러나 라캉과 아무런 인연도 없다. 그것은 오로지 이청준만의 것일 뿐. 독보적인 욕망의 존재론을 이청준은 글쓰기의 의미에 대한 사유로까지 밀고 나간다. 이청준은 소설의 이름으로 최고의 상징적 권위에 군림하려 하지 않는다. 다만 소설과 다른 상징물들, 다른 대타자적 질서와의 차이를 사유하고 이를 통해 문학을 문학으로 올곧게 다듬어나가고자 하는 것일 뿐이다. 법과 종교를 포함한 모든 사회적 제도나 상징체들이 욕망에 대한 통제와 억압을 기반으로 하여 수립되고 존립하는 것이라는 사실은 이 지점에서 한 번쯤 상기될 필요가 있다. 그리고 이것은 불가피한 것이기도 하다. 문학이라고 해서 이런 사실을 완전히 부정할 수는 없다는 것은 「공범」에서 K여사의 회의를 통해 잘 나타나 있다. 1960년대적 의식은 그 발생적 구조의 특성으로 말미암아 현실적 권위 이상의 것이 되고자 하는 욕망을 지닐 수밖에 없었고 이를 실현하려 했지만, 이청준은 글쓰기에 대한 냉엄한 자기 성찰적 자세를 통해 이 욕망을 욕망으로만 단속했다. 그랬기에 오히려 그것은 현실의 여러 대타자적 질서에 대한 끊임없는 충격의 진앙일 수 있었다. 글쓰기는, 그리고 문학은 현실의 대타자적 질서를 굽어보는 메타적 지점에서 욕망의 인정이 통제나 억압보다 중요하다고 강변하는 대신 그것들을 슬쩍 비껴난 자리에서 다만 욕망의 존재를 지켜내는 것만을 자신의 소임으로 삼는다. 인간의 숱한 제도적, 상징적 장치들 중에서 오직 문학을 포함한 예술만이 욕망의 존재에 대한 인정과 그것을 살아 있도록 지켜내는 것을 기반과 동력으로 삼는다는 사실은 새삼 중요하게 음미되어야 할 사항이다. 그것은 오늘날 우리가 욕망을 키치화하는 초자아적 요구가 과도한 시대에 살고 있는 것이기 때문에 더욱 그러하다. 문학과 예술은 오직 욕망의 통로를 통해 인간적 진실에 접근한다. 이런 사실에 대한 인정을 바탕으로 우리는 이제 이렇게 말할 수 있다. 한국문학은 이청준을 통해 인간의 총체적 진실에 접근할 수 있는 길을 찾았다고.

〔2010〕

허기를 이겨내기 위한 단식
—이청준 소설의 정치적 무의식

눌변이란 침묵이 최선이라는 걸 알면서도 침묵할 수 없는 자들의
서투름이라고나 할까. 더듬거리는 꼴에도 결국 삶을 사랑하므로
침묵으로 초월하지 못한 자가, 또는 그런 초월을 거부한 자가
침묵하듯 말하는 방식. 덧붙여, 이 모순을 끝끝내 밀고 나가는 방식.
고쳐지지 않는 서투름 때문에 그는 언제나 실패하겠지만, 그렇지만……[1)]

1. 가능성과 좌절의 연속성

『씌어지지 않은 자서전』에서 이청준은 4·19와 5·16이라는 정치적 사건에 대한 체험과 의식의 차이를 기준으로 한 세대론을 개진한다. "대학 초반기에 4·19와 5·16을 1년 간격으로 거의 동시에 경험함으로써 특징지어진 의식 구조에 대한 것"(119)[2)]이라는 작가 자신의 설명대로 이러한 세대론은 역사적 사건의 의식화, 내면화 과정에서 형성된 차별성을 작가 자신이 속해 있는 세대 의식의 특질로 부각시켜 그것을 글쓰기와 관련된 모든 자각과 의식의 출발점으로 삼고자 하는 작가의 전략적 선택을 반영한다. 그것은 앞선 세대의 소설들과 갈라지면서 앞으로 스스로 전개시켜나가게 될 새로운 글쓰기의 지속성과 방향성을 예시하는 결절점이다.

---

1) 이인성, 「문학에 대한 작은 느낌들」, 『식물성의 저항』, 열림원, 2000, p. 13.
2) 이청준, 『씌어지지 않은 자서전』 이청준 문학전집 장편소설 1, 열림원, 2001.

여기서 우리는 하나의 역사적, 정치적 사건이 어떻게 의식의 바닥으로 침전되어 특징적이고도 지속적인 방식으로 갖가지 실천의 틀과 동력으로 작용하게 되는 것인가, 라는 쉽지 않은 문제와 마주치게 된다. 이러한 문제에 대한 논의의 실마리를 찾아보기 위해 이청준의 세대론에 좀더 귀를 기울여보도록 하자. 세대론과 관련하여 이청준이 한층 더 정교하게 제기하고 있는 것은 '경험 시기의 문제'이다. "가령 A라는 사건의 경험으로 그때 마침 스무 살 안팎의 사람들이 어떤 특수한 공동의 사고 체계를 지닌 한 세대를 형성한다면, 이들은 다음 시기에 B라는 더 큰 사건을 만나서도 그것을 이미 A 위에 형성한 기성의 사고 체계 안에서 해석하려 할 뿐, 그때 갓 이십대가 되는 사람들과는 다른 반응을 보이게 마련"(120)이라는 것이다. 여기서 이청준은 하나의 경험이 특수한 사고 체계, 반응 체계로 고정되기까지 어느 만큼 시간이 소요되는 것인가에 대해서는 언급하고 있지 않지만, 오히려 이러한 빠트림이 그의 세대적 경험의 특수성을 한층 더 잘 반영하는 것으로 보인다. 즉 이청준의 세대는 "경험 세계에 최초의 판단을 가하고 그 판단을 통해 의지의 틀이 지어지려는 바로 그 대학 초입기의 1년 동안에 가능성과 좌절을 의미하는 두 개의 사건 즉 4·19의거와 5·16혁명을 겪"(122)은 세대인 것이다. 그리고 이청준은 '가능성'과 '좌절'이라는 극단적으로 상반되는 내용을 갖는 사건을 거의 동시적으로 체험했기 때문에 그 세대의 선택이 '망설임'(126)으로 귀결될 수밖에 없었다고 말한다. 이렇게 '망설임'의 의미로 각인된 세대적 체험, 그것은 어쩌면 의미의 아포리아에 대한 체험이 아니었을까? 이 아포리아적 체험은 이청준의 문학의식의 원점으로 자리 잡아 그의 문학적 추구의 끝 간 곳마다 되돌아오는 것으로 보인다.

그러나 과연 4·19와 5·16의 의미는 '가능성'과 '좌절'로 명확히 구분되고 대립되는 것일까? 4·19가 가능성을 발견할 수 있게 해준 혁명적 사건이었다면 그것을 좌절시킨 5·16은 분명 반(反)혁명일 것이다. 외견상 이러한 대립에는 추호의 애매함도 없어 보인다. 그러나 이러한 표면적 대립 이면의 심층적 차원에서 4·19와 5·16은, 아니 보다 일반적으로 혁명과 반혁명은 그것의 의미를 낳는 구조적 드라마의 공통분모를 공유한다. 가족소설적 드라마가 바로 그것이다. 가령 1789년의 민중 봉기에서 시작되어 1793년의 루이 16세 시해로 그 극점에 이르게 되는 프랑스 대혁명의 드라마와, 이렇게 하여 성립된 공화정을 배경으로 하여 미천한 신분의 한계를 뛰어넘어 승승장구하여 마침내 공화정을 무너뜨리고 프랑스 국민들을 다시 제국의 울타리로 몰아넣은 나폴레옹의 반혁명 드라마가 함께 공유하는 것도 바로 가족소설적 드라마이다.[3] 이러한 모순적 연속성은 프로이트가 『토템과 터부』에서 설명한 인류학적 사건의 역사적 변용으로 성립되는 것이라 말할 수 있을 것이다. 어떤 정치적 사건들은 사람들의 무의식에 대한 해방과 억압이라는 모순된 메커니즘을 통해 무의식과 엉켜 의식의 저류를 형성한다. 4·19와 5·16에서도 이러한 연속성은 그리 어렵지 않게 찾아진다. 이러한 시각에서 1960년대 이후의 소설들을 짧게 개관해보도록 하자.

---

3) 프랑스 혁명과 나폴레옹의 가족소설적 드라마에 대해서는 린 헌트의 『프랑스 혁명과 가족 로망스』(조한욱 옮김, 새물결 출판사, 1999) 및 마르트 로베르의 『기원의 소설, 소설의 기원』(김치수·이윤옥 옮김, 문학과지성사, 1999)을 참조할 것.

2. '망설임'의 자리

정치적 사건으로서의 4·19가 잠재적으로 지닌 무의식적 동기, 즉 가족소설적 동기를 가장 먼저 날카롭게 간파했던 작가는 최인훈이었다. 『광장』을 발간하면서 토로했던 "빛나는 사월이 가져온 새 공화국에 사는 작가의 보람"은 과연 어떤 의미의 것이었을까? 소설의 무의식적 동기에 대한 분석이라는 관점에서 볼 때 그것은 억압된 상태로 잠재되어 있었던 가족소설의 드라마를 거리낌 없이 표출할 수 있게 되었다는 해방감의 분출로 읽힌다. 그리하여 이명준이라는 저 불세출의 업둥이는 아버지 찾기의 모험에 자신의 생을 건다. 이명준의 이러한 모험에서는 북한에 있는 현실의 아버지도 진짜 아버지는 아니었다. 현실에 존재하는 것은 모두가 타락한 가짜이고, 아버지를 포함한 모든 진짜는 오직 관념 속에만, 관념으로만 존재한다. 4·19가 찾아낸 가능성이란 바로 이 순수 관념, 혹은 관념적 순수성이었다.

5·16은 이 관념의 자리를 현실 감각으로 대치시킨 사건이었다. 그리고 이를 계기로 가족소설의 드라마를 이루는 동기 또한 업둥이의 동기에서 사생아의 그것으로 빠르게 전환된다. 이에 더하여 5·16은 그 사건만에 의해서가 아니라 그것을 주도한 인물의 이미지, 즉 '출세한 촌놈'[4]의 이미지를 통해 그 전환을 더욱 결정적으로 만든 것이기도 했다. 이러한 전환은 이제 새로운 시대의 주인공으로 등장한 사생아형 인물들에게 현실을 인정할 것인가, 부정할 것인가라는 중대한 선

4) 박정희는 스스로 농민의 아들임을 자처했고, 이들과 어울려 막걸리 마시기를 즐기는 모습을 널리 퍼뜨리는 방식으로 국민들에게 자신의 이미지를 심어나갔다.

택의 문제를 제기한다. 거칠게 도식화하는 것이 허락된다면, 1960년대 이후 일정 기간 동안 한국소설의 갈래들은 이 선택의 내용과 방향에 따라 결정된다고도 말할 수 있다. 이명준이라는 4·19의 적자(嫡子)를 낳은 최인훈 자신의 소설적 변모가 이미 분명한 예시이거니와, 가령 김승옥의 인물들이 드러내는 모멸적 자기 연민은 순수성의 좌절이라는 상실감에 현실을 인정하지 않을 수 없다는 패배감이 더해질 때 빚어지는 정조(情調)일 것이고, 최일남·김주영 소설 들의 냉소적 풍자는 출세한, 혹은 출세하려는 촌놈들에 의해 만들어지는 현실을 세태 묘사의 방식으로 수용하려 할 때 취해지는 서사 전략일 것이다. 또 박태순, 황석영, 윤흥길, 조세희 등의 리얼리즘 계열 소설들은 상실감의 뿌리를 공유하면서도 상실을 강요하는 현실에 투쟁적으로 맞서는 부정의 자세를 육화하고 있는 것일 터이다. 조금 달라 보이기는 해도 이러한 가족소설적 뿌리는 오정희, 김원일, 이문열에게까지 닿아 있다.

그렇다면 이청준의 자리는 어디인가? 4·19와 5·16의 동시적 체험에서 빚어진 태도인 그의 '망설임'이 이 선택의 문제를 마주하고 있는 자세라는 것은 길게 말할 필요도 없다. 현실에 대한 인정도 아니고 부정도 아닌 어정쩡한 자리, 인정이냐 부정이냐의 양자택일을 요구하는 현실에 저항하는 애매성의 근원지, 이것이 '망설임'의 의미이자 이청준의 정치적 무의식의 토포스일 것이다. 그것은 받아들일 수 없는 현실에 처한 자아라는 주객의 구도 속에서 현실에 대한 판정과 자아에 대한 규정 모두를 끝없이 지연시킴으로써 그 유동성 위에서 부정과 가능성 모두를 유지해나가고자 하는 의지의 표상인 것으로 보인다. 이런 의미에서 그 '망설임'은 명확성이라는 손쉬운 선택을 거부하고 모순의 긴장을 끝까지 견뎌낼 것이라는 독한 다짐을 숨기고 있는 자세이다. 글쓰기에 대한 이청준의 자의식이 싹트고 그의 소설 양식의 뿌리가 내려져 있는 자리도 바로 이 '망설임'이다. 그러므로 이청준의 소설적 추구의 전모는 다양한 방식으로 육화된 이 '망설임'의 자세가 그려내는 궤적과 일치한다. 이제 좀더 구체적인 방식으로 이 궤적을 쫓아가보도록 하자.

3. 허기를 이겨내기 위한 단식

『씌어지지 않은 자서전』에서 이청준이 '망설임' 외에 또 하나의 화두로 제시하고 있는 것은 '허기'이다. 아니, 오히려 '허기'야말로 이 소설의 키워드이자 가장 중요한 라이트모티프이다. 이 소설에서 '허기'는 나(=이준)와 왕이라는 인물의 축, 과거와 미래라는 시간의 축, 신문관 앞에서의 진술과 소설 쓰기라는 행위의 축 등이 서로 복잡하게 얽혀 돌아가는 소용돌이의 중심에서 이 모든 축들을 서로 연결하여 하나로 묶어내는 매듭의 구실을 한다.

우선 이준이라는 인물에게 간직되어 있는 "생애 최초의 기억"(27)은 연 날리기와 겹쳐 있는 허기의 기억, 그 '통증'과 '긴장감'에 대한 기억이면서 동시에 이것을 견디는 데에서 맛볼 수 있었던 '짜릿짜릿한 쾌감'(25)의 기억이다. 어쩌면 이러한 원체험에서 우리는 타나토스와 에로스가 한데 뒤섞여 있는 무의식의 원형질을 찾아볼 수도 있을 것이지만, 이보다는 '통증'과 '긴장감'이 비어 있음이라는 상태에 대응하는 것이라면, '쾌감'은 비워냄이라는 능동적 의지에 대응한다는 점에 주목해두는 것이 더 긴요해 보인다.

『씌어지지 않은 자서전』에 등장하는 미스테리의 인물인 왕과 '나'(=이준)를 동일자의 범주로 결속시켜주는 것도 허기이다. 다른 사람들이 광기로 파악한, 그의 얼굴을 둘러싼 "어떤 특이하고 강렬한 분위기"(20)에서 이준은 대번에 그것이 허기임을 간파해낸다. 이러한 통찰에 어렸을 때의 체험과 대학 시절의 단식 데모의 체험이 뒷받침되어 있음은 물론이다. 그러나 왕의 허기는 의지적이고 능동적인 것이다. 그는 오히려 단식으로 허기를 견뎌나가고 있는바, 그에게 있어 단식은 "허기를 완성하려는 가장 노골적이고 결정적인 과정"(222)이다. 허기를 통해 '나'가 맛보았던 '쾌감'이 그러한 것과 마찬가지로 왕이라는 인물에게도 허기는 비어 있음이라는 상태가 아니라 비워냄이라는 의지적 행위와 연결된다. 이렇게 체험적으로나 의미적으로나 완벽하게 일치하는 허기를 고리로 하여 왕과 '나'는 동일시된다. "왕은 말하자면 또 하나의 내 얼굴이자 내일의 완성체"(216)인 것이다.

그 동일화는 미래에 완성될 어떤 것이다. 그러나 과연 '나'에게 미래의 시간은 열려 있는가? 열려 있다면 언제, 무엇에 의해 열린 것인가? 정체를 알 수 없는 신문관 앞에서 생애에 대한 진술을 강요당하는 '나'에게는 이미 "사형 형이 선언되고 그 극형 집행의 마지막 날"을 기다리는 일만이 남아 있을 따름이다. 남은 시간이라고는 열흘뿐이고, 그동안에 "형질(刑質)을 바꿀 만한 마지막 새 진술"(43)이 이루어지지 않는다면 그에게 다가올 유일한 미래는 죽음뿐이다. 새 진술은 좀처럼 찾아지지 않는다. 그것은 마침내 아흐레째에 가서야 비로소 이루어진다. 다름 아닌 소설이라는 형태의 진술인데, 이것으로 그는 마지막 날에 이르러 형 집행을 연기받게 된다. 이렇듯 그는 마치 세헤라자드가 그랬던 것처럼 소설 쓰기에 의해 미래라는 시간을 지닐 수 있게 되는 것인데, 그 미래는 과거와 한 치의 단절도 없이 연결되어 있는 것이어서 그는 "소설 속에서도 역시 허기의 기억만을 되풀이 이야기"(257)하게 되리라는 것을 예감한다. 그러므로 미래에 완성될 왕이라는 인물과의 동일화는 소설, 즉 글쓰기에 의한 것으로서, 이제 그가 써나가게 될 소설이 단순히 허기에 대한 소설이 아니라 허기로서의 소설이 되리라는 것, 그리고 그의 글쓰기 또한 허기의 상태에 대한 보고가 아니라 허기를 이겨내기 위한 단식으로서의 글쓰기가 되리라는 것도 이러한 맥락 속에서 선명히 드러난다.

4. 단식으로서의 글쓰기

허기로서의 소설, 단식으로서의 글쓰기란 어떤 것인가? 허기와 단식이 소설 쓰기와 연결되는 것과 병행하여 우리의 해석의 차원 또한 생리학적인 것에서 의미론적인 것으로 전환된다. 그렇다면 의미론적 차원에서 비워냄이라는 의지적 행위와 연결된 허기와 단식에 대응하는 것은 어떤 것인가? 그것은 바로 의미의 비워냄, 즉 글쓰기를 통해 글(언어)에 이미 담겨 있는 의미를 비워내고, 그것이 새로운 의미로 채워지는 것을 한없이 지연시키는 작업이 아닐까? 그렇다면 이 지연은 이청준의 세대적 체험인 '망설임'의 쌍둥이 형제일 것이다. 그렇다고 지연과 망설임이 같은 것은 아니다. 『씌어지지 않은 자서전』에서 소설이라는 지연시키는 진술에 의해 형의 집행을 망설이게 되는 것은 신문관이다. 그렇다면 지연은 '망설임'이 아니라 '망설이게 만들기'일 것이다. 허기가 배고픔의 상태에서 단식이라는 의지적 행위로 전환되는 것과 마찬가지로 '망설임' 또한 '망설이게 만들기'로 탈바꿈한다. 이청준의 소설들은 독자들이 그것에 어떤 확정된 의미를 부여하여 읽기 행위에 마침표를 찍는 것을 한없이 망설이도록 만든다. 이리하여 독자들은 의식하지 못하는 사이에 작가가 파놓은 허기의 함정에 빠져 어지럼증을 자아내는 의미의 무중력 상태를 유영하게 된다. 이러한 허기와 망설임의 의미 전환은 이청준이 세대적 체험으로 수용할 수밖에 없었던 정치적 무의식을 글쓰기의 실천적 의식으로 가다듬어내는 것과도 닮은꼴일 것이다.

이청준에게 있어 이러한 문학의식의 구체화 작업은 매우 다양한 방식으로 이루어진다. 아니, 한 편 한 편의 소설들이 모두 이 문학의식의 실험적 실천이자 그 결과물이라고까지 말할 수 있다. 이청준의 소설들은 단순한 유형화를 스스로 거부한다. 그럼에도 불구하고 만용을 부려 이 자리에서는 이청준의 단식으로서의 글쓰기를 기호론적 방식, 통사론적 방식, 화용론적 방식의 세 가지 유형으로 정리하여 간략하게 살펴보도록 하자.[5]

(1) 기호론적 방식

『씌어지지 않은 자서전』에서 '나'를 절박하게 만드는 현실적 이유는 회사를 그만둘 것이냐, 아니냐의 선택의 문제이다. 그것은 오랫동안 망설여왔던 문제였지만, 마침내 그가 사직서를 제출하도록 만든 표면적이고 충동적인 이유는 회사 동료인 미스 염의 겨드랑이 때문이

---

5) 이러한 유형 구분은 어디까지나 편의적인 것으로서, 그것들은 구분되어 있는 것이 아니라 의미의 비워냄이라는 전체적 목표에 수렴되는 단계의 형식으로 연결되어 있다.

다. "너들너들 거무스레한 살 주름에 늘 찐득찐득한 땀기"(77)가 젖어 있는 그것이 '나'에게 참기 힘든 역겨움을 불러일으켰던 것이다. 이 역겨움의 정체는 과연 어떤 것일까? 그런데 '나'의 이 역겨움에 겹쳐놓고 생각해볼 수 있는 것은 왕이라는 인물의 구역질이다. 이 구역질은 허기를 단식으로, 즉 비어 있음을 비워냄으로 능동화시키는 데에서 생기는 현상이다. 이와 연관지어 해석하면 '나'의 역겨움은 여자의 드러난 겨드랑이가 자동적으로 혐오감으로 이어지는 사태 자체에 대한 것임과 동시에 이것을 참아야 한다는 필요에 대한 것이기도 할 것이다. 참는다는 것은 그것을 애써 역겹지 않은 다른 느낌으로 바꿔낸다는 것을 의미하기 때문이다. 이것을 기호(겨드랑이)에 유착되어 있는 의미(역겨움)를 떼내어 그것이 다른 의미들과 연결될 수 있도록(참음) 기호를 해방시키는 방식의 알레고리로 읽을 수는 없을까? 한 가지 덧붙이면 미스 염의 겨드랑이는 그저 핑계일 뿐, '나'가 정말 견디기 어려워했던 것은 "독특한 뜻으로 정착"(71)된 사장의 연설이었다.

기호의 해방이라는 명제를 문제의식의 단초로 삼아 그 극단의 실현태까지를 보여주고 있는 작품은 『당신들의 천국』이다. 문제의식의 발단은 바로 한센병, 즉 문둥병이다. 다른 병과 달리 문둥병은 병이 나아도 그 흔적 때문에 병자라는 낙인을 지울 수 없는 병이다. 기호와 의미의 유착이 고정된 채로 지속되는 것이다. 새로 부임한 조백헌 원장이 입증해 보여주려 애쓰는 것은 문둥이도 보통 사람들과 똑같은 인간이라는 사실이지만, 소설의 마지막에 이르러서야 비로소 그는, 정작 들어야 할 사람들이 들을 수 있는 자리에 있지 않다는 이유에서 무의미할 뿐인 주례사를 혼자 낭독하는 방식으로 언어의 유희를 실현해 보임으로써 그의 숙원이었던 천국의 건설이 무엇을 출발점으로 삼아야 하는 것인가, 라는 문제에 대한 깨달음을 암시적으로 보여준다.

(2) 통사론적 방식

흔히 이청준의 소설들 중에서 가장 이청준다운 소설로 받아들여지곤 하는 것은 격자형 소설이다. 격자소설이란 어떤 것인가? 소설이라는 이야기 구조 속에 다른 이야기 구조가 중첩되어 있고 이를 통해 복합적인 의미를 산출해내는 소설이라고 간략히 정의할 수 있을 것이다. 소설 속에 포함된 다른 이야기는 「소문의 벽」에서처럼 소설 형식의 이야기일 수도 있고, 『씌어지지 않은 자서전』에서처럼 진술이라는 형식의 이야기일 수도 있다. 이야기의 구조가 여러 겹을 이루고 있는 이러한 유형의 소설 구조는 복문·중문·혼합문 등과 같이 한 문장 안에 여러 개의 구조가 겹쳐 있는 문장의 통사 구조와 동형적이다. 그런데 이렇게 겹쳐 있는 구조들은 완벽한 닮은꼴로 일치하기만 하는 것이 아니라 서로 충돌하기도 하며, 이러한 구조적 충돌은 각각의 구조 속에서 달리 만들어지는 의미의 충돌로까지 이어진다. 예컨대 '모든 크레타인은 거짓말쟁이라고 한 크레타인이 말했다'라는 진술의 모호성은 각각의 구조 속에서 진술 내용이 갖는 진실적 가치가 구조들 사이의 충돌로 말미암아 의심받게 되기 때문에 생겨나는 것이다. 과연 『소문의 벽』에서 우리는 어떤 모습의 박준에게 인물로서의 진정성을 부여할 수 있는가? 소설가로서의 박준인가, 미친 사람이라는 혐의가 씌워진 박준인가?

『씌어지지 않은 자서전』에서도 이러한 사정은 크게 다르지 않다. 진지성만을 기준으로 삼아 볼 때 인물로서의 무게는 단연 신문관 앞에서 진술을 강요당하는 이준 쪽으로 기울어지게 되고, 이런 이유에서 이 소설은 당대 정치 현실에 대한 알레고리로 읽힐 수도 있었던 것이지만, 그렇다고 해서 모든 것에 쑥스러워하며 회사를 그만둘 것인가 말 것인가라는 문제를 놓고 열흘 동안이나 끙끙거리는 우유부단한 모습의 이준을 통해 엿볼 수 있는 작가 자신의 사소설적 측면이 간단히 무시될 수 있는 것도 아니다. 이렇듯 이청준의 소설들은 의미를 산출하는 구조를 복수화하고, 이 구조들의 중첩을 통해 의미의 충돌과 이탈을 야기하며, 이렇게 하여 극대화된 모호성을 기반으로 삼아 의미의 고정을 거부하고 언제나 새로운 의미로 분산될 수 있도록 준비된다. 그것은 열린 소설을 향한 지향성에서 고안된 소설들이다.

(3) 화용론적 방식

왜 『씌어지지 않은 자서전』인가? 씌어진 것에 대해 왜 작가는 씌어지지 않았다고 우기는가? 조금 우회해서 생각해보자.

『당신들의 천국』의 마지막 부분에서 묘한 것은 화자와 청자, 그리고 이들을 둘러싸고 있는 콘텍스트라는 의사소통적 상황이다. 누가 어떤 말을 하는가? 우리 독자들은 조 원장 혼자의 독백으로 이루어지는 주례사를 어떻게 들을 수 있는가? 여기서 조 원장의 주례사는 엿듣는 사람이 있다는 걸 모르는 채 자기 혼자라고 가정된 상황에서 이루어지는 독백이다. 따라서 그는 화자일 수 없고, 그의 소리는 우리에게 들리지 않는다. 그렇다면 화자는 누구인가? 조 원장의 독백을 엿듣고 있는 이상욱과 이정태도 화자일 수는 없고, 유일하게 가능한 화자는 작가—화자일 뿐이다. 그렇다면 작가—화자가 들려주는 말은 어떤 것인가? 아무것도 없다. 조 원장의 독백을 직접화법으로 전달하고 있는 이 장면에서 주례사의 이야기는 화자일 수 없는 조 원장의 입을 통해 다 발설되었고, 따라서 작가—화자에게는 아무런 할 말도 없게 된다.

이 화자와 콘텍스트의 문제가 한층 더 치밀하게 공들여진 방식으로 다시 제기되고 있는 것은 『자유의 문』에서이다. 이 소설에는 주영섭과 백상도라는 두 주요 인물이 등장하고, 모든 이야기의 전말은 이들의 조사와 추리, 진술에 의해 밝혀진다. 그러나 형식 논리적 이유와 심리적 이유에서 이들은 진정한 화자가 될 수 없는 인물들이다. 우선 발화 행위énonciation와 발화énoncé의 관점에서 볼 때 주영섭은 소설이라는 발화 차원의 결과물이 만들어지는 시점에서는 이미 죽어 있는 인물이기 때문이고, 절대선의 실천이라는 원칙 아래 모든 것을 비밀로 묻어두려는 백상도는 성격의 일관성이라는 이유에서 화자일 수 없다. 백상도가 주영섭에게 모든 이야기를 털어놓는 것은 결국에는 주영섭이 죽으리라는 것, 그래서 말을 하더라도 비밀은 지켜질 수 있다는 것을 미리 내다보고 있었기 때문이다. 이 소설에서도 유일하게 가능한 화자는 작가—화자일 뿐이다. 그렇다면 작가—화자는 무엇을 이야기하는가? 이 경우에도 작가—화자는 아무것도 말하는 것이 없다. 이미 인물들이 모든 것을 다 이야기해놓은 마당에 작가가 덧붙일 것이 무엇이 있겠는가? 인물들은 말하고 작가는 침묵한다. 이처럼 침묵으로 말하기라는 기묘한 복화술을 통해 이청준은 「비화밀교」에서 그 자신을 사로잡고 있었던 문제, 즉 말해야 한다는 의무와 말하지 말아야 한다는 금기 사이의 딜레마까지를 뛰어넘는다. 그리고 이를 통해 이청준은 의미의 비워냄이나 의미화의 지연 등의 수준을 넘어 아예 말하기(글쓰기)라는 행위 자체의 무화를 시도하는 데까지 나아가고 있는 것이다.

(4) 침묵으로 말하기

왜 하필이면 침묵으로 말하기인가? 침묵은 왜 필요하고 말하기는 왜 필요한가? 의미는 저절로 비어 있지 않다. 그것은 채워져 있다. 그것이 비어 있다면 말을 할 수도, 할 필요도 없을 것이고, 따라서 침묵이 유일한 선택일 수밖에 없겠지만, 이게 아니라 채워져 있는 의미를 비워내는 것이 문제라면 그것의 방법은 말하기 이외의 다른 도리가 없다. 그것도 가급적 많이. 그러나 또한 의미의 비워냄이라는 목표가 진정한 것이기 위해서는 이 목표의 수행을 위해 불가피하게 할 수밖에 없었던 말들까지도 의미의 구속에서 벗어나게 만들어야 한다는 원칙을 저버릴 수는 없는 일일 것이다. 중요한 것은 "모순을 끝끝내 밀고 나가는"(이인성) 일이다.

이청준은 아무 말도 하지 않기 위해 전집 25권의 분량에 이르는 엄청나게 많은 말을 했다. 거꾸로 이렇게 많은 말을 했음에도 그가 말한 것은 아무것도 없다고 한다면 지나친 표현일까? 그러나 이청준의 소설 세계라는 미로를 끝없이 헤맨 후에도 우리가 결국 도달하게 되는 곳은 의미의 아포리아 너머에 놓여 있는 침묵과 말하기 사이의 현기증 나는 아포리아 지대가 아닌가? 이청준에 대해 안삼환은 "하나를 말함으로써 다를 말하며 다를 말하기 위해 하나밖에 이야기하지 않는다. 무서운 작가이다"[6]라고 쓰고 있다. 우리의 문맥에서라면 이 표현은 '아무것도 말하지 않기 위해 많은 말을 하고, 많은 말을 하면

---

6) 안삼환, 「'빗새'로 유랑하기/ '나무'로 서 있기」, 『이청준 깊이 읽기』, 권오룡 엮음, 문학과지성사, 1999, p. 255.

서도 아무것도 말하지 않는다'고 고쳐질 수도 있을 것이지만, 어느 쪽이든, 역시, 무서운 작가이다.

〔2003〕

시간이여, 강낭콩꽃빛으로 흘러라

—『서유기』의 탈근대적 지향

발표된 지 수십 년이 넘는 소설을 지금 다시 읽는다고 할 때 그 의미는 무엇이며 방식은 또 어떤 것이어야 할까를 먼저 생각하게 된다. 아마도 그 의미는 무엇보다도 이것이 대화의 시도라는 데에서 찾아질 수 있을 것이다. 대화의 본질은 서로 상대방의 입장이 되어본다는 데 있다. 그러므로 『서유기』와의 대화란 한편으로는 우리가 1960년대적 상황으로 되돌아가본다는 의미와 함께, 보다 열린 측면에서는 『서유기』로 하여금 1990년대의 시점에서 발언할 수 있도록 해준다는 의미를 같이 지니기를 요구하는 작업일 것이다. 그것은 두 시대를 가로지르는 간(間)텍스트적 연관을 내포한다. 이런 점에서 그것은 확산적이기를 요구받는다. 우리는 『서유기』가 어떻게 1990년대적 상황과 종합되어 열린 의미의 장으로 확산되어나갈 수 있는 것인가를 살펴보고자 한다.

『서유기』는 특이한 소설이다. 하나의 독립적인 소설이기에 그것은 명백하게 의존적이다. 이것은 특히 『회색인』에 대해 그렇다. 알다시피 『서유기』는 『회색인』의 결말 부분에서 이유정의 방에 몰래 들어갔던 독고준이 일없이 물러나와 자기 방에 돌아가기까지의 짧은 시간 속에서 이루어진 잡다한 상념의 내용들을 서술해놓은 것이다. 『회색인』에 대하여 『서유기』가 지니는 간텍스트성의 내용이 어떤 것이든간에 이 두 소설 사이의 상관성은 명백하다. 어쩌면 『서유기』는 『회색인』의 부록이라고 말할 수 있을지도 모르겠다. 그러나 이렇게 두 소설의 상관성이 분명하다고 해서 『서유기』의 독자성을 부정하기에는 무엇보다도 그 대담한 형식상의 특이함이 돋보인다. 짧은 시간에 어지럽게 교차하는 상상과 환상의 교직(交織)으로 짜이는 『서유기』라는 텍스트는 또한 독고준이라는 인물의 의식과 무의식이 엉켜 만들어내는 그물망이기도 하다. 이미 말했듯 이유정의 방에서 물러 나온 독고준이 2층에 있는 그의 방으로 돌아가기까지의 짧은 시간이 이 소설의 시작과 끝에 유일하게 현실적으로 존재하는 시간이다. 그러나 "인사제행(人事諸行)이 실은 한자리에서 눈 깜짝할 사이의 제자리걸음"(『서유기』, 206)[1]인 것. 작가는 이 '눈 깜짝할 사이'를 문화와 역사의 장으로 확대시킨다. 말하자면 작가는 독고준의 의식을 상수(常數)로 삼아 이 짧은 시간을 문화사적 부피를 지니는 역사적 구성물로 적분해놓은 것이다. 이 쉽지 않은 수학 셈의 결과로 『서유기』는 역사의 넓이와 의식의 깊이로 구성된 입체적 텍스트로서의 구조를 획득하게 된다.

현실의 시간을 떠나 다른 시간의 차원에서 구성되는 이 역사와 의

---

1) 이 글의 인용문은 『회색인』(최인훈 전집 2, 문학과지성사, 1991)과 『서유기』(최인훈 전집 3, 문학과지성사, 1994)에 따른다.

식은 그러므로 전혀 사실적이지 않다. 그것은 온통 환상과 상상으로 채워져 있다. 어쩌면 『서유기』가 구성하는 역사는 훗날 복거일이 '대체 역사'라는 특이한 명칭의 개념으로 정립해낸 것의 선구적 형태라 말할 수도 있을 것이다. 또 이 소설이 담고 있는 의식 또한 제임스 조이스나 카프카의 소설에서 볼 수 있는 것과 흡사한, 종잡을 수 없으면서도 그로테스크하기까지 한 그런 유의 의식이라고도 말할 수 있다. 그것은 가능한 한 현실을 최대한 비틀어보려는 극단적인 변형 의식의 상태를 지향한다. 이렇듯 환상과 상상에 의해 조작되고 변형되는 것이기에 『서유기』가 담고 있는 역사와 의식은 결코 사실적이지 않다. 그러면서도 그것은 사실적인 방식이 도달할 수 있는 것 이상의, 그 너머의 핵심에 이르려 한다. 이것이 환상의 기능이다. 그것은 합리성으로 위장된 기존 현실 속에서 왜곡된 사물들을 그것의 참된 모습과 질서의 상태에서 파악할 수 있도록 해준다.

아마도 『서유기』의 난해함은 이러한 사정에서 오는 것일 터이다. 이러한 난해함이 독자들의 손쉬운 접근을 가로막는 가장 큰 요인이 되리라는 것은 두말할 필요도 없는 일이다. 그렇다면 이런 난해함과, 그리고 이런 난해함을 낳는 그 특이함은 어떤 이유에서 비롯된 것일까? 작가는 왜 이런, 사실의 차원이나 사실주의적인 방식을 도외시한 소설을 써야만 했을까? 이 물음은 그러나 작가의 글쓰기의 의도를 따져 묻고자 하는 것이 아니다. 이 물음을 통해 우리가 알아보고자 하는 것은 이러한 특이한 형식의 소설이, 그 자체의 공간에서는 배제되어 있는, 현실에 대하여 갖는 대응 관계에 대해서이다. 도대체 『서유기』와 같이 일체의 사실적 기반을 무시해버리고 상상과 환상에만 의존하여 뚜렷한 갈피를 지니지 않은 채 종잡기 어려운 방식으로 이어지는 갖가지 비사실적 일화들의 단절적 연쇄로 이어진 텍스트를 어떻게 이해해야 할 것인가?

다행스러운 것은 이런 물음을 규명하기 위해 『서유기』라는 텍스트 바깥으로 멀리 나갈 필요는 없을 것으로 보인다는 점이다. 『서유기』가 특징적으로 드러내 보여주는 이러한 환상성, 비사실성은 기실 소외의 한 단면일 것이다. 이 소외의 의미, 자발적으로 선택된 것으로 파악할 수 있는 이 소외의 의미를 이해할 수 있도록 해주는 단서를 작가는 『서유기』 안에서 제공해주고 있다. 작가가 길게 공들여 설명하고 있는 '존재의 안과 밖의 세계'의 구조에 대한 사유가 그것이다. 세계는 내공간과 외공간으로 구성되어 있다는 것, '나'는 이 두 공간의 접점에 자리 잡은 '실재'로서, 그것은 "양심이라고도 불리고 주체성, 의지, 데몬, 무의식, 일자(一者), 물자체(物自體), 절대 정신, 가치, 이데아, 로고스, 길〔道〕 따위"(210)의 여러 이름으로 불리는 것이 바로 그것이라는 것, 그러므로 이 '나'는 현실에서의 '나'와는 다른, 현실의 '나'의 "궁극의 근거"이지 이와 일치하는 것은 아니라는 것, 이런 틀에서 볼 때 현실의 '나'란 그 "극한점으로의 방향"(207)으로서의 의미를 갖는다는 것 등의 내용을 그것은 담고 있다.

다분히 변증법적인 이런 구조 속에서 『서유기』가 내공간의 세계에만 바쳐져 있는 소설이라는 것은 두말할 필요도 없다. 『서유기』가 소외의 문학이라는 것은 일차적으로 이러한 의미에서다. 그것은 소외된 세계를 선택하여 이를 양식화한다. 사실 브레히트의 이른바 '소외 효과'를 굳이 들먹거리지 않더라도 문학이 자발적 소외의 한 양식일 수 있다는 것은 이미 잘 알려져 있는 사실이다. 문학은 현실에서의 소외의 양상을 그 대상으로 선택하고 또 이를 양식화하여 스스로 소외됨으로써 그 소외를 만들어내는 현실에 대한 성가신 탐조등이 된다. 최인훈은 소외를 '낯설게' 드러냄으로써 내공간과 외공간 사이의 접점의 확보가 불가능해진 세계의 구조 자체를 조명하고 고발하는 것이다. 부연하여 말하면 『서유기』의 환상성과 형식적 파격성, 그 대담함은 이러한 소외를 드러내 모든 사람들이 자각할 수 있도록 하기 위한 '낯설게 하기' 방식의 산물인 것이다. 환상은 모든 사물들이 현실 속에서 취하고 있는 모습을 의도적으로 비틀어 사물과 현실 사이의 의미적 연관을 차단한다. 이렇게 하여 벌어진 현실적인 것과의 틈이 바로 소외라는 이름으로 불리는 것이다. 이리하여 『서유기』는 소외가 실존의 조건으로 강제된 세계에서 내공간으로의 망명을 택해 이를 양식화한, 아마도 이상(李箱) 이래 한국문학에서 그리 흔하지 않은 경향에 속하는 소설로 스스로 자리매김한다.

세계의 구조에 대한 최인훈의 사유는 『서유기』가 이렇듯 내공간에만 한정된 소외된 양식이라는 사실에서 그 필연성을 얻는다. 그러한 사변(思辨)은 왜 필요했던 것일까? 사실 『서유기』가 일정한 서사의 틀을 갖지 않기에 망정이지 이러한 사변적 논설은 소설이 당연히 갖추어야 하는 구체성의 요구라는 관점에서 결코 적절하다고는 말할 수 없는 것일 터이다. 좀더 강하게 말한다면 『서유기』가 아무리 잡다한 비사실적 상념들의 연쇄로 이루어진 소설이라 하더라도 이러한 이유만으로 그 사변이 충분히 정당화될 수 있는 것은 아니다. 이럼에도 불구하고 '세계의 구조'에 관한 논설이 장황하게 펼쳐져 있다고 할 때, 이는 소설이 목표로 삼은 어떤 외적 전달 효과에 대한 기대에서가 아니라 소설 자체에 대한 재귀적 조명 효과를 위해 필요했던 것으로 보인다. 다시 말해 '세계의 구조'에 대한 작가의 사유는 기실 그 구조 자체를 밝히기 위해서라기보다 그 구조를 이루는 각각의 공간에 대응하는 문학 양식의 특징적 유형들을 가려내어 제시하기 위해 필요했던 것으로 판단된다는 것이다. 즉 외공간에 대응하는 문학 양식이 리얼리즘이라면 『서유기』와 같은 환상문학은 내공간에 대응하는 문학 양식이 되는 것이다. 이런 점에서 세계의 구조에 대한 작가의 사유는 다름 아니라 『서유기』가 구현하고 있는 내공간 소설의 위상을 스스로 매김하고 그것의 정당성을 주장하는, 일종의 우회적인 문학론으로서의 의미를 갖는다고 할 것이다. 그 문학론에 대해서는 참여문학론에 대비되는 의미에서 소외문학론이라는 이름을 부여할 수 있을 것이다.

이러한 소외의 양식으로서의 소설이 『서유기』로 불쑥 튀어나오게 된 이유는 무엇일까? 아니, 그것은 과연 불쑥 튀어나온 것인가? 아니다. 이것은 최인훈의 현실 인식의 진화와 더불어 서서히, 단계적으로 가다듬어진 것이다. 그 진화 과정을 어떻게 추적할 수 있을까? 다시 세계의 구조에 관한 설명으로부터 실마리를 풀어보자. 이 구조에 있어 이상적인 상태에서 '나'가 자리 잡는 위치는 내공간과 외공간의 접점이다. '나'를 중심으로 하여 내공간상과 외공간상은 마치 물감을 풀어 접었다 편 그림처럼 대칭적으로 일치한다. 이러한 이상적인 상태에서라면 소설은 바깥 세계와 내면의 세계가 서로 조응하는 총체성을 실현해낼 수 있을 것이다. 그러나 『서유기』는 오직 내공간상의 묘출(描出)에만 전적으로 바쳐져 있다. 이것이 소외의 드러냄이라는 것은 앞서 말한 바와 같지만, 이렇듯 소외된 관점에 설 때 내공간과 외공간의 대칭 관계는 잠재적인 것일 수밖에 없게 된다.

이렇게 잠재적인 대칭 관계에 의해 『서유기』의 내공간상과 짝을 이루는 외공간상의 소설은 어떤 것인가? 바로 『광장』이 아니겠는가. 『광장』에서 이명준이 마치 돈키호테처럼 이념의 당나귀를 타고 남한으로, 북한으로 중립국으로, 그리고 결국에는 죽음의 바다로 돌진해 들어가는 파란만장한 편력의 무대가 되어 있는 것은 정치적 세계라고 하는 외공간이다. 결코 현실 세계의 원리가 될 수 없는 이념, 혹은 정신을 좇아 좌충우돌하다가 결국 이런 헛된 추구의 결과로 죽음에 이르게 된다는 점에서 이명준은 바로 돈키호테의 후손이 아닐 수 없다. 책의 세계에서 어느 날 갑자기 현실 세계로 뛰어나온 이들에게 현실 세계는 그러나 책에 담긴 정신을 온전하게 실현할 수 있도록 해주는 만만한 무대가 아니었던 것이다. 그리하여 이들이 세상의 원리로 책에서 배운 정신이나 이념이란 한낱 추상적 이상주의의 한계에서 벗어나지 못한다.

이런 한계에 대한 뼈아픈 자각에서 생기는 좌절과 환멸이 낭만주의의 세계를 준비한다. 『광장』에서 『서유기』로의 통로는 이렇게 하여 만들어진다. 다만 독고준은 그가 지닌 고도의 문화사적 감각이 그를 퇴영의 몸짓으로부터 구출해준다. 이런 점에서 독고준과 이명준은 이란성 쌍둥이인 셈이다. 이들 두 인물은 대칭적으로 서로 겹친다. 아니 인물만이 아니라 『광장』과 『서유기』라는 두 소설이 서로 대칭적으로 겹친다. 이렇게 대칭적이면서도 잠재적으로 겹쳐 있는 이 두 소설 사이에 실제로 겹쳐 있는 소설이 『회색인』이다. 『회색인』이라는 제목 자체가 이를 입증하고 있지 않은가. 이명준은 자신의 모습을 김학과 독고준에게 골고루 나누어주는 방식으로 『회색인』에서 다시 태어난다. 김학에게는 광장의 논리를, 독고준에게는 밀실의 사유를 물려주고 있는 것이다.

이리하여 이명준에게서 기이하게 결합되어 있었던 근대소설의 두 대표적 인물 유형이 분리되기에 이른다. 김학은 추상적 이상주의의 인물형으로, 독고준은 환멸의 낭만주의로. 그러나 이러한 분리와 대칭적 대립에서 무게중심은 아무래도 독고준 쪽으로 기울어져 있다. 말하자면 김학은 좀 어정쩡한 인물인 것이다. 그가 추상적 이상주의의 범주에 속하는 인물이라고는 하나 그에게는 녹슨 창도 방패도, 비루먹은 로시난테도 그나마 없다. 그는 "가능한 모든 수단으로 개혁을 위한 행동"을 할 것을 주장하면서도 그가 제시할 수 있는 실천적 프로그램이란 고작 "정치 토론회를 열고 방학 때마다 봉사대에 참가하고 하는 유의 사회 참여"(『회색인』, 291) 정도에 지나지 않는다. 그는 혁명의 광장으로 열려 있지 못하고 이미 사회 체제 속에 갇혀 있다. 그는 그가 속한 동인들의 명칭이 드러하듯 '갇힌 세대'에 속해 있는 것이다.

정치학도인 김학이 '갇혀' 있다는 것은 무슨 의미인가? 정치적 공간이 그가 지닌 이상을 실현할 수 있는 장이 되지 못한다는 것일 터이다. 이것은 바로 이명준의 패배를 통해 처절하게 확인된 사실이다. 김학이 정치학도임에 비해 독고준은 국문학도이다. 그러나 정치학도보다 한결 더 세련된 정치 감각을 지니고 있는 국문학도이다. 이 세련된 정치 감각이 그에게 직접적으로 부추기는 것은 정치와 이념에 대한, 즉 외공간에 대한 냉소이지만, 이 냉소주의가 그에게 성숙함의 면모를 부여해주는 것도 사실이다. 이 성숙함에 의지하여 그는 스스로를 환멸의 낭만주의의 성에 유폐시킨다. 이렇게 하여 정치와 문학의 대칭 관계는 의식의 성숙성을 기준으로 하여 문학으로 기울게 된다. 이 기욺이 김학이라는 인물의 어정쩡함을 설명해준다. 사실 그는

『광장』의 추상적 이상주의에서 『서유기』의 환멸적 낭만주의로의 이행을 거드는 인물, 이명준에서 독고준으로의 변신 과정의 중간적 인물에 지나지 않는 것이다. 정치에서 문학으로의 기울음을 통해 외공간에서 내공간으로 휩쓸려 내려가는 가파른 미끄러짐의 종착점에서 하나의 양식으로 귀착된 것, 바로 이것이 『서유기』이다.

그러므로 『서유기』는 『광장』에서 『회색인』을 거쳐 이어지는 발생적 계보를 자신의 족보로 갖는다. 그러나 비약을 무릅쓰고 말하면 비단 이것만이 아니라 『서유기』는 그 이후 최인훈의 소설들, 예를 들면 『총독의 소리』라든가 『소설가 구보씨의 일일』 그리고 한참 후인 1990년대에 이르러 씌어진 최인훈의 자전적 소설인 『화두』에 이르기까지의 길이 그것으로부터 갈라져 나오는 교차로라고 말할 수 있다. 가령 『화두』의 성숙한 낭만주의적 자아는 이미 독고준에게서부터 배태되어 있었던 것일 터이고, 회상에 입각해 있는 『화두』의 시간 구조는 시간을 거슬러 W시로 돌아가려는 독고준의 강박적인 추구의 의미와 결코 무관하지 않다. 『서유기』가 의존적인 소설이라 함은 일차적으로는 『회색인』에 대해 그러하다는 것이지만, 사실 그것은 최인훈의 다른 주요한 소설들에 대해서도 그러하다. 이 경우 의존적이라는 것은 상관적이라는 표현으로 대신할 수도 있을 것이다.

그러나 『광장』에서 『서유기』로의 이행의 의미는 최인훈이라는 한 작가 개인의 문학 세계의 테두리 속에서만의 의미로 한정되지 않는다. 이것은 무슨 말인가? 결론을 미리 말하면 이 이행에는 가장 넓은 의미에서의 문화적 현상을 배경으로 한 문학사적 의미가 함축되거나 혹은 예언되어 있다는 것이다. 다시 『광장』에서 『서유기』로의 이행의 의미를 따져보는 것으로 논의의 실마리를 풀어보도록 하자. 이 이행의 또 다른 의미는 무엇인가? 그것은 이른바 '거대 서사'의 상실 혹은 소멸이라는 문화사적, 더욱 거창하게는 세계사적 현상의 선취적 체험과, 이에 따른 문학적 대응 양식의 변화라는 의미를 함축하는 것이다. 『광장』에서 이명준이 건설하고자 했던 것은 무엇이었던가? 바로 이념의 공화국이었다. 또 『회색인』의 김학이 내세우는 구호는 '혁명과 정열'이다. 무엇을 위한 이념이고 무엇을 위한 혁명인가? 국가를? 민족을? 진정한 자주독립을? 필시 이 모두가 포함되는 어떤 거대한 명분일 것이다. 그러니까 이들은 비록 희생자이거나 꼭두각시 같은 처지이기는 하더라도 이러한 거대 서사 자체와 그것의 가치에 집착하고 있는 인물이다.

이에 비해 독고준이 내세우는 것이란 '사랑과 시간'이다. 그런데 김학의 '혁명과 정열'이라는 명분과 독고준의 '사랑과 시간'이라는 대안 사이에는 냉소의 강이 가로질러져 있다. 이 냉소에 의해 김학을 사로잡고 있는 거대 서사는 희화화된다. 김학의 명분이 현실적이거나 혹은 현실에 대한 비판적 위치에 놓이는 것임에 비해 독고준의 '사랑과 시간'이 놓여 있는 위치는 다분히 유희적인 지점이다. 이것은 독고준의 '사랑과 시간'이라는 강령이 제시된, 『회색인』의 서두에 실린 독고준의 '식민지 필요론'을 보면 대번에 드러난다. 개진되어 있는 식민지 필요론 자체가 시대착오적이고 현실과 동떨어진 한갓 관념의 유희에 지나지 않는 것이지만, '사랑과 시간'을 식민지의 대용물로 제시하는 여자의 말에 "여자여 그대의 언(言)이 미(美)하도다/그러고는 그녀를 미친개처럼 키스하였다"(『회색인』, 12)는 결말부는 언어의 유희, 행동의 유희를 통해 그 자신의 관념의 유희까지를 한껏 조롱하고 있는 것이다.

이러한 구분을 『서유기』에까지 적용시키면 이 소설이 놓이는 위상이 어디인가는 대번에 드러난다. 현실적인 것은 결코 아니다. 그렇다면 현실에 대한 비판적인 위치일까? 그럴 수도 있다. 가령 『서유기』에서 일본 헌병의 예리한 분석을 통해 행해지는 이광수에 대한 비판은 이런 측면에 해당하는 것으로 이해할 수 있다. 그러나 그렇다 하더라도 전체적으로 보아 『서유기』가 놓임 직한 위상은 아무래도 유희적인 것에 가깝다. 사실 이광수에 대한 비판에서 보이는 비판적 기능이라는 것도 유희를 통한 비판일 수 있다. 유희, 혹은 놀이의 문화적 의미 중의 하나는 그것이 기존 현실에 대하여 비판적 기능을 수행한다는 것이다. 『서유기』의 경우 무엇보다도 그것의 비현실성이 유희성의 가장 확실한 표지가 된다.

유희란 무엇인가? 하위징아의 설명에 따르면 그것은 한 차원 높은 현실로 도약하는 계기이다. 그것은 합리성에서 벗어나는 행위이면서 동시에 이 벗어남을 통해 새로운 초월적 합리성을 준비한다. 이때 벗어남의 대상으로서의 합리성이란 기존 현실을 지배하는 원리, 즉 도구적 합리성을 가리키는 것으로 이해된다. 어떤 현실에도 모순이란 불가피하게 존재할 수밖에 없는 것이라 할 때 그것은 현실 속에 존재하는 모순의 극복을 지향하거나 그것이 극복된 상태에서 도달된 합리성이 아니라 현실의 모순을 봉합한 상태에서 그것을 은폐하고 영속화시키고자 하는 지배의 원리에 다름 아니다. 그것은 존재하는 모순에 대한 이성적 방식을 통한 지양의 계기를 거부하는, 이런 의미에서 닫힌 합리성이다. 김학이 스스로를 '갇힌 세대'로 자처하는 것은 아마도 이러한 닫힌 합리성의 두꺼운 벽에 대한 자각을 드러내는 것일 터이다.

그러므로 유희란 이 같은 갇혀 있음에 대한 명확한 인식을 바탕으로 하여 이성적이지 않은, 그러나 이성적인 것보다 더 효과적일 수 있는 방식으로 현실의 벽을 뚫고자 할 때 택해질 수 있는 전술일 것이다. 이럴 때 유희가 수반할 수 있는 조롱이나 야유는 현실 초월, 달리 표현하면 차원 전환의 한 방법일 것이다. 이런 점에서 그것은 바흐친적 웃음의 의미와도 통한다. 바흐친의 웃음이 그러하듯 유희 또한 이러한 방식을 수단으로 하여 현실을 지배하는 모든 이념적 거대 서사를 해체해버린다. 가령 『서유기』에서 독고준이 고향인 W시로 들어가려 할 때 그를 체포하라는 명령을 전하는 방송 내용의 이유는 무엇인가? 왜 그는 고향에 돌아와서까지도 적으로 몰리는가? 남반부에서 온 인물이라서? 부르주아적 출신 성분 때문에? 또 독고준을 체포하라는 명령에 맞서 그를 보호하고 자기네들에게 인도해주기를 요청하는 방송 내용에서 독고준은 왜 정신병자, 광인(狂人)으로 몰리고 있는가? 그 까닭인즉 독고준이라는 인물이 구현하고 있는 유희성이라는 것이야말로 어떤 이념, 어떤 체제이든 이를 해체해버리는 가장 강력한 파괴 요인이기 때문일 것이다.

이렇게 『서유기』는, 그리고 독고준은 유희성을 무기로 삼아 거대 서사를 해체해버린다. 여기서 다시 우리는 『서유기』가 지닌 서사 구조, 형식의 파격성의 의미를 깨닫게 된다. 『서유기』의 일탈의 서사 양식이야말로 거대 서사 자체와 이것이 빙자하는 합리적 서사 양식의 파괴이고, 또 거대 서사를 명분으로 하는 도구적 합리성에 의해 지배되는 현실에 대한 강력한 도발이 아니겠는가. 마르쿠제가 역설한 바 있는 것처럼 문학 작품이 혁명적이 되는 것은 그 형식을 통해서이다.

물론 이러한 거대 서사의 상실 혹은 해체라는 것은 1960년대 중반의 시점에서는 최인훈 개인의 체험에 지나지 않는 것이라고 말할 수밖에 없다. 세계는 아직 양대 진영의 냉전 구도로 분할되어 있었고, 한반도는 이러한 대립의 대리자로서의 딱한 처지에서 조금도 벗어나 있지 못했다. 그러나 불과 20년을 조금 넘게 경과하여 상황은 전혀 예상하지 못한 방향으로 전개되었다. 길게 이야기할 필요도 없이 독일의 통일을 정점으로 하는 동구권의 붕괴와 소비에트 연방의 해체 같은 세계사적 사태에 따른 이념의 소멸, 그리고 국내적으로는 5·16 이후 30년 넘게 지속된 군사 독재 체제에서 지극히 저급한 것이기는 했으나 어쨌든 민간 정부로의 전환에 따른 운동 이념의 후퇴 등과 같은 사건과 현상들은 거대 서사의 상실이라는 것을 부인할 수 없는 객관적 현실로 받아들이지 않을 수 없도록 만들었다. 한 작가의 개인적 체험이 30년 남짓의 세월을 건너뛰어 전개된 상황과 닮은꼴을 이루고 있는 것이다. 즉 정치주의 혹은 운동주의에서 문학주의로, 집단의 논리에서 개인의 감성으로, 이념의 추구에서 자아의 탐색으로와 같은 전환의 내용에서 최인훈의 『광장』에서 『서유기』에 이르기까지의 이행 과정과 1980년대 문학에서 1990년대 문학으로의 이행 과정은 매우 흡사하게 닮아 있지 않는가. 최인훈의 자전적 소설인 『화두』가 1990년대에 씌어질 수 있었던 것도 이러한 사정과 맥이 닿아 있는 것일 터이다.

이렇게 1960년대에 한 지식인의 환멸과 냉소를 통해 선취된 개인적 체험으로서의 의미에 한정될 수밖에 없었던 이념의 혼란, 거대 서사의 상실이라는 현상을, 이것이 객관적 현실로 체험되고 입증된 1990년대의 상황과 겹쳐놓을 때 그것의 의미는 더 이상 개인적인 것, 환상이라는 특이한 감수성에 의해 포착될 수 있었던 것으로서의 범주에 머물지 않는다. 여기서 우리는 최인훈 문학의 선구성만이 아니라 문학적 감수성의 형성 조건이라든가 양식의 선택 같은 문제에서의 어떤 일반성 같은 것을 아울러 확인하게 된다.

사실 『서유기』로 귀결된 최인훈의 선택이 이런 일반성에 닿아 있는 것일 수 있음은 1960년대 문학에 대한 동시대적 조감을 통해서도 암시받을 수 있다. 즉, 우리는 1960년대 후반의 한국문학에서 정치적 현실에 대한 비판 의식과 그 전망에 대한 예리한 통찰을 배경으로 하는 비사실주의적 문학의 갈래를 찾아볼 수 있는 것이다. 예컨대 우의적 환각을 통해 억압의 실체를 드러내고 이 억압에 대항하는 글쓰기를 문학의 존재 이유로 내세우고 있는 이청준의 『씌어지지 않은 자서전』이나 이른바 환상적 리얼리즘으로 불리는 이제하의 『초식』의 세계 같은 것이 그렇다. 그 각각의 특징과 이로써 비롯되는 차이야 어떤 것이든, 이러한 갈래에 속하는 소설은 환상성, 비사실성을 경계로 정치와 갈라지는 문학의 세계를 개척한 소설의 범주에 묶일 수 있는 것들이 아니겠는가. 이러한 갈래의 출발점에 『서유기』가 놓일 수 있는 것이라 한다면 이는 또한 『서유기』를 통해 구현된 최인훈의 선택의 의미가 개인적인 테두리에만 한정되는 것이 아님을 입증하는 것일 터이다.

한국 사회와 문학에서 1980년대에서 1990년대로의 이행에 담겨 있는 쟁점적 사항 가운데 하나는 모던에서 포스트모던으로의 이행 여부의 문제였다. 그것은 진단에서 가치 판단에 이르기까지 다양한 주제를 포괄하는 것이었다. 『광장』에서 『서유기』로의 이행의 구도가 1980년대 문학에서 1990년대 문학으로의 이행의 구도와 닮은꼴을 이루고 있는 것이라 한다면, 최인훈 소설의 그 이행 또한 모던에서 포스트모던으로의 이행이 내포하는 의미를 함축하는 것이 아닐까? 사실 앞서 간략히 그 윤곽을 짚어본 그의 세계 구조론 자체가 객관적 세계와 주관적 세계의 분리, 그리고 이로 인한 소외와 다양한 하위 주체의 출현을 필연적 귀결로 지니는 근대에 대한 낭만주의적 비판의 의미를 함축하는 것이거니와, 이러한 이행의 의미는 포스트모던의 의미를 리오타르의 견해처럼 거대 서사의 사라짐이라는 의미로 파악할 때 특히 부각된다. 그렇다면 그 이행 과정, 그리고 『서유기』라는 소설에 담겨 있는 근대에 대한 인식 내용과 근대로부터의 벗어남에 대한 모색은 어떤 것인가?

다시 이명준과 독고준의 대칭적 겹침의 내용을 살펴보자. 이 두 인물의 대칭성을 이루는 또 하나의 주제는 아버지의 나타남과 사라짐이다. 알다시피 『광장』에서 무덤덤한 철학도에 지나지 않았던 이명준을 비정한 이데올로기의 세계, 현실 정치의 세계로 끌어낸 것은 바로 아버지의 출현이었다. 급기야 그는 아버지를 찾아 월북하기까지 한다. 물론 결국에는 그 스스로 아버지를 저버리게 되지만, 이명준에게 이 결단은 이념에 대한 환멸과 같이 이루어진다. 이에 비해 독고준은 이명준과 정반대의 길을 걷는다. 북한에 살다가 남하한 아버지를 찾으려 혈혈단신으로 남하하여 간신히 아버지를 찾아내지만 이내 아버지는 세상을 떠나고 만다.

'아버지'라는 존재의 의미는 무엇인가? 한국 근대문학에서 아버지라는 존재로 상징되는 부의식(父意識)의 의미는 무엇인가? 그것은 민족, 국가, 독립, 자주적 역사 등과 같은 거대 서사의 상징적 총칭이 아닌가. 마르트 로베르식으로 말하면 그것은 못된 의붓아비(=일제)의 횡포를 물리치고 다시 찾아야 할 사생아적 추구의 궁극적 대상이었다. 그것은 거대한 일자(一者)로서의 지위에 놓여 있었던 것으로서, 이에 따라 한국문학은 모두가 이 일자에 대한 상징적 표현이기를 강하게 요구받아왔다. 한용운의 '님'이나 이육사의 '손님'이나 똑같이 조국 광복에 대한 은유라는 식으로 이해되기를 요구받았던 것이 이러한 사정을 잘 반영한다. 또 해방 이후에도 아버지는 분단 현실의 극복, 자유 민주주의의 수립 등과 같은 목표를 상징하는 것이었다. 요컨대 그것은 우리의 근대의 기획에 빠뜨릴 수 없는 사항들 전부에 대한 총칭이었다. 이러한 환원주의적 이해 방식은 물론 극복되어야 할 것이지만, 그 방식의 옳고 그름에 대한 시비와 상관없이 나름대로 필연성이 있었던 것은 부인할 수 없는 사실이다. 이 일단의 필연성에 입각하여 말한다면 이명준과 독고준에게 아버지라는 존재의 의미도 이런 식으로 이해될 수 있다. 이들 두 인물에게 상반되게 드러나 있는 아버지라는 존재의 나타남과 사라짐의 의미는 무엇인가? 이것을 우리는 진정한 근대를 수립할 수 있는 가능성의 출현과 소멸의 의미에 대응하는 것으로 이해할 수 있지 않을까? 우리의 근대사가 식민 세력의 침략과 이념의 대리전으로 말미암아 왜곡과 파행에서 벗어날 수 없었다는 사실은 긴 설명을 필요로 하지 않는다. 『서유기』에서 독고준이 이순신을 만나 그의 세계관을 피력하게 하고, 일본 헌병의 비아냥거리는 투의 분석을 통해 이광수를 통박하는 것 등은 이런 왜곡과 파행에 대한 한 지식인의 울분에 찬 원인 규명과 책임 추궁일 것이다.

한국의 근대사를 파행으로 얼룩지게 한 일제의 지배와 6·25 이후에 이어지는 역사적 사건은 4·19와 5·16이다. 이 두 사건은 최인훈에게 어떻게 받아들여졌는가? 여기서 우리는 소설 속의 인물이 아니라 작가의 시대 인식의 내용을 문제 삼게 된다. 이렇게 대상의 초점을 바꾸는 것은 의미 구조의 시간축을 실시간대로, 즉 소설 속의 시간이 아니라 『광장』과 『서유기』가 씌어지고 발표된 시간으로 옮겨놓기 위해서이다. 이 소설들의 의미를 근대라는 단위를 배경으로 삼아 이해하고자 할 때 필요한 것은 문학적 시간이 아니라 문화사적 시간이기 때문이다.

『광장』을 발표하면서 최인훈은 이렇게 소회를 피력한 바 있다.

> 아시아적 전제의 의자를 타고 앉아서 민중에겐 서구적 자유의 풍문만 들려줄 뿐 그 자유를 '사는 것'을 허락지 않았던 구정권 하에서라면 이런 소재가 아무리 구미에 당기더라도 감히 다루지 못하리라는 걸 생각하면서 빛나는 4월이 가져온 새 공화국에 사는 작가의 보람을 느낍니다. (『광장/구운몽』 1:19)

반공 이념이 극성스럽게 기승을 부리던 이승만 정권하에서라면 남한과 북한의 현실과 이념을 싸잡아 비판하고 있는 『광장』과 같은 작품이 발표되기 어려웠으리라는 것은 능히 짐작할 수 있는 일이다. 그렇다고 해서 작가는 사상적 검열이 없어진 것에 대해 이렇게 환호작약하는 것일까? 고작 이것이 '빛나는 4월'의 보람인가? 아니, 이보다는 훨씬 더 나을 것이다. 위의 진술은 무엇을 말하려는 것일까? 아마도 최인훈은 4·19를 통해, 왜곡과 파행으로 얼룩진 근대를 청산하고 참된, 즉 원산지적 의미의 자유에 기반을 둔 진정한 근대를 건설해나갈 수 있는 가능성을 본 것이 아니었을까? 이승만 독재 정권의 붕괴에서 최인훈은 진정한 '부(父)의식' 수립의 계기를 찾고자 했던 것이다. '빛나는 4월'의 의미는 이렇게 다가온 것이었으리라. 그렇기 때문에 여기서 헤겔주의자 최인훈은 이명준을 내세워 변증법적 이성 위에 수립되는 총체적 세계상을 꿈꾼 것이고, 이것이 『광장』의 형식을 낳았던 것이다.

그렇다면 5·16과 박정희 군사 독재 정권의 출현의 의미 또한 분명해진다. 물론 4·19와 5·16의 의미를 기계적으로 반대되는 것이라 이해하는 단순함에 문제가 있기는 하겠으나, 어쨌든 그것은 가능성으로 비쳐졌던 부의식의 회복을 기대하는 것이 소멸되었다는 의미 그 이상도 이하도 아니다. 아버지는 다시 사라져버렸다. 이렇게 되어 4·19를 통해 가능성으로 섬광처럼 빛났던 근대는 다시 풍문의 차원으로 돌아가버리게 된다. 근대는 우리의 세계관에 입각하여 건설되어야 할 것이 아니라 다시 '박래품(舶來品)', 수입품으로서의 풍속에 지나지 않는 것이 되었다.

이런 후퇴, 문학적 추구의 궁극적 대상이었던 근대라는 것이 세계관에서 수입된 풍속으로 격하되어버린 현실 앞에서 작가의 태도는 어떤 것일 수 있을까? 가능성으로 비쳐졌던 근대 앞에서 그토록 환호했던 작가에게 말이다. 오히려 그 환호가 컸기에 좌절도 깊고, 또 그만큼 거부의 태도도 극단적인 것이 되지 않을 수 없다. 이런 극단적인 거부의 태도를 표출하며 소설에서 현실의 표지를 모두 제거해버릴 때, 『서유기』의 환상성, 비사실성은 생겨나게 된다.

이렇게 하여 현실은 다시 의붓아비의 횡포에 의해 지배되는 공간으로 돌아가버리게 되었다. 아니, 그 지배의 실체는 못된 의붓아비보다 한층 더 교활한 모습을 하고 있다. 그것은 포악한 의붓아비에게 시달리는 사생아를 구해주고는 먹여주고 재워주기까지 하는 착하고 힘센 아저씨와 같은 모습을 하고 있다. 그 선량함이 위장된 것에 지나지 않고 사실은 자기의 필요에 의한 것임은 두말할 나위도 없다. 국제 무대에서 이런 역할을 맡아 하는 배우는 물론 미국이지만, 『회색인』에서 이 역할을 맡은 배우는 현호성이다. 이미 매형이라 할 수도 없는, 생판 남이나 다를 바 없는 사람의 전력(前歷)상의 약점을 이용하여 그에게 기생하고 있는 무력하고 초라한 개인, 이것이 독고준이다. 이런 처지의 독고준에게 과연 어떤 대의명분과 실천을 기대할 수 있을 것인가. 이런 한심하고도 누추한 모습, 이것을 미국에 의존해 있는 한국의 모습, 그리고 경제 개발을 명분으로 삼아 권력을 유지해나갔던 박정희 군사 독재 체제 속의 지식인의 모습으로 읽어낸다면 지나친 비약일까?

우리의 근대는 또다시 구겨져버렸다. 또다시 현실은 함께 건설할 어떤 것이 아니라 대항해 싸워야 할 대상이 되어버렸다. 문제는 어떻게, 무엇을 무기로 싸우느냐 하는 것일 뿐이다. 적은 훨씬 강해지고 교활해졌는데, 맞서 싸워야 할 싸움의 주체는 더 무기력해지고 또 처지가 처지인 만큼 명분도 약화되고 말았다. 더구나 싸움은 더 이상 광장에서의, 환한 대낮의 싸움이 아니라 드라큘라 백작의 싸움처럼 어두운 밤에 은밀하게 벌이는 싸움이다. 그 싸움은 더 이상 '혁명과 정열'을 무기로 삼지 않는다. 이것 대신에 선택되기에 이른 것이 '사랑과 시간'이다. '혁명과 정열'을 무기로 삼아 대들었던 싸움의 결과는 참담한 패배였다. 그렇다면 '사랑과 시간'으로 벌이는 싸움의 양상은 어떤 것이고, 그 결과는 또한 어떤 것인가? 『회색인』에 대한 『서유기』의 상관성의 구체적 내용이 어떤 것인가는 이 지점에서 명확히 드러난다. 즉 '사랑과 시간'이라는 전술 지침에 따라 독고준이 벌인 싸움의 전투 보고서, 이것이 『서유기』이다. 그렇다면 '사랑'이 뭐고 '시간'은 또 무엇인가?

우선 '시간'과 관련지어 논의해보자. 『서유기』에서 시간의 주제와 관련되는 것은 어떤 것들인가? 역사, 특히 정신사인가? 그래서 논개를 만나고 이순신을 만나고 이광수를, 조봉암을 만나 이들을 모두 가상의 시간으로 끌어들여 가공적인, 허구적인 정신사를 구성해보는 것이 시간의 차원에서 벌이는 싸움인가? 그럴지도 모른다. 그리하여 우리의 근대가 은박지처럼 구겨지게 된 원인이 허구적으로라도 보다 근본적인 차원에서 설명될 수 있다면 이는 소박한 의미에서 실제를 이겨내려는 허구의 싸움일 수 있을 것이다. 그러나 실제 사실에 대한 허구의 의미는 무엇인가? 한낱 유희에 지나지 않는 것이다. 『서유기』의 정신사라고 예외일 수는 없다. 그것이 매우 조리 있고 또 흥미로운 사유를 담고 있는 것은 사실이지만, 그래 봐야 현실적으로 달라지는 게 무엇이겠는가를 물어보면 그것이 한낱 유희의 사유, 관념의 유희에 지나지 않는다는 것이 대번에 판명된다.

그렇다면 『서유기』에서의 시간의 의미는 정신사의 허구적 구성이라는 것과는 다른 것일 터이다. 이런 물음을 제기해보자. 앞서 열거한 인물들이 『서유기』라는 한 텍스트의 공간에 함께 등장할 수 있는 이유는 어떤 것인가? 이들이 대부분 일본과 관련이 있는 인물들이기 때문인가? 그렇기도 하겠지만 이것이 전부는 아니다. 이들이 함께 등장할 수 있는 보다 근본적인 이유는 『서유기』의 시간이 흐르지 않는 시간이기 때문이다. 몇백 년 동안 이 흐르지 않는 시간 속에 갇혀 있었던 논개의 간절한 소망은 강낭콩꽃 같은 빛깔로 흘러가고 싶다는 것이다. 『서유기』의 시간은 바로 이 정지된 시간이다. 인물들 사이의 시간적 격차는 간단히 무시된다. 그리하여 인물들뿐만이 아니라 모든 것이 뒤죽박죽 섞인다. 『서유기』가 환상성을 띠게 되는 것은 이런 이유 때문이기도 하다. 『서유기』의 환상성이란 무엇인가? 당대까지를 포함하는 우리의 근대에 대한 비판적 반성의 문학적 형식이다. 달리 말하면 그것은 문학의 형식을 통해 파악된 우리 근대사의 시간 구조인 것이다. 정체된 시간, 이것이 최인훈이 파악하고 있는 우리 근대사의 시간이다.

시간이 흐르지 않으니 공간도 변하지 않는다. 한 예로 독고준은 석왕사역에서 기차를 타고 오랫동안 달렸다고 생각했지만 실제로는 거기서 한 걸음도 벗어나지 못했다. 이렇듯 『서유기』의 시간과 공간은 바로 부처님 손바닥 안의 시간과 공간이다. 그래서 『서유기』이다. 그렇다면 '시간'의 이름으로 벌여야 하는 싸움의 내용은 구체적으로 어떤 것일까? 간단하다. 시간을 흐르게 만드는 것, 이것 이외의 다른 아무것도 아니다. 모든 것은 시간 속에서, 시간의 경과와 함께 성취되는 것이니 말이다. 『서유기』에서 유일한 추구의 서사를 이루고 있는 대상인 W시로의 돌아감이라는 목표가 달성될 수 있는 것도 시간의 흐름을 통해서이다. 독고준은 왜 W시로 가려 하는가?

이 'W시로의 돌아감'에는 두 명의 독고준이 겹쳐 있다. 하나는 환상 속의 성장한 독고준이고 다른 하나는 어린 날 현실 속의 독고준이다. 어린 독고준이 W시로 가려고 하는 것은 지도원 동무에 대한 두려움 때문이다. 가지 않으면 호된 비판을 받게 되는 것이다. 그러나 이런 두려움에서 벗어나기 위해 W시로 가는 길에는 또 다른 공포가 가로놓여 있다. 은빛 날개를 번쩍이는 강철의 새들이 쏟아내는 폭탄에 맞아 죽을지도 모르는 두려움이 그것이다. 하나가 이념적, 사상적 차원의 공포라면 다른 하나는 물리적인 힘이 행사하는 공포이다. 사상적 공포를 피하자니 물리적 공포가 가로막고, 물리적 공포를 피하자니 사상적 공포가 어린 가슴을 가위눌리게 만든다. 무엇을 택하고 무엇을 피할 것인가? 정녕 선택이 문제인가? 이 선택은 궁극적으로 삶과 죽음의 선택으로서의 의미에까지 이르게 될 것이다. 그러나 과연 이 둘이 명확히 구분되는 선택의 갈래를 이룰 만큼 다른 것인가? 만일 그렇지 않다면 가장 큰 공포는 선택해야 한다는 것, 바로 그것일 것이다. 그런데 사상 혹은 이념과 물리적 힘이라는 것이 다르기는 해도 사실은 똑같이 근대라는 세계를 떠받치는 두 개의 기둥이 아닌가. 그렇다면 어느 것을 선택해도 공포는 피할 수 없다. 근대 자체가 공포의 세계인 것이니 말이다.

근대라는 세계의 기반은 무엇인가? 4·19를 빌미로 토로했던 최인훈 자신의 생각대로라면 그것은 자유여야 할 것이다. 그러나 구겨진 은박지처럼 찌그러진 우리의 근대는 공포에 휩싸여 있다. 이것이, 타율적인 힘에 의해 근대라는 세계가 열리자마자 식민 세력의 노예가 되었던 탓에 자본주의와 공산주의라는 양대 이념을 자생적인 문화의 힘으로 종합하거나 지양하지 못하고 대립과 충돌의 구실로 전락시키지 않을 수 없었던 우리 근대의 참모습이다. 그러므로 이렇게 왜곡된 근대를 극복하고 그것에서 벗어난다는 것은 이러한 대립과 갈등을 종합, 지양하는 방식으로 이루어져야 하는 과제임이 분명해진다. 이것은 일반적인 차원에서도 설득력을 갖는 것이지만, 특히 헤겔주의자 최인훈에게는 거역할 수 없는 정언명령의 어법으로 다가오는 것이었으리라.

그렇다면 무엇이 이러한 과제의 수행을 보장해줄 수 있을까? 『광장』에서 시험대에 올랐던 것은 혁명의 방식이었다. 이 실험에는 4·19 이후라는 상황과 6·25 직전과 당시라는 시간적 무대가 겹쳐 있다. 그러나 그 실험은 실패했다. 이제 실험의 장은 1960년대 후반이라는 현실적 상황과 1950년대 후반이라는 소설의 상황이 얽혀 이루고 있는 '닫힌' 공간으로 옮겨지게 된다. 이 새로운 시험대에 올려져 그 유효성을 점검받고 있는 것이 '사랑'이다. 이 이행의 맥락을 1990년대의 것으로 치환하여 우리가 현재의 시각으로 음미해보아야 할 것도 바로 사랑이다.

폭격의 두려움을 이겨가며 W시로 들어온 독고준이 겪은 것은 무엇이었는가. 바로 방공호 속에서의 여인의 체험이다. 폭탄이 터지는 아수라장에서 황급히 그를 방공호로 잡아끌어 몸으로 감싸 보호해주었던 여인. 그 여인의 뭉클함과 살냄새. 어린 독고준이 체험했던 이 사건을 다시 찾아 환상의 독고준은 W시로의 돌아감을 고집하고 있는 것이다. 이것이 독고준의 사랑이었다. 그 사랑은 공포를 이겨냄으로써 얻을 수 있었던 전리품과도 같은 것이었다. 이 사랑을 되찾기 위해 요구되는 것은 다시 한 번 공포를 이겨내야 한다는 것이다. 환상의 독고준을 사로잡고 있는 것은 무엇인가? 이 또한 공포가 아닌가. 소설의 시작과 더불어 독고준은 '정치적 이유'로 체포된다. 이미 체포된 신분이면서도 그는 계속 그를 체포하라는 명령을 전달하는 방송에 쫓겨 다닌다. 말하자면 그는 공포의 표상으로서의 세계에 실존적으로 내던져져 있고 포획되어 있는 것이다.

공포를 이겨냄으로써만 사랑에 도달된다. 이럴 때 공포를 이겨낸다는 것은 무엇이고, 사랑의 의미는 또한 무엇일까? 공포를 이겨낸다는 것은 바로 시간을 흐르게 만드는 것이고, 사랑의 의미란 공포를 넘어설 수 있도록 이끌어주는 힘, 즉 공포로 표상되는 근대를 넘어설 수 있도록 해주는 탈근대에 대한 지향으로서의 의미에 해당되지 않을까?

사실 따지고 보면 공포로부터의 탈출이라는 것이 바로 근대의 지향을 이루는 것이었다. 인류를 공포로 몰아넣는 미성숙에서의 벗어남! 이것이 칸트가 말한 계몽의 의미였고, 근대의 지향이었다. 그러나 실제로 그 수단이 되었던 것은 과학으로 위장된 이념, 즉 이데올로기였고, 이것은 공포로부터의 구원이기는커녕 더 큰 공포의 온상이었다. 어린 독고준을, 아니 바로 최인훈을 그 어린 시절부터 사로잡았던 그 공포에 대해 작가는 『화두』[2]에서 바로 이것이 "평생 씨아질 한 마음 고생"(『화두』 2, 454)이었다는 것을 토로하고 있다. 그렇다면 이제 이것에서 새롭게 벗어난다고 할 때, 이 벗어남이 의미하는 차원 전환의 구체적 내용은 무엇인가? 혁명에서 사랑으로, 이데올로기에서 삶의 진실로, 정치의 차원에서 윤리의 차원으로의 전환, 바로 이것이 최인훈이 제시하고 있는 탈근대의 기본 프로그램인 것으로 보인다.

사랑은 이념이면서 실천이고, 목표이면서 방법이다. 그것은 내 속의 타자와 타자 속의 나를 왕래하면서 순환적으로 확대되는 윤리적 공동체성의 핵이다. 그것은 대립이 아니라 종합이다. 이념의 공화국을 사랑의 공동체로 대체하는 것, 이것이 파행으로 점철된 근대를 벗어나 근대 이후의 세상을 펼쳐나가고자 하는 우리의 목표가 되어야 할 것이다. 또 지극히 구체적인 우리의 현실에 비추어 말하더라도, 정치라고 하는, 외공간으로만 소외된 활동의 영역일랑 그냥 소외된 상태대로 내버려두더라도 비정치적 차원의 기획과 실천을 통해 외공간과 내공간이 원활하게 소통하는 세계상을 만들어나가는 작업의 출발점이자 종착점을 이루는 것이 사랑일 것이다. 이렇게 시간이 흐르

---

2) 최인훈, 『화두 2』 최인훈 전집 15, 문학과지성사, 2008.

게 만들어야 할 것이다. 오늘 우리가 『서유기』를 다시 읽는 의미는 이런 다짐 속에서 찾아야 하지 않을까? 그러나 세계사적 시간과 한국사적 시간 속에서 아직도 나타나는 현저한 격차가 이 글을 끝맺는 자리에서의 마음을 무겁게 만든다. 강낭콩꽃빛으로 흐르기에는 아직 우리의 시간은 너무 닫혀 있는 것일까?

〔1999〕

소설가 구보 씨의 생애

—『화두』의 낭만주의적 자아에 대하여

최인훈의 『화두』[1]는 분명 작가 자신의 생애의 길목마다에서 체험한 실제 사실들을 바탕으로 한 자서전적인 이야기이지만, 이럼에도 불구하고 작가는 이 이야기 속에서 자신의 소설이나 희곡 작품들의 제목을 달리 붙여놓고 있다. 가령 『광장』은 『밀실』이 되고 『옛날 옛적에 훠어이 훠이』는 『옛날 옛적이래도 좋고 아니래도 좋고 훠어이 훠이래도 좋고 아니래도 좋은』이 되는 식이다. 아마도 『화두』의 머리말 격인 「독자에게」의 마지막 구절에서 작가가 힘주어 강조하고 있듯 "이 소설은 소설이다"라는 사실을 소설의 본문에서도 거듭 확인시키기 위한 고안인 것으로 보인다. 작가의 뜻을 따라 『화두』를 소설로만 읽으면 작중의 '나'는 그냥 일인칭의 주인공인 '나'일 뿐이지만, 아무래도 이 '나'에 어른거리며 겹쳐지는 작가 최인훈의 모습을 완전히 배제하기는 어렵고, 또 그래서는 이 소설을 읽는 재미도 나지 않는다.

---

1) 최인훈, 『화두 1·2』 최인훈 전집 14, 15, 문학과지성사, 2008. 이후 본문에 인용할 때는 권수와 쪽수만 밝힌다.

그렇다고 이 '나'를 최인훈으로 읽으면 이는 이 작품이 소설임을 강조하는 작가의 뜻을 너무 저버리는 것이 되니…… 좋다, 그렇다면 우리도 이 작품을 읽어내는 방식의 고안으로 이 '나'를 '구보 씨'로 부르기로 하자.

*

> 사람은 어떤 나이에 이르면 자기 생애를 한 편의 소설처럼 회고할 수 있을지도 모른다. (1: 206)

『화두』의 화두는 아마 이것일 것이다. 그 어떤 나이가 언제쯤일지는 사람마다 다를 것이다. 더구나 그것을 소설로 쓸 수 있는 기회란 필경 대부분의 사람들의 경우에는 갖기 어려울 터이지만, 그저 회고만 해보는 나이는 아마 누구에게나 오리라 생각해도 무방할 것이다. 글이든 단순한 회고이든 간에 그것이 『화두』처럼 긴 것이 되느냐, 아주 짤막한 것이 되느냐의 차이는 분명 있겠지만, 이는 별개의 문제이다. 아무튼 구보 씨는 그 회고된 생애를 한 편의 긴 소설로 썼다. 그 '어떤 나이'에 이른 것이고, 이런 작업을 해내는 데 필요한 "또 한 벌의 생애"(2: 293)를 갖추게 된 것이리라.

회고에 순서는 없다. 생각이란 본디 자유분방한 것이기 때문이다. 생각은 생각을 낳고, 또 다른 생각을 낳고…… 이렇듯 자유분방한 움직임 속에서는 어떤 생각도 갈피를 갖지 않는다. 그리하여 우리는 이내 넘실대는 생각의 물결 속에 잠겨버리게 된다. 마찬가지로 회고 또한 그것의 대상이 되는 사실들이 실제 일어났던 시간적 순서에 따라 가지런히 떠오르는 것은 아니다. 회고 속에서 과거는 그 이전의 과거와 겹치고, 또 그 이전의 과거와 겹치고, 그러다가 문득 그것은 다시 그것의 미래, 그러나 이것 또한 과거인 어떤 미래로 되돌아 나온다. 회고의 형식, 생각의 형식의 이 같은 자재로움이 『화두』의 형식의 큰 얼개를 이룬다. 2부작으로 구성된 『화두』를 굳이 더 나누어보자면 구보 씨가 H읍에서 W시를 거쳐 피난 행렬에 끼게 되는 1950년, 미국 체류 기간인 1973년과 1987년, 한국에서의 생활이 주 무대가 되는 1989년, 러시아 여행기인 1992년의 시점(時點) 및 이에 따른 공간의 변화를 기준으로 하는 네 단락으로 나뉜다고 할 수 있지만, 이러한 구분이 거의 무의미하게 그것들은 내적으로 서로 얽혀 있다. 이러한 회고의 대상을 이루는 여러 모티프들은 서로 얽혀 있다가 간헐적으로 불쑥불쑥 돌출되면서 사실적 가치 이상의 상징적 의미를 그 대상에 부여하면서 또한 동시에 소설로서의 『화두』의 얼개를 이루어 놓는다. 이런 의미에서 그 얽힘은 그것 자체가 구보 씨의 생애의 구조이자 모습이다. 구보 씨는 말한다, "내가 기억이다"(1: 348)라고.

그러나 그렇다고 해서 『화두』가 이처럼 제멋대로인 생각에만 내맡겨져 있는 것은 아니다. 생각이란 것이 끝까지 우리가 먹은 마음에 따라주는 것은 아니더라도 일단 그 발단에 있어서는 우리의 의지 작용의 소산이다. 또한 단순한 회고가 기억으로서의 구체성과 실감을 지니게 되는 것도 바로 이러한 의지 작용에 뒷받침됨으로써이다. "기억은 우리가 진지하게 회상할 때에야 비로소 자신들의 모습을 나타낸다"(1: 347). 이러한 진지성을 바탕으로 과거의 단편적 사실들은 의미로서의 총체성과 현재성을 지니게 된다. 또한 이를 통해 그것들은 현재의 '나'의 실존의 일부를 이루게 된다.

보다 정교한 형식이 가다듬어지는 것도 애당초 갈피를 잡을 수 없는 생각과 회고에 가닥을 잡아주는 것을 통해서이다. 구보 씨가 보기에 생각의 가닥은 "가까운 기억만 잡고 있으면 된다. 나머지 기억들은 거기에 잇달려 있기 때문에 어제만 기억하고 있으면 그 전의 평생은 끌려오기 마련"(1: 346~47)이다. 회고는 현재로부터 가까운 과거에서 시작하여 먼 과거를 향해 간다는 것이다. 그것은 시간의 흐름과 반대되는 순서를 취한다. 그러나 이처럼 회고에 순서를 부여하는 방식에 대한 구보 씨 자신의 피력에도 불구하고 『화두』는 먼 과거에서 가까운 과거로의 진행이라는 시간의 흐름에 비교적 충실하게 짜여 있다. 회고의 순서와 이야기의 순서가 엇갈려 있는 것이다. 『화두』의 이중 구조는 바로 이 엇갈림에서 온다. 주제나 의미상의 이중성도 물론 여기서 비롯한다. 또한 회고적 서술과 사실적 서술의 교대도 이런 이유에서 필연적인 것이 된다. 회고의 차원은 『화두』에 자아 분석과 고백이라는 낭만주의적 깊이를 만들어주고 이야기의 차원은 이 작품에 구보 씨의 절박한 실존의 긴장이 감돌게 만든다.

일단 회고의 차원에서 그 움직임을 따라가보자. 『화두』의 이야기는 이 회고의 움직임이 끝 간 곳에서 시작된다. 그래서 『화두』의 서두에서 우리는 구보 씨의 첫 세상 경험과 그것이 마음의 바닥에 가라앉아 만들어놓은 어떤 단단한 마음의 앙금과 마주치게 된다. 구보 씨가 '표상의 응어리'(1: 35)라고 부르고 있는 이 마음의 앙금을 근원 심상이라고 부르도록 하자. 사람들은 누구나 할 것 없이 모두 이 근원 심상이라는 것을 지니고 있다. 그것이 사람의 사람으로서의 자질을 만든다. 짐승과 달리 사람은 "자기 그림자를 자기 마음속에 지닌다는 이상한 구조"(1: 221)를 갖는 것이다. 그 그림자는 가려져 있고 감춰져 있는 것이면서도 사람들이 살아가면서 접하게 되는 하나하나의 생활 체험의 방향과 내용과 의미의 큰 틀을 결정한다. 어쩌면 삶에서의 모든 행위와 자세의 선택은 이 근원 심상에 대한 참조를 통해 이루어지는 것이라고 말할 수 있을지도 모른다. 물론 우리가 자질구레한 일상사들 모두에서 이 근원 심상의 그림자를 느끼게 되는 것은 아니지만, 그러나 어쩌다 특별한 경우 그것을 느끼게 될 때 우리는 다름 아닌 '마음의 소식'(2: 360)을 듣는 것이 된다. 구보 씨는 좀 특별히 이 마음의 소식에 민감한 고감도의 청력을 지니고 있다. 그래서 그의 모든 체험에는 여러 가지 방식으로 이 근원 심상의 그림자가 어른거린다. 회상에 진지함의 무게를 부여하여 가다듬어낸 기억이라는 의지 작용을 통해 구보 씨가 가닿으려 하는 것은 과거에 있었던 낱낱의 구체적인 사실들이 아니라, 그것들이 할퀴거나 어루만지는 방식으로 남겨놓은 마음의 얼룩이나 무늬들이다.

근원 심상이 자리 잡고 있는 공간, 이것이 고향이다. 근원 심상이란 고향이라는 공간의 내면화를 통해 형성되는 것이다. 아니 이보다는, 마음의 원형질이 바깥으로 투사되었다가 여러 대상들에 부딪쳐 되돌아와 마음에 맺히는 공간의 상(像)이 고향이라는 이름을 얻게 되는 것이라고 말하는 것이 더 정확할 것이다. 근원 심상이라는 것이 사람에게서 떠나지 않는 마음의 덩어리라는 사실을 고향에 빗대어 물음의 형식으로 바꾸면 그것은 "사람은 고향에서 떠날 수 있는가"(1: 319)라는 것이 된다. 이런 의미에서의 고향은 실제 태어난 곳이라는 의미에서의 고향과 같지 않을 수도 있다. 구보 씨에게도 태어난 곳은 H읍이지만 보다 진한 근원 심상이 놓여 있는 공간으로서의 고향은 W

시이다. 이곳에서의 어떤 체험이 구보 씨의 근원 심상을 만들고, 또 그로 하여금 두 개의 고향을 갖도록 한 것인가?

『화두』의 시작은 '떠남'이다. 이야기의 시작과 더불어 구보 씨는 포석(抱石) 조명희의 소설 『낙동강』을 빌려 떠남을 이야기한다. 그러고는 자기 가족의 떠남에 대해서도 이야기한다. 그러나 그 떠남은 단순한 떠남이 아니라, 돌아옴이 기약된 떠남이 아니라 '세월'을 피하여 떠나는, 언제 끝날지 모르는 떠남이다. 『낙동강』의 박성운은 '세월'을 피하여 저세상으로 떠났고, 로사는 로자 룩셈부르크가 되기 위해 기차를 타고 어디론가 떠났고, 조명희 자신은 러시아로 떠났다. 구보 씨는 W시로 떠났다. 그 떠남은 구보 씨가 어느 시기까지의 자신의 삶의 과정을 표현하고 있는 단어의 뜻 그대로의 '피난'이었다. H읍으로부터의 떠남, 그것은 '피난 행렬'로서의 구보 씨의 삶의 시작이었다. "모든 일은 H역의 그날에 비롯되었다"(1: 121).

W시에서 구보 씨는 상반된, 그러나 어쩌면 마음에 같은 울림을 주게 된 체험을 하게 된다. 벽보에 쓴 글이 문제가 되어, 늦은 가을의 썰렁한 밤, 촛불을 사이에 두고 마주 앉은 지도원과 어린 학생 사이의 대결! 그런가 하면 『낙동강』의 감상문이 계기가 되어 작문 선생님으로부터 듣게 된 '훌륭한 작가가 될 거요'라는 "치명적인 예언"(2: 91)! 예언은 실현되었다. 과연 구보 씨는 '훌륭한 작가'가 되었다. 그렇다면 그 대결은? 그 대결의 팽팽한, 숨막힐 듯한 분위기는 예언의 찬란한 성취에 녹아버린 것일까? 그렇지는 않을 것이다. 그것은 구보 씨의 러시아 여행 때에 '촉광이 높은 전등' 앞에서 '푸른 제복을 입은 장교'의 심문을 받는 '어수선한 베개맡의 꿈'으로 변용되어 나타날 정도의 끈질긴 근원 심상으로 살아남아 있는 것이다. 그렇다면 그 '자

아비판회'의 '대결'이 구보 씨의 마음의 바닥에 근원 심상으로 가라앉도록 만든 의미는 무엇이었을까? 아마도 그것은 '꾸며서 드러내기'라는 방식의 의미였을 것이다. 솔직하지 않으면 안 된다. 그러지 않고서는 그 대결의 자리를 벗어날 수 없다. 그러나 솔직하게 드러내어 아버지에게 해를 끼쳐서는 안 된다. "어떤 말을 숨기고 어디까지 말해야 할지 그때마다 판단해야 하고, 그러면서도 천진하게 말하는 것처럼 꾸며야 한다"(2: 83). 그것은 말하는 방식, 자기를 드러내는 방식의 의미로 구보 씨의 근원 심상에 자리 잡은 것이다. 그러니까 작문 선생의 예언이 삶의 한 형식으로서의 글쓰기라는 작업의 의미를 가리키고 있는 것이라면, 지도원 동무와의 대결은 그 글쓰기의 방식을 근원적으로 규정하고 있는 것이다. 바로 이것이 『화두』의 형식과 방식은 아닌가? 글로써 자신을 드러내되 사실적 자서전으로가 아니라 허구적 소설로 드러낸다는. 이런 의미에서 볼 때 구보 씨에게 글쓰기란 이 상반된 체험의 종합, 상반된 근원 심상의 종합적 반영이라 할 수 있을 것이다.

그러나 너무 빨리 나가지는 말자. 구보 씨에게 아직은 이러한 글쓰기의 의미가 다가온 것은 아니다. 그것은 아직 한참 후에야 나타나게 될 것이다. 글쓰기에 앞서 구보 씨에게 이러한 체험과 심상의 종합은 책 읽기를 통해 이루어진다. 구보 씨에게 책 읽기의 의미란 "W시의 중학교와 고등학교 교실에서 '자아비판회'와 '문학 시간'이라는 형식으로 나타나서 내 넋을 차지하려고 겨루게 된 두 가지 화두(話頭)에 대응하려는 응답"(2: 112)이었다. 구보 씨는 이 두 개의 체험이 가져다준 혼란, 세상 멀미를 피해 책 속으로 망명해 들어간 것이다. 책 속의 세계, 그것은 또한 외부의 현실 세계와 맞먹는 또 하나의 세상이었다. 어린 구보 씨에게 "책 속의 세상과 바깥세상은 아무런 문제없이 함께 살고 있었다"(1: 30). 아니, 단순히 공존하는 것이 아니라 책 속의 세계야말로 낙원이었다. 프랑스의 철학자 가스통 바슐라르에게 천국이 거대한 도서관이었던 것처럼, 구보 씨에게도 도서관은 "현실의 W시보다 더 현실적이었던 책들의 무릉도원"(1: 137~38)이었다. 현실보다 더 현실적인 책의 세계, 삶과 현실과 세계의 정수(精髓)와 리얼리티는 그 책의 세계에 담겨 있는 것이었다. H읍에서 시작된 가족들의 피난 행렬은 W시에서 잠시 멈췄지만 구보 씨의 마음의 피난 행렬이 멈춘 곳은 바로 이 책의 세계였다. 그것은 낙원이었지만, 그러나 적지(謫地)의 낙원이었다. 이 책의 세계에서 구보 씨는, 세상을 보기 위한 관념의 눈을 떠나가게 된다. 이런 점에서 구보 씨의 책의 세계는 삶을 파탄으로 몰아넣는 저 돈키호테의 광기의 세계나 보바리즘의 세계가 아니라 코르크 벽으로 절연된 채로 외부 세계의 무게를 능히 감당해내는 프루스트의 세계에 가깝게 있다.

책과 현실 사이의 바른 저울질이라는 문제는 책을 읽는 사람들 누구에게나 피할 수 없게 제기되는 문제일 것이다. 그 저울질은 바로 사람의 내면과 외부 현실 사이의 저울질이기도 하다. 책을 통해 우리는 현실 세계와 내면세계라는 두 개의 세계를 만들어가게 된다. 책은 외부 세계를 이해할 수 있게 해주면서 그 이해력의 크기를 내 마음 속의 세계의 크기로 만들어놓는다. 구보 씨가 「제갈량」이라는 글에서 말하고 있는 것처럼 세계의 크기란 우리의 '관념적 정리력의 범위'의 크기에 대응하는 것이다. 모든 책과 글에 그에 대응하는 현실이 있다는 사실은 그 엄연함에도 불구하고 책을 읽으면서 우리가 가장 쉽게 망각하게 되는 사실일 것이다. 책은 그 자체의 물신적 매력으로 우리의 미약한 분별력을 압도한다. 그러므로 한 개인의 지적 성숙의 정도와 인격적 완성의 정도는 책과 현실의 무게를 얼마나 바르게 가늠하느냐의 능력 정도에 따라 결정되는 것이라 생각하여 무방할 것이다. 마찬가지로 한 문명의 발전 정도 또한 책과 현실의 함수 관계에 의해 판단될 수 있다. 구보 씨의 생각으로는 "바깥 세상에 무슨 변화가 있으면 그 순간에 책의 글자들이 일제히 '헤쳐 모여'를 해서 그 두 가지 세상 사이에서 모순이 즉시 해결되는 식으로 이 세상이 꾸며져 있다면 그것이야말로 큰 문명 상태에 있는 것"(1: 30)이다. 한 개인에게 있어 내면세계와 외부세계의 불일치가 마치 W시에서 남하하는 LST 속에서의 한 미친 여인의 경우처럼 심적 구조의 파탄에 이르게 되는 것과 마찬가지로, 한 문명에 있어서도 책의 세상과 바깥세상 사이의 삐걱거림은 세상 전부를 극심한 혼란으로 몰아넣는다. 구보 씨가 살아온 혼란의 역사와 상황은 바로 "많은 사람들이 이들을 읽고 일으킨 반응이 곧바로 역사 자체를 만들게 한 책"(1: 478)과 역사 사이의 삐걱거림에서 비롯되었던 것이다.

이 혼란을 피한 구보 씨와 가족의 피난 행렬은 계속 이어진다. W시에서 LST를 타고 남하한 구보 씨의 가족들은 일단 남쪽의 항구 도시인 M시에 자리 잡는다. 여기서 구보 씨는 고등학교를 거쳐 관리가 되는 학교인 법과대학에 진학하게 된다. 그러나 대학을 다니는 동안에도 구보 씨의 책 속으로의 피난은 계속되고, 그리하여 자연히 공부를 소홀히 하게 된 나머지 구보 씨는 대학 탈락자가 되어버리고, 이후 군대에 가서도 책 속으로의 피난은 계속 이어진다. 마침내 구보 씨의 피난 행렬은 한 집안의 장남으로서의 책임을 저버리고 소설가가 되는 데에서 그 지루한 여정을 마감하게 된다. 소설가가 됨으로써 구보 씨는 단호히 생활로부터의 피난을 택한 것이다. 그러는 사이 가족들의 피난 행렬은 머나먼 미국 땅 동부 해안에까지 이어졌고, 이 땅에는 구보 씨만이 남게 되었다. "H역에서 시작된 그 피난 대열에서 홀로 남겨진 전쟁고아"(1: 121), 이것이 '떠남'을 모티프로 하는 회고 차원의 결말에서의 구보 씨의 모습이다.

이제 이야기의 순서를 따라가 보자. 회고의 차원이 '떠남'이라는 모티프를 축으로 하는 것이라면 이야기 차원의 축을 이루는 것은 '발견'의 모티프이다. 그것은 세상이라는 것이 "저절로 있는 것도 아니고, 숨 쉬듯 그 속에 있으면 되는 것도 아니고, 찾아야 하는 어떤 것"(2: 144)이라는 자각으로부터 그 동기를 취한다. 이리하여 구보 씨는 여러 가지를 찾아내게 되거니와, 그 하나하나의 발견 과정은 곧 삶을 피난이라고 여기도록 만든 근원 심상의 썰렁한 내면 풍경을 하나씩 넘어서는 과정에 대응한다. 우리가 회고의 차원에서 마주했던 구보 씨의 모습을 심상적 자아라고 부른다면 이 발견의 과정들이란 또한 이 심상적 자아의 껍데기를 하나씩 벗어버리고 현실에 보다 가까이 가려는 추구적 자아로서의 구보 씨를 만나보게 되는 과정이기도 하다.

1973년의 미국행, 이것을 통해 구보 씨가 맨 먼저 찾아낸 것은 다름 아닌 가족이다. 가족의 발견이라니! 이미 자신의 소설 『잿빛 걸상에 앉아서』에서 '나는 가족이 없다. 그러므로 자유다'라고 선언한 바 있었던 구보 씨이기에 이 가족의 발견이라는 것은 놀랍지 않을 수 없다. 그러나 놀라워도 사실은 사실이다. 그러므로 이러한 발견 이전의 구보 씨와 이후의 구보 씨는 전혀 다른 사람이다. 어머니의 장례를 마치고 아이오와로 돌아온 후 어느 날 약간의 술기운에 젖어 빠져들게 된 잠 속에서 마침내 구보 씨는 1973년에 죽은 자신의 묘비를 보게 되고야 만다. 그러나 실제로 죽은 사람은 어머니이다. 구보 씨가 가족을 되찾을 수 있게 된 가장 확실한 계기는 바로 어머니의 죽음일 것이다. 어머니가 돌아가신 이후 아버지와 함께 힘겹게 짜 맞추는 어머니에 대한 기억. 그 기억은 예컨대 아녀자들밖에 없는 집에 밤중에 내려왔던 산짐승이 곰이었는지 호랑이였는지가 서로 일치하지 않을 정도로 불확실한 것이지만, 그러나 가족이란 바로 이렇게 사소한 것이면서도 가장 멀리, 가장 은밀한 데에 놓인 기억을 같이할 수 있는 사람이 아니겠는가? 구보 씨의 표현을 조금 달리하면 '가족도 기억'인 것이다.

가족의 발견에 덧붙여 이루어지는 것은 생활의 발견이다. 구보 씨만을 남겨놓고 가족들 모두가 미국으로 이민을 떠난 후 스스로를 폐적자라고 여겼던 구보 씨가 다시 가족의 일원으로 돌아오고, 이리하여 아버지와 자신 사이에 다시 현실적으로 이어진 가족적 유대감을 갖게 되면서 구보 씨가 회상을 통해 아버지에 대하여 품는 외경감은 바로 아버지의 '생활'에 대한 존중을 바탕으로 하는 것이었다. 이제까지 구보 씨와 아버지 사이에 어떤 단절이 있었다면 아마도 그것은 구보 씨의 '책 속의 생활'과 아버지의 '진짜 생활' 사이의 차이에서 오는 단절이었을 것이다. 그러나 가족으로서의 일체감은 다른 가족들의 서로 다른 생활에 대한 존중과 직결되는 것이다. 구보 씨가 동생들과 그 가족들에게 보내는 잔잔한 애정, 예컨대 이국에서의 안정된 생활을 위해 돈벌이에 열중하는 동생들에게 목돈을 줄 수 있으면 얼마나 좋을까 하고 안타까워하는, 어쩌면 전혀 구보 씨답지 않은 모습을 스스럼없이 내보일 수 있는 것은 바로 그 동생들의 생활에 대한 존중이면서 또한 이것만이 아니라 그것이 누구의 것이든 생활 그 자체에 대한 존중의 마음을 반영하는 것일 터이다.

미국 체류에서 구보 씨가 발견해낸 또 하나의 것은 물건이다. 물건의 발견을 통해 구보 씨는 세계를 관념을 통해서가 아니라 물건을 통해 인지하는 것을 터득하게 된다. 책의 세계에 묻혀 살았던 구보 씨에게 이제까지의 대상에 대한 인지 방식은 이와는 다른 것이었다. 가령 낙동강은 조명희의 『낙동강』의 구절인 '삐걱삐걱 하는 노젓 맞히는 소리와 수라수라 하는 물 젓는 소리'라는 언어 표현의 청각적 이미지를 통해서야 비로소 한반도의 어느 지역을 흐르는 강이라는 막연함의 상태를 벗어나 '사물'의 구체성으로 구보 씨에게 다가왔었다. 그러나 이제 미국에서 보게 되는 "세계의 온갖 곳에서 온 물건"(1: 352)들에서 세계는 물건으로 압축되고 물건은 세계를 가리켜 보여주는 것이다. 이 세계의 온갖 곳에서 온 물건들이 지천으로 널려 있는 미국의 풍요! 이 풍요에 대해 구보 씨가 우선 드러내는 반응은 '부자연스럽다는 느낌'(1: 135)이거니와, 책 속의 쾌락, 풍요, 평화를 '물질적'으로 존재하는 것으로 여겨온 구보 씨에게 이러한 반응은 당연한 것일 터이다. 그것은 물건을 물건으로 알기 전에 할아버지 서재의 책을 통해 알았던 사르트르에게 물건의 체험이 구토감으로 다가왔던 것과 같다. 그러나 이러한 거부감에도 불구하고 "책의 페이지 위에서 읽은 활자의 그림자는 이 살찐 부유함 앞에서 예전처럼 전능의 힘은 없었다"(2: 381). 그 풍요는 언어와의 대응 관계를 넘어 '그 자체가 목적'(1: 135)으로 존재하는 것이었다. 어쩌면 구보 씨는 미국의 풍요 앞에서 발견의 기쁨보다는 이제껏 스스로가 언어로 쌓아 올린 관념의 세계가 무너지는 아픔을 더 진하게 맛보았던 것인지 모른다. 물건의 발견, 이것이 또한 구보 씨가 스스로의 틀을 벗어나는 계기였다.

이 밖에도 구보 씨는 많은 것을 발견할 수 있었다. 이러한 여러 발견의 계기들은 궁극적으로 구보 씨로 하여금 삶의 또 다른 표현 형태로서의 연극이라는 장르의 가능성을 발견할 수 있도록 만들어준 것이었다. 구보 씨가 소설가라는 것, 이것은 그의 근원 심상, 즉 "W시의 중학교와 고등학교의 교실에서 겪은 사건이 결국 인간으로서나 예술 작업자로서의 구보 씨의 생애 전체를 관류하는 기조 저음"(2: 394)의 반영이라 할 수 있는 것이었다. 그것은 책을 통해 찾아낼 수 있었던 "또 하나의 세계에 대한 강한 믿음"(1: 481)에 의지하여 시작되었고 지탱된 것이었다. 그것은 구보 씨에게 멀미를 일으키는 현실의 세상에 나름대로의 형식과 의미를 부여하여 그것을 좀더 정연한 것으로 만들어보고자 했던 것이지만, 소설 쓰기의 오랜 경험은 구보 씨로 하여금 소설의 세계와 현실의 세계 사이에 좀처럼 메워지지 않는 커다란 틈을 느끼지 않을 수 없도록 만든다. "소설이라는 표현 형식은 그 안에만 들어서면—읽고 있는 동안에는—세상과 자신이 하나인 상황이지만 읽고 있는 상태에서 빠져나오자마자, 의식은 여전히 더 정리되지도 않고, 세상이 더 잘 알아지는 것도 아닌 그런 경험"(2: 111)을 구보 씨에게 주었을 뿐이다. 소설 읽기에 있어서만이 아니라 소설 쓰기에 있어서도 이러한 사정은 대략 비슷할 것이다. 그러니까 소설 쓰기를 통해 구보 씨가 궁극적으로 목표했던 것은 '세상과 자신이 하나'인 상태였던 것이리라. 내가 세상이고 세상이 곧 나인 상태! 이상적인 상태에서 이 둘은 하나로 합쳐진다. 세상 알기는 곧 자신 알기이고 자신에 대한 알기는 곧 세상 알기와 통할 수 있다는 것이 구보 씨가 소설에 대해 품고 있었던 이상이었을 것이다. 그러나 정작 구보 씨가 이 가능성의 보다 온전한 실현을 찾아내는 것은 연극에서이다. 무대 위에서의 연기는 곧 "마음속의 장면의 흉내"(1: 221)라고 구보 씨는 생각한다. 구보 씨의 소설 쓰기라는 것이 W시에서의 체험을 통해 지니게 된 근원 심상의 모사로서의 의미를 지니는 것이라 할 때, 그 '마음속의 장면', 즉 근원 심상을 스스로 들여다보기 위해 그에게는 연극이 필요했던 것이다. 희곡 속에서 사람들은 '내가 그 사람이요'(1: 154)라는 자기 확인, 자기 노출을 통해 삶과 존재의 아름다움을 드러낸다. 마음속의 자아와 그것을 들여다보는 또 다른 자아의 일치! 실존의 변증법의 궁극의 단계에서 이루어지는 이러한 아름다운 삶의 모습을 구보 씨는 꿈꿔왔었고, 그 가능성을 연극에서 발견했던 것이다. 연극이 소설보다 더 변증법적이기 때문일까? 그렇지는 않다. 연극은 오히려 변증법적 대립을 극적으로 종합하는 것이니 말이다. 그렇다면 구보 씨가 연극을 발견하게 된 진짜 동기는 연극이 지니는 이 종합의 가능성 때문이었을 것이다. 연기에 몰입된 배우에게 배역 인물과 자아가 일치되었을 때 비로소 또렷해지는 연기의 이미지. 이를 통해 우리는 구보 씨의 또 다른 자아, 즉 마음속의 자아를 들여다보면서 그것을 현실적 자아로 종합시키고자 하는 관조적 자아의 흐릿한 형태를 발견하게 된다.

결국 모든 발견은 이 관조적 자아의 발견으로 수렴되어간다. 그런데 이 발견에는 필경 방황과 모험이 필요하다. "세상일이 모두 헛되고 헛되다. 네 자신의 영혼을 구하라"(1: 184)는 파우스트적 명제가 요구하는 영혼의 험난한 방황과 모험 말이다. 여기서 구보 씨의 영혼의 방황과 모험의 궤적을 쫓아가보기 위해 우리는 다시 『화두』의 이야기 차원의 표면으로 되돌아갈 필요가 있다. 『화두』 전편을 관통하는 이야기 차원의 흐름을 지탱해주는 또 하나의 모티프는 포석 조명희의 『낙동강』의 모티프이다. 구보 씨가 '훌륭한 작가'가 되리라는 '치명적인 예언'을 듣게 되는 것은 바로 『낙동강』에 대한 감상문을 통해서이다. 낙동강은 구보 씨의 근원 심상의 바닥을 적셔주는 강인 것이다. 그래서 『낙동강』과 그 작가인 조명희에 대한 이야기는 『화두』 전편을 통해 길목길목마다에서 혹은 회상의 방식으로, 혹은 비평적 성찰의 방식으로, 혹은 그 밖의 다른 방식으로 거듭거듭 되풀이된다. 구보 씨는 바로 자신의 근원 심상의 가장 낮은 곳을 흐르는 『낙동강』의 흐름을 따라 책의 세계를, 도서관을, 고본점을 방황했던 것이다. 청계천의 고본점으로의, 군대 생활을 했던 대구의 고본점으로의 구보 씨의 끝없는 방황에 그나마 이정표를 이루어주었던 그 헌책들. 주로 일본말로 씌어진 그 헌책들의 원래 주인은 대개 1920~30년대의 지식인들이었을 것이고, 그래서 이들과 같은 책을 통해 지식의 세계를 구축해온 구보 씨가 스스로를 "1920년대나 1930년대의 지식인 선배들과 같은 지적 세대"(2: 225~26)로 분류하는 것은 당연하고도 자연스럽다. 이러한 바탕에 『낙동강』의 근원 심상이 겹쳐질 때, 그 작가인 조명희는 구보 씨가 "그것에다 자기를 일치시키는 데 가장 자연스러움을 느끼는 심리적 자기동일성"(2: 226)의 대상이 된다. 조명희는 구보 씨의 모델이었고, 구보 씨는 조명희의 분신이었던 것이다.

조명희는 소련으로 갔고, 그리고 거기서 1930년대에 총살을 당했다. 이리하여 조명희에게 투영된 자아를 찾는 구보 씨의 영혼의 모험은 러시아를 무대로 펼쳐지게 된다. 그 모험의 끝에 찾아낸 조명희 관련 자료가 구보 씨에게 깨우쳐준 가르침, 즉 "조리 있게 시작된 출발이 주인을 쫓아낸 찬탈자들에 의해 다른 길로 들어서면서 자기도 속이고 남도 속이다가 결국 망한 것"(2: 552)이라는 소련 멸망의 필연적 이유, 그리고 이것이 주는 "너 자신의 주인이 되라"(2: 552)는 교훈, 이것을 통해 구보 씨는 마침내 "평생 씨아질한 마음고생의 상징물"(2: 454)을 떨쳐버리고, 그 마음고생을 피할 수 없는 것으로 만들었던 역사와 상황, 그 상황들의 단계마다에서 조금씩 다르게 지니지 않을 수 없었던 자신의 여러 모습들을 넉넉히 담아 관조할 수 있게 된 자아와 만나게 되는 것이 아닌가? 그리고 이 모든 의미를 압축하여 지니는 마트료시카 인형의 이미지. 러시아 여행의 끝에 이르러서야 비로소 지니게 되는 그 인형은 또한 영혼의 여행이 끝난 지점에서의 구보 씨의 모습이기도 할 것이다.

흔히 이념의 혼란, 이념의 부재라고 특징짓곤 하는 1990년대 중반의 시점에서 구보 씨는 자기의 생애를 담은 거대한 벽화를 그려내고 있다. 그러고는 그 벽화를 통해 자아의 발견, 영혼의 탐색이라는 낭만주의적 주제를 부각시키고 있다. 이념의 퇴조에 따른 어떤 정신적 공백을 다시 개인의 의미로 채우려는 것일까? 그렇게 속단할 것은 아니다. 구보 씨의 탐색의 궁극적 목표였던 그 '개인'은 이념 자체는 물론, 그로 인하여 이루어졌던 역사와 상황 모두를 관조하는 개인이다. 한 개인의 이력에 이만큼의 이념과 역사와 상황의 무게가 담겨 있다는 것도 놀랍거니와, 그 개인이 자아를 찾기 위해서는 그것들 모두를 몸으로 부딪쳐가며 실체로서 확인하는 고된 작업을 거치지 않을 수 없다는 것이 우리의 마음을 무겁게 만들기도 한다. 그렇다 하더라도 어느 시점에서 이념과 역사 전부를 하나의 전체로 관조해보는 작업은 반드시 필요하다. 혼란과 부재의 시대일수록 그 필요성은 더 클 것이다. 그것이 곧 역사를 새롭게 밀고 나갈 수 있는 가장 확실한 변증법적 계기를 이루는 것이기 때문이다.

〔1994〕

IV

문학의 위엄

—김우창 비평의 방법과 주제

김우창을 단순히 문학평론가로만 생각할 수 있는가? 문학평론가라는 칭호가 그에게 마땅하지 않은 것은 아니지만, 김우창의 지적 활동의 다양성과 그 깊이에 비추어 이러한 호칭이 포괄할 수 있는 범위가 터무니없이 모자란다는 사실은 그의 저작들을 통독해보는 것만으로 충분히 확인할 수 있는 일이다. 피상적인 느낌으로라도 인정되는 이런 사실을 도외시하고 문학평론가로서의 업적에 대해서만 말하려 한다는 것은, 그 바닥에 김우창의 전체 활동에서 문학의 범위만을 따로 떼어낼 수 있으리라는 생각을 깔고 있는 것이고, 또한 이것은 사람들이 현실 속에서 이루어내는 다양한 활동들, 전적으로 주관적이고 사적인 개인적 활동에서부터 정치적·사회적·문화적·역사적 차원에까지 이르는 다양한 활동들 전체에서 문학만의 고유한 활동을 가려낼 수 있으리라는 생각을 전제로 하는 것이다. 문학만의 고유성이나 독자성에 대한 주장과 이론이 나름대로의 타당성을 지니고 있는 것이 사실이고 보면 이런 생각이나 이해 방식의 타당성 또한 인정될 수 있을 터이다. 또 다른 측면에서 김우창이 C. P. 스노우의 '두 개의 문화' 현상에 대해 지적하고 있듯 문화를 두 개의 영역으로 양분하는 태도가 "지식의 폭발과 전문화 그리고 제한된 인간 능력의 함수 관계에서 오는 어쩔 수 없는 결과"(2: 173)[1]라고 보는 것과 유사한 관점에서 생각한다면 김우창의 활동의 전체에서 어느 한 분야에만 초점을 맞춰 이해해보고자 하는 방법은, 거듭 그의 지적 활동의 다양함과 깊이에 비추어, 그리고 이에 훨씬 미치지 못하는 필자의 이해력의 빈약한 정도에 비추어 타당한 정도가 아니라 불가피성마저 지닌다고 말해야 할 것이다.

그러나 그렇다고 하더라도 이것을 반드시 불가피한 것이라고까지 말할 필요는 없을지도 모른다. 어쨌든 김우창의 주된 활동이 문학을 통해 이루어지고 있는 것임은 부인할 수 없는 사실이다. 그가 역사의 흐름과 사회적 현상 속에서, 그리고 미래에 대한 전망에서 일관되게 찾으려 하는 주제가 이성이라고 한다면, 이 다방면에 걸친 인간 활동과 질서의 원리로 주창되어 있는 이성은 김우창에게 궁극적으로는 그가 문학과 예술을 통해 찾으려 하는 심미적 이성으로 수렴되어가는 것이다. 혹은 이러한 수렴, 혹은 종합에로의 역동성과 초월성을 지닐 때 그것은 비로소 삶의 참된 원리로서의 이성이 된다. 이렇듯 김우창의 지적 활동의 목표가 되는 심미적 이성이라는 개념이 우리 마음에 주는 울림만을 놓고 생각할 때 이것은 칸트의 순수 이성이나 실천 이

---

1) 이 글에서 다룰 김우창의 저서들은 다음과 같다. 책의 번호는 1: 『궁핍한 시대의 시인』(1977), 2: 『지상의 척도』(1981), 3: 『시인의 보석』(1993), 4: 『법 없는 길』(1993), 5: 『이성적 사회를 향하여』(1993, 이상 민음사 간), 6: 『심미적 이성의 탐구』(솔출판사, 1992)이다. 이후 본문에 인용할 때는 번호와 쪽수만 밝힌다.

성, 사르트르의 변증법적 이성의 개념들과 더불어 계열 관계를 이루는 것으로 보인다. 이러한 피상적인 느낌에서 이미 암시받을 수 있듯 김우창에게 칸트, 그리고 사르트르와 더불어 하이데거의 실존주의 철학의 영향은 매우 커 보인다. 비단 이들만이 아니라 그의 평문들 속에 녹아 있는 생각들로 미루어보건대 헤겔, 실러, 후설, 루카치, 메를로 퐁티, 쉬츠, 하버마스 같은 철학자들에게서도 많은 이론적 영감을 길어오고 있는 것으로 보인다. 이러한 다방면적인 이론의 섭렵은 무엇보다도 진실에 대한 김우창의 의지에 뒷받침되어 있는 것이다. 김우창은 하버마스의 지적 작업의 특징을 이루는 '다방면적인 박학(博學)'에 대하여 "이것은 단순한 호사벽보다는 사회 현상의 부분적 절단이 허위 인식에 관계된다는 방법론적 요구에서 나온 것이라고 보아야 할 것"(1: 425)이라고 논평하고 있거니와, 이것은 바로 김우창 자신의 방법론적 요구를 적절히 대변하고 있는 것이기도 하다. 넓고 깊은 지식을 통한 전체에의 구상은 김우창의 모든 비평적 활동의 방법이자 또한 목표이기도 하다. 그러므로 이것은 김우창의 비평적 업적을 살펴보고자 하는 우리 스스로에게 부과되는 요청이기도 하거니와, 이런 점이 이 글의 나아감을 머뭇거리게 만든다.

김우창의 비평에서 전체의 참조에 대한 요청은 한편으로는 그의 비평 방법론 자체의 요구에서 나오는 것이고 다른 한편으로는 오늘날 문학이 놓여 있는 상황의 인식에서 오는 것이라고 말할 수 있다. 그러나 이렇게 구분하여 말하는 것은 어디까지나 우리의 편의를 위한 것일 뿐, 김우창의 실제 비평이나, 문학비평이 아닌 다른 성격의 글들에서도 이것들은 궁극적인 종합의 움직임 속에 수렴되어 하나의 거대한 전체를 이룬다. 이렇게 전체에 대한 참조에서 출발하여 부분과 구체로 나아갔다가 다시 종합에의 의지로 수렴되는 논의 전개의 방식 자체에 의해 김우창의 한 편 한 편의 글들은 어느 하나 가릴 것 없이 매우 팽팽하면서도 리드미컬한 변증법적 긴장을 함축한다. 이럼에도 불구하고 편의상 방법론적 요청과 상황 인식을 나누어 생각하고자 할 때, 우선 방법론적 요청의 측면에서 전체에 대한 참조의 당위성과 필요성은 우리가 문학작품을 이해하고 또 현실의 의미와 구조를 파악하고자 할 때 성립하게 마련인 인식 행위 자체의 구조에서 비롯되는 것이라 말할 수 있다. "사람은 본래적으로 인식에 대한 요구를 지니고 있고 문학은 인간과 세계에 대하여 알아볼 만한 영상을 제공해주는 일을 한다고 할 수 있는"(3: 476) 것이기 때문이다. 그러므로 김우창의 비평 방법이란 유달리 특이한 것이라기보다는 이러한 요구에 입각하여 이 인식론 일반의 법칙에 기반을 두고 있는 것이라고 할 수 있는데, 이 같은 방법론적 뿌리는 김우창의 비평 방법의 틀을 이루어주는 데에만 그치는 것이 아니라 비평에 임하는 자세, 보다 일반적으로는 대상—그것이 어떤 것이든간에—을 이해하는 자세의 윤리적 덕목이라 할 수 있는 엄격성의 유지에까지 관여한다.

비평에서 풍기는 분위기에 대한 것에서부터 논의를 풀어나가보자면, 김우창의 비평을 일관되게 지탱하고 있는 것은 바로 이 엄격함의 자세이다. 이것은 그의 초기 비평에서부터 한결같이 유지되고 있는 자세이다. 예컨대 1966년에 발표된, 김우창의 첫 평론인 「감성(感性)과 비평」에서 두드러지게 드러나는 비평적 자세도 바로 이 엄격함이다. 「감성과 비평」은 김종길의 저서인 『시론(詩論)』에 대한 서평의 형식으로 씌어진 글이고, 따라서 김우창의 이론적 입장이 직접적으로 드러나 있다고 보기는 어렵지만, 간접적으로나마 문학비평에 대한 김우창의 태도와 오늘날 문학이 처해 있는 상황 인식의 단초를 엿볼 수 있게 해준다는 점에서 일정한 의의를 갖는 글이라고 말할 수 있다. 그러나 이러한 내용적 측면을 떠나서 이 글을 살필 때 무엇보다 확연하게 감지되는 것은 김우창의 비평 태도의 엄격함이다. 이 엄격함은 우선 서평의 대상이 되어 있는 『시론』을 읽어내는 그 자신의 자세임과 동시에 『시론』의 저자인 김종길에게도 마찬가지로 요구되는 것이기도 하다. 이런 의미에서 엄격함은 모든 비평이 견지해야 하는 당위적 자세로 제시되어 있는 사항이라고까지 말할 수도 있다. 아무튼 이런 자세에 입각하여 김우창은 『시론』에 대해 준엄한 비판적 지적을 서슴지 않는다. 간단히 요약하건대 김우창이 보기에 『시론』은 그 전체에 걸쳐 "빈번히 불철저하게 사고된 비평 어휘와 사실 판단과 불연속의 논리"(1: 306)가 발견되는, "충분히 끈질긴 비평적 추리를 통하여 밝혀지고 맥락지어지지 못한"(1: 310) 저서인 것이다. 이 같은 가차 없는 비판은 구체적으로는 "한 편의 시를 너무 그 자체만으로 심지어는 어떤 구절만으로 생각하려는"(1: 306) 김종길의 마치 고미술 감식가와도 같은 태도를 향하여 가해진 것인데, 이러한 태도가 가져올 수 있는 폐해로 김우창은 "시를 자족적으로 보는 관점은 필연적으로 시를 현실의 복잡한 상호 연관 속에 파악할 수 있도록 하는 퍼스펙티브를 갖지 못한다"(1: 306)는 것과 "시 한 편 한 편에 대한 감식가적인 집착은 어떠한 시인에 대한 전체적 평가를 어려운 것이게 한다"(1: 306)는 것을 지적하고 있다. 그리고 이러한 생각의 당연한 귀결로 김우창이 『시론』에 빗대어 결론적으로 제시하고 있는 주장은 "오늘날 시인이나 독자가 필요로 하는 것은 시의 구체(具體)에 대한 감정과 똑같이 또는 그것보다 오히려 더 절실히 다른 것들과의 관계에 있어서 시의 위치를 정립하는 일이다. 지금처럼 시가 자기만족적이고 폐쇄적인 체계 속에 안주하기 어렵고 변호를 필요로 하는 때도 없을 것"(1: 310)이라는 것이다.

김우창의 생각에 따르면 오늘날 시는, 더 나아가 문학은 자족적인 존재일 수 없고 '다른 것들과의 관계' 속에서 '변호'되어야 하는 것이다. 이 다른 것들이란 그 범위를 어떻게 한정하느냐에 따라 다양한 모습으로 구체화될 수 있는 것이지만, 여기서 미리 이해해두어야 할 사항은 이 층위들이 연속적인 부분과 전체의 관계를 형성하면서 궁극적인 전체와 잠재적 관계를 맺는다는 사실이다. 이 같은 부분과 전체의 변증법적 관점에서 볼 때 이 다른 것들이란 궁극적으로 우리의 삶을 이루고 조건 짓는 것들의 전체, 조금 추상적으로 말하면 '삶의 세계Lebenswelt' 전체로 파급되는 것이다. 그러므로 조금 성급하게 말하면 김우창에게 문학은 삶의 세계 자체를 그 존재론적 기반으로 삼는 것이라고 말할 수 있다. 문학을 삶의 세계와의 관계에서 이해하는 것은 삶의 구조와의 관계에서 형성되는 우리의 지각과 인식의 구조 및 그 법칙에 맞게끔 이해한다는 것을 의미하며, 바로 이런 점에서 김우창의 비평은 인식론 자체의 방법과 법칙에 뿌리를 두게 되는 것이다. 그러면서도 오늘날 시가 다른 것들과의 관계에서 변호되어야 한다는 것은, 일반적으로는 삶에서 사람들의 근본적 관심 가운데 하나인 심미적 관심의 존재 자체를 흐리게 만듦과 동시에 문학의 위상과 존재 방식을 심각하게 변화시키고 위협하는 사회적 변화와 정치적·경제적 상황에 대한 인식 혹은 특수한 조건으로는 일제 통치를 경험한 우리의 역사적 상황에 대한 인식과의 관련에서 문학의 충동과 성취와 좌절까지를 이해해야 한다는 필요성에 대한 촉구일 것이다.

김우창 비평의 윤리적 태도라 할 수 있는 엄격함에 대해 조금 더 말하면, 김우창이 주요한에서 서정주에까지 이르는 한국시의 흐름 속 몇 가지 특징인 정신적 편향을 몇몇 시인들의 작품을 대상으로 조감하고 있는 글인 「한국시와 형이상(形而上)」에서도 이 엄격함은 변함없이 드러나 보인다. 김우창의 판단에 의하면 주요한에서 서정주에까지 이르는 한국시의 전개 과정은 간단히 실패한 것으로 규정된다. "서정주의 실패는 한국시 전체의 실패이며, 이것은 간단히 말하여 경험의 모순을 계산할 수 있는 구조를 이룩하는 데 있어서의 실패"(1: 67)인 것이다. 이러한 단호한 평가에는 예컨대 그것이 실패로 귀착된 측면이 있더라도 어쨌든 우리 문학의 전통을 이루고 있는 것이므로 어느 정도는 옹호되어야 한다는 식의 그릇된 너그러움에서 비롯되는 안이한 절충의 흔적은 조금도 드러나지 않는다. 이러한 엄격함은 한국시 전체에 대한 평가에서만이 아니라 시인들에 대한 개별적인 평가에서도 한결같이 유지된다. 가령 「불놀이」를 통하여 한국문학에 "낭만주의 시의 대두를 구획"(1: 40)한 주요한의 경우는 "어둠과 밝음의 대치"(1: 42)를 끝까지 유지하지 못함으로 말미암아 사적 감정의 토로 수준에 그치고 말았고, 소월의 경우 역시 "감정의 주관적인 세계로 잠수"(1: 46)해들어갔으며, 김기림은 "시각적인 단편들을 커다란 것으로 생의 현실에 보다 더 직접적인 의미를 갖는 것으로 모아줄 구조적 상상력"(1: 48)을 갖지 못한 '도덕적 성실성'의 결여를 드러낸다고 평가되어 있는 것이다. 앞서 말한 바와 같이 이러한 엄격함은 김우창 비평의 방법론적 요청에서 오는 것임을 다시 한 번 상기하자.

「한국시와 형이상」에서 주요한으로부터 서정주에 이르는 여러 시인들의 면모를 이해하는 관점으로 제시되어 있는 것은 개인과 세계의 대결, 혹은 대립이라는 형이상학적 주제이다. 이 개인과 세계의 대결, 대립이라는 문제는 근대 사회 속에서 인간의 근본적 존재 양상이면서 동시에 인식론적 틀이기도 하다. 사람이 세계 속에 살고 있다는 것은 그 자체가 세계에 대한 이해를 기반으로 하는 것인데, 이러한 이해 작용에 필연적으로 개입하게 마련인 인식의 구조는 주체와 대상의 대립 구조를 그 기본형으로 갖는 것이기 때문이다. 이런 관점에서 본다면 시적 창조의 행위도 세계에 대한 이해 내용의 형상화로서의 의미를 지니는 것이 된다. "시에서 가장 중요한 것은 바르게 보려는 것"(1: 43)이고 "'보려는' 형이상적 정열, 형이상적 에너지"(1: 70)인 것이다. 이처럼 시에서 중요한 것이 바르게 보려는 인식에의 형이상적 정열이라면, 보는 행위의 대상이 되는 것은, 이 또한 형이상학적 용어를 빌려 말하면 다름 아닌 세계 자체이다. 시의 창조 행위를 이루는 이러한 의지와 대상과의 관련 양상에 입각하여 살필 때 신문학 이후의 한국 시인들에게 던져졌던 세계의 모습이란 "전통적이고 단일한 세계관의 붕괴와 가치의 상실이라는 어려운 상황"(1: 37)이었다. 그러므로 신문학 초기의 한국 시인들에게 부과되었던 과제는 이 전통적 세계관의 붕괴라는 상황 속에서 "가치의 지향성"(1: 36)에 입각하여 새로운 세계관을 창출해야 한다는 사명이었고, 이러한 과업의 수행에는 "불리한 사회적 여건에 대하여 자기를 대결시키는"(1: 62) 저항의 원리인 '도전적인 개인주의'가 필요했다. 그러나 실제로 한국 시인들이 보여주었던 귀결은 '대립의 소멸'(주요한), '감정의 주관적인 세계로의 잠수'(김소월), '한국의 현실에 정면으로 대결할 도덕적 성실성의 결여'(김기림), '주관적인 욕구에 의하여 꾸며낸 자기 만족의 풍경'(박목월), '감정의 조작에 의한 직시적 초월'(조지훈), '일원적 감정주의로의 후퇴'(서정주) 등이었다. 이는 일차적으로 자아와 세계의 대결이라는 형이상학적 구도에서 자아의 주체적 의지의 결여되어 생겨난 시적 인식의 실패인 것이다. 그러니까 「한국시와 형이상」에서의 김우창의 엄격함은 무엇보다도 시인의 주체적 의지와 에너지에 대한 강조에서 비롯된 것으로서, 이러한 강조는 개인과 세계의 대결이라는 형이상학적 주제에서 필연적으로 도출되는 인식론적 방법 자체의 요구였던 것이다.

개인과 세계라는 주제 외에 인식론적 방법에서 요구되는 또 하나의 사항은 부분과 전체의 변증법이다. 주체와 대상이라는 인식론적 구도가 개인과 세계의 대결이라는 존재적 양상에서 발생하는 것과 마찬가지로, 부분과 전체의 변증법 역시 삶의 근본 형식에서 귀납되는 것이다. "사람은 그의 현실의 부분과 전체를 보고"(1: 12) 살아가는 것이다. 그러므로 "사람의 현실을 의식의 대상으로 또는 의식적인 의도의 대상으로 삼고자 할 때, 우리는 언제나 이러한 부분과 전체의 변증법에 부딪히게 된다."(1: 12) 그러나 이렇다는 것은 이론적인 차원에서일 뿐 실제적으로 사람이 구체적으로 경험하는 현실은 우리의 지각범위나 인식 능력의 한계 등과 같은 요인으로 말미암아 부분적인 성격을 벗어날 수 없고, 전체는 이 부분적 현실의 암시와 초월적 지향에 의해 가능성으로서만 존재한다. "현실은 우리에게 부분적 경험"(5: 215)으로만 나타나는 것이고 "삶의 전체성은 그때그때 역사적으로 얻어지는 인간의 개체적·사회적 가능성의 총화"(2: 182)인 것이다. 이러한 경험적 현실의 부분성에도 불구하고 우리가 그것의 의미와 가치, 나아가 변화의 가능성까지를 이해하고 파악할 수 있는 것은 칸트식으로 말하면 전체의 선험적 실체성 때문이다. 그러므로 "전체적 비전이 없이는 현실은 이론으로나 실천적으로나 접근되지 않는"(5: 215) 것이고, "어떠한 해석 작업에서나 전체만이 부분에 대하여 의미 발생의 모태가 된다"(1: 327). 이렇듯 부분과 전체의 변증법은 이것 또한 인식론적 요청으로부터 비롯되는 것임을 알 수 있다.

부분과 전체의 이러한 관계에서 "문학은 구체적인 부분을 전체에로 지양하는 방법"(1: 32)이다. 이러한 명제가 내포하는 의미는 중층적이지만, 아무튼 이에 입각할 때 한 예로 일제강점기에서의 "현대 한국 문학의 발생과 전개를 이야기할 때, 삶의 가장 큰 테두리가 되는 것은 식민지라는 상황이다. 우리는 이 테두리를, 일제하에 쓰인 문학을 평가하는 데 있어서 늘 기억해야 한다"(1: 13). 이러한 식민지배 상황은 물론 밖에서 일방적이고 강제적으로 부과한 전체의 테두리이지만, 이 테두리 속에서 '가치의 진정성'에 입각하여 자연스럽게 가다듬어지는 또 다른 전체성의 목표는 당연히 '민족의 해방'이었다. 이것은 비단 문학만이 아니라 일제강점기 모든 개인들의 삶에 삼투되어 있었던 부분과 전체의 구도라 할 수 있는 것이지만, 식민 지배의 상황에서 이에 겹쳐놓고 고려해야 하는 또 하나의 부분과 전체의 관계 내용은 구성원들의 자발적 의지의 결집으로 이루어지는 사회 구조의 생성과 초월이라는 "사회 세력의 이중 운동"(1: 19)이 식민지 상황에서는 더 이상 존재하지 못하게 된다는 사실이다. "식민지 지배와 더불어 이 전체의 변증법은 정지"(1: 33)해버리게 되고 그 결과로 "식민주의의 경우 개별자와 전체성의 관계는 얼어붙은 전체와 다른 한쪽으로 자신을 규정하고 제약하는 전체에 대하여 아무런 영향을 줄 수 없는 개별자와의 관계"(1: 33)가 되어버리는 것이다. 즉, 식민지 상황하에서의 모든 문학 활동은 가치적 전체성으로의 참여의 통로가 막혀버린 나머지 비록 의도한 바는 아니었다고 해도 어쩔 수 없이 소외의 기록일 수밖에 없었던 것이다. 이렇듯 부분과 전체의 변증법에 입각하여 보더라도 일제강점기의 한국문학은 실패한 것으로 평가된다. 그러나 똑같은 실패라 하더라도 주체와 대상의 대립적 구도에서 주체적 의지에 대한 강조의 결과로 내려진 평가의 내용과는 달리 부분과 전체의 변증법에 입각했을 때의 한국문학과 작가들의 실패는 다분히 결정론적으로 주어진 실패라는 분명한 차이를 갖는다. 결정론적 시각에서 본다면 작가들의 삶과 활동을 포함하는 모든 "개체적 삶은 시대가 가지고 있는 테마의 변주에 불과"(1: 376)한 것이 된다. 그런데 한국 현대사는 "불행한 외부적 조건이 모든 것을 결정"(3: 58)짓는 특이한 경험 양식을 지니고 있는 것이기도 하다. 그러므로 이러한 시각에서 보았을 때 한국 작가들의 실패의 원인은 세계와 대결하는 작가의 주체적 의지의 결여가 아니라, 그들이 아무리 강한 의지를 갖고 있었다 하더라도 그것의 공적 실현을 가로막는 상황의 폐쇄성으로 돌려지게 되고, 또 이에 이어지는 당연한 귀결로 주체적 의지를 강조하는 시각에서 작가에 대한 부정적 평가의 근거로 제시되었던 "주관적인 욕구에 의해 꾸며낸 자기 만족"(1: 55)의 충동과 매우 흡사한 것으로 보이는 '개인적인 행복과 개인적인 자기 완성에 대한 충동'이 부분과 전체의 변증법적 시각에서는 어느 정도 옹호되기에 이른다. 이러한 가치 판단과 사실 판단의 엇갈림에서 오는 착잡함을 생생히 드러내고 있는 구절을 인용해보자.

그러면 경제적으로나 문화적으로나 일본 식민지하의 참상하에서 작가는 어떤 입장을 취할 수 있었을까? 제일 쉬운 답변은 시기가 문학을 할 수 있는 그런 시기가 아니었다고 말하는 것일 것이다. 그러나, 비록 정도의 문제라고는 하지만, 참으로 문학이 번성할 수 있는 조건이 완전히 갖추어진 시대는 찾아보기 어려운 일인지도 모른다. 일제하가 아무리 문학이나 하고 있을 그런 때가 아니었다 하더라도 오늘날 돌이켜보건대, 오늘의 문학이 그때의 문학적 발전의 토대 위에 성장해나아가고 있음은 부인할 수 없는 사실이다. 하나의 시대는 하나의 덩어리요 전체이면서, 또 그 시대만으로 끝나는 전체는 아닌 것이고 또 이 전체는 어느 때에나 그야말로 현실적으로 잠재적으로 인간의 모든 것을 포함하는 전체이다. 그러나 직접적인 정치 행동이라는 면에서 모든 사람이 같은 치열함을 유지할 수는 없었겠지만 적어도 식민주의에 대한 보다 철저한 의식은 작가로 하여금 눌리고 타락하는 식민 사회의 고통을 좀더 폭넓게 증언할 수 있게 해주었을 것이다. 그러나 이것이 완전히 내면적 갈등 없는 공적인 영역에서의 활동 또는 공적 의미의 저작으로 나타날 수는 없었을는지 모른다. 공적 영역이 어떤 것이든지, 개인적인 행복과 개인적인 자기 완성에 대한 충동도 또한 이조(李朝)의 억압 이후 한국인의 정신을 휩쓴 어쩔 수 없는 역사적인—또 인간적인—충동이었다.(1: 34)

결국 이렇게 볼 때 일제강점기 한국문학의 실패 이유와 그 실패에 대한 변호의 필요는 모두 부분과 전체의 변증법에서 나오는 것이다. 그리고 이것을 다시 김우창의 비평 방법론과의 관련에서 말한다면 그것은 인식론에 바탕을 둔 비평 방법론으로부터 필연적으로 제기되는 주제이고 이 주제에 대한 폭넓은 성찰의 귀결이었던 것이다.

김우창의 비평 활동 초기에 씌어진 두 편의 글에 대한 예증적인 검토를 통해 확인할 수 있는 이 같은 인식론적 비평 방법론은 그의 비평의 변함없는 방법론적 근간을 이루고 있다. 예컨대 세계와의 대결이라는 주제와 관련지어 말하면, 김우창이 보기에 한국의 정치 상황에 대해 가장 예민한 촉각을 지니고 있는 시인은 황동규이다. 김우창에 의하면 황동규는 "바깥 세상의 인식이 마음의 인식에로 또 마음의 바탕의 인식에로 나아가는 전형적인 움직임"(3: 429)을 보여주는, "내면화되어 있는 느낌의 세계"(3: 426)에 대한 추구에서 출발했다가 「태평가」를 계기로 하여 정치 현실에 대한 사실적 기록 쪽으로 그 관심을 외화(外化)시키는 변모의 궤적을 보여주고 있지만, 정치 현실을 시로 형상화하는 황동규의 "시적 방법은 정치적 상징주의"(3: 444)에 머무르는 것으로 파악되어 있다. 그러나 이 같은 "정치 현실의 상징적 처리는 〔……〕 현실적 문제를 내면의 상태로 변화"(3: 444)시켜 그것을 "심리적 상태나 태도 또는 기분의 문제로 환원"(3: 443)하게 되는 위험성을 안고 있는 것이다. 정치적 상징주의가 갖는 이런 위험은 두말할 나위도 없이 주체와 대상 사이의 긴장 관계의 와해, 다시 말해 양자 사이의 관계에서 주체적 입장에로의 과도한 경사로 인하여 발생하게 되는 것[2]이지만, 황동규의 시 세계가 그 변모의 움직임에도

---

2) 김우창이 염상섭의 초기 소설들의 구조에 잠재된 내적 지향을 밝혀 보여준 「리얼리즘에의 길」(3: 170~206)에서 원용하고 있는 루드비히 빈스방거의 '과상승 *Verstiegenheit*'이라는 것도 대략 이와 근사한 문제에 대한 관찰과 분석을 통해 얻어진 개념이라 할 수

불구하고 드러내 보이는 이런 약점을 날카롭게 지적하면서도 또 한편으로는 이런 약점의 원인을 시인의 탓으로 돌리는 것이 아니라 밖으로부터 주어지는 전체인 우리의 정치 현실의 한계에서 기인하는 것이기도 하다는 사실을 아울러 지적하고 있는 것이다.

이렇게 하여 우리는 김우창의 비평 방법론의 일관성을 다시 그의 황동규론인 「내적 의식와 의식이 지칭하는 것」(3: 420~58)을 예로 삼아 거듭 확인한 셈이지만, 이러한 일관성은 비록 그 주제화와 표현의 정도에 약간의 차이는 있을지언정 다른 작가들에 대한 글에서도 변함없이 유지되어 있다. 이렇게 볼 때 김우창의 비평은 그 오랜 활동 기간에 걸쳐 그 주제나 방법론이 크게 변화한 것이 아니라 성찰의 범위와 깊이를 크고 깊게 만들어온 것으로 이해되는데, 김우창 비평이 이렇게 진화한 근본적인 이유 또한 초기의 비평에서부터 뚜렷한 골격을 갖추었던 그의 비평의 주제와 방법론 자체에 들어 있는 것으로 보인다. 이 문제를 검토해보기 위해 다시 앞으로 돌아가보자.

앞서 우리가 살펴보았던 김우창의 비평 활동의 초기에 씌어진 두 편의 글이 결론적으로 제시하고 있는 문제는 주체와 대상 사이의 긴장 관계의 소멸, 부분과 전체의 소통 가능성 차단이었다. 그런데 이 문제를 보다 현실적인 차원으로 옮겨놓고 이해한다면 그것은 앞서 인용문의 말미에 시사되어 있는 바와 같은, 삶의 사적 측면과 공적 측면 사이의 근본적 단절이라는 문제와 결부되는 것이다. 그렇다면 이러한 단절의 문제는 유독 식민 지배 상황에서만 생기는 것인가? 그렇

있을 것이다.

지는 않다. 일제강점기의 작가들에게 이 단절과 괴리는 무엇보다도 주로 정치적 요인에 의해 생겨난 것이었지만 이러한 문제의 발생 배경을 이것으로만 한정할 수는 없다. 식민 치하에서 그 같은 단절의 문제는 개인의 실존적 문제, 사회 구조의 문제로 첨예하게 드러나 보이고 또 그럼으로써 보다 직접적으로 체험되는 현상이었던 것이 사실이지만, 식민 통치를 벗어난 오늘날의 사회에서도 사적인 삶과 공적인 삶 사이의 괴리, 그리고 공적인 것의 팽창에 의한 사적인 것의 위축 및 후퇴라는 현상은 특히 산업사회화의 추세와 더불어, 잘 지각되지는 않지만 일상생활에서의 삶에 대한 우리의 느낌과 생각과 판단의 방식은 물론 그 질적 내용까지를 변화시키는 보다 근본적인 방식으로 지속되고 있는 것이다. 그러므로 오늘날 사람들의 삶에 주어지는 외부적 전체성은 비단 정치적 현실만이 아니라, 이것과 밀접한 관계를 맺고 있으면서 이보다 한층 더 일반적인 방식으로 일상생활에 침투해 들어와 있는 산업 사회의 구조인 것이다. 이에 대한 다른 각도에서의 보다 상세한 논의는 조금 뒤로 미루거니와, 김우창 비평의 전모를 놓고 볼 때 식민지 시대의 문학에 대한 관심의 크기만큼이나 또한 두드러져 보이는 산업 사회에서의 문학에 대한 관심은, 관심 대상의 이동이나 주제 변화를 나타내는 것이 아니라 한국문학 전체를 동일한 관심과 방법론에 입각하여 이해하려 할 때 시대적으로 달리 주어지는 외부적 전체에 대한 차별화에서 부각되는 것이다. 단순화시켜 말하면 식민 지배 상황이라는 것이 신문학 초기의 한국문학에 대응하여 설정된 외부적 전체라 한다면 산업 사회적 경향과 그 구조는 오늘날의 한국문학에 대한 관심에 대응하는 외부적 전체에 해당하는 것이라고 말할 수 있다.

이 같은 비평적 관심 확대의 실제 내용은 비평의 구체성의 증대로 이어진다. 이미 앞의 논의에서 언급했던 것처럼 김우창의 인식론적 비평이라는 방법론적 요청은 무엇보다도 삶 자체의 존재 방식으로부터 제기되는 것이지만, 삶과 인식의 긴밀한 연관을 인정한다 하더라도 초기 비평[3]에서 삶의 다양한 구체에 대한 넓은 포괄은 주제의 형이상학적 성격에 의해 어느 정도는 제약되어 있었다고 보지 않을 수 없다. 사실 표현된 구체적 논의 내용만을 단순히 비교하는 관점에서라면 김우창의 비평은 큰 변화를 보인다고 이해될 수도 있다. 가령 1979년에 씌어진 「시와 정치」(3: 43~71)에서는, 우리가 앞서 살펴본 「일제하의 작가의 상황」이나 「한국시와 형이상」에서와 마찬가지로 일제강점기의 작가들을 대상으로 하면서도 식민지적 상황에 대한 의식에서 가다듬어지는 가치적 지향을 민족의 해방이라는 문제만으로 집약시키지 않고, 그 같은 암울한 상황에서도 있을 수 있는, 아니 당연히 있게 마련인 개인적 삶의 다양한 가능성을 추구하는 태도를 인정한다. 이러한 변화는 주제나 관점 자체의 변화라기보다는 주제의 범위, 관점의 수준에 대한 조정이라 할 수 있는 것이지만, 그렇다 하더라도 이 조정의 결과로 인한 논의 내용의 차이는 상당히 크다. 가령 김소월에 대해 논의할 때 「한국시와 형이상」에서는 소월의 "허무주의는 그로 하여금 보다 넓은 데로 향하는 생(生)의 에너지를 상실

---

3) 이 글에서 초기 비평이라고 하는 것은 김우창의 비평 활동 전체에 대한 엄밀한 시대적 단계 구분에 의한 것이 아니라 필자의 대강의 견해만으로 사용하고 있는 것임을 밝혀두어야 하겠다. 엄밀한 구분을 시도하지 않는 이유는 김우창의 비평에서 사적(史的) 전개가 변화의 방식보다는 확대의 방식으로 이루어진 것으로 보인다는 필자 나름대로의 견해 때문인데, 그럼에도 초기 비평이라 말할 때 그것은 대략 『궁핍한 시대의 시인』에 수록된 글들에 한정된다.

하게 하고 그의 시로 하여금 한낱 자기 탐닉의 도구로 떨어지게"(1: 42) 만든 것으로 이해한 데 비해 「시와 정치」에서는 "'사람에게 있는 엄숙함', 일하는 사람의 근원성, 그것의 엄숙함에 대한 인식"(3: 53)이라는 '가장 중요한 정치 인식'을 보여주고 있는 시인으로 평가했다. 또 청록파 시인들의 경우에 있어서도 「한국시와 형이상」에서는 이들의 시의 문화적 의의를 "한국 문화의 전체적인 붕괴 속에서 급한 대로 단편적인 피난처를 구한 결과"(1: 57)로 얻어진 것이라고 밝히고 있음에 비해 「시인의 보석」에서는 "아름다움과 행복의 충동에 의해 동기지어지는 시"(3: 117)의 대표적 예로 삼고 있는 것이다. 이 같은 비교를 통해 간단히 확인할 수 있는 바와 같이 그 차이는 크지만, 그러나 이 차이는 시인의 존재와 그 활동의 의미가 세계와의 대결이라는 구도 속에서의 주체라는 추상적 지위로만 한정되는 것이 아니라 불리한 상황과 암울한 현실 속에서도 자기완성을 위하여 내면세계를 추구하는 인격적 존재이기도 하고 또 일상의 세계를 무대로 한 활동과 나날의 삶을 이어나가는 현실적 존재이기도 하다는 엄연한 사실에 대한 인정에서 오는 것이다. 삶의 무대는 궁극적으로 이 세계이지만, 그렇다고 해서 구체적이고 현실적인 삶의 공간이 반드시 세계라는 추상적 무대만으로 단일하게 수렴되는 것은 아니다. 궁극적 전체로서의 세계는 그러나 그 안에 무수히 다양한 구체적 현실들을 지니고 있고 이 현실들의 '동심원적 확산'(1: 324)이 궁극적으로 세계를 이루는 것이다. 그러므로 나를 중심으로 한 동심원의 지름에 따라 크기도 하고 작기도 한 하나하나의 현실 속에서 사람들의 삶의 목표와 추구의 내용 또한 다양한 것이 되지 않을 수 없다. 김우창의 설명을 빌려 조금 추상적으로 말하면 "개체적 차이를 규정하는 전체적 동일성은 그것대로 개체적 차이에 의하여 규정된다. 또는 나아가서 개체적 차이를 통해서만 전체가 실현된다고 말할 수 있다"(1: 354). 그러므로 이 차이들은 바로 구체성의 차이인 것이다.

간단히 언급해두면, 소설과 리얼리즘에 대한 김우창의 관심은 이 구체성과 밀접히 관련되어 있다.[4] 시, 소설을 가릴 것 없이 문학은 "가장 간단히 말하여 삶의 구체적인 경험을 가장 구체적인 언어로써 포착하려고 하는 의식 활동"(1: 75)이라고 정의될 수 있는 것이다. 그런데 사람들의 구체적인 경험이란 무엇보다도 일상생활의 무대 위에서 이루어지는 것이라는 사실과 "일상생활적 인식의 결정(結晶)이 곧 소설"(1: 82)이라는 사실을 한데 연관 지어 생각한다면 소설이 구체성과 보다 긴밀하게 관계되는 장르라는 것은 쉽게 수긍이 가는 일일 것이다. 사실 소설과 구체성의 관련이란 굳이 이렇게 설명하지 않더라도 이미 일반적으로 인정되고 또 잘 알려져 있는 것이다. 그러므로 구체성과 관련된 김우창의 소설 비평의 면모는 최인훈의 『소설가 구보씨의 일일』에 대한 비평인 「남북조 시대의 예술가의 초상」(1: 272~82), 염상섭의 초기 소설들을 대상으로 한 「리얼리즘에의 길」(3: 170~206), 황석영론인 「밑바닥 삶과 장사의 꿈」(3: 361~87) 등의 글에 잘 나타나 있다는 정도의 언급만으로 이에 대한 긴 논의는 생략하고자 한다. 단, 구체성의 증대, 혹은 '현실에의 몰입'에 의해 초기의 낭만주의적 입장을 벗어나 리얼리즘으로 이행하게 되는 염상섭 소설의 진화 과정을 밝혀주고 있는 「리얼리즘에의 길」에서, 이 글의 결론이라 할 수

4) 소설과 관련된 또 하나의 관심은 시간 인식에 관한 것이다. 이에 비해 시는 공간 인식과 밀접한 관련을 맺는 것인데, 이 점에 대해서는 뒤에 논의할 것이다.

있는, 구체성의 증대가 염상섭의 소설로 하여금 "젊음과 이념의 급진주의와 전체성을 상실하고 일상적 쇄말주의, 유종호가 '트리비얼리즘'이라고 부른 또 하나의 위험에 부딪치게"(3: 206) 만들었다는 지적은 소설의 전체성이라는 목표와 리얼리즘이라는 방법 사이의 묘한 길항 관계에 대해 생각하지 않을 수 없도록 한다는 점만은 밝혀두도록 하자.

다시 앞으로 돌아가 논의를 계속하면, 다양한 구체들로 이루어지는 부분적 현실과 관련된 문학 이해의 내용은 일부 서로 상충되고 모순되지만, 그러나 이것은 단순히 모순으로만 그치지 않고 시인들이 접촉했던 현실의 크기에 따라 달리 이루어지는 전체들의 상호 연관 속에서 어느 하나가 다른 것의 성취, 혹은 좌절의 구조적 배경으로 작동하는 역학 관계 위에서 보다 큰 궁극적인 전체와 이것에서의 의미 수립으로 이어진다. 예컨대 「시인의 보석」(3: 114~30)에서 논의되고 있는 시인들이 보여주는, 표면적으로 완전히 반대되는 '고요하고 부드러운 것'에 대한 집착과 '굳고 차가운 것'에 대한 추구는 기실 반대와 모순이 아니라 김우창에게는 그 내용으로 미루어 '고요하고 부드러운 것'의 의지적 응축이 '굳고 차가운 것'으로 결정된다고 이해되어 있는 것이라 말할 수 있다. 상징주의 시인들이 애용했던 보석과 별의 이미지가 하나의 상징이라면 궁극적으로 그것은 이 이미지들이 직접적으로 표상하는 '굳고 차가우면서 맑은 것'의 내면에 받쳐져 있는 '고요하고 부드러운 것'의 상징인 것이다. 「시인의 보석」의 골격을 이루고 있는 '마음의 내면'과 '현실의 외면'의 연결과 종합이 갖는 중요한 의미에 대한 논의는 조금 뒤로 미루거니와, 거기서 밝히고자 하는 내용을 미리 끌어다 말하면 이렇게 '굳고 차가운 것'과 '고요하고 부드러운 것'은 후자에 의해 전자가 결정되는 것이라는 이해를 가능하게 하는 일종의 연속 관계에 놓여 있으면서, 마음의 내면에 깊숙이 자리한 '고요하고 부드러운 것'은 현실이라는 외부적 전체와의 관련에서 가다듬어지는 '굳고 차가운 것'에의 의지의 진정성을 밝혀주면서도 또 한편으로는 이 의지에 의해 그 연약함의 한계를 노출하게 되는 것이다. 이와 마찬가지로, 우리가 맨 처음 살펴보았던 비평 방법론에서도 주체와 대상의 관계에 입각한 방법이 주체의 의지를 강조하게 되는 것임에 비해 부분과 전체의 변증법에 입각한 방법이 어느 정도 결정론적 이해를 불가피하게 만듦으로써 이 두 방법적 태도가 스스로 상충되는 것처럼 보일 수 있는 측면도 있는 것이 사실이지만, 이것 역시 방법론 내부의 모순이라기보다는 오히려 모순을 있는 그대로 포괄하는 방법론적 전체의 일면으로 이해하는 것이 더 타당할 것이다. 굳은 현실의 전체는 개인의 의지를 좌절시키는 힘으로 작용하지만 이 현실과의 부딪힘에서 의지는 주어진 현실을 넘어서려는 초월의 동력과 '가치의 지향성'(1: 36)을 얻게 된다고 말해야 할 것이다.

김우창의 비평 방법이 스스로 여러 모순의 계기를 내포하고 있는 근본적인 이유는 사람의 삶 자체가 모순되는 계기들의 연속으로 이루어지는 것이기 때문이다. "문학이 최종적으로 확립할 수 없는 진실을 풀이하여야 한다면 삶의 모습이 바로 그러한 것이기 때문이다"(2: 187). 이러한 진술에서 우리는 김우창의 비평이 갖는 목표, 즉 삶의 전체를 문학에 담으려는 의지를 읽어낼 수 있다. 이것은 또한 김우창의 비평이 문학의 보편성을 수립하는 것을 목표로 하고 있다는 말이기도 한데, 이에 대한 논의에 앞서 잠깐 우회하면, 김우창이 자신의 비평 방법에 철학적 엄밀함을 도입하려 하는 데에는 우리나라의 비평에 대한 문학사적 반성의 요인도 작용하고 있다. 예컨대 김윤식의 『한국 근대 문예 비평사 연구』와 『근대 한국 문학 연구』에 대한 서평인 「사고(思考)와 현실」에서 김우창은 이 두 권의 저서에서 연구 대상이 되어 있는 여러 비평가들의 활동의 의미에 대하여 "신문학 이후에 행해진 비평적 사고의 대부분이 거의 이래도저래도 좋은 의견의 세계에 속한다"(1: 326)고 지적하고 있다. 그런데 의견이란 어떤 것인가? 김우창에 의하면 그것은 "진실도 아니고 오류도 아닌 중간 지대"(1: 326)에 서식하는 "현실과 관계없는 빗나간 사고의 소산"(1: 337)이다. 그렇다면 신문학 이후 비평적 사고의 대부분이 의견의 세계에 속한다는 것은 그것들이 삶의 구체적 현실과 유리된, 소외된 사고의 표현에 지나지 않는다는 단호한 판단인 것이다. 판단의 타당성 여부는 일단 미뤄두고 판단 자체만을 놓고 본다면, 부분과 전체의 변증법에 입각하여 문학을 크고 작은 여러 현실들과의 겹침의 관계에서 이해하려는 김우창의 비평 방법은 이러한 문학사적 반성을 바탕으로 삼아 비평을 의견의 세계에서 진실의 세계로 접근시키려는 노력을 담고 있는 것이라고 평가할 수 있다. 그러나 이러한 문학사적 반성이 김우창에 의해 집중적으로 이루어지고 있는 것은 아니다. 그 무게를 바르게 저울질하여 말할 때 이러한 반성과 비판은 그 자체에 대한 관심의 소산으로 얻어진 것이라기보다는 본래 김우창이 품고 있었던 문학의 보편성에 대한 관심이 지난날의 한국 비평에 투사된 결과로 표명된 생각이라고 하는 것이 적절한 판단일 것이다. 지난날의 비평에 대해 그것이 의견, 즉 현실과 유리된 사고의 소산에 지나지 않는 것처럼 보인다는 지적에서 우리는 문학과 삶의 다양한 현실과의 밀접한 관련에 압도적인 비중을 두는 김우창의 문학관을 거듭 확인할 수 있기 때문이다.

그러나 의견을 현실에서 유리된 생각으로, 그리고 이에 대립시켜 진실을 현실에 대하여 정합적인 사고로 단순화시켜 이해할 때 진실의 존재 기반인 현실이란 과연 어떤 현실인가? 필경 그것은 끝없는 '동심원적 확산' 과정의 단계마다에서 성립하는 부분적 현실들 모두를 포괄하는 단일한 전체로서의 현실이어야 할 것이다. 그러나 과연 이러한 현실과의 경험적 접촉이 가능한 것일까? 부분적 현실들의 단순한 집적이 전체 현실을 이루는 것은 아니라고 한다면, 일상생활의 제한된 테두리 속에서 크고 작은 부분적 현실들과의 산발적 교섭만으로 이루어지는 우리의 일상적 삶이 단일한 전체 현실과의 관계에서 획득되는 진실을 얻어내기란 거의 불가능할 정도로 어려운 일이라 하지 않을 수 없다. 있는 그대로의 삶, 현실과의 관계에서 수동적으로 영위되는 객체적 삶은 어쩔 수 없이 지리멸렬한 것이 된다. 그러나 여기서 다시 삶의 주체성에 대한 강한 의지는 이 지리멸렬한 것들 모두를 전체인 하나의 삶으로 집약한다. 김우창이 한용운에게서 보는 것은 바로 이러한 삶의 전체화의 의지이다. 김우창에게 한용운은 가장 '규범적'인 작가인데, 그러나 이것은 단순히 그가 "외곬으로 애국애족과 불교적 정진의 길을 간 사람"(2: 226)이기 때문은 아니다. 한용운에 대한 김우창의 여러 글들이 각기 다르게 밝혀주는 것처럼 오히려 그는 삶의 여러 결을 가지고 있으면서 이로 인한 성취와 실패의 고르지 않은 기복을 보여주고 있는 작가이다. 한용운에 대한 김우창의 글 여러 편을 아주 간단하게 요약하면 그는 개인적으로는 마치 파스칼이 속해 있었던 17세기 프랑스 법복 귀족들의 세계관이 그랬던 것처럼 "저항과 비저항 사이의 이상한 마비 상태"(1: 128)라는 모순을 근본적인 삶의 구조로 갖고 있으면서도 "그의 삶에 있어서의 근본 동력"(1: 129)에 호응하는 것이었던 불교적 세계관 — 이 불교적 세계관은 한용운의 시에서의 성공과 소설에서의 실패를 규명하는 핵심이 된다 — 에 입각하여, 그리고 또한 전통에 근거한 '정신적 기율'에 뒷받침된 '행동주의'에 입각하여 종교가·혁명가·시인으로서의 여러 가지 삶을 살았던 인물이다. 그런데 한용운에게 이러한 여러 면과 결은 따로따로 떨어져 있는 것이 아니라 이 모든 것을 하나로 종합하려는 주체적 의지의 작용에 의해 단일한 전체로 수렴되는 것이었다. "그는 객체화된 부분이 아니라 창조의 주인인 주체이기를 원했고 주체를 통하여 전체에 이르기를 원했다. 이것은 그에게 전인적(全人的)인 이상을 추구하게 하였다. 한용운은 종교가며 혁명가며 시인이었다. 어떤 때는 종교가, 어떤 때는 혁명가, 어떤 때는 시인이 아니라, 그는 어느 때나 이 모든 것이기를 원했다"(1: 144). 물론 김우창이 보기에도 한용운의 삶의 진실, 달리 말하면 주체의 의지와 전체화의 의지는 그의 삶을 통하여 완성된 상태로 실현된 것은 아니고 의지 그 자체, 혹은 강한 희원(希願)의 형태로서만 존재하는 것이었다. 이러한 점과 관련지어 생각할 때 한용운에 대한 김우창의 여러 편의 글은 이렇게 소망의 형태로 표출된 의지를 단순히 의지로서만 확인하는 데 그치지 않고 그것이 한용운의 삶과 문학을 통하여 어떻게, 어느 정도로나 실현된 것이었는가를 입증해 보이기 위한 집요한 노력의 소산인 것으로 이해된다. 그리고 결과적으로 이것은 여러 겹의 삶의 방식을 가지고 있으면서도 끊임없이 그것의 전체화를 향하여 나아갔던 한용운의 삶의 구조의 단층과 접합, 그리고 의지의 역동성을 드러내 보이는 데 적합한 방식이 될 수 있었다. 한용운의 삶과 문학의 진실이 전체적 진실을 향한 끝없는 나아감에 있었던 것이라 한다면, 이 궤적을 추적하는 김우창의 비평은 또한 문학 이해의 진실을 향한 부단한 추구로서의 가치를 갖는다. 이러한 집요함은 김우창에게는 자신의 비평 방법론, 그리고 이와 맞닿아 있는 그의 비평의 근본 주제의 완성을 향한 끈기를 간접적으로 드러내고 있는 것이라 말할 수도 있을 것이다. 이렇게 볼 때 한용운의 삶과 문학은 김우창 비평의 근본 주제에 대한 범례적인 가치를 지니는 것이라 할 수 있거니와, 이렇게 한용운의 삶과 문학을 그가 접촉했던 여러 현실들, 그리고 그것을 전체화하려는 의지와의 관련에서 이해하려는 노력을 통해 김우창의 비평은 문학 이해의 보편성을 수립하는 데 이바지한다. 물론 한용운의 삶과 문학이 그 자체로 전체적 진실을 구현하고 있지 않은 것과 마찬가지로 김우창의 이해 내용들 역시 그 자체로 보편적이라고 말할 수는 없지만, 그것들이 보편성에의 암시를 함축하는 것임은 분명하다. 이렇게 본다면 문학의 보편성이라는 것도 보편성의 상태로 존재하는 것이 아니라 그것을 향한 의지와 '에너지'의 형태로, 지향성의 상태로 존재하는 것이라고 해야 할 것이다. 한용운의 삶과 문학에 대해 김우창이 이해하기로 한용운의 문학의 진실은 그의 삶의 진실에서 연역되는 것이다. 이러한 한용운의 경우가 입증하듯 "한 사람의 생애와 성공적인 문학 작품은 말하자면 서로 독립하면서 또 동시에 대응하는 기술(記述) 체계"(1: 129)를 이룬다. 이리하여 최상의 상태에서 삶과 문학은 서로 일치할 수 있는 것이 된다.

앞서 우리는 의견에 대한 김우창의 정의와의 간단한 대비를 통해 진실이 궁극적으로는 하나의 전체로 수렴되는 의지 속에 놓인 현실과 밀착되어 있는 사고를 가리키는 것으로 이해할 수 있으리라는 것을 말했다. 이렇듯 진실이 궁극적으로 단일한 전체에 관계되는 것이라 한다면, 이런 이유에서 진실은 또한 보편을 지시하는 명칭이기도 하다. 보편이란 다름 아닌 "다자(多者)의 원리를 넘어서 있는 일자(一者)의 원리"(1: 140)인 것이기 때문이다. 다시 말해 그것은 "특수하고 다원적인 것"(1: 140) 모두를 포괄하는 전체로서의 하나를 가리키는 것이다. 조금 앞에서 우리가 한용운의 삶과 문학에 대한 김우창의 다각적인 이해가 궁극적으로 문학 이해의 보편성의 수립에 이바지한다고 말했던 것은 이런 의미에서였다. 그런데 조금 다른 각도에서 더 극단적으로 말하면 문학의 보편성에 대한 김우창의 추구는 문학의 윤리성의 기반을 바로 이 보편성 위에 두고자 하는 이론적 입장을 알 수 있게 해준다. 간단히 말하여 삶과 문학이 일치할 수 있는 것이라 한다면, 삶의 윤리성을 보편성의 의지 속에서 찾으라는 칸트의 유명한 정언명령의 내용을 상기할 때 문학의 보편성의 추구는 곧 그것의 윤리성에 대한 추구와 직결되는 것으로 이해할 수 있기 때문이다. 보편성의 추구를 통한 삶과 문학의 윤리성이 구체적으로 어떻게 표현되느냐 하는 것은 이미 한용운의 경우를 통해 어느 정도 짐작할 수 있지만, 다른 예로 한국 현대시인 가운데 대표적인 참여시인으로 대접받고 있는 김수영에 대해서도 김우창은,

> 우리는 우리 시대에 있어서 자유의 이념이 예술가의 삶에 어떻게 관계되며 또 그것이 우리 개개의 삶에 어떠한 의미를 갖는가를 김수영의

생애와 저작에서 읽을 수 있는 것이다. 자유는 말할 것도 없이 정치적인 이념이지만, 김수영은 그것이 삶의 근본적인 있음에서 우러나오는 것이며, 예술적 충동이 삶의 근본적인 질서에서 뗄 수 없는 한, 예술가는 그 양심과 생애와 저작을 통해 자유를 요구하지 않을 수 없다고 말한다. (1: 255)

이러한 지적을 통해 김수영에게 있어 '삶의 근본적인 질서'에서 우러나오는 '예술적 충동'이 궁극적으로는 사람들 모두의 공동 가치인 자유의 요구로 표출되는 것임을 명확히 부각시키고 있다. 김수영에게도 보편성은 그의 삶과 예술의 윤리적 가치의 기반이자 그것의 가장 확실한 증표인 것이다.

문학의 윤리성을 보편성의 기반 위에 세우고자 하는 김우창의 이론적 입장은 문학의 현실 참여에 대한 그의 생각을 일반적인 참여론자의 주장과 다른 것이 되게 한다. 주지하는 바와 같이 문학의 현실 참여라는 문제는 우리 문학에서 문학의 윤리성과 관련된 주제들 가운데 가장 첨예하게 제기되어온 문제이다. 현대문학의 범위 안에서만 말하더라도 그것은 1960년대 중반 이후 오늘날까지 단계별로 그 주장의 강도와 내용의 색채를 달리하며 이어져오고 있는 것이다. 또 그 주장과 내용들의 편차 또한 고전적이고도 온건한 참여론에서부터 '이데올로기에의 복무'라는 급진론에 이르기까지 넓게 펼쳐져 있는 것이 사실이다. 여기서 그 주장들 낱낱을 다 살필 수는 없지만 요컨대 그 모두의 공통분모는 대상이 어떤 것이든, 정치적·사회적·경제적 현실이든 이데올로기이든 간에 그 대상과의 특별한 목적론적 관계에서의 문학의 직접적 유용성·공리성의 강조에 있다고 정리할 수 있을 것이다. 그러나 문학의 보편성은 이러한 직접적 목적 관계, 효용 관계를 벗어난 곳에서 성립하는 것이다. 다시 칸트의 생각을 빌려 말하면 문학이나 예술 작품에 대한 인식에 관계하는 미적 판단의 보편성은 특수한 이해관계에 대한 고려에서 벗어남으로써 성립하는 것이다. 이와 비슷하게 김우창에게도 문학의 현실 참여는 정치적 행동 자체를 목표로 하여 이루어지는 것이 아니라 역사적·사회적 조건들의 필연성과 부딪치며 이루어지는 삶과 문학의 보편성 위에서 성립하는 것으로 이해되어 있다.

물론 김우창이 문학이 정치적 성격을 지닐 수 있다는 사실을 전적으로 부정하는 것은 아니다. 오히려 그는 "오늘날에 있어서 모든 사람의 운명은 정치적으로 규정된다"는 토마스 만의 경구를 인용하면서 "서양의 충격, 제국주의 통치, 민족 내부의 이념적 갈등, 산업화 등이 가져온 커다란 사회 변화의 물결"(3: 43)을 체험한 지난 백 년의 한국 현대사가 문학뿐만 아니라 "우리의 생활을 속속들이 정치화"(3: 43)시켜놓았음을 인정하고 있다. 그럼에도 김우창은 "문학이 도덕적 행동 또는 스스로의 존립 조건의 확보를 위한 행동에 관여한다고 하더라도 이것은 반드시 문학이 문학의 내적인 필요성으로써 현실에 관여하는 것은 아닌"(2: 64) 것이라고 말한다. 또 이와 비슷하게 "그러나 시가 본래부터 정치적이라고 말하는 것은 시의 전부를 말하는 것이 아니다. 그것은 정치화될 뿐이다. 적어도 우리는 시의 정치적 성격을 주어진 명제로서가 아니라 개인적·역사적 과정으로서 이해하여야 한다"(3: 43)고 말한다. 그렇다면 시의 정치적 성격을 낳게 만드는 개인적·역사적 과정이란 어떤 것이며, 이 과정과의 연관에서 정치적 현실에의 참여란 무엇을 말하는 것인가? 우선 개인적인 차원에서 삶의 보편성은 "직접적으로 주어진 삶의 충실화를 의미할 뿐만 아니라 주어진 것을 넘어서 스스로 확대하려는"(3: 45) "인간 본연의 어떤 충동과 지향"(2: 66)에 의해 규정되는 것이고, 역사적인 차원에서 그것은 "변하지 않는 항구성이면서 역사적으로 변화하는 새로운 가능성"(2: 66)으로 규정된다. 이러한 초월과 변화의 가능성으로서의 삶의 본질과 관련지어 말할 때 문학의 현실 참여 요구는 '현존 질서'에서 '새로운 질서'에로의 이행에 대한 촉구라고 할 수 있다. 여기에는 개인적 충동과 사회 구성원들 전체의 일반 의지 사이의 '공동체적 연관'이라는 매우 복잡한 얽힘의 과정이 개입되어 있는 것으로서, 이 전체를 포괄하여 추상적으로 말할 때 현존 질서에서 새로운 질서로의 이행이란 "하나의 필연성에서 다른 또 하나의 필연성으로 옮겨가는 것"(2: 81)에 대한 요구를 의미하는 것이 된다. 그런데 이 필연성이란, 그 나름의 합리성을 지니고 있으면서 우리의 삶에 직접적으로 다가오는 역사적·사회적 조건들의 구조와, 그 속에서 다양한 양상으로 표출되는 '삶의 근본적 충동과 지향' 모두가 포괄된 전체적 성격을 지칭하는 것이지, 특정한 분야에서의 특정한 목표에 따른 전략적 행동의 결과로 얻어질 수 있는 성질의 것이 아니다.

문학의 현실 참여에 대한 김우창의 생각이 다른 참여론자들의 생각과 다른 것이 되는 이유는 대략 이런 바탕에서 비롯되었다고 이해할 수 있지만, 그러나 이러한 차이는 개별적인 생각들 사이의 동등한 대립에서 오는 차이가 아니라 보편과 개별, 혹은 보편과 특수라는, 서로 위상을 달리하는 범주의 차이에서 생기는 것이다. 달리 말하면 문학의 현실 참여에 대한 김우창의 생각은 이 주제에 대한 여러 가지 생각과 주장이 있을 수 있게 하는, 더 적극적으로 말하면 그것들이 중요한 것이 될 수 있게 하는 보편성의 기반을 제공하고 있는 것으로 이해된다는 것이다. 이것을 구체적인 논의를 통해 확인해보면, 가령 윤동주의 경우에 김우창은 윤동주를 저항 시인으로 받아들이는 널리 퍼져 있는 통념을 깨고 문익환의 회고를 빌려 그가 "적극적인 행동의 인간이라기보다는 '고요하고 내면적인 사람'"(1: 173)이었음을 부각시킨다. 윤동주가 내면적인 사람이었다는 것은 조금 부연해서 말하면 그가 "심미적 발전을 통하여 자신의 윤리적 완성을 기하려는 충동"(1: 176)을 보다 강하게 지니고 있었던 사람이었다는 의미이지만, 그의 생애와 문학이 결과적으로 정치적인 성격을 띠게 되는 것은 이러한 본래적 충동과의 관련에서 볼 때 "심미적인 관심은 그의 내면화를 가져오고 윤리적인 관심은 그를 시대의 어두운 장벽에 대결"(1: 176)하게 만든 과정의 결과로 설명된다. 그러므로 "윤동주를 이러한 각도에서 보는 것이 그의 생애의 비극성을 줄이는 것은 아니다. 행동적이라기보다는 내면적 인간이었던 윤동주의 순사(殉死)는 오히려 일제하에 한국인의 삶이 처했던 상황의 가혹성을 절감"(1: 193)하게 한다. 이 인용문이 시사하듯 그의 내면의 충동까지를 포괄하는 윤동주의 삶 전체에 대한 보편적인 이해는 그의 생애와 문학의 정치적 성격을 한층 또렷이 부각시켜주는 것이다.

이렇듯 개별적인 것들 모두를 하나의 전체로 꿰어 지니고자 하는 김우창의 보편에의 의지에 있어서는 삶과 문학의 어떠한 동기도 명분이나 편견에 의하여 배제되지 않는다. 이러한 이지에서 '있는 것'은 모두 있을 수 있음으로 하여 있는 것, 즉 가능성의 필연이 된다. 그리고 이러한 의지가 문학비평을 통해 구체화될 때 그것은 서로 대립하고 배척하는 것처럼 보이는 개별적인 것들 모두를 하나의 전체로 묶어내는 연결과 종합의 비평이 된다. 이 연결과 종합이라는 것은 전체화를 지향하는 김우창의 비평의 구체적 방법의 전략을 풀어 말한 것에 지나지 않거니와, 이러한 방법적 정신이 특히 두드러져 보이는 글로 우리는 1979년에 씌어진 「괴로운 양심의 시대의 시」(3: 207~35)를 떠올릴 수 있다. 잘 알다시피 1970년대 말의 한국문학에서도 순수냐 참여냐 하는 것은 매우 날카로운 논쟁적 주제였고, 당시 한국문학의 줄기를 형성하는 데 지대한 영향력을 끼치고 있었던 『문학과지성』과 『창작과비평』 두 계간지는 한국 문단을 양분하여 마치 각기 순수와 참여를 대표하는 것으로 인식되고 있었다. 「괴로운 양심의 시대의 시」는 정현종, 황동규, 오규원, 고은, 정희성, 김창완의 시집을 검토하고 있는 글인데, 이 글에서 김우창은 이러한 일반적인 통념을 받아들여 이들을 각기 '『문학과지성』의 시인들'과 '『창작과비평』의 시인들'로 구분하면서도 구체적인 분석과 논의에 있어서는 이러한 통념상의 대립을 대립으로만 파악하지 않고 이를 연결하여 '인텔리겐치아의 보편의식과 이것의 시적 구현'(3: 209)이라는 전체의 주제로 종합하고 있다. 이러한 시도의 성공 여부는 보는 사람의 관점에 따라 조금씩 다를 수 있겠지만, 가능한 여러 관점의 차이를 떠나 이것이 안이한 절충이나 작위적인 접합으로 떨어지지 않는 것은 그것이 문학적 보편성에 대한 김우창의 확고한 인식에 의해 든든하게 뒷받침되어 있기 때문이라는 것은 분명하게 말할 수 있다.

김우창에게 삶과 문학의 일치는 무엇보다도 존재론적인 일치이다.

삶과 문학은 그 존재론적 형태를 공유한다. 김우창은 문학에 대한 자신의 개인적인 동기가 "삶의 구체성과 그것의 보다 큰 형식적 가능성"(6: 20)에 있음을 토로한다. 또한 김우창의 비평이 궁극적으로 목표하는 바가 삶과 문학을 동시에 아우르는 보편적 진실이라고 할 때 문학의 진실이란 과연 어떻게 확인되고 보증될 수 있는 것인가라는 문제에 있어서도 김우창은 하이데거를 빌려 "예술작품의 진실은 인간 존재가 세계에 관계되는 근본 방식에서 정당화 된다"(1: 373)고 말한다. 비단 문학뿐만 아니라 현실 속에서 사람들이 이루는 어떠한 행위·제도·체계에 대해서도 "삶은 더 큰 전체"(5: 62)이다. 그러므로 문학에 대해서도 삶이 더 큰 전체의 관계에 놓이는 것이라 할 때 이와 더불어 우리가 앞서 인용했던 "어떠한 해석 작업에서나 전체만이 부분에 대하여 의미 발생의 모태가 된다"(1: 327)는 명제를 상기한다면, 문학이 우리에게 어떤 의미를 전달하고 우리가 그것을 이해할 수 있는 것도 삶과의 관련에서임을 확인하게 된다. 그렇다면 이렇게 문학의 존재론적·의미론적·윤리적 기반이 되는 삶이란 과연 어떻게 이해되고 규정되는 것인가? 이러한 문제에 있어서도 김우창은 보편주의자답게 어떤 일면적인 규정을 시도하지 않는다. 삶의 주체로서의 인간에 대한 "인간은 한편으로는 개체적인 차이에도 불구하고 같은 생물학적인 엘랑(충동)과 진화론적 벡터vector에 의해 지배되고 구체적으로는 집단적인 역사의 전개 속에 있다. 그러면서 다른 한편으로는 개체의 궤적을 떠나서 이러한 전체의 자발성은 실현될 수가 없는 것"(1: 355)이라는 설명이 말해주듯 삶은 그 주체인 개인을 중심으로 하여 생물학적 차원에서 '집단적인 역사'라는 문화적 차원에 이르기까지, 그리고 '전개'라는 어휘에 은밀히 함축된 초월적 차원에 이르기까지 넓게 펼쳐진 무대 위에서 이루어지는 모든 형태, 모든 방식의 삶을 포괄한다. 김우창의 비평에서 작품이나 작가를 대상으로 하는 비평 외에 큰 비중을 차지하는 이론적 비평이나 주제 비평의 상당수에 달하는 것들은, 비록 그 직접성의 정도에 차이는 있겠으나, 이처럼 넓은 범위를 망라하는 삶과 문학의 일치의 내용을 조명하기 위한 작업에 바쳐져 있다.

그러나 우리가 말하고자 하는 주제에 맞게 조금 한정하여 말하면 삶과 문학에 대한 김우창의 이해는 거의 철저할 정도로 실존주의적인 것이다. 삶과 문학에 대한 김우창의 이론적 성찰은 실존주의에 대한 경사를 축으로 하여 전개되어온 것이라 하여도 지나친 말은 아닐 것이다. 실존주의에 대한 이러한 밀착은 『심미적 이성의 탐구』의 머리말인 「헌 책들 사이에서」(6: 13~24)에서 밝히고 있는 것처럼 6·25 전쟁 직후의 시대적 불확실성 속에서 삶의 확실성을 찾고자 했던 '실존적 절실성'(6: 22)에서 싹튼 것이지만, 그러나 이러한 동기 이상으로, 혹은 이러한 동기의 연장에서 김우창의 비평적 거점으로서의 실존주의적 입장의 강화와 발전은 그의 비평 활동의 시간적 무대인 한국의 현대사가 보다 행복한 삶의 성취와 보다 살 만한 사회의 수립이라는, 다시 말해 주어진 현실의 넘어섬이라는 문제에 대한 성찰과 이에 따른 실천의 노력을 포기할 수 없도록 만든 불확실성의 상황으로 연속되어왔었다는 데에도 큰 이유가 있을 것이다. 논의를 계속하기에 앞서 여기서 미리 삶과 문학의 일치에 대한 김우창의 생각은 실존주의에 바탕을 둔 형이상학적 태도를 근간으로 하면서 그것에 경험적 구체성을 부여하는 시도가 결합된 구조를 이루고 있다는 점을 언급해 두도록 하자.

실존주의적 관점에서 볼 때 삶은 어떤 것이고 또한 인간은 어떤 존재인가? 우선 인간은, 실존주의의 용어대로 말하면 '단독자'로서의 존재이다. 사르트르의 표현을 빌리면 '인간은 변명의 여지 없이 혼자'인 것이다. 인간에 대한 이러한 개인주의적 파악은 어쩌면 르네상스 이후 서구 근대 사회의 지배적인 인간관, 루카치의 묘사를 빌려 말하면 '신 없는 시대에 자기 인식을 찾아 외로운 영혼의 여행을 떠나는 인간'의 모습에 대한 관찰을 그대로 받아들인 것이라 볼 수도 있지만, 다른 한편으로 그것은 보다 현실적인 배경에서 요구되는 것이기도 하다. 김우창에 의하면 "우리는 일단 개인으로부터 출발할 수밖에 없다. 예술과 사회의 현실이 이를 불가피하게 한다"(1: 395)는 것이다. 이러한 바탕에서 인간에 대한 김우창의 이해는 일단은 개인주의에 대한 인정 위에 세워져 있는 것이지만, 그러나 김우창의 개인주의의 특징은 그것이 끝까지 개인주의로만 머물지는 않는다는 사실에 있다. 물론 궁극에 이르러 다시 개인으로 찾아 들어가게 되는 측면이 있기도 하지만, 이 궁극의 개인은 출발에서의 개인과는 다른 모습, 현실적이기보다는 이상적인 모습이기는 하나 어쨌든 세계와 합일된 전체로서의 개인의 모습을 갖는 것이다. 이렇게 개인이 개인으로만 머물지 않게 되는 것은 인간의 또 다른 실존적 존재 방식, 즉 그것이 '세계-내-존재'라는 사실에서 연유한다. 세계는 그 속에서 나의 삶이 이루어지는 무대이지만 그렇다고 해서 그것이 나만의 전유물인 것은 아니다. 간단히 말해 그것은 타인의 삶이 이루어지는 공간, 타인들도 나와 동등한 자격과 권리를 지니고 참여하는 공간이다. 오히려 이렇게 타인들과 함께 어울려 있는 공간으로서의 세계와 관련지어 규정할 때 '나'라는 존재의 주관성의 의미는 하나의 관점에 지나지 않는 것이 된다. "자아의 독특한 존재 방식은 세상에의 열림에 있어 일정한 관점으로 정의될 수 있는 것"(1: 396)이다. 또한 사람이 세계 내에 존재한다는 존재론적 구도는 공간의 형식으로 사람들의 인식에 관여하면서 인식의 동질성을 형성하는 조건을 이루는 것이기도 하다. 사람과 사람 사이의 공감, 문학이나 예술 작품의 이해라는 것도 이러한 인식의 동질성 위에서 이루어지는 것임은 두말할 나위도 없다. 이렇게 볼 때 인간이 사회적 존재라는 명제는 인간의 근본적 존재 양상으로부터 자연스럽게 도출되면서 인간의 모든 활동에 사회적 의미를 부여해주는 원리가 되는 것이지만, 이러한 이해가 반드시 형이상학적 성찰의 결과로만 얻어지는 것은 아니다. 김우창은 「나와 우리」(1: 391~410)라는 글에서 '나'와 '남'이 이루는 하나의 '연속체', '동일 체계'가 어떻게 사람들의 본래적 지각 작용을 통해 이루어지는가라는 문제에 대한 메를로 퐁티의 경험적 분석에 의거하여 설명하고 있다. 어린아이의 지적 성장에 대한 메를로 퐁티의 관찰에 의하면 "어린이가 자아 의식을 얻는 데에 가장 중요한 계기가 되는 것은 자기의 몸뚱이에 대한 시각적 경험"(1: 399)인데, 이 시각적 경험을 자기의 것으로 만들 수 있게 되는 것은, 즉 "어린이가 거울의 영상을 자기의 모습으로 받아들이게 되는 것은 자기 자신에 대하여 타자의 관점을 취할 수 있음으로써"(1: 399)라는 것이다. 이러한 요약과 인용만으로 그 복잡한 내용을 충분히 전달할 수는 없는 노릇이지만, 메를로 퐁티의 이러한 분석에 의거하여 김우창이 확인시키고자 하는 사실은 "인간 활동의 가장 원초적인 것에까지 타자와의 관계가 끼어들어 있다는 것"(1: 398)인데, 이에 대하여 우리가 거듭 강조하고자 하는 것은 인간의 이러한 원초적 사회성이 반드시 형이상학적 주장인 것만이 아니고 경험적 관찰과 분석의 결과로 확인되는 결론이기도 하다는 사실이다.

메를로 퐁티의 경험적 연구에서 그 관찰과 분석의 대상으로 놓여 있는 것은 다름 아닌 지각 작용인데, 어린아이가 지각 작용을 통해 타자의 관점을 자기 것으로 취할 수 있었다는 사실이 의미하는 바는 바로 지각이 나와 타자를 맺어주는 연결고리가 된다는 사실이다. 더 나아가 지각은 단지 사회성의 관건으로서만 그치는 것이 아니라 세계는 인간을 향해 열리고 인간은 세계를 향해 열리도록 만드는 개방성의 근원, 그리고 이 개방성을 통해 이루어지는 감각적 실존의 근원이 된다. 김우창은 '자아'를 "일정한 시공(時空)을 점유하고 있는 몸뚱이와 그것의 사물에의 확산"(1: 396)이라고 정의하면서, 이 자아의 특징에 대하여 "이 기발한 인간의 몸뚱이의 특징을 이루는 것은 그것이 세계에로 열려 있다는 사실"(1: 396)이라고 설명한다. 여기서 몸뚱이corps라는 것은 메를로 퐁티의 용어를 그대로 사용하고 있는 것인데, 이러한 차용의 이유는 인간의 감각적 존재로서의 측면을 강조하려 함에 있을 터이다. 다른 글에서 김우창이 인용하고 있는, 몸뚱이에 대한 메를로 퐁티의 정의는 "우리의 육체는 기동력 또는 지각 능력의 체계로서 〔……〕 하나의 균형을 지향하는 체험된 의미significations vécues의 덩어리"(4: 365)라는 것이다. 지각의 개방성에 대해 말하면, 세계의 은폐성은 우리의 지각 작용을 통해 개방성으로 열리게 되는 것이라고 말할 수 있다. 이렇게 지각은 세계와 인간 사이의 접점을 이루면서 이 둘 사이의 교섭의 통로가 된다. 그런데 지각의 또 다른 특징은 그것이 수동적이기만 한 것이 아니라 능동적인 것이라는 사실이다. 이 점에 대해 김우창은 아른하임을 인용하여 이렇게 설명한다.

> 우리는 무엇을 보는 일이 수동적인 현상이 아니라 능동적인 탐색과 구성의 작용이라는 것을 상기할 수 있다. 본다는 것은 "보이지 않는 손가락으로 우리 주변의 공간을 지나 사물들이 있는 먼 곳으로 나아가서 그것들을 만지고, 쥐고, 거죽을 훑어보고, 가장자리를 따라 가보고 그 결을 시험해보는" 행위라고 루돌프 아른하임Rudolf Arnheim은 말한다. 우리가 무엇을 아름다운 것으로 볼 때, 또 아름답다고 느낄 때, 우리의 마음은 벌써 그것에 나아가 있다. 우리의 마음의 에너지는 이미 그것에 투입되어 있는 것이다. (3: 100)

또는 외부적 자극에 대한 지각의 반응에 이미 선택과 구성이라고 하는 의식의 능동적 작업이 개입되어 있다는 것에 대해

> 밖으로부터의 자극을 받아들이는 것은 언제나 선택적이다. 또 그러면서 주목할 특징은 이 선택이 여러 자극과 자아의 과정과의 복잡한 상호 관계 속에서 이루어진다는 점이다. 그것은 선택적이면서 구성적 (3: 535)

이라고 설명한다. 일단 발생적으로만 본다면 지각은 외부의 자극에 의해 열린다는 점에서 수동적인 것이라 하겠지만, 그러나 자극에 대한 반응은 일회적인 것으로 사라지는 것이 아니라 그 내용과 방식이 사람들의 자아의 내면에 퇴적되어 반응 양식의 일정한 결을 이루게

되며 궁극적으로는 종합적인 감각으로까지 발전하게 되는 것인데, "이 내면에 성립하는 종합의 감각이 외부적 자극[5]에 대한 우리의 반응을 그때그때 결정한다"(3: 103). 다시 말해 지각은 덧없는 느낌으로만 머물다가 이내 사라져버리거나 혹은 수동적인 상태의 지각으로만 머무는 것이 아니라 관념화 작용을 통해 인식에까지 이어지고, 이렇게 하여 성립된 인식은 느낌, 즉 지각에 구조와 지속성을 부여하는 것이다. 그러므로 "지각은 곧 인식"(3: 533)이라고 할 때 일차적으로는 궁극성을 뜻하는 것일 터인 '곧'은 지각과 인식 사이의 이 같은 연속성의 수립과 더불어 즉각성을 의미하는 것으로 바뀌게 된다. 이런 이유에서 김우창에게 지각, 혹은 감각은 이미 일정한 의미와 가치의 방향으로 사유되고 반성된 감각으로서의 가치를 갖는다. 김우창은 감각을 뜻하는 불어 단어인 'sens'가 또한 의미·방향 등의 뜻을 갖는 것이기도 하다는 메를로 퐁티의 지적을 일깨우면서 "지각은 이미 의미의 벡터에 의하여 관류되어 있다"(4: 109)는 사실을 강조한다.

감각과 관념, 혹은 감각과 인식 사이의 이러한 단단한 매듭의 덕택으로 김우창의 비평, 특히 시의 분석에서는 이미지들이 즉각적으로 환기하는 감각의 새로움 못지않게, 아니 그 이상으로 감각과 인식의 회로를 짧게 단축시킴으로써 얻어지는 함축의 묘미가 진하게 스며들어 있다. 또 김우창에게는 어떤 대상이 감각에 불러일으키는 단편적 인상보다 이것이 종합되어 이루는 지적 인식의 측면이 더 중요한 것으로 부각된다.[6] 이런 사실은 시에 대한 김우창의 분석 하나하나에

5) 원문에서는 '외부적 자극'이 아니라 '아름다운 것들'이다.

6) 김우창은 김광균의 '추일서정(秋日抒情)'에 나오는 "낙엽은 폴란드 망명 정부의 지폐"라는 구절의 비유가 시각적인 것이라는 답을 요구하는 대학 입학 시험 문제에 대한 소감을

녹아들어 있는 것이지만, 특히 이미지즘 시에 대한 김우창의 일정한 경사와 엄정한 비판은 바로 이 감각과 인식 사이의 바른 저울질에서 비롯되는 것이다. 김기림·정지용의 시에 대한 분석에서, 그리고 이한직·김종길·김현승 같은 시인들에 대한 글에서, 직접 씌어진 바의 내용이나 평가에 상관없이 김우창이 확인시키고자 하는 것은 바로 감각과 결부된 지적 인식의 중요성이다.

감각, 혹은 지각의 구성적 능동성에 대한 파악의 과정이 길어졌지만, 이를 바탕으로 하여 다시 앞의 논의를 연결하면, 세계는 지각을 통해 열리지만 그것은 저절로 전체로 열리는 것이 아니라 사람의 감각적 접촉의 범위와 지적 인식 능력의 깊이에 대응하여 열리는 것이다.[7] 이렇게 지각의 능동성, 그리고 지각의 연장에서 성립하면서 이 능동성의 바탕이 되는 지적 인식 작용의 측면을 강조해서 말하면 "우리가 살고 생각하는 세계Lebenswelt에 있어 사물은 늘 마음의 가능성으로 나타난다"(1: 325)고 할 수 있고, 또 느낌이나 기분 같은 것이 지각 작용의 일환으로 생겨나는 것이라는 사실과 이를 결부시켜 말하면 어떤 "느낌은 나 자신의 상태에 대한 느낌에 깊이 관계되어 있는 것"(3: 101)이라고 말할 수도 있다. 세계 안에서의 사물의 움직임, 현실의 움직임은 내 마음의 움직임에 대응하여 구체적 의미와 가치를 갖게 되고 이리하여 "세계의 안과 밖은 궁극적으로 하나"(4:

이야기하면서 이런 사실을 단도직입적으로 강조하고 있기도 하다. '추일서정'의 그 비유는 시각적이기도 하고 촉각적이기도 하지만 더 중요한 것은 "낙엽도 망명 정부의 지폐처럼 쓸모가 없어졌다"는 지적 인식이라는 것이다(3: 83~84).

7) 감각적 접촉이 배제된 지적 인식만의 모방을 김우창은 '에센스'라고 정의한다. 그러나 이 경우에도 심부 해석(深部解釋)에 의한 사물·현실과의 균형 감각의 유지는 중요한 것이다(1: 325 이하 참조).

106)가 된다. 이렇게 하나로 합쳐지는 자아와 세계의 합일의 상태를 전체성이라는 용어로 표현한다면, 김우창에게 있어 삶과 문학의 전체성은 형이상학적으로 주어진 선험적 명제이면서 또한 지각과 인식의 작용을 매개로 하여 성립하는 경험적 실체이기도 한 것이다.

지나치는 길에 잠깐 언급해두고 싶은 것은 이렇게 지각과 인식의 능동성, 외부 세계에 대응하여 있는 마음의 가능성의 세계 등에 대한 중요한 인식을 바탕으로 하고 있음으로 인해 김우창의 비평이 어느 정도 심리주의적 편향을 보이기도 한다는 사실이다. 이러한 특징은 김우창의 시 분석 하나하나에 거의 빠짐없이 들어 있는 것이거니와, 이 글의 맨 앞에서 살펴보았던 식민지 시대의 시인들이 공통적으로 드러내 보이는 실패를 '구조적 실패'라고 할 때 이러한 지적은 시인들의 심적 구조, 다시 말하여 지각과 인식의 구조를 현실의 구조와 조응시켜 형성해내지 못한 데에서 생긴 구조의 괴리를 가리키는 것이기도 하다. 이렇게 김우창이 시의 분석이나 시인에 대한 논의에서 가다듬어내는 심적 구조는 현실 구조와의 엄밀한 대응 관계 위에서 비교되고 비판되는 것이고, 따라서 이러한 점을 염두에 두고 말할 때 김우창의 비평이 드러내 보이는 심리주의적 편향은 그의 비평 방법의 전체가 요구하는 또 하나의 방법론적 요청에서 비롯되는 것이라 할 수 있다.

다시 앞으로 돌아가, 사람이 '세계-내-존재'라는 형이상학적 명제에 윤리적 색채를 부여하여 말하면 사람은 행복의 추구를 개인적·집단적 삶의 목표로 삼는다는 것이 되고, 달리 이에 심미적인 색채를 부여하여 말하면 그것은 사람이 아름다움에 대한 근원적 충동을 지니고 있다는 말이 된다. 사람은 "행복을 통하여 세계에 거주"(1: 372)

하는 것이고, 또

> 아름다움은 우리의 삶에서 나오고 또 보다 나은 삶을 향한 소망에서 나온다는 말이다. 그것은 사람의 행복, 그것도 전면적인 행복의 느낌이며, 또 스탕달의 말을 빌려 행복의 약속 (3: 312)

인 것이다. 이렇듯 행복과 아름다움은 삶의 존재론적 근원에서 비롯된다. 즉 그것들은 지각을 통하여 연결되는 자아와 세계의 조화의 상태에서 오는 것인데, 이런 점에서 그것은 지각의 작용과 마찬가지로 능동적 작용을 통하여 이루어지며〔"기쁨은 마음의 깊은 에너지가 능동적으로 작용할 수 있는 대상에서만 일어난다"(3: 102)〕, 또한 이런 점에서 그것은 삶의 전체성의 한 내용을 이룬다〔"아름다움은 사람의 삶의 전체에 대한 느낌과 완전히 같은 것은 아닐지라도 그것에 깊이 이어져 있다"(3: 102)〕.

어쩌면 이렇게 삶의 근본을 행복으로 파악하는 이해 내용은 일체의 형이상학을 거부하고 역사적인 차원에서 삶과 세계의 관계를 투쟁과 갈등으로 보는 관점을 취하는 입장으로부터 가장 크게 반박당할 수 있는 소지이기도 할 것이다. 이런 문제에 대한 견해도 김우창 글들의 맥락 속에 밝혀져 있을 것이라 짐작되지만, 유감스럽게도 이 글에서 필자는 그것을 찾아보려 하지 못했다. 그러나 아무튼 삶의 근본적인 목표를 행복의 향수(享受)로 파악하는 김우창의 이해는 한편으로는 르네상스 이후 서구 근대 사회의 휴머니즘의 이상을 수용하고 있는 것이면서,[8] 다른 한편으로는 이것 역시 어느 정도는 경험적인 관찰을 통해 입증될 수 있는 것이기도 하다. 예컨대 예로부터 시인들의 변함없는 예찬의 대상이 되어온 꽃과 나무, 하늘, 남녀 간의 사랑, "부드러운 구름에 둘러싸인 골짜기, 외외하게 치솟은 산, 맑고 푸르게 흐르는 물, 바다, 하늘, 땅—이러한 모든 것이 사람의 마음에 기쁨을 불러일으켜"(2: 84)주는 것이라 한다면, 이런 것들이 대다수의 사람들에게 즐거운 마음을 불러일으켜준다는 것이 '기적처럼 놀라운 일'이라 하더라도 이 놀라움을 사실로 받아들일 때 이를 통해 우리는 사람들의 느낌의 깊은 바탕에 행복과 아름다움에 대한 충동이 살아 숨쉬고 있다는 것, 다시 말해 "아름다움의 감각이 일반적인 만큼 삶의 어떤 원초적인 충동에 이어져 있다는 사실"(3: 312)을 어느 정도 경험적이고 실증적인 차원에서 확인할 수 있는 것이다.

김우창의 비평에서 두드러져 보이는 또 하나의 실존주의적 면모는 삶과 문학의 초월성에 대한 강조이다. 이에 대한 생각이나 진술은 김우창의 글들 도처에서 찾아볼 수 있다. 세계를 이루는 사물들과의 관련에서 김우창은 "삶의 세계에 있어 사물은 늘 초월적 가능성을 향하여 스스로를 넘어선다"(1: 325)고 말하고 사람들이 갖는 삶의 욕구에 대해서도 이를 초월성과 관련지어 "풍부한 삶은 직접적으로 주어진 삶의 충실화를 의미할 뿐만 아니라 주어진 것을 넘어서 스스로를

---

8) 김우창이 인용하고 있는 부르크하르트의 설명처럼 "인간의 정신적 · 물질적 생존의 조화된 발전"을 통한 행복한 삶에의 기약은 르네상스 이래 근대적 휴머니즘의 이상이었다(2: 124 참조). 또한 김우창의 이러한 입장은 이른바 포스트모더니즘이라는 것에 대해 일정한 비판적 거리를 취하게 만드는 요인이기도 하다. 포스트모더니즘에 대한 김우창의 생각을 엿볼 수 있게 해주는 글로는 「국제 공항: 포스트모더니즘에 대한 명상」(4: 471~84)이 있다.

확대하려는 충동"(3: 48)이라고 말함으로써 그것이 즉자(卽自)에서 대자(對自)로의 넘어감이라는 실존적 투기(投企)의 역동성에서 나오는 것임을 말한다. 또 예술 작품이 주는 감동에 대해서도 "예술 작품이 우리에게 주는 감동의 근본에는 이러한 초월의 의지가 있다. 예술은 단순히 있는 것을 그리면서도 그 있는 것을 넘어서는 어떤 것을 암시하려고 한다"(2: 116)고 말함으로써 예술 작품의 감동의 근원이 초월성에 있음을 설명하기도 한다. 이처럼 김우창에게 세계의 본질, 삶의 본질, 예술의 본질은 초월성과 불가분의 밀접한 관계에서 파악된다. 이 초월의 개념을 바탕으로 문학과 삶의 세계가 일치하는 형태 또한 즉자적(卽自的) 상태에서의 일치가 아니라 초월적 차원의 일치라는 것으로 명확하게 가다듬어진다. 김우창의 문학관에서 삶과 문학의 일치에 대한 인식이 중요한 바탕을 이루는 것은 사실이지만 그러나 그 일치란 근본과 궁극에 있어서의 일치를 말하는 것이지 현실적인 상태 그대로의 일치를 말하는 것은 아니다. 오히려 현실적으로는 문학이나 예술은 '생활과의 차이'에 그 존재 이유를 둔다. 이 차이는 "고양화의 효과이기도 하고 도피와 보상의 효과이기도 한 것인데, 이것은 딱히 구분하여 말할 수 없는 면을 가지면서도, 궁극적으로 삶의 전체적 조화와 고양에 기여하는 차이가 됨으로써, 삶의 건전한 미적 향상에 기여한다"(4: 93).

이러한 초월성이 갖는 구체적인 의미는 여러 가지이다. 우선 그것은 지각과 더불어, 세계와의 합일에서 찾아지는 자아의 전체성을 지속하는 원리가 되어준다. 세계는 한시도 그 자체로 머물지 않고 끊임없이 새로운 상태로의 변화를 진행해나간다. 가장 간단한 예로 계절의 변화는 그것이 사계의 순환이라는 반복적 리듬 속에서 움직이는 것이면서도 언제나 새로움으로 우리에게 다가오지 않는가. 이렇듯 세계가 끊임없이 있는 그대로의 상태를 벗어나 새로운 모습으로 다가오는 것일 때, 이에 대응하는 우리의 지각·감각·인식 또한 새로움으로의 도약을 이룸으로써만 세계와의 감각적 교섭을 통한 삶의 전체화에 이를 수 있게 된다. "우리의 내면은 끊임없이 진행되고 있는 세계와의 교섭을 통하여 스스로를 새로운 전체로 만들어낸다"(3: 103). 그리고 이 새로운, 초월적 세계에 대한 감각적 반응은 '경이'가 된다. "경이야말로 세계를 향하여 스스로를 여는 마음의 원형"(3: 537)인 것이다. 항상 스스로를 넘어서는 세계를 좇는 감각은 경이로써 그 초월적 세계를 내면으로 수용한다. 반대로 세계의 이러한 초월성에 대응하지 못하는 상투화된 감각, 전형화된 감각 앞에서 세계는 그 초월적 차원까지를 포함하는 전체의 모습을 스스로 감추고 그리하여 우리의 삶의 전체성도 상실되어버리고 만다.

초월성이 갖는 또 하나의 중요한 의미는 그것이 현실의 개선이라는 보다 실천적인 목표를 이루는 데 필요한 행동의 동력이 되어준다는 데 있다. 단순히 말하여 삶과 예술의 근본적인 충동이 행복의 추구에 있고 또 그것이 "삶의 터를 근본적으로 자기 살 만한 곳으로 확인하고자 하는 충동"(1: 375)과 일치하는 것이라 한다면, 이에 비해 주어진 현실 속에 "이미 있는 질서는 이미 그것대로의 질서이면서 인간의 개인적인 욕망 또는 인간이 추구하는 보편적인 이성에 비추어 바람직한 질서는 아니"(2: 67)라고 한다면, 이러한 현실적 질서에서 벗어나고자 하는 욕구는 삶의 근본적인 충동으로부터 자연스럽게 우러나오는 것이라 말할 수 있는 것이다. 그런데 이 현실 개조 의지의 실현에 반드시 필요한 것은 두말할 것도 없이 행동이다. 그렇다면 개인적 차원을 벗어나 사회적이고 집단적인 차원에까지 그 의미를 파급시키는 이 행동에의 결단은 무엇으로부터 가능해지는가? 이 가능성 역시 "사람이 스스로를 넘어서는 행동의 가능성을 가진 존재"(2: 62)라는 초월성에서 온다. 그리고 지각에서 인식에까지 이어지는, 사람의 "지적 작업은 행동의 도약을 통해서 비로소 역사적 현실이 된다"(2: 71). 이렇게 초월은 그것이 전체성이라는 추상적 대상에 관계된 것이든 현실 개조라는 현실적 목표에 관계된 것이든 이것으로의 다가감을 가능하게 하는 근본 동력으로서의 의미를 갖는다. 문학과 예술은 그것의 초월적 차원을 통해 이러한 움직임으로의 도약의 계기를 마련해준다.

그러나 주어진 현실로부터의 벗어남이라고 할 때 그 벗어남의 방향성은 어떻게 결정되는가? 현실로부터의 벗어남이 목표하는 바가 삶의 전체성의 실현이고 이 실현이 가능하도록 현실의 조건을 바꾸는 것에 있다고 한다면, 이에 비추어볼 때 불안정한 충동과 맹목적이기 쉬운 의지의 안내에만 이끌린다는 것은 오히려 애당초의 목표와 상치되는 결과에 이르게 될 공산이 크다. 아무리 초월이 사르트르식으로 말해 책임을 수반하는 전적인 자유 의지에 맡겨진 것이라 하더라도 이러한 자유 의지만의 강조는 현실을 '만인 전쟁'의 상태의 연장으로 몰아가게 되기 쉽다. 여기서 우리는 문학이 현실에 대하여 제기하는 요구와 현실에 대해 발휘하는 기능의 의미에 대한 김우창의 생각을 다시 경청해볼 필요가 있다. 앞서 본 바와 같이 문학이 현실에 대하여 제기하는 개선의 요구 내용을 '현존 질서'에서 '새로운 질서'로의 이행 촉구라고 할 때, 그 새로운 질서에 대한 욕구라는 것이 바깥에서 주어지는 지침에 의하여 생기는 것이 아니라 현존 질서에 내재해 있는 가능성으로부터 오는 것이라는 사실에 대하여 김우창은 이렇게 말한다.

사실상 새로운 질서에 대한 욕구는 현존 질서의 모순과 역기능의 깨우침에서 절박감을 가지고 일어나고 다른 한편으로는 현존 질서가 많은 제약을 가지면서도 만들어내는 새로운 가능성에서 일어난다고 볼 수 있기 때문입니다. (2: 66)

그런데 기존의 현실에 내재해 있는 가능성이란 가치의 지향성에 따라 가다듬어진 이상적 가능성을 의미하는 것이 아니라 현실이 왜곡되어 있으면 왜곡된 대로, 타락되어 있으면 타락된 대로의 가능성이다. 초월의 실마리는 이것을 가능성으로 파악하는 데에서 잡힌다.

타락의 가능성도 가능성의 하나이다. 이것을 가능성으로 파악하는 것은 벌써 주어진 현실의 고정성을 초월하기 시작하는 것이다. 가능성이 가능성으로 성립하는 것은 그것이 여러 가지의 가변적인 선택지(選擇肢) 사이에 있음으로써이다. 타락한 가능성은 타락하지 아니한 가능성으로 연결되는 것이다. 이를 달리 표현하면 시인은 경험의 입장을 벗어날 수 없으나 역설적으로 경험을 가능성의 지평 속에 파악함으로써 경험 그 자체가 지닌 미래에로의 초월성을 보여줄 수 있을 것이다. (1: 402)

그러므로 현존 질서가 나름대로의 필연을 이루고 있고, 그것을 필연으로 구성해내는 이성의 뒷받침에 의존하고 있는 것이면서도 이것이 "인간의 개인적인 욕망 또는 인간이 추구하는 보편적인 이성에 비추어 바람직한 질서는 아니"(2: 67)라고 한다면 현실의 초월이란, 다시 말해 '현존 질서'에서 '새로운 질서'로의 넘어감이란 기존 질서를 뒷받침하고 있는 이성 자체를 하나의 가능성으로 파악하여, 이것에 연결되어 있으면서 또한 보편적 이성으로의 지향성을 갖는 새로운 가능성으로서의 이성에 입각하여 현실을 다시 기획한다는 것이 된다. 이러한 생각이 문학에 대한 이해에 반영되었을 경우의 구체적인 예를 들면 "아무리 시대가 어두워도 새로운 역사가 배태되는 곳은 그 어둠의 배 속 이외의 다른 어떤 곳일 수도 없다"(1: 329)는 사실의 확인이 식민지 시대의 문학에 있어서의 여러 비평적 활동의 의미와 의의에 대한 새로운 해석의 여지를 시사하기 위한 전제가 된다. 이렇게 내재성의 외화(外化)라고 이해할 수 있는 초월에 대한 김우창의 생각에서 우리가 주목해야 할 것은 그것이 삶의 전체성이라고 하는, 어쩌면 선험적인 것이라고도 할 수 있는 목표에의 지향에 이끌리는 것이면서도 그것을 삶의 근본적인 충동이라고 하는, 아름답지만 불안정하고 연약한 힘에 내맡기지 않고 그 전체의 구도를 이성의 기획 안에 튼튼하게 통제하고 있다는 사실이라고 말할 수 있다.

그러나 이성이 단일한 의미의 개념이 아니라는 것은 우리가 주지하는 바와 같다. 가령 서구의 역사를 중심으로 하여, 시대적으로 다르게 나타나는 기능적 양태에 따라 구분해볼 때 이성은 데카르트적인 보편적 이성으로부터 18세기 계몽주의 철학자들의 실천적 이성, 19세기 부르주아 계급과 이들의 세계관에 입각한 사회 체제에, 그리고 관료주의 사회 체제의 도구적 이성, 그리고 이러한 도구성 자체를 문제 삼는 도구적 이성 등 서로 간에 명확한 차이를 갖는 여러 가지 것으로 나뉜다. 또 동양적 전통에서도 유교적 합리성이 "모든 정열을 억제하는 데에서 가능해지는 합리주의"(3: 563)라는 막스 베버의 해석을 따를 것 같으면 이러한 억압적 성격의 합리주의를 받치고 있는 이성 또한 보다 도구적 이성의 범주에 속하는 것으로 이해할 수 있을 것이다. 그러나 간단히 말하여 김우창이 생각하는 이성의 개념은 이 여러 가지 것들에 대한 비판(특히 도구적 이성에 대한)과 이해(특히 비판적 이성에 대한)를 포함하면서 더 적극적으로 행복과 아름다움에 대한 삶의 근본적인 충동까지를 이성의 영역으로 포함시켜 만들어지는 것이고, 행복과 아름다움에 대한 윤리적이고 심미적인 고리를 삶의 모든 이성적 기획의 중요한 심급으로 삼는 데에서 가다듬어지는 개념이다. 김우창은 "가장 포괄적인 이성은 이성으로 환원되지 않는 구체적 실존도 스스로의 테두리 속에 간직하고 있는 것"(5: 57)이라고 말하고 있거니와, 이 가장 포괄적인 이성을 그는 메를로 퐁티의 용어를 빌려 '심미적 이성'이라 부른다. 이 심미적 이성은

> 어떤 초월적인 원리가 아니라 개체의 자율적 유지와 성장의 원리이다. 여기에는 이론적 이성, 도덕적 그리고 무엇보다도 미적 감성이 다 포함된다(미적 감성은 이성적 원리에 의하여 지탱되면서 감각적 삶의 현실에 밀착되는 것이기 때문에, 현실적이면서 바른 분별 속에 있는 삶에 있어 가장 중심적인 동력이 된다). (3: 112)

이리하여 단독자로서 세계 안에 존재하는 인간은 아름다움에 대한 근원적 충동, 그리고 지각과 인식의 작용이 종합되어 만들어내는 심미적 이성이 가리키는 바에 따라 이루어지는 초월적 전체성 속에서 행복의 목표에 다가가게 된다. 그리고 삶과 존재론적으로 일치하는

문학은 이 모든 계기들에 빠짐없이 조응한다. "시적인 충동 속에서 움직이고 있는 것이 감각적인 의미에 있어서의 풍부한 삶에 대한 갈구"(3: 44)라고 할 때 이것이 의미하는 바는

> 시적인 의미에서의 감각에의 충실은 세계와의 즐김의 관계 속에 들어가는 것을 말한다. 그것은 감각을 통한 인간의 확대가 일어나면서 동시에 세상의 다양성을 즐기는 인간과 세계의 공존 관계이다. 시의 감각적 충동은 감각의 탐닉이 아니라 세상의 경이에 대한 감각적 인식이다. 시인이 원하는 것은 다시 말하여, 감각적 삶의 혼수가 아니라 감각을 통한 세계에의 깨어남이다. 여기에서 시적 충동은 스스로를 넘어서려는 충동으로 나타난다. 넓은 세계로 스스로를 확대하려는 욕구는 이미 감각의 직접성 속에도 이렇게 내재해 있는 것이다.
>
> 물론 그렇다고 해서 넓은 세계로의 움직임이 모두 다 감각적 삶의 충실화와 일직선 위에 있는 것은 아니다. 이것은 수동적인 상태에 있기가 쉬운 감각 생활에 있어서가 아니라 더 넓은 인식 작용과 행동을 통해서만 실현될 수 있다. 여기서 시적 자아는 사회 또는 역사의 세계로 나아가지 않을 수 없다. 풍부한 삶을 지향하는 시적 자아는 역사적 공동 공간을 필요로 하고 그것이 그 자아 실현에 합당한 것이기를 요구한다 (3: 45)

는 것이다.

그러나 시적 자아의 이러한 움직임을 따라 '사회 또는 역사의 세계'로 나아갈 때 우리는 우울하게도 그 세계의 상황이 시적 자아의 요

구와는 달리 그것의 실현에 결코 유리하지 않다는 사실의 확인에 부딪히게 된다. 역사적인 차원에서 대표적인 예로 식민지 통치는 윤동주의 경우가 단적으로 입증하는 것과 같이 그 '얼어붙은 전체성'으로 자아 실현의 요구를 더 큰 비극성으로 몰아갔고, 사회적인 차원에서 오늘날 우리가 그 진행의 소용돌이에 빠져 있는 산업화의 거센 물결은 우리의 지각은 물론 근원적인 행복과 아름다움에 대한 충동의 의미까지를 근본적으로 변화시키는 방식으로 그 실현의 요구를 가로막고 있는 실정이다. 또 어쩌면 산업화의 추세만큼 근본적인 것은 아니더라도 현대사의 굴곡 속에서 우리가 체험했던 6·25 전쟁이나 남북분단, 군사 독재 같은 역사적 사건이나 현실들 또한 그 실현에 장애가 되었던 것은 틀림없는 사실이다. 한국문학은 이렇게 불리한 여건 속에서 문학 스스로의 존립 여건을 확보하려고 투쟁하는 과정 중 불가피하게 정치적인 것이 되지 않을 수 없었다. 그러나 이것이 이제 우리가 말하고자 하는 것의 주제가 되는 것은 아니다. 또 식민지 상황에 대해서도, 조금 다른 각도에서이기는 했으나 앞에서 살펴보았으므로 여기서는 산업 사회의 문제에 초점을 맞춰 이야기하면, 김우창에게 산업 사회의 문제는 아주 간단히 요약해 말하건대 "인간의 존재론적 구조의 왜곡"(2: 46)이라는 문제로 집약되는 것이라고 말할 수 있다. 김우창에게 있어 산업화의 추세는 오늘날 삶의 전체적 향유를 가로막는, 그리하여 현대인들의 삶을 소외된 것으로 만들어버리는 가장 큰 외부적 힘으로 부각되어 있다. "산업 사회가 막아버리는 것은 깊은 의미에서 보다 넓은 삶에로 나아가는 길"(2: 42)이다. 산업화는 피상적인 차원에서 그것이 만들어내는 "감각 생활의 다양화"(2: 19)에도 사람들의 느낌과 지각의 방식을 근본적으로 변화시켜 결과적으로 사람들을 세계로부터 소외시키고, 또 세계와의 관계에서 사람들이 추구하는 근본 충동인 아름다움과 행복을 거죽의 것으로 만듦으로써, 즉 아름다움과 행복 자체가 아니라 그것의 이미지들만을 양산하여 소비하게 만듦으로써 삶을 진정한 아름다움과 행복으로부터 소외시키는 것이다. 그렇다면 이럴 때 다시 중요하게 삼아지는 것은 초월이다. 앞서 말한 바와 같이 사람이 지각과 인식의 능동적 작용을 통하여, 주어진 현실 속에 처한 수동적 입장을 벗어나 세계와의 참다운 교섭을 이루려는 노력이 곧 초월이라고 한다면, 물건과 기호의 체계 안으로만 삶을 옭아매는 산업 사회의 구조 속에서 이 체계의 그물을 벗어나려는 초월의 노력은 삶과 문학에 당연히 제기되는 윤리적 요청이라고 할 수 있다. 또한 이것은 아름다움과 행복에의 자연스러운 충동에서 우러나오는 요구이기도 한 것인데, 그러므로 이 초월에서 실천적으로 중요한 것은 바로 심미적 창조의 능력을 회복하는 일이 된다. 산업 사회에서 사람들의 느낌이나 욕망 등과 같은 심리적 현상들의 배경과 의미를 설명하고 있는 글인 「산업 시대의 욕망과 미학과 인간」(2: 16~37)이 화가인 파울 클레의 창조 작업의 의미를 부각시키는 것으로 마무리되어 있는 것은 이런 점에서 매우 시사하는 바가 크다. 산업 사회 속에서 불가피하게 이루어지는 여러 전도 현상 가운데 핵심적인 것 하나는 사람과 물건·사물 사이 관계의 전도이다. 생산 양식의 측면에 초점을 맞춰 간단히 정의하면 산업 사회란 물건을 대량으로 만들어내는 사회라 할 수 있는 것인데, 이렇게 대량으로 만들어진 물건을 통해 산업 사회는 이 대량 생산이, 그리고 이것이 부추기는 대량 소비라는 행위가 암시하는 사회적 힘의 관계에 사람들을 수동적으로 끌어들인다. 산업 사회에서 사람들은 일반적으로 물건의 노예가 되어버리는 것이다. 이에 맞서 미적 창조의 행위는 "물건은 밖에 있지 않고 우리 안에 있다는 것, 물건이 태어나는 것이 우리의 꿈 안에서라는 것"(2: 35)을 확인시키고 강조하려 한다. 그것은 "물건을 삶의 창조적인 확장의 계기"(2: 34)로 삼는 것을 통해 사람들이 다시 온전한 전체성의 실현에 대한 꿈을 간직할 수 있도록 해준다.

그러나 산업화의 물결에 맞서 주창된 이러한 심미적 창조 능력의 회복에 대한 요구는 어디까지나 윤리적인 차원에서의 당위적인 요구에 지나지 않는 것으로 보인다. 다시 일반적인 차원에서 간단히 요약해본다면 산업화는 과학 기술 문명의 발전과 보조를 같이하여 이루어지고 있는 것이고, 또 이 문명을 뒷받침하는 과학적 합리성의 신장과 병행하여 이루어지고 있는 것이다. 이와 관련지어 생각할 때 산업화가 역사적으로 지속되어온, 돌이킬 수 없는 추세라고 하는 것은 달리 말해 이러한 과학적 합리성에 대한 관심에 의해 심미적 관심이 위축되어왔음을 사실로 인정하지 않을 수 없다는 것을 의미한다고 할 수 있다. 이 점은 김우창도 지적하고 있는 사실이다.

> 과학의 발전 또는 과학으로 하여 유발된 사회에 있어서의 합리화의 진전은 사회 행위의 종속 체계에 의한 사회 행위 체제, 즉 문학을 포함한 문화 행위를 그 중요한 규범적 내용으로 하고 있던 그 사회 체제 일반의 전반적 재조정 내지 붕괴를 가져왔다. (2: 178)

이것을 사실로 받아들이고 이에 입각하여 현실적으로 좀 가혹하게 말하면 오늘날의 사회 속에서 대부분의 삶의 현실은 이윤 추구의 경제적 관심에 지배되고 있고 심미적 관심, 창조에의 의지는 그 현실의 뒤켠 어딘가 후미진 곳에서 추상적인 형태로 그 명맥을 근근이 유지하고 있는 것에 지나지 않는다고 말할 수밖에 없다. 그럼에도 거듭 초월의 중요성을 강조해서 역설할 때 그 초월은 구체적으로 어떻게 이루어지는 것이며 또 어떤 의미를 갖는가? 이 문제와 관련하여 우리는 김우창 비평의 또 다른 주제인 '공간의 제시'라는 문제를 살펴볼 필요가 있다.

김우창의 비평에서 공간 개념이 갖는 중요한 의미는 여러 차원을 망라한다. 무엇보다 우선 "공간은 순수 직관의 기본적인 표상으로서 모든 감성 지각의 기본 표상"(2: 254)이다. 이렇듯 공간 개념의 중요성은 그 가장 깊은 철학적 의미의 바탕에서 스스로 확인되는 것이거니와, 특히 예술에서 공간은 이러한 감성의 형식으로서만이 아니라 그것의 인식 자체가 중요한 의미를 갖는다. 김우창은 "유독 예술적 인식에서만은 공간의 인식이 그것 자체로서 중요한 것"(2: 255)이라는 생각을 피력하면서 "물론 예술적 인식에서도 우리의 주의력의 초점에 놓이는 것은 낱낱의 사물이고 생각이다. 그러나 이 낱낱의 것들은 그것이 놓여 있는 공간을 암시하는 한에 있어서만 참으로 예술적인 의미를 띠는 것으로 생각된다"(2: 255)고 부연하여 설명하고 있다. 구체적으로 그 공간은 가령 정지용의 시 「인동다(忍冬茶)」에 있어 "장벽(腸壁)에 흘러내리는 다(茶)의 미각적 환기, 자작나무의 마른 느낌, 그 불의 훈훈함, 순 돋은 무가 주는 채소의 감각, 모든 식물적 삶에 연결되어 있는 흙의 온기, 이런 모든 것들의 연결점에, 다시 말하여 이러한 감각적 환기를 종합해가지고 있는 우리 감각의 공간"(2: 256)을 말하는 것이고, 또는 아폴리네르의 "내 이성의 들녘 푸른 가파름에/홀로 비껴 선 석양의 너도밤나무"라는 시구에 있어 그 나무가 서 있는 외부의 공간과 내면의 공간을 연결해주는 '이성의 장'(1: 369)을 말하는 것이다. 이러한 구체적인 분석을 뒷받침해주고 있는 관점에 의거하여 말한다면 예술은 "어떤 사물 또는 우리의 마음이 공간 속으로 확대되는 순간을 포착"(2: 49)하는 것이라 할 수 있고 "시의 기능은 거의 전적으로 공간 인식의 전달에 있는 것"(2: 257)이라고 할 수도 있다.

그러나 김우창의 비평에서 이러한 감성 지각의 표상으로서의 공간이라는 철학적이고 이론적인 의미보다 더 큰 중요성을 갖는 것은 사람들의 마음속에 자리 잡고 있는, 어떤 고요하면서도 행복과 아름다움의 감각으로 가득 차 있는, 그러면서도 진정한 도덕적 기상으로 그 위엄과 기율을 유지하는 내면의 공간이다. "마음의 실체는 고요함"(4: 43)이라고 김우창은 말한다. 이처럼 고요한 내면의 세계, 즉 내면성은 "보다 근본적인 의미에서 사람이 이 세상에 존재하는 방식 또는 이 세상이 사람에 대하여 사람과 함께 존재하는 방식을 보여주는 어떤 바탕"(3: 533)이다. 다시 말하여 내면성은 인간 존재의 정당성의 근원이며 인간과 세계의 조화로운 정합 관계의 바탕을 이루는 것이다. 바로 이런 이유에서 "모든 윤리적 명령은 인간을 내면적 존재로 간주하여야 한다는 요청을 포함"(3: 531)하는 것이며, 이러한 정당성과 조화, 그리고 이 바탕 위에서 이루어지는 삶의 전체성에 대한 윤리적 추구가 문학의 목표를 이루는 것이라는 사실의 확인 위에서 "문학이 인간의 내면성에 깊이 관계되어 있다는 것은 틀림이 없다"(3: 531)는 단정적인 주장도 성립하게 된다. 뿐만 아니라 내면성은 "실천적 과정 이전에 중요한 것은 인간의 내면에의 열림"(5: 18)이라는 진술이 의미하는 바와 같이 현실 속에서 사람들이 이루어내는 행동의 진정성의 척도가 되어주는 것이기도 하다. 그러므로 이 내면성, 혹은 시가 환기시켜주는 내면의 공간과 이에 대한 암시는 시 자체의 윤리적 정당성을 가늠할 수 있게 만들어주는 기준이 되기도 한다. 구체적으로 예를 들어 말하면 윤동주를 어두운 시대의 장벽에 대결하도록 만든 것은 심미적 관심에 의하여 열린 그의 내면화의 의지였고, 천상병의 시로 하여금 불가피하게 정치적인 성격을 띠도록 만드는 그의 '현실주의'의 내용은 "스스로를 비어 있는 상태로 두어 세상의 모습을 거기에 비추어"(2: 272)내는 것으로 묘사된다. 또 김채수에게도 "그의 내면성의 외부와의 맞부딪침은 그 나름으로 오늘의 상황에 대한 뜻있는 비판"(3: 543)이 되는 것으로 이해된다. 이렇게 문학이 암시하고 묘사하는 내면의 공간은 세계와 현실에 대한 이해와 그 속에서의 삶의 방식에 의해 가다듬어지는 가치의 지향성에 기초한 공간이다. 김우창의 비평에서 작가의 문학적 활동의 진정성을 확인시켜주는 시금석인 양심·기율 등의 개념은 바로 이 내면의 공간에서 조용히, 그러면서도 꿋꿋하게 살아 움직이는 마음의 덩어리를 가리킨다.

그러나 정작 우리가 살펴보고자 하는 것은 내면 공간 자체의 의미와 가치에 관한 것이 아니라 초월, 즉 주어진 현실로부터의 벗어남을 통한 전체성으로의 다가감에 대한 의지와 관련해 이 내면 공간이 지니는 의미에 대해서이고, 이 초월적 의지의 문학적 표현이 내면 공간에 대한 강조로 귀결되는 이유에 대해서이다. 앞서 우리는 초월에 대한 김우창의 생각에서 주목해야 할 사항으로 그것이 행복과 아름다움에 대한 근본적인 충동에 이끌리는 것이면서도 그 전체의 기획이 이성의 통제를 벗어나지 않는 것이라는 사실을 지적했었다. 그렇다면 합리성의 테두리 속에서 이해할 때, 초월 등과 같은 행동에의 결단은 어떻게 이루어지는 것인가? 여기서 김우창도 자주 언급하고 있는 현상학자인 쉬츠의 견해를 참고하면, 일상생활 속에서 사람들의 합리적 행동의 실천은 그 행동의 결과로 이루어질 수 있는 현실에 대한 예견(豫見)을 통해 이루어지는 것이다. 초월이라고 하는 행위가 개인적인 차원을 넘어 집단적이고 사회적인 차원의 것으로 승화될 수 있기 위하여 필요한 '설득'이라고 하는 과정에서도 이 예견되는 현실의 제시는 무엇보다 긴요한 것이다. 그러나 이에 비해 벗어남, 넘어섬이라는 초월의 실천을 통해 이루어지는 현실은 구체성의 관점에서 보았을 때 현실의 가능성, 혹은 가능태로서의 현실일 수는 있어도 그것 자체가 실현된 상태로 존재하는 구체적 현실인 것은 아니다. 시간적인 관점에서 파악하더라도 초월이란 미래의 선취(先取)이기 때문에 그 실천의 결단을 가능하게 하는 예견되는 현실이란 지금의 시점에 현실적으로 존재하는 것은 아니다. 간단히 말해 그 예견되는 현실이란 '무néant'의 성격을 벗어나지 못한다. 그것이 실현되어 있는 것은 오직 시인의 마음속, 상상적인 공간에서일 뿐이다. "우리의 마음에 비치는 세계는 하나의 상징적 이미지로 존재함으로써 비로소 내면 생활의 일부"(3: 336)가 되는 것이지만, 그러나 "이때의 세계는 단순한 사실의 공간이 아니라 가능성의 공간"(3: 336)인 것이다. 이렇게 볼 때 김우창이 중요하게 제시하고 있는 내면 공간의 의미란 숨은 전체성으로의 도약과 확대의 단계마다에서 이루어지는 잠정적 전체의 상상적 등가물에 놓여 있는 것이라고 말할 수 있다. 초월 의지의 문학적 표현이 내면 공간의 탐색과 수립의 요구로 귀결되는 것은 대략 이러한 사실을 바탕으로 한다고 말할 수 있거니와, 그러나 우리가 거듭 명심해야 하는 것은 이 가능성의 공간에 대한 인정만이 주어진 현실을 고정된 필연으로가 아니라 그 자체가 하나의 가능성의 표현에 지나지 않는다는 사실을 일깨워줌으로써 현실에 자기 초월의 탄력을 부여할 수 있게 된다는 사실이다. 이 내면 공간이 또한 독자의 입장에서도 마찬가지의 중요한 의미를 갖는 것도 이러한 사실과의 연관 위에서이다. 그것이 전체성의 실현이라는 구극의 목표를 향한 것이든 현실의 개조라는 구체적 목표와 관계된 것이든, 이러한 목표를 향한 시인들의 구체적 활동의 진정한 의미와 가치가 내면 공간의 수립에서 가늠되는 것이라 한다면, 또 한편으로 우리가 시를 읽고 그 의미를 이해한다는 행위의 의미 관계를 설정하는 근본 가정이 "존재의 공간과 마음의 공간의 일치"(1: 365)에 있다고 한다면, 시인의 내면에 존재하는 공간의 심상을 전달하는 시를 이해하는 지각과 인식의 과정에 요구되는 공간 형식 또한 독자들의 내면 공간일 수밖에 없다. 그러나 이렇게 시가 가리키는 비현실의 현실을 내면화함으로써 그 내면과의 조응 관계에 있는 세계는 우리의 마음에 가능성으로 충만한 세계로 바뀌게 된다.

그러나 또 다른 각도에서 관찰할 때 이 내면성이란 문학의 초월적 차원이 요구하는 내적 요청만의 산물이 아니라 외부적 사회 현실의 점진적 변화라는 역사적 과정 속에서 문학이 어쩔 수 없이 지니게 된 성격이기도 하다. 물신 숭배나 의식의 물화 현상에 대한 마르크스와 루카치, 골드망 같은 사람들의 분석에 의해 잘 알려진 것과 같이 산업 사회화의 진전은 재화의 가치를 '사용가치'와 '교환가치'의 이중 구조로 분열시켰고, 또 후자에 의한 전자의 내재화·추상화를 초래했다. 그런데 사회적이고 경제적인 차원에서 진행되는 이러한 과정은 그것 속에서, 그리고 그것에 입각하여 이루어지는 사람들의 생활과 의식의 구조까지를 공적 생활과 사적 생활, 외면과 내면의 이중적인 것으로 분열시키게 된다. 이런 관점에서 파악할 때 오늘날의 사회에 있어 사람들의 내면성이라는 것은, 부분적으로는 "전통적인 관점에서의 도덕의 근원"(6: 23)으로서의 성격을 갖는 것이기도 하지만, 사회경제적 측면에서의 발생론적 관점에서 파악하면 그것은 오늘날의 산업 사회적 현실의 몰가치성에 맞서는, 추상화된 것이기는 하나 삶과 사물의 본래적 가치를 간직하고 있는 진정성의 근원으로서의 의미를 갖는 것이기도 하다. 거칠게 말하면 외부 현실에 맞서 존재하는 내면 공간은 오늘날의 사회 구조, 삶의 구조, 의식 구조의 특성을 결정하는 물적 조건이 되어 있는 재화로서의 '교환가치'의 지배에 의해 추상화되고 내재화되어버린 '사용가치'의 위상에 상응하는 것이라고 말할 수 있다. 오늘날 사회에서 내면성은 산업화의 진전과 더불어 일방적으로 팽창되어가고 있는 교환가치라는 현실 원리의 심연에 휩쓸려 있는 사물과, 그리고 이에 대응하는 의식이 이러한 현실 여건에 맞서 다시 그 창조적 관계를 회복할 수 있도록 하는 의지의 핵을 이룬다. 김우창에게 문학, 특히 시에서 그 중요한 과제로 삼아져 있는 내면 공간의 제시라는 것은 무엇보다도 이러한 사회 현실의 구조를 배경으로 할 때 한층 더 중요한 의미를 획득한다. 그것은 추상화된 형태로 내재화되어 있으면서 그것을 바탕으로 현실로 나아가는 모든 행위의 의미와 가치의 진정성을 뒷받침한다. 그러므로 시에 의해 암시되는 내면 공간을 구조화하고 형태화하는 김우창의 비평은 바로 이런 점에서 그 전체가 하나의 거대한 문제적 추구로서의 주제를 완성하여 스스로 지니게 되는 것이라고 말할 수 있다. 그 문제적 추구의 대상이 되는 것은 두말할 필요도 없이 '삶의 창조성'〔"사람을 특징짓고 있는 것은 창조성이다"(5:216)〕에 의하여 회복되는 전체성의 실현이고, 이 추구의 과정에서 내면 공간은 현실을 이루는 모든 힘과 사물들로부터 현실의 타락한 가치와 의미를 제거하여 그것들이 삶과의 창조적 교섭을 이루도록 하는 것을 가능하게 하는 공간으로서의 의미를 갖는다. 이 내면 공간에서 사람과 사물과 세계는 인격적으로 조화된 하나의 전체를 이룬다. 이런 의미에서 내면의 공간은 전체화를 지향하는 삶의 에너지가 응집되어 있는 형태 그 자체라고도 말할 수 있다.

그러나 부분적인 것이기는 하나 조금 비판적인 시각에서 볼 때 이러한 작업을 이루기 위한 방편으로서의 김우창의 비평의 주된 대상이 압도적으로 시에 놓여 있다는 점은 그의 비평을, 어느 정도는, 그가 조지훈이나 서정주에게 가한 비판의 근거였던 '직시적 초월'의 그것과 흡사한 방식에 의존하도록 만드는 것으로 보이고, 또 그 구체적 방법이 시가 환기하는 내면 공간의 탐색으로 이루어진다는 것은 다시 한 번 그의 비평으로 하여금 심리주의적 편향을 보이도록 만드는 요인이 되는 것처럼 보인다. 또한 이런 이유로 그 초월은, 앞서 우리가 표현했던 것과 같은, 진정한 의미에서의 내재성의 외화(外化)에까지는 이르지 못하고 내재성의 탐색, 혹은 확인으로서의 의미에 머무르게 되는 것으로 보인다.

그러나 또 한편으로, 오늘날의 사회 구조 속에서 삶의 근본적인 핵심으로서의 심미적 차원의 회복에 대한 요구라는 미학적 문제 제기는, 그것이 갖는 윤리적 중요성에도 불구하고 현실적인 차원에서는 이러한 문제 제기만이 할 수 있는 일의 전부일지 모른다. 이것은 아마도 현대 사회에 있어서의 문학의 숨길 수 없는 진실일 것이다. 그 제기된 문제는 다시 현실의 세력들과의 얽힘을 통해 그것만으로는 어찌할 수 없는 필연의 구조 속으로 빨려 들어가게 된다. 현실은 문학으로부터 제기된 문제까지를 그 스스로의 지속의 계기로 포섭해버린다. 그러나 이렇게 현실에 의하여 삼켜지는 그 문제는 바로 이 삼켜짐을 통해 현실의 필연을 가능성의 필연으로 전환시킬 수 있게 되는 것이라는 사실을 거듭 상기할 필요가 있다. 이렇게 본다면 문학이 현실과의 관련에서 갖는 존재의 의미는 바로 이 필연의 한 계기로 그것이 작동하는 데에 있는 것이라고 말할 수 있다. 이제까지 장황하게 살펴본 것처럼 김우창의 비평은 그 이론적 바탕은 매우 형이상학적인 철학적 입장에 뿌리를 두고 있는 것이면서도 그 방법적 구체는 이 형이상학적 관심에 끊임없이 사실의 무게, 현실의 무게를 부여함으로써 문학과 사회 현실의 관계를 필연의 얽힘으로 구조화하려는 데에 바쳐져 있다고 말할 수 있다. 한국문학은 김우창의 비평적 업적을 통해 필연의 움직임으로의 동력을 확고하게 지닐 수 있게 되었다고 말해도 좋을 것이다. 현실에 대하여 문학이 필연의 한 계기로 작용할 수 있다는 사실, 바로 여기에 오늘날 흔히 운위되는 문학의 위기, 인문과학의 위기라는 진단에도 불구하고 문학이 스스로의 것으로 간직할 수 있고 또 간직해야 하는 위엄과 영광이 있을 것이다. 김우창의 비평을 통하여 우리가 새롭게 확인하게 되는 것은 바로 이 문학의 위엄과 영광이다.

〔1993〕

변하면서 변하지 않는 것

—4·19세대 비평의식의 구조와 역동성

이 글은 깊이 있는 사유와 진지한 글쓰기로 자신들만의 독보적인 경지를 개척한 김병익, 김주연, 김인환, 최원식, 네 명의 비평가의 2000년대 초반 비평집[1]을 4·19세대의식과의 관련에서 살펴보고자 하는 것이다. 이러한 대상과 주제 설정은 이들이 4·19세대에 자연스럽게 포함될 수 있는 비평가들이라는 사실을 전제로 삼지 않는다. 사실 세대의식 자체의 결속력이 그리 팽팽한 것은 아니겠지만, 아무리 그렇다 하더라도 1960년에 발발한 4·19라는 사건의 직접적 영향력을 기준으로 삼아 동질 집단화하기에는 이들 비평가들의 연령 분포상의 기울기가 너무 불균형하게 치우쳐 있다고 하지 않을 수 없다. 그럼에도 이들 비평가들을 세대의식의 조명하에 검토해보는 작업이 나름대로의 타당성을 지닐 수 있도록 해주는 근거가 있다면 그것은 무

1) 김병익, 『21세기를 받아들이기 위하여』(문학과지성사, 2001); 김주연, 『디지털 욕망과 문학의 현혹』(문이당, 2001); 김인환, 『기억의 계단』(민음사, 2001); 최원식, 『문학의 귀환』(창작과비평사, 2001). 이하 작품을 인용할 경우 저자명과 쪽수만 밝힌다.

엇일까? 그것은 4·19가 일회적 사건이 아니라 하나의 지속된 사건이었다는 사실에서 찾을 수 있을 것으로 보인다. 여기서 4·19에 대한 김병익의 논의를 간략하게 참고해보자. 김병익에 의하면 4·19는 5·16과 더불어 "긍정적으로나 부정적으로, 바로 우리의 후반기 20세기사를 주도하는 요인이 되었고 오늘의 한국인을 그것들이 일구어놓은 조건과 힘, 가치관과 정서 속에 살고 있게"(김병익: 164) 만든 계기였다. 보다 구체적으로 문학, 특히 문학비평에 한정하여 말하더라도 "80년대와 90년대의 우리 문학비평은 4·19세대로부터 비롯된 현대적 문학비평의 지평 위에서 확장 혹은 심화된 것"(김병익: 321)으로 정리될 수 있다. 이러한 견해를 수긍할 때 4·19에 대한 의식화의 정도는 체험의 직접성에 우선한다고 말할 수 있다. 그것은 단순한 연령의 차이를 뛰어넘는 결속력의 근거, 동일화의 근거가 되어준다. 김병익의 지적처럼 그것이 오늘날까지도 한국인들 전체의 삶과 의식의 조건과 바탕을 이루는 것은 이러한 동일화의 가능성에 의해서일 것이다. 그러나 이렇게 4·19의식이 한국인들 전체를 동일 집단으로 묶어줄 수 있는 강력한 응집력을 지니는 것이라고 해서 그 동일성의 내용이 기계적인 반복과 일치를 의미하는 것은 아니다. 그 동일성에는, 마치 오늘 우리가 이 자리에서 살펴보고자 하는 네 명의 비평가들이 저마다 뚜렷이 구별되는 개성을 지니고 있는 것과 마찬가지로, 차이를 아우르는 동일화의 힘으로 작용해왔고 작용하고 있다는 사실에 4·19의식의 생명력의 비밀이 담겨 있을 것이다. 이러한 차별화와 동화의 교대적인 전개가 바로 역사의 진행과 발전의 법칙을 이루는 것이기도 하리라.

이러한 사정은 개인에게도 크게 다르지 않다. 개인에게도 어떤 근원적인 것은 그때그때의 환경의 변화에 따라 변용되는 차별화의 양상을 띠면서 큰 틀에 있어서는 동일하게 반복되는 것이라고 말할 수 있다. 달리 말하면 우연성의 외피 속에 본질이 담겨 있으리라는 것인데, 문화의 차원에서나 개인의 차원에서나 공통적으로 찾아지는 이런 차이와 반복의 교대 양상에 입각하여 4·19세대로서 자신의 비평의식의 내면을 성찰해보았던 비평가는 김현이었다. 1988년에 간행된 평론집 『분석과 해석』(문학과지성사)의 책머리에 김현은 4·19와 관련된 자신의 '기이한 체험'을 다음과 같이 기록해놓았다.

> 내 육체의 나이는 늙었지만, 내 정신의 나이는 언제나 1960년의 18세에 멈춰 있었다. 나는 거의 언제나 사일구 세대로서 사유하고 분석하고 해석한다. 내 나이는 1960년 이후 한 살도 더 먹지 않았다. 그것은 씁쓸한 인식이지만 즐거운 인식이기도 하다. 씁쓸한 것은 내가 유신세대나 광주사태 세대의 사유 양태를 어떤 때는 이해하지 못한다는 사실에서 생겨나는 것이고, 즐거운 것은 나와 같이 늙지 않은 사람들이 많다는 것을 확인한 데서 생겨나는 것이다.

김현의 이러한 진술은 자기중심적 사유의 근원, 그리고 이런 사유를 가능하게 하는 자신감의 근원으로서의 4·19를 말하고 있는 것처럼 보인다. 한국의 현대사 속에서 4·19가 차지하는 의미의 중대성을 감안할 때 이런 자신감은 당연하고, 심지어 부러워 보이기까지 한다. 그러나 바로 이런 자신감과 자부심 때문일까? 인용된 김현의 글을 볼 때 4·19세대의식은 그것과 다른 역사적 체험이나 현실 앞에서도 완

강하게 자기 동일성을 유지하는 사유의 근원이기도 하다. 그것이, 전부는 아니라 하더라도, 유신 세대와 광주사태 세대의 사유와 길항하는 모습을 보이는 것은 이런 이유에서이다. 그것은 변화를 거부한다. 그래서 앞에 인용되었던 김현의 글은 다음과 같이 이어진다.

> 〔……〕 나는 내 자신이 조금씩 변화하고 있다고 믿고 있었지만, 그 변화의 씨앗 역시 옛 글들에 다 간직되어 있었다. 나는 변화하고 있지만 변화하지 않고 있었다.

이러한 모순어법을 어떻게 이해해야 할까? 변화하지만 변화하지 않는 것이 있다면 그것은 어떤 것일까? 혹시 그것은 차이 속에서도 반복되는 동일성의 유지 전략을 현시하는 것일까? 아무튼 그 모순어법 속에서 궁극적인 의미의 무게가 변화하지 않는 것에 놓여 있다고 본다면, 변화하는 것은 주체가 아니라 대상이나 환경인 것으로 짐작할 수 있다. 주체는 변하지 않는다. 그렇다면 변화하지 않는 주체, 그것은 다름 아니라 처음이자 유일한 것을 육화하고 있는 존재가 아닐까? 처음의 것으로서 그것은 시간이 지남에 따라 다른 것들과의 관계에서 변화를 요구받게 될 것이지만, 유일한 것으로서 그것은 이러한 요구를 뿌리칠 수 있게 된다. 바로 이러한 방식으로 4·19세대의 의식은 김현에게 최초이자 유일한 것으로 응고되었던 것으로 보인다. 최초의 것으로서 그것은 역사적·시간적이다. 그러나 유일한 것으로서 그것은 비역사적·비시간적이다. 이렇게 볼 때 그 모순어법은 크로닉chronic과 아나크로닉anachronic의 얽힘을 심층적 의미 구조로 지니고 있다고 이해된다. 크로닉의 차원에서 그것은 문학의 역사성에 대한 관심을 지향하고, 아나크로닉의 차원에서 그것은 문학의 시학성에 대한 관심으로 확대된다. 크로닉의 차원에서 4·19세대의 의식은 '한국문학은 무엇인가'라는 물음을 중심으로 한국문학의 정체성에 대한 탐색 및 이에 입각한 전통 확립의 노력으로 실천되고, 아나크로닉의 차원에서 그것은 '문학이란 무엇인가'라는 물음을 가운데 두고 문학과 문학 아닌 것 사이의 연관과 단절의 양상을, 그리고 문학 안에서 각각의 장르별 특성에 대한 준별을 추구하는 자세로 구체화된다. 대략 이러한 것이 '변하면서 변하지 않는 것'의 모순적 구조로 이루어진 4·19세대 비평의식의 크로노토프라고 말할 수 있을 것이다. 이러한 크로노토프는 김현에 의해 상징적으로 구체화되었는데, 김윤식과 함께 집필한 『한국문학사』가 크로닉한 차원의 비평의식에 대응하는 업적이라면, 김주연과 더불어 편찬한 『문학이란 무엇인가』는 아나크로닉한 비평의식에 대응하는 문학적 좌표로 제시된 것일 터이다.

그러나 여기서 주목해야 할 또 하나의 사항은 이러한 비평의식을 김현 혼자만의 것이었다고 한정할 수는 없다는 점이다. 앞서 우리는 '변하면서 변하지 않는 것'의 의미를 최초의 유일한 것으로 풀이했거니와, 이렇게 해독하고도 풀리지 않는 그 모순어법의 다른 비밀은 주어인 '나'를 김현 개인이 아니라 4·19세대 비평가들 전부를 지시하는 집단 주어로 삼을 때 비로소 그 베일을 벗는다. 앞서 인용된 김현의 글에서 사유와 분석과 해석의 주체가 '4·19세대'라는 집합명사로 되어 있음을 상기하자. 그리고 변하지 않음이 즐거운 이유가 "나와 같이 늙지 않은 사람들이 많다"는 데 있다는 것도. 그러므로 '변하면서 변하지 않는다'는 모순이 개인에게서 종합될 경우와 달리 복수의 주체들에게 공유될 때 그것은 전문적으로 심화된 다양함과 다채로움이 된다. 1960년대 이후 오늘에 이르기까지 4·19세대 비평가들의 실제 비평은 그들의 비평의식에 내재되어 있었던 원형적 크로노토프의 다양한 해체적 실현으로서의 의미를 지닌다고 말할 수 있다. 그러면서 이들의 비평은 다양하게 분화된 차이 속에서 '최초의 유일한 것'이라는 자기 동일성의 핵을 간직한다. 그러므로 오늘의 시점에서 4·19세대 비평가들의 비평을 그들의 비평의식의 기원인 4·19와의 관련에서 읽어본다고 하는 것은, 차이 속에서 반복되는 비평의식의 핵이 구체적으로 어떤 모습으로 드러나는가를 살펴보는 작업으로 귀결된다.

4·19세대 비평의식의 크로노토프가 거의 원형대로 보존되어 있는 곳은 김인환의 비평이다. 김인환에게 문학사적 관심과 비평적 관심은 거의 나란히 간다. 굳이 '거의'라고 말한 것은 엄밀하게 볼 때 비평의 관심이 문학사에 대한 관심에 조금은 압도되어 있는 것처럼 보이기 때문인데, 이러한 미세한 불균형이 또한 그의 비평의 특징을 이루는 것도 사실이다.

4·19세대 비평가들이 특별히 문학사에 대한 관심이 지대한 것은 어떤 이유에서인가? 그것은 김병익이 지적하고 있는 것처럼 4·19가 "실질적인 모더니티의 기점"(김병익: 163)으로서의 의미를 지니는 사건이기 때문일 것이다. 한국 사회의 근대성에 대한 논의는 근대의 시작과 더불어 거의 동시적으로 휩쓸려들게 되었던 식민지 체험으로 말미암아 매우 곤혹스러운 작업이 아닐 수 없었다. 더구나 이인직이나 이광수 같은, 신문학의 대두와 함께 등장한 대표적 문인들의 친일 행각은 우리의 근대성의 실상에 접근하려 할 때마다 불쑥불쑥 솟아나는 암초와 같은 것이었다. 그렇다고 이러한 역사적 사실이나 인물들

의 존재를 없었던 것으로 무화시킬 수도 없는 일이고 보면, 문제는 한국 사회의 근대성의 구조를 주체적인 관점에서 정립함으로써 이런 사실들이나 인물들을 종속적인 위치로 밀어낼 수 있도록 틀을 짜는 것이었고, 이러한 작업에는 무엇보다도 우리의 주체로서의 자신감이 요청되는 것이었다. 4·19는 바로 이러한 요청을 충족시키는 계기였다. 그러므로 1960년대 이후 고조된 문학사에 대한 관심은 문학만의 유별난 현상이 아니라 역사학계에서도 같이 있었던 "한국사의 재정립과 한국학 연구 붐"(김병익: 167)과 맥락을 같이한다. 김윤식·김현 공저의 『한국문학사』(민음사, 1973)가 '한국문학은 개별문학'이라는 명제, 그리고 '한국문학은 주변문학을 벗어나야 한다'는 명제를 내걸고 근대의 기점을 영·정조 연간으로까지 소급시키려 시도했던 것은 1960년대 이후의 한국학 연구의 관심과 성과를 웅변으로 입증한다.

그러나 4·19의 기여가 문학사의 영역으로만 한정되는 것은 아니다. 문학사의 발전이 비평과 문학 연구의 성과에 의해 뒷받침되어야 비로소 가능하다는 것은 지극히 평범한 상식이다. 그러므로 4·19로 확인된 주체적 자신감은 비평이 역사적 해석의 안목을 키우는 데 이바지하여 작가와 작품에 대한 준별의 기준을 엄격하게 가다듬을 수 있도록 만들어주었다. 이 경우에도 주된 대상은 일제 식민지 시대의 작가와 작품일 수밖에 없는데, 가령 대표적인 예로 이상(李箱) 같은 작가의 경우는 이러한 안목의 개발 정도를 측량하는 시금석과도 같은 존재였다. 문학은 말할 것도 없고 삶에서도 기이한 행적을 남기고 요절한 이 천재적 문인의 문학과 삶의 자취를 식민지 체제에 대한 저항으로 보느냐 순응으로 보느냐의 문제는 이상 개인의 문학적 성과에 대한 평가로 그치는 것이 아니라 한국문학에서 근대성의 내용적 충실성까지를 가늠할 수 있게 해주는 막중한 의미를 지니는 문제이기 때문이다. 1960년대 초에 발표된 정명환의 「부정과 생성」 이후 이상에 대해 이해하려는 시도가 꾸준히 지속돼온 것은 이 기간 동안의 문학사에 대한 관심과 표리 관계에 놓이는 현상이라고 할 수 있거니와, 이러한 미묘하고도 중차대한 문제성을 지니는 작가 이상에 대한 오늘날의 평가는 어떤 것인가? 이런 문제에 대한 답의 일단으로 김인환과 최원식은 똑같이 계층의식에 대응하는 삶의 방식과 문학의 형태에 주목하여 이상의 문학을 친일 문학의 함정에서 건져내고 있다. 김인환에게 이상은 '무산지식층'에 속하게 됨으로써 파시즘 이데올로기로부터 거리를 취할 수 있었고, 이에 따라 "나라 잃은 시대의 최소 도덕"(김인환: 292)을 지킬 수 있었던 작가이고, 최원식에게 있어서도 이상은 가난했기 때문에 '모더니즘의 파탄의 운명'을 몸으로 살아내 "30년대 한국 모더니즘이 교양 속물주의의 길에서 이탈"(최원식: 195)해갈 수 있도록 길을 열어준 작가로 평가받고 있다. 말하자면 이상은 한국문학의 '자기 정체성 찾기' 작업의 관건이었던 셈인데, 비록 날카로운 자각에 인도된 것은 아니었다 하더라도 이상이라는 저항적 작가의 문학을 통해 한국문학은 주체적 근대성의 중요한 단초를 지닐 수 있게 되는 것이다. 이상의 경우는 주체성 확립의 요구에서 비롯된 문학사적 관심이 그것의 준비 작업이라 할 수 있는 비평의 안목을 세련되게 가다듬는 데 이바지한 하나의 대표적 예이거니와, 이것만으로도 우리는 문학사적 관심과 비평적 관심을 하나로 아우르는 4·19세대 비평의식의 크로노토프의 중요성을 충분히 확인할 수 있다.

그러나 미세하게나마 김인환에게 보다 승한 것은 문학사적 관심이다. 그의 많은 평론들은 직접 '한국문학의 사회사'를 주제로 삼거나

'주류'와 '계보'를 찾는 작업에 초점이 맞춰져 있다. 이는 그가 한국문학의 정체성과 맥락의 수립에 더 집착하고 있음을 뜻한다. 그는 이론과 실제 양면에서 이 작업을 밀고 나간다. 물론 실제의 측면에서 이러한 관심의 편향이 최근의 작가들, 예컨대 1990년대 작가들에 대한 배려를 소홀히 하도록 만드는 측면이 있기는 하나, 이 또한 '단군시대에서 분단시대'(김인환: 9)에까지 이르는 한국문학의 전통을 '연대사'와 '형태사'를 동시에 아우르는 문학사회사의 방법으로 꿰뚫으려는 그의 궁극적 목표에 비추어 어느 정도는 불가피한 것이기도 하다. 보다 구체적으로 김인환의 문학사 방법론은 '의식 형태'와 '지각 형상'을 대응시키는 방식으로 이루어지는 문학의 사회사를 지시하는 것인데, 여기서 '의식 형태'라 함은 반드시 이데올로기와 일치하는 것은 아니지만 정치적 연관성을 지닌 '소단위 관념 유형'(김인환: 22)을 말하는 것이고, '지각 형상'은 거리 효과나 이화작용을 통해 이데올로기나 정치적 의식 형태에서 벗어나 상대적으로 자율적인 미학의 공간에 위치하는 문학의 내재적 특성과 형태를 말한다. 김인환의 비평은 이러한 의식 형태와 지각 형상의 대응성 위에서 주로 한국 근대문학의 역사를 '주류'와 '계보'로 나누어 정리하는 작업에 바쳐져 있다. 그러나 『기억의 계단』만을 놓고 말한다면 이론적 포부에 비추어 실제 작업의 성과는 아직 그리 만족스러운 수준에는 이르지 못하고 있는 것으로 보인다. 실제 비평에서 의식 형태와 지각 형상의 관계는 자의적인 것이 되거나, 양자 사이의 '공존'과 '교차'의 메커니즘이 상실된 채 지각 형상만의 유형화된 전통으로 응고되어버리기도 하고 또는 소재주의적 정리 방식의 도구로 화해버리기도 한다.

그러므로 우세한 것은 문학사적 관심이라 하더라도 김인환의 비평에서 더욱 의미 있게 부각되는 것은 '문학의 기능은 무엇이냐'라는 물음에 대한 비평적 관심의 결과로 얻어지는 사유의 내용들이다. 김인환은 "근대사회에서 문학의 직능은 개인이 자발적으로 걸려드는 이데올로기의 그릇된 인식을 폭로하는 데 있다"(김인환: 79)고 말한다. "정상적인 사회에서는 이데올로기의 폭로가 작가의 명백한 목적이 될 수" 있지만, "파시즘은 모든 형태의 이데올로기 비판에 사형선고로 대응한다"(김인환: 80)는 것이다. 이렇게 볼 때 일제강점기의 한국문학은 이데올로기 폭로 기능을 박탈당함으로써 문학의 근대적 기능을 상실한 불구의 형태로 성장할 수밖에 없었던 것으로 이해된다. 그러므로 부분적으로 일제강점기의 문학에 대한 연구는 문학사적 정체성의 수립만의 목표에 그치는 것이 아니라 문학의 본질을 회복하기 위한 작업으로서의 성격을 아울러 지니는 것이기도 하다. 당대적 지평에서 문학은 "정치적이고 사회적인 각성을 일으켜주는 것"(김인환: 125)을 그 소임으로 한다. 문학사의 구성 요소인 '의식 형태'와 '지각 형상'은 이런 관점에서 본다면 정치적·사회적 각성을 위한 장치이기도 할 것이다. 이렇게 김인환의 비평은 반성과 자각을 통한 인간성의 도약의 계기를 마련한다는 계몽적 기능의 발휘를 목표로 삼는다. 이것은 4·19세대 비평가들이 참여문학론이나 프랑크푸르트 학파의 비판 이론을 근거로 삼아 고취시키고자 했던 문학의 기능과 크게 다르지 않다. 바로 이 각성과 비판의 기능이 김인환의 비평이 4·19세대 비평의식의 유산으로 간직하고 있는 '변하면서 변하지 않는 것'의 실체일 것이다.

그러나 문제는 이러한 기능이 발휘될 수 있는 전제인 '정상적인 사회'라는 조건이다. 과연 오늘날의 우리 사회는 정상적인 사회인가,

아닌가? 물론 일제강점기나 군부 독재 시대에서와 같은 정치적 억압, 사회적 소외는 많은 부분 제거되었다고 말할 수 있겠지만, 그 대신에 이른바 '미시 권력'들과 문화 산업을 앞세운 거대 자본에 의한 사회적, 문화적 왜곡이 은밀히 진행되고 있는 것이 오늘날의 현실이다. 이른바 '문학의 죽음'이라 일컬어지는 위기적 상황에 대한 진단은 문학의 기능 수행이 거의 원천적으로 봉쇄되어 있다는 현상을 의미하는 것이기도 할 터이다. 이러한 현실 속에서 문학이 이데올로기 비판의 기능을 발휘할 수 있도록 하기 위해서는 비평이 문학의 정치성에만 집착할 것이 아니라 '공공성'(김인환: 300)으로 확장하여 "집이 없는 사람은 한데서 자야 한다는 이데올로기, 돈이 없는 환자는 병원에 가면 안 된다는 이데올로기, 정신병자는 가둬놓고 때려도 된다는 이데올로기"(김인환: 80) 등과 같은, 우리의 일상적 의식 속에 미세하게 침투해 있는 이데올로기 자체와 함께 의식을 이데올로기에 오염되도록 만드는 제반 물적·제도적 여건들에 대한 비판으로까지 확대되어 가야 할 것이라 생각된다.

김인환에게 성취할 과제로 남아 있는 한국문학의 동일성의 전통은 최원식에게 있어서는 이미 개인적 관념의 형태로 하나의 '동시적 질서'(엘리어트)를 이루고 있는 것으로 보인다. 가령 그의 비평은 1990년대 문학을 논하면서도 아무런 스스럼없이 1930년대 문학을 참조 대상으로 삼기도 하고, 고려시대 소설 개념의 의미를 새롭게 부각시키기도 한다. 이는 최원식이 어떤 대상에 대해 무엇보다도 전통에 입각한 역사적 관점에서 이해하고 사유하려 하기 때문일 것이다. 물론 그에게는 역사적 전통만이 아니라, 딱히 역사적 관점에 의해 수용된 것이라고만 말할 수는 없는 외국의 범례들 또한 참조의 대상을 이루기도 한다. 그러나 이 경우에도 대부분은 중국의 것이거니와, 최원식에게 중국은 서양과 같은 현저한 타자가 아니라 상당 부분 동일성의 범주에 수렴되어, 넓은 의미에서 우리의 역사적 전통의 일부를 구성하는 것으로 받아들여져 있다고 말할 수 있다. 전통의 시각에서 볼 때 근대 이전의 한국문학은 "당시로서는 세계 문학인 중국 문학에 대한 오랜 적응의 산물"(최원식: 38)로 얻어진 것이다. 그러므로 문학의 여러 개념들에 대한 한국적 기원으로 소급해 올라가는 작업이 『장자(莊子)』나 『논어(論語)』를 온고(溫故)하는 작업으로 구체화되는 것도 최원식에게는 조금도 부자연스러운 일이 아니다. 더 나아가 최원식은 한국, 중국, 일본을 하나의 주체로 묶기 위한 "동아시아 지식인들의 지적 소통"을 제안하며 "바다와 육지가 만나는 풍요로운 결절점으로서의 한반도의 운명을 숙고하는 발상의 전환"이 절실하다는 것을 역설한다. 이러한 전략의 이론적 근거로 최원식이 제시하고 있는 것이 "같은 것이 다른 것이고 다른 것이 같은 것이다. 같은 것 속에 다른 것이 있고 다른 것 속에 같은 것이 있다(同卽異 異卽同 同中異 異中同)"(최원식: 389)는 원효(元曉)의 '회통(會通)' 정신이다.

『문학의 귀환』의 가장 중요한 핵심어를 이루고 있는 이 회통의 정신은 비단 동아시아적 주체의 수립을 위한 전략적 이론으로서만이 아니라 리얼리즘과 모더니즘, 소설과 대설, 민족 문학과 세계 문학, 문학과 문학 등과 같은 여러 대립쌍들의 대립을 극복하여 오늘날 문학이 처해 있는 위기적 상황에서 탈출할 수 있도록 해주는 정신의 원리로 삼아져 있는 것이기도 하다. 최원식이 보기에 오늘날 한국문학의 현주소는 이 모든 대립쌍들이 논리적 폐쇄 회로에 갇힌 채로 좀처럼 그 탈출구를 찾지 못하고 있는 지리멸렬한 상황에 비유된다. 이러한 위기적 상황에서 문학을 구출해내기 위해서는 무엇보다도 "80년대와 90년대 문학의 두 편향을 넘어서 문학다운 문학을 실천하는 새로운 창작의 자세가 절실히 요구된다"(최원식: 95)는 것이다. 이러한 상황 인식을 배경으로 하는 것이기에 최원식이 역설하는 회통은 매우 높은 시의적 가치를 겨냥하고 행한 제언이라 이해되어 무방할 것이다. 그것은 문학으로 귀환하여, 이러저러한 경향성을 지닌 것이 아닌, 문학 그 자체를 회생시키기 위한 방책의 원리이다. 그렇기 때문에 그것은 "비평 담론 안에 갇힌 리얼리즘/모더니즘 논쟁을 창작 측으로 방(放)"(최원식: 58)하는 것을 실천의 강령으로 삼는다.

그러나 회통의 정신에 대한, 그리고 '작품으로의 귀환'에 대한 강조에도 불구하고 최원식에게 실제 작품에 대한 비평은 그리 넉넉한 편은 아니다. 특히 1990년대 문학에 대한 평가 작업은 그 양에 있어서나 내용에 있어서나 인색하다고 할 수밖에 없는 수준에 머물러 있다. 최원식에게 1990년대 한국문학은 "골방의 심리주의(또는 환멸의 낭만주의)와 초원의 국수주의"(최원식: 17)로 떨어진, "밀수업자들의 전성기"(최원식: 32)의 문학에 지나지 않는다. 과연 모더니즘과의 회통으로도 1990년대 문학과의 접점은 그토록 찾아지기 어려운 것일까? 물론 이러한 의문은 잘못된 것일 수도 있다. 회통의 제언은 1990년대 문학에 대한 판단 이전이 아니라 그 이후에 놓이는 것이니 말이다. 다시 말해 리얼리즘과 모더니즘의 대립을 창작 측으로 방(放)해야 하리라는 제언은 "80년대의 과잉결정된 혁명문학으로부터 대규모의 탈주를 감행한 90년대 문학은 화려한 수사(修辭)의 범람에도 불구하고 80년대와는 또 다른 층위에서 문학의 위기를 자초"(최원식: 13)했다는 진단, 또는 "80년대 혁명문학에 세계로 나아가는 자기의 통로가 생략되었듯이 90년대에 특히 두드러진 골방의 심리주의는 세계와의 소통회로가 봉쇄되어 있다. 그 때문에 전자의 '세계'가 불구이듯 후자의 '자기'도 불철저하다"(최원식: 18)는 진단에서 보이는 바처럼 1980년대와 1990년대 문학 모두에 대한, 그리고 리얼리즘과 모더니즘 모두에 대한 공평한 반성을 바탕으로 하고 있는 것이다. 문학의 사회적 책임이 새롭게 강조되는 상황적 이유도 이런 것이다. 1980년대 문학과 1990년대 문학이 모두 '지리멸렬'한 지경에 이르게 된 "지금이야말로 80년대와 90년대 문학의 두 편향을 넘어서 문학다운 문학을 제대로 실천하는 새로운 창작의 자세가 절실히 요구된다"(최원식: 95)는 것이다. 이렇듯 최원식에게 회통은 앞으로 실천해야 할 과제로 제시된 것이고, 따라서 이 제언과 1980, 90년대 문학에 대한 인색한 평가가 모순되는 것은 아니다.

그러나 이런 공정성에 대한 믿음을 바탕으로 최원식의 제언에 전폭 공감하면서도 일말의 의구심이 지워지지 않는 것은 어떤 연유에서일까? 앞으로의 한국문학이 창작의 영역에서 어떻게 전개될 것인가를 예측하기는 어렵지만, 그러나 창작이 어떤 구체적인 면모를 지니게 되건 간에 이에 대한 비평 담론이 과연 리얼리즘/모더니즘의 간섭에서 벗어날 수 있을까? 이런 물음을 앞에 두고서 우리가 생각해보아야 할 것은 '작품으로의 귀환'이라는 최원식의 제언을 따른다고 할 때, 그렇다면 리얼리즘/모더니즘의 선입견이나 편견을 배제한 상태에서 엄정하게 중립적인 방식으로 작품을 볼 수 있는 순수한 눈이 존재할 수 있겠는가,라는 문제에 대해서이다. 만일 그렇지 못하다면 '창작으로의 방'의 결과는 "호랑이 시어미에서 해방된 며느리"(최원식: 17)

정도가 아니라 고삐 풀린 못된 망아지 꼴이 될지도 모르는 일이고, 그 결과 문학의 위기는 더욱 고질적인 것이 될지도 모르는 일이다. 그러나 최원식이 '회통'을 역설하면서도 굳이 각주의 형식을 빌려 덧붙이고 있는 "작품에 접근해갈 때 이 용어들이 가진 일정한 유용성마저 부정할 수는 없다"는 진술은 작품에 직핍할 수 있게 해주는 순수한 눈에 대한 궁리의 필요성을 봉쇄하는 모순된 결과를 초래한다. 이런 모순을 피하기 위해 다시 "이는 일차적 심급이지 최종 심급은 아니다"(최원식: 58)라고 부언하고 있기는 하나, 일차적 심급에서 최종 심급에 이르기까지 어느 단계의 어느 심급에서 어떻게 이 용어들의 그림자를 벗어던질 수 있는가에 대한 설명은 생략되어 있다.

이에 더하여 문학의 정치성에 대한 그의 집착 역시 리얼리즘과 모더니즘의 회통을 가로막는 장애 요인으로 작용한다. 문학의 정치성은 최원식이 좁게는 한국문학의 전통에서, 넓게는 한국과 중국을 아우르는 동아시아의 전통에서 찾아낸 문학의 본질적 자질이다. 한국문학은 "일본 또는 서구문학과 스스로 구별되는 독특한 자질을 하나의 전통으로 삼아왔다"(최원식: 93). 근대 이전은 물론이고 그 후에도 한국문학의 살아 있는 전통의 일부를 이루고 있는 것은 문학의 사회성과 정치성이라는 것이다(최원식: 14). 이를 근거로 삼아 최원식은 근대 이후 문학이 그 사회적 책임으로 떠맡아야 하는 과제는 근대의 성취와 초극인바, 이 과제가 수행되지 못할 때 "우리의 생활 세계 전체가 파국을 면치 못"(최원식: 59)하게 될 것이라고까지 경고한다. 이렇게 우리의 생활 세계 전체를 지켜주는 것이라는 점에서 문학, 특히 "한국문학의 정치성은 '건강성'의 징표"(최원식: 138)이기까지 한데, 문제는 최원식의 사유에서 문학의 정치성, 사회성에 대한 투철한 자각이 필경 리얼리즘으로의 경사로 귀결될 수밖에 없다는 사실에 있다. 한국문학이 한국 사회를 건강하게 지켜나갈 수 있기 위해 이루어야 하는 근대의 달성과 극복이라는 과제에 무엇보다 필요한 것은 전망이거니와, 모더니즘은 "근대의 바깥을 사유할 수 없게"(최원식: 56) 만들고, 따라서 이 전망을 가능하게 하는 것은 오직 리얼리즘일 뿐이기 때문이다. 가령 김수영에 대해 "통상적 리얼리즘과 통상적 모더니즘을 가로질러 그 회통에 도달하는 경지를 보여둔 드문 시인"(최원식: 52)으로 높이 평가하면서도 궁극적으로는 김수영에게 있어서도 "진정한 노스탤지어가 머금은 다른 세상의 감각이 약화되는 징후를 보게 된다"(최원식: 52)고 말할 때, 최원식에게 있어 이러한 유토피아적 전망에 의해 지탱되는 리얼리즘으로의 경사는 필연적인 것이고, 결국 이것은 그가 제언한 회통의 전폭성을 스스로 제한하는 결과에 이르게 만든다. 그렇다면 진정한 회통을 위해 필요한 것은 무엇일까? 아마도 그것은 리얼리즘과 모더니즘이라는 용어까지를 잠정적이고 방법적으로 부정하는 일일 것이고, 작품으로 귀환하되 좁은 정치의 통로를 통해서가 아니라 넓은 문화의 장을 가로질러 귀환하는 일이 아닐까 싶다. 사실 최원식은 근대의 성취와 극복이 생활 세계를 지탱해주는 것임을 말하면서도 생활 세계를 이루면서 사람들의 의식과 감수성에 지대한 영향력을 끼치는 물적·제도적인 제반 요소들에 대해서는 거의 고려하지 않는다. 이렇듯 문학의 정치성에 대한 최원식의 집착은 그 범주 바깥의 것에 대한 배제의 원리로 작용한다. 예를 들면 문학의 정치성을 전통으로 제시하기 위해 한국과 중국을 동일자로 결속시키면서 일본과 서구는 타자로 배제해버리는 것이다. 이와 비슷하게 민족 문학에 의해 세계 문학이 배제되고, 또 결국에는 리얼리즘으로의 경사에 의해 모더니즘이 배제되기에 이른다. 이렇게 볼 때 최원식의 매우 중요한 제언인 '회통'을 그 진정성에 걸맞은 형태로 이루기 위해 그 자신에게 필요한 것은 문학의 정치성 개념에 대해 영도(零度)의 지점에서부터 새롭게 사유해보아야 하리라는 것이다. 그 까닭은, 최원식이 한국문학의 전통으로 받아들이고 있는 이 정치성이 한국의 현대사에서는 4·19에 의해 그 끊어졌던 명맥을 되살릴 수 있게 된 것으로서, 바로 이것이야말로 최원식이 4·19의 이념와 의미를 자신의 비평의식으로 내면화시키면서 자기의 것으로 지니게 된 '변하면서 변하지 않는 것'의 핵심의 자리에 놓여 있는 것이기 때문이다. 최원식이 4·19에 대해 부여하는 의미는 그것이 "변방적 한국 문화의 창조적 변신이라는 우리의 오래 묵은 숙제를 해결하려는 문화적 독립운동"(최원식: 32)의 흥기의 계기이고, "6·25를 거치면서 총붕괴되었던 진보운동의 기적적 부활을 초래"(최원식: 137)한 사건이라는 것이다. 비록 최원식이 엄격한 의미에서의 4·19세대는 아니라 하더라도 그 사건에 대해 4·19세대 못지않은 날카로운 의식을 지니고 있음을 이를 통해 알 수 있거니와, 이러한 자각에서 배태된 진보적 비평의식이 그로 하여금 문학의 정치성을 가장 높은 가치로 섬기도록 만드는 주된 요인일 것이다.

문학의 정치성을 이루는 내용들 가운데 최원식에게서 배제되었던 것들이 김병익에게는 중요한 비평적 사유 대상으로 삼아진다. 김병익에게도 "모든 문학은 정치적"이지만, 그러나 이때 정치적이라는 것은 "인간 삶의 갖가지 영역들과 적극적으로 교류하고 현실에 개입하며 그 특유의 방식으로 역사적·사회적 당위와 윤리적 전망을 정향한다는 능동적이고 적극적인 의미에서의 정치성"(김병익: 175)을 뜻한다. 문학의 정치성에 대한 이런 유연하면서도 적극적인 해석이 문학과 문학 아닌 것 사이의 관계와 그 상호적 역학 관계에 대한 김병익의 오랜 성찰과 사유의 산물로 얻어진 것이라는 점은 긴 설명을 요하지 않는다. 그러나 여기에는 이것 못지않게 비평가로서의 그의 약간은 예외적인 이력 또한 중요한 의미를 갖는 동기로 작용하고 있는 것이라 여겨진다. 정치학과 출신으로서 오랜 기간 신문사 문화부 기자 생활을 하는 과정에서 김병익은 자연스럽게 문학 바깥으로부터의 사유, 그리고 문화의 장을 매개로 하는 문학과 비문학의 관계에 대한 사유의 틀을 자연스럽게 자기만의 독보적인 것으로 만들 수 있었을 것이고, 이런 의미에서 김병익의 존재와 활동은 4·19세대 비평의식의 외연을 확장하고, 문학과 문학 바깥의 것 사이의 관계에 대한 성찰을 세련화하는 데 지대한 공헌을 한 것이라고 말할 수 있다.

새로운 세기의 첫 평론집으로 상자된 『21세기를 받아들이기 위하여』에서 괄목할 만한 가장 큰 변화의 내용은 역사적 관심의 증대이다. 평론집 I부에 실린 여덟 편의 글들이 미래에 대한 전망의 관점에 기초한 것이라면, II부에 실린 다섯 편의 글들은 1920년대의 근대문단 형성기부터 산업화 시대라는 명칭에 포괄된 1980년대에 이르기까지의 한국문학의 흐름을 시대별로, 혹은 특정 주제에 입각하여 개관하고 있는 글들이다. 이렇게 나뉘어 있지만 I부와 II부의 글들과, 그 내용을 감싸고 있는 관점들은 서로 조응한다. 다시 말해 II부의 글들이 20세기 한 세기 동안의 우리 역사와 문학의 흐름을 조망하는 향(向)과거적 관점에 의거해 있기는 하지만, 이 글들의 진정한 관심은 과거 사실의 충실한 복원이 아니라, 이러한 작업을 통해 추려낼 수 있는 어떤 교훈이나 믿음을 미래에 투사시키고자 하는 의지에 있다는 것이다. 그 교훈은 새로운 세계를 만들어나가는 근본 동력이 다름 아닌 '역사의 전통'이라고 하는 확신이다. 1950년대의 한국 사회와 문학을 프랑스 혁명기나 제1차 세계대전 시기와의 비교를 통해 간략히 고찰한 후 김병익은 "역사의 전통은 여전히 상속되고 있었고 새로운 역사와 문화는 그 상속분을 감싸안으며 새로운 세계를 만들어나간다"(김병익: 152)는 사실을 우리에게 확인시킨다. 모든 것은 '새로운 세계'의 건설로 수렴된다. 그러나 오늘날 새로운 세기에 들어서도 우리가 체험하는 현실이 전대미문의 것이어서 그 자체에 대한 인식과 가치 판단도 어려운 일이지만, 미래의 사회가 과연 어떤 모습을 한 사회일까에 대한 예측의 여지 또한 그리 넓지 않다고 본다면, 과거와 현재와 미래를 하나의 연속 관계로 묶어주는 연결고리가 과연 존재할 수 있을 것인가에 대한 판단의 작업 역시 곤혹스럽기 짝이 없는 일이다. 아니, 오히려 그 전망은 부정적인 것에 더 가깝다. 가령 "다가오는 새로운 문화의 시대에 문단은 근본적인, 어쩌면 패러다임적인 변혁을 감당해야 할 것"(김병익: 137)이라는 예상에는, 비록 문단의 사정으로 한정되어 있기는 하지만, 단절의 불가피성이랄까 필연성에 대한 예감이 더 진하게 스며들어 있는 듯 보이는 것이다. 이럴 때 한 가지 참고가 될 수 있는 것은 역사에 대한 회고적 성찰을 통해 과거와 현재가 어떻게 연결되어 있는가를 살펴보는 일일 것이고, 여기서 찾아지는 역사의 연속성은 미래의 사회 또한 가치론적으로 오늘과 이어지게 될 것이라는 믿음의 근거로 삼을 수 있게 된다.

이렇듯 김병익의 역사적 관점을 지배하는 것은 과거—현재—미래의 연속성 위에서 현재를 어떻게 정향할 것인가라는 관심이다. 그 관심은 딱히 현재적·동시대적, 그리고 이런 의미에서 아나크로닉한 것이라 말하기도 어렵지만, 그렇다고 역사적·동태적·크로닉한 것이라고 말하기도 어렵다. 어쩌면 현재의 관심이 과거와 미래에 투사되어 이루는 구조적 역동성의 관점이라고 말할 수 있을지도 모르겠다. 이러한 표현이 딱히 적확한 것은 아니라 하더라도, 『21세기를 받아들이기 위하여』에서의 김병익의 독특한 사유의 구조는 아나크로닉한 관심을 크로닉의 축에 투사하는 방식에 의해 만들어지는 것으로 보인다. 또한 그를 21세기와 화해할 수 있게 만들어주는 것도 이러한 크로노토프이다. 그가 순전히 동태적인 관점에서 바라보아 묘사하는 21세기 미래 사회의 비관적 모습에 우리는 충분히 동의할 수 있다. 새로운 문명을 규정하게 될 "인공지능과 인공생명의 개발"(김병익: 14), 이에 더하여 "세계화와 속도주의, 경쟁력 제고와 벤처, 능률성과 기능주의 경영방식 혁신, 컴퓨터와 인터넷, 디지털과 전자정보 시스템의 새로운 문명의 틀들이 가하는 억압적이고 폐쇄적인 21세기적 삶의 형태"(김병익: 21)가 '인간성 상실의 문화'를 초래할 수 있다는 그의 비판적 예상은 우리가 미래 사회를 준비함에 있어 반드시 진지하게 경청해야 할 경고로서의 의미를 지닌다. 과학의 발달이 종종 윤리적 요청을 도외시한 방식으로 이루어져오기도 했었다는 사실은 이러한 비판적 인식을 좀처럼 떨쳐버릴 수 없도록 만드는 요인이기도 할 것이다.

그러나 그것이 아무리 진정한 것이라도 비관적 경고만으로 그친다는 것은 이러한 사태에 대한 소극적 개입의 방식에 지나지 않는다. 여기서 김병익의 사유는 메타의 차원으로 도약하여 이렇게 현재와 미래를 비관적으로 보는 자신의 관점의 정당성 여부까지를 새롭게 문제 삼는다. 이는 김병익의 사유의 진지함을 엿볼 수 있게 해주는 대목이기도 하거니와, 이러한 메타 사유를 통해 김병익은 자신의 관점에 "미래의 변화에 대해서는 동태적인 관점으로 예상하면서도, 그 가치 판단에 있어서는 현재적인 것으로 정태화한 오류"(김병익: 27)가 개입되어 있었음을 찾아낸다. 그리고 동태적인 것과 정태적인 것의 착오의 오류를 보다 분명히 확인하기 위해 과거에서 현재로 이어져 있는 역사축 위에서 이를 점검하여 "한 세기 전, 우리의 문호 개방을 반대하며 서구를 야만으로 보았던 우리 조상들이 20세기의 험난한 시대를 열심히 살았고 전 시대보다 발전되고 인간적인 사회로 판단하게 되었을 것을 돌이켜본다면, 나의 비판적 관점이 지닌 허구는 쉽사리 노출될 것"임을 인정한다. 이러한 일련의 섬세한 관점 조정의 과정을 거쳐 김병익이 도달하게 되는 결론은 "30년 후의 세계에 대한 평가는 30년 후의 성찰로 이루어져야 할 것"(김병익: 56)이라는 동시대적 판단 기준의 정당화이다. 그러나 이 동시대적 판단 기준이라는 것에는 이미 과거에서 현재에 이르는 역사적 흐름에서 결정(結晶)된 "전통과 교훈과 연면한 인간지성"(김병익: 16)이 내포되어 있는 것이라는 사실이 간과되어서는 안 된다. 바로 이러한 사실이 미래 세계의 평가는 미래에 맡긴다 하더라도 그 미래에 대해 현재적 관점에서 우려하고 비판하는 작업의 필요성과 정당성을 부여해주는 것이기 때문이다.

그러나 다시 한 번 돌이켜보면, 개발하고 그래서 다가오고 있는 새로운 문명들에 대한 우려와 불평을 계속하지 않는다면 그것의 인간화란 그만큼 유예될 것이고, 그 문화들에 대한 비판과 부정이 가해지지 않는다면 인간의 역사와 인류의 전통은 유지될 수 없으며 과거와 현재와 미래의 조화로운 접속도 가능할 수 없을 것이다. 그러니까 우리는 장기적으로는 낙관하면서 단기적으로는 비판하고 역사의 발전을 신뢰하면서 상황과 현상에 대해서는 집요하게 문제 제기를 계속해야 할 일이었다. (김병익: 28)

그러니까 김병익의 사유의 움직임은 미래로 나아갔다가 현재로 되돌아오고, 비관으로 나아갔다가 낙관으로 선회하는 U턴형 사고의 틀 속에서 이루어지는 왕복운동의 양상을 띠고 있는 것인데, 이러한 극적 전환을 가능하게 하는 견인력은 다름 아닌 그의 인문주의적 지성이다. 이 지성의 인도에 의해 그는 "새로운 과학기술의 개발 이상으로 인간주의적 사유법과 인간다움의 미덕을 존속시킬 장치"를 만들 것과 "전통과 진보의 이상주의를 실천시킬 것"(김병익: 18)을 촉구한다. 인간주의와 결부된 진보의 이상주의야말로 김병익이 4·19의 가장 중요한 의미를 부각시키고 있는 것이거니와, 또한 이런 의미에서 그것은 현실의 복잡다기한 변화에도 변하지 않는 그의 비평의식의 핵을 이루는 것이기도 하다. 김병익에게 문학은 현실의 잡다함에 현혹되어 좀처럼 갈피를 잡을 수 없게 된 사람들의 의식과 상상력을 이 인문주의적 가치 쪽으로 끌어당기는 견인력이다. 그러므로 김병익에게 새로운 시대에서 문학과 새롭게 만나는 방식도 이러한 U턴형 사고의 움직임 속에서 이루어진다. 가령 "기존의 소설적 원리를 파괴"(김병익: 255)하는 컴퓨터 문명에 대응하는 김설의 소설과 "속도와 우연의 세계 속에서 사랑과 연민의 근본을 깨닫게"(김병익: 252) 하는 신경숙의 소설이 나란히 공감적 이해의 시각에 포착될 수 있는 것이 김병익의 교차적 상상력의 폭을 보여주는 것이라면, "여전히 아날로그 시대의 전통"에 머물면서 "신세대가 기피하는 반성과 의미화의 기제로서의 문학을 강조"(김병익: 298)하여 바라보는 김치수의 비평이 바로 이런 이유로 높이 평가되고, "난해한 언어 세계 내면에 침잠함으로써 문학의 진실과 위엄을 지키려는 힘겨운 싸움"(김병익: 106)을 벌이는 이인성이나 정영문이 새로운 시대에도 여전히 소설의 가능성을 개척할 수 있는 작가로 인정받는 것은 새로운 사회 변화에 대한 어두운 성찰로부터 전환하여 전통적 인문주의로 귀환하는 과정에서 발휘되는 비평적 사유의 면모일 것이다.

그러나 우리가 여기서 한 가지 생각해보고 싶은 것은 혹시 김병익의 전환점에서의 사유가 조금 느슨한 것은 아닌가라는 문제에 대해서이다. 가령, 그의 U턴형 사고의 전형을 보여주는 다음과 같은 구절을 보자.

> 또 지식 정보 사회화와 그것이 요구하는 속도주의·기능주의는 인간의 피폐를 초래하고 있는데 사람들은 그 긴장의 독을 관광여행과 문화상품의 즐김으로 풀고 있다. 이런 행위는 현대문명의 빨리빨리에 천천히, 느리게 대응하도록 함으로써 시간의 능률주의를 해체하며, 오늘의 삶이 빠져드는 돈벌이에 거꾸로 대항해서 그 돈을 소비하고 혹은 그 돈벌이 행위를 유예시킴으로써 소득제일주의를 희석시키고 있는 것이다. 문명의 해독(害毒)에 대한 이런 해독(解毒) 행위가 가능한 것은 바로 그 속도주의와 황금만능주의가 제공한 경제적·시간적 여유 덕분인데 이 역행의 선택은 분명 문화의 아이러니일 것이다. (김병익: 17)

이러한 생각이 타당하지 않은 것은 아니지만, 그렇다 하더라도 이러한 '역행의 선택'이라는 것이 여전히 소수의 사람에게만 돌아올 수 있는 혜택이고 전체적인 차원에서 사회는 아직 이런 이유만으로 낙관할 수 없도록 만드는 소외 구조에 의해 지배되고 있다는 사실이 간과되거나 은폐되어 있는 것은 아닐까, 라는 생각이 떨쳐지지 않는다. 하버마스라면 능히 생활 세계의 식민지화 현상으로 이해했음 직한 이런 현상에 대한 김병익의 기대는 혹시 비판에서 낙관으로의 전환을 이루어야 한다는 내부로부터의 요구에 이끌린 나머지 노정되고 만 조급함은 아닐까? 이는 앞으로 우리가 김병익의 비평과 더불어 깊이 성찰해 나가야 할 문제일 것으로 보이거니와, 이를 통해 문학과 문학 바깥의 것을 한데 아우르는 전체에 대한 비평의식 또한 더욱 확대될 수 있을 것이다.

모순을 아우르는 김병익의 전환적 사고와 비슷하면서도 전혀 다른 방식으로 움직이는 또 하나의 전환적 사고의 경우를 우리는 김주연의 비평에서 찾아볼 수 있다. 김병익의 전환적 사고가 문학과 문학 바깥의 것 사이의 수평적 축 위에서 작동하는 것이라면, 김주연의 그것은 문화의 높낮이에 대한 수직적 성찰의 사유이다. 이러한 서술이 이미 암시하듯 김주연에게도 현실에 대한 즉자적 인식은 매우 비관적인데, 그러나 김주연의 비관주의는 김병익에게서처럼 현재가 초래할 미래에 대한 전망에서 오는 것이 아니라 과거로부터 잉태되어 현재화된 현실에 대한 실망에서 연유한다. 그러나 또한 이것에서 그치는 것이 아니라 그 실망은 역사 너머의 형이상학적이고 초월적인 대상에 대한 그리움에서 생겨나는 것이기도 하다. 김주연에게 그 초월적 대상은 문학이 정신의 산물임을 자부하는 한 반드시 지향해야 하는 일종의 당위적 목표를 이룬다. 그러나 현실적으로 오늘날 문학이 이에 미달할 뿐만 아니라 어쩌면 그것으로의 방향성마저 상실해버린 것은 아닌가라는 진단에서 그의 실망은 우려로까지 증폭된다. 이런 의미에서 그의 비평은 갈증의 고통에 시달리는 신음의 울림으로부터 시작된다.

그의 비평적 촉각이 우선 민감하게 반응하는 지점은 문학과 문화의 대중성에 대한 사실 판단과 가치 판단의 갈림길에서이다. 대중문화 혹은 문화의 대중화에 대한 김주연의 관심은 1970년대 이래 줄곧 유지되어온 것인데, 이런 의미에서 그의 비평의식의 역사성은 1960년대 이후 오늘날까지의 기간 동안에 걸친 대중사회화의 흐름이라는 스코프 속에서 찾아진다고 말할 수 있다. 김주연이 보기에 이 기간 동안의 한국사회의 문화적 변화의 의미는 '고상함과 신성성의 붕괴'의 시작을 알리는 엘리트 문화와 대중문화의 차별 허물기에서 시작하여 "섹스와 죽음을 화두로 거칠 것 없이 내달아온" 과정으로 요약된다. 우선 엘리트 문화와 대중문화의 구분이 모호해졌다는 것은 그만큼 대중문화가 전반화되면서 "모든 문화는 미상불 대중문화로 접어들었다"(김주연: 18)는 관찰의 소산이다. 보는 관점에 따라 이것은 문화의 민주화라는 긍정적 의미로 해석될 수도 있는 것일 터이지만, 김주연의 견해는 다르다. 그는 문학의 경우에는 "대중문학의 확산이 마치 문학의 민주화로 등식화"되는 것에 거부감을 드러내면서 "문학은 민주화되어야 하며, 그것은 가능한 일일까"(김주연: 24)라고 반문하고 있기까지 하다. 그러나 이를 두고 김주연이 문화, 혹은 문학의 민주화를 반대하는 입장에 서 있는 것이라고 단순히 판단해서는 안 된다. 김주연의 이러한 태도의 의미는 '민주화'라는 사회적 덕목이 문화와 문학의 가치를 판정하는 궁극적 잣대가 될 수는 없다는 것, 그것만으로는 최종적 판단의 소구력을 지니지 않는다는 주장으로 이해되어야 한다. 나중에 다시 논의되겠지만, 김주연에게 이 가치를 결정하는 최종 심급은 영성이나 신성성, 아우라 같은 것들이다. 문화의 대중화에 이어, 섹스와 죽음은 1990년대 사회와 문화에서 가장 흔하게 발견되는 소재이고 주제이다. 이렇게 섹스와 죽음이 범람하게 된 이유는 사회적인 것과 종교적인 것의 두 차원에 걸쳐 있다. "섹스와 죽음이 우선 당장은 1980년대의 비극적 현실과 세기말의 전망 상실과 관련되지만", 다른 한편으로 그것들은 모두 "형이상학과 영성을 잃어버린 인간들에게 남겨진 마지막 실체들"(김주연: 87)이기도 하다. 이렇듯 김주연의 관점에는 종교적인 측면까지가 함께 포함되어 있기 때문에 세상에 대한 비관주의적 색조 또한 한층 더 진하다. 아마도 이것이 김주연의 사유가 높낮이의 수직적 축 위에서 움직이도록 만드는 이유일 것이다. 사실 섹스와 죽음은 가장 낮은 자세로 이루어지는 행위와 사건이 아닌가. 김주연의 비평은 이 낮은 것들에 대한 관찰과 해석으로부터 영성과 신성성으로의 초월로 수직적 상승의 곡선을 그리며 이루어진다.

그러나 섹스와 죽음에 대한 김주연의 사유의 내용은 조금 더 찬찬히 들여다볼 필요가 있다. 김주연에게 섹스와 죽음은 기독교적 창조질서에 혼란을 야기하는 부정적 현상들이지만, 그러나 단순히 이런 이유만으로 전적으로 배척되기만 하는 것은 아니다. 말하자면 수용과 거부의 상반된 태도가 공존하고 있다는 것인데, 이런 이유로 얼핏 보아 이 주제들에 대한 김주연의 논의는 약간 혼란되어 있다는 인상을 줄 수도 있다. 가령 최영미의 경우가 그 단적인 예일 것이다. '컴퓨터와 씹할 수 있다면'이라는 구절을 포함하고 있는 최영미의 시에 대해, 김주연은 "1994년에 최영미의 컴퓨터 성교론이 과감하게 제기되었을 때 우리 문단은 사실상 대중문학의 저 자동화된 어둠의 세계로 진입한 것"(김주연: 21)이라고 말하는가 하면, 다른 자리에서는 이 '컴퓨터 성교론의 우월성'이 "여성적 자아의 독립이라는 긍정적 관찰이 보다 타당한 시점으로 진단된다"(김주연: 247)고 말하고 있기도 하다. 같은 시에 대한 평가가 이렇게 상반되는 것을 어떻게 이해해야 할까? 사유의 혼란인가? 아니면 두 편의 글 사이에 존재하는 시차 속에서 이루어진 생각과 판단의 변화? 어떤 것이든, 이 이유를 따지는 것보다 더 중요한 의미를 지니는 것은 이를 단서로 삼아 김주연의 사유의 구조와 방식의 특성을 엿보는 일일 것이다. 이를 위해 우선 김주연의 사유의 한 축을 이루는 종교성의 내용에 대해 살펴볼 필요가 있다. 김주연은 종교성에 대해 그것이 첫째, "모든 사물과 현상을 바라볼 때, 그것들을 보는 사람 중심으로, 즉 자기중심적으로 보지 않으려는 태도"(김주연: 152)이고, 둘째, "현상을 현상으로만 보는 태도를 지양"(김주연: 153)하는 것이고, 셋째, "세속적 욕망이나 이해관계로부터 벗어나는 일"(김주연, 153)이라고 설명한다. 이중 셋째 것이 초연함을 지키기 위한 윤리적 자세에 관계되는 것이라면, 처음 두 가지 설명은 보는 방식에 관련된다. 여기서 '본다'는 것을 사고한다, 생각한다의 의미로 이해하면 우선 자기중심적으로 보지 않는다는 태도의 의미는 무엇일까? 그것이 자기중심적이지 않다고 해서 이를 간단히 타자 중심적 사고나 대화적 사고일 것이라고 바꿔 이해하는 것은 속단이다. 김주연에게 그것은 비유적으로 거울면에서의 사고를 가리키는 것으로 이해된다. 거울면에서의 사고란 어떤 사고인가? 그것은 사유하는 주체와 대상이 겹쳐 있는 사유를 일컬음이다. 거울면에서의 사유에는 사유하는 나와, 사유하는 나의 비춰진 모습을 바라보는 내가 겹쳐져 있는 것이다. 이렇게 이해할 때 둘째 설명 내용, 즉 '현상을 현상으로만 보는 태도를 지양'한다는 것도 거울의 비유에 입각하여 거울에 비추인 대상은 현상임과 동시에 허상이므로 허상으로서의 현상의 실상을 그 허상 너머, '그 뒤'에서 찾아보려 해야 한다는 의미와 통하게 될 것이다. 그러므로 모든 대상에는 그것의 허상적 의미와 실상적 의미, 즉자적 의미와 대자적 의미가 서로 모순되는 대로 공존한다. 최영미 시의 의미가, 그리고 1990년대 문학에서의 섹스와 죽음의 의미가 일견 혼란스러운 듯 상반되는 방식으로 겹쳐 있는 것은 이런 이유에서이다.

현상을 현상으로 보지 않는다는 것은 현상학적 환원의 방식을 통해 현상의 본질을 추구한다는 의미와도 통한다. 이런 점에서 김주연의 사유의 또 한 가지 특성은 그것이 매우 본질주의적 사고라는 것이다. 그런데 거울의 비유를 다시 끌어오면, 본질주의적 사고란 비본질을 거울로 갖는 사고이고, 본질과 비본질의 경계면에서의 사고라고 말할 수 있다. 그러나 이것보다도 본질주의자로서의 김주연 비평의 가장 중요한 점은 이러한 사유 구조를 문학의 본질을 천착하는 비평의식의 기본 틀로 삼고 있다는 점이다. 예를 들면 1990년대 이후 대중문학의 한 경향으로 대두된 '혼성 모방'에 대해 "재생·복제·인용되는 문학도 문학인가"(김주연: 146)라는 본질을 묻는 방식으로 그 비문학성을 준엄하게 논고하기도 하고, "현대 이전의 문학은 종교적"(김주연: 147)이라는 대담한 주장을 펼치면서도 문학과 종교가 어떻게 같으며 어떻게 다른가를 이렇게 설명하기도 한다.

종교는 이 땅 위의 세속적 질서를 넘어서는 대초월이지만, 시를 포함한 모든 문학예술 역시 그것을 모방하는 작은 초월의 경험이며, 여기에 문학예술의 의미와 가치가 있다. 크게 보면 같은 차원에 속하는 것이지만, 동일한 차원 안에 들어서며 오히려 적대적인 범주로 마주선다. (김주연: 201)

이렇게 문학과 문학 아닌 것, 본질과 비본질을 엄격히 구분하고자 하는 그의 비평에 대해 우리는 능히 '섬세함'의 비평이라는 이름을 부여할 수 있을 것이다. 문화와 문학의 대중화 경향에 대해 그가 비판적인 태도를 취하는 것도 그것들이 섬세함을 결여하고 있다는 이유에서이기도 하거니와, 김주연의 경계면 위에서의 사유의 섬세함이 가장 멋지게 발휘되는 것은 단연 시에 대한 분석적 비평 분야에서이다. 여기서 경계면 위에서의 사유라는 그의 사유 구조는 시의 본질적 구조로까지 연결된다. 가령 김주연이 오규원의 시의 구조가 "우리 주변의 사물들과 정경들을 즉자적(卽自的)으로 들추어내면서 거기에 시인의 내면 시선을 교차"(김주연: 168)시키는 것임을 밝혀내고, 또 마종기와 황동규의 시에서 "대립까지를 포함, 서로 다른 것들이 하나로 공존하고 있는 순간과 공간"(김주연: 203)을 찾아낼 때, 우리는 이것에서도 김주연의 사유가 거울로 비유할 수 있는 경계면 위에서의 사유임을 거듭 확인할 수 있다. 과연 이때 '교차'는 무엇이고 또 '대립'과 '공존'은 무엇인가? 그것은 바라보는 나와 바라보는 모습으로 비추이어 있는 거울 속의 나 사이의 시선의 교차이고 대립적 공존이 아니겠는가. 김주연 시 비평의 키워드라 할 수 있는 '시적 자아'가 탄생하는 것도 이런 구조 속에서이다. 이 시적 자아란 거울 밖에서 거울을 바라보는 나도 아니고 거울 속에 비추인 나도 아닌, 이 두 자아의 대립과 교차를 통해 만들어지는 비실체적이고 상상적이면서도 초월적인 제3의 자아이다. 이러한 시적 자아의 탄생에 이르지 못하는 '바라보는 나'의 위치에만 머물 때 시는 현실시에서 벗어나지 못하고, '비추인 나'에 함몰될 때 묘사시로 전락하고 만다는 것인데, 이러한 경우들에 대한 적절한 비판적 분석의 예를 우리는 김태동과 김용택, 노향림 같은 시인들에 대한 평론에서 찾아볼 수 있다. 아무튼 이 시적 자아라고 하는 것은 시적 사유의 구조와 본질을 통해 시의 내재적 특성과 필수적 요건으로 추출되는 것으로서, 초월적이고 상상적이고 순전히 관념적인 어떤 것이라는 점에서 궁극적으로 그것은 김주연이 되풀이하여 강조하는 신성성, 영성, 아우라의 개념의 의미와도 통한다. 그러므로 김주연에게 있어 신성성, 영성의 개념들은 그 종교적 외장(外裝)에도 불구하고 결코 문학 바깥의 어떤 것에서 차용된 것이 아니라 문학의 내적 본질을 이루는 것이라는 사실을 우리가 분명하게 이해해 둘 필요가 있다. 문학의 본질이기에 그것은 "어떤 끈질긴 전통의 힘"(김주연: 30)으로 문학 속에 살아 있는 것이고, 앞으로도 문학이 지켜가야 하는 어떤 것이다. 또한 본질이기에 그것은 문학 바깥의 현실이 어떻게 변하더라도 변해서는 안 되는 문학의 단단한 핵을 이룬다. 그렇다면 바로 이것이 '변하면서 변하지 않는' 4·19세대 비평의식이 김주연 비평으로 개성화된 모습이 아니겠는가. 그러나 문제는 초월적 신성성을 문학의 영원한 본질로 이해하는 김주연의 문학관이 보여주는 낭만주의적 문학관으로의 일방적인 경사일 것인데, 일각에서 제기되고 있는 오늘날 흔히 운위되는 '문학의 죽음'이 다름 아닌 낭만주의적 문학관의 소멸로서의 의미를 갖는다는 주장(예컨대 앨빈 커넌의 『문학의 죽음』)에 대항하여 낭만주의적 문학관의 건재함을 어떻게 객관적 현실로 굳건히 유지해나갈 것인가라는 문제는 앞으로도 계속 성찰될 필요가 있을 것이다.

〔2002〕

주체성과 언어의식

—『문학과지성』의 인식론

『문학과지성』(앞으로 『문지』로 약칭함)의 창간 과정은 김병익에 의해 소상히 밝혀져 있다. 1970년 7월 초 김현이 자기를 찾아와 잡지 창간의 필요성을 피력한 일에서부터 마침내 1970년 가을호를 창간호로 낼 수 있게 될 때까지의 우여곡절을 김병익은 매우 현장감 있게 묘사해놓은 바 있다.[1] 『문지』라는 잡지를 김현에게만 초점을 맞춰 살펴보는 것은 적절하지 못하다. 그러나 이러한 점을 충분히 경계한다 하더라도 『문지』 창간에 있어 김현의 주도적인 역할을 부정할 수는 없다. 김현이 『문지』의 전체는 아니지만 그것의 관건일 수는 있다. 그렇다면 1960년대의 김현의 발자취를 따라가보는 것을 통해 『문지』로 들어가는 입구를 찾아낼 수 있지 않을까?

「나르시스 시론」이라는 평론이 『자유문학』의 신인 평론에 당선작으로 뽑힌 것은 김현의 나이 약관 20세인 1962년 3월이었다. 이해에

---

1) 김병익, 「김현과 문지」, 『문학과사회』 1990년 겨울호.

김현은 김승옥, 최하림 등과 함께 동인지 『산문시대』를 발간한다. 이렇게 시작된 김현의 잡지 발간 작업은 그 후 『사계』와 『68문학』으로 이어진다. 이 과정에서 주목해두어야 할 사항은 1966년 『창작과비평』이 간행되었다는 것과, 애당초 『자유문학』에는 평론으로 데뷔했으나 『산문시대』에는 소설로, 『사계』에는 시로 참여했던 김현이 『68문학』의 간행에 즈음해서는 "자신이 호감을 가지고 어울린 동시대 작가들을 옹호하고 지원하는 평론을 활발히 쓰기 시작"[2]했다는 사실이다. 1968년 단 한 호로 마감된 『68문학』을 끝으로 김현의 1960년대 잡지 편력은 일단 막을 내리게 된다. 이제 그의 앞에 준비된 마지막 잡지는 1970년대와 더불어 시작되고 또 이와 더불어 끝나게 될 『문학과 지성』이었다.

이리하여 『문지』는 활활 타오르는 태양의 모습으로 세상에 나타나게 된다. 또 이와 더불어 이른바 '문지 4K'의 신화가 펼쳐지게 된다. 기왕에 김현이 주도했던 잡지들에 비해 확연한 차이가 드러나 보이는 것은 이 부분이다. 굳이 부연해 말하면 『산문시대』 『사계』 『68문학』 등의 동인 구성은 시인, 소설가, 평론가 들을 망라하는 것이었고, 또 김현 자신도 『산문시대』와 『사계』에는 소설과 시로 참여했었다. 이에 비해 『문지』의 동인 구성이 평론가들로만 이루어져 있다는 사실은 이미 이 대목에서부터 『문지』의 에콜화의 의지를 선명히 드러내고 있는 것으로 보인다. 이러한 동인 구성 방식은 공통의 문학관을 공유하면서 이를 기반으로 자신들의 문학적 주장을 좀더 직접적인 방식으로 개진하는 데에 적합한 방식일 수 있기 때문이다. 그렇다면 이러한 동인 구

2) 홍정선, 「연보: '뜨거운 상징'의 생애」, 『자료집』 김현문학전집 16, 문학과지성사, 1993.

성을 바탕으로 『문지』는 어떤 문학관을 공유했으며, 어떤 활동을 펼쳤는가?

창간사에서 『문지』는 샤머니즘의 청산과 패배주의의 극복을 기치로 내걸었다. 일견 간명해 보이는 이러한 의지의 천명에는 그러나 작게는 1960년대의 문학적 풍토에 대한, 크게는 한국 근대문학 전체에 대한 깊은 반성적 성찰이 내포되어 있는 것으로 보인다. 샤머니즘은 무엇이고 패배주의는 또 무엇인가? 그리고 이것들이 일차적으로 1960년대 문학에 대한 반성적 의식의 소산으로 얻어진 것이라 할 때 샤머니즘과 패배주의라는 용어로 타자화되어 있는 1960년대 문학의식은 어떤 것인가?

의식이란 무엇인가로부터 생성되어 어딘가를 향해 가는 것이다. 의식의 이 같은 존재구속성과 지향성을 염두에 둘 때 1960년대 문학의식이라는 것이 1960년대만의 것으로 응고된 상태로 전유되는 것은 아니라는 점이 분명해질 것이다. 그렇다면 1960년대 문학의식이 어떤 것인가를 묻는 물음에는 대략 세 가지 답이 가능할 것이다. 첫째, 그 이전, 즉 1950년대로부터 1960년대로 이월되어 문학적 이슈로 제기된 문제들을 통해 구조화된 어떤 것; 둘째, 1960년대 세대의 문인들에 의해 부상하게 된 어떤 것; 셋째, 정치·사회적 변화에 대한 당위적 요청과 연관된 1960년대 한국 사회의 현실적 문제들이 요구하는 성찰적인 어떤 것. 이 세 가지 가능한 답변의 방식은 실제 1960년대 문학의 흐름을 이룬 세 가지 쟁점적 사안들, 즉 순수·참여 논쟁과 세대 논쟁, 리얼리즘 논쟁에 대응한다. 샤머니즘의 청산과 패배주의의 극복이라는 명제가 대타화하고 있는 것이 이런 사항들이라는 점을 파악할 때 『문지』의 메타적 위상이 선명히 부각된다. 이러한 쟁점적 사항들로 점철된 과정이 『문지』가 직면해야 했고 딛고 서야 했던 1960년대 문학의 현실이었다. 그 속에 있되 함몰되지 않고 딛고 섬으로써 조감할 수 있는 시각과 거리를 확보하는 것, 이것이 『문지』의 문학적 입장으로 떠오른 첫번째 사항이었다. 이를 이론적 거리 두기라 이름 지을 수 있으리라.

1950년대 말에 발단된 순수·참여 논쟁은 그 후 4·19 혁명과 5·16 군사 쿠데타 및 이후의 군사 정부 시대를 거치는 과정에서 그 양상과 내용의 굴절을 겪으면서도 1960년대 말까지 줄곧 이어져왔다. 그러나 이 당시의 순수·참여 논쟁의 고질적 병폐는 그 논의의 장이 넓지도 않고 자유롭지도 않다는 데 있었다. 그리하여 흔히 그것은 인신공격의 양상으로 치달아가곤 했고, 이런 소모적인 분위기 속에서 생산적인 결과를 기대하기는 어려운 것이었다. 아마도 1960년대의 순수·참여 논쟁이 보다 생산적인 것이 되기 위한 대안적 방법은 문학과 언어의 존재론적 연관 위에서 문학과 현실의 관계를 고찰하는 방식이었을 것이다. 그러나 문학과 언어, 혹은 언어를 매개로 한 문학과 현실의 존재론적 연관 대신에 1960년대의 순수·참여 논쟁이 의존하려 했고 또 실제로 의존했던 철학적 바탕은 인간 중심의 존재론이고 윤리학이었다. 한쪽에서 인간은 어떤 구체적인 현실 속에 존재하므로 현실을 도외시한다는 것은 인간 존재에 대한 부정에 다름 아니라고 말하면, 다른 쪽에서는 인간은 사회적 자아와 창조적 자아로 구성되며 문학에 있어 중요한 것은 창조적 자아라고 응수한다. 또 한쪽에서 열악한 현실에 관심을 갖고 그것의 개선을 위해 힘쓰는 것을 문학과 문학인의 윤리적 사명과 책임감으로 강조하여 내세우면 다른 쪽에서는 그것이 고귀한 것이기는 하나 모든 사회 구성원들이 똑같이 지녀야 할 것이지 문학만의 독점적 전유물은 아니라고 답한다. 다양한 편차에도 이러한 주장들은 문학의 바깥에서 행해진 사유의 결과물이라는 공통점을 갖는다. 이를 르네 웰렉과 오스틴 워렌 공저인 『문학의 이론*Theory of Literature*』에 기대어 달리 말하면 이 문학 이론서가 제시하는 문학 연구 방법론 중 외재적 방법extrinsic method을 통해 문학에 접근하는 방식을 택하고 있다는 것이다.

왜 여기서 『문학의 이론』을 언급하는가? 『문학의 이론』은 어떤 책인가? 1950년대, 60년대 문학도들의 바이블과도 같았던 이 문학 이론서가 제시하는 문학 연구 방법론은 외재적 방법과 내재적 방법intrinsic method로 구분된 이원적 방법론이다. 외재적 방법을 통해 문학은 생물학, 심리학, 사회, 사상, 다른 예술들과의 연관 위에서 이해되고, 내재적 방법을 통해서는 문학이 유포니, 리듬, 스타일, 이미지, 메타포, 상징, 신화, 장르, 문학사의 구성물임을 이해해야 한다는 것이다. 외재적 방법이 언어의 비순수성과 현실 지시성, 그리고 삶의 존재론적 연관 때문에 연결되지 않을 수 없는 다른 영역들과 문학의 관련성을 탐구하는 것이라면, 이 비순수한 언어를 사용하는 문학이 문학이기 위하여, 다시 말해 그 비순수성을 털어내고 궁극적으로 문학성을 확보하기 위해 창안해내야 하는 문학적 장치들을 대상으로 삼는 것이 내재적 방법이다. 이렇게 웰렉과 워렌은 문학과 현실의 연결 방식, 비유적으로 말하면 밀면서 끌어당기는 짝힘의 모순적인 긴장 위에서만 존재하는 그 독특한 방식에 대한 탁월한 인식 위에 자신들의 문학론을 펼쳐놓았다. 그럼에도 불구하고 1960년대의 순수·참여 논쟁에 있어 내재적 접근 방법의 가능성이 모색되지 않았던 것은 어떤 이유에서일까? 결코 이해력의 모자람 탓은 아닐 것이다. 아마도 이것이 가리키는 바는 1960년대 상황의 고뇌의 무게가 아닐까? 인식은 관심으로부터 비롯되고 관심은 상황 속에서 형성되는 것이라 할 때, 1960년대의 한국 사회가 직면하고 있었던 상황 속에서 언어의 문제, 다시 말해 문학의 문학성을 탐구한다는 것은 관심의 우선순위에서 한참 밀려나 있을 수밖에 없었던 것이었으리라. 그러나 이러한 사정을 십분 감안한다 하더라도 상황적 이유로 말미암아 문학 자체를 조명할 수 있는 내적 이론이 배제되어버린 현실, 『문지』가 샤머니즘이라 명명한 것은 바로 이런 사태가 아니었을까?

샤머니즘이란 것을 간단하게 미신에 근거한 주술적 정신이 만들어내는 세계관의 이념형적 표현이라 한다면 그것은 동·서양을 막론하고 전근대적 사고방식이 뿌리내리고 있었던 정신 상태를 일컫는 것으로 이해할 수 있다. 다시 말해 근대와의 대립적 시각에 포착된 전근대적인 모든 것을 압축하여 담고 있는 정신의 그릇이 샤머니즘인 것이고, 이런 의미에서 그것은 모더니즘과 대립된다. 예컨대 서구의 경우 근대는 과학의 이름으로 종교를 미신으로 격하시키는 방식으로 '종교와의 투쟁'이라는 근대의 프로젝트를 수행해나갔다. 잘 알려진 바와 같이 막스 베버는 근대화의 의미를 종교까지를 포함하는 일체의 미신과 주술적 세계관으로부터의 이탈의 과정으로 규정한다. 이렇게 근대주의자들의 시각에 따라 서구의 전근대를 샤머니즘의 세계로 이해할 수 있다면 우리의 전근대를 샤머니즘의 세계로 규정하는 것은 훨씬 쉬운 일일 것이다.

그렇다면 샤머니즘과 대립되면서 전근대와 근대를 구분 짓는 근대성의 내용은 어떤 것인가? 『문지』가 이것의 판별 기준으로 내세운 것은 '개인의식'이었다. 이 '개인의식'은 세대 논쟁의 도화선이면서 동시에 이 논쟁을 통해 『문지』 동인들이 거둘 수 있었던 수확물이기도 했다. 세대 논쟁의 발단은 1969년 김주연이 발표한 「새 시대 문학의 성립」이라는 글로부터 비롯한다. "허위의 타파를 외치다가 자기에 대한 정당한 인식을 못 하고 마침내 허세의 포즈로 떨어져버린 1950년대의 문학은 1960년대에 들어와 '극기'와 '자기세계'를 작가의 관심으로 들고 나온 김승옥의 「생명 연습」을 계기로 문학에서의 현실의 의미부터 전면적으로 새로 검토되는 국면으로 들어간다"[3]고 당당하게 주장하면서 김주연은 1960년대 문학이 1950년대적 '현실'의 공통분모로 약분되기를 정면으로 거부하고 나섰다. 문학에서 현실이란 무엇인가? 그것은 결코 수동적으로 체험되는 주어진 현실을 의미하는 것일 수 없다. 그것은 적극적으로 체험되고 의식에 의해 걸러져 언어로 형상화된 현실이 아니면 안 된다. 수동적으로 체험되기만 할 뿐인 주어진 현실 속에서 주체는 어디에, 어떻게 존재하는가? 이러한 물음에 김주연은 이어령의 표현을 빌려 그것을 '무중력의 상황'이라고 못 박는다. 그리고 김주연은 "'무중력의 상황'에 놓인 1950년대 작가들은 눈앞의 현실을 지나치게 위기로 받아들이는 우를 저지른다. 그들에게 있어 중요한 것은 문학이 언어로 된 하나의 질서라는 사실보다 그들 생애의 충격을 담는 그릇으로 보였다는 점이다"[4]라고 날카롭게 질타한다. 그리고 이 체험적 현실에서 언어로 된 질서로의 굴절 작용의 중심에 개인의식을 위치시킨다. 현실에 대해 주체(개인)를, 체험에 대해 의식과 언어를 내세우는 김주연의 주장은 이미 이것만으로도 충분한 변

3) 김주연, 「새 시대 문학의 성립」, 『상황과 인간』, 박우사, 1969.
4) 위의 글.

별성을 확보하는 데 성공하고 있지만, 그러나 변별성만으로 충분한 것은 아니다. 만일 이러한 변별성만으로 세대를 가르는 구획선이 선명히 그어질 수 있다면 세대 논쟁의 발단은 김승옥의 「생명 연습」이 발표된 1960년대 초로 거슬러 올라갔어야 할 것이다. 그러나 아직 김승옥만으로는 새로움의 징후일 뿐 새로움 자체, 혹은 새로움의 전부일 수는 없었다. 그것이 새로움이 되기 위해서는 마치 1950년대 작가들에게 '현실'이라는 것이 그랬던 것처럼 많은 단위 분모들을 수렴해낼 수 있는 공통분모로 확산되어야 했다. 그러므로 김주연이 「새 시대 문학의 성립」에서 김승옥을 필두로 박태순, 서정인, 이청준, 박상륭을 끌어들여 '개인의식'이라는 주제에 용해시켜 논하는 것이나 시에서 김춘수, 마종기, 정현종, 황동규를 논하고 비평에서 김현, 염무웅, 김우창의 가능성을 강조함에 있어 이러한 나열식의 논의가 의도했던 것은 무엇보다도 1960년대적 문학의식의 확산에 대한 확인이었고 또 이에 대한 자신감의 표출이었던 것이리라. 이렇게 주체성에 대한 강한 자각과 견고한 의식의 자신감 쪽에서 볼 때, 다만 주어진 현실 속에서 당한 '생애의 충격'에 혼미해져 있는 1950년대적 문학의식이 패배주의의 소산으로 비칠 수 있었으리라는 것은 무척 자연스럽다.

그러나 문제는 이렇게 현실에 패배하는 개인이 유독 1950년대만의 산물이 아니라는 점이다. 『문지』 동인들의 시각에서 볼 때 유감스럽게도 한국의 근대문학은 그 초기에서부터 이러한 미성숙한 개인들에 의해 형성되어온 것이다. 그 대표적인 예가 이광수나 최남선 같은 인물이거니와, 이들은 '타인에의 의존'[5]을 절대로 필요로 했던 피상적

---

5) 김현, 「한국개화기의 문학인」, 『현대한국문학의 이론』, 민음사, p. 203.

인텔리로 시종일관함으로써 친일로의 변절이라는 그들 자신의 비극을 초래했을 뿐 아니라 주체적 개인의식의 형성을 가로막은 인물로 평가된다. 작중 인물들의 의식과 작가의 의식을 같은 범주에 넣어 이해하는 방식에 문제를 제기할 수 있을 것이고, 또 1950년대적 상황과 식민지 상황의 역사적·사회적 맥락이 다르다는 점을 지적할 수도 있겠으나, 아무튼 근대문학의 초기에서 1960년대에까지 이어지는 개인의식의 미성숙이라는 현상은 사고의 미분화(未分化)를 초래하고, 또 사고의 미분화는 대상에 대한 맹목적 신앙〔춘원과 육당의 경우 이 맹목적 신앙의 대상은 서구(西歐)였다〕을 부름으로써 샤머니즘과 패배주의라는 곰팡이가 서식하기 좋은 음습한 환경을 조성한다는 것이다.[6)]

『문지』가 샤머니즘에 맞세워 근대성의 요체로 제시하는 것은 개인의식이다. 이러한 관점에서 볼 때 한국 근대문학에서 성숙한 개인의식을 보여주는 대표적인 작가는 염상섭과 채만식이다. 이들로 하여금 성숙한 개인의식을 지닐 수 있도록 해준 것은 주체성에 대한 확고한 인식이었다. 그들은 "자기가 서 있는 위치를 냉정하게 확인"[7)]함으로써 현실의 주체로 발돋움했고, 또 문학이 "자기 표현의 방법"[8)]이라는 사실을 투철히 자각함으로써 문학의 주체로 자리 잡았다는 것이다. 이것은 가령 자신이 쓴 소설을 여기(餘技)의 산물로 폄하하면서 자신은 문사가 아니라고 우겼던 이광수의 태도와 선명한 대조를 이룬다. 이렇게 개인의식을 근대의 대표적인 이념형으로 삼는 『문지』의 인식론적 틀은 한국 근대문학 전체에까지 확대 적용된다. 이는 『문지』 동

---

6) 김현, 「한국문학의 양식화에 대한 고찰」, 앞의 책, p. 38.
7) 「식민지시대의 문학 · 1」, 위의 책, p. 216.
8) 위의 글, p. 217.

인들이 개별적이고 산발적인 방식으로 발표한 여러 글들을 통해서도 확인되는 바이지만, 이를 입증하는 단적인 예는 다름 아닌 김윤식과 김현 두 사람이 공동 집필하여 『문지』에 연재한 『한국문학사』이다. 이 『한국문학사』는 아마 『문지』가 거둔 최고의 성과로 평가되어 손색이 없을 훌륭한 업적이거니와, 이것이 우리나라의 자주적 근대성을 주장할 수 있는 근거로 찾아낸 것이 조선시대 영·정조 간의 가족 제도의 혼란과 이로부터 파생되는 개인의식이었다는 사실은 근대성의 요체를 개인의식으로 파악하는 『문지』의 인식이 문학사 서술에까지 반영되었음을 극명히 입증한다.

그러나 『문지』의 인식론적 태도에 주목할 만한 사항이 선명히 부각되는 것도 바로 이 지점에서이다. 개인의식이라는 것이 시민 사회의 이념형으로 더 적합한 것임을 떠올릴 때 정치적·사회적 민주화의 숙원을 시대의 과제로 떠안고 있었던 1960년대의 문학의식으로 개인의식을 부각시키는 것은 문학과 현실을 동시에 아우를 수 있는 탁월한 선택일 수 있었다. 그러나 이것을 일제강점기의 문학, 더 나아가서는 한국 근대문학 전체의 이념형으로까지 확대시키는 것은 얼마나 적절하고 타당할 수 있을까? 예컨대 염상섭과 채만식에게서 찾아지는 성숙한 개인의식이라는 것이 1930년대 한국 사회의 보편적인 이념형으로 얼마나 확대될 수 있는 것일까? 김현이 말하는 것처럼 개인의식이 "타인과의 거리"[9]에서 생겨나는 것이고, 개인의식 위에서 성립하는 사고 또한 '타인과의 거리'를 전제로 하는 것이라면, 염상섭과 채만식의 개인의식이란 1930년대의 한국 사회가 처해 있었던 식민지 상황

9) 김현, 「한국문학의 양식화에 대한 고찰」, 앞의 책, p. 38.

과의 거리 두기를 통해, 혹은 식민지 상황을 타자화함으로써 그들만이 지닐 수 있었던 소외된 의식이었다고 할 수는 없을까? 그러나 이것은 하나의 가설적인 의문일 뿐이고, 염상섭과 채만식에 대한 개별적이고 심층적인 연구를 필요로 하는 문제이다. 지금 이 자리에서 긴요한 것은 『문지』가 이렇게 개인의식을 확대시켜 강조하는 데에는 예컨대 식민지 상황이나 군사 독재와 같은 열악한 현실일수록 그 현실에 무반성적으로 몰입해 들어가는 태도가 패배주의로 귀결될 공산이 더 크다는 우려가 작동하고 있는 것이라는 점을 이해해두는 일이다. 현실은 실천적 투쟁의 장이기에 앞서 인식론적 대결의 장이지 않으면 안 된다. 달리 말하면 현실은 즉자적이 아니라 대자적인 방식으로 이해되고 파악되어야 하는 것이다. 이러한 대자적 현실 인식에 필수적인 전제가 거리라 한다면, 이 거리 두기란 현재의 즉자적 현실에 대한 거리 두기임과 동시에/반면에 미래의 대자적 현실로의 투기라는, 일견 상호모순적이고 이율배반적인 역설을 한몸으로 수행하는 자세를 일컬음에 다름 아니다. 가령 이조 후기 사회의 사회적 모순은 당대 지식인들에게 어떻게 포착될 수 있었는가? 그리고 이렇게 포착된 모순에 대한 인식은 어떻게 한국 근대사와 근대문학의 원동력이자 시발점으로 자리매김할 수 있게 되었는가? 과연 냉철하고 객관적인 인식론적 자세와 이로부터 열리는 미래로의 실천적 지향성이 없었다면 이것이 가능할 수 있었을까? 이렇듯 『문지』의 인식론은 대상에 대해 우위성, 메타성을 지니는 주체에 대한 강조 위에 수립된 인식론이었다. 그리고 이 주체의 우위성, 메타성이 필요로 하는 거리를 확보할 수 있도록 해주는 것이 문학이고 언어였다. 이런 점에서 『문지』의 사유와 실천은 철저히 문학을 통해, 문학의 이름으로 행해지는 사유였고 실천이었다. 그러나 이러한 주체의 우위성에 대한 강조, 그리고 문학의 이름으로 행해지는 실천의 제한된 영역으로 말미암아 『문지』에 항상 엘리트주의니 순수니 하는 꼬리표가 붙어 다녔던 것은, 합당하지 않지만 어쩔 수 없는 일이었다.

『문지』의 언어의식은 매우 각별한 것이었다. 한글 첫 세대로서의 자각과 강한 자부심은 『문지』 동인들로 하여금 예리한 언어의식을 가다듬게 만들어주는 특별한 요인이었다. 『문지』 동인들의 언어의식은 그들의 개별 평론들을 통해 잘 드러나지만, 이들의 언어의식이 『문지』의 간행에 관여한 다른 측면은 구조주의의 수용 양상에서 찾아볼 수 있다. 『문지』의 언어의식은 구조주의의 수용과 밀접한 관련을 맺고 있는 것으로 보인다. 『문지』 창간호에는 시의적인 면에서 주목해야 할 두 편의 글이 실려 있는데, 하나는 김현의 「한국 소설의 가능성」이고 다른 하나는 롤랑 바르트의 글을 번역한 「작가와 지식인」이라는 글이다. 이 중 '리얼리즘론 별견'이라는 부제가 붙어 있는 김현의 글은 『문지』가 창간되던 그해 4월 『사상계』를 통해 열렸던 '4월 혁명과 한국문학'이라는 제목의 좌담회에서 제기된 문제의 연장선상에 놓이는 글이다. 그 상세한 경과를 여기에 소개할 필요는 없겠으나, 구중서, 김윤식, 김현이 참석했던 이 좌담의 논의를 발전시켜 구중서가 『창작과비평』 여름호에 「한국 리얼리즘 문학의 형성」이라는 글을 발표하자 김현 또한 『문지』 창간호인 가을호에 이 글을 발표하는 것을 통해 리얼리즘에 대한 자신의 견해를 상세히 개진하고 있는 것이다. 리얼리즘 논쟁은 순수·참여 논쟁의 연장선 위에 놓이는 것이라 할 수 있지만, 순수·참여 논쟁이 개인의 윤리적·실천적 선택에 대한 추궁이 지나쳐 작가의 사상성까지를 문제 삼는 저열한 단계로까지 파급될 위험성을 지니고 있었던 것임에 비해 리얼리즘 논쟁은, 여기에도 이와 비슷한 문제가 아주 없는 것은 아니지만, 그래도 문학이론의 영역으로 논의를 수렴시킬 수 있다는 안전판을 지닐 수 있는 것이었다. 김현의 글 또한 리얼리즘에 대한 넓고 탄탄한 이론적 기반 위에서 자기의 주장을 펼치고 있는 글이다. 이에 비해 번역된 글이기에 덜 중요하게 여겨질 수도 있겠으나 그 잠재적 파장에 있어 보기보다 의미심장한 글이 롤랑 바르트의 글이다. 작가에게 행위의 의미, 실천의 의미를 글쓰기에 대한 것으로 분명하게 한정하고 있는 이 글은 순수와 참여의 문제, 리얼리즘의 문제 등에 대한 『문지』의 입장을 간접적으로 드러내면서 동시에 그 입장의 이론적 지주가 구조주의임을 우회적으로 밝히는 것으로 해석할 수 있는 글이다.

『문지』의 입장에서 구조주의는 대략 세 가지 커다란 전략적 목표에 기여할 수 있는 유용한 도구였다. 구조주의는 첫째, 비평 방법의 다양화를 기하면서도 그것들을 하나의 공분모로 수렴할 수 있게 해주는 울타리였고, 둘째는 한국문학의 주변성과 종속성의 극복이라는 과제를 수행하는 데 매우 적합한 이론적 지주가 될 수 있었고, 셋째로는 『문지』의 문학관을 지탱하고 발전시키는 데에 있어 든든한 동반자가 될 수 있었다. 첫번째 사항이 서로 개성과 전공과 특장(特長)을 달리하는 네 명의 비평가를 결속시킬 수 있게 해주었던 것임과 동시에 『문지』가 열린 잡지로서의 성격을 유지할 수 있게 해주었던 것이라면, 두번째 사항은 문학사에 대한 새로운 관점의 수립에 지대한 공헌을 한 것이었다. 김윤식·김현의 『한국문학사』가 문학사 기술의 방법론적·이론적 전제로 내걸었던 '한국문학은 주변문학을 벗어나야 한다'라는 명제, '한국문학은 개별 문학'이라는 명제 등은 구조주의적 시각의 확보에 힘입어 표방할 수 있었던 것이다. 마지막으로 세번째 사항은 특유의 날카로운 언어의식을 자신들의 변별적 특질로 내세웠던 『문지』 동인들의 문학관이 구조주의에 대해 지닐 수 있었던 친근성을 일컬음이다. 창간호에 실린 바르트의 글도 언어 사용 방식의 기준에 입각하여 문학의 영역을 다른 지적 활동 영역과 구분하는 방식에서 문학을 '언어의 질서'로 파악하는 『문지』의 태도와 일맥상통할 수 있는 것이었다. 그러나 구조주의가 이렇게 다양한 경로로 수용됨으로써 그것의 외연이 무척 확대될 수밖에 없었던 것도 사실이다. 그러나 보다 중요한 사실로서, 이 같은 구조주의 외연의 확대에는 주체성의 강조에 그 역점이 놓이는 『문지』의 인식론이 이러저러한 필요의 충족을 위한 것보다 한층 더 필연적인 이유로 작용하고 있는 것으로 보인다. 이제 이 점을 살펴보도록 하자.

창간호에 바르트의 글을 번역, 게재함으로써 간접적으로 드러난 구조주의에 대한 『문지』의 경사(傾斜)는 창간호에 이은 2호에 이규호의 「구조주의와 문학」이라는 글이 게재되는 것을 통해 한층 더 명확해진다. 그러나 여기까지일 뿐, 그 중요한 의미에도 불구하고 구조주의에 대한 관심은 연속되지 않는다.[10] 여기서 구조주의 자체를 다루고 있거나 구조주의에 대한 관심의 자장 안에 포함되는 글들의 수록 양상을 간단히 살펴보도록 하자. 창간호와 2호에 이어 21호에 가서

10) 아마 이런 점에서 『문지』에 구조주의가 중요한 기여를 했다는 필자의 주장이 자의적이라는 비판을 받을 소지도 있어 보이지만, 지금으로서는 이 자리에서 미진한 부분의 논의를 보완할 수 있는 기회를 기약할 수밖에 없다.

장 리카르두의 「문학은 무엇을 할 수 있는가」라는 글이 번역되어 실린 것과 동시에 이 글과 관련된 김현의 「시의 언어는 과연 사물인가」가 실려 있고, 이에 이어 25호에서 27호까지 3회에 걸쳐 츠베탕 토도로프의 「구조시학」이 곽광수의 번역으로 실려 있다. 프랑스 유학을 마치고 돌아온 김치수가 26호에 「분석비평서론」, 30호에 「문학과 문학사회학」, 37호에 「산업사회에 있어서 소설의 변화」라는 제목의 글을 발표했고, 34호에는 김현의 「문학적 구조주의」가 실려 있다. 구조주의의 발상지가 프랑스인 만큼 구조주의와 관련된 글들의 필자가 김현과 김치수 두 불문학자에게 편중되어 있는 것은 불가피한 일일 것이다. 이에 덧붙여 특기할 것은 곽광수의 「바슐라르와 상상력의 미학」이 그 내용상의 이질성에도 불구하고 구조주의에 대한 관심과 병행하는 관심의 맥락 속에서 15호, 18호, 21호, 23호에 연재되었다는 사실이다.

구조주의의 본령은 아무래도 언어학적 구조주의이다. 구조에서 중심과 주체의 개념을 제거하고 구조라는 것을 그것을 이루는 구성 요소들 사이의 기능적 관계망으로 엄밀하게 파악할 수 있도록 해주는 것은 소쉬르의 구조주의 언어학에 직접 그 발상의 뿌리를 두고 있는 언어학적 구조주의이기 때문이다. 그러나 앞서 살펴본 바를 놓고 볼 때 이 언어학적 구조주의에 속하는 글은 창간호에 실린 바르트의 글 외에 25~27호에 실린 토도로프의 「구조시학」 한 편뿐이다. 그 밖의 글들은 문학사회학이나 바슐라르의 상상력 이론에 관한 것인데, 이것들을 구조주의로 수렴시키려 할 때 우리는 그것을 확산된 구조주의라 불러야 할 것이다. 그러나 여기서 조금 더 생각해보아야 할 점은 이것들이 모두 다 구조주의로 이해되었다는 사실이다. 프랑스의 구조주의 비평을 우리나라에 소개하고 있는 선구적인 글인 J. P. 리샤르의 「불란서 문학비평의 새로운 양상」이라는 글을 보자. 『창작과비평』 17호에 게재된 이 글에서 리샤르는 "현대비평은 모두 구조적"이라고 단언하면서 이 구조적이라는 공통분모가 "풀레, 바르트, 또는 뤼시엥 골드망 같은 서로 그렇게 다른 비평가들을 접근시키고 있는 것"[11]이라고 설명한다. 이들만이 아니라 구조적 비평가의 범주 속에는 리샤르 자신은 물론 모리스 블랑쇼, 장 스타로벵스키, 장 루세, 가에탕 피콩 등의 비평가와 함께 심지어는—부분적인 이유에서이기는 하나—사르트르까지도 포함된다. 그러나 이렇게 됨으로써 구조 개념의 규정에 소홀히 보아넘길 수 없는 혼란이 빚어진다는 것은 길게 말할 필요도 없는 일이다. 가령 리샤르가 풀레, 바르트, 골드망 같은 이름들을 언급하며 이들을 구조적이라는 동일 항목에 포함시켰을 때, 이때 리샤르가 생각하는 주된 구조 개념의 의미는 부분과 전체의 관계 정도의 의미에 지나지 않는다. 또 리샤르의 글에서는 언어학적 구조주의가 제거하려 하는 기원에 대한 탐색까지를 구조적이라고 설명하고 있기도 하다. 어쩌면 구조 개념에 대한 이 같은 다른 규정은 리샤르 자신이 이 글을 쓰면서 염두에 두고 있었던 것인지도 모른다. 이 글에서는 정작 구조주의의 본령이라 할 수 있는 언어학적 구조주의에 대해서는, 그것의 용어를 다수 차용하고 있음에도 불구하고, 일언반구의 언급도 없기 때문이다.

그런데 우리의 입장에서 주목해야 할 또 다른 사실은 우리나라에 구조주의에 대한 소개가 거의 전부 다 이런 방식으로 이루어졌다는

11) J. P. 리샤르, 이휘영 옮김, 「불란서 문학비평의 새로운 양상」, 『창작과비평』 1970년 봄호, p. 88.

사실이다. 한 예로 1973년 9~11월호 『세대』지에 연재되었던 곽광수의 「현금의 프랑스 문학 비평」에서도 "우리는 신비평이 전반적으로 구조적인 발상에 의해 지배되어 있다고 말할 수 있다"라고 전제하고 "모든 신비평의 경향에 있어 문제되어 있는 것은 작품의 본질적인 구조가 무엇인가라는 점"[12]이라고 부연 설명한 뒤, 샤를 모롱의 정신분석적 비평, 뤼시앵 골드망의 사회학적 비평, 롤랑 바르트의 구조주의적(형식적) 비평, 세르주 두브롭스키의 실존주의적 비평, 가스통 바슐라르에게서 기원하는 테마 비평 등을 모두 구조주의적 비평에 통합시키고 있는 것이다. 『문지』 34호에 실린 김현의 「문학적 구조주의」도 약간의 뉘앙스의 차이는 있으나 이러한 틀을 답습하고 있기는 마찬가지다. 여기서 김현이 이해하고 있는 문학적 구조주의의 영역이 어디까지 닿아 있는 것인지 직접 보도록 하자.

> 문학적 구조주의는 구조언어학과 형태주의[13]에서 그 이론적 근거를 빌려오고 있다. 엄격한 의미에서 문학적 구조주의자는 롤랑 바르트, 츠베탕 토도로프, 제라르 주네트 등으로 압축될 수 있겠으나, 이미지의 유형학을 세운 바실라르, 정신분석학의 도움을 받고 있는 모롱·베베르, 사회학적 지식의 도움을 받고 있는 골드망 등도 넓은 의미의 문학적 구조주의자라 할 수 있다.[14]

여기서 눈에 띄는 것은 김현이 엄밀한 구조주의와 확산된 구조주의

---

12) 곽광수, 「현금의 프랑스 문학비평」, 『문학·사랑·가난』, 민음사, 1978, p. 67.
13) 러시아 형식주의를 가리킨다.
14) 김현, 「문학적 구조주의」, 『문학과지성』 1978년 겨울호, p. 1211.

를 구분하고 있다는 점이다. 이 구분에 입각해볼 때 『문지』가 보다 넓게 수용하고 소개한 것은 확산된 구조주의이다. 엄격한 의미의 구조주의 대신에 넓은 의미의 구조주의를 선택해야 했던 특별한 이유가 있는 것일까? 『문지』가 예리하게 지니고 있었고, 또 변별성으로 내세웠던 언어의식에 비추어서라면 엄격한 구조주의의 수용이 더 적절한 선택이 아니었을까? 그렇다면 엄격한 구조주의와 확산된 구조주의를 갈라놓는 차별성의 내용은 어떤 것인가? 가장 중요한 차이는 무엇보다도 주체 개념의 유무의 차이일 것이다. 언어학적 구조주의, 즉 엄격한 구조주의에서 주체의 절대성은 인정되지 않는다. 주체란 의사소통 구조에 참여하는 여러 다른 구성 요소들과 동등한 상대적 지위를 지닐 뿐이고, 또 대화성의 구조 속에서 주체는 객체의 지위와 수시로 호환되는 임시적 지위에 지나지 않는다. 문학에서 기원과 중심으로서의 작가의 지위가 부정되는 것도 이 때문이다. 그러나 확산된 구조주의에서는 주체가 여전히 절대적 중심으로서의 지위를 굳건히 유지한다. 언어학적 구조주의가 적어도 그 이론적 목표와 시도에 있어서는 데카르트적 코기토에 대한 도전과 부정이었음에 비해[15] 다른 구조주의에서 주체는 그 성격을 거의 변함없이 유지하고 있다. 다시 리샤르의 글에 의거하여 말하면 실존적 정신분석 비평이 파헤치려 하는 존재의 기획projet d'être, 바슐라르의 상상력의 정신분석이 수립하는 현상학적 자아, 또는 이러한 종류의 무의식을 거부하고 심리적 현상을 의식의 움직임의 산물로 파악하는 풀레가 포착하고자 하는 "'나je'의 부동하고 내적인 초월"[16], 그리고 문학을 한 개인의 표현물이 아

15) 물론 그 결과에 있어서는 이에 이르지 못했다는 데리다의 비판이 있다.
16) J. P. 리샤르, 앞의 글, p. 94.

니라 작가가 속한 계급의 세계관의 표현으로 이해하고자 했던 골드망에게도 결국 인정될 수밖에 없는 '예외적 존재'로서의 작가의 지위 등.

『문지』는 구조주의를 수용하고 구조 개념을 이용하면서도 주체의 개념을 버릴 수는 없었다. 여기에는 다시 『문지』가 1960년대 문학의 이념형으로 추출하여 한국 근대문학 전체를 관통하는 이념형으로까지 발전시키고자 했던 '개인의식'의 필요조건이 개입되어 있는 것으로 보인다. 이 '개인의식'이 현실을 이해의 차원에서 장악하고 이에 입각한 유효한 실천을 수행해나갈 수 있는 주체성을 의미하는 것이라 한다면, 『문지』에 필요했던 것은 사회와 역사라는 구체적 구조물의 주체로 정립될 수 있는 개인이었던 것이다. 김치수가 개인의식의 중요성을 강조하면서 "지식인은 상황이나 역사에 대해서 의식하면서 한편으로는 자기의 삶과 자기의 태도가 어디에 자리 잡는 것이 정당한가라는 질문에 대한 괴로운 성찰을 하지 않으면 안 된다"[17]고 역설할 때 우리는 『문지』가 가다듬어내는 구조가 언어만의 질서, 언어만의 구조라는 추상적인 것이 아니라, 사회와 역사를 공시태와 통시태로 삼아 짜이는 삶의 세계의 구조로 구체화되리라는 사실을 충분히 예견할 수 있다. 김치수의 정언적 명제는 그러므로 1970년대 한국 사회 구성원들 개개인에 대한 호소임과 동시에 그 시대를 살았던 『문지』 자신을 비추는 거울이기도 했던 것이다. 『문지』의 시각에서 볼 때 1970년대는 군사 독재 정부의 강압적인 이데올로기와 일정한 경제 발전의 성과에 따른 대중 사회화의 경향 속에서 의식의 마비라는 우

17) 김치수, 「식민지시대의 문학·2」, 『현대한국문학의 이론』, p. 232.

려하지 않을 수 없는 현상의 조짐들이 다양한 양태로 표출되기 시작하는 시대였다. 문학은 이것을 일깨워야 했고 또 이 각성의 힘을 바탕으로 역사의 전환을 도모해야 했다. 이러한 소명에 따라 『문지』는 문학의 이름으로 현실을 부정하면서 그 부정의 변증법을 역사의 진행 동력으로 삼고자 한 프랑크푸르트 학파의 이론적 도움과, 새로운 구조가 낡은 구조를 감싸면서 전진해나가는 것이라는 김현의 '감싸기 이론'의 창안을 통해 구조주의의 약점인 역사성의 결여를 보완하고자 했다. 구조주의뿐만 아니라 프랑크푸르트 학파의 수용 방식에 있어서도 『문지』는 그것이 놓여 있는 현실적 상황에 대한 정밀한 참조에 입각한 주체적이고 창조적인 수용의 한 범례를 보여주고 있다. 그러나 이러한 과정에서 『문지』의 언어의식에 입각한 언어 개념이 문학의 문학성을 규명할 수 있게 해주는 질료로서가 아니라 작가의 개별성을 돋보이게 하는 사적 자산으로서의 의미에 머무를 수밖에 없었던 것은, 이 또한 안타깝지만 어쩔 수 없는 일이었다. 그 전 시대와 마찬가지로 1970년대 한국 사회의 상황과 역사도 아직 문학을 언어의 질서, 언어의 구조로 이해하는 것을 한가한 짓이라 생각하지 않을 수 없도록 만들었던 것일까?

그 암울한 시대가 끝나고 새로운 밝은 역사가 시작되는 것처럼 보였던 짧은 시기에 김현은 그때까지의 비평을 반성하며 이렇게 토로하고 있다.

> 나는 이제야말로 문학비평가가 정말 해야 하는 것은 무엇인가를 명확하게 생각해야 할 시기라고 생각한다. 반체제가 상당수의 지식인들

의 목표이었을 때, 문학비평이 무엇이냐는 질문은 사치스럽기 짝이 없는 질문처럼 생각되었다. 그러나 이제는? 문학은 그 어느 예술보다도 비체제적이다. 나는 그것을 문학은 꿈이다는 명제로 표현한 바 있다. 문학이 있다는 것만으로도 사회는 꿈을 꿀 수가 있다. 문학이 다만 실천의 도구일 때 사회는 꿈을 꿀 자리를 잃어버린다. 꿈이 없을 때 사회 개조는 있을 수가 없다. 문학비평은 문학비평이 문학비평으로 남을 수 있게 싸워야 한다. 그 싸움과 동시에 문학비평은 문학비평이 정말 할 수 있는 것은 무엇인가, 문학비평이란 무엇인가라는 자신에 대한 질문과도 싸워야 한다. 80년대에 문학비평은 무엇일 수 있을까, 80년대의 앞자리에 나는 그 질문을 나에게 되풀이하여 던진다.[18]

비평이 비평다워야 한다는 김현의 역설은 문학이 문학다워야 한다는 사실의 강조와 조금도 다르지 않다. 문학다운 문학에 대한 비평다운 비평! 혹은 비평다운 비평으로 문학을 문학답게 만들기! 김현이 꿈꾸었던 것은 이것이었고, 이것을 가능하게 하는 시대와 사회였다. 그러나 그 일을 할 수 있는 시대는 『문지』의 생전에도, 김현의 생전에도 오지 않았다.

〔2010〕

---

18) 김현, 「비평의 방법」, 『문학과지성』 1980년 봄호, p. 171.

삶을 위한 비평, 그 불가능성의 의미의 추구

—오생근 비평과 프랑스 문학 이론

근대문학의 개시 이래 한국문학은 외국 문학 수용의 불가피성과 한국문학의 독자성, 주체성의 확보라는 상충되는 요구 사이의 갈등을 숙명적인 조건으로 지니지 않을 수 없었다. 일제강점기는 물론 해방된 이후에도 한국 문화 전체가 일본, 미국 등과 같은 나라들을 창구로 하여 외국 문화에 대해 거의 무방비적으로 노출되어 있을 수밖에 없었다는 것은 긴 설명을 요하지 않는다. 특히 문학의 경우 외국 문학이 학문적 보편성의 형태로 수입됨으로 말미암아 외국 문학에의 의존은 거의 절대적인 필요로까지 인식되었다고 말할 수 있다. 그러나 한국 사회와 문학이 근대적 경험들을 축적해나가고 서구의 보편성의 신화가 붕괴되어감에 따라 한국문학의 주체성과 독자성에 대한 자각 또한 확고해져갔고, 이와 더불어 외국 문학에 대한 수용의 자세 역시 변화되어갔다. 이제 외국 문학의 수용은 그것이 아무리 학문적 토대에 기초한 것이라 하더라도 보편성의 명분을 주장하기 어렵게 되었고, 발전된 것의 수입을 통해 우리의 것을 살찌운다는 단선 논리를 정당성의 근거로 삼기도 어렵게 되었다. 이러한 변화는 외국 문학 연구자에게 자신의 작업에 대한 명확한 자의식을 지녀야 할 필요를 강하게 제기하게 된다. 더구나 외국 문학을 전공하면서 동시에 한국문학에 대해서도 발언하는 이중의 역할을 수행하는 경우 이 자의식을 자각할 필요가 한층 더 커지게 되리라는 것은 자명한 일이다. 이 글은 오생근의 문학 비평을 그의 전공인 불문학과의 관련에서 살펴보려 하는 것이거니와, 외국 문학 연구자 겸 한국문학 비평가로서의 이 같은 자의식을 엿볼 수 있게 해주는 글을 조금 길게 인용하는 것에서 시작해보자.

> 외국 문학을 왜 공부하는가? 외국 문학 연구는 우리 사회와 문학에 어떤 의미와 가치를 갖는가? 외국 문학 연구자의 올바른 태도는 무엇일까? 이와 같은 질문을 제기할 수 있는 상황이나 사회적 분위기가 어떻게 변화하더라도, 외국 문학 연구자는 늘 자신의 일에 대한 회의와 반성에 빠지기 쉽다. 이러한 인식이나 태도가 객관적 현실에 근거한 것이 아니라 외국 문학 연구자의 지나친 자의식의 소산이라 할지라도, 그것이 가능했던 것은 그만큼 우리의 정치적, 문화적 현실이 절박했고 이러한 현실에 따른 외국 문학 연구자의 책임 의식이 크게 요구되었기 때문이다. 또한 외국 문학 연구자가 자신의 문화적 소속과 정체성을 뚜렷이 의식하지 못하거나 서양 문화의 보편적 가치와 진리를 절대화한다거나 암암리에 그러한 관점과 가치 기준으로 한국 문화를 바라보는 관행이 적지 않았기 때문일 수 있다. (3: 323)[1]

---

1) 이 글에서 참조된 오생근의 텍스트는 1: 『삶을 위한 비평』(문학과지성사, 1978), 2: 『현실의 논리와 비평』(문학과지성사, 1994), 3: 『그리움으로 짓는 문학의 집』(문학과지

“외국 문학을 왜 공부하는가?” 정명환의 비평집 『문학을 찾아서』에 대한 서평에서 오생근이 화두로 삼았던 이 질문은, 오생근에 대한 이 글의 화두로도 충분히 유효하다. 외국 문학을 왜 공부하는가? 그러나 오생근은 이 물음에 대해 바로 답하지 않고 이것과 연관될 수 있는 다른 물음들을 나열하다가 외국 문학 연구자의 자의식을 노출하기에 이른다. 자의식이라는 점에서 이는 오생근이 서평의 대상이 되어 있는 정명환을 향해 던지는 물음이나 이에 대한 해명이 아니라, 그 자신 외국 문학 연구자이자 한국문학 비평가인 오생근이 이제껏 이 이중의 작업을 수행해오는 과정에서 항시 염두에 두어야 했던 사유의 계기일 것이다. 그 자의식은 두 가지 배경에서 생겨난다. 하나는 절박한 우리의 정치적, 문화적 현실이고, 다른 하나는 외국 문학에 대한 연구가 문학을 포함한 한국 문화 전체에 대한 주체적 이해를 가능하게 해주는 관점과 기준을 제공하는 것인가라는 문제에 대한 반성적 점검의 필요성이다. 문학을 기준으로 했을 때 이 두 배경은 문학의 바깥과 안을 동시에 포괄한다. 문학을 둘러싼 아비투스와 문학 내부의 에토스에 대한 인식이 외국 문학 연구자이자 한국문학 비평가로서 오생근의 자의식 형성에 함께 참여하고 있는 것이다.

아비투스라 할 때, 이 용어의 사용을 통해 의미하고자 하는 바는, 절박함이라는 느낌으로 표현되어 있는 정치적 현실에 대한 인식의 시간대가, 이 자의식이 토로된 「문학의 자유와 문학 이론의 원칙」이라는 글이 씌어진 1994년에서 멀리 떨어진 1960~70년대에까지 소급해 올라가는 것이라는 사실이다. 1994년이라는 시점이 정치적 현실

성사, 2000), 4: 『문학의 숲에서 느리게 걷기』(문학과지성사, 2003)이다. 이하 작품을 인용할 경우 번호와 쪽수만 밝힌다.

에 대한 인식의 시간적 좌표였다면 그것은, 한심한 것이었을지는 몰라도, 그리 절박할 것까지는 없었을 것이다. 오생근의 이 글에서 서평 대상인 정명환의 『문학을 찾아서』는 무엇보다도 참여와 리얼리즘에 대한 저자의 오랜 관심과 사유의 결과물이거니와, 한국문학사 속에서 이 두 개념에 대한 논의의 뿌리가 1960~70년대라는 시간적 배경에 내려져 있는 것이라는 사실은 굳이 강조하여 밝힐 필요가 없는 사항이다. 뿌리와 결실 사이의 이러한 시간적 격차, 그리고 『문학을 찾아서』가 사르트르, 졸라 등과 같은 프랑스 작가들에 대한 연구에 할애되어 있다는 사실에서 우리는 정명환의 아비투스적 실천 방식을 파악해낼 수 있다. 즉 1960~70년대의 한국 사회의 절박한 정치적·문화적 현실에 대한 인식에서 발단된 것이면서도 그것에 즉각적이고 직접적으로 대응하지 않고 프랑스 문학에 대한 꾸준한 천착을 통해 우회적으로 발언한다는 것이 바로 그것이다. 이러한 실천 방식에는 논의의 시간적 유효성과 발언 효과의 직접성이 감소된다는 약점이 내포되어 있다. 이러한 약점은 그러나 그 유효성의 범위를 초시간적인 것으로 성공적으로 전환시킬 때 시·공간 범주의 제한성을 뛰어넘는 보편적 의의로 승화될 수 있다. 과연 『문학을 찾아서』에서 펼쳐진 정명환의 아비투스적 실천이 획득한 보편적 의의가 어떤 것인지를 간략히 요약하기란 쉽지 않은 일이고, 또 지금은 그것을 논할 자리도 아니다. 이 자리에서는 다만 정명환의 이러한 실천 방식이 시·공간 범주의 제한성을 뛰어넘는, 아비투스의 형이상적 지대에 대한 탐색의 작업과 병행되었던 것이라는 사실을 지적해두는 것으로 충분하다.

정명환의 이러한 아비투스적 인식과 실천에는 오생근의 그것이 겹친다. 굳이 차별화하자면 정명환에게 그것이 줄기를 이루는 것이었다면 오생근에게는 뿌리에 해당하는 것이라 말할 수 있을 것이다. 정명환의 제자임과 동시에 김현의 후배로서 한국문학에도 깊은 관심을 지니고 있었던 예비 문사로 겪어낸 1960년대, 1970년 『동아일보』 신춘문예를 통해 등단한 이후 프랑스 문학 연구자와 한국문학의 신예 비평가로서의 자신의 입지를 개척해나가게 되는 1970년대는 오생근에게도 아비투스적 인식을 다지고 그 실천을 예비하는 시기였던 것이다. 이제 이 출발점에서의 인식의 풍경과 그 이후의 실천의 파노라마를 살펴보도록 하자.

불문학자로서 오생근의 출발점은 초현실주의이다. 1976년 그는 「초현실주의의 반항과 혁명」을, 다음 해인 1977년에는 「초현실주의— 꿈과 현실의 종합」을 발표하여 초현실주의를 한국문학에 소개하는 데 앞장섰고 또 이를 통해 한국문학에 대한 나름대로의 이해의 틀을 가다듬어나갔다. 이와 더불어, 집필 연도는 분명하지 않지만 초현실주의의 일원이었던 시인 엘뤼아르에 대한 「사랑의 시인, 민중의 시인, 엘뤼아르」라는 글도 초현실주의에 대한 그의 관심의 자장 안에 놓인다. 오생근이 「이상(李箱)의 상상적 세계」라는 글로 『동아일보』 신춘문예를 통해 등단한 것이 1970년이므로, 초현실주의에 대한 이 글들을 발표할 때는 이미 6, 7년여에 이르는 한국문학의 현장 비평가로서의 경력을 쌓아 지니고 있었던 때였다. 그러나 외부적으로 이때는 이미 유신 독재의 강압과 횡포가 극에 달해, 그저 파국에 대한 막연한 예감 외에는 더 나쁜 전망조차 할 수 없을 정도의 극악한 지경에 다다른 상황이었고, 문학 쪽에서는 이러한 상황에 대한 문학적 대응 방식으로 참여에 대한 다양한 실천 방식이 논의되고 모색되던 시기이기도 했다. 그렇다면 1970년대 중반 한국 사회의 이러한 아비투스와 한국문학의 에토스 속에서 초현실주의의 함의는 과연 어떤 것이었을까?

「초현실주의의 반항과 혁명」이라는 제목에서 이미 짐작할 수 있듯, 초현실주의에 대한 오생근의 논의에서 초점이 맞춰져 있는 것은 문학과 정치의 관계다. 초현실주의의 경우에 이 문제는 특히 공산당과의 관계를 통해 부각되고 있거니와, 이 문제를 둘러싼 초현실주의자들의 입장과 실천 사이의 모순은 이렇게 요약될 수 있다.

> 브르통은 이처럼 처음부터 정치적인 현실과는 상관없는 근본적인 인간의 불행을 생각했으며 또한 공산당의 목적에 대해서 회의적인 태도를 지니고 있었다. 물론, '인간의 해방'이라는 관점에서 초현실주의와 마르크시즘의 목적이 일치할 수 있겠지만, 나빌과 아라공 등을 제외한 초현실주의자들은 공산당이 요구하는 프로파간다 문학에 동의할 수도 없고, 프롤레타리아 편에 설 수도 없는 입장 때문에 공산당과의 마찰을 빚게 된다. 그럼에도 불구하고, 그들은 왜 공산당에 가입할 수밖에 없었을까? (1: 129)

원칙이나 입장과 모순되는 정치적 선택으로 말미암아 초현실주의가 지불해야 했던 대가는 매우 컸다. "역사적 운동으로서의 초현실주의는 꿈과 행동의 융합을 꾀했는데 그것은 본질적인 상호 모순 때문에 행복한 결합을 이룩했다기보다 오히려 파탄을 초래했던 것이다" (1: 135). 그러나 이러한 파탄은 이미 예견된 것이었다. 공산당에 가입하기 직전 브르통은 이미 "공산주의의 승리에 대해 우리가 어떤 희망을 갖더라도 그것으로 충족되지 않는 결함이 우리에게 있다"(1: 129)는 것을 정확히 지적했던 것이다. 정치적 환상에 대한 이러한 경계에도 불구하고 예견된 파탄을 무릅썼던 무모한 선택에 대해 어떤 평가를 내릴 수 있을까? 그러나 이에 앞서, 이것이 불가피한 선택이었다면 그 불가피함의 이유나 배경이 어떤 것이었는가를 먼저 살펴볼 필요가 있을 것이다. 그들은 왜 공산당에 가입할 수밖에 없었을까? 이 의문에 대한 해명으로 오생근은 브레숑R. Bréchon의 견해를 소개한다.

> 초현실주의가 발생했던 시기는 ①자본주의의 위기가 노정되고, ②파시즘의 위협이 증가하여, ③러시아 혁명에 대한 환상이 유포될 때였으므로, 초현실주의자들의 정치적 태도는 역사적 도전에 강력히 응전하려는 태도였다는 것이다. (1: 129~30)

브레숑이 제시한 이 같은 상황적 이유를 1920년대의 프랑스와 1970년대의 한국 사회 사이의 유비 관계 위에 겹쳐놓고 생각해보면 초현실주의에 대한 오생근의 관심이 기실 1970년대 한국문학의 에토스에 대한 우회적 접근 방식이었음이 어느 정도 명확히 드러난다. 즉 초현실주의의 발생 배경으로 열거된 세 가지 요인을 1970년대의 한국 사회와 문학의 상황에 대입해보면 한국문학 쪽에서는 참여의 불가피성이 도출되는 것이다. 브레숑이 지적한 ①항과 ②항에 대비될 수 있는 1970년대 한국 사회의 현실에 대해서는 새삼 언급할 필요도 없다. 다만 ③항의 경우 한국의 문인이나 지식인들에게 공산당이 선택될 수는 없었지만, 유신 체제 너머의 보다 민주화된 사회에 대한 비전의 제시와 더불어 그것을 향해 나아갈 수 있도록 견인력을 제공하는 역할까지가 1970년대의 한국문학에 부과되어 있었던 것은 분명한 사실이다. 이러한 배경에서 많은 문인과 지식인들이 현실 참여의 기치를 드높였던 것은 주지하는 바와 같다.

그러나 이러한 불가피성, 이러한 당위성만으로 충분한가? 초현실주의의 실패의 예에서 보듯 한국문학에 있어서도 이러한 선택이 실패로 귀결되리라는 것은 충분히 예견되는 것이 아닌가? 그러나 그렇다고 해서 오생근이 문학의 현실 참여를 부정하고 거부하기 위해 초현실주의를 끌어들인 것이라고 섣불리 단정 지어서는 안 된다. 이른바 순수와 참여라는 두 개의 심지에서 어느 것을 선택하든, 선택 자체만으로는 논공의 대상도, 단죄의 대상도 되지 않는다. 굳이 단죄하는 쪽에 선다면 그 이유는 선택의 대상이 어떤 것이냐 하는 점에 있는 것이 아니라 선택이라는 행위 자체, 그것이 수반하는 단순화에서 찾아지게 될 것이다. 문제는 그리 간단한 것이 아니다. 다시 브르통의 경우를 상기해보자. 실패를 예견하면서도 공산당에 가입하여 문학을 그르칠 수밖에 없었던 브르통의 경우가 시사하는 바는 무엇인가? 다음의 인용이 이 물음에 대한 답을 제공한다.

> 사랑의 뿌리에는 욕망이 있고 욕망은 행복한 삶을 지향하는 원동력이 된다. 브르통의 말처럼 인간의 모든 목적은 행복해지는 것이기 때문에, 사랑을 통해서 행복을 발견하려는 노력은 언제나 정당화될 수 있는 것이며 그것은 삶을 통해서 이룩되어야 한다. 따라서 개인의 행복을 추구하면서 동시에 모든 사람들의 행복을 추구하려는 노력, 그것이 반항과 혁명을 양립시키려는 그들의 근본 태도였다. (1: 131)

브르통의 경우에서 오생근은 문학과 정치 가운데 어느 하나에 대한 안이한 선택의 자세를 보는 것이 아니라 종합의 시도를 본다. 이에 따라 브르통을 위시한 초현실주의자들의 문학도 실패로만 규정되지 않고 "그들이 창조하고 제시한 새로운 삶의 신화, 즉 사랑과 자유와 시를 동시에 추구하려는 행동 방침은 그들의 실패로 끝난 위대한 경험과 함께 낳은 사람들의 정신 속에 의미 깊은 영향을 주었다"(1: 131)고 새롭게 평가된다. 오생근에게 초현실주의는 문학과 정치, 혹은 다른 각도에서 말하면 순수와 참여를 대립적으로가 아니라 종합의 가능성에 입각하여 볼 수 있게 해주는 부감 시선의 입지점이었다. 이렇다는 것은 초현실주의 자체가 한국문학을 굽어볼 수 있게 해주는 고공 시점이었다는 것이 아니라, 초현실주의를 통해 문학과 정치를 종합할 수 있게 해주는 초월적 지대로 삶의 지평을 찾을 수 있게 되었다는 뜻에서이다. 다시 오생근이 소개하는 브르통의 견해에 기대어 말하면 "문학과 삶을 구분하는 모든 과거의 전통적 미학이 결국 사람들로 하여금 시의 진정한 가치를 외면하게 만드는 요인"(1: 125)이었기 때문이다. 오생근에게 초현실주의는 무엇보다도 "삶의 태도로서의 초현실주의"(1: 123)다. 또한 "삶으로서의 시는 이 세계를 인간다운 세계로 실현하려는 자유의 원칙이며 인간의 억압된 욕망을 해방시킬 수 있는 수단"(1: 125)이다. 이런 관점에서 볼 때 문학과 정치의 관계는 어느 한쪽의 일방적 희생을 강요하는 비양립적인 것으로가 아니라 두 가지 모두 인간다운 삶의 실현을 위한 실천을 통해 삶의 지평으로 수렴되어야 하는 것으로 간주된다. 삶은 문학과 정치의 대립성을 지양함으로써 도달할 수 있는 초월적 지대에서 실현된다. 오생근에게 삶은 문학과 정치만이 아니라 모든 인간 활동의 궁극적 목표가 되는 것이다. 그러므로 그의 글쓰기에 있어서도 실천적 목표로 떠오르게 되는 것은 당연히 '삶을 위한 비평'이다.

그러나 삶이라고 할 때, 이것이 지리멸렬한 일상적 현실의 구속성에서 벗어날 수 있는가? 만일 그렇지 못하다면 "사랑과 자유와 시를 동시에 추구"(1: 131) 한다는 초현실주의자들의 '삶의 신화'라는 것도 한낱 낭만주의적 제스처에 불과하다는 혐의를 벗기 어려울 것이다. 무엇이 현대인들의 삶을 구속하는가? 이 구속에서 해방되어 진정 자유로운 삶을 누릴 수 있게 해주는 돌파구는 있는가? 있다면 어떤 것인가? 자연스럽게 제기되는 이러한 물음들의 답을 찾는 과정에서 정치와 삶의 연관에 대한 천착은 비껴나갈 수 없는 필연적 경로로 다가오게 된다. 그리고 이 단계에서 오생근이 택하는 글쓰기의 방법은 정치와의 대결에서 획득한 인식과 사유를 정치의 지평으로 환원하고자 하는 행동적 실천의 방식이 아니라 분석과 규명을 통해 마련되는 사유의 모티프들을 개개인의 자아 성찰의 계기로 제공한다는 내면화의 촉구 방식이다.

정치란 무엇인가? 지금 이 자리에서 그것이 구체적인 현실 정치만을 의미하는 것이 아님은 말할 나위도 없다. 물론 오생근의 아비투스적 인식의 출발점에 놓여 있었던 정치는 유신 독재라는 현실 정치의 그늘에 어둡게 물들어 있었던 것이었으리라. 그러나 그 이후 한국 사회의 변화 속에서 정치는 보다 포괄적인 개념으로 확대되고, 또 어느 정도는 추상화되어야 했다. 이런 의미에서 정치란 우리의 일상생활에 알게 모르게 작용하는 힘들의 그물망과 이것의 작동 방식을 지시하는 것이라고 말할 수 있다. 조금 한정적으로 말하면 그것은 권력이고 자본이며 이것들의 복합체이다. 그리고 현대 사회에서 권력과 자본의 이데올로기적 선전 도구로 전락한 상업주의 문화는 일상의 차원에서 감각적인 방식으로 작동하는 또 하나의 정치적 힘이다. 상업주의 문화의 교활하면서도 우아한 문화적 침투는 권력과 자본을 심리적으로 굴절시켜 무의식의 차원에 구조화시킴으로써 일상적 삶의 세계를 정치의 식민지로 만들어버린다. 이리하여 권력과 자본은 바깥에, 그것 자체의 고유한 형태로 있는 것이 아니라 욕망 등과 같은 심리적 형태로 변형되어 사람들의 내면에 자리 잡게 된다. 이러한 것이 오늘날 개인들이 정치와 맺는 연관성의 개략적 내용이라 할 때, 정치적 투쟁이란 권력이나 자본에 직접 맞서 이것들을 규탄하는 바깥과의 투쟁임과 동시에 바깥의 정치적 힘들에 알게 모르게 동화되어 있는 자신의 내면과의 투쟁이지 않으면 안 된다. 이 내면적 투쟁이 생략될 때 정치적 투쟁의 이면에는 허위의식 외에는 달리 자리 잡을 것이 없다. 이러한 인식을 바탕으로 오생근의 비평은 여러 갈래로 참조의 촉수를 뻗으면서 다양하게 펼쳐진다.

우선 대중문화와 대중문학에 대한 관심은 오생근의 초기 비평에서부터 매우 두드러져 보인다. 첫 평론집인 『삶을 위한 비평』에는 「전환기 시대의 문화의식」 「대중문화와 의식의 변혁」 「대중문학이란 무엇인가」 「한국 대중문학의 전개」 등, 대중문화와 대중문학에 관한 네 편의 글이 수록되어 있거니와, 대중사회가 현실화되고 있던 1970년대의 추세 속에서 대중문화와 대중문학에 대한 논의는 주로 현상과 의식의 건전한 접합, 다시 말해 대중화 현상의 수용과 인정을 전제로 하여 이 현상을 비판적 의식으로 연마해내기 위한 이론 정립의 노력에 많은 비중이 놓일 수밖에 없는 것이었다. 이러한 시대적 인식 패턴을 공유하며 오생근은 마르쿠제와 같은 프랑크푸르트 학파의 이론가들이나 미켈 뒤프렌 등을 참조하여 대중문화가 문화의 본래적 역할인 '부정'과 '도전'의 기능을 견지하여 "근본적인 개혁을 허용하지 않는 현대 산업 사회"(1: 37)에서도 '문화적 변혁'의 무기로 삼아질 수 있도록 하는 길을 모색한다. 그러나 대중문화에 관한 이 시대의 논의는 주로 대중문화와 엘리트문화의 대립적 이해의 틀에 의지하는 것이었다는 시대적 한계를 내포하는 것이었는바, 1980년대 중반 이후로 오생근은 부르디외, 보드리야르 등을 참조하여 문화론적 지평으로 시각을 확대하는 것을 통해 이러한 한계를 스스로 극복해나간다.

대중문화로부터 발단된 현대 사회의 제반 문제적 현상들에 대한 이론적 이해의 노력은 「권력·욕망·사회」라는 글을 통해 종합적이고 체계적인 서술 형태를 얻게 된다. 대중 사회란 어떤 사회인가? 일단 그 명칭의 의미대로 대중이 주체인 사회라고 생각해보자. 이럴 때 전통적으로 사회의 주체로 대접받았던 지배 세력은 어떻게 되는가? 대중의 대두와 더불어 이들은 교활한 변신을 통해 권력 주체로서의 지위를 유지해나가고자 한다. 전통적인 지배 세력은 주체의 지위를 요구하는 대중들을 직접적이고 물리적인 방식으로 억압하는 대신 권력을 보다 효율적인 규범으로 전환시켜 대중들의 예속을 음험하게 강요한다. 규범화된 권력이란 일상적이고 정상적인 삶의 방식으로 조직되고 내면화된 규율을 뜻한다. 이런 의미에서 권력은 그것을 암암리에 부과하는 지배 세력의 전유물이기만 한 것이 아니라 알게 모르게 이에 동화된 대중들의 것이기도 하다. 이렇게 하여 권력은 복수화·대중화되고, 또 사회 주체의 지위에 대한 대중들의 요구에 의해 민주화된다. 이런 관점에서 이해할 때 대중 사회란 권력의 대중화·민주화와 더불어 권력 투쟁, 즉 권력의 작용과 이에 대한 저항이 일상화·내면화된 사회를 일컫는 것이라 말할 수 있다. 그러므로 대중 사회에 대한 관심은 필경 그 사회에서 이루어지는 권력 개념의 변화, 그리고 이 변화된 권력이 사람들의 일상적 삶에 작용하는 방식과 그 결과에 대한 미시적 성찰로 연결된다. 이러한 맥락 속에서 오생근은 미셸 푸코를 참조하여 "권력의 생산적이고 기술적인 복잡한 기능과 역할"(2: 374)을 세밀하게 검토하는 한편 '합리화·조직화·동질화' 등의 규범을 주된 특징으로 하는 사회의 모든 주체들의 특성으로 '인간의 예속화 현상'을 지적해낸다. 이 예속화 현상에 의해 대중 사회에서도 대중은 진정한 주체가 아닌 '유용하게 길들여진 주체'(2: 375)라는 가짜 주체의 지위에 머물러 있을 수밖에 없게 된다. 이럴 때 과연 진정한 주체적 삶은 어떻게 찾을 수 있을 것인가 하는 문제가, 푸코에 의지하여 펼치는 오생근의 권력에 대한 사유가 던지고자 하는 궁극적 질문일 것이다.

그러나 사람들의 주체적 삶을 가로막는 장애물이 권력의 미세한 침투라는, 외부로부터 가해지는 작용만의 결과물인 것은 아니다. 그것은 권력에의 동화, 그것의 내면화라는 심리적 메커니즘의 산물이기도 하다. 이러한 심리적 측면을 성찰해보고자 함으로써 오생근의 관심은 자연스럽게 르네 지라르에게로 확대된다. 르네 지라르가 인간의 특수한 욕망으로 추출해낸 모방 욕망은 지배 계급의 권력이 피지배 계급에 속한 사람들 개개인에게 동화되고 내면화되는 심리적 메커니즘을 설명해줄 수 있는 이론적 개념으로서의 유효성을 지니는 것임은 물론 권력에 대한 모방의 부산물로 생겨나는 폭력의 문제에 대해서도 성찰할 수 있게 해주는 계기를 제공한다. "모방적 욕망이 모방적 경쟁을 만들어내고, 그것이 폭력의 문제와 연결되는 것은 지극히 당연한 논리적 전개"(2: 379)인 것이다. 이 당연한 논리적 전개의 축을 따라 오생근은 「폭력에 대한 논의와 문학 속의 폭력」(4: 33 이하)이라는 글에서 폭력에 대한 집중적이고 깊이 있는 논의를 펼친다.

"현대 사회의 인간으로 하여금 더욱 눈멀고 궁핍한 삶의 굴레로 빠져들게 만드는"(2: 382) 모방 욕망은 현대 사회가 '상품 물신주의'를 조장하는 자본의 지배 아래 놓여 있는 것이라는 이유에서 한층 더 고질적인 것이 된다. 또한 현대 사회에서 자본의 첨병인 광고는 사람들을 "자본가들의 허구적 이미지 조작"(2: 384)에 빠뜨려 진정한 삶, 참다운 인간으로서의 주체적인 삶의 가능성을 일상성의 차원에서 박탈해버린다. 오생근은 이렇게 자본주의 사회가 그 "체제의 논리를 벗어나는 욕망이 자유롭게 해석될 수 있는 가능성을 철저히 파괴"(2: 388)하는 메커니즘을 보드리야르의 광고의 사회심리학에 의지하여 소상히 규명한다.

광고는 무엇보다도 "쾌락 원칙 안에서 억압적 현실 원칙을 작동"(2: 387)시키는 분열증적 계책에 의존하는 것이라 말할 수 있다. 그러므로 광고를 앞세운 자본의 지배 아래 놓여 있는 현대 사회에서 사람들은 너나없이 모두 분열증 환자가 아닐 수 없다. 그러나 오생근은 들뢰즈와 가타리의 『앙티 오이디푸스』를 참조하여 오히려 이 분열증으로부터 "모든 가짜 욕구나 억압으로부터 해방되는, 진정한 욕망의 해방을 지향하는 삶의 방법"(2: 388)을 찾을 수 있기를 희망한다. 『앙티 오이디푸스』에서 "정신분열증 환자는 더 이상 환자가 아니라 새로운 '자연인'이며, 기존의 관습적 코드와 구조, 혹은 통제된 언어를 계승하지 않고 끊임없이 코드와 구조를 벗어나 유동적인 흐름의 질서 속에 사는 사람"(2: 389)으로 묘사된다. 그는 종래 프로이트의 정신분석학이 코드화한 자본주의 사회의 억압적 금기 체계를 파괴하고, 억눌려 있던 '무의식적 욕망의 힘'의 회복에서 "산업 세계의 탐욕스러움에서 벗어나 진정한 욕망을 추구하는 삶"의 가능성을 모색하는 사람이다. 과연 들뢰즈와 가타리의 이러한 제언이 어느 정도의 현실적 유효성을 지니는 것인가에 대해서는 섣불리 단정적으로 말하기 어렵지만, 일단 이를 지향해보는 일을 "인간의 해방을 질문하고 추구하는 노력의 일환"(2: 391)으로 평가하는 오생근의 견해에는 별다른 이론의 여지가 없다.

오생근의 이 모든 이론적 확장의 궤적은 궁극적으로 인간다운 삶의 가능성에 대한 추구의 의미로 수렴된다. 아니, 가능성이 아니라 오생근의 표현대로 말하면 '불가능성의 의미의 추구'이다.

> 욕망이란 근본적인 생명력과 같은 것으로서 꿈과 현실 사이의 거리 아니 진정한 욕망을 억압하는 자본주의의 비인간적 지배 체제 아래서도 언제나 존재하게 마련이다. 그러나 현실은 꿈이 아니고, 인간의 삶이 동물적인 차원에서거나 즉자적인 차원에서 매몰되어 있는 것이 아니라면, 삶은 꿈을 실현시키려는 과정이 되어야 한다. 꿈을 지향하는 생명력으로서 욕망은 어떤 현실 원칙의 억압과 검열 아래서도 살아 있고, 그것이 살아 있는 한 당연히 현실의 질곡으로부터 벗어날 수 있는 어떤 불가능성을 꿈꾸게 된다. 인간의 삶을 삶답게 만드는 것은 어떤 의미에서 그러나 불가능성의 의미를 추구하는 일이라고 볼 수 있다. 그런 점에서 문학적 행위는 허위의 욕구가 아닌 욕망의 진실에 가장

가깝게 다가가면서 그 욕망의 목소리로 표현되고, 결코 정형화될 수 없는, 언제나 새로운 시도로 그 불가능성의 의미를 추구하는 일이다. (2: 393)

불가능성의 추구라는 역설! 이 아이러니야말로 문학을 진정한 삶의 추구와 회복의 계기로 삼는 오생근 비평의 윤리적 자세를 일컬음일 것이다.

이제까지 우리가 오생근의 관심의 궤적을 따라 살펴본 프랑스의 문화·사회 이론들은 그 내용의 중요성은 말할 것도 없고 이것들을 수용하고 소개하는 작업의 의의가 갖는 윤리적 가치에 있어서도 매우 소중한 것이다. 또한 지금까지 거명되었던 철학자·이론가들이 전공 분야의 차이와 상관없이 1980년대 이후 한국 사회와 문화에 대한 이론적 이해를 모색했던 사람들 모두에게 빠뜨릴 수 없는 준거였다는 점에서 이들을 일관된 맥락 속에 연결된 종합적 이해의 구도 속에 배치해놓은 오생근의 작업은 외국의 이론과 우리나라의 문학과 사회의 실제를 생산적인 습합의 관계로 결속시키려는 의도에 의해 든든히 지탱될 때 더욱 큰 의의를 인정받을 수 있을 것이다. 그러나 이와 관련하여 떠오르는 한 가지 의아한 점은 오생근의 실제 비평에서는 이러한 이론적 관심들이 표나게 전경화되어 있지도 않고 두드러지게 주제화되지도 않는다는 사실이다. 물론 이것은 소설 비평이나 시 비평에서 약간의 차이가 있지만, 근래에 들어 오생근이 시 비평에 더욱 역점을 두고 있는 것처럼 보인다는 인상에 기대어 이렇게 말해도 크게 틀리지는 않을 것이다. 이러한 비평 자세에서 우리는 현학을 꺼리는 오생근 비평의 겸손함을 읽을 수도 있을 것이고, 한국문학 작품을 외국 문학 이론에의 의존적 관점에서 읽기를 거부하는 주체적 자세를 읽을 수도 있을 것이다.

실제로 오생근이 프랑스의 문학 이론이나 사회 이론과의 연관에서 문학 작품을 검토하는 경우 그 대상 작품들이 한국문학 작품이 아니라는 사실은 이러한 주체적 태도를 입증하는 사례로 삼아져도 무방할 것이다. 그러나 이러한 이유들 외에 보다 심층적이고 이론적인 연관성이 내재되어 있는 것이 아닐까? 필시 여기에는 오생근의 문학적 아비투스의 형성에 큰 영향을 미친 것으로 보이는 골드망의 문학 이론이 배경으로 자리 잡고 있는 것으로 보인다. 오생근은 골드망의 『소설사회학을 위하여』의 서론을 직접 번역함과 동시에 그의 문학론을 소개하는 데에도 노력을 아끼지 않았다. 골드망의 소설사회학에서 소설 장르의 가장 큰 구조적 특징은 그 구성적 대립에 있다. 소설은 이 구성적 대립에 의해 자아와 세계가 분열되고 대립하는 상태와 이 분열이 지양된 상태의 양면에 걸쳐 있게 된다. 골드망의 소설 이론의 키워드인 타락한 삶과 진정한 삶, 교환 가치와 사용 가치 등과 같은 개념 쌍들은 모두 이 소설 구조의 이중성을 지시하는 용어들이다. 그런데 이 이중성에 입각하여 말할 때 오생근의 소설 비평에서 무게 중심이 놓이는 것은 진정한 삶의 측면이다. 다시 말해 수다한 비인간적·허위적·억압적 요소들로 미만된 현실로부터의 초월성과 이 초월성의 다른 이름인 진정한 삶으로의 지향성이 더욱 강조된다는 것이다. 이렇게 되는 것은 골드망이 루카치를 원용하여 소설의 중요한 구성 요소로 지적한 소설가의 윤리를 오생근이 자신의 비평의 원리로 전유했기 때문인 것으로 이해된다. "소설이란 소설가의 윤리가 작품의 미학적인 문제가 되는 유일한 문학 장르"인 것이다. 소설이 이러할진대 구성적 대립 자체가 존재하지 않는 시는 그 자체로 이미 초월적이다.

오생근의 글쓰기는 이 초월적 지대 위에서 이루어진다. 이런 점에서 오생근의 비평은 기본적으로 서정적이고 윤리적이다. 그것이 서정적인 것은 골드망 식으로 말해 자아와 세계의 대립이 본질적인 것이 아니라 우연적이거나 잠정적이기 때문이고, 윤리적이라는 것은 현실의 타락한 삶이 궁극적으로 진정한 삶으로 수렴되어가는 예정적 도식을 따라 이루어지는 초월의 모습들을 조명하고 있다는 의미에서이다. 비유적으로 달리 말하면 오생근에게 문학은 사람과 자연과 만물이 서로 조응하고, 온갖 향기들이 서로 교감하는 아름다운 '숲'이며, 글쓰기는 이 '숲'에서 느리게 걷는 유유자적한 실천이다. 오생근이 「'느림'의 삶과 '느림'의 시학」(4: 55 이하)에서 조명하고 있는 이 '느림'이란 자본주의적 산업 사회가 강요하는 '빠름'이라는 인위적이고 강압적인 삶의 리듬에 대한 거부를 통해 회복할 수 있는 진정한 삶의 리듬일 것이다.

이렇게 하여 오생근의 문학 행위는 그야말로 행복한 책 읽기, 행복한 글쓰기가 된다. 현대 사회의 억압적이고 비인간적 요소들에 대한 정치한 분석에서 번뜩이는 것이 해부학적인 예리함이라면 문학 비평에서 오생근의 글쓰기는 절개면들을 봉합하는 외과 의사의 손길처럼 자상하고 정성스럽다. 그러나 이 행복한 글쓰기라는 것이 초월성의 이름으로 현실성을 배제하고, 서정성의 이름으로 사회성을 외면하는 것을 뜻한다면 과연 이것이 가능하고 또 바람직한 것일까? 묵시록적 종말을 예감케 하기에 모자람이 없는 현대 사회에서 문학이 혼자만의 힘으로 비관주의적 현실 인식과 전망의 어두운 그늘을 말끔히 걷어낼 수 있는 것일까? 아도르노의 고통스런 절규를 빌려 말하면 아우슈비츠 이후의 서정시가 과연 진정할 수 있는 것일까? 이것들이 불가능하다고 한다면, 그렇다면 오생근의 행복한 글쓰기는 무엇인가? 서정시에 대해 아도르노는 "그것이 순수하면 할수록 불화의 순간을 그 자신에 내포한다"[2]고 말한다. 서정시의 순수함이란 사회와의 불화에서 주체에게로 되돌아오는 '정신의 패배'를 뜻한다. 아우슈비츠 이후의 서정시의 가능성을 문제 삼았던 아도르노는 이런 표현을 통해 서정시에서 정신의 파탄을 논고(論告)하려 했던 것이겠지만, 역설적으로 이것은 힘겹게나마 서정시의 가능성을 열린 상태로 유지할 수 있도록 해주는 진정한 방법을 암시해준 것이기도 하다. 정신의 패배가 서정시의 상실로 이어질 수는 없는 노릇이니 말이다. 그러므로 서정시는 이 정신의 패배를 감추지 않고 언어로 표현함으로써 비로소 서정시가 된다. 이런 관점에서 말한다면 오생근 비평의 서정성과 초월성은 앞서 말한 불가능성에 대한 부정이 아니라 그에 대한 탐색으로서의 의미를 지니는 것이라고 말할 수 있다. 오생근의 행복한 글쓰기란 서정과 초월이 문학에 의해 가능하다고 말하는 것이 아니다. 그것은 그 자체로 불가능성을 뜻한다. 그러나 그러면서도 이 불가능함을 직설적으로 단언하는 것이 아니라 서정성과 초월성에 대한 묘사를 통해 그 불가능성의 의미를 스스로 묻고 또 그것을 독자들에게 사유의 계기로 던지고 있는 것이다. 그러므로 오생근 비평의 서정성과 초월성은 이 불가능성의 배경에 새겨지는 흠집이며 인간다운 진정한 삶의 실현과

---

2) T. W. 아도르노, 『아도르노의 문학이론』, 김주연 옮김, 민음사, 1989, p. 16.

향유를 가로막는 현대 사회에 대한 강력한 항의이다. 자체의 모순에 대한 인식의 필요성을 더 이상 느끼지 않게 된 현대 자본주의 사회에서 문학을 위시한 인문학에 남겨진 임무가 있다면 그것은 필경 자본주의 사회의 이러한 맹목과 오만을 일깨울 수 있는 모순에 대한 사유의 계기를 부단히 제시하는 일일 것이다. 오생근의 비평은 자본주의적 산업 사회가 환각적으로 보여주는 유토피아가 가짜라는 것을 폭로함과 동시에 역설적으로 이 가짜 유토피아의 대안으로 문학이 동경하는 서정과 초월의 세계에도 접근 불가의 표지가 붙어 있음을 같이 확인시킨다. 결국 삶이 도달할 수 있는 곳은 어디에도 없고 삶에 있어 가능한 것은 아무것도 없다. 여기서 우리는 카뮈와 같은 실존주의자들을 사로잡았던 역설적 명제를 다시 한 번 떠올리게 된다. 삶이 무의미하다면, 그렇다면 죽어야 하는가? 카뮈는 여기서 '그러나 살아야 한다'는 역설적 결단을 선택했다. 이리하여 카뮈에게 글쓰기가 삶의 무의미함에 대한 저항으로서의 의미를 지니는 것이었다면, 오생근의 글쓰기는 가능한 것이라고는 아무것도 없는 삶을 살아간다는 것은 다름 아닌 불가능함의 의미를 사유하는 것임을 깨닫게 해준다. 어쩌면 이 불가능한 삶 자체, 그리고 이것에 대한 사유로서의 삶이야말로 유일하게 가능한 진정한 삶이 아닐까? 이런 물음과 더불어 오생근의 비평은 현대 사회와 문학의 관계 속에서 진정한 삶의 방법을 모색하는 윤리적 비평으로서의 위상을 한층 더 공고히 한다.

〔2006〕